B. Mueller

Spätsommer Glück

B. Mueller

Spätsommer Glück

Beate Mueller

beate.mueller.dk@gmail.com

Herstellung und Verlag BoD

Books on Demand Norderstedt

ISBN 978375342513

(Die Protagonisten sprechen nicht dieselbe Sprache. Daher unterhalten sie sich auf Englisch, mit Hilfe von Google Translate. Diese Dialoge sind kursiv gedruckt. Die übrigen Woerter, meist finnische finden sich im Anhang am Ende des Buches übersetzt.)

1. Am Anfang war der Tango (Sodankylä)

Da sind wir schon ca. 1500 km durch das Land der 10000 Seen gereist, mein weißes Auto (heißt Opel Mocca), meine drei Begleiterinnen, die Dame vom Telefon (die alles falsch ausspricht) und ich.

Nach dem allerhöchsten Norden mit langen Fahrten zu spektakulären Zielen nun der nicht sooo hohe Norden, aber immer noch hinterm Polarkreis. Zwischen Ivalo und Rovaniemi liegt Sodankylä, eine Art Großstadt der Region Lappi, 7200 Leute wohnen hier, gibt auch zwei Hotels. Könnte man ein bisschen ausspannen, mal wirklich einen oder zwei Tage nur genießen.

Die Dame vom Telefon gibt Anweisungen, also jetzt links abbiegen, da sollte der Parkplatz fürs Hotel sein. Blöde Baustelle hier, wie sollen denn da zwei Autos aneinander vorbeikommen?

Wie lange bleiben wir? Sechs Tage noch bis zum Abflug aus Helsinki. Zwei Nächte? Oder erst mal bloß eine Nacht buchen? Hoffentlich gibt's Frühstück. Und was könnte man sich angucken? Muss ich vielleicht wieder 100 km fahren?

Tuuuut! Tuuut! Wer stört da meine Planung? Ein grauer Wagen, Toyota oder so, landet direkt vor der Frontscheibe. Hat es gekracht oder geknirscht? Nein, ich habe nichts gehört. Außerdem, deinem Auto machen ein paar Kratzer mehr oder weniger ja nichts.

Wedele ich so bisschen mit den Armen, fahr mal vorbei. Die Telefondame leiert immer noch „nach 200 Metern haben sie das Ziel erreicht", ist jetzt aber fraglich geworden, weil der Knacker im Toyota immer noch auf die Hupe drück. Lass das mal sein! Wedelt der auch mit den Armen. Ich soll zurückfahren!

Nee, mein Bester, das mache ich nicht, da vorne an der Ecke schaufelt ein Bagger Erde, ich müsste links wenden, rückwärts! Wo andauernd ein Laster vorbeikommt, und dann ist mein feines Auto völlig hin, bloß, weil du zu doof bist, an mir vorbeizufahren? Nö… Schüttele ich den Kopf und winke weiter. Endlich, das Hupen hat aufgehört. Vielleicht fährt er jetzt vorbei. Mach ich erstmal die nervige Telefondame aus. Ich weiß auch, dass wir nach 200 Metern das Ziel erreicht haben. Muss bloß noch der Toyota weg.

Knall, eine Autotür, höre ich gerade, da hämmert es schon an meine Scheibe, Ein hochgewachsener, nicht mehr ganz junger Herr, bellt auch noch was in meine Richtung. Kann ich mir denken, Weiber am Steuer, fahr endlich rückwärts raus! Bist wohl zu dämlich dazu! Eigentlich finde ich die finnische Sprache wunderschön, so viele Vokale, wenn sich die Leute gepflegt unterhalten. Leider, wenn es hektisch wird, werden die Konsonanten wie ein Maschinengewehr benutzt, auch schon erlebt. Wenn das kein Leihwagen wäre, hätte ich schon mal. Aber nachher hab ich riesengroße Kratzer oder stoße mit einem Laster zusammen und der Toyotamann ist weg. Neee, nicht mit mir.

Im Übrigen kannst du so laut werden wie du willst:
-    *Sorry, I do not understand Finnish!*
Fenster fünf Zentimeter geöffnet, nicht mehr. Man weiß nie, mit so einem bösen Finnen.

Wird er nicht verstanden haben, der meckert weiter rum, gestikuliert. Ich soll mal aussteigen. Nee, hier drinnen bin ich sicher, wer weiß, was dir einfällt, wenn ich mich endlich rausgeschraubt habe.

Ich sitze super in dem Auto, solange, bis ich mal aussteigen muss. Der Rücken! Ganz mörderlich. Sieht aus wie Omi ohne Gehhilfe. Und jetzt noch vor dem gefährlichen wütenden Mann, der holt vielleicht ein Messer oder ein Gewehr.

Wenn du wolltest, fährst du an mir vorbei, ich weiß ja, dass ihr das auf euren schmalen Landstraßen prima könnt. Dein Auto sieht viel robuster aus, ist bestimmt nicht geliehen, und ob das nun ein Bagger bisschen mehr ausbeult, macht nicht so viel. Ich müsste aber sicher soviel Geld hinlegen, wie die ganze Reise gekostet hat, die war nicht billig! Und, entspann dich mal bisschen… denn, nochmal:
-    *I do not understand Finnish. Do you speak English?*

Ja, da guckst du, Herr Finne! Das sich mal ein Ausländer hinter den Polarkreis verirrt. Hat sogar mit dem Scheibentrommeln aufgehört, aber ich soll aussteigen. Nein, schüttele ich den Kopf. Da ist nichts Schlimmes passiert, hab ja rechtzeitig abgebremst, wir stehen vielleicht zwanzig Zentimeter voneinander, Luft ist da noch. Was sagt der gerade? Call the police? Ja, das mach mal, da kriegst du noch eine fette Ordnungsstrafe, oder zwei, wegen Falschfahren und Belästigung von Damen.

Wäre ich mir nicht sicher, weißt du, wie die Polizei hier drauf ist, meint eine meiner Begleiterinnen, das Frühere Ich. Wer weiß, vielleicht hast du doch was falsch gemacht.

Was denn? Ich bin der Anweisung der Dame im Telefon gefolgt „rechts abbiegen, nach etwa 200 Metern haben sie das Zeil erreicht". Da war eine Baustelle, die ganze rechte Seite ist ja abgesperrt, wendet die zweite Dame, die imaginäre Tochter ein. Kann sein, dass da ein Schild war? Habe ich nichts gesehen, na gut, habe ich auch nicht hingeguckt.

Der Polizei kann man zwar nicht trauen, wird bestimmt teuer, aber nicht so teuer, wie ein kaputtes Auto. Und lass dich auf nichts ein! Bloß nicht aussteigen, bis die Polizei kommt! Mahnt Nummer drei, Frau Hase. Gucken wir alle raus, wo der Toyotabesitzer mit Handy am Ohr auf und ab läuft.

Wer weiß, hier passiert ja nicht so viel. Außer ein paar grässlich zugerichteten Leichen im Winter. Frau Hase kennt Krimis aus aller Herren Länder.

Vielleicht ist das so ein Promi hier aus der Wildmark. Guck mal wie der aussieht, nicht übel, flüstert das Frühere Ich. Sollten wohl die anderen nicht hören.

Der Mann will uns zu ner saftigen Geldstrafe verknacken, aber sieht nicht übel aus, jaja. Hmmmm, ganz verkehrt ist es ja nicht. Der finnische Mensch ist mindestens einen Meter achtzig, rank und schlank. Sonst könnte er den graugrünen Pullover gar nicht in die Camouflage-Hose stopfen, ohne dass es lächerlich aussehen würde. Bestimmt über vierzig. Neee älter, schätzt das Frühere Ich, so Mitte fünfzig. Hätten wir wohl gerne.

Telefonat ist beendet, Handy wird in die Hosentasche geschoben und der schöne Mann nähert sich schon wieder dem Auto, steht vor der Scheibe und glotzt rein. Wenn der jetzt nochmal klopft, aber du gehst nicht raus, egal wie hübsch die Fratze ist, meckert Frau Hase. Ich mache selten, was sie vorschlägt. Wenn der Herr nun wirklich mit der Polizei telefoniert hat, wird er mich wohl nicht abstechen oder vermöbeln, wenn ich rausklettere. Wer so nett am Fenster klopft und so ne Geste macht wie „würden sie bitte mal aussteigen"? Öffne ich die Autotüre, beiße die Zähne zusammen und schaffe es tatsächlich mit einem Schwung nach draußen. Aaauuuha! Tut verdammt weh! Guckt er interessiert, einmal, zweimal, nein da ist niemand anderes drin, also für dich.

So, sollen wir zur Einfahrt zurückgehen. Ist jetzt alles peinlich. Ich laufe hinter dem Herrn her, in meinen Autofahrerklamotten, immer noch leicht hinkend. Der Bagger steht still, Baggerfahrer beobachtet rauchend die zwei Menschen, die sich jetzt ein Schild ansehen. Da steht eine Menge drauf, lesen kann ich gar nichts. Ja, aber hier! Habe ich das nicht gesehen? Unter der langen Beschreibung dann tatsächlich das Schild „Einfahrt verboten".

Hätte ich sowieso nicht gesehen, musste ja gucken, wo es langgeht, an eine oder zwei Nächte in Sodankylä denken.

Muss ich jetzt nicht mehr, denn da rollt ein Polizeiauto auf die Baustelle, hält und ein runder Mann in blauer Uniform steigt aus. Um mir die Leviten zu lesen, eine dicke Geldstrafe oder gleich den Führerschein abzunehmen. Wenn ich Pech habe, versteht der mich nicht mal, da hilft auch kein schrecklich trauriges oder entsetztes Gesicht zu machen, vom Lächeln oder so ganz abgesehen. Wäre ich zwanzig Jahre jünger, vielleicht.

Wie ich sehe, kennen die sich auch noch! Oh, oh, da hab ich wohl keine Chancen. Dann gucken beide zu der armen Verkehrssünderin. Ich gebe alles zu, ich bezahle bis 500 Euro fürs Nichtbeachten der FinSTVO, aber liebe Herren, lasst mir mein Auto und meinen Führerschein und mich wenigstens bis zum Hotelparkplatz, da werde ich dann wenden und wenn ich erst auf der Hauptstraße bin, nur noch Richtung Süden düsen und was anderes finden!

- *Hummalla, kummalla, pärvi, järvi (verstehe ich so)*
- *(Nochmal, für das Auge des Gesetzes): I do not understand Finnish.*

Nickt der rundliche Blaumann. Polizeibeamter Pekka Lehtonen, wie auf dem Schildchen steht. Die Papiere, bitte!

Fahrerlaubnis wird ungläubig genommen, so alte rosa Faltblätter gelten noch? Dann will er den Mietvertrag sehen. Jaha, Moment, nicht im Handschuhfach, nicht in der Tasche. Wo ist das Ding? Im Koffer, gibt mir die imaginäre Tochter einen Tipp.

Jetzt gucken beide Herren hinter mir in den Kofferraum. Hilft nichts, ich muss den Koffer aufklappen, stelle mich aber davor. Muss keiner meine Zigarettenschachten, Pappweinkartons und Bierflaschen sehen. Bitte, Herr Oberwachtmeister, hier, der Mietvertrag! Der wird jetzt studiert und mit dem merkwürdigen rosa Papier verglichen. Ja, ohne Zweifel, der Autovermieter hat den Führerschein anerkannt, wird wohl seine Ordnung haben. Die Ordnungsmacht geht nochmal um das Auto herum, kann aber nichts Verdächtiges feststellen, auch nicht im Innenraum. Die drei Damen sind für alle anderen unsichtbar, den Kofferraum habe ich vorsorglich zugeklappt.

Endlich sieht Polizist Pekka mich an, auf keinen Fall unfreundlich. Herr Toyota hält sich zwei Meter abseits, aber guckt interessiert.

Also, ich bin aus Deutschland? Blöde Frage, auf dem Führerschein ist der Adler abgestempelt, ich nicke, aber warum ich dem nun noch erzählen muss, dass ich in Dänemark lebe, keine Ahnung.

Ob ich das Schild nicht gesehen habe? Ist international: One-Direction. Nein, habe ich nicht, wird ihm wohl sein Freund schon erzählt haben.

Man sollte auf den Weg achten, da sind manchmal wichtige Zeichen. Wer soll denn eure komische Sprache verstehen. Erst lange Sätze, da hat der Ausländer schon die Lust verloren, auch noch das winzige Einfahrtsverbot Zeichen zu bemerken. Aber ich nicke. Gucke schwer zerknirscht.

Vielleicht sollte man auch mal was auf Englisch schreiben? Verstehen die meisten.

Jetzt lächelt Herr Pekka und sagt was nach hinten zum Toyotamann, der auch das Gesicht verzieht.

Hätte er nicht machen sollen. Abgesehen davon, dass Herr Lehtonen vielleicht überhaupt kein Polizist ist, sondern der zweite Mann des Gangsterpaares, wie mir Frau Hase begreiflich machen will, und das ganze bestimmt eine fein geplante Betrugsmasche ist. Das Lächeln! Wenn der nicht seinen Klotz von Auto vor meinen Mocca gestellt hätte, die „Polizei" gerufen. Wer weiß? Was ich gesagt habe, nicht übel, flüstert das Frühere Ich.

Jaha, die Touristen bleiben auf der Hauptstraße, die Reisebusse wissen, dass man die andere Einfahrt benutzen muss, grinst jetzt der Mann in Blau.

Soll heißen, wegen einzelnen Damen, die halbblind fahren, werden wir hier keine Übersetzer anstellen und die Tafeln noch grösser machen. Kommt wohl gleich die Ordnungsstrafe. Hoffentlich nicht mehr als 500 Euro, ist zwar heftig, aber wenn ich Führerschein und Auto behalten darf.

Ich hab ganz schnell das rosa Faltblatt an mich genommen, den Mietvertrag auch. Ja, der hat auch was in ein kleines Büchlein gekritzelt, das Nummernschild, nehme ich an. Zumindest hat er nichts von Beschädigungen erwähnt. Nicht mal den Toyota angeguckt. Ich weiß jetzt nicht, was ich machen soll, stehe noch immer neben Oberwachtmeister Lehtonen.

Überhaupt, so einer ermittelt manchmal im deutschen Fernsehen, heißt da Krause und wohnt im Brandenburgischen. Jetzt isses endgültig vorbei, kein klarer Gedanke mehr, außerdem kann ich bald nicht mehr stehen. Was wird denn nun?

Jaha…Polizist nickt langsam. Dann sagt er was zum schönen Finnen und beide rücken die Baustellenpoller auf der rechten Seite bisschen zurück. Als Polizei darf man das wohl.

So, ist etwas breiter, da soll ich reinfahren, dann kommt der Toyota an mir vorbei. Weil in meinem Kopf immer noch 500 Euro rumspuken, kann ich doch tatsächlich mustergültig mit dem Auto etwas mehr beiseite fahren.

Herr Toyota hebt die Hand, geht zu seinem Auto zurück, der Motor wird angelassen und er kommt sehr gut an mir vorbei. Na, bitte, geht doch! Es sah aus, als ob hinten bei dem auf der Rückbank ein Hund gesessen hat. Wenn der auch mit rausgekommen wäre. Hätte ich gerne gesehen, dass er sich jetzt aus dem Staub macht, aber nein, vorn beim Polizeiauto hält der wieder. A moment please, bedeutet mir die Ordnungsmacht und marschiert zum Toyotamann.

Ja, die kennen sich, jetzt legen sie wohl die Höhe der angeblichen Ordnungsstrafe fest. Werden bestimmt 1000 Euro. So leicht konnten wir die dumme Lady abzocken.

Sei froh, dass du denen nicht folgen musstest, zur „Inspektion", weiß man ja, was das heißt. Bestimmt nicht, denn Frau Hase hat zwar immer Katastrophen im Kopf, aber nie die, die wirklich eintreten.

So, der Herr Polizist ist zurück. Habe mich nicht getraut wegzufahren, soll er erst mal sagen, wie hoch die Strafe werden soll. Und nicht den Führerschein wegnehmen!

Muss ich jetzt mal ganz unschuldig-ängstlich gucken. Sollte wohl geholfen haben, denn jetzt beginnt ein Verhör, aber ganz anderer Art. Ach, Sie waren in Nordfinnland? Und ganz allein? Gefällt es Ihnen hier, in der Region Lappi? Wie lange möchten Sie hier bleiben? Wenn ich damit die Ordnungsstrafe verringern kann, aber auch, weil es wirklich stimmt: Ja, war und ist alles großartig, also, bis jetzt, zu dem „Incident". Ist mir das Wort doch eingefallen! Sag doch mal, was ich bezahlen soll! Aber der erzählt gerade was anderes:

- *You are lucky. Tonight we have a competition for Tango championship. We like the Tango dancing! You can buy tickets in the hotel. It will be funny for you, do not forget to buy a ticket.*

Aha, Tangowettbewerb, soviel hab ich verstanden. Nicht lachen jetzt! Einfach sagen, ich will mir das gerne ansehen. Nicht fragen, ob er selbst teilnimmt!!! Was kostet der Verstoß gegen die finnische STVO*What have I to do now?*

- *OK (breites Grinsen) You can drive here, but only now. Never again! Look at the signs, be very carefully. And, I get 50 Euro from you. How do you want to pay? (Cash!) And, it is a good idea to see the tango show.*

Lächelt er mich ganz unpolizeimässig an.

Fünfzig Euro, scheint doch kein Gangster zu sein. Ich kenne doch die Preise für Ordnungsstrafen in Skandinavien, da ist das hier ein Freundschaftsangebot. Mit der Verpflichtung, eine Eintrittskarte zu kaufen. Der Schein wird übergeben, Polizist Pekka gibt mir eine Quittung, hebt zwei Finger an die Mütze, dann marschiert er zu seinem Auto. Ich steige, bisschen stöhnend, auch wieder ein. Muss erst mal Hände abwischen, sind ganz nass geworden. Ich sollte vielleicht auf den Hotelparkplatz fahren, umdrehen und nix wie weg von hier!!! Vielleicht komme ich noch 200 Kilometer südwärts, übermorgen habe ich was bei AirBnB in Jyväskylä, da ist dann alles hier vergessen.

Frau Hase, rät mir, unbedingt ein Ticket zu kaufen. Könnte sein, die Polizei hat auch eine Aktie an dem Event. Wenn ich denke, ich kann hier einfach abhauen, bekomme ich später ein Strafmandat. Dann reden wir nicht von 50, sondern von 1000 Euro wegen Vergehen gegen die FIN STVO, oder wie das heißt.

Ist gleich um sechs, merkt man nicht, weil die Sonne noch so hoch steht. Vielleicht keine schlechte Idee, mal bei einem Tangowettbewerb zuzugucken. So richtig unter den Einheimischen. Hoffentlich dreht sich da nicht nur Oberwachtmeister Lehtonen zum Klang einer Harmonika und guckt in die leere Arena, ob da nicht bald die fremde „Missis Landmann" auftaucht, ansonsten wird ein richtiges Strafmandat geschrieben.

Im Hotel sehe auch gleich das Riesenschild (das Einzige, was ich erkennen kann „Tango", irgendwas ist auch schon durchgestrichen, vielleicht die Plätze in der ersten Reihe.)

Also, erst mal eine Nacht, eventuell mehr? Kann man, bis Montag und Frühstück gibt es auch.

Und, Karten für „Tango Competition"?

- *It is to 25 Euro for audition, it is sold out to take part in the competition.*

Ich hoffe, Herr Oberwachtmeister, die 25 Euro als Zuschauer reichen? Ob ich dann mit der Eintrittskarte winken soll?

Um 20:00 soll es stattfinden, schon wieder gleich sieben, einchecken, Tasche fürs Hotel packen, Sachen ablegen, noch mal eine warme Dusche. Noch bisschen auf der Galerie sitzen, die Sonne scheint immer noch. Rauchen, bisschen Pappwein und mal gucken, wo das Event stattfindet. In einem „Kulturhaus", gut 400 m entfernt, das schafft auch eine leicht angetüdelte Person mit Pinkeldrang auf dem Weg zurück. Also auf ins Tangoparadies.

Nicht unbedingt wieder geräumige Hose, geräumiges T-Shirt und meine Lieblingsjacke. Blau, mit weißen Punkten, meint die imaginäre Tochter, dass das wohl mein innerer Teenager ist, der die so liebt. Diesmal das Kleid. Ist genauso getüpfelt.

So, ist zehn vor acht. Abendbrot fällt leider aus, wenn ich jetzt erst zur Tankstelle sollte. Außerdem habe ich in den letzten fünf Tagen so viele Burger und Mikrowellen-Pizzas verspeist wie zuvor in den letzten zehn Jahren zusammen. Die Büffets, absolut lecker, schließen leider um 19.00, da bleibt nur die Tankstelle mit Minimal-service. Ist jetzt auch zu spät, schaffe ich nicht mal mehr bis um acht.

Hin muss ich, hab ja eine Karte gekauft und, wer weiß, irgendwo im Saale wartet ein Polizist auf mich. Ich komme ich leicht verspätet, viertel nach acht, im Kulturhaus an. Aber, heute ist Donnerstag, werden wohl nicht viele Zuschauer da sein.

Die Bühne voll, alle Tische besetzt, als ich ankomme. Könnte mich irgendwo dazusetzen, aber wie sieht das aus? Oma auf Abenteuer? Die drei Damen sind auch mit. War nicht so vorgesehen. Frau Hase meinte, ehe was passiert, da können wir dich warnen. Ja, warnen, was war heute Nachmittag? Eben.

Ich kaufe mir ein Bier, Carlsberg, nicht so stark wie Lappin Kulta, und stelle mich an das Ende der Bar. Im Dunkeln, bequem ist es auch nicht, egal, ich trinke nur das Glas aus und dann gehe ich nach Hause. Ich kann vielleicht die Dame am Einlass überreden, meine Eintrittskarte zu signieren.

Von hier kann man gut sehen, was auf der Bühne passiert: Zehn Paare, alle über 45, mit einer Nummer auf dem Rücken, marschieren in einer Art Line Dance mit Drehung in Dreierreihen. Am Ende jeder Reihe einen Umschwung. Das hat nicht sehr viel mit Tango zu tun. Die Musik ist mehr russisch-melancholisch als argentinisch. Die erzählt vielleicht von den hellen Nächten, von der ersten Liebe, die nun 50 Jahre zurück liegt. Dass jetzt eigentlich alles Scheiße ist, man sollte sich erschießen. Das ist Frau Hases Einfall, aber da muss ich ihr mal Recht geben.

Ich gucke mir ganz intensiv die Paare an, gleicht keiner dem Oberwachtmeister Pekka Lehtonen. Den Namen habe ich mir doch gemerkt! Da gibt's welche, die nicht die Reihe beachten, da ist einer, der seiner Dame auf den Füssen rumtrampelt. Nach einer halben Stunde sind die Paare erlöst, sie gucken zu einem Tisch, wo zwei Damen und zwei Herren sitzen, vollständig in Anzug und Business-Kleid, die schwenken ein paar Kärtchen. Fünf Paare von zehn verlassen die Tanzfläche, auch der füßetretende Herr. Die übrigen unterscheiden sich in nichts von den anderen, wahrscheinlich bemerkt nur die Jury die Unterschiede. Die Kapelle beginnt wieder mit den Liedern von Sommernächten und Sehnsucht und Natascha, die jenseits des Flusses wartet. Fünf Paare drehen sich nach einer unsichtbaren Regieanweisung. 21:00, wieder die Zettelchen. Nochmal drei Paare, die rausfallen, aber nun gibt's Beifall.

Soll ich mal ein Video drehen? Draußen strahlt die Sonne noch, hier haben sie die Fenster verhängt, wie bei ner Disco in den 70ern, passend für die Teilnehmer. Finnisch Tango ist eigentlich auch nix für das junge Volk.

Mach ich doch mal ein Foto und sende das zur Tochter:

- Guck mal, hier wird Tango getanzt! Finnischer! Nix mit seine Dame rumschwenken, das geht alles streng in Formation. Und die Klamotten!! Halbverschwitzte Herrenhemden, niemand mit Jeans, alle mit irgendwelchen Italiener Halbschuhen, und die Damen in ihren schönsten bunten Kleidern. Und die passen noch! Man muss noch keinen Keil einsetzen, vielleicht im nächsten Jahr.

Da war so eine Dame, deren Kleid hatte ein Muster aus roten Rosen, sowas hab ich nur auf Fotos gesehen, als meine Eltern in den 50'er Jahren auf Reisen in Bulgarien waren. Aber wunderschön, das Kleid. Die Dame auch. Hat nix geholfen, die waren unter den letzten fünf, aber nicht mit im Finale.

Schluss der Musik und die letzten beiden Paaren stehen da sehr gespannt. Beifall, eines der beiden Paare bekommt einen großen Rosenstrauß, und es wird geklatscht und dann kommen Leute auf die Tanzfläche, das Paar wird umarmt und geküsst, die Sieger also. Wenn ich es recht verstanden habe, sagen die Musiker was von einer längeren Pause. Da wird ein Tisch verlassen, ganz in der Nähe von der Bar! Meiner! Ich kann nicht länger stehen, ich muss jetzt erstmal sitzen!

Die Türen werden geöffnet für die, die frische Luft schnappen wollen. Ich habe meine Strickjacke über den Stuhl gehängt, mein Bier platziert, besetzt! Kann ich auch mal rausgehen, eine rauchen. Da draußen steht das Gewinnerpaar, umgeben von Freunden und Familie, fast wie bei irgendwelchen Casting-Shows, die Dame ist absolut gerührt, heult und deutet auf ihre Füße. High Heels! Ich könnte da keine Minute stehen, geschweige tanzen. War vielleicht nicht „richtig Tango", aber drehen und stampfen auf 10 Zentimeter Hacken, könnte ich nicht. Langsam gehen alle zurück. Was kommt jetzt? Die nächste Kandidatenstaffel?

Sieht nicht so aus, denn die Band kommt mit anderer Oberbekleidung zurück, der Sänger wirkt recht entspannt, als er die Tanzfläche nun für alle freigibt. Jussi und seine Jungs, es darf getanzt werden! Da ist noch mehr Ansturm auf die Tanzfläche.

Ich will gerade ein tolles Foto von allen begeisterten Tangotänzern senden, da habe ich eine Hand auf meiner Schulter, jemand sagt hinter mir:

- *Do you want to dance with me? Tango?*
- *I have never danced Tango.*

Warum der Englisch spricht, keine Ahnung.

- *It does not matter. You can learn it. I can teach you.*
- *I hope it will be not difficult.*
- *It is not difficult. No Argentinian.*

Jetzt tanz ich Finnisch-Tango, richtig mit einer schwülstigen Melodie, und mit einem richtigen Finnen!!

Ich muss ich auf die Schritte konzentrieren, daher sehe ich erst mal bloß die Kleidung des Tangotänzers: Gefällt mir. Baumwoll-Karohemd und keine Anzughosen, sondern schwarze Jeans. Er summt die Melodie mit und mir Anweisungen ins Ohr, wie so ein finnischer Tango auszuführen ist: „Step, step, step swing", dirigiert seine Hand auf meinem Rücken. Ist aber nichts, wofür man Jahre braucht. Wir sind schnell eingereiht zwischen den anderen. Wir schwingen und drehen in einer langen Schlange von Tänzern. Am Ende einer Reihe wird umgeschwungen, da kann ich ja mal ins Gesicht meines Tanzpartners gucken.

Ohhhh mein Gott! Neeeein! Herr Toyota persönlich!

Erster Reflex, umknicken, hinfallen! Wir wenden und tanzen in der nächsten Reihe weiter, ginge nicht. Zweiter Reflex: Sofort losreißen und wegrennen! Dann stolpere ich und falle zwischen alle anderen, wird überhaupt nicht diskret und gibt nochmal Gelächter.

Deswegen drehen und schwingen wir weiter. Ich überlege nur, wie ich mich danach verziehen kann, wenn nicht auch noch ein „Polizist" am Ausgang wartet. Dann sind wir in der letzten Reihe angekommen und auch dem Sänger ist das Schmalz in der Stimme ausgegangen, er sagt wohl was von Pause. Die Tanzfläche leert sich, die Türen werden aufgerissen und frische Luft wirbelt Schweiß und Parfüm auf. „Thank you for dancing" und ab durch die Mitte. Aber er bleibt auch stehen, hält immer noch meinen Arm:

- *Do you want something to drink, on the bar?*

Sollte ich ablehnen! Und am Ausgang wartet Pekka Lehtonen?

Hat er schon wieder die Hand auf meiner Schulter und schiebt mich vorsichtig zur Bar. Mir fällt nichts Vernünftiges mehr ein.

Frau Hase hat jetzt wohl übernommen: Es sind zwei Gangster, die sich die Sache aufgeteilt haben. Ich werde betrunken gemacht und dann, völlig willenlos von beiden Herren zum Geldautomaten geschleift, wo ich mit meiner Karte die Höchstsumme abhebe, dann die Karte übergebe, samt Code.

Oder, der Polizist war wirklich echt. Mister Toyota meint, dass da noch mehr geht. Raub und Vergewaltigung im Außengelände. Das Kulturhaus ist von einem Park, Büsche und Birken, umgeben, da kann man jemanden ungesehen flachlegen und ausrauben, meint Frau Hase.

Wir stehen immer noch an der Bar. Er fragt, was ich trinken möchte. Wodka, Bier oder was anderes.

- *A beer, please... May be Lappin Kulta!*

Absolut unwesentlich, sollte ich mal lieber aufpassen, ob die Bardame da noch was anderes als Bier einfüllt.

- ***Kippis!***

Bin ich noch auf den Barhocker geklettert, sitzen ist besser als Stehen, aber so schnell komme ich auch nicht mehr weg. Außerdem, ich bin sicher niemals so schnell wie der Herr, der überholt mich schon auf den ersten zehn Metern, also mitspielen, freundlich prosten, ein Schluck, zwei. Und wenn die Musik wieder anfängt, mal vorsichtig runtergleiten, zum Klo und ab durch die Mitte. Geht nicht!!

Guck mal, wie der aussieht... wie so einer von hier... schmachtet das Frühere Ich, ist ja leider nur Gespenst.

Machen die genau deswegen so, damit du jetzt mit rausgehst, wo du hinter einem Birkenbusch flachgelegt wirst, da liegst du dann in der hellen Sommernacht, hast kein Portemonnaie mehr, kein Telefon und in der Polizeistation kennt man keinen Polizisten Pekka Lehtonen, mahnt Frau Hase. Das ist nicht mal die schlimmste Version, du bleibst immerhin am Leben.

Wäre kein Problem, das Bier stehen zu lassen, sich durchs Halbdunkel wegzuschleichen. Wenn der Gangster mich nicht mit zwei wunderschönen Augen (grün, mit braun. Sollten hier nicht alle graue haben?) und leisem Lächeln betrachten würde. Ja, ist alles Absicht, ich soll ja noch richtig ausgenutzt werden, aber ich glotze wahrscheinlich zu hingerissen. Wirklich, schöner Mann, der mir da ein paar Tangotänze und ein Bier spendiert hat, wenn nicht die dunklen Hintergedanken wären.

- Kippis (Hatten wir schon)
- Skål..

Kippt er die Hälfte von seinem Glas hinter und reicht es wieder über den Tresen. Die üppige Bardame schenkt noch mal nach. Jetzt grinst die auch noch. Wahrscheinlich stecken alle unter einer Decke, ich warte bloß noch auf den falschen Polizisten. Dann werde ich in Handschellen abgeführt, zum Geldautomaten geschleppt, danach hinter einen Birkenbusch.

- *I am so sorry, this in the afternoon. But I should drive home, and I was scared, when a car came the other direction. Scared, because I could not brake....and then it will be an accident...you understand? You were in the wrong direction, you know. But now, I hope all is good now? Nice, you wanted to dance with me....and, I am Juha.*

Sagt er so leise und weich. Hab ja nicht alles verstanden, nicke ich also, und eins kann man immer sagen:

- *Me too. Nice event here.*

Fängt der an zu lachen. Ach, wie süß sieht das aus! Aber, war da jetzt was verkehrt? Dämmert langsam. „I am Juha", der heißt so: Juha. Ohhh, peinlich.

- *Sorry...My name is Uta.*
- *Uttta!* (dafür verkorkst der meinen Namen! Uuuta, mit einem T!!*) What do you do here?*
- *I was on journey, in the highest North. Now I am driving back to the South.*
- *Where have you been? In the highest? North? I think, Inari?*
- *Yes, yes...and other places, more North...Do you know Näätamo, Kilpisjärvi? I was there. Amazing places..*

Tut mir leid, aber ich bin immer noch begeistert, könnte wie ein Wasserfall quasseln, sogar auf Englisch. Pass mal auf, gleich sagt er, dass es ja bestimmt toll für mich wäre, mal was ganz Authentisches zu erleben, murmelt Frau Hase.

- *Alone, all the long way?*
- (*Muss ich auch immer mit angeben, aber weiß er sowieso) Yes I do.*
- *It is not boring for you, alone?*

Ja, was willst du jetzt hören?

Dass da jemand fehlt, der dich über alle Straßenverhältnisse belehrt, der eventuell die Hand am Kleiderhaken hat, der doch lieber selber fährt, der immer meckert, wenn wieder um die Ecke Fotostopp eingelegt werden muss?

- *No, it is not boring. Sometimes it is also better.*

Guckt der mich an, mit so einem grünlichen Blick, ich sitz ja auf dem Barhocker, sonst würden mir wohl die Knie weich werden. Kippt noch mal 100 Gramm, reicht das Glas rüber, das wieder aufgefüllt wird. Guckt immer noch. Vielleicht überlegt er, wie er mir vorschlägt, mal mit nach draußen zu kommen?

- *Do you like the beer here?*
- (Was soll man sagen?) *Hmmm, yes.*
- *But Danish or German beer is better?*
- *May be. I prefer wine.*
- *Do not here. They buy the wine too cheap in the Russian border-shops. Not good, too sweet or too sour. Better in the restaurant, or in the Alko-shops.*

Mann, was ist das für eine Konversation. Billiger Wein aus dem Russenshop, dänisches Bier, und Alko-Laden habe ich hier nicht gesehen. Lappin Kulta ist ganz schön hochprozentig, aber wollen wir darüber diskutieren?

Wenn also, was ich schwer hoffe, die Einbahnstraße keine Rolle mehr spielen sollte, und auch dein Freund, der verkleidete Polizist, nicht auftaucht, dann hätte ich ganz andere Fragen: Wie heißt du mit Nachnamen, wie alt bist du, was arbeitest du, bist du verheiratet, hast du Kinder, eventuell Enkel, wohnst du hier?

Traue ich mich nicht. Weiß aber langsam nicht mehr, wo ich hingucken soll. Herr Juha hält das Glas fest, kippt keinen mehr, lächelt nur, und schweigt, während seine Augen immer noch auf mich gerichtet sind. Dann wird etwas lauter im Saal, die Musiker sind zurück. Instrumente werden gestimmt und der Sänger hat hoffentlich seine Kehle gut geölt.

- *Utta, do you want to dance, a second round?*
- *Yes*

Besser als rausgehen.

Mit der heulenden Ziehharmonika heult noch jemand anderes im Saale. Auuuuha! Ich wollte gerade elegant runter vom Barhocker gleiten, da schießt doch die Fernfahrer-Hexe mit grobem Schrot. Tut sie sonst meistens morgens. Man ahnt nix Böses, nach Waschen und Zähneputzen, plötzlich, peng, tut es mörderlich weh, an der linken Seite zwischen Taille und Hüfte. Dann soll man sich ganz ruhig ein eine bequeme Ecke setzen, eine Ibuprofen, eine Paracetamol nehmen, gerne mit bisschen Kaffee, und warten, bis der Anfall vorüber ist. Nach zehn Minuten ist man dann parat für die nächsten 250 Kilometer, oder was auch immer. Heute früh bin ich glücklich die 200 Kilometer bis hierhergekommen. Leider hat die Hexe jetzt ihren Schuss gesetzt.

Auuuu! Herr Juha guckt bisschen verstört:
- *What is wrong?*
Peinlich, aber ich muss mal aufs Telefon gucken. Chhh… pass bloß auf, sonst glaubt der dir gar nicht, flüstert das frühere Ich.
- *I have back pain, truckers' sickness hihi…* (Weiß nicht, ob das richtig war…)
- *Where it is localized?*
Hallo, geht das nicht ein bisschen zu weit? Wenn du bloß drauf aus bist, mich anzugrabbeln, neee. Aber muss wohl doch was im Bier gewesen sein, weil ich ihm zeige, wo die Hexe geschossen hat, Trucker's bitch. Chhh.
- *Here..on the left side.*
Wen das nicht mal verkehrt war, denn, zack, ist da doch eine Hand. Die knetet da so bisschen das Rückenfett, murmelt was, ich kann ja kein Finnisch.
- *Ohh, here it is very hard. You are not used to long trips in a car…*
Doch, bin ich! Früher jedenfalls mal. Und jetzt immer noch, wenn die Hausapotheke zur Stelle ist! Eigentlich bin ich nicht für so Massagen, hoffentlich sieht das niemand, wie der Tangoprinz an mir rumgrabbelt. Wo ist die Polizei, wenn man sie braucht.
Muss ich aber sagen, es wirkt. Irgendwie scheint alles beweglicher und weicher, da wo seine Finger rumkneten.
Dann kommts (wieder leise am Ohr, mit solcher Stimme kannst du alles machen):
- *And now! It can hurt, but only for the moment!*
Und, zack, kriegt die Hexe einen Nackenschlag! Und noch einen, aber das ist bloß so wie ne Backpfeife, brennt kurz, dann ist alles vorbei. Aber wirklich alles. Lass uns mal jetzt wieder tanzen.

- *It is better now?*
- *Yes, thank you..kiitos*

Der Physiotherapeut meines Vertrauens lächelt. Aber jetzt, wo wieder alle so ordentlich die Reihen aufgefüllt haben, sollten wir was anderes machen?

- *Do you want to come with outside? Do you smoke?*

Genau das! Ruft Frau Hase, mach nicht! Doch! Vielleicht war doch was im Bier.

Da stehen wir dann draußen, die Sonne wirft lange Schatten und es ist warm. Deine Zigaretten will ich nicht probieren, Marlboro, no, thank you, too strong. Lacht Herr Juha, Prince sind auch nicht gerade besser. Aber:

- *This is Prince light.*
- *What does it mean...light?*

Die sind auf jeden Fall leichter als die Roten und auch leichter als deine Marlboro, der Cowboy ist ja dran gestorben, aber das war wohl nicht Thema des Abends?

- *How does it feel now?*
- *It feels very good. Thank you. Are you a physical...*

Was heißt das nun??? Kann doch jetzt nicht aufs Telefon gucken.

- *No, but I am a veterinarian. (*na, da gehen aber die Augen auf!!!)
- *Animal's doctor???*

Herr Juha lächelt mich an:

- *Yes, you can also call it so. This, I have made on you, it is very known for horses and cows..*

Aha, Pferden und Kühen wird so wieder auf die Beine geholfen. Klar doch, hilft auch bei alten Zicken. Moment mal, ich hatte noch nie jemanden, der Tierarzt war, ach was hätten sich meine Eltern gefreut.

- *Really, you are veterinarian? My parents were also..*

Mitternachtssonne aus grünbraunen Augen. Hilfe, der Blick! Ach, sagt Frau Hase, dem könntest du sonstwas erzählen, der hat ja einen Plan.

- *Is it true? And You? Too?*

Kannst du mal mit der Strahlung um 50% runtergehen. Nee, keine Krankheiten bei großen und kleinen Haustieren.

- *No, I am chemist.*

Bei einem großen Pharmakonzern. Ja, klar, von DEM, da wurden Werke hier im Land geschlossen. hab ich aber nicht aktiv mitgewirkt dran. Aber, wenn wir den Einstieg nun haben, was macht ein Tierarzt hier? Hunde, Katzen, Kaninchen, Wellensittiche aus Sodankylä behandeln? Oder die Rentierherden überwachen? Oha, da leuchtet es wieder. Woher ich das weiß?

- *Sometimes reindeers, it is also a part of my job. But mainly I have to take care over two areas, with all, the animals, the plants, you know? It is in a saved area, Pyhä-Luosto-National park.*

Ich hab ja keine Karte mit. Aber Nationalpark hab ich verstanden. Ein echter Gangster hätte sich mindestens als Arzt präsentiert. Also, ist da doch kein Hintergedanke?

- *Do you think that is a nice job?*

- *(Guckt er irritiert) It is the best job I know! You are always in the free, you can go every day, observe the nature, the seasons and, sometimes discover some rare plants...*

- *It sounds like a nice job. Me, I am only sitting in an office and have to evaluate if chemical analyses can be approved.*

Dann bleiben wir stehen. Zigaretten sind aufgeraucht. Herr Juha rückt etwas näher. Ich einen Schritt zurück. was soll das hier werden? Dass er den Arm um meine Schulter legt, sich ranwanzt, erst Küsschen, dann Kuss? Halber Schritt auf mich zu, ganzer Schritt weg. Drinnen schrummelt noch immer die Melancholie des finnischen Tangos. Vielleicht hätten wir mal nur tanzen sollen, und danach sollte ich sagen, danke für den Abend, aber ich geh jetzt, muss morgen früh raus. Hab ich nicht gemacht. Nun stehe ich hier, mit jemandem, der mich mit den schönsten Augen der Welt ansieht, der ganz leise mit den Augen lachen kann, dass ich alles vergesse.

Frau Hase flüstert, zum tausendsten Mal, dass das ein Teil der Strategie ist, erst mal das Opfer willenlos machen, wenn ich nicht mehr klar denken kann, stehen wir plötzlich am Geldautomaten (in der Tankstelle), dann ist auch „zweite Mann" da, und ich muss alles Geld abheben, den Code verraten. Und morgen liege ich mit runtergezogenen Strumpfhosen hinterm Krüppelbirkenbusch, Telefon weg, Portemonnaie weg, Auto weg.

Juha einen Schritt vor, Uta zwei Schritte zurück, schweigend. Ich brauch ganz dringend ein Thema! Da habe ich so einen Geistesblitz:

- *Can you explain me the rules in this competition? I saw, in the first part of the competition five pairs were finished. Then three...* (Boaa, ganz ohne Telefon runtergesagt!)
- *Yes, it is not difficult.*

Nun bleibt er stehen, da kann ich auch. Wird ein längerer Vortrag, alles verstehe ich nicht, aber in etwa so: Fünfzehn Paare treten an. Dann werden drei Nummern gespielt, danach fallen die ersten fünf raus. Danach tanzen zehn Paare weiter. Wieder drei Nummern, dann wieder fünf raus. Dann zwei Tänze und drei gehen raus. Ja, und dann das Finale. Es gibt auch noch die geheimen Regeln. Die kennt jeder. Aha, vielleicht, wenn man 100 Euro gibt, kommt man ins Finale oder so? Ja, fast. Um unter die letzten fünf zu kommen, sollte man mindestens 5 mal am Wettbewerb teilgenommen haben.

Also, ich soll einen Haufen Geld bezahlen, wo man mehr oder weniger weiß, dass man nicht weiterkommt? Das Geld ist auch Mitgliedsbeitrag für drei Monate im Tangoklub. Da kann man trainieren, um besser zu werden. Und danach bezahlt man dann selbst. Was macht der Verein mit dem ganzen Geld? Geht viel Geld geht drauf, für die große Meisterschaft in Seinäjoki. Da sind Tänzer aus ganz Finnland.

- *Have you heard about this competition?*
- *Yes, I have. And, I was there, in Seinäjoki. Five days ago.*

Da guckst du aber! Ja, nenn mir einen Ort in Finnland, ich war da...fast.

- *This is a big event in Finland. All tickets are already sold. This community can send five pairs to the concurrence. The winner from this evening, and four others from the club.*

Teurer Spaß. Haufen Geld Jahre vorher bezahlen, um dann irgendjemand unter hundert zu sein. Wie DSDS , bloß mit bezahlen. Und das machen die Leute? Ja, doch, die 15 Karten sind gleich weg.

- *Did you take part in this competition, once a time?*

Und, wenn er nein sagt, nicht fragen, warum, oder doch? Sooo schlecht tanzt er ja nicht und da wird's wohl schon die eine oder andere Dame geben, die gerne.

- *No, never. It is also the first time, I am here to see the competition. Friends of me took part, and we were here as supporters.*

Also, dein Polizist-Freund wars nicht, da habe ich geguckt. Außer, der ist schon in der ersten Runde rausgeflogen.

Nun haben wir das besprochen und gehen zurück. Stehen wir vor dem Eingang zum Saal. Wie geht's jetzt weiter? Wieder zur Bar?

- *What do you think about to come to our table in the hall? To meet my friends?*

Meet my friends, wer weiß, wer noch zu der Bande gehört, außer dem falschen Polizisten, mach dich los, schnapp deine Jacke und ab, gibt Frau Hase Anweisung. Mache ich nicht, sondern nicke so unverbindlich.

Die Musik ist verstummt, etliche Leute strömen an uns vorbei ins Freie. Zeige ich erst mal auf meinen Tisch, da hängt meine Jacke, ein einsames Glas Bier steht da auch. Nehme ich die Jacke. Dann habe ich wieder die Hand auf der Schulter, die mich durchs Gedränge dirigiert. So macht man das nämlich, laut Benimmbuch! Du rückst noch dein Geld ganz freiwillig raus und alles andere auch, pass bloß meint Frau Hase.

Da ist der Tisch, da sitzt wirklich Polizist Pekka Lehtonen. Nun ohne Uniform, mit weißem Hemd, hoffentlich halten die Knöpfe. Grinst mich an: Nice to meet you again, Missis Landmann! Neben ihm die Dame ist sicher seine Frau, daneben noch eine Dame, die mit dem Rosenkleid! Ihr Mann oder Tanzpartner sitzt auf der anderen Seite, mehr so kompakte Statur, auch Polizist?

Handwerker, rät das Frühere Ich.

Händeschütteln, irgendwelche Bemerkungen zu Juha. Auf Finnisch, wer weiß, was. Das Einzige, was ich verstehe, ist „Uttta" (mit 3 T). Also mache ich ein freundliches Gesicht, gebe allen die Hand, sag zu jedem „Uuta" und setze mich auf den herbeigeschafften Stuhl. Pekka (wusste ich ja), Tuomas und die zwei Damen heißen Terhi und Leena, das ist die mit dem Rosenkleid. Vor den Herren stehen Biergläser, die Damen trinken irgendwas tiefblaues, Curacao ist es nicht, viel tintiger. Was das ist? „Mustikka" (Anisschnaps???) „Blueberry syrup with Wodka", klärt Terhi mich auf.

Ob ich mal kosten will? Hmm, ja. Schmeckt lecker, erinnert bisschen an Puschkin mit Johannisbeeren, gab immer einen schweren Kopf, aber hier wars ja nur ein Schluck. So, wer will noch was, fragt Tuomas wohl. Juha zeigt auf das tintenblaue. Ob ich eins möchte? Na gut, ein kleines Glas. Da kommen noch drei Bier und noch drei kleine blaue. „Kippis" „Skål". Aber, nun habe ich nicht gesehen, ob jemand was reingemacht hat. Wer weiß, was die mit mir vorhaben. Nix los in der nördlichen Einöde, da kommt so eine Dame aus der weiten Welt gerade recht. Die füllen wir ab, dann soll sie auf dem Tisch tanzen, sich ausziehen, und wir drehen ein Video. das stellen wir auf YouTube! Wäre schön, wenn jemand mal für Frau Hase 200 Gramm Wodka hätte. Oder, besser KO Tropfen, aber richtige. Damit sie umfällt und mir nicht immer neue Stories einflüstern kann.

Nun beantworte ich zum dritten Mal heute: Wo war ich schon, in Finnland, was habe ich mir angesehen, was fand ich am schönsten, ist das nicht langweilig, so allein? Wie lange will ich noch bleiben? Prasselt so auf mich ein. Und ich bin aus Deutschland? Von wo? Guckt mich Juha auch neugierig an, und rückt so bisschen näher. Jetzt liegen unsere Arme so nebeneinander, will ich mal so tun, als ob ich das nicht mitbekomme:

-    *I live in Denmark, but I am from Germany. Saksa (*Chhh… für Finnen sind alles Saksa*)*

„Prosit" „Wie geht es dir?" „Wo kommst du her?" „Berlin, Frankfurt, Hamburg, München?" Ja, die Story kann ich erzählen. Auch auf Englisch. Geboren in der DDR, aha, der Polizist sieht mich an, hat sicher mal was von „Stasi" gehört. Aufgewachsen dort, Mauerfall miterlebt und die letzten 11 Jahre in Kopenhagen.

-    *Why do you live in Copenhagen now? (*fragt Leena*)*
-    *In the beginning, because of love. And now, because I like it to live there.*
-    *Yes, it is so. In the beginning because of love, and after it is over because of all other nice people.*

Warum sagt Leena das? Was ist mit Tuomas? Diese Dame wäre vor vielen Jahren der Schwarm aller über 50 jährigen Herren gewesen, die nicht auf ein jüngeres Modell standen. Stramm, kurvig und mit einem Gesicht, das dauernd zu lächeln scheint. Und, im Gegensatz zu mir, noch keine „Geschichten" im Gesicht, dafür kann ich mehr erzählen, also wenn es nach den Falten geht. Aber vergeben, schade für Juha. Chhhh.

Hör bloß auf zu kichern, oder haben die das was ins Glas gemacht? Fragt das Frühere Ich. Du wirst dich wundern, orakelt Frau Hase.

Die Uhr sagt 23.00 (also eigentlich erst 22:00). Draußen ist es so hell wie in Dänemark an einem Nachmittag. In einer Stunde ist bestimmt der Zauber vorbei, ich werde im Hotelbett liegen, bisschen von Juha und verpassten Gelegenheiten träumen, und dann morgen? Ich habe den Rest vom Blaubeerschnaps gekippt. Oberlecker, aber sicher gefährlich. Ich glaube zwar nicht, dass die was reingetan haben, aber einfach betrunken reicht auch. Morgen steht Polizist Pekka da und lässt mich pusten. Und nimmt mir den Führerschein weg und alles Geld. "Slow Waltz" brüllt es da von der Bühne. Im Nu ist alles auf den Beinen.

- *Do you want to dance with me?*

Mit leichtem Druck auf den Unterarm, was soll ich tun?

- *Yes Sir.*

Das ist die Schleicherrunde, letzte Gelegenheit, sich jemanden zu angeln. Kenne ich, von ganz früher. An meiner Angel zappelt schon jemand. Oder besser, zappelt nicht, sondern zieht mich ran, aber nicht zu nah, ganz nach Benimmbuch. Dreht sich mit mir, und mir ist wie Karussell fahren.

Kribbeln an allen möglichen Stellen. Komischer Geruch, wie Heu? Nee, mehr so Tannennadeln, Pilze, Moos vielleicht. Oder Birke? Jedenfalls kein Aftershave aus dem Russenshop. Könnte ich glatt die Augen zu machen und immer so weiter…

- *What do you think about to go out, for smoking?*

Leise in mein Ohr geflüstert.

Gott sei Dank, habe ich so wenig getrunken, dass ich draußen stehen kann, ohne nach links und rechts zu schwanken. Passiert manchmal, im angetrunkenen Zustand, wenn man in der Kälte eine Zigarette raucht. Und kalt ist es, obwohl noch hell. Meine Strickjacke! Ist drinnen, hängt über meinem Stuhl, dort bei der fröhlichen Runde. Was mach ich? Gehe ich rein, grinsen die vielleicht und denken, dass da nicht nur Zigaretten geraucht werden. Bleibe ich hier draußen, fällt Juha vielleicht auf, dass ich friere.

Absolut gute Gelegenheit, und dann, Tundra, zerfetzte Sachen, Geld und Telefon weg!

Frau Hase! 99% aller männlichen Menschen, auch hier, sind stinknormal und vergewaltigen keine ausländischen Frauen, punktum! Und das 1 Prozent? Nicht anwesend gerade.

- *Do you feel cold?* (Aha, es geht los)
- *Only a little bit. My…cardigan, is on the table.*
- *Should I pick it up, from the table?*
- *No, I also want to go in, now.*
- *Yes, let us go in.*

Die Bühne ist leer. Am Tisch ist man am Aufbrechen. Handschlag, Handschlag, Handschlag, war ein schöner Abend. Kurzer Blick von allen zu Juha.Was ich gesagt habe, abgekartetes Spiel, alle wissen Bescheid! Jetzt lauern die bloß drauf, dass ihr zusammen den Heimweg antretet, ins Hotel geht, aufs Zimmer. Hat man dann viel Spaß beim nächsten Mal, wenn erzählt wird, was solche ältlichen Damen für Qualitäten haben.Aber so einfach losrennen geht jetzt nicht, ich merke die Blicke hinter mir, als wir beide nach draußen gehen. Dann stehen wir auf dem Vorplatz, immer noch Sonnenschein, lange Schatten. Wenn es jetzt Tschüss und Danke heißt, reicht es auch, war das absolute Highlight, mehr muss nicht sein.

- *Thank you for a nice evening. Now I should go….*
- *Uttta, also, thank you, for coming, for a very nice evening*

For coming? Du hast mich nicht direkt eingeladen, sondern die Ordnungsmacht vorgeschickt, nehme ich mal an.

- *What will you do tomorrow? Continue driving? In which direction?*
- *Hmmm. Tomorrow I want to stay here. For relaxing.*

Hätte ich vielleicht nicht sagen sollen? Erstmal hab ich eine Nacht gebucht. Da ist das grüne Leuchten wieder! Weiß ich schon, was jetzt kommt, also wenn ich mich nicht irre:

- *Ohh, it is great! Could you think…to meet again? With me? Tomorrow? In the afternoon? We can go and eat something. I can show you the town.*

Mach mal, die Gelegenheit kommt nicht so schnell wieder. Und er hat nicht gesagt, dass er jetzt aber gleich mitkommt ins Hotel Ja, früheres Ich, das sollte er auch nicht gefragt haben!

Gib ihm doch mal eine Chance, sagt die imaginäre Tochter.

Frau Hase rollt mit den Augen.

- *You are at work, tomorrow? So, at four in the afternoon?*
- *Yes…*

Ohhh, die Augen. Und er kommt wieder 5 cm näher. Morgen, NICHT heute, nicht im Hotel!

- *We can meet us at your hotel. I will wait for you, tomorrow. We can eat something (*hast du schon mal gesagt. Wo denn?*) I am looking forward.*
- *Yes...see you tomorrow.*

Mal sehen, ob ich das mache. Wenn alle Stränge reißen und du morgen anders aussiehst als heute, wenn der Zauber weg ist, kann ich einfach im Zimmer bleiben.

- *Yes we do...and here... you can call me if there is something.*

Ach nee, krieg ich eine Visitenkarte in die Hand gedrückt.

Denk mal so, sagt Frau Hase, der glaubt, du rufst ihn an. Bloß wegen Danke. Nicht schlecht, dann hat er DEINE Nummer ja auch. Stimmt.

- *Thank you...*

Was soll ich sagen. Er guckt er an. Was soll ich machen? Ihn mit Kuss verabschieden und alles andere morgen? Tuuut. Tuuut. Da kommt ein Auto vorgefahren, am Steuer Tuomas. Samt Frau Leena. Fahren die hier vielleicht die paar Meter?

- *Do not you live in Sodankylä?*
- *No, I live in a little village outside of Sodankylä...Moskuvaara.*
- *Chhh. like Moscow?*
- *Nooo. Moskuvaara. There are no Russian people.*

OK, OK, war ein n Scherz. Findet der Tangoprinz nicht lustig.

- *How much kilometers from Sodankylä?*

Was interessiert mich das eigentlich?

- *25. But I work here...So, we meet, tomorrow? At four in the afternoon?*
- *Yes (*Solange nix anderes beschlossen wurde*). Greatings to your friends. See you.*
- *The same here. I am looking forward....Kiitos...for this evening.*

Und schwupp, hab ich doch zwei fremde Lippen auf meinem Mund. Zwei Hände auf meiner Schulter, die mich ran ziehen. Sagte mal jemand was über unzugängliche Nordmenschen? Not here. Und ein Gesäusel im Ohr:

- *Utta, I am so happy that we will meet us again, tomorrow. But now, I must go. See you...*

Steigt ein, winkt, fährt weg. Nach Finnisch Moskau.

Ich winke auch, und marschiere die 400 Meter zum Hotel. Nichts denken jetzt, höchstens, dass ich noch vermerken muss, wo ich heute langgefahren bin, ob besondere Vorkommnisse waren (JA) und so.

Unwirklich, wenn nachts noch die Sonne scheint. Mag nicht jeder. Irgendwo im „richtig" hohen Norden haben sie mir mal die schwarzen Verdunklungsvorhänge gezeigt, aber das war ja nicht Zweck der Übung. Ins Land der Mitternachtssonne zu fahren und dann Schotten dicht! Dabei ist es faszinierend, die Sonne geht irgendwann ganz nach unten, aber nicht unter und dann langsam wieder hoch. Ja, auch gestern, oder heute früh. Es wurde nämlich wieder zwei Uhr, ehe ich an Einschlafen denken konnte, aber nicht nur wegen der Sonne um Mitternacht! Ich konnte gar nicht ins Bett gehen, hat überall gekribbelt und geprickelt.

Erst stößt man mit einem Toyota bald zusammen, dann muss man bangen, dass einem nicht der Führerschein entzogen wird, schließlich landet man bei einem Tangoball, wo man mit dem Toyotabesitzer nicht nur Runde um Runde dreht. Man soll den sogar nochmal zu Gesicht bekommen, morgen! Und, die Krone vom Ganzen: das ist kein 0815 Mann, das ist der schönste finnische Mann von vor und hinterm Polarkreis! Mir ein Rätsel, was der an mir findet. Ich sah ja nicht so schrecklich vorzeigbar aus, jedenfalls heute Nachmittag.

Die drei Damen melden auch noch Diskussionsbedarf an:

Frau Hase hält das immer noch für eine abgekartete Sache, ob ich schon mal richtige Trickbetrüger oder Heiratsschwindler gesehen hätte? Sie schon, im Fernsehen. Hässlich ist da keiner, sonst würde die Masche ja nicht klappen!

Sie überstimmt auch das Frühere Ich, das fast Luftsprünge macht und bedauert, dass es unsichtbar ist. Sonst würde es mir mal zeigen, wie man solche Herren bezirzt und bei der Stange hält.

Hahaha, du und zeigen, erwidert Frau Hase trocken. Was war das für eine Visitenkarte, die er mir gegeben hat? Wer verteilt denn noch sowas? Die Zeiten sind lange vorbei. Guck mal drauf, ob die überhaupt echt ist.

Habe ich mir dann noch ein großes Glas Pappwein eingeschenkt und bin noch auf die Galerie zum Rauchen gegangen, allein, habe ich mir ausgebeten. Manchmal gehorchen die sogar. Was ich so rausgefunden habe, der Herr heißt Juha Nieminen und ist „Leader of Monitoring - Pyhä-Luosto-National Park, Department Sodankylä, Lappi".

Es gibt eine Seite, oder Seiten, im Internet. Auf der ersten stehen ellenlange Erklärungen in Finnisch, darunter nochmal in zwei anderen Sprachen, Sami und Schwedisch. Nächste Seite das ganze Blabla auf

Englisch. Auf der dritten Seite ist dann der „Stuff" zu besichtigen, fünfzehn Namen, ich suche aber nur nach einem. Tatsächlich, auch hier heißt der „Leader of Monitoring - Pyhä-Luosto-National Park" Juha Nieminen und mit Bild. Bis jetzt stimmte alles, aber der Leader auf dem Foto, wer ist das? Mehr als zehn Jahre jünger, rundliches Gesicht, dicke viereckige Brille, Haare dunkler und etwas voller. Anzug und Hemd mit Schlips!!! Also, ob das der schönste Mann sein soll, der einen Pullover in die Hose stecken konnte, glaub ich fast nicht. Aber die Augen passen schon, der Mund auch, wenn man das also sehen will.

Wenn der wie auf dem Foto ausgesehen hätte, ich wäre wirklich schreiend aus dem Saal gerannt. Wobei sich die Frage stellt, ob ein solcher Brillennerd überhaupt zum Tango tanzen gekommen wäre. Der hätte mich eher zu seiner Sammlung wissenschaftlicher Artikel oder EU-Vorschriften eingeladen.

War ein-und derselbe Mann, in der verkehrten Einbahnstraße und heute Abend. Bloß morgen? Kommt dann die schlechteste Mischung von beiden: schwarze Brille, Anzug mit Schlips, aber alter Mann mit Nasenhaaren und schiefen Zähnen? In vierzehn Stunden werden wir wohl schlauer sein. Oder ich fahre eben einfach ab, heimlich. Aber wer weiß, ob das überhaupt geht.

Ich muss den Tag bis zum Nachmittag sinnvoll verbringen, hier drinnen kann ich nicht sitzen bleiben. Erstmal buche ich noch eine Nacht. Wer weiß, ob ich die überhaupt brauche, bloß sicher ist sicher. Die Fernfahrer-Hexe hat heute noch nicht zurückgeschossen. Ich könnte glatt 100 Kilometer wandern, oder 400 Kilometer fahren. Aber gibt es hier überhaupt was zum Angucken, außer zwei Hotels, drei Grillis und fünf Tankstellen mit Supermarkt?

Sechs Stunden muss ich rumkriegen, ohne Autofahren. Also, die Sehenswürdigkeiten von Sodankylä abklappern: Das Kulturhaus, nun bei Tag, das „Zentrum", mit Tankstelle plus Supermarkt, zwei vollgestopfte Souvenirläden und einem Second-hand-Shop vom Blauen Kreuz, die heißen „Kippis". Blaues Kreuz ist ein Anti Alkohol Verein. Warum die Läden sich Kippis nennen, wird mir mein persönlicher Finne vielleicht in vier Stunden erklären können. Noch ein Viertel mit Beton-Viergeschossern, die denen aus meinem untergegangenen Land ähneln.

Zurück zum Zentrum, wo an der Tankstelle jetzt zwei Reisebusse halten, mit deutschem Kennzeichen. Die Herrschaften stiegen aus, rauchen, gehen aufs Klo, trinken Kaffee, man spricht sächsisch. Chhhh. Ich laufe an zwei sogenannten „Grillis" vorbei, dann finde ich noch eine Bar, die jetzt geschlossen hat, eine Pizzeria und ganz zum Schluss tatsächlich ein Cafe! Ein paar Möglichkeiten, gepflegt zu essen und sich zu unterhalten, sind wohl da. Das Café ist wäre eine. Der Kaffee schmeckt, Kuchen auch und ich kann mal auf dem Telefon gucken, welche weiteren Sehenswürdigkeiten Sodankylä noch bereithält. Ich kenne den Ort eigentlich nur aus meinem Geographiebuch, 6. Klasse. Das Temperaturdiagramm. Im Winter bis minus 30 Grad. Na, wir haben jetzt Frühsommer (eher Frühling), warm genug für ohne Jacke ist es. Kann auch wieder umschlagen, geht hier schnell, von 20 Grad auf 10.

Aha, da gibt es noch ein Museum. Und so eine berühmte Plastik, Lappe mit Schlitten. Im Museum verbringe ich zwei Stunden und gucke mir aber auch wirklich alles an. Als einziger Gast. Dafür wuseln da drei Museumsangestellte rum, sicher auch Fördermaβnahmen strukturschwacher Regionen, von der EU, die Leute müssen ja was machen. Die Bilder von so einem Sami Künstler sind recht hübsch, aber nach Bild Nr. 20 ist dann auch genug. In Inari gab es ein wundervolles ethnografisches Museum, da habe ich bald vier Stunden verbracht, außerdem war ich beim Sami-Parlament im norwegischen Karasjok, mehr Lappenleben muss erstmal nicht sein.

Noch ca. zwei eineinhalb Stunden zum Totschlagen. Will mich nicht irgendwo auf eine Parkbank setzen, da dauert es nicht lange und meine Reisebegleiterinnen beginnen wieder Diskussionen. Ob und wie und was da alles passieren kann, heute Abend. Kann auch ganz fürchterlich langweilig werden, wenn wir uns erst mal so bei Tageslicht betrachten. Gegenseitig auf Englisch radebrechen, dazwischen lange Pausen. Ob er wieder so oft lächelt? Und dann nichts sagt?

Wo ist denn eigentlich das Denkmal? Muss ich mal mit Telefon versuchen zu finden. Und marschiere immer an den blauen Kugeln lang. Dann sollte ich da sein, da ist nichts! Also, wo ist nun der Lappe mit Rentier? Langsam einmal rundum geguckt, direkt hinter mir. Wie haben die das gemacht, dass das Ding irgendwie eins ist mit der Umgebung? Jetzt fällt mir auch ein, dass die Plastik auch in einem von meinen alten zerlesenen Skandinavien-Reisebeschreibungen zu finden ist. Und nun steh ich vor der in echt, nach 40 Jahren.

Die Zeit ist rumgebracht, nur noch eine Stunde. Kann ich mich nochmal ganz entspannt auf die Galerie im Innenhof setzen, habe ich mitbekommen, dass ich hier vielleicht nicht der einzige, aber der dritte von sechs Gästen bin. Noch eine Zigarette, noch ein Glas Pappwein zur Dämpfung der Aufregung und um die Diskussionen meiner drei Begleiterinnen bisschen im Zaum zu halten. Sonst gibt es kein Date Nachmittag um vier, wäre doch schade?

Ja, meine Begleiterinnen. Drei Damen, unsichtbar, aber nicht für mich:

Frau Hase sieht fast immer und überall Gefahren lauern. Zu enge Straßen, zu wenig Benzin, Rentiere auf der Fahrbahn, sich verlaufen. Besser man ist auf alles vorbreitet, aber die Katastrophe kommt immer plötzlich und unerwartet, da kann man nix machen. Lernt die gute Frau bloß nicht mehr. Außerdem sieht sie zu viele Krimiserien im Fernsehen, und in ihren Augen sind 50% aller Menschen Massenmörder, Kinderschänder, Sadisten, Vergewaltiger, oder, mindestens, Betrüger, die einen mit perfiden Maschen aller materiellen Güter berauben, und man sagt ihnen dann noch „Danke". Wenn es dann zu viel wird mit den Leichenbergen, werden zur Entspannung Tierdokus angesehen, gerne aus Tierparks oder von kranken Hunden und Katzen beim Tierarzt. Ihre Ideen für Verbrechen, die der Herr heute an mir begehen kann, sind zahlreich: Angefangen vom Trickbetrüger, der irgendwann meine Geldkarten und das Handy klaut und dann verschwindet. Der mich in den kleinen Park lockt und an einer nicht leicht einsehbaren Ecke brutal vergewaltigt, mal mit, mal ohne anschließenden Diebstahl von Wertsachen, und dann verschwindet. Der mich betrunken macht, dann in sein Auto zerrt, in dieses Dörfchen fährt, um dort das Verbrechen zu begehen und mich am Ende noch ermordet.

Dann das Frühere Ich: Kennt sich gut aus mit Herrenbekanntschaften, vor allem mit unglücklichen, mag aber erst mal per se jeden Mann, der keine Gesichtsfünf ist und die allereinfachsten Grundlagen des Flirtens beherrscht. Glaubt jetzt allerdings, da wurde so eine Art Wette abgeschlossen, dass Herr Nieminen vielleicht drei Chancen bekommt. Sowas wie Reality-TV, Bauer sucht Frau. Alle sind live dabei. Hat dich Frau Hase schon bisschen angesteckt?

Höre mal nicht drauf, sagt die imaginäre Tochter. Das Küken hat meistens ordentliche Argumente, wird aber meistens von den beiden anderen überstimmt, wegen „mehr Erfahrung, kannst du noch gar nicht mitreden". Nein, nicht noch ein Glas Papp, da soll sicher noch was getrunken werden, heute Abend. Zieh dich ordentlich an! Nicht wieder Punktjacke. Was ist mit dem Punktkleid? Geht das? Denkt er, du hast nur das. Da sind noch so helle Hosen, aber im großen Koffer, im Auto. Ja, dann hol die doch, sagt die imaginäre Tochter. Hat doch keiner damit gerechnet, dass wir hier noch auf Rendezvous gehen. Na, ich hol mal die Hose und ich habe so ein ärmelloses Dingens in Schwarz, könnte ich ja mit Strickjacke drüber. Ja, sehr schön, aber die von gestern, Punktjacke ist Tabu! meint die imaginäre Tochter. Da mach ich, was sie sagt, besser ist das.

Mann, Mann...ist schon 16:05. Sollte ich langsam runtergehen. Schade, mein Fenster geht zum Hof raus, kann ich nicht sehen, wer da wartet. DIE Situation hatte ich seit über 15 Jahren nicht mehr, Bewerbungen zählen nicht richtig, da geht es um etwas anderes.
Bisschen vergleichen kann man das schon, meint das Frühere Ich. Ach, ich soll mich wohl um den Posten als Mr Nieminens Partnerin bewerben, oder wie?? Kommt überhaupt nicht in Frage. Sodankylä liegt hinterm Polarkreis, außerhalb der normalen mitteleuropäischen Welt. Zeit für ein kleines Sommerabenteuer habe ich auch nicht, in fünf Tagen geht der Flieger. Wer weiß, wenn da jetzt so ein alter Finne wartet, wo die Fältchen im Gesicht nicht mehr interessant, sondern bloß verlebt aussehen, wenn er Unmengen Wodka in sich hinein kippt beim Essen und anfängt mit irgendwelchen dummen Bemerkungen? Dann gehst du einfach. Das ist hier eine Stadt, da laufen noch paar mehr Menschen rum, meint die imaginäre Tochter. Ja, hört sich einfach an, leider schwer auszuführen.
Ihr bleibt alle hier! Wer will, kann auch Fernsehen gucken! Ich will keine Diskussionen oder Kommentare, vielleicht bin ich schneller zurück, als ihr denkt.
Beim Runtergehen kribbelt es doch ein bisschen in mir. Türe auf, da steht wirklich jemand! Wirklich der schönste Mann!

Diesmal mit blauem Hemd, ohne Schlips, schwarze Hosen. Rotbraune Rauhlederjacke, doch bisschen feingemacht. Kommt auf mich zu, lächelt. Hüppelt nicht rum, macht keine falsche Bewegung, stottert nicht oder so. Und er sieht, wenn nicht genauso, dafür noch besser als gestern aus. Ich bekomme nur einen Handschlag, der reicht aber schon, dass ich hin und weg bin:

- *Hej Utta, nice to see you again! What can we do, have a cup of coffee?*
- *(*Stell ich mich doof*) Do you know a café, here?*

Gehen aber die Augenbrauen hoch! Chhh und ein fragender Blick wegen Kicherns:

- *Yes, here is a cafe...Let us go.*

Das Café, wo ich heute schon mal dringesessen habe. Hätte mich auch jetzt gewundert, wenn es ein anderes gewesen wäre, so riesig ist das Nest ja auch nicht. Ja, also Kaffee, und ob ich auch Kuchen möchte? Nein. Ich habe hier ja gerade Kuchen gegessen. Im Moment kann ich sowieso nichts essen. Bisschen irritierend auch, dass die Cafetante Juha begrüßt wie einen Bekannten und mich nebenbei beäugt. Ja, ich war vorhin hier! Und?

Wir trinken nicht nur einen, sondern viele Tassen Kaffee, wir bleiben sitzen, bis die Dame die Stühle hochstellt. Was ich nicht geglaubt hätte, der Gesprächsfaden reißt kaum ab, höchstens schlagen wir ein paar Wörter nach.

Herr Juha Nieminen ist das Gegenteil eines großen Schweigers. Im Gegenteil, wenn der erstmal loslegt, dann muss ich nicht mehr viel sagen, nur aufpassen, dass ich hinterherkomme mit Verstehen, wenn er mich zwischendurch mal so ansieht, mit den grünbraunen Augen. Also seine Arbeit: Nennt sich Geländemonitoring. Das Territorium vom Nationalpark ist aufgeteilt in vier Quadranten. Jeder ungefähr 400 qkm. Die werden abgelaufen, oder manchmal abgefahren. Drei Monate ein Territorium, die nächsten drei Monate das andere. Und dann wieder von vorne. Lange Tage im Gelände, Vegetation zählen, Tiere zählen, Boden untersuchen, Moose sammeln, Wasserläufe und Seen untersuchen, sowas.

Ob das nicht sehr einsam ist?

Nein, nicht für ihn, ab und zu kommen auch Leute aus Rovaniemi mit, Studenten oder Praktikanten. Die sind erst immer begeistert von der Wildmark, aber am Schluss der Woche heilfroh, wieder aus

Sodankylä wegzukommen. Nicht so viel los hier, für junge Menschen. Er braucht so circa acht Wochen für ein Gelände, dann geht es die nächsten vier Wochen an den Schreibtisch, alle Daten zusammensammeln, Übersichten aufstellen, damit die Leute in Rovaniemi auch was zu arbeiten haben. Die ordnen die Daten nochmal anders, dann kommt alles zur EU, wo wieder Leute sitzen. "and so on", wird gelächelt, er schreibt das in zwei bis drei Wochen zusammen, aber wofür die anderen den Rest der Zeit brauchen? Keine Ahnung. Von der EU kommt das Geld, da fragt man lieber nicht so genau. Außerdem haben sie hier auch noch ein paar extra Projekte. In diesem Jahr Forschungen über Bakterienarten bei Rentieren, wo die herkommen, wie die sich übertragen, ob gefährliche bei sind, sowas. Da soll im Oktober ein Artikel herauskommen, deshalb fährt er im Sommer auch acht Wochen nach Tromsø, mit der Universität dort arbeiten sie zusammen. Das wird im Oktober in Helsinki vorgestellt.

Haben sie zum Beispiel mal festgestellt, dass Tierarten verschwinden? Wird immer davon geredet, die Biodiversität geht verloren. Ab und zu muss ich ja zeigen, dass ich alles verstehe, was da recht schnell vorgetragen wird.

Ja, ein Beispiel: „Wolverine", früher hatten sie 20 Tiere im Quadrant drei gezählt, jetzt leben da nur noch ungefähr sieben, acht. Und Herr Nieminen glaubt, eine Ursache zu kennen: Dadurch, dass jetzt nicht nur einzelne Touristen hier wandern, sondern, dass man ganze Busladungen an Touristen in die Wildmark fährt, wo dann Gruppen von 20 bis 30 Leuten in der Natur herumlaufen. Mag Wolverine nicht.

Guckt er mich jetzt an, weil ich andauernd nicke oder den Kopf schüttele, je nachdem:

- *Do you know, what it is? The animal's name is "Wolverine", in English.*
- *Hmmm, a kind of wolf?*
- *No, not a wolf....another animal, in Finnish ahma (*kenne ich erst recht nicht*), in Swedish jærv...maybe also in Danish? Here, a picture.*

Hält er mir das Telefon hin. Ja ziemlich groß und pelzig, ähnelt bisschen einem Bären. Ich habe jetzt auch rausgefunden, was das für ein Tierchen ist:

- *In German „Vielfraß", somebody who eats too much…Chhhh*
Ich muss einfach kichern, weil ich mir gerade vorstelle, dass ich so
einige Vielfraße kenne, die man doch direkt in den hohen Norden
oder in den Quadranten importieren könnte. Müsste nur jeden Tag
der Grilli-Service was an der Futterstelle abwerfen Chhh…Chhh.
Jetzt sieht mich jemand fragend an…mit hochgezogenen Brauen.
Was soll da so witzig sein? Ach, nur wegen des Namens. In Dänemark gibt es fast keine großen, wilden Tiere. Vielfraße schon, aber
die wohnen in Häusern Chhhh. Was gibt es sonst noch an wilden
Tieren? Bären, Wölfe, Elche?
Nein, keine Wölfe, zu kalt, Bären verirren sich nur ganz selten hinter
den Polarkreis. Ich soll aber nicht glauben, dass es hier Eisbären gibt,
haha, für die ist es zu warm. Elche leben auch weiter südlich, aber
mittlerweile kommen schon recht viele hinter den Polarkreis, das haben sie auch beim Monitoring bemerkt. Und beim Jagen.
Jäger ist der bestimmt auch, jagt vielleicht alles, an Zwei-und Vier-
beinern, was ihm vor die Flinte kommt. Chhh.
Jaha, solche Arbeit werde ich wohl nicht kennen?
Doch, Monitoring habe ich auch gemacht, in Deutschland, Pestizide
in Lebensmitteln.
Und jetzt? Analysen, Analysen, Analysen und alles, was da dranhängt. Interessant, aber bei uns gibt es keine bahnbrechenden Erkenntnisse.
Habe ich nicht erzählt, dass meine Eltern Tierärzte waren? Warum
habe ich das nicht weitergeführt?
Ich hatte leider kein Interesse für die Tierwelt. Alles, was über Kat-
zengröße geht, eher nicht. Sag ich mal jetzt nichts von Flattertieren
aller Art. Man soll in so einem Erstgespräch keine schwierigen Sachen anschneiden, also Krankheiten, oder eben Phobien.
- *What about dogs? I have two…*
Das habe ich mir schon gedacht. So richtig scharfe Killerhunde, Rott-
weiler oder noch schlimmere. Die schlafen dann auch bei Herrchen
im Bett. Und hören aufs Wort. Männer lieben ja solche Biester. Wäre
allerdings auch enttäuscht gewesen, wenn Herr Nieminen mir erzählt
hätte, er hat drei Katzen. Also, einer ist ein Labrador, der andere
„little, like a cat…a dachshund", für die Jagd.
Aha, und was kann man hier so jagen?

Zeigt er mir verschiedene Tiere, also meist wilde Rentiere, Schnee-hasen, Hermeline, Füchse, ab und zu einen Elch. Ich war noch nie jagen?

Doch, gerade jetzt Chhhhh…Nein noch nie.

Ist interessant, und spannend, sollte ich mal probieren. Ja, und wo? Gucken wir uns wieder an.

Vielleicht Zeit für einen Themenwechsel. Also, du wohnst nicht hier, sondern in Moskau?

Brauen hoch. Ich soll das wohl nicht sagen. Ob er ein Problem mit Russen hat? „Weeerner, ich glaub die Russen kommen" Chhh. Na, nochmal Brauen hoch. Hmm, Mister Nieminen, verstehst du nicht. Kann ich aber nicht erklären, die Kicherei. Wahrscheinlich wegen Verlegenheit oder der Luft hier. Also Mosk…Moskuvaara. Ein klei-nes Dorf, da wohnt er, seit drei Jahren. Vorher hier im Ort, kann er mir zeigen. Dann hat er das Haus gekauft, es musste sehr viel repa-riert und umgebaut werden. Im letzten Winter ist es endlich fertig geworden.

So sieht das jetzt aus, natürlich jetzt Bilder auf dem Telefon. Da ist das Haus abgelichtet. Kann nicht feststellen, ob es groß oder klein ist. Ein koksgrau angestrichenes Steinhaus. Ich hab ja so hübsche Holz-häuschen gesehen, rot, beige, grün. Warum diese komische Farbe? Gab wohl nix anderes im lokalen Baumarkt? Aber ich sehe ja den Besitzerstolz. Also, ein Haus mit vermutlich zwei Etagen. Wo ist die Sauna? Sowas hat man doch, als echter Finne. Etwas weiter weg steht noch mal eine kleine, ebenso koksgraue Hütte, wohl die Sauna. Und dahinter Wasser.

- *Järvi or Joki?*

Chhh. Da kommt wieder so ein Lächeln.

- *Do you know some Finnish words?*

Ja, ich bin nicht umsonst rumgereist. Oder von früher ist was hängen-geblieben.

- *Järvi, a lake. There is also a river, you can only come to Moskuvaara over a bridge. But look here, this is the house, in-side.*

Zeigt er mir doch wirklich die Inneneinrichtung! Die Küche, mit Gas-herd. Einen Wohnraum, mit Couch, Esstisch, 4 Stühlen, Arbeitsecke mit Computer, Blätter, Blätter, Blätter und Aktenordner, kein or-dentlicher Schreibtisch. Das Badezimmer! Soll ich mal fragen warum diese kleine Dusche am Klo fehlt, vielleicht, weil er sowas nicht braucht, keine Damen in der Wohnung? Nicht jetzt kichern, auch nicht bei den nächsten Bildern! Das Schlafzimmer, „nicht sehr groß, aber ist nur zum Schlafen", und zum TV Glotzen, ich hab dem Flachbildschirm gesehen. In der Diele, lauter merkwürdiges Anziehzeug und mindestens drei Paar Gummistiefel, alle anders, vielleicht braucht man ja so viele hier. Das Gewehr hängt neben dem Spiegel. Prächtig, prächtig! Neben der braunen Kommode ein Hundekorb, in der Küche war auch ein Fressnapf zu sehen.

Wenn jetzt noch die Bilder von den Wauzis kommen. Ja, klar! Jakko, der Labrador. Ein sehr großer, schwarzer Hund, der ernsthaft in die Kamera blickt. So einem möchte man nicht allein begegnen. Und hier ist Marja. Der Dackel, oder die Dackeldame. Schläft auf dem Bild. Und das soll ein aktiver Stöberhund sein. Ob die immer so faul ist?

Ja, Marja schläft gerne lange, sie ist auch noch klein, ein „puppy" (also Welpe), aber zur Jagd gehen, mag sie schon.

Und sie versteht sich mit dem Labrador?

Ja, sogar sehr gut. Die beiden arbeiten schon ordentlich zusammen. Jakko behält den Überblick und macht die Beute aus, dann gibt er ein Signal an Marja…dann rennt sie los „wie eine Rakete". Hat er jetzt wirklich auf Deutsch gesagt!

Trotzdem, hier hatte ich fast gedacht, ich stehe auf, sage Danke für den netten Nachmittag, aber leider, ich muss morgen früh ganz zeitig losfahren. War nicht so ganz, was ich mir vorgestellt habe. Ein alter Finne, der Bilder von seinen Hunden zeigt. Hat wahrscheinlich nicht mal Kinder. Auch wenn er zehnmal der schönste Mann von hinterm Polarkreis ist.

Fragt er, ob ich auch Tiere habe, vielleicht eine Katze, könnte er sich gut vorstellen. Nein, leider keine Zeit, weil ich meistens mit was anderem beschäftigt bin. Was ist das? (Wieder die Brauen hoch.) Ja, die Fliegerei. Ich fliege fast alle sechs Wochen nach Deutschland, zu meiner Mutter, die im Pflegeheim lebt. Da ist nicht so viel Zeit für Hobbies. Deine Mutter lebt noch? Seine Eltern sind beide schon tot, sein Vater vor 20 Jahren, seine Mutter vor zehn.

Jetzt kann ich doch nicht weg, ich bleibe hier bis Ladenschluss. Wegen diesem:

-    *Do you know this feeling, sometimes, that you are very alone, because there are no mum and dad? Even if you are adult, and*

perhaps, the relations were not always the best... but the feeling,
you are alone.

Wir haben noch kein Milligramm Alkohol angerührt und dann solche Sätze. Aber ja, er hat recht, passiert mir auch, aber nur ganz selten. Kann sein, dass ich deshalb mutiger geworden bin. Ob ich mal was fragen könnte? Ach, die Augen, und vor allem der Arm, der wieder näher gerutscht ist und die Hände, solche Finger! Ohne Ring, kann alles Mögliche bedeuten, deswegen frage ich ja. Wir könnten uns auch gerne über was anderes unterhalten, Juha Mieto vielleicht, ob er den noch kennt, oder ob er weiß, wie Matti Nykänen gestorben ist. Oder, was das mit der Regierungsneubildung auf sich hat, soviel habe ich im Radio schon mitbekommen, dass das nicht leicht war. Aber nun habe ich angefangen, und ich glaube auch, er weiß, was für Fragen gestellt werden. Kommt vielleicht raus, dass Herr Nieminen zwar nicht verheiratet ist, aber da gibt es eine Freundin, die jetzt in New York wohnt, sagen solche Typen ja gerne.

- *OK, what do you want to know? But you must also answer.*

Du sollst mich nicht immer so angucken!

- *Your name: Juha Nieminen?*
- *Yes... And yourself, Utta... family name?*

Hat dir das dein Polizistfreund nicht erzählt?

- *Uuta Landmann. (*Mit langem UU!!)
- *(*Schmunzelmund...*) OUTTI ...(*was ist das für ne Namensvergewaltigung?*)... Uttiha? It is easier for me, to say... Uttiha.*
- *Married (*schüttelt er mal schon den Kopf), divorced..or ..widowed?*
- *Divorced* (Frag mal lieber nicht, ob es da noch irgendwo ne Freundin gibt...*) and you?*
- *Hmmm (*ja, was soll ich sagen, Witwe ohne Trauschein?*) Widowed, we were not married...*

Ach, den ein Blick kenne ich schon von anderen. Die Hand will schon rüber grabbeln. Neee, lass das mal.

- *I am so sorry... Since when?*
- *Two years ago. And, before this, a partnership of 15 years. Before this, I was also divorced, for 31 years ago. (*Da haben wir wieder die Proportionen hergestellt...*) Children?*
- *Two daughters, 23 und 25 years old. You have children, too?*
- *A son, 36 years, a daughter 31 years.*

Sieht aus, als ob er jetzt ins Grübeln kommt. Denkt der, die sieht ja verdammt gut aus für ihre 60+ Jahre??? Jetzt sollte die Frage nach dem Alter kommen. Lassen wir lieber.

- *You want to meet with me again, because?*

Das stand nicht im „Icebreaker interview"! Ist so rausgerutscht, ich denke ja, Herr Nieminen wollte mir eigentlich keine Hundebilder zeigen?

- *I want to see you again, because... Do you want to see a part of the National Park with me? The Quadrant three and may be quadrant four. And, to invite you to visit me, in Moskuvaara, see my house and my dogs, if you want?*

Geht mir jetzt ja ein bisschen zu schnell. Der Mann soll Finne sein? Die nächste Frage wird sein, ob und wann ich bei ihm einziehe? Als Haushilfe und Hundesitter? Vielleicht ist er auf der Suche nach so jemandem? Nee, nee, ich habe höchstens, aber allerhöchstens noch zweieinhalb Tage hier!

Aber die Hand. Die liegt jetzt auf meinem Arm. Hat sich schon festgelegt. Und ich mach nichts, stoß die nicht weg. Klar denken geht dann nicht mehr, bloß gestern Abend, der flüchtige Kuss, jetzt die leise Stimme. Irgendwas muss ich ja antworten:

- *What is it: Third and fourth quadrant. It sounds like Science fiction?*
- *The names for the areas in the territory I have to observe. Tomorrow I will take around in the third. So, what about to come with me on a trekking tour? I think, you can see something other than driving by car on the roads. Do you want?*

Aus dem Alter, wo man bei solchen Einladungen begeistert aufjauchzt, bin ich raus. Aber nur schweigen kann und will ich auch nicht, sonst gebe ich morgen Gas und fahre nach Jyväskylä und ärgere mich wenigstens ein halbes Jahr, dass ich damals Nein gesagt habe. Wenn nicht, erinnert mich totsicher eine von den Gespensterchen dann jeden Tag daran. Nach Jyväskylä kann ich absagen, noch heute, wird keine große Sache sein. Fahre ich am Sonntag, suche mir wieder ein Hotel unterwegs, also bisschen Zeit ist noch. Vielleicht ist das doch ein Gangster und ich lasse mich hier ganz einfach einwickeln, obwohl ich ja dachte, dagegen bin ich mittlerweile immun, aber, wenn Mister Polarkreis so guckt, da mach ich doch alles mit, nicht nur wandern, auch Besuch in Moskau mit Besäufnis und Sauna. Chhhh. Sogar wenn der schöne Mann sich am Ende als ein Eigenbrötler entpuppt, der seine Hunde und sein Gewehr über alles liebt. Der nicht verstehen würde, dass das nicht so ganz meine Welt ist und dann vielleicht auch immer schweigsamer werden wird. Aber, einen Versuch ist es ja wert:

- *Yes, why not?*

Jetzt landet seine Hand doch auf meiner! Phantastisch! Er will mich morgen um zehn abholen. Dann soll ich wirklich was von der Natur hier in Nordfinnland erleben. Später könnten wir bei ihm essen. Wahrscheinlich nicht nur essen, aber das entscheiden wir mal nicht hier, sondern morgen, operativ!

- *Operative decision...*

Wieder was rausgerutscht. Guckt er mich fragend an. Antworten muss ich nicht, denn die Dame vom Café hat alle Stühle bis auf unsere zwei hochgestellt, jetzt steht da schon ein Eimer mit Wasser. Beim Rausgehen ruft sie Juha noch was zu, der lacht und erwidert was Wüsste ich jetzt gerne, kann aber wohl nicht fragen.

Dann beginnt eine Stadtführung, ich sag lieber nicht, daß ich schon alles angeguckt habe, heute Vormittag. Mister Nieminen legt ein scharfes Tempo vor. Da wir weder Hand in Hand noch eng umschlungen gehen, habe ich Mühe mitzuhalten. Beim dritten Mal muss er wohl was bemerkt haben, bleibt jetzt stehen und sieht mich prüfend an:

- *Ohhh sorry...I walk to fast? Is it your back pain again?*

Fängt der doch an, so näher zu kommen und bisschen an der Schießscheibe der Fernfahrer-Hexe rumzugnubbeln. Ist nicht unangenehm, aber lieber nix provozieren. Erst Rückenstreicheln, dann Kuss, dann Zungenkuss, dann lande ich in seinem Auto und wir fahren Richtung Moskau. Moskau, Moskau, Liebe ist wie Kaviar, Mädchen sind zum Küssen da, hohohohoho...Chhhhh:

- *I am very fine... Chhh, but we walk through the city... chhhh, not through your area... Chhhh*

Das ist die Luft hier. Und die Verlegenheit, ich soll mich ja benehmen, und auf Abstand bleiben, aber die blöden Sachen gehen nicht so schnell raus aus dem Kopf. Chhhh.

Ob ich gerne lache? Ja, kann man so stehenlassen...Chhhh.

Worüber? Ja, wenn mir etwas Komisches einfällt, muss ich einfach lachen.

Mir fällt wohl viel ein? Das kann er nicht. Habe ich mir schon gedacht. Man soll ja ein bisschen Vorurteil vom finnischen Menschen behalten.

Was war denn jetzt komisch? Kann ich nicht erzählen, findet er ja nicht so witzig, also das mit Moskau. Chhhh. Nein also:

- *It can be the light here, so beautiful, I am always in a funny mood.*

Naja, manchmal nicht, wenn dicke Autos meinen Weg blockieren.

- *I do not hope it is me, you laugh at.*

Noch so ein grüner Blick und das Lächeln. Es kribbelt jetzt wirklich überall, und wenn nicht gleich grün kommt, frage ich ihn, wo sein Auto steht und wir könnten ja gleich nach Moskau. Mit Sauna, Wodka und Kaviar Chhhhh...Chhhhhh...Chhhhh:

- *I am so sorry, but it is not about you...really*

Rot bin ich wohl auch geworden. Was soll das werden, wenn erst alkoholische Getränke serviert werden? Ohhh ohhh.

Ich glaube, ich weiß, was er mir jetzt zeigen wird. Die berühmte Baustelle mit Einfahrt verboten. Hier, auf dem Schild, steht, daß wird eine neue Leitung für Fernwärme gelegt wird. Vor einer Woche haben sie angefangen, Mitte Juli werden sie fertig sein. Deswegen ist diese Durchfahrt gesperrt. Guckt er mich an. Ja, jetzt hast du das übersetzt, aber wie sollte ich das wissen? Und nun ist es auch gut. Nächstes Mal gucke ich ganz bestimmt.

Dann taucht ein älterer Herr auf, grüßt und es folgt ein etwas längerer Plausch. Ja, da geht ein Blick von Kopf bis Fuß, da weiß sicher am Montag der ganze Altenklub von Sodankylä, wie die neueste Flamme von Nieminen aussieht. Chhhh, aber diesmal grinse ich nur bisschen. Ja, das war sein früherer Chef, Koskela. Ich hoffe, Wachtmeister Lehtonen taucht nicht auch noch auf. Kann ich wohl nicht fragen, ob er wirklich Polizist ist. Könnte mal was Vernünftiges fragen, wie das morgen ablaufen soll? Also, er würde mich vom Hotel abholen. Aber, ich müsste „Trekking" Sachen anziehen, ob ich sowas habe? Ja, solche Hosen habe ich. Gehen die Brauen hoch. Ja, wir werden sehen, aber Stiefel bringt er mir mit. Ich brauche Stiefel! Dann sieht er auf meine Füße:

-    *What is your size? I think 39? You can have boots from Leena, I come with them tomorrow.*

Sehr merkwürdig. Kennt der Leenas Schuhgröße, wer weiß welche Größen sonst noch.

-    *Leena's boots. Are you in family with her?*

Ich bin fremd, und weiß nix, da darf man das.

-    *Hahaha….she is not my wife, or my sister…she is a very good friend of mine. I am sure, she has the same size.*

Ja, wenn ich jetzt scharf nachfrage, wird wohl nicht ehrlich geantwortet werden. Aber ich glaub nicht, dass jenseits des Polarkreises offene Ehen geführt werden. Oder vielleicht doch? Aus Mangel an Abwechslung? Hier wohnen doch nicht so viele, also vielleicht jeder mit jedem, macht keinen Unterschied. Chhhh. Sollte ich mal wirklich aufhören mit!

-    *What is now funny?*

Weiß ich selbst nicht. Alles wahrscheinlich, weil ich das nicht gewohnt bin, mit so einem Herrn irgendwo hinterm Polarkreis in einer Kreisstadt spazieren zu gehen:

-    *It is so nice here, with the midnight sun…may be, therefore. And sorry, it is nothing related to you…*

Ganz glaubhaft wirke ich nicht, aber die Sonne steht ja wirklich noch hoch am Himmel, um sieben Uhr abends, es ist warm und wir laufen weiter. Juha zeigt mir die Kirche, das kleine Museum, das Viertel mit den Betonblöcken. Da hat er auch mal gewohnt. Nicht sehr schön, wurden damals in der Sowjetunion gekauft:

-    *Soviet Union. „**Neuvostoliitto**" in Finnish. Our Big Brother.*
     *(*Unserer auch mal…*)*

Folgt ein kurzer Exkurs in die jüngere Geschichte Finnlands:

Den großen Bruder hatte man bald 50 Jahre. Hieß Freundschaft und Zusammenarbeit, war keines von beiden. Nach dem Zerfall der Sowjetunion war Finnland endlich frei, aber sehr arm. Dann kam die Handelskrise, der große Bruder kaufte nichts mehr, dann hatte man sich etwas aufgerappelt, da musste Finnland der EU beitreten, später dann

auch noch dem Euro! Dann sollten große Summen an die Favoriten-
länder der EU bezahlt werden, damit die nur nicht bankrott gehen.
Finnland dagegen musste noch Geld zurückbezahlen, wegen Nokia.
Alle Länder pumpen Geld in große nationale Unternehmen, um sie
zu retten, hier waren aber ein paar sehr aufmerksame Eurokraten der
Meinung, man darf das nicht! Das muss gemeldet werden nach Brüs-
sel. Dann waren dieselben Leute recht kleinlaut, als Brüssel mit den
Millionenforderungen kam.

Also, man mag die EU nicht so sehr, in Finnland so allgemein und
hier in Lappi?

Jaha, entweder ist es egal, oder man ist dagegen. Die Samen bekommen viel Geld von der EU, die sind dafür. Er bekommt auch Geld,
findet die EU trotzdem aber keine gute Idee, so wie sie jetzt ist. Jetzt
hört er lieber auf zu reden. Kommt wieder so ein Lächeln, vielleicht
auch Verwunderung, dass die Dame zugehört hat, ohne einmal zu kichern:

- *Not a good idea to talk about policy when walking with ladies.
  And, by the way, you must be hungry, do not you? Let us have
  meal…What do you think about Italian meal? Pizza? Here is a
  restaurant "La Cucina".*

- *Fine. Let us go* (Pizza ist besser als Grilli…chhh)

Restaurant La Cucina hört sich vornehmer an als es ist. Eine Piz-
zabude mit einem Bedienungs-und einem Selbstabholerteil. Die Piz-
zas, die da über den Tresen gereicht werden, müssen wohl zu Fami-
lienfeiern bestellt worden sein. Aber vielleicht ziehen auch nicht alle
Finnisch-Lappländer in den Sommernächten raus, um zu grillen, zu
saufen und zu vögeln. Manche zocken wohl sogar in der hellen Jah-
reszeit am Computer, mit Cola und Pizza.

Wir sitzen im Bedienungsteil und studieren die Karte. Verstehen
kann ich nichts, vielleicht die Namen. Pizza Margherita, Pizza Hawaii, Pizza Arrabiata, Pizza Vegetare…. Pizza Mummi? Was ist das?

- *Do you know Pizza Bolognese?*
- *Yes...*
- *It is the same, but only with meat of reindeer. Not to recommend. The reindeer is from can. I take Pizza Hawaii, what do you want?*
- *Pizza Funghi.*
- *Jo. On the pizza only mushrooms, no cantarels and other, do you want it? (Hmmm) And, what do you want to drink?*
- *Red wine? I hope it is not from the Russian Border shop?*
- *Haha, not here. I want to show you a bar, after the meal. There we can have some drinks?*

Wodka und Blaubeerschnaps mit KO tropfen. Und mich umlegen.
- *OK.*

Pizza schmeckt, Rotwein auch. Ich frag lieber nicht, was ein Glas kostet. Ist bestimmt nicht billig. Sollte ein Glas wohl reichen, will ich mal die Spendierhosen nicht überstrapazieren. Was verdient so ein Tierarzt mit Quadrantenobservation? Bestimmt nicht ganz wenig, aber vielleicht auch nicht üppig. Die Wohnungseinrichtung hat gar nichts ausgesagt, das Auto, Toyota-Gelände, ist alt und sehr gebraucht, wahrscheinlich wegen der Fahrten im Quadrant drei und vier. Dicke Uhr hat er nicht, die sieht eher normal aus. Aber die Jacke. Soll ich mal was sagen dazu? Vielleicht wartet er bloß darauf? Glaubt man ja gar nicht, wie eitel Männer sein können. Aber, dann müsste er das Kompliment weitergeben, da kommt dann irgendwas völlig Unglaubwürdiges, also lass ich das lieber.

Jetzt wird nicht mehr gekichert! Sonst denkt Juha Nieminen noch, entweder ist die Dame leicht plemplem oder ein verkleideter Teenager. Wobei, Teenager kichern heutzutage nicht mehr. Die würden sicher erst mal die Jacke in Augenschein nehmen, scharf nachfragen, warum es eine aus „Tierhaut" sein muss. Dann meckern, über das geringe Angebot an fleischlosen und Veganer-Gerichten in der Pizzeria. Und schließlich Diskussionen über Klimaveränderungen in Gang setzen.

Nun war ich wieder mit mir beschäftigt und sollte doch eigentlich was zur gepflegten Unterhaltung beitragen. Zum Beispiel: Wie soll das morgen werden? Wenn ich mitkommen soll, bleiben deine Hunde zu Hause. Sonst nicht. Ich fahre mit meinem eigenen Auto hinter dir her. Nicht, dass du auf falsche Gedanken kommst.

Als ich von meiner gut zerschnittenen Pizza Funghi aufsehe, krieg ich bald den Mund nicht mehr zu: Mister Nieminen hat eine Hälfte seiner Pizza zum Dreieck gefaltet und beißt davon ab! Gab es da nicht mal so ein Buch, wo eine westdeutsche Dame den doofen Brandenburgern die internationale Küche beibringen wollte, und die haben die Pizza genauso aus der Hand gegessen? Darf man darüber lachen? Juha, das ist eine Pizza, keine Klappstulle. Die wird in Teile zerschnitten, die man sich dann, ungeklappt in den Mund stecken darf. Erzähl du mir noch mal was von Rentier aus Dose und Pizza Mummi. Das ist hier Pizza Klappi!

Nein, ich kann nicht mehr und lache los. Und, Pizzastückchen, leicht zerkaut, immerhin mit der Gabel aufgenommen, fliegen über den Tisch. Nicht genug damit, jetzt hat auch noch der Rotwein einen Schubs von meiner Hand bekommen.

Herr Nieminen erstarrt, in der Hand die Pizza Klappi. Es ist es jetzt alles furchtbar, ich bin unmöglich, liegt an der Luft hier, da wird man schon von einem Schluck Rotwein so besoffen, dass man sich danebenbenimmt:

- *Ohhh, I am sorry!*
- *It does not matter. But, what was so funny for you?*

Grünbraune Augen, riesengroß. Meinst du, mit dir ist alles in Ordnung? Immer noch die Hand mit der Pizza. Nein, nicht weiterdenken, sonst flieg ich hier raus.

- *Sorry, I apologize. I do not know, maybe, they put something in the meal...I cannot stand the meal?*
- *What?? Nobody laughs because of this meal here. Nothing is putting in.*

Beißt von der Klapp – Pizza einmal ab.

- *Therefore.*

Jetzt bin ich sicher so rot wie die Flecken auf dem Tischtuch, auch wenn Giovanni schon eifrig mit ab- und neudecken beschäftigt ist:

- *The Pizza, you eat.*
- *Yes, what is wrong?*
- *I do not know the kind of your eating. It is funny...for me.*
- *(*Leichtes Kopfschütteln, feines Lächeln*) But it is more practically...I always eat it in this way.*
- *Hmmm, but very funny...for me.*
- *OK. But I have never seen somebody who laughs so much like you, in only few hours.*

Jetzt kommt ein Blick, der meint das wirklich so!

- *But, it was not so good? Have you got a spot, from the red wine? I am sorry.*
- *No spots...Now, I take the rest of the Pizza, you take the wine. Do not laugh!!. And later, we will go to a bar...I drink Wodka, you should get the same, because Mustikka makes blue spots...hahaha*

Essen ist überstanden, die Kichererbse in mir ist zur Ruhe gekommen, Flecke auf dem Hemd gab es nicht, auf dem dunkelblauen Stoff sieht man es ja nicht so.

Und jetzt? Raucherpause, in dem kleinen Park. Herr Nieminen rückt schon wieder Millimeter für Millimeter ran. Darf er. Säuselt leise, wie schön das morgen wird. Gerne, aber keine Hunde und zwei Autos! Die Hunde sind gut erzogen, richtige Jagdhunde, wendet er ein. Sieht aber, dass ich nicht ganz überzeugt bin. Aber die kommen nicht mit, wenn ich das nicht möchte. Und, mein Auto:

- *It is not a car for this environment. There are wrong ways, with stones, your car will get scratched. Not so good for a Rental car.*

Hat er wohl recht. Ich habe das Auto 1500 Kilometer gefahren, ohne Schaden, gestern ist auch nichts passiert und jetzt bei so einem Ausflug Kratzer wegen Steinen? Gut, ich fahre bei ihm mit.

Das freut Mister Nieminen unglaublich. Rückt er noch ein Stückchen näher. Ein Glück, die Bank ist recht lang, kann ich auf Abstand rutschen. Denn mir spuken gerade zwei Szenarien im Kopf herum, manchmal brauche ich nicht mal Frau Hase, sondern kann mir sowas selbst ausdenken·

Nummer eins: Die Köter kommen doch mit. Ich auf dem Beifahrersitz, Juha am Steuer, hinten liegt das Gewehr und ganz hinten hecheln die Hunde schon jagdeifrig. Aus dem Radio schmalzige Tangomusik.

Dann stoppt der Wagen, die Hunde werden rausgelassen, in die Landschaft geschickt und wir sind alleine. Juha holt die Knarre aus dem Auto und zielt auf mich. Ausziehen, hinlegen. Und dann drüber gehen. Dann kommt die Zigarette in den Mundwinkel, ein kurzer Blick auf mich wie „Kannst dich wieder anziehen", die Hunde werden zurückgepfiffen und wir fahren bis an Rand von Sodankylä, nicht bis zum Hotel. Hier soll ich aussteigen, kurzes „Hi" und er braust ab.

Nummer zwei: Juha in voller Rangermontur, aber ohne Knarre auf dem Rücksitz, und ohne Köter. Der Wagen hält, Juha holt einen Riesenrucksack aus dem Gepäckraum und dann gehen wir los. Kilometer um Kilometer in Schweigen. Irgendwo kommen wir an einen kleinen See, wo der Rucksack ausgepackt wird. Eine Riesenkanne Kaffee, ein Riesenstullenpaket, eine Wodkaflasche und Angelzeug. Die nächsten zwei Stunden passiert nichts, dann ein Biss, Juha lächelt mich an. Er schmeißt den Fisch in einen Gummieimer, wir packen zusammen und fahren ab. Vor dem Hotel setzt er mich ab, hebt die Hand zum Gruß und weg.

Also, da lerne ich einen gutaussehenden Mann kennen, was ja ganz selten vorkommt. Trotzdem male ich mir alles Merkwürdige aus. Vielleicht könnte ich das Messer mitnehmen, was ich als Souvenir gekauft habe, 100 km nördlich von hier? Und wenn er die Knarre mitnimmt? Schwierig. Sitzen wir auf der Bank, schweigen und gucken dem Rauch nach. Die Mitternachtssonne schickt paar lange Schatten zur Erde. Ist er schon wieder 10 Millimeter ran gerutscht. Was tun?
Da klingelt das Telefon. Wer das auch immer ist, ich würde eigentlich nicht rangehen, aber in Anbetracht der so leicht entzündlichen Situation ist es nicht verkehrt, einfach den Hörer zu nehmen. Ohne zu gucken, wer. Könnte was Wichtiges sein. Ist es nicht:

- Hallo Mama, naaa, wie geht's dir? (Aha, die reale Tochter)
- Ja, so ganz schön.
Soll ich sagen, dass sie mich bei einem Date mit dem Superfinnen stört?

- Hast du schon was Spannendes erlebt? Warst du schon an den Grenzen?
- Ja, aber da sieht man nicht so viel. Und in richtigen Dreiländerecken bin ich nicht gewesen, die gibt es wohl nicht. Ich bin jetzt in Sodankylä.
- Und, was machst du heute Abend?
- Na, essen gehen.
- Hör mal, kannst du nicht mal gucken, ob da irgendwo was los ist? Vielleicht spielt da eine Band oder sowas.

Hier ist für meine Verhältnisse gerade eben genug los. Mister Nieminen sieht diskret zur Seite, würde ich auch nicht wollen, wenn neben mir jemand ins Telefon quasselt und noch in einer Sprache, die ich nicht verstehe. Also, lieber Schluss machen:

- Ich war gestern auf einem Tangoball, hier in der Nähe. Da hab ich dir doch die Bilder geschickt.
- Nee, haste nicht…
- Dann schick ich sie dir noch mal… War echt lustig, wie Dorffest in Brandenburg.
- Mama, du sollst nicht immer alles vergleichen! Du bist in Nordfinnland und nicht in Brandenburg.
- Die Leute sehen hier aber so aus, naja, fast alle.
- Hast du überhaupt mal mit jemandem von dort gesprochen? Oder war dir das zu popelig?
- Ja, ich hab mich mit paar Leuten unterhalten. War ganz lustig.

Mehr braucht selbst eine Tochter nicht zu wissen.

- Na, dann machs mal gut. Und viel Spaß noch. Mit oder ohne Tango.

Das war meine Tochter, erkläre ich. Ja, aber:

- *What for a language did you speak with your daughter?*
- *German language.*

Tja, kennste nich. Ist kein Radio- oder Theaterdeutsch, manchmal ganz gut, versteht nicht jeder.

- *It is the language we talk in my region… Berlin and around. Not so good German. A dialect, have you also such kind here in Finland?*

Ja, im Norden spricht man langsamer, versteht man aber, auch, wenn man nicht von hier ist. Ach so, ich dachte, dass er hier geboren ist?

Nein, er wohnt seit fünf Jahren hier, ist in Jyväskylä geboren und hat dort auch lange gelebt. Sollte ich noch was absagen, AirBnB, fällt mir ein.

Folgt der Lebenslauf in Kurzform: Papa war richtig Landtierarzt, Mama Hausfrau und Mutter von drei Kindern, Sinikka, Juha und Mika. Schwester Sinikka wohnt in Helsinki, Bruder Mika ist in China „verschollen" also kaum Kontakt. Er hat Veterinärmedizin studiert, selbstständiger Tierarzt gewesen, dann Praxis weg, Frau weg, ab nach Helsinki. Arbeit bei einem Tierfutterhersteller. Neue kaputte Beziehung, wie, warum und so wird nicht weiter erörtert, muss aber schlimm gewesen sein, da keine weiteren Ausführungen dazu und wegen der Flucht in den Norden.

Ich habe vorsichtig geantwortet, Kinder, Beziehungen, alles ange-deutet, man muss ja nicht gleich die Schmalzstullen auspacken. En-kel haben wir beide nicht und auch niemand anderen. Höre ich so raus, kann mich natürlich auch täuschen.

Die Null-Millimeter-Distanz konnte doch nicht erreicht werden, weil es nun neun Uhr ist und wir jetzt zur einzigen Bar des Ortes gehen sollten, meint Herr Nieminen..Wir ergattern noch einen schönen Platz in einer Ecke, nur eine Viertelstunde danach ist alles restlos be-setzt. Kann gar nicht glauben, dass hier so viele Leute unterwegs sind, ist heute ein besonderer Tag?

Ja, Freitag, lacht Herr Nieminen.

Ein paar Blicke habe ich schon gesehen. Flanieren vielleicht hier vor-bei, um sich den dicken Fisch anzusehen, den der Herr an meiner Seite an der Angel hat.

Es gibt Blaubeerschnaps für mich und Wodka für Juha. Nach der zweiten Runde habe ich meine Kicherlust verloren und Herr Niemi-nen scheint alle Wörter für den heutigen Tag verbraucht zu haben.

Wir sitzen über Eck. Erst sein Arm neben meinem, reicht aber noch nicht, unter dem Tisch wird erst der Fuß, dann die Wade neben mei-nen platziert, kalt ist es an der Seite absolut nicht. Dann lächelt er wieder nur mit den Augen. Wohl tausend Jahre her, dass ich mal so gesessen habe. Da hat man hat verlernt, wie man sich benehmen sollte.

Nach Frau Hase müsste ich jetzt die Flucht ergreifen, sonst drohen schreckliche Konsequenzen. Glaube ich nicht.

Nach dem Früheren Ich sollte ich jetzt alle Flirttricks anwenden, aber entweder kannte ich die nie, oder habe die vergessen. Leider. Chhhh, ganz leise.

Herr Juha, wie haben wir sowas früher gemacht? Was erwartest du jetzt von mir? Hmmm. Ja, siehste mal. Aber gut, guck mich an, dein Arm kann gerne noch 5 Millimeter weiter rücken. Aber, weil wir eben keine Teenager mehr sind, auch keine jungen Leute in der Blüte des Lebens, lenke ich mal die Aufmerksamkeit zur Wanderung: Wo wir denn morgen so lang wandern wollen, kann er mir mal eine Karte zeigen? Ja, die hat er auf seinem Telefon parat, viel sieht man nicht, bisschen geschlängelter Weg und viele blaue Flächen, kleine Tümpel, kleine Wasserläufe. Waterfalls? Nein, die kann man im Frühjahr sehen, wenn der Schnee schmilzt, jetzt sind nur kleine Bäche übrig, aber das meiste ist sehr feucht und sumpfig, daher geht man manch-mal lange nur auf Brettern durch den Sumpf. Das war das erste, was er hier gemacht hat, diese Wege mit bauen. Ich sehe mich schon von den Bretterwegen abgleiten und mit beiden Beinen im Sumpf ste-ckenbleiben.

Wie lang wird denn diese Wanderung? Jaha, so alles in allem 25 Ki-lometer, hin und zurück. Waaaas??? Wen, glaubt er, hat er da auf eine Wanderung eingeladen? Danach bin ich wohl tot, kaputt gewandert. Sollte so sechs oder sieben Stunden dauern, wir gehen ja nicht schnell (haha!), gegen sieben abends sollten wir zurück sein. Das hört sich vielleicht viel an, aber das Gelände ist nicht so schwer, keine großen Steigungen, nur zwei kleine. Ob ich mal ein Blatt Papier habe und einen Stift? Mein Notizbuch habe ich immer bei, da kann er ein Blatt haben, auch einen Stift. So, das wäre das Profil.

Ich starre fasziniert auf die Finger, und wie er zeichnet. Donnerwet-ter, ganz gerade Linien, kleine Pfeile mit Kilometerangaben, dann eine Steigung (steht 150 Meter dran), dann wieder gerade, dann zeichnet er einen etwas größeren Berg und schreibt 200 Meter dran. Weil ich so fasziniert auf die Hand mit dem Stift gestarrt habe, be-komme ich erst jetzt mit, dass das wohl nicht ganz ohne ist, dreihun-dert Meter hoch! Habe ich mal gemacht, war kein Spaziergang. Viel-leicht müssen wir nicht so hoch hinaus? Oder, er hat doch ein Auto. Wenn wir nun die Hälfte fahren würden, also da, wo noch keine Bret-terpfade sind? Habe ich auf der Karte gesehen, erst kommt ein halb-wegs richtiger Weg, danach geht es los mit den blauen

Sumpfgebieten. Aber ich kann ja schlecht fragen, ob wir fahren können, es soll ja eine Wanderung werden.

Guckt mich der Herr der Quadranten an. Ist das zu viel für mich? Also, so eine Omi bin ich noch nicht, ich kann schon paar Kilometer laufen, wenn es sein muss. Wo bin ich denn so gelaufen, in der Natur? Pilzwanderungen, da streife ich durch ein Gelände von ca. drei Kilometern im Quadrat. Mal etwas längere Fußmärsche, der längste vielleicht 15 Kilometer. Sag ich lieber nicht. Sonst gibt es heute spätabends einen warmen Händedruck und Gute Reise weiter. Will ich auch nicht. Ja, doch schon, ein bisschen, so paar Kilometer am Stück. Wir müssen nicht die ganze Strecke laufen, wenn es zu viel wird, hören wir auf und gehen zurück, aber dort oben, auf dem Berg hat man einen wunderbaren Blick in die Landschaft, wäre schade, wenn ich das nicht sehen würde.

Dämmert mir langsam, nach dem zweiten Wodka Blaubeer: Der will wirklich, dass ich mitkomme!

Die dunklen Absichten wird mir Frau Hase erklären, ebenso die hundert Arten von Verbrechen, denen ich ausgesetzt werde. Bloß gerade jetzt glaube ich das überhaupt nicht!

Weiß ich nicht, was das ist, die Augen, die Finger auf meiner rechten Hand, der Fuß neben meinem. Mister Polarkreis, das darf doch nicht wahr sein! Der findet irgendwas an mir. Obwohl er mich gestern angebrüllt hat. Und lässt dann über seinen Polizistenfreund ein Date arrangieren. Muss man erst mal darauf kommen! Würde ich jetzt gerne nachfragen, wer auf die Idee mit dem Tangoball gekommen ist, Herr Lehtonen wohl nicht von sich aus. Aber im Moment gucken wir uns nur beide an. Die Augen leuchten wieder so grünbraun. Würde ich jetzt glatt in dein Auto einsteigen und mit nach Moskau kommen. Chhhh:

- *I am looking forward to tomorrow. At ten in the Morning. I will be waiting for you at the hotel…*
- *I will be there. I hope it will be a beautiful trip.*

Herr Nieminen strahlt! Aber jetzt soll noch nichts passieren. Weil man ja nie wissen kann, ob es was Schönes oder Schlimmes ist. Also soll lieber alles in der Schwebe hängen bleiben. Darauf noch einen Schnaps und noch einen Wodka. Kippis! Die Hand liegt jetzt auf meinem Unterarm. Ich hoffe, du vergreifst dich weder im Ton noch im

Handgriff. Macht er nicht. Sondern fragt, ob wir nicht gehen sollten. Er muss auch noch nach Hause. Morgen haben wir den ganzen Tag. Ist mir ganz recht, ich habe fast zwei Stunden ohne Lachanfälle durchgehalten, die letzte halbe Stunde habe ich bloß verwundert neben mir gestanden und geguckt. So wie das Jetzige Ich, nur gut, dass die anderen zu Hause geblieben sind.

Wir marschieren zurück zum Hotel. Immer noch hell, aber der Himmel ist jetzt wirklich grünlich, diesig. Und kalt, zu kalt für eine einfache Strickjacke. Die mit den Punkten wäre wärmer gewesen, aber sollte ich ja nicht anziehen. Jetzt klappere ich doch ein bisschen. Ja, wirklich arschkalt, wahrscheinlich nur einstellige Temperaturen, Nachmittag waren es mindestens 20 Grad, jetzt höchstens acht! Ich friiiiiere! Hat der allerschönste Mann auch bemerkt. Wir bleiben stehen und ich bekomme die feine rotbraune Jacke übergehängt. Erstmal ist da sehr viel Platz, kann ich sogar übereinanderlegen. Dann ist die Jacke innen ganz warm, so, als ob Mister Polarkreis mich fest umarmt. Sind leider nur noch knapp 200 Meter. Schade, unauffällig stehlen kann ich ja das Kleidungsstück nicht. Wir gehen immer noch nebeneinander, ohne Worte, mir ist warm, also, wenn jetzt gefragt wird, da steige ich doch in den alten Toyota und fahre mit nach Moskau. Oder umgekehrt, soll ich mal fragen, ob er, also hier? Geht wohl nicht, da warten die Köterchen und sicher wandert er auch nicht mit so einer feinen Jacke in der Wildnis herum. Wir stehen ganz eng zusammen, vor dem Hoteleingang. Ja, was hätte man da früher gemacht? Kann man nicht vergleichen, aber auf keinen Fall hätte man sich einer Herrenlederjacke entledigt, die zurückgegeben und wäre so stehen geblieben. Wir sind bloß nicht mehr Mitte Zwanzig, mir stecken die zehn Kilometer Fußmarsch, zweimal durch Sodankylä, in den Knochen, und morgen ist auch noch ein Tag, also denn:

- *Thank you, for a very nice evening...*
- *The same here. I have to say thank you! And, I look very forward to tomorrow, you too?*

Fünf Millimeter, und du könntest gerne mit hochkommen, da ist noch bisschen Pappwein.

- *Yes, we meet 10 in the morning...But now, you should drive home to Mosco...*
- *Moskuvaara, Uttiha!*

Jaja, keine Russen in der Gegend! Ich weiß...Chhhh

-   *Nice to hear you laugh again. Nice, this evening. Nice, we meet tomorrow again. To a wonderful trekking tour...do not we?*

Immer noch fünf Millimeter Abstand, sieht aber so aus, als ob das jetzt gleich weniger wird. Mister Polarkreis funkelt mich an. Ich zittere schon wieder, warm ist es nicht, das auch.

-   *I hope it will be warmer, tomorrow...*
-   *Quite sure...it will be...Uttiha... have you dreamed...about somebody you will meet here? May be, not only for fun?*

Was soll das jetzt? Früher hätte die Dame aufgejauchzt! Aber jetzt lassen wir uns nicht mehr so leicht umlegen, nicht mal von Mister Tango!

-   *Hmmm, not so easy to answer...Can we talk about this tomorrow? Now I am tired. You must drive home... We meet tomorrow, in the morning?*

Absolut vernünftig, ich friere auch schon mächtig, ob ich noch mal die Jacke haben darf? Oder du kommst mit rauf, sieht ja keiner. Aber wenn du das meinst, „not only for fun", da können wir auch warten:

-   *Thank you again and drive carefully.*

Der ganze Himmel grün. Mister Nieminens Augen auch, mit bisschen braun. Die gucken jetzt in meine blaugrauen. Dann legen sich zwei Hände auf meine Schultern, ziehen mich ran, ich lass mich auch ranziehen. Die Umarmung, der flüchtige Kuss. Gestern, der war flüchtiger, soviel ist mal sicher, aber auch jetzt werden nur ein paar Lippen auf meine gelegt, bisschen fester vielleicht als gestern, reicht aber fast. Wodka, Zigarette und irgendwas mit Wald und Leder.

Bisschen Abstand, bisschen Danke und mich sieht jemand mit solchen strahlenden Augen an:

-   *I am so happy, to see you again, tomorrow...?*
-   (Will ich auch*) Yes, see you tomorrow. It will be nice, I hope the weather will be too*

Was soll ich sagen? Lass jetzt mal wieder los, sonst geht das alles in die verkehrte Richtung, bis jetzt lief das ja wie im Romantikfilm, wollen wir mal nicht kaputtmachen die Stimmung.

-   *OK. See you tomorrow...I am looking forward.*

Ist das doof, wenn man sich nicht in einer von zwei Sprachen ausdrücken kann, ich nicht auf Finnisch, er nicht auf Deutsch oder Dänisch. Schwedisch würde ja auch gehen.

-   *10 o clock. Without dogs, with boots for me.*

Steigt er in den alten Toyota ein. Es ist fast viertel zwölf, ist man da nicht müde? Hoffentlich ist hier die Polizei nicht so scharf und lässt pusten, kann aber auch sein, die wissen Bescheid und wollen dem weiteren Verlauf keine Steine in den Weg legen. Ich merke meine Füße, nach 10 Kilometer Stadtwanderung! Morgen warten 25 Kilometer…Gute Nacht.

Leider schlafen mein Früheres ich und die imaginäre Tochter um 8:00 noch tief und fest, als Frau Hase und ich wieder diskutieren, tun wir immer.

Ich soll die Standortfunktion einstellen. Das Messer mitnehmen, auch wenn es nichts nutzen wird, so zäh, wie Mister Polarkreis ist, da bricht jedes Souvenirmesser ab, aber sicher ist sicher. Jaja, Frau Hase, du weißt, wie Juha Nieminen sich anfühlt und wie lange so ein Messerchen braucht. Wer weiß, da glotzt ganz Sodankylä und Moskau…Moskuvaara!, live mit, wenn Mister Polarkreis mit der naiven Uta durch die Wildnis wandert. Die Verbrechen werden bestimmt gefilmt. Und, nach allem, was sie so gehört hat:

-   Kann sein, dass er Frau und Töchter immer vermöbelt hat, Finnen machen das so quasi als Liebesbeweis. Kann sein, dass er in Helsinki gesoffen hat wie ein Loch und mit einer Alkoholikerin zusammen war. Wo er als Tierfuttervertreter auch unglücklich war, ich sage Bloß „Tach ich bin der Herr vom Fressnapf. Wollen sie mal mein Angebot sehen?" Wer weiß, was der da so macht, wenn der immer alleine in seiner koksgrauen Behausung rumsitzt. Pornos gucken, oder die Damen von jenseits der Grenze bestellen. Aber alte deutsche Dame mit Rücken sind noch besser, und obendrein gratis.

Sollte langsam reichen, weil Frau Hase ja weiß, dass ihre Ratschläge bei mir auf taube Ohren treffen. Wenn ich sie jetzt nicht stoppe, landen wir noch bei Mord mit dem Jagdgewehr, Zerstückelung der Leiche und Lagerung im Tiefkühler des koksgrauen Eigenheims! Alles schon mal so ähnlich vorgekommen, waren auch so leichtsinnige Damen wie du, die meinten, denen passiert nichts, der Mann ist ja nett. Wenn sie mir einen Gefallen tut, bleibt sie zu Hause, guckt Fernsehen (heute nur Tierdokus!) und hält die Stellung, bis ich wieder da bin! Erzähle ich lieber nicht, dass es sieben oder acht Vielfraße da geben soll, wo wir rumwandern werden, sie kennt bestimmt auch solche Tiere.

Mittlerweile sind das Frühere Ich und die imaginäre Tochter wach geworden und quengeln, dass sie mitkommen wollen. Um mich vor dem „Schlimmsten" zu bewahren. Wenn ich mich daneben benehme. Oder in den Sumpf falle.

Dann muss ich mich beeilen, ist schon wieder kurz nach neun. Waschen, frühstücken, paar Stullen zum Mitnehmen, Wanderhose aus dem Auto holen, wandermässig anziehen. Wanderschuhe sollte ich später eintauschen gegen Stiefel. Mein Rucksack! Habe ich mir in Turku gekauft, nach drei Tagen Finnland. Ich hatte nur mein Täschchen, war zu klein und die Gepäcktasche, die man auch als Rucksack tragen kann, war zu gewaltig und sieht komisch aus, wenn nicht so viel drin ist. Der kleine Rucksack ist genau richtig, wenn man etwas weiter als drei Kilometer laufen will, sieht auch nicht schrecklich aus, weder echt Trecking noch irgendwelche Folklore Stickerei.

Dann noch zwei Dinge, die ich erledigen muss: Ich tippe eine sms an AirBnB nach Jyväskylä, Absage. Wenn die mich jetzt als schwarzes Touristenschaf melden wollen, ernten sie einen Shitstorm von meinen anderen Wirtsleuten. Und ich frage im Hotel, ob ich noch mal eine Nacht buchen kann. Ja, kein Problem, bis Sonntag 14:00, das geht. Am Montag kommt ein Reisebus. Ich weiß nicht, was heute Abend wird. Entweder, ganz seriös, und ich werde nach Abendbrot in Moskau (Moskuvaara) wieder hergebracht, oder eben ganz anders. Dann sitze ich gestiefelt und gespornt mit meinem Rucksack vor der Türe (drei Minuten vor um zehn!!) und stecke mir die erste Zigarette des Tages an.

Ohne Strumpfhosen unter der Hose! Sollte ich doch! Also, noch mal hoch, leider sind die Dinger wie üblich im großen Koffer. Wieder runter, zum Auto, die Strumpfhosen holen, wieder zurück, anziehen, nun ist es 10:10. Man wartet doch gerne auf eine Dame, und Pünktlichkeit haben die alten Preußen erfunden, nicht ich!!!

Da steht schon der Toyota. Ein Herr in Camouflage-Uniform, Hose, Jacke. Kein Gewehr, soweit ich sehe. Liegt vielleicht auf dem Rücksitz. Ich sollte wohl einsteigen? Soll er sich erst mal die Schuhe ansehen. Damit habe ich schon etliche Kilometer am Stück laufen können. Aber hier taugen die nichts, meint Herr Nieminen:

- *Not good for the area. They are not water-proofed. Here, I have boots for you... You must take them when you walk in the area. Not these "trekking – boots"*

Also schnell die nicht wasserfesten Wanderschuhe aus und diese Stiefel an. Von der Dame, die Leena heißt, mit dem Rosenkleid, und jetzt diese grünen Gummistiefel. So läuft man hier wohl rum. Meine Wanderschuhe werfe ich in mein Auto auf den Beifahrersitz. Die komischen Stiefel sind aber doch anders, als ich dachte: Irgendwie leichter im Tragen, sitzen recht fest und über den Hosen sollen sie verschnürt werden.

Ob ich „tights" angezogen habe? Jawoll, Herr General!

Dann beäugt er meine Ausstaffierung: Hosen gehen in Ordnung, Jacke auch, darunter T-Shirt und wieder Strickjacke. Wenn es zu warm werden sollte, kann ich das im Rucksack verstauen, und guck mal hier, ein Tuch um den Hals und noch ein extra Tuch hier. Er brummelt zufrieden, und jetzt sollten wir aber losfahren. Der Toyota sieht innen ähnlich wie außen aus. Kein Sonntagsauto, weder geputzt noch gewienert, immerhin nicht vollgestopft mit irgendwelchem Zeug, weder Hunde noch ein Gewehr auf den Rücksitzen, nur ein Rucksack, bisschen grösser als meiner, bisschen abgeledert. Hoffentlich sind da keine Mordwerkzeuge drin. Chhhh. Während wir vom Hotel abfahren, wieder die dämliche Einbahnstraße, nun in richtiger Richtung, guckt er mich kurz an, und lächelt. Kann mir schon denken, was dir durch den Kopf geht, aber deswegen habe ich jetzt nicht gekichert. Wir fahren durch Sodankylä, dann biegen wir auf eine Landstraße östlich vom Ort, nun geht es an kleinen Wäldchen, feuchten und trockenen Wiesen lang. So wie ich mich erinnern kann, fahren wir nicht ins Dörfchen Moskuvaara, da hätten wir noch weiter auf der Hauptstraße fahren müssen, hab mal auf der Google Maps Karte geschmult. Am Himmel dünne Schleierwolken, hoffe ich mal, die verdichten sich nicht noch. Der Chauffeur sieht geradeaus, manchmal kommt so ein Seitenblick, ob ihm jetzt, am hellerlichten Tag, ohne Kaffee oder Wodka, erst aufgegangen ist, wen er hier mitschleppt? Vielleicht nicht doch so die Dame seines Herzens, heute habe ich weder Punktkleid oder feine Hosen an.

Sollte ich mal was fragen? Wie lange wir fahren müssen?

So zehn Kilometer, dann sind wir am Quadrant drei. Erst fahren wir paar hundert Meter aufs Gelände, dann stellen wir das Auto ab, von da geht es zu Fuß. Ob ich mich an die Route erinnern kann?

Ja, 25 Kilometer in allem und 300 Meter hoch, und sieben bis acht Vielfraße. Wie hieß das Tier auf Englisch? Irgendwas mit Wolf..., will jetzt aber nicht aufs Telefon gucken.

Da war so ein großes Schild, mit EU Sternchen und Karte, noch 5 Kilometer, dann rechts abfahren. Dorthin? Ja, und guck, dort, seine Hand weist auf paar Erhebungen. Für Berge ist zu groß, für Hügel allerdings zu klein, die mit den dreihundert Metern wohl. Da wollen wir hin. Nochmal Wäldchen, Wiesen und ein kleinerer Fluss. Wollte ich eigentlich auch erzählen, dass ich gedacht hatte, die „Baumgrenze" fängt hinterm Polarkreis an. Stimmt nicht, aber wenn man lange genug nach Norden fährt, ist man irgendwann verwundert. Wo sind die Nadelbäume geblieben? Nur noch Graslandschaft und höchstens mal so kleine Krüppelbüsche, aber keine hohen Bäume. Aber da müsste ich wieder alle Wörter nachschlagen. Noch ein Schild, hier abbiegen und es geht auf einem Schotterweg weiter. Wäre wirklich nicht gut gewesen, für einen weißen Leihwagen, gebe ich zu. Noch einen schmaleren Sandweg, da liegt nicht mal mehr Kies, dann so eine Art Schranke, die öffnet Mister Nieminen, wir fahren durch. Hier fängt also der Quadrant drei an, erklärt er. Wir parken und steigen aus.

Jetzt solls wohl losgehen. Noch nicht gleich, erst wird der Rucksack vom Beifahrersitz geholt, dann die Türen verschlossen. Jetzt aber! Noch nicht! Der Rucksack wird geöffnet und Herr Nieminen zieht sich erst mal eine schwarze Wollmütze auf den Kopf. Bisschen wie der eine Komiker im Fernsehen, oder wie ein alter Rapper, kichert das Frühere Ich. Ich halte mich zurück und binde ich mir mein anderes Tuch um den Kopf, wer weiß, durch welche Gebüsche wir kriechen müssen. Bekomme ich ein zustimmendes Nicken vom Wanderleiter. Ob ich auch weiß, warum der Kopf bedeckt werden muss? Kommen mir wieder Gedanken an die acht Vielfraße. Chhh, nein, weiß ich nicht. Wegen der Mücken! Die sind schlimm hier, fängt gerade an. Wenn die Temperatur unter zehn Grad ist, hat man Ruhe, aber langsam ist es wärmer geworden, da werden es mehr und mehr. Was habe ich denn so an Mückenschutz mit?

Ich habe Sonnenbrille, Sonnencreme, meine Zigaretten, ein kleines Stullenpaket, ein Telefon, ein Portemonnaie, Taschentücher, mein super Messer. Mückentötolin, leider nein. Wo sollen denn hier Mücken sein? Ist eine rein rhetorische Frage, ich habe mich ja belesen, dass die hier die größte Plage darstellen. Die kommen noch, ohne Mückenschutz geht es nicht, aber:

-   *All these products, you can buy, forget them! They are not good.*
    *Here, the best is **tar**!*

Hat er so eine Flasche rausgeholt, ich soll mal meine Hand geben und schon bekomme ich einen Schwapp auf die Handfläche. Überall verteilen, wo Haut ist, im Gesicht, auf die Hände, bisschen am Hals.

Fargusan, Fargusan, denk ich bloß. Nur Fargusan war dünner, rötlicher „Buchenholzteer" und gegen Husten, das Zeug, „**Tar**" genannt, ist braun und dickflüssig, aber stinkt noch mehr. Was so stinkt, schreckt alle ab, Männer und Mücken. Hoffentlich wissen die Mücken das auch.

Dann holt er noch ein Telefon aus dem Rucksack, kommt in eine Jackentasche. Ein Messer, aber eins von der richtigen Sorte. Gut, dass Frau Hase das nicht zu Gesicht bekommen hat! Kommt auch in eine Jackentasche. Dann wirft er sich den Rucksack um, und wir könnten wohl losgehen. Noch eine Frage:

-   *Have you enough water or other to drink? You should have*
    about one liter...

Nee, habe ich nicht. Auch keinen Kaffee oder eine Bierbüchse. Ich muss nicht alle Viertelstunde Pause machen, um die Flüssigkeitstanks aufzufüllen, ist auch besser, muss man nicht andauernd pinkeln, aber wieso muss man hier mit einem Liter Wasser durch die Gegend laufen? Noch ist es nicht mal warm, mehr als 15 Grad sind es nicht und werden es wohl auch nicht, die Sonne ist immer noch verschleiert. Guckt er mich an, irgendwie ärgerlich, wieso habe ich denn nichts zu trinken mit? Ist das Wichtigste! Wir machen wohl keine Wüstenwanderung, ich kann das schon durchhalten, bisschen was zum Essen habe ich ja, vielleicht hast du sogar Kaffee mit, das reicht mir völlig. Na, dann soll ich die hier einpacken, man braucht was zum Trinken! Ist nicht gefährlich, aus den kleinen Bächen hier zu trinken, aber ist manchmal schwer, da ranzukommen. Ich verstaue die Flasche, ein Kilo stilles Wasser, vielleicht am Wasserhahn abgefüllt. Du kannst die heute Abend unverschlossen zurückbekommen, höchstens, dass ich mir die teerverklebten Finger damit abwasche.

Aber jetzt sollen wir endlich los! Der Wanderleiter marschiert ab, in die Wildnis, zu den Mücken und den Vielfraßen!
Es geht erst einmal ein bisschen bergauf, einen Sandweg lang. Die Stiefel laufen sich recht gut. Das Hochgehen ist auch nicht so sehr anstrengend. Aber es ist nicht so ganz, wie ich mir das vorgestellt habe. Vielleicht stimmt es, dass Kleider Leute machen. Denn aus dem Kavalier Nieminen mit der schönen Jacke ist ein pensionierter Militär geworden (Camouflage Hose und Jacke), der so einer verweichlichten Zivilistin mal das Wandern im Gelände beibringen will. Vielleicht ist das hier sein Zwillingsbruder, also der mit dem Auto in der Einbahnstraße, mutmaßt das Frühere Ich. Könnte nicht ganz unrecht haben. Wir wandern erst an Krüppelbirken und Moosen in allen Farben vorbei, dann wird der Weg schon etwas modderiger, es glitzert überall von Wasserlöchern, manchmal murmelt so ein kleiner Bach, den ich ohne Schaden durchwaten kann, gute Idee mit den Stiefeln.
Erst waren keine Mücken zu sehen, wollte schon fragen, ob das zum Touristenprogramm gehört, daß man sich so einschmiert. Aber dann kommen sie. In dunklen Wolken. Muss man so mit den Händen rudern, aber der Stinketeer hält die tatsächlich ab! Schweben um einen rum, aber setzen sich nicht fest. Vögel zwitschern, ab und zu kreischt mal etwas, sind allerdings auch die einzigen Laute, die man hört. Wir laufen schweigend. Gestern Abend war vom echten Finnen nicht so viel zu merken, dafür heute doppelt. Nur ab und an fällt mal eine Bemerkung: Ich soll direkt hinter ihm laufen. Mach ich ja, allerdings sehr weit hinter ihm. Ich soll aufpassen, langsam wird es sumpfig, da kann ich steckenbleiben. Zu Befehl, rufe ich innerlich, laut brummele ich nur Hmmm.
Dann geht es richtig ins Moos. Sieht schön saftig grün aus, ist es auch, also saftig. Unter den Stiefeln quietscht es. Ich bleibe noch nicht stecken, aber nass sind die Stiefel außen schon und werden schwer. Weiter durch Moos und Mücken. Kleine Felsen, Wasserlöcher. Dunkle Mückenwolken. Durch das Moos. Qietsch, quietsch. General, halt an! Dein Gefreiter kann nicht mehr! Wann ist mal Pause? Dreh dich doch mal um! Ich kann nicht so schnell. Endlich

bleibt er wirklich stehen und winkt mich ran. Guck mal! Irgend so ein blassblaues Moos. Herr Nieminen ist ganz begeistert. Ich verstehe nicht alles, weil er wieder finnische Worte drunter mischt: Das Moos, was er lange nicht mehr gesehen hat, bläulich-grün, nichts Besonderes, aber bekommt die zehnfache Aufmerksamkeit. Da hatten sie gedacht, dass ist auch schon weg, so ein Glück! Werden ein paar Blättchen abgezupft, wird fotografiert, wird was in ein kleines Buch gekritzelt.

Aber, da wir nun nebeneinander stehen, das erste mal sowas wie Pause, kann ich ja fragen, ob man wirklich was von den Klimaveränderungen mitbekommt, wenn man das über Jahre so genau beobachtet. Ja. Die Rentiere marschieren immer höher rauf. Die fliehen vor der Wärme, aber zertrampeln natürlich alles hier oben. Da, er zeigt auf eine Fläche links von uns, war vor zwei Jahren noch Wiese, wo kleine blaue Blumen geblüht haben. Jetzt sind da auch nur Flechten. Also, man sieht schon etwas.

Nun, wo wir jetzt stehen, könnten wir vielleicht eine Pause machen? Ich will schon meine Zigaretten vorkramen, aber da übernimmt wieder General Nieminen:

- *Not here, too wet to sit here ... Let us go on, only two kilometers, there is a better place.*

Also weiter. Ich war fast an Herrn Nieminen dran, jetzt falle ich wieder zurück.

Dann kommen die Bretter auf dem Boden. Ich soll nur darauf laufen, lautet der Befehl. Unter den Brettern und daneben glitzert das Wasser. Sumpf, Sumpf, Sumpf. Bei jedem Tritt gluckert es unter meinen Füßen, ich will lieber nicht ausprobieren, was passiert, wenn ich die Bretter verlasse. Ob er mich retten würde, weiß ich nicht mal so genau. So wie er hier durch das Gelände marschiert. Ich hatte geglaubt, es wird eine gemütliche Tour, wo wir zwar auch laufen, aber mit mehr Pausen. Ich bin kein Profi, ich sause nicht auf Zeit mit 20 km/h, bloß zur Information. Als ich mich doch mal hinter einen Busch verziehen muss, obwohl ich noch keinen Schluck getrunken habe, ist General Nieminen verschwunden. Was tun?? Vorwärts immer, auch wenn wir uns verlaufen. Ich kenne da tolle Dokus, wo ein Mann knapp 10 km vom nächsten Dorf aus elend verreckt ist. Bloß gut, dass Frau Hase im Hotel Tierfilme guckt. Rückwärts nimmer, geht auch nicht, kann mich nicht erinnern, wo wir hergekommen sind, hier sind keine Holzpflöcke, weil wir ja nicht auf irgendeinem Touristen Trail unterwegs sind. Sehr authentisch, verlaufen und versinken. Muss ich wohl machen, was ich mir eigentlich verboten habe: Die Telefonnummer anrufen, von der Visitenkarte. Blöd, aber ich will nicht als Moorleiche enden:

- *Hello...is it you, Uttiha?*

Wie hat der das rausgekriegt?? Ohhh, sagt die imaginäre Tochter, hat er vielleicht die Vorwahl gesehen.

- *What is the matter with you?*
- *Hmmm..ja, I am here, I cannot see you? In which direction did you go? I am waiting here..(so, und wo?, kommt sicher gleich ne Frage)*
- *Ohhh...I am sorry. I went too fast for you? (*Ach son Blitzmerker!*) Stay there where you are, I am coming now to pick up you.*

Nicht, dass ich Angst habe, der Boden unter mir ist jetzt halbwegs fest, und die Chance, dass einer von den acht Vielfraßen jetzt hinter irgendeinem Gesträuch hervorbricht, ist hoffentlich nicht groß. Bloß, ein anderes wildes Tier, der das vielleicht so eingefädelt hat?? Frau Hase ist doch nicht mit, woher also die Ideen? Der macht sich aus dem Staub, schleicht hier irgendwo unsichtbar rum, und steht gleich hinter mir, um...naja, eben das! Ich fummele mal lieber mein Messer aus der Hülle, nützt sicher nix, hab ja sein richtiges gesehen, dagegen taugt meins bloß zum Vorzeigen, halte gut fest, während ich nach vorne gucke. Umdrehen will ich mich lieber nicht. Ja, doch, so recht weit weg bewegt sich da was auf mich zu, Camouflage, schwarzer Punkt auf dem Kopf. Denk mal, wie weit der schon weg war. Auch ohne schlimme Absichten. Steht vor, sieht mich an, hmmm, irgendwie sowas zwischen: Wen habe ich mir da aufgeladen und Tut mir leid, ich lauf immer so schnell:

- *Ohh, Uttiha, I am so sorry. I was too fast (ja, haste schon mal gesagt). It was good you have called me. This part is not dangerous, but you can go wrong. And now...can we go on?*
- *Hmm. How long it will be, from here? (*Und gibt's am Ende Kaffeeausschank?*)*
- *Nine kilometers, about two hours, because the way will go up to the hill, now.*
- *Go up? How high? (*Sieht man nicht so genau*)*
- *Not so high, about 150 meters, it is the the first hill.*

Der sogenannte „kleine Berg" auf der Karte. Nach den nächsten 300 Metern mit und ohne Sumpf geht es wirklich aufwärts. Die Stiefel werden noch schwerer, mein Rucksack drückt und der Fargusan-Teer stinkt furchtbar. Wo bleibt die Pause? Ich kann gar nichts. Weder dauerradeln noch dauerwandern.

Vorbei an kleinen Felsen und murmelnden Bächen. Wasserfälle, die ich so mag, gibt es hier gar nicht, aber überall tropft und gurgelt es. Endlich, da steht eine Holzbude! Ob wir da Pause machen könnten, Essen und Trinken fassen? Waren vielleicht noch nicht 9 Kilometer, aber trotzdem. Herr Nieminen öffnet die Türe, ich soll mal gucken. Die Station für Quadrant drei, da geht er jetzt rein und dokumentiert was. Wahrscheinlich, dass er hier langgekommen ist, mit der alten Schachtel im Schlepp, die entweder zurückbleibt, jammert oder schnauft. Dann kommt er mit einer verdächtigen Decke aus der Hütte. Wer weiß, welche Materialien das Ding schon gesehen hat: Pinkelpause von Leuten, die nicht an sich halten konnten im Winter, wenn die hier observieren. Tamara vom Bordellservice ohne Kondom. Eine unterstützte Geburt eines Elches. Neee, ich sitze lieber im weichen Moos! Juha lacht, ja, hab ich gemerkt, dass Moos sieht toll grün aus und ist nass wie ein Schwamm. Aufs letzte Zipfelchen der Decke also.

Herr General legt die Oberbekleidung ab. Jacke, grauer Strickpullover, darunter wieder der dunkelgrüne Pullover. Ob er auch die Hosen auszieht? Kann ich seine strammen Wadeln bewundern? Ich bin so schön, ich bin so toll, ich bin der Anton aus Tirol, oder der Juha aus Nordfinnland. Chhhh. Wirkt die Nordluft plötzlich wieder? Guckt er etwas irritiert, eben noch am Ende der Kräfte, aber schon wieder kichern. Noch nicht genug ausgepowert die Dame? Die Hosen bleiben an, die Rappermütze auch. Ich klemme mich an den Deckenrand, und nein, ausziehen will ich nichts, auch wenn um mich rum sicher eine kleine Dampfwolke steht.

Aber, hier oben ist schon was zu sehen: Die Farben! Grün, braun und hellblau, grünblau, zartblau und tiefblau. Irgendwo hinten geht die Straße lang, die ich vor zwei Tagen gekommen, vom hohen Norden. Da glitzert wieder was, Fluss oder See? Ein großes Steinfeld. Ab und zu Vogelgekreisch. Bisschen Rascheln von Blättern. Kein Auto, keine Musik..Mitten in die Meditation hält Juha mir so eine Riesenstulle entgegen. Sehe ich schon, der Belag ist etwas, dass ich garantiert nicht esse. Rentierblutwurst?? Und noch dazu dickes Schwarzbrot? Nee. Und auch nicht die andere, wo was Gelbes zwischen ist, wahrscheinlich Käse, auch vom Rentier. Nee, esse ich meine Weißbrotstullen. Einen Schluck Wasser dazu, aber:

- *Coffee will be nice now.*
- *I have coffee (*lächelt mich an, aber ich rück trotzdem nicht dichter...). *I think we go higher, and the next stop is for coffee. Now, it is not so far from the top.*

Frag ich jetzt nicht, heißt es bloß wieder, noch acht Kilometer und drei Stunden, oder so.

- *Uttiha..I hope you have you enough power to go up?*

Denkt der, ich mach schlapp?

- *Yes. But it is a little bit hard for me, going up...*
- *That is the way I must walk when I watch the area. But in half of the time.*

Angeber! Sag doch, dass du jetzt enttäuscht von mir bist. Solltest du dir solche suchen, die trainiert sind. Die sausen hier hoch wie nix, und fragen, ob DU eine Pause brauchst. Mit allem drum und dran. Kann ich nicht mithalten. Oder du wolltest mir mal beibringen, dass hier oben nicht alles zum Lachen ist?

- *Now, we can go. I am ready.*

Flasche verstaut, Kopftuch um, aufstehen...grrrr, nicht ganz leicht. Sieht er mich besorgt an. Ob es noch mal Massage geben soll? Heute nicht, geht schon, ich habe die doppelte Dosis Munition gegen die Fernfahrer-Hexe genommen, aber laufen ist auch besser als im Auto sitzen. Na, wir können. Guckt er noch mal, ja es geht!!!

Also wird weiter im Gelände marschiert, nun bergan. Nieminen voran, ich hinterher. Die Jacke ist innen feucht und klamm. Schnauf, schnauf, schnauf. Nix meckern, nicht lachen, nur hinter Nieminen her. Wieder Sumpf, Sumpf, Sumpf. Die Stiefel werden auf jedem Meter schwerer, die Mücken landen ab und an eine Testperson in meinem Gesicht und schön - schön ist hier überhaupt nichts mehr.

Es tropft in meinem Gesicht, muss der Fargusan Teer sein. Es tropft unter meinem Armen, bravo, aller Apfelsinenduft ist weg. Was soll daran toll sein, eine ältere Dame, die schnauft, die schwitzt und nach dem sich auflösenden Fargusan stinkt? Flechten und kleine Felsen, und umgekehrt und hoch, hoch, hoch. Verstehe ich nicht, dass 200 Meter so steil sein können? Paarmal muss ich anhalten und denke, vielleicht hätte ein Stock gute Dienste geleistet? Am besten Nordic-Walking Stöcke, die sind ja unheimlich praktisch und werden sicher von dem Herrn lang vor dir mit besonderer Verachtung bestraft. So ne Omma, die zwei Stöcke braucht, um paar Meterchen hoch zu gehen. Mein früheres Ich schnauft auch sehr und erinnert sich an ausgedachte Radtouren mit einem anderen schönsten Mann der Welt.

Endlich sind wir tatsächlich oben auf dem „Hügel", 200 Meter! Gefühlt mindestens 1000 Meter. Nach viereinhalb Stunden, durch Sumpf, Moos und Mücken. Jetzt ist die Sonne auch rausgekommen. Ein blassblauer Himmel, und dahinter grünbraun, braungrün und bisschen tiefblau. Paar kleine Krüppelbäumchen, Wasser nur in der Ferne. Felsen, ganze Felder von Felsen! Am Horizont noch mehr Hügel, ob das Quadrant eins und zwei sind?

Herr Nieminen hat seine Mütze abgelegt und Jacke, Wollpullover und die Stiefel ausgezogen. Soll ich auch machen, Pause für die Füße. Meine Wanderstrümpfe haben weder Löcher noch Wasserflecke, also ziehe ich auch die Stiefel aus, die Jacke und das Kopftuch. Ich soll mich mit auf seine Jacke setzen. Sieht vertrauenswürdiger als diese merkwürdige Decke aus. Er zeigt mir gerade auf dem Telefon, wo wir jetzt ungefähr sind. Östlich von Sodankylä liegt der ganze Nationalpark, und hier sind wir (wird rangezoomt). Das ist, so ungefähr, das ganze Gelände von Quadrant drei, hier daneben Quadrant vier, und hier, nördlich Eins und zwei. Merke ich mir sowieso nicht, aber ich nicke. Ich musste ja näher ran rutschen, weil ich was auf dem Telefon sehen wollte. Nun sitzen wir eingehüllt in eine Wolke Fargusan-Teer. Trotzdem zieht immer noch mal sowas von Moos und Pilzen durch meine Nase. Wir sind auf 300 Meter, ich könnte auch keinen Meter höher mehr. Juha guckt über die Gegend, dann geht sein Finger so in westliche Richtung:

- *Look there!*

Bemühe ich mich, aber viel sehe ich da nicht, meine Brille ist im Hotel geblieben. Wird mir ein Feldstecher in die Hand gedrückt.

- *Here, you can see it better. First look to the East, so to the West. Reindeers, Sami people.*

Jetzt kann ich es auch erkennen: Erst einzelne Tiere, hinterher folgen sicher zwanzig, fünfzig. Rentiere, marschieren da als langer Streifen, von Ost nach West. Der Zug ist lang und bewegt sich wie ein dicker Strich durch die Landschaft. Von West nach Ost auch ein dicker Strich, wieder Rentiere. Die wandern aneinander vorbei. Als sie sich treffen, bilden sie einen dicken Punkt, dann laufen die zwei Striche weiter, nach Ost, und nach West. In einer Reihe die Rentiere, Geweihe, Geweihe, Geweihe. Links und rechts ein paar hüpfende Punkte, die im Fernglas zu Menschen werden. Nicht in Trachten mit den bunten Mützen, sondern in gewöhnlichem blauen Arbeitszeug. „Die Indianer Europas", früher habe ich mal Bücher gelesen, Kinderbücher, Erwachsenenbücher, Reisebeschreibungen. Jetzt sehe ich Rentierherden ziehen, in echt!!! In den Büchern hießen sie noch Lappen. Jetzt „Sami", Groß-Rentierhalter und manche von ihnen gehen im Frühjahr und Sommer immer noch mit ihren Herden mit. Je mehr Rentiere man sein nennt, umso reicher ist man. Stand in den Büchern, war in Inari im Museum zu sehen. Muss ich jetzt mal loswerden:

- *When I was young, I have dreamed to see these things. It is amazing!*
- *Yes, it is. Can you see how they go, in a line? The Sami look only if they are all on the right way.*
- *The reindeers can find the path by themselves?*
- *Yes, they know the way. Look, one trail from the West to the East, to Inari. The other trail, from the East, they are reindeers from Russia. They come over the border, move over the Finnish area to Norway. In the autumn they move back.*

Die Linien verschwinden langsam, von oben wärmt die Sonne, und jetzt riecht es nach Kaffee!!! Ob ich auch was will? Kaffee, schwarz, heiß und bitter, ja gerne. Besser als das langweilige Wasser. Ob ich nicht doch mal so ein Brot probieren will? Wieviele hat er sich denn zu Hause geschmiert? Oder war das jemand anderes? Mache ich ihm begreiflich, dass ich solche schwarze Masse, „Black Pudding", nicht esse…auch eine Menge anderer Dinge nicht.

- *What about fish?*
- *Yes, but not sour, not smoked.*
- *(*feines Lächeln*) At my home I have salmon, backed. We can eat it, in the evening.*

Ja, wir haben mal drüber gesprochen, aber ich rutsch doch mal paar Millimeter zurück. Wer weiß, was noch kommt. Chhh.

- *Hey, now you can laugh again…More fun? Here!*

Da gibt es einen Schwupp Wodka aus einer kleinen Flasche in den Thermosbecher! Ich habe die Augen aufgerissen, von wegen Fun und so. Jetzt lacht Mister Polarkreis, sieht so süß aus! Macht er heute bloß nicht allzu oft:

- *It is good, for power. Kippis!*
- *Kippis.*

Naja, Kaffee mit Schnaps eben. Macht aber auch mutig. Ich werde mal fragen:

- *The plan for tonight? I should come with you and eat salmon?*

Also, nicht dass ich gleich Ja schreie, interessiert mich bloß mal so. Nickt Herr Nieminen. Er wollte mich zum Hotel fahren, dann könnte ich die Sachen wechseln. Dann fahre ich entweder hinter ihm her, oder steige gleich bei ihm ein. Ich könnte auch alle Sachen mitnehmen und bei ihm übernachten. Das sagt er ganz ohne Grinsen, oder irgendwie die Stimme zu heben. Bin ich ein bisschen baff. Wusste gar nicht, dass man hier so direkt ist.

Das Frühere Ich kriegt sich bald nicht mehr ein, auch wenn die imaginäre Tochter probiert, die Dame zur Ruhe zu bringen. Was soll ich denn darauf erwidern? Zwar sieht Frau Hase sich, hoffentlich, Zoo-tier-und Tierarztgeschichten im Fernsehen an, aber meine Phantasie, was Worstcases angeht, ist schon fast ebenbürtig:

Wir speisen, trinken Wein, dann will ich los. Sagt Herr Nieminen, du hast Alkohol getrunken, geht nicht. Sag ich, aber nicht so viel. Fragt Nieminen, ob das die Polizei auch so sieht. Ehe ich also bei Pekka Lehtonen Führerschein und viele Euros loswerde, tja. Haus verlassen geht sowieso nicht, weil vor der Tür ein großer schwarzer Hund Wache hält. Schwierig. Was soll ich jetzt antworten? Vielleicht erst mal unverbindlich nicken. Ja, sehen wir, wenn wir wieder unten sind, OK? Ist nicht ja oder nein.

Ach, da hätte ich hier gar nicht mitkommen sollen. Und denke mal, wie viele Gelegenheiten hier waren. Und, ist was passiert? Nee. Eben, meint die imaginäre Tochter. Aber noch sind wir ja nicht unten.

Herr Nieminen freut sich, rutscht gleich wieder ein paar Millimeter ran. Was mit meinem Rücken? Danke, dem geht es gut. Bewegung ist besser als Autofahren? Ja, ist richtig. Nickt er und lächelt mich an. Ob wir rauchen wollen? Die erste Zigarette seit fast fünf Stunden! Wegen mir immer, und gerne noch ein Tässchen Kaffee. Als wir dem Rauch nachsehen, ist mir auch der Name von dem Vielfraß wieder eingefallen:

- *The wolverine! (Guckt Herr Nieminen mich an...) Are you sure that this animal is not here around?*
- *Quite sure! It is not here around, it is very shy, in general. Only when very hungry it comes out of his area....But you will notice...smells horrible...when it is in the near (grinst er auch noch...)*
- *If I could smell the wolverine, it is too late?*
- *Haha, correctly!*

Finde ich nicht witzig, das Vieh ist fast so groß wie ein Bär. Und ob da so ein tolles Messerchen was ausrichten kann. Ich glaub jetzt mal ganz einfach, dass er mich nicht in das Vielfraß- Revier mitgenommen hat.

Ich würde noch gern ein Bildchen haben, von uns beiden. Lächelt er wieder. Gerne, aber ohne Teer im Gesicht. Wir wischen bisschen rum, dann setzt er sein allerschönstes Lächeln auf, das Bildchen wird sehr gut, Landschaft ist auch mit drauf und sogar ich sehe ganz passabel aus! Kann man vorzeigen.

Langsam sollten wir zurück marschieren. Nicht ohne uns eine erneute Ladung Teer ins Gesicht zu schmieren.

- *Now down. Take care, and closed to me. Say it if I am too fast. It is not dangerous, but not so easy.*

Ja, es drückt auf die Beine, aber ich schnaufe nicht mehr so sehr. Erst mal volle Konzentration auf den Weg. Aufpassen, wo man hintritt. Aufpassen beim Balancieren über die Holzbohlen. Zwischendurch auch mal leichtere Abschnitte und dann kreiseln die Gedanken ums geplante Abendessen. Mitfahren, alleine fahren und dableiben? Bis jetzt, überzeugen mich die imaginäre Tochter und das frühere Ich, hat sich der Herr der Quadranten mustergültig verhalten. Aber, wenn er doch alles generalstabsmässig geplant hat? Dann ist auch egal, ob mit einem oder zwei Autos, wenn ich erst mal im koksgrauen Eigenheim bin, gibt es kein Entrinnen mehr. Und Telefon oder Messer nützt auch nix, wo da am Spiegel der Schießprügel hängt. Mir will nichts einfallen. Was macht man da? Soll ich sagen: Ja, bitte zum Hotel, und dann sag ich vielen Dank für einen wunderschönen Tag. War nett, dich kennengelernt zu haben, Herr Juha. Aber morgen muss ich weiter, leider. Hoffentlich sind wir nicht so schnell wieder am Parkplatz, auch wenn die Beine schon bisschen meckern, aber runter geht trotzdem leichter als hoch. Ich muss nachdenken.

Da zerstört ein langer tiefer Schrei die Stille. Ein Wutschrei! Ich gucke an mir herunter, nee, bin ich wohl nicht gemeint. Aber 100 Meter vor mir steht Herr Nieminen an einem kleinen Sumpfsee und stößt laufstark Flüche aus. „**Satanas perkele**" und noch schlimmer: „**Fuck, fuck, fuck, tällainen paska**…" Als ich näher komme, sehe ich, daß er an einem kleinem Sumpfsee steht, hochrot vor Wut, brüllend, und immer wieder auf etwas zeigt. Ja, da ist der Boden durchgetreten, sieht aus wie Hufe, kleine Löcher mir Wasser gefüllt. Im Sumpfsee vor uns liegt irgendwas. Mit Geweih. Ein ertrunkenes Rentier, nehme ich mal an. Aber warum brüllt er so, ich verstehe ja nichts, und zeigt immer auf das Vieh? War wohl unvorsichtig, kriegt aber jetzt nix mehr mit, da tot?

Jetzt wird das Telefon herausgeholt, mir wird „geh mal weg da" signalisiert, gut, ich gehe paar Meter zurück. Ins Telefon wird weiter gebrüllt: Herr Nieminen ist obersauer, hier ist was passiert, was nicht passieren darf, und wer ist wohl der Schuldige? Und da ist keiner mehr?? Ja, die Beamten! Von 9.00 bis 12.00 am Samstag, dann haben alle Beamten ihr wohlverdientes Wochenende und können sich nicht um eine Rentierleiche kümmern. What to do now? Eine andere Nummer. Herr Nieminen hat sich etwas beruhigt, jetzt wird auf Englisch telefoniert:

-   *Yes, dangerous. I think on the way to your site. No, nobody here on this site. Only me.*

Das Rentier hier gehört zu keinem der bekannten Herden. Sowas sollte ihm gemeldet werden, aber da haben sich wohl welche einen gemütlichen Freitag oder Sonnabend gemacht! Wenn ein Tier es geschafft hat, kommen andere nach und trampeln alles kaputt. Das wollen sie ja verhindern und die Tiere umleiten, aber nun, zu spät. Der Pfad hier muss repariert werden, das macht er jetzt, und ein Kollege aus Norwegen wird morgen kommen und sich den Schaden besehen. Es muss schnell gehen, kann auch sein, das Tier war krank, sonst wäre es nicht im Sumpf gelandet. Während er das wütend rausstößt, sucht er nach Zweigen, Stümpfen oder anderem, dass er als Ersatzbrücke auslegen kann. Ich würde gerne helfen, vielleicht kann ich paar Zweige von den Krüppelbäumen absäbeln. Nein, ich soll dort am Stein warten und gar nichts machen! Es ist gleich sechs, und Juha ist immer noch mit der Reparatur beschäftigt. Säbelt mit seinem Messer kleine Äste ab, sucht Holzstücke, bastelt einen Pfad. Ich sitze halb angelehnt an einem Stein und gucke zu. Wie der die ganze Zeit rumflucht, hört sich ja gefährlich an.

Sagt das Frühere Ich, dass ich jetzt mal sehen kann, wie das auf andere wirkt, wenn man so tobt. Ist aber ewig lange her, dass ich selbst mal.

Schon wieder eine Stunde vergangen, und wir haben noch nicht mal die Hälfte vom Weg zurückgelegt. Ich kann nur warten und gucken, bis Juha fertig ist. Hilfe wurde ja abgelehnt, in nicht sehr höflichem Ton. Es sieht aber aus, als ob die Behelfsbrücke funktioniert. Bevor wir aufbrechen, ruft Herr Nieminen noch ein paarmal an. Wieder nicht freundlich. Wir kommen halbwegs gut über den improvisierten Steg. Dann nochmal anderthalb Stunden, bis wir am Auto sind. 300 Meter höher war mal die Rede von Abendessen und Übernachtung? Kein Gedanke mehr dran.

Als wir losfahren ist es halb neun, die Sonne steht noch hoch am Himmel. Die Farben sind so klar! Blau der Himmel, dunkelgrün, hellgrün und steingrau die Landschaft. Bei zwei Rentieren auf der Straße wird immerhin gebremst, wenn wir auch sonst in einem ziemlichen Tempo die Straße lang jagen. Herr Nieminen wechselt vom Steuer zum Telefon, ich hoffe, der fährt nicht einfach durch bis Moskuvaara, denn romantisch, mit Lachs und so, endet dieser Abend hier nicht, bin ich mal sicher. Immerhin, ich werde vorm Hotel abgesetzt, keine Frage nach hinterher. Noch ein Anruf, noch einer. Ich bekomme nichts außer einem warmen Händedruck:

- *Bye bye, sorry, I should talk to someone.*

Weißt du was, mein lieber Nieminen? Du kannst mich mal am Tüffel tuten! Morgen geht es ab in den Süden, da kannst du mit deinen norwegischen Freunden das tote Tier aus dem Sumpf ziehen. Vielleicht kommt dir später mal der Gedanke, dass da noch was war? Ich bin jetzt nur fußlahm und müde, will mich abduschen und dann die Beine ausstrecken. Keine Diskussionen! Die zwei anderen Damen dürfen gerne Frau Hase erklären, dass es weder zu kleinen noch großen Straftaten von Seiten des Herrn Nieminen gekommen ist. Wurde durch ein totes Rentier verhindert.

Man soll ja immer hoffen, aber ich habe um halb zehn, vor dem Duschen, um zehn und noch mal um elf aufs Telefon geguckt. Nichts, gar nichts. Gegen halb zwölf wollte ich noch mal lauschen, aber da bin ich schon eingeschlafen. Morgen reise ich ab, und zwar gleich früh.

8:00 und ich bin wach. Keine Hüften oder Füße, die wehtun, kein halbverdampfter Kater. Aber mein Herz ist ein bisschen schwerer geworden. Du guckst auch zu viele Schmierfilme, meint mein Früheres Ich. So früh schon auf? Ich habe jetzt aber keine Zeit für Diskussionen, muss Sachen einpacken. Die Wanderhose ist immer noch nass an den Hosenbeinen, die Strumpfhose genauso an den Füßen und muffelt irgendwie ganz abartig, Fußschweiß und Fargusan.

Das Frühere Ich meint, dass das ja gestern Abend der Höhepunkt der Reise war, trotz allem, musst du zugeben. Ja, gebe ich zu. Kann doch sein, wenn das mit dem ertrunkenen Rentier in Ordnung kommt und deine Telefonnummer hat er ja. Bloß, da bin ich schon über alle Berge, nochmal komme ich ja nicht hier vorbei, in den nächsten Monaten. Aber denk mal, wenn er sich doch noch mal meldet und sagt, dass das gestern recht unglücklich war.

Frau Hase meint dagegen, ich sollte dem toten Rentier dankbar sein, jetzt geht es so weiter, wie wir uns das gedacht haben, heute Richtung Süden, übermorgen Lahti, dann zum Flughafen. Den Mann soll ich mal ganz schnell vergessen, sowieso nichts für mich, ist sie sich sicher. Da es nun doch nach ihrem Kopf gegangen ist, fällt ihr Urteil über den schönsten Mann von hinterm Polarkreis auch milder aus: Also weder Räuber noch Mörder. Aber eben einer, der alle Gelegenheiten beim Schopfe packt. Schürzenjäger. Don Juha von hinterm Polarkreis! Spätestens heute früh hätte der vergessen, dass es jemanden gibt, der Uta heißt, da wartet er schon wieder mit seinem Toyota an der Einbahnstraße auf das nächste Opfer. Oder zu Mittsommer, wo auch paar weibliche Touristen kommen, die mal was Authentisches erleben wollen. Du warst sowieso nicht sein Typ! Sollte mich trösten, wurde aber das Gegenteil erreicht, kann ich nur noch in scharfen Ton den Mund verbieten.

Dann werden die Koffer verstaut, die nasse Wanderhose samt Strumpfhose extra gelegt und die Stiefel kommen auf den Rücksitz. Werden später in eine Abfalltonne geschmissen. Nimm die mal mit, als echtes Souvenir, kann man vielleicht zuhause manchmal gebrauchen, meint das Frühere Ich und die imaginäre Tochter gibt ihr recht. Gefrühstückt wird reichlich, gestern waren es nur paar Stullen den ganzen Tag, der versprochene Lachs wurde ja im koksgrauen Haus nicht serviert. Dann wollen wir losfahren.

Will bloß mal gucken, wo Moskuvaara liegt. Nicht weit, 25 Kilometer, nur ein kleiner Umweg und Zeit ist auch. Moment mal, wer bestimmt hier? Was soll ich da?

- Die Stiefel...?

Das Frühere Ich gibt nicht so leicht auf und kriegt auch noch Unterstützung von der imaginären Tochter:

- Bring einfach die Stiefel zurück. Da vergibst du dir nichts, das macht man so.

Was meinst du, imaginäre Tochter, was man noch macht? Sich mit der Hand am Telefon von seinem Date verabschieden?

- Wir fahren jetzt nach Süden, Rovaniemi, Jyväskylä. Und guck mal, wo du übernachten kannst. Vielleicht in einem Hostel, wo du dich mit deutschen Skandi-Fans unterhalten kannst. Bisschen was hast du ja gesehen, Sümpfe, Rentierzüge, ertrunkenes Rentier.

Bestimmt Frau Hase. Nein, werde ich nicht machen, egal wie du zeterst!

Ganz richtig, wir biegen nicht zur Hauptstraße nach rechts, sondern fahren durch den Ort und folgen dem Schild nach Sattanen. Wer hat hier das Steuer geführt? Hinter Sattanen das Schild nach Moskuvaara: 12 Kilometer.

Sollte ich ganz schnell umkehren, ruft Frau Hase. Kann ich bloß antworten, dass das nun nicht mehr geht, sieht sie wohl: Auf der Brücke über den Fluss ist nur Platz für eine Richtung. Sollte lieber keiner jetzt vom anderen Ende kommen. Dahinter wenden geht auch nicht, ist wieder so ein anderthalb Spur Weg mit Ausweichtaschen, bis Moskuvaara.

Zehn Kilometer, fünf Kilometer, ein Auto kommt mir entgegen, kein Toyota. Drei Kilometer, das nächste Auto, ein alter, sehr dreckiger Volvo. Zwei Kilometer. Da denke ich noch, ganz vernünftig: Anklopfen, Stiefel übergeben, signalisieren, dass ich jetzt weiter muss. Oder Stiefel einfach vor die Türe stellen. EIN Kilometer bis Moskuvaara! Was, wenn er nicht da ist? Wenn mich jemand sieht? Wenn die Köter da frei rumlaufen? Wenn er sagt, ja, komm rein stell die Stiefel dahin. Und mich überfällt? Frau Hases Version. Der Kilometer ist lang. Ich könnte schon sonst wo sein, Richtung Süden, ob ich doch wieder umdrehe? Bisschen blöde, erst fährst du 25 Kilometer extra, bloß um zu wenden? Nein, die Stiefel werden jetzt abgegeben, guck mal, dort hinten, meint die imaginäre Tochter.

Da steht das Haus vom Telefon. Sieht genauso aus, koksgrau und klein. Vor dem Haus kann ich noch das Auto erkennen. Besser, wenn das verschwunden wäre, hätte ich einfach bloß die Stiefel hingestellt. Das nächste Haus ist auch in gehörigem Abstand, kann hoffentlich keiner dumme Fragen stellen: Wollen Sie zu Juha? Der ist nicht da. Kann ich was ausrichten? Ooch nö, hier sind Stiefel, die ich abgeben will. Das sind ja die Stiefel von Leena! Hier kennen alle alle, auch die Stiefelbesitzer. Was machen Sie denn damit? Geben Sie mal her, ich bringe die gleich zu ihr. Dummes Anstarren. Wenn ich schon lange weg bin, wird das durchgekaut: Da war so eine Dame mit weißem Auto. Stell dir mal vor, mit Leenas Stiefeln. Wollte zu Nieminen, die Stiefel abgeben. Was macht die denn mit den Dingern? Und, wie kommt Nieminen zur Leenas Stiefeln? Ich fahre lieber nicht bis vors Haus, sondern halte hier in der Parktasche, nehme die Stiefel und stelle sie bloß vorm Haus ab und nichts wie zurück. Der Plan findet bei keiner der drei Damen Zustimmung, nichts Halbes, nichts

Ganzes. Mache ich aber meistens so, solltet ihr ja wissen. Kann auch sein, er sitzt in der Sauna? Den Weg runter zum Haus ist mir weder ein Auto noch ein Mensch entgegengekommen. Vielleicht schlafen auch noch alle? Da sollte das recht schnell gehen.

Bin ich schon fast an der Einfahrt, da geht ein ohrenbetäubendes Gebell los. Ein großer schwarzer Hund hechtet mit langen Sprüngen zum vorderen Ende seines riesengroßen Zwingers, kläff, kläff, kläff. Ich bin nur froh, dass er eingesperrt ist, so schnell komme ich sicher nicht zum Auto zurück! Der hört nicht auf, hoffentlich öffnet sich jetzt nicht die Tür und jemand guckt mich unwirsch an. Was willst du denn noch hier? Glaub ich nicht.

Wissen kann man es nicht, meint das Frühere Ich. Ja, erst ganz tatendurstig, aber nun kommen Zweifel, ob das eine gute Idee war. Kennen wir ja.

Noch zwei Schritte bis zur Türe. Stelle ich einfach die Stiefel ab und gehe wieder. Man kann auch nicht sehen, ob da jemand hinterm Fenster guckt. Klingel doch mal, meint die imaginäre Tochter. Gibt keine Klingel. Dann klopfe oder drück auf die Klinke.

Lieber nicht, vielleicht steht er schon hinter der Türe, mit Gewehr oder Messer. Frau Hase leidet an Krimiabstinenz, hat wohl gestern wirklich nur Tierfilme geguckt.

Muss eine der anderen Damen gewesen sein, die einfach angeklopft und die Klinke heruntergedrückt hat! Da stehe ich schon halb im Flur. Der sieht genauso aus wie auf dem Foto, das Gewehr hängt auch am Spiegel. Was jetzt? Sssst, da ist schon was an meinem Schuh, schnüffel, schnüffel, der Schwanz pendelt vor Freude –Dackeldame Marja, heute nicht faul. Jetzt Freudengeheul! Hör mal, du Dackeldame, ich bringe bloß die Stiefel. Ach, die kriegt sich gar nicht mehr ein. Die kennt mich doch gar nicht! Nein Marja, ich gehe nicht mit dir zur Entenjagd. Schnüffel, Schnüffel, schlecker, schlecker. Ist ziemlicher Lärm, jetzt. Der Köter draußen bellt immer noch, die kleine Dackeldame fiept und quietscht. Aber vielleicht schläft der Herr des Hauses wirklich noch? Hmmm, sollte ich mal rufen:

- *Hallooo, good morning! (*doof, aber mir fällt nichts anderes ein*).*
  I am coming with the boots.

Will ich schon die Stiefel einfach hinstellen. Da geht eine Tür auf. Kommt ein älterer Herr raus, grauer Wollpullover, Camouflage-Hosen und dicke Brille!!! Kommt auf mich zu, mit so einem Lächeln, so wie gestern, wo war das gleich? Bevor das ertrunkene Rentier die Szene beherrscht hat. General Nieminen hat sich in einen freundlichen Professor, so einer von den Fernseh-Tiersendungen, verwandelt:

- *Uttiha!! Ohhh, you are here, good. You have not answered my message. Did you get it?*

Hää? Wann sollte das gewesen sein? Wohl nach Mitternacht, da habe ich nichts gehört oder gesehen, da habe ich tief und fest geschlafen.

- *I was sleeping, not watching the telephone. I will bring the boots back... and say thank you for yesterday.*

- *Uttiha, come in! And you should put on the boots, immediately... You can come with me, to pull the reindeer. With a helicopter! Do you want? But now, come in and have a cup of coffee...* (als ob wir irgendwas verabredet hätten)

Ich stehe immer noch mit den Stiefeln in der Hand, die Dackeldame schleckert immer noch. Bekommt sie eine leise Bemerkung, hört sie gar nicht, macht weiter. Nochmal, schärfer, jetzt wurde wohl verstanden, das Hündchen legt sich brav ins Körbchen. Wie durch ein Wunder hat das Gekläffe draußen auch aufgehört. Hier, diese Pantoffeln kann ich anziehen. Ach ja, hatte ich vergessen, erste Amtshandlung, wenn man finnisches Innengelände betritt: Schuhe aus! Aber ich muss alles erst mal verdauen. Kein Wort des Bedauerns wegen gestern. Eine sms, gesendet nach Mitternacht! Und was für ein Hubschrauber? Ich bin noch nie und werde mich auch nie in so ein Ding setzen. Drängeln sich doch die drei Damen auch mit rein.

Ich soll einfach nicken, so eine Gelegenheit kommt ja nicht wieder, flüstert das Frühere Ich. Nicht mal entschuldigen, murmelt Frau Hase, komm, wir gehen. Hubschrauber, früher war das mal ein tolles Motorrad, noch früher ein weißes Ross. Die imaginäre Tochter meint, einen Kaffee mittrinken kostet nichts. Da hat sie mich wohl überredet.

Kaffee in der Stube. Eine kleine Ecke auf dem Esstisch wird freigeräumt, alle möglichen Papiere liegen da rum, Formulare, Tabellen, ausgedruckte Karten, wahrscheinlich war da kein Platz mehr auf dem Schreibtisch, da liegt noch ein etwas größerer Regenwald. Wenn das Genie das Chaos beherrscht, ist der Herr mit der dicken Brille ein ganz großes! Bloß, er könnte langsam mal das Ding absetzen. So eine

Nahsicht-Brille, wo man Glotzaugen hat! Sieht er wirklich alt aus! Deswegen habe ich meine nur zum Autofahren, Arbeiten oder Lesen auf. Na, ich nehme einen Schluck und frage dann doch mal vorsichtig: Was das für ein Hubschrauber sein soll? Und ich soll da mitfliegen? Keine zehn Pferde kriegen mich in solch ein Gefährt. Das lärmt und schwankt. Und ist gefährlich. Jaha, Juha lächelt, nimmt die Brille ab.

Natürlich, brummelt Frau Hase, jetzt würdest du in alle Fahrzeuge einsteigen, von Heißluftballon bis Weltraumrakete.

Also, er hat gestern mit dem norwegischen Kollegen telefoniert, dem einzigen, den er erreichen konnte Finnland und Schweden haben ja am Sonnabend nach 16.00 Uhr frei. Mit den Russen darf er nicht sprechen. Aslak, der Kollege aus Norwegen, konnte einen Hubschrauber besorgen, der kommt gegen elf zum Quadrant 3, auf den Parkplatz. Dann fliegt er so nah an den Sumpf wie möglich, die Herren ziehen das Tier aus dem Sumpf, es wird verpackt und nach Tromsø geflogen. Er hat Aslak gesagt, dass da von der finnischen Seite zwei Personen mitkommen. Also, ob ich mitfliegen möchte?

Nehme ich noch einen Schluck Kaffee, denke nach. Zwei Augen, grünbraun, sehen mich an. Ich habe in den letzten drei Tagen nur unmögliche Sachen gemacht, warum nicht auch Hubschrauber fliegen? Ist doch eine ganz üble Finte, den Hubschrauber gibt es nicht, und du selbst wirst heute beim ertrunkenen Rentier landen. Wenn erst mal das Wasser gluckert, ist es zu spät. Nee, Frau Hase, so nicht!

Wenn das Ganze nicht so lange dauert, heute, morgen, übermorgen, aber am Mittwoch sollte ich schon in der Nähe von Helsinki sein. Ich habe auch kein Hotel mehr. Werde ich wohl doch eine Nachtfahrt machen müssen. Am Nachmittag sind wir wieder hier. Also ich komme mit? Ja. Herr Nieminen strahlt. Aber, dann müssen wir uns jetzt beeilen. Ich soll mich auch noch umziehen, er hat ein paar Sachen für mich. Reicht das nicht, was ich anhabe? Kann auch gerne zum Auto gehen und die feuchten Wander- samt Strumpfhosen holen. „The tights, my pants from yesterday, is it OK?" Die Strumpfhosen ja, aber andere Kleidung. Warte mal. Wir gehen in den Korridor, Dackeldame Marja kommt wieder aus ihrem Körbchen und fiept leise. Ja, schleck mal meine Hand ab, hoffentlich beißt du nicht! Was findet die bloß an mir? Das Schleckern hat ein Ende, als hinter mir jemand etwas leise zischt. Da bleibt sie nur noch vor mir sitzen und guckt.

So, hier die Sachen, Camouflage, Jacke und Hose. An der Jacke noch ein Schild mit EU-Sternen, sicher so die Arbeitsuniform hier. Und XXL, also sind seine Praktikanten mehr solche Jungs, die, wenn sie nicht in der Wildnis rumschleichen, Computerspiele machen und massenweise Pizza und Cola verdrücken. Die Größe hat er richtig geraten, Chhh. Und Strumpfhosen drunter! Liegen im Auto, soll ich die holen? Ja, aber schnell! Macht er die Türe auf, wo ist dein Auto? Da hinten, zeige ich ihm. Schüttelt er den Kopf und lächelt. Das ist die Bushaltestelle, heute kommt kein Bus vorbei, aber gleich morgen früh, so gegen 7:00 Uhr. Aber Morgen um sieben bin ich doch weg? Fahre ich das Auto neben seines, hole die Strumpfhosen, und während Herr Nieminen allerhand Gerät in einen noch größeren Rucksack verpackt, schlüpfe ich schnell in die stinkigen, immer noch halbfeuchten Strumpfhosen und die Camouflage Bekleidung. Stopfe alles Wichtige (Telefon, Portemonnaie und Zigaretten) in die Taschen. Herr Nieminen trägt die Ausrüstung zu seinem Auto, ich gebe Anweisung, dass die Damen sich jetzt für sechs Stunden im Opel Mocca beschäftigen müssen. Wer will, darf mit den Hunden spielen (will keine). Dackeldame Marja kommt zum Labrador in den Zwinger, die beiden hopsen wie wild miteinander herum.

Dann rasen wir mit bald 150 km/h zum Quadrant drei, ohne Rücksicht auf den Gegenverkehr, nicht mal bei der Brücke wird geguckt. Wenn ich mich eine halbe Stunde später aufgerafft hätte, die schmale Landstraße lang zu fahren, bisschen in Gedanken, wie immer, peng, kommt da so ein Toyota, Fahrer wieder am Telefon, wie jetzt gerade, und voll drauf auf den kleinen Mocca! Während wir so über die Landstraße fegen, bekomme ich Anweisungen vom Herrn der Quadranten, wie ich mich zu verhalten habe: Ich bin die Assistentin von Herrn Nieminen, heiße Isabella Gomez. Wo hat er den Namen her? Ich verstehe nur englisch. Ich habe das Ergebnis im Spiegel gesehen, recht unwahrscheinlich, dass der Norweger das glaubt. Fragt der vielleicht: Nieminen, wer ist das denn? Eine bildungshungrige Rentnerin von der Volkshochschule? Oder glaubst du, dass deine Cousine hier so einfach mitfliegen kann, weil sie sich das zum Geburtstag gewünscht hat? Ich soll so wenig wie möglich sagen, denn Aslak Haugesen ist ein guter Kollege, aber Norwegen ist in der NATO, da haben die noch strengeren Vorschriften. Ich frage ihn nicht, warum ich überhaupt mitkommen soll. Den Schotterweg raufgejagt, das Tor geöffnet, das Auto abgestellt. Juha schnappt sich die Ausrüstung erinnert an eine Expedition im Himalaya.

Da wird es schon schrecklich laut, es weht, die Rotorblätter. Der Hubschrauber landet. Da soll ich jetzt mit rein! Der Einstieg öffnet sich, da steht ein Herr, der winkt, wir klettern eine kleine Treppe rauf, dann gibt es kein Zurück mehr. Die Türen schließen sich, wir setzen uns auf die Plätze und der Hubi brüllt auf, die Rotorblätter drehen sich und er schraubt sich in die Höhe. Uns gegenüber sitzt der Norweger Aslak. Sieht aus wie Juha, 10 Jahre jünger. Ein Pilot ist auch da, der dreht sich bloß mal um. Hola Señorina Gomez, nice to meet you! Juha und Aslak brüllen sich an, weil es so laut ist. Es wird lautest, es schwankt und schwingt und ich sitze stocksteif, sage nichts, mache nichts. Wenn ich nur einen Arm oder Bein verändre, dann stürzen wir ab. Und wo sind eigentlich die Notfallschirme? Hat man die nicht umgeschnallt zu haben? Schon sind wir auf halber Höhe des Berges. Ich hoffe bloß, dass wir bald oben sind und nirgendwo anstoßen. Ganz vorsichtig legt Herr Nieminen einen Arm um meine Taille. Und tatsächlich, bisschen ruhiger werde ich. Wir landen der Spitze des 200 Meter Berges, die Männer holen Unmengen Ausrüstung raus. Zwei große Rucksäcke werden gefüllt, dann marschieren wir stramm herunter. Wenn das Rentier dann wieder hier hochgeschleppt werden sollte, soll ich da helfen? Bei dem Sumpfsee kann der Hubschrauber ja nicht landen. Was dachte sich Herr Nieminen so, dass ich eine willige Arbeitskraft bin und aus reiner Verliebtheit Rentiere durch die Gegend schleppe? Nur, ich kann ja nicht mehr weg. Die Männer laufen vorneweg, ich trotte hinterher. Was soll ich auch sagen, die Assistentin sollte ja ihre Klappe halten. Zum Glück hat Herr Aslak sich noch nicht direkt an mich gewendet, aber was, wenn? Da sind wir schon am Sumpfsee, wo die provisorische Brücke immer noch hält und das Rentier im Sumpf rumdümpelt. Alle schmieren sich mit Stinke-Teer ein. Assistentin Gomez soll erst mal wieder bei dem Felsklotz warten.

- *Stay here. Do not say anything.*

Vielleicht sollte ich so tun, als ob ich alles notiere, macht ja so eine Assistentin. Aber es interessiert niemanden. Die sind am Tatort beschäftigt. Untersuchen die Fundstelle fachmännisch, überlegen, aus welcher Richtung das Unglücksvieh gekommen sein könnte (Hände hierhin und dorthin). Wenn ich nun bei so einer außergewöhnlichen Aktion dabei sein kann, sollte das auch gefilmt werden. Ich halte fast drei Minuten drauf, die sind ja so beschäftigt, fällt gar nicht auf. Ich drücke auf mein Telefon: Das Bergen einer Rentierleiche. „Men at work":

Zwei schwarz eingeschmierte Menschen, in voller Aktion, holen eine Plane, Ketten mit Karabinerhaken und haben auch solchen Ganzkörperschutz an, wie die Kriminalisten in den deutschen Krimis. Sieht echt spannend aus. Jetzt wird irgendwas mit der Plane gemacht, dann klicken die Haken und das tote Tier wird langsam herausgezogen. Das Rentier landet auf einer gut ausgerollten Plane. Dann werden noch paar Proben entnommen. Zeige ich später Frau Hase, die wird begeistert sein, endlich mal eine echte Leiche, wenn auch bloß ein Rentier! Das Tier liegt nun auf der Plane, fotografiert ist es bald genug und beide Herren notieren eifrig alle wichtigen Details. Dann wird die Plane über beiden Enden gefaltet und mit einem Reißverschluss verschlossen. Wie im „Tatort". Nachdem das Vieh eingehüllt ist, werden wieder die Ketten mit Haken angebracht. Bevor die beiden Herren anfangen, den Sack herauf zu schleppen, hauen sie sich auf die Schulter und lachen. Herr Nieminen winkt mich heran. Thermoskanne und drei Becher. Mal sehen, ob er wieder Wodka in den Kaffee kippt. Macht er. Der Norweger verzieht keine Miene.

- *Nice to meet you, Mr. Aslak. Kippis!*

I cannot speak Finnish, I cannot speak Norwegian, and my Danish is better than my English. And, sorry, I am not an assistant to your friend Juha. Sage ich nicht, denke ich bloß. Muss aufpassen, nicht wieder zu kichern. Hilfe, die Luft hier!!

- *Kippis!*

Aslak guckt mich an, nicht unfreundlich, aber genau. Hmm, verdächtig. Mein Gesicht ist schwarz von Anti-Mücken-Teer, aber vielleicht merkt er doch, dass ich nicht die kleine Assistentin aus dem 2. Studienjahr Umweltbiologie bin, nunmehr bei Juha Nieminen als Praktikant. Oder er wundert sich, dass in Finnland so alte Schachteln noch studieren. Was, wenn er jetzt fragt?? Dann, Herr Nieminen kann bis ans Ende seiner Tage Pizza zusammenklappen, kommt er Aslak zuvor:

- *It was an amazing experience for Isabella. It is very rare to see this, yesterday on a control round, and today the pull-out of the reindeer ...*
- *(*Ich nicke eifrig.*) Yes*
- *And no other person in the area! I have called my Finnish colleagues, the Swedish too....all on weekend. Therefore, thank you, for coming with the helicopter, Aslak. Kippis!*

Ach, kann ich auch mal was zur Unterhaltung beisteuern??:

- *The reindeer will be investigate? Where?*
- *In Tromsø, there are the best conditions. There we can analyse all the samples we have taken. For bacteries, may be also for chemical contamination*

Ehe ich jetzt weiterspreche und mich eventuell verspreche, erklärt Herr Nieminen, dass die Behörde in Rovaniemi schon informiert ist. Vielleicht bekommen sie sogar neues Material für ihr Bakterien-Projekt. Great and Thank you for help! Noch mal Kippis mit Kaffee-Wodka. Dann brennt sich mein Traumfinne, endlich mal, eine Zigarette an. Darf ich jetzt auch? Ja. Aslak natürlich nicht. Denkt jetzt vielleicht darüber nach, ob Assistentin Gomez wirklich eine Studentin ist. Die rauchen ja heutzutage nicht mehr, und trinken Alkohol nur, wenn der 100% vegan ist.

Herr Nieminen diktiert dem norwegischen Kollegen irgendwelche Parameter, die der in eine Liste einträgt. Ein paar Minuten später schleifen beide den Rentier-Leichensack. Herr Nieminen hat mir paar Tüten mit merkwürdigem Inhalt (die Gewebeproben) in die Hand gedrückt, und wieder ein paar von den Mappen. Na, wenn das alles ist, was Assistenten machen. Anstrengend ist es trotzdem, die 100 Meter wieder hoch. Als wir oben angekommen sind, hört man schon die Rotorblätter. Der Hubschrauber, wieder mit mächtigem Wind, das Leichentier wird im hinteren Teil gelagert. Dann sitzen wir in unseren Sitzen, beide Herren brüllen vergnügt rum.

Kommt so ein kurzer Blick von Aslak, erst zu mir, dann zum finnischen Kollegen. Ein leichtes Lächeln von Herrn Nieminen, ich verstehe leider nichts, ist zu laut und sie reden wieder ihren Slang, eine Mischung aus finnisch, norwegisch und englisch. Über mich??? Na, Juha, wer ist denn diesmal die Assistentin? Aslak, das geht dich gar nichts an. Nee, ich frage Ja bloß. Die ist schwarz eingeschmiert, aber Studentin?? Aslak, wie du schon gehört hast, das ist meine

Assistentin Isabella Gomez, aus Spanien. Noch Fragen? Haha, nee. So ganz ist der norwegische Kollege wohl nicht überzeugt.

Der Hubschrauber landet wieder genau da, wo er uns abgeholt hat. Noch mal Händeschütteln, dann hebt der Hubschrauber samt Aslak ab in Richtung Westen.

Zurück bleiben wir beide, Herr Nieminen und ich. Wir gucken dem Hubschrauber noch ein bisschen nach, dann verstaut Juha das Expeditionsgepäck im Kofferraum. Ich habe mir eine zweite Zigarette gestattet. Da stand nix von Waldbrand. Sollte ich aber wieder was überlesen haben, wird es gleich einen Generalanpfiff geben! Nichts dergleichen, der Herr der Quadranten ist bester Laune und brennt sich auch eine an. Dann kommt so ein Strahle-blick. Weiß er jetzt wohl schon, dass ich dann zu allem ja und amen sage:

- *I am so happy. The reindeer was pulled up, all samples are taken, I can get the results next week...so I can write a report. But the best, you are also here. Do you want to come to me, eating, drinking, stay in my house, we have talked about it, yesterday? We can buy something for meal.*

Ganz langsam, Herr Juha! Essen und Trinken ja. Aber das andere? Ich könnte danach natürlich losfahren, um gegen Mitternacht an irgendeiner Tankstelle in Mittelfinnland zu landen. Oder hierbleiben? Morgen muss ich aber wirklich, bisschen knapp, aber geht gerade so. Was soll ich sagen: Yes, let us have meal! Wieder das grüne Leuchten, aber: Wir müssten wir neuen Fisch kaufen. Oder was anderes, Fleisch? Jaaa, Rentier aus der Dose. Und Pizzateig, dann machen wir Pizza Klappi! Chhhh. Ja, Fisch ist in Ordnung.

An der ersten Tankstelle mit Supermarkt in Sodankylä halten wir. Das Gesicht wird notdürftig vom Teer befreit, sieht trotzdem aus, als ob wir vom Manöver zurück kommen.

Voll ist es nicht und hinten am Regal putzt eine Dame (ganz in Weiß, mit Kopftuch) mit Hingabe ein Regal. Finnen können am besten Hygiene und Saufen, hab ich mal gehört. Chhhh. Ja, Herr Nieminen, wie gesagt, mir fällt sehr oft was Lustiges ein. Chhhh. Guckt er nur einmal bisschen auf, denn er ist damit beschäftigt, den Riesenkorb zu füllen: schwarzes Brot, Toast, zwei Tetrapak Milch (mindestens 2 Liter, wer soll die trinken?), Kartoffeln, Mohrrüben, Zwiebeln, einen Salatkopf, Butter, zwei kleine Gläser, ein mit Rot, eins mit Gelb.

Was ist das Rote? **Karpalot**, Cranberrys, but sur. Das Gelbe ist Senf. Dann Fisch: So ein richtiger Fischstand, die Fische sehen wie frisch gefangen aus und der Lachs, das Riesenstück, das aus dem Eis gezogen wird, muss Extraklasse sein: 25 Euro!! Daher wird wohl an den geistigen Getränken gespart, und vermutlich kann ich gegen Mitternacht völlig nüchtern losfahren:

- *Do you drink Cola? (*Nein*) Lemonade? (*Nein*) ??? What do you want? (*stehen wir vor Kästen mit Cola, Brause, Selters. Nicht mal Bier!!*)*
- *Selters (???) Sparkling water.*

Das wird bestimmt ein lustiger Abend. Mit Ofen Lachs, Kartoffeln, Möhren und einem traurigen Salatkopf, der mit Preiselbeerpüree sauer (und Senf?) angerichtet wird. Dazu trinken wir literweise Wasser und Cola. Sicher auch Kaffee. Wir gehen zur Kasse. Kein Gedanke an Alkohol! Donnerstag wurden so 200 Gramm Wodka weggekippt, Freitag wenigstens dreimal 100 Gramm. Zu gestern kann ich ja nichts sagen. Na, besauf dich an Cola. Ich habe noch einen Tetrapak Weißwein (unter anderem). Der Fisch muss schwimmen. Bisschen enttäuscht rolle ich den Korb mit raus. Von anderen Leuten hatte auch niemand Wein oder Bier im Korb. Vielleicht trinkt man hier sonntags wirklich keinen Alkohol. Wegen was auch immer, dem Tag des Herrn, um am Montag wieder fit zu sein. Oder überhaupt. So, meint Juha, jetzt zeigt er mir etwas Gutes, das die EU gebracht hat: Neben dem Ausgang vom Supermarkt gibt es nochmal einen kleinen Laden. Aha, hier ist das Trinker Paradies! Der Alko-Laden, nun auch sonntags geöffnet! Keine Rede vom abstinenten Sonntag: Zwei Flaschen Wodka, eine kleine Flasche Blaubeersirup und noch zwei Flaschen Weißwein! Zum stolzen Preis von 130 Euro!!

Frau Hase würde jetzt warnen: Entweder will er angeben, er trinkt wirklich so viel allein, oder er will dich betrunken machen!

Wir verstauen sämtliche Einkäufe, dann geht es Richtung Moskuvaara. Polizist Pekka braucht keine Strafmandate ausschreiben, wir fahren nur mit den zugelassenen 50 km/h. Herr Nieminen sieht jetzt absolut entspannt aus, und erklärt mir, warum das tote Rentier doch nicht so ein Unglück ist. Es war wahrscheinlich krank, denn gesunde Rentiere fallen nicht so einfach ins Wasser, die suchen sichere Wege. Aber, wie ich gesehen habe, war da nicht nur das eine Rentier, da waren Spuren von mindestens fünf. Wenn die jetzt anderen Herden folgen, und sich unter die mischen, das kommt nämlich vor, dann ist die ganze Herde krank. Einige Krankheiten kann man schon bekämpfen, aber es gibt zu viele Erreger, die sie nicht kennen. Deshalb ist das so wertvoll. Und gut, dass alles so schnell gehen konnte! Nach 48 Stunden hätte die Verwesung eingesetzt, da kann man nicht mehr so viel finden. Er hofft, dass ich es interessant fand?

Kann ich nur nicken. Lächelt er. Was mich am meisten interessiert ist eher keine wissenschaftliche Frage:

- *Who is, or was, Isabella Gomez from Spain?*

Sieht er mich irritiert an. Aha!!! May be, not in family? A good friend? Chhhh…lass ich besser, sonst landen wir noch im Graben. Wir sind gerade über die Brücke gekommen. Dann lächelt er, aber nicht irgendwie ertappt, sondern so in Erinnerung an einen netten Menschen:

- *Yes, of course, Isabella Gomez. She was here, last year, in practice, together with two other Spanish students, from Helsinki. Very funny with them, they were very fascinated of the nature here, and all three were sad when they must back to Helsinki! Very good students and helpers.*

Ich weiß sicher nur ein Tausendstel über den schönsten Mann von hinterm Polarkreis, aber soviel ist sicher, wenn das mehr als interessierte junge Leute gewesen wären, hätte er anders reagiert. Glaube ich jedenfalls.

- *And it was good that I have stored these clothes…you could take them!*

Chhhh…gibt also auch junge Studentinnen in Umwelt oder Natur, die nicht aussehen wie Asketen oder Veganer. Herr Nieminen mag vielleicht solche Typen, Rubensfiguren. Chhhhh. Ich sehe ja auch so aus, also wie eine alte Figur. Chhhhh. Ist niemand da, der mich zur Ordnung rufen kann, alle im Opel Mocca eingesperrt. Ich höre besser auf zu kichern, sonst soll ich über meine „funny ideas" sprechen, oder Herr Nieminen denkt, dass ich irgendwo noch eine Flasche versteckt hatte. Drei Fahrzeuge fahren an uns vorbei, Mister Polarkreis hebt dreimal die Hand. Ich bin sicher morgen Stoff für alle Nester von Ivalo bis Rovaniemi, aber dann auch weg. 700 Kilometer südlich…Chhhh. Als wir schon auf der Landstraße nach Moskuvaara sind, kommt so ein Blick von seitwärts:

- *Uttiha, where will you stay this night? In your hotel in Sodankylä?*

Schüttel ich den Kopf. War vielleicht ein Fehler?

- *Or, you have booked in another hotel?*

Na, Herr Nieminen, so viele Hotels gibt es hier nicht, was soll die
Frage?

- *As I said you can stay here, in my house?*

Hmmm, würde ich ja gerne, können wir ein bisschen picheln, also
nicht bloß Kaffee. Ich kann natürlich auch durch die Nacht fahren
und irgendwo das letzte Mal nördlich von Polarkreis in der hellen
Nacht im Auto nächtigen, also:

- *Stay here, in your home?*

Soll ich ganz konkret sagen, meinst du, in deinem Schlafzimmer, in
deinem Bett, mit dir als Zudecke…Chhh?

- *Yes, you can have a room.*

Was meint er damit? Ein Zimmer, mit Abendbrot. Heute essen, morgen Rechnung für alles. Die alte Schachtel hat ja Geld und wenn sie
nicht will, dann bezahlt sie eben anders? Aber, weil es zu spät ist für
tiefe Diskussionen und wir gleich aussteigen:

- *I want to stay here. (*Da freut er sich, aber total absolut…*) I have
  to take some things from my car…*
- *Yes, take them. Then I will show you the room.*

„The room". Also, vermietet er wirklich? Ich habe kein Airbnb oder
BB Schild an der Türe gesehen. Vielleicht heimlich, an der Steuer
vorbei? Wer Hubschrauber fliegt, kann noch ganz andere Sachen mitmachen, auf zu Teil Vier des Abenteuers, flüstere ich den drei Damen
zu. Das Frühere Ich ist völlig aus dem Häuschen, sucht schon im Kofferraum die nötigen Sachen zusammen: Wechselschlüpper, Waschtasche, Kleid, Schlafzeug, einen Karton Weißwein. Nun ist aber mal
wieder gut, ich soll so ein „Zimmer angucken", hast du ja wohl gehört? Und, was soll der Karton? Kann man immer gebrauchen.

Herr Nieminen trägt die zwei großen Einkaufstüten, ich mein Gepäck, unter dem Freudengeheul der vierbeinigen Freunde wird die
Tür geöffnet. Erst Stiefel aus, Pantoffeln an! Die Tüten werden abgestellt, dann steigen wir die Holztreppe hoch. Oben befinden sich zwei
Türen. Schlafzimmer und Gästezimmer?

- *The bathroom.* (Die erste Tür.)
- *And here, your room.* (Die zweite Tür wird aufgemacht)

Das Schlafzimmer vom Foto! Oder das perfekte Gästezimmer. Ich stehe in der Türe und gucke: Bett, kleine Kommode, kleiner Tisch, Regal mit Schmökern. Das Kissen mit einem ordentlichen rechtwinkligen Knick, und die Bettdecke auf den Millimeter korrekt gefaltet. Vielleicht schläft er hier nie. Oder hat das gestern vorbereitet, flüstert eine von den Damen, die auch neugierig gucken. Hmmm, murmele ich.

- *You can put your things here. Do you want to watch TV?*

Das Riesengerät! Soll ich Finnen-TV gucken?

Kommen da auch Tierdokus oder Krimis? flüstert Frau Hase. Das findest du wohl allein raus.

- *No, thank you, no TV.*
- *Fine, but you must have towels also, wait a moment!*

Weg von der Tür, auf dem Gang, Schrank auf, Schrank zu, dann kommt er mit einem großen und einem kleinen Handtuch. Ja, danke. Bleibt er in der Tür stehen und guckt mich an. Vielleicht weiß er schon, dass ich jetzt zu allem ja sage, außer vielleicht Sauna und so! Ob ich mitkommen möchte, er will mit den Hunden raus gehen, da könnte er mir das Grundstück zeigen. Nur noch die Sachen in der Küche abstellen, dann gehen wir. Ich soll die Sachen anbehalten. Als höflicher Gast kann ich wohl nicht ablehnen. Ich traue mich nicht, zu fragen, ob der schwarze Hund genauso lieb ist wie Marja, gut erzogen reicht vielleicht. Wir gehen die Treppe herunter, Herr Nieminen stellt die Tüten in die Küche. Dann aus der Haustüre zum Zwinger, das Gekläff aus zwei Hundekehlen ist ohrenbetäubend. Der Zwinger wird geöffnet und mein Herz fliegt in die Camouflage Hose. Ob das eine gute Idee war? Der schwarze Labrador hechtet in großen Sprüngen zu Herrchen, was, wenn er meint, ich bin ein Feind oder ein fetter Happen? Da habe ich keine Chance! Die Bestie kommt vor Juha zum Sitzen, macht nichts, guckt nur und nicht mal zu mir! Marja dagegen muss wohl noch Disziplin lernen, die kommt angedackelt und schleckert begeistert an Frauchens Schuhen, Legt die Ohren an, fiept ein bisschen und hört mit dem Schleckern auf, als wieder so ein Befehl gezischt wurde. Gute Erziehung ist was wert, besonders, was den großen Köter angeht. Jetzt wird leise was zu den beiden Hunden gesagt, da sausen die los.

Wir verteilen noch mal Stinke-Teer, soll ja wieder ans Wasser gehen, da sind die Mücken schlimm, dann laufen wir hinter den Wauzis her. Der Labrador Jakko stürmt vorweg, kommt immer wieder zurück, um zu gucken, ob die Richtung noch stimmt. Dackeldame Marja wuselt zwischen unseren Beinen und kriegt ab und zu mal was von Juha geflüstert. Es ist keine schweigsame Abendwanderung unter milchigem Sonnenlicht. Herr Nieminen referiert wieder über sein Lieblingsthema. Vielleicht weiß der so nichts anderes und glaubt, was bei einer Studentin für Umweltbiologie oder Umweltschutz geklappt hat, zieht auch bei der nächsten Dame, die sich mal hierher verirrt. Nochmal das tote Rentier, Bakterien, Darmbakterien und Untersuchungen in Tromsø. Da ich gerne zeigen will, dass ich auch ein bisschen Ahnung von der Materie habe, fange ich auch mit Vorträgen über Lebensmittelmonitoring an. Und Schwermetalle in Wildtieren, die furchtbar gestunken haben, als wir Proben von Leber, Niere und Muskel genommen haben. Ist lange her, aber bisschen auf Englisch radebrechen kann ich noch. Er muss er nicht alles verstehen, ich ja auch nicht. Chhh. Na, war wohl bisschen unangebracht. Chhhh. Findet er sehr interessant, und warum ich da nicht mehr arbeite.

 Bisschen anders alles, in Dänemark. Hier, in Lappi gäbe es zwei Stellen, die chemische Analysen in Lebensmitteln oder Umweltproben machen, eine in Rovaniemi und eine in Ivalo. Schön, aber ich habe ja einen Job, der liegt in Fahrradabstand. Ich brauche keinen neuen.

Da sind wir schon am See, also paar Meter weg, denn der vordere Teil ist Sumpfwiese. Das macht den Wauzis gar nichts, die sausen da durch und springen ins Wasser. Wir laufen einen Holzsteg lang („selfmade", wie der stolze Besitzer verrät). Paar Mücken fliegen auch um uns herum, aber es geht keine auf den Mann oder die Frau (Teer sei Dank). Wir stehen auf dem Steg. Nur Vogelzwitschern und Hundegepaddel, ansonsten Stille. Frage ich mal, wo denn hier die Mitternachtssonne zu sehen ist, überm See wohl nicht? Nein, da ist Osten, im Frühjahr und Herbst geht sie hier auf, jetzt ist sie dort, Richtung Landstraße. Aber der Himmel ist wieder so milchig, heute wird das auch nichts mit der Mitternachtssonne. Zeit für eine Zigarette. Bald ziehen kleine Rauchwölkchen über den See. Der Herr der Quadranten übt sich im Anschleichen. Niemand hier, der meckert oder jubelt. Kann ich mal probieren, wie weit er rankommt. Recht nah, man riecht schon Stinketeer und Zigarette:

- *Hmmm. Hmmm. You want to stay here, really, this evening??*

Soll das eine Warnung sein: Achtung, da geht es dann zur Sache, nach dem Lachs? Oder einfach nur so, bisschen ungläubig? Hör mal, Herr General, was so eine Spanierin kann, kann ich schon lange. Zur Not habe ich noch das Messer. Muss bloß eben mal aus meinem Auto die Jacke rausholen:

- *Yes, is it a problem?*
- *No, Uttiha, no, no. Thank you for coming...And...I am so happy...*

Und noch ein kleiner Schritt auf mich zu. Die Arme schon sehr nahe. Sollte eine Umarmung werden. Und ein Kuss, wahrscheinlich.

Da kommen die beiden vierbeinigen Freunde eben aus dem Wasser, schütteln sich und rauf auf den Steg. Sitzen in Habacht Stellung, gucken. Der Moment ist vorbei! Wir gehen zurück. Wie bei Finnens, schweigend. Dann stehen wir vor dem kleinen koksgrauen Hüttchen. Die Sauna soll jetzt angeheizt werden. Ob ich mitkommen würde?

- *No, thank you.*

Einmal Grenzen überschreiten pro Tag reicht. Heute wars der Hubschrauber.

- *But the Germans like sauna, do not they? Always the first question they ask when they are here.*

Wie viele Deutsche hast du denn schon kennengelernt?

- *Not me. I think it is too warm...for me.*

Der Mensch ist kein Suppenhuhn und muss nicht in eigener Soße kochen. Aber sollte man vielleicht nicht sagen? Ein Finne liebt seine Sauna! Ich habe mal gelesen, dass in der Sauna aller Ärger, alle Sünden verdampfen, aber weiß man das so genau? Lieber nicht ausprobieren.

- *OK. You will not, now. But maybe, once another time.*

Also, da er will jetzt anheizen. Mit dem Holz, zu mächtigen Pyramiden gestapelt, sicher alles selbst gehackt. Ob ich allein zurückgehen will? (Ja). Gut, dann essen wir in zwei Stunden. So gegen acht? Und die Hunde bleiben hier. Dann macht er sich am Holz zu schaffen, die Köter sausen im Gelände rum. Gehe ich zurück. Jetzt sehe ich noch ein paar andere Häuser, bisschen weiter entfernt. Ins Haus, die Treppe rauf. Niemand folgt mir. Den Rauch, der bald aus der Sauna aufsteigt, werde ich wohl nicht sehen. Bei fast 90 Grad kochen? Nix für mich.

Dann sitze ich in „dem Zimmer" (also Schlafzimmer), schließe die Türe ab und habe zwei Stunden zum Nachdenken, Ausruhen, Feinmachen. Vielleicht erst mal die komischen Sachen ausziehen, Strumpfhose und Pullover auch Und nur mit Unterwäsche mal das Bett probieren. Genau richtig! Weder zu hart noch zu weich, kann man auch auf dem Bauch schlafen. Und wie das riecht!!! Bei neunzig Grad gewaschen, an der Luft getrocknet und durch die Mangel gedreht, man muss einfach wegdämmern, der bisherige Tag war abenteuerlich genug. Muss ich auch nicht mit Frau Hase diskutieren, die mir wieder ausmalt, was jetzt noch folgen könnte: KO Tropfen, ein willenloses Objekt, das alles mit sich machen lässt, morgen komme ich gar nicht weg. Denke ich gar nicht dran, so schön hier, das perfekte Bett, die Stille.

Irgendwann klingelt mein Telefon. Den Wecker hatte ich gar nicht eingestellt? Wer ist das denn? Ach, meine wirkliche Tochter. Muss ich wohl zurückrufen. Ach je, schon halb acht! Wollten wir nicht in einer halben Stunde essen? Irgendwas riecht jetzt auch danach.

-   Na hallo! (Du hast es dreimal probiert mit anrufen und zweimal mit Nachricht.)
-   Mama, warum rufst du denn nicht zurück? Bist du immer noch unterwegs? Und was ist das für ein Video, was du mir geschickt hast, mit den zwei Männern? Sieht aus, als ob die eine Leiche bergen. Und dann steht da noch Men at work.
-   Ach ja (hab ich das einfach gesendet?) Na, ich war heute auf so einem Berg, da haben zwei Männer ein totes Rentier aus dem Sumpf gezogen.
-   Ohh, spannend. Bist du da mitgewesen? Warst du allein wandern und hast die gesehen?
-   Naja, die haben mich gefragt, ob ich mir das angucken möchte.
-   Ist ja toll! Was ich gesagt habe, man muss einfach auf die Leute zugehen, dann erlebt man die spannenden Sachen.

Das allerspannendste erlebe ich gerade, aber da müssten wir jetzt auflegen.

- Wo bist du jetzt? In Rovaniemi, also, wenn du da bist, gibt es ein Light Festival.
- Immer noch hinterm Polarkreis.

Und es gibt gleich Lachs mit dem schönsten Finnen der Welt.
- Hier gibt es gleich Abendbrot.
- Wohnst du bei Bed and Breakfast?
- Naja, so ähnlich wie Bed and Breakfast (Chhh).
- Was ist denn so zum Lachen? Und da gibt es auch Abendbrot?
- Ja, da kann man mitessen. Gibt ja hier nicht so viele Restaurants. Aber die fangen um acht an. Da sollte man nicht zu spät kommen.
- Mama...Du hast mir noch so ein Foto geschickt (Ich weiß welches!). Der Guide da, der würde ja richtig gut zu dir passen. Habt ihr euch unterhalten?

Nicht bloß unterhalten. Da bin ich jetzt, bei dem. Und da esse ich auch und danach. Mal sehen, wir wollen uns ja auch besaufen, vorher.
- Ja, so ein bisschen.
- Wie viele waren denn mit, auf der Tour?

Was ist das jetzt fürn Verhör? Soll ich sagen: Ach mindestens 20 und zum Schluss habe ich eine Spezialführung bekommen, die anderen wollten zurück zum Bus. Da haben wir das tote Rentier entdeckt. Und unser erster Abend zu zweit ist deshalb ins Wasser gefallen.
- Na, so paar doch, ja.
- Und, waren die nett?
- Ja, doch. Aber jetzt muss ich mich noch ordentlich anziehen, will ja nicht zu spät zum Abendbrot kommen.

Wenn ich da nicht irgendwo in der Waldeinsamkeit liege, geschändet, ausgezogen, ohne Telefon und Geld.
- Tschüß Mama, noch schönen Abend.

In Unterwäsche, mit Kleid, Strumpfhosen, dem großen Handtuch und der Waschtasche in der Hand, schleiche ich ins Bad. Schlüssel dreimal rumdrehen. Zwischendurch höre ich immer so ein bisschen Hundegebell und Türenklappen. Während ich in Kleid und Strumpfhosen (neue!) schlüpfe, ist das Frühere Ich hereingeschlichen. Ich soll nicht immer an Frau Hases Schreckversionen denken, es geht auch ganz anders. Das Frühere Ich ist schon jetzt ein größerer Fan des schönsten Mannes von hinterm Polarkreis als ich: Der ist seriös.

Ja: Wir sind geschniegelt und gebügelt und duften beide nach Duschbad, Deodorant oder flottem Rasierwasser. Dann wird der Fisch serviert, wir speisen, trinken ab und zu ein Glas Wein und fahren mit der Konversation über Tierkrankheiten, Pestizidspuren, Schwermetalle und Radioaktivität fort. Wir haben beide ja fast 1000 Berufsjahre zusammen. Da gibt es was zu erzählen. Dann kann ich mich sehr elegant gegen 23:00 verabschieden, weil ich ja morgen früh raus muss. Er ja auch! Wo ist also das Problem? Ich kämme minutenlang die Haare von links nach rechts und wieder zurück. Du bist doch jetzt fertig, außerdem fehlt nur noch eine Minute an acht Uhr. Also, auf geht's! Trotzdem, da ist immer noch was von den dummen Ideen: Die „Bauer sucht Frau" Wette…"Wird Juha Nieminen es schaffen, die Dame aus Dänemark umzulegen? Gleich geht's weiter" Selbst wenn das nicht live und in Farbe gesendet wird.

Ich kenne nicht so viele Männer in meinem Alter, und weiß nicht, was die so später dann und nach zweimal 200 Gramm Wodka in gemütlicher Runde erzählen werden. Der Freundeskreis weiß ja Bescheid, die drei unbekannten Autofahrer. Sogar in norwegischen Fachkreisen bin ich jetzt bekannt, wenn auch unter falschem Namen. Kommt die imaginäre Tochter auch noch angeschlichen. runzelt die Stirn und meint, ich soll jetzt mit der Kämmerei aufhören. Ich hätte doch auch wieder meine Sachen nehmen können und klammheimlich wegfahren, wenn ich das gewollt und nicht eingeschlafen wäre. Frau Hase ist mit dem umfangreichen TV-Programm beschäftigt.

Die Treppe runter. Nur Mut! Passiert nichts!! Der beißt nicht!! Also auf zum Abendessen. Vermutlich im Kerzenschein, der Hund romantisch eingerollt vorm Kamin. Naja, Kamin. Wie heizt der eigentlich? Kann ich ja fragen. Dann geht es auf irgendeinem Bärenfell zur Sache, so wie in romantischen Filmen. Oder, nochmal in die Sauna? Ist vielleicht noch warm. Kann auch sein, es kommen andauernd neue Erkenntnisse vom toten Rentier übers Telefon rein. Jedes Mal, wenn ich ihm romantisch in die grünlichen Augen starren will, klingelt es „Oh, sorry, it is Aslak". Noch eine Stufe, noch eine Stufe, da stehe ich schon im Wohnzimmer. Kein romantischer Kerzenschein, ist ja noch hell. Hoffentlich saust Herr Nieminen nicht gleich aus der Küche mit Schürzchen. Chhh.

Im Wohnzimmer ist der Esstisch von allen Papieren befreit, die stapeln sich jetzt gefährlich hoch auf dem Schreibtisch, und mit Tischdecke, zwei Tellern, Besteck, und zwei Weingläsern eingedeckt. Nichts Außergewöhnliches. Gerade kommt Juha aus der Küche. Im einfarbigen Hemd, passend zum Haus (koksgrau), ohne Krawatte, schwarze Jeans. Ohne Schürzchen. Weder übel nach Mücken-Teer noch nach aufdringlichem Herrenparfüm riechend. Es riecht nur nach Lachs aus dem Ofen. Mit der heißen Form, in der Lachs, Möhren und Kartoffeln sind, alles gebacken. Riecht lecker, aber nicht irgendwie exotisch.

- *Here I am. The right time, I can see.*
- *Jo. But wait, this is putting down on the table. Very hot! It has cool down, for two or three minutes. And here, this..*

Kommt noch eine Schüssel mit dem Salat, angemacht mit Rot und Gelb. Und paar Toastscheiben, soll wohl nicht ganz traurig aussehen. Wieder zurück in die Küche, es werden nochmal Gläser geholt. Und eine Flasche Wodka und der Blaubeersirup.

- *What do you want? Mustikka or Wodka? (*Ich nehme blau*) Kippis and welcome.*

Schmeckt lecker, auch hier. Dann setzen wir uns. Der Fisch wird zerteilt, jeder eine Portion, samt Kartoffeln, Möhren und bisschen Salat. Dann wird noch eine Flasche Weißwein entkorkt und eingeschenkt („White wine, no chance for dots!", lächelt der Hausherr). Nochmal Kippis, mit dem Wein, gut gegen Nervosität, die war da trotzdem.

Bevor wir anfangen zu essen, fragt der Gastgeber, ob ich vielleicht auch Wasser haben möchte? Ob das nicht damenhaft ist, wenn ich ablehne? Aber wenn ich abwechselnd Wein und Wasser kippe, renne ich erst in zwanzig Minuten aufs Klo, und dann in fünf. Nein danke, Wasser muss nicht sein. Ab jetzt sind wir sind seriöse Menschen, die essen, nett plaudern und sich (eventuell) ein bisschen betrinken. Der Fisch ist gut, alles andere auch. Sind nicht die Höhen der Kochkunst, aber wenn man seit zwei Tagen nichts warmes, magenfüllendes mehr gesessen hat, schmeckt alles.

Die Unterhaltung plätschert so hin. Erstmal möchte Herr Nieminen gerne genauer wissen, was ich so in Lebensmitteln analysiert habe. Pestizide, Bestrahlungen, manchmal verschiedene Inhaltsstoffe, auch Alkoholanalysen. Chhhh. Und jetzt? „Paper chemistry" ! Den ganzen Tag am Computer sitzen, Analysen begutachten, nicht mehr selbst ausführen, alle Arten von Rapporten schreiben, sowas. Ob mir das gefällt? Ja, ist auch interessant. Würde ich wieder zurück wollen? Zu den Lebensmitteln? Oder Umweltanalysen? Nein, sagte ich nicht, daß das nicht geht? Ein bisschen sehr langer Arbeitsweg. Da wird gelächelt. Nach dem dritten Glas Wein bin ich mutiger geworden, und frage, was er denn so gemacht hat, bevor er hierher gekommen ist? Also, in Jyväskylä: Tierarzt mit Praxis, er hatte viele Bauern als Kunden, hauptsächlich Schweine und Kühe. Pferde? Nein, da war ein anderer, der die behandelt hat, war streng aufgeteilt. Er durfte auch keine Hunde und Katzen behandeln, machte auch jemand anderes. Und, hat ihm das gefallen?

Ja, sehr. Aber dann kam die verdammte Krise (sagt er so „dammend crisis!"), kann man sich gar nicht vorstellen, dass ein ganzes Land Bankrott gehen kann. Doch, ich kann. Da waren keine Einnahmen mehr, die meisten Bauern hatten ihre Tiere geschlachtet oder verkauft, alles weg. Na, ist lange her…Kippis! Aber sehr fröhlich klang das jetzt nicht. Jetzt hier, das gefällt ihm gut?

Habe ich schon gehört, aber ich möchte gerne, dass die Augen wieder leuchten.Ja, wunderbar, er will nie mehr etwas anderes machen, die nächsten zehn Jahre. Wie das am Anfang war, mit der Dunkelheit und der Kälte? Sehr extrem, es braucht ein bisschen Zeit, um sich an alles zu gewöhnen. Vier, fünf Monate fast nur dunkel und kalt, sehr kalt! Aber in den vier Sommermonaten, so wie jetzt, ist es den ganzen Tag hell. Man kommt von der Arbeit, und kann noch so viel anderes machen, man wird nicht so schnell müde. Sind die Leute hier auch anders, also, die Mentalität? Am Anfang wird nur geguckt. Hat er aber auch gemacht. Dann, so nach einem oder zwei Jahren, als sie bemerkt haben, dass er wirklich hierbleiben wollte, da ging es dann schnell. Alle wurden zugänglicher, und er auch:

- *You cannot be alone here, you are dependent on the people here. All know each other. You must be able to rely on them. When you need help, for example when you will build a house. Or, in Winter, with the snow. When you are not used to this, it is not so easy to understand, but yes, they, who live here, are right, you need them. And, it is an advantage, that most people are in the*

same age like me, not so much young people. The young are
moved to the South.

Wirklich keine jungen Leute hier? Habe ich beim Tangoball gesehen,
unter 35 Jahren war da niemand, die meisten so zwischen 45 – 65.
Nein, fast nicht. Aber, Lappi ist kein Rentnerparadies! Die meisten
arbeiten ja noch, so wie er, so 10 Jahre, danach, na, arbeiten sie weiter. Jetzt lachen wir beide. Bleibt hoffentlich nicht das einzige Mal.
Muss mir noch was einfallen. Mach mal einen Vorschlag, Früheres
Ich! Brauch ich nicht. Mit dem Lächeln wird weitererzählt:

- *The young people... There is an exception. In the forest, in the*
  North West 15 kilometers from here, there young people live.
  But they are some special, they want to live like people as 100
  years ago. A hard life, not so easy for them already in the Sum-
  mer... haha. It will be interesting in the Winter.

Lachen wir beide, aber jetzt ist bei mir der Faden verloren gegangen.
Mir fällt nur Blödsinn ein. Warum gibt es keinen Nachtisch? Ich
achte nicht auf meine Linie, also, du kannst gerne mit Eis oder Törtchen kommen und klar, Kaffee, bin ich so gewohnt. Oder hast du
nicht paar Kuschelrock-CDs? Vielleicht Tangoplatten? Da könnten
wir ja mal eine kesse Sohle aufs Parkett legen. Chhh. Ich sollte den
Mann unterhalten, mal nach Büchern fragen, Musik, sogar Politik. Ist
nicht leicht, wenn einen der schönste Mann von hinterm Polarkreis
mit den schönsten Augen der Welt anschaut.

- *Do you want to eat something else? (*Kopfschütteln*) So I remove*
  that here. And, what do you want to drink? Wine, Wodka... Mus-
  tikka... or Coffee?
- *Wine... and if you have, coffee. (*Kaffee ist wohl immer im
  Hause…*)*

Mein Gastgeber nickt bei Kaffee, stapelt die Teller übereinander und
stellt sie in die Form, die nun geleert ist. Ich habe wirklich zwei große
Portionen verspeist. Merk ich auch bisschen. Puhhhh! Bleib ich lieber sitzen. Herr Nieminen sammelt noch das Besteck zusammen,
kommt auch in die Form.

Mann, wie kann man sich so anstellen!! Nimm mal die letzte Gabel
in die Hand und geh raus mit dem in die Küche, da wartet der drauf.
Kannst du dich erinnern? So läuft das! Mein Früheres Ich macht hier
wohl auf Verführerin.

Aber, liebe Freundin, so nicht und nicht mehr mit uns. Wir sind jetzt fast 60, da darf man sitzenbleiben oder was anderes:

- *I want to go outside, for smoking.*

Holst du mal den Aschenbecher, damit ich hier drinnen rauchen kann. Normalerweise macht man das so.

- *(Aus der Küche, mit Geschirrgeklapper) Yes! Here, look, this door...*

Marja pennt im Körbchen im Flur, hat nicht mal gefiept, als ich vorbei bin. Eine kleine Tür im Flur wird geoeffnet und ich stehe auf einer winzigen Terrasse, acht Steinfliesen, ein Stuhl, ein Aschenbecher.

Setze ich mich in den Stuhl, rauche und gucke über die Landschaft. Milchweiss und Stille, sogar die Hunde halten die Klappe. Eigentlich wunderschön, kein Auto, kein Bus, kein Türenklappen.

Ist gleich halb elf. Wird wohl noch Kaffee geben, vielleicht paar trockene Hundekekse, bisschen Konversation und dann? Früheres Ich, erklär mir mal, wie man das damals gemacht hat? So mit einem romantischen Abend?

Ach, weißte doch, sagt das frühere Ich, das muss man im Blut haben. Aha, habe ich wohl nicht mehr. Hätte man andere Fragen stellen sollen, nicht nur Arbeit. Wäre ein Anfang gewesen.

- *Ohh, Uttiha, here you are. It is not too cold for you, outside?*
- *Not yet.*

Sehe ich, da hat sich wieder jemand rangeschlichen. Brennt sich auch eine Zigarette an. Starrt, genau wie ich, in die Landschaft.

- *What do you think about this here? Too quiet for you?*

Ja, Herr Nieminen, was willst du jetzt hören? Klar ist das schön still und das Licht und der Abend und das Ranschleichen. Ist nicht nur Zigarette, es riecht genauso wie beim Tangoball: Moos, Pilze, Birken. Für mich, leider, unwiderstehlich! Ob die hier so eine Spezialmischung haben? Oder, was wollte ich eigentlich? Soo viele Gläser habe ich noch nicht getrunken. Nee, also so geht's nicht!

- *I think it is nice...very quiet. But also a little bit cold...*
- *So, let us go in.*

Da wird mir schon der Arm um die Schulter gelegt. Ich weiß ganz gut, wo es langgeht. Was soll das hier werden? Im Flur: Dackeldame Marja kommt wieder aus dem Körbchen, will meine Pantoffeln anschleckern, kriegt einen gezischten Befehl, ab ins Körbchen! Wehe, wenn mich einer so anzischt!

Dann wieder in die gute Stube. Der ganze Raum in milchweiß. Irgendwann, so in einer halben Stunde, wird es wieder grünlich, dann zartrosa, dann irgendwas, nicht dunkel jedenfalls. Ich würde gern wieder in dem gemütlichen Bett einschlafen wollen. Was soll denn das, meckert das Frühere Ich! Ich habe mir sowas nicht erst vor 10 Minuten ausgemalt, oder vor drei Stunden. Sondern vor drei Tagen, drei Monaten. Wie das geht, wusste ich nicht, irgendwas wird sich ergeben.

Leider ganz falsch! Und Früheres Ich, du kannst mal hochgehen zu Frau Hase und der imaginären Tochter, ich komme nämlich gleich nach, das wird hier nix mehr.

Warum? Früheres Ich mit Fragezeichen Augen. Nee, kann man nicht verstehen. Es stimmt doch alles, hat nie besser gestimmt! Vielleicht deswegen.

Da stehen die Kaffeetassen, nicht auf dem Esstisch, sondern beim kleineren Tisch vorm Sofa. Zwei kleine Glaeser, mit Blau und Farblos gefüllt. Und mein Weinglas. Please, here, hab ich schon verstanden. Schwarzer Kaffee ist Herrn Nieminens Spezialität, riecht umwerfend, schmeckt auch so, heiß, stark, bitter. Er rührt mit dem Löffel in seiner Tasse, da ist weder Zucker noch Milch drin! Ein kleiner Seitenblick. Ist wirklich alles so, wie ich mir mal ausgedacht habe, aber gerade deshalb! Früher wäre das niemals ein Problem gewesen. Warum jetzt? Ehe ich jetzt auch noch anfange, mit dem Löffel zu rotieren, nehme ich mal einen Schluck aus der Tasse. Ja, sehr gut:

- *Kippis...ja kiitos, for to stay here...*

Da leuchtet was. Rutscht er wieder fünf Millimeter ran. Neieeen!

- *And, Kiitos to you. Thousand thanks to you. I am so happy (*wieder fünf Millimeter*)*

Nun trennen uns noch zehn Millimeter, könnte mir denken, wie der weitere Ablauf ist: Auf einen Millimeter, auf Null, Arm um die Schulter, zaghaft küssen, dann leidenschaftlich, dann die Oberbekleidung ablegen.

Ich glaube nicht, dass mir jetzt Fotos von allen möglichen Bakterien oder von der Kinderzeit präsentiert werden sollen. Ich habe allerdings auch ein bisschen Angst, dass aus dem romantischen Abend irgendwas anderes wird. Vielleicht nicht „Juha sucht Frau...Finale", aber irgendwas, das in meinem Drehbuch nicht vorgesehen ist. Man kann nicht fragen, wenn der Film erst läuft. Bleibt nur eine Möglichkeit, die Chance sind 50:50: Ich trinke noch einen Schluck Kaffee, schraube mich vom Sofa hoch, nochmal das Weinglas gehoben:

- *Kippis Juha, and thousand thanks for a very nice evening. But now, I think I will go to sleep. I am very tired. And tomorrow, I have to drive a lot of kilometers. So, good night to you..*

Ja, habe ich bemerkt: Das grüne Leuchten glimmt nur noch. Er guckt mich an, zuckt nur ganz leicht mit den Schultern.

Ja, Frau Hase, kannst du mal sehen, so einfach mit Überwältigen geht das nicht, auch wenn das Gewehr im Korridor hängt. Herr Nieminen ist kein Wildmark-Wilder!

Was soll er wohl sagen:

- *Yes, and also kiitos to you. I hope you can sleep good here. When do you want to wake up?*

Hmmm…hab ich noch nicht nachgedacht. Abfahrt sollte spätestens halb zehn sein.

- *I think at eight, in the Morning?*
- *Yes, fine for me. You can also have some breakfast, do you want it?*

Ja, und ne Rechnung über 500 Euros, für Wildnis, Hubschrauber und ein 1A Abendessen?

- *Thank you…for all, the dinner, the room…another nice day.*

Weiß ich nichts, was ich sagen soll. Der guckt so, nicht unbedingt enttäuscht. Vielleicht hat er das erwartet? Chhhh, haben wir uns mal richtig verhalten. Jetzt aber nix wie die Treppe rauf!

Wäre früher nie und nimmer passiert, aber die Zeiten ändern sich, Früheres Ich. Auch wenn du jetzt wütend bist. Ja, du hast in allem Recht. Ich bin verliebt in den schönsten Mann von hinterm Polarkreis, deshalb heißt er ja so! Eventuell er sogar in mich, für die paar Tage, die ich hier war, bestimmt, aber mehr? Weiß ich nicht. Er ist keiner aus Frau Hases Gruselkabinett. Trotzdem, was soll ich sagen. Da gucken sechs Gespensteraugen auf mich, das Ganze war mir ein bisschen zu na, unsicher!

Jetzt klopft es. Der Unsicherheitsfaktor! Vermutlich mit Messer und Gewehr! Ja, so ein Blödsinn, da muss er die Türe bloß eintreten, meint die imaginäre Tochter, mach mal auf! Ja, vielleicht könnt ihr doch da weitermachen, wo du vorhin abgebrochen hast. Ach, mein

Früheres Ich, wir sind keine Teenager mehr, sondern alte Leute, da muss man machen, was man sagt.

Also Türe auf: Steht der schönste Mann da, ohne Gewehr, mit Selters und einem Glas in der Hand. Also, wenn ich nachts was trinken möchte? Und sonst, hab ich alles? Noch eine Decke? Ja, nein, keine Decke. Und wenn es zu hell ist, ist so eine Jalousie. Nein, ich mag ja im Hellen schlafen! Wir stehen beide in der Türe, ich kann schon wieder das grünliche Leuchten sehen. Neee, so nicht. Oder doch, flüstert schon wieder jemand. Nein, heute passiert nix mehr! Aber danke, trotzdem:

- *May I wake you up tomorrow ... at half past seven?*
- *Yes, thank you ....*
- *I hope you will sleep well here ... Good night.*
- *Hope you too. Good night. (und nicht allzu süße Träume).*

Türe zu, geht er wieder runter. Hätte ich mal fragen können, wo er selbst schläft. Auf dem Sofa, in der Sauna, in der Hundehütte, im Auto?

So, jetzt mal ein ordentlicher Schluck Weißwein aus dem Tetrapak. Man wird hier irgendwie nicht blau, ich hatte drei Weißwein und ein blaues Schnäpschen, aber nicht richtig angetüdelt, da kann noch ein bisschen Papp hinterher. Sowieso ist es erst kurz nach elf, da schlaf ich noch nicht mal, wenn ich morgens um fünf raus muss.

Gucken mich wieder sechs Augenpaare an. Frau Hase, das Frühere ich, die Imaginäre Tochter, weiß ich nicht, was die genau hören wollen? Ist doch nichts passiert. Eben deshalb, warum nicht? Bohrt das Frühere Ich. Also, wenn du so scharf auf den Herren bist, kannst du gerne runter gehen, nachgucken, wo der sich aufhält und ihn bezirzen...chhhh.

So, die Damen: Wir wollen ja morgen früh losfahren, weil wir noch ziemlich viele Kilometer zu schaffen haben, bis Lahti. Ob das geklappt hätte, wenn man die ganze Nacht ohne Schlaf verbracht hat, glaube ich nicht, aber das Flugzeug fliegt in zwei Tagen, und da müssen wir rein. Dann weiter: Die Zeiten, wo man nach paar Stunden kennenlernen miteinander in die Kiste gehüpft ist, sind auch vorbei, und wie gesagt, Früheres Ich, du kannst ja gerne, wenn du willst.

Aber der wollte bestimmt! So ganz sicher ist das auch nicht, und für bloß mal probieren, ob alles noch funktioniert? Nee, nicht mehr mit mir. Gefragt hast du aber nicht, meint die Imaginäre Tochter. Wie

bitte??? Ja, meint sie, kann man machen, auch wenn es dir blöd vorkommt. Neee, ich nicht!

Reicht denen aber noch nicht. Also, das Wichtigste: Theoretisch weiß
man, wie es geht, ist wie Schwimmen oder Fahrradfahren. In Wirklichkeit können dann tausend Dinge irritieren, einen selbst, aber auch
den anderen. Man kann nicht, wie zum Beispiel, vor einer Wanderung oder Radtour, die Detailchen abklären. Am Ende bleibt vielleicht ein übler Geschmack im Mund oder so ein Gefühl, wie, na das
hier war nicht so richtig. Dann wäre es ja nicht der absolute Höhe-
sondern Tiefpunkt der Reise geworden. Immer, wenn man dann das
Wort „Nordfinnland" oder „Sodankylä" nur denkt, kommt da was
hoch. Also lässt man das. Aber, wenn man es nicht mal probiert hat,
weißt du das auch nicht, das ist kein Argument, gibt das Frühere Ich
zu bedenken. Ich habe aber keine Lust auf irgendwelche Experi-
mente, schon gar nicht solche, außerdem, es ist auch manchmal peinlich, wenn man so plötzlich ohne Sachen dasteht.

Da mach dir mal keine Sorgen, um Mister Polarkreis, meint das
Frühere Ich. Nee, um den nicht, aber umgekehrt. Plötzlich ist Uttiha
auch nur eine alte Tante kurz vorm Verfallsdatum, dann wird die
ganze Sache vielleicht abgeblasen. Hahaha! Früheres Ich, ist nicht
sehr witzig. Oder es wird kurz nach Standard durchgezogen, mit dem
ganz richtigen Argument, dass wir morgen ja früh raus wollen.

Also, wir lassen das so, ich trinke noch ein großes Glas Pappwein,
dann schreib ich noch was auf und dann geht es in die Falle! Es werden drei Gläser. Draußen immer noch hell, nun etwas grünlich, bisschen Vogelzwitschern, sonst Stille. Ich habe nur Stichpunkte notiert,
so Hubschrauber, totes Rentier, Abendbrot, mehr nicht. Den Rest
weiß ich ja, daß er die schönsten Augen der Welt hat, daß er manchmal so nach Moos und Birke riecht, daß ich mir alles Mögliche vorstellen könnte, vielleicht Mister Polarkreis auch. Jetzt wird die Schrift
krakelig, ich werde mal in das schöne Bett hüpfen und süß träumen.
Geht aber doch nicht so gut. Was macht man, wenn eine Frau Hase
daneben liegt und immerzu flüstert, dass der bloß auf eine Gelegenheit wartet, wo du nicht mehr aufmerksam bist? Ja, sagt man sich, die
Alte spinnt, guckt zu viele Nachmittags-Krimis. Aber da bleibt was
hängen.

Blöder Leichtschlaf mit immer wieder Aufwachen, hat da wer ge-
klopft? Dazu kommt: Die Schulter schläft ein, man wacht im

Halbschlaf auf, merkt, dass man sich nicht so bewegen kann, auch nicht schreien, und da liegt plötzlich jemand über einem. Also noch auf die Schulter aufpassen und alle Gedanken von Was-wäre-wenn auch abschalten. Beides zusammen ist schwer, Entspannung, Entspannung, sonst Problem in Schulter, flüstert die imaginäre Tochter, Wachsamkeit, Wachsamkeit, kommt da von Frau Hase. Mit leichtem Halbschlaf geht es durch die Nacht.

Gegen vier schleiche ich aufs Klo und trinke ein Glas Selters. Kein Laut im ganzen Haus. Entweder schnarcht Herr Nieminen nicht, oder der schläft woanders, in der Sauna, oder bei dem großen Köter. Danach kann ich noch ganz wunderbar schlafen, bis der Wecker klingelt. Hatte ich auf kurz nach sieben gestellt, da könnte ich ja noch ein bisschen dösen. Bloß, was hatten wir ausgemacht? Viertel nach sieben, halb acht, acht? Soll ich das jetzt auch noch diskutieren, die Damen waren an ganz anderen Sachen interessiert, hat sich keiner gemerkt. Gut, worst case ist 7:30, sollte ich lieber aufstehen, ins Bad gehen, frisch für den Tag machen. Dann alle Sachen zusammensammeln und das Bett richten.

Wir hören auch nicht auf Frau Hases Kommentare, die glaubt, dort unten wird neben meinem Platz schon ein kleines Tellerchen liegen: Night plus breakfast 50 Euro, Guided tour 200 Euro, Helicopter fly 500 Euro, Dinner 50 Euro, in all 800 Euro und bisschen Trinkgeld für den Guide, in all 1000 Euro! Nimm lieber dein Portemonnaie mit! Bin ich gerade die halbe Treppe runter, da stoße ich fast mit dem schönsten Mann zusammen. Ich gehe eine Stufe höher, er eine tiefer und lächelt wieder. Manieren hat er ja, flüstert das Frühere Ich. Aber kein Interesse, stichelt Frau Hase, wer weiß, wo der die Nacht noch war, lässt dich hier ganz allein mit dem kleinen Dackel!

- *Ohh you are already up! How did you sleep tonight I hope very well?*
- *Yes, very well (*der muss auch nicht alles genau wissen*), and you? Where did you sleep?*
- *Here in the living room.*

Sieht man nichts. Das Sofa steht da wie gestern Abend vor den Anschleichmanövern, dunkelweiß, drei Paradekissen mit Stickerei, kein

Laken, kein Kissen, keine Zudecke. Jaja, du hast hier geschlafen. Chhhh.
- *I have some breakfast for you.*
Hoffentlich nicht Schwarzbrotstulle mit Rentierblutwurst. Nee, kann ich sehen, Kaffee dampft und riecht sehr lecker, zwei Toasts, da steht Butter, was Salamiähnliches und Marmelade, rot und gelb.
- *It is that I like!*
Soll sagen, richtig gut getroffen. Danke.
Entweder ist Herr Juha Nieminen das nicht anders gewohnt, was ich nicht glaube, oder er nimmt das sehr sportlich. Heißt das nicht SISU? Also, daß da gestern Abend nicht mehr rumgekommen ist. Jedenfalls, kein morgensaurer alter Knacker, sondern einer, der andauernd grinst, schenkt Kaffee ein, reicht Wurst rüber. Ob ich noch was haben möchte? Oatmeal? Was ist das? Danish breakfast, Hafergrütze. Like the Scotsmen? No, not for me. Ja, ist aber gut, ganz früh am Morgen, aber nicht jetzt, so mit Kaffee, meint er. Wo ich heute hinfahren werde? In den Süden, nach Lahti.
Da soll ich mir das Sportmuseum ansehen, ist sein Vorschlag. Wollte ich sowieso. Ich war mal ein großer Fan von Skispringen. Ich war Fan von allem, was Finnisch war, Schlager, Filme, Sportler…Skispringen war das Beste.
Ob ich Matti Nykänen kenne? Den besten Skispringer der Welt? Deswegen will ich ins Sportmuseum! Außerdem kann ich endlich mal eine Frage anbringen: Ob er weiß, wie der weltbeste Skispringer gestorben ist? War doch im März? Die Frage wurde nicht beantwortet in den ganzen Clips, die ich mir angesehen habe. Ja, nicht so leicht zu erklären, meint Herr Nieminen, oder doch:
- *It was very sad for all in Finland. He was a kind of National Hero.*
Er hat viele Goldmedaillen gewonnen. Aber später? Als Schläger, Stripper, Stimmungssänger? Gabs da wirklich nichts Besseres?
- *But he fell deeply, all things were involved, alcohol, drugs, violence. A hard live has a hard price. Some people are genius, but only in one thing. Matti in ski jumping, no other things…Did you know that he was from my hometown, Jyväskylä?*
Wirklich??? Jetzt werden meine Augen aber mal groß. Kannte er ihn vielleicht, aus der Schule? Wie war er denn so, als Junge? Das hätten wir mal gestern Abend anreißen sollen! Da wäre ich doch noch bis

Mitternacht geblieben. Weiß man nur vorher nicht. Nein, der weltbeste Skispringer und Nationalheld war an einer anderen Schule. Aber gesehen hat er ihn, bei Sportwettkämpfen im Winter. Das war Wahnsinn, wenn die zehn-, zwölfjährigen die Schanze heruntergesaust kamen! Wollte er auch mal? Nein, Herr Nieminen lächelt wieder so leise. Das hätten seine Eltern niemals erlaubt! Und, da hat er sich natürlich daran gehalten? Ja.

Leider, es ist gleich zehn Uhr. Ich sollte los. Sonst wird es spät und später. Ich muss 400 Kilometer schaffen. Wenn ich nach 22.00 in Lahti bin, wird es kein Hotelzimmer mehr geben. Oder, ich muss unterwegs gucken. Dann wird es erst recht knapp. Warum erfährt man das Interessante immer erst, wenn es zu spät ist? Ich muss jetzt los. Trotz grünem Leuchten. Na, noch eine Tasse. Um das mal zu einem Abschluss zu bringen:

- *For me, it is always horrible, when somebody dies at my age.* (Ist so ein Hintergedanke mit bei.) *But all this to discuss in the early morning, too hard. It is a wide field, like an old German writer said.*
- *Yes..you are right. But now it is not the early morning, Uttiha. Early – it was at six, when I walked with the dogs!*

Da hat er schon eine Runde gedreht, bisschen Hafergrütze gelöffelt, während ich noch im Tiefschlaf war.

Da wird schon im Flur getuschelt und gezeigt. Beeil dich mal, wir warten schon hier, komm mal zum Ende! Ich sollte noch die Tabletten gegen die Fernfahrer – Hexe nehmen. Und die Tasche von oben holen. Treppe rauf und wieder runter, aus der Türe, Tasche zu Koffer nach hinten. Dann kanns eigentlich losgehen. Herr Nieminen darf mir jetzt mal auf die Pelle rücken, ich bleibe stehen. Zieht er mich ran und ich bekomme erst einen Kuss auf dem Mund, Marke Abendbummel in Sodankylä, schmeckt nach mehr. Und noch eine Umarmung. Wenn man jetzt noch einen Tag hätte oder nochmal die Zeit zurückdrehen, drei Tage! Hilft alles nix. Ich muss mich aus der Umarmung, leider, rausdrehen. Da flüstert jemand noch schnell an meinem Ohr:

- *Wonderful that you were here. Take care of yourself, promise me, you take a break every 100 kilometer, you have time enough... will you do?*

Da fährt doch tatsächlich die Hand meinen Rücken herunter, vielleicht könnte ich wirklich noch ein bisschen Massage gebrauchen. Nein! Wir wollen jetzt los, plärrt Frau Hase aus dem Auto.

Ich soll kurz warten. Geht er rein und kommt wieder mit so einem Kärtchen raus, da kritzelt er jetzt was drauf:

- *You can call me, if there is a problem... here is my number and my address*

Hab ich nicht schon eine Nummer?

- *My private number... I hope you will send me a message when you are in Lahti? And later, when you are back in Copenhagen. I will be very happy to hear that you will come well back to Copenhagen.*

Hmm, ja, nicke ich. Hört sich aber nicht an wie, waren sehr schöne Tage, alles Gute für dich, mehr nicht. Wird mir doch bisschen warm, muss ich mal die Jacke ausziehen und ins Auto legen, hilft bloß nicht. Kommt vom Gesicht. Steht jemand neben mir und sieht mich an. Ich hoffe, das Frühere Ich fällt nicht gleich in Ohnmacht auf dem Rücksitz.

Und dann so eine leise Stimme:

- *And, Uttiha, will you come again to Sodankylä... maybe, to Moskuvaara once a time?*

Bin ich bestimmt dunkelrot im Gesicht!

- *Maybe. If you want, but not the next weeks.*

Jetzt strahlt der schönste Mann!

- *As I told you I am in Norway, four weeks in July. But then I will be back. May be, we can meet us again... later?*

Und noch einen Schritt näher, noch mal eine Umarmung. Aber jetzt muss ich wirklich! Sonst überlege ich mir alles noch mal und buche einen anderen Flug.

- *We can talk about it. I send you a message. When I am in Lahti... But now, I have to drive and..you must send greatings to Leena, Pekka, Terhi and Toumas... and to your dogs.*
- *I will do it. See you again, once a time... I hope.*

Ins Auto, Motor an, winke, winke und dann die Straße lang, über die Brücke, durch Sodankylä, raus auf die Hauptstraße und dann Richtung Süden. Es regnet fein, der Himmel ist grau, aber wer weiß, wie es im Süden aussieht? Autoradio an, Yle Lappi, Hauptsache Musik. Kilometer um Kilometer, erst mal überhaupt nichts denken und die Damen auf dem Rücksitz sollten auch mal die Klappe halten. Ich bin mir ganz sicher, dass er nochmal Bescheid gibt.

Ja, du wirst mit sms und Telefonaten bombardiert, vielleicht ist er so ein Stalker. Oder das Gegenteil, so ein Charmeur, der sich verstellt hat, dir eine ausgedachte Nummer aufgeschrieben hat, und du hörst nie, nie wieder von ihm, glaubt Frau Hase. Hatte ich nicht um Ruhe gebeten?

50 Kilometer, 100 Kilometer, 150 Kilometer, über den Polarkreis, an Rovaniemi vorbei. Ich habe mein Versprechen nicht gehalten, von wegen alle 100 Kilometer Pause machen. Ließ sich schlecht einrichten, denn nur auf einem Parkplatz im Nieselregen halten wollte ich auch nicht. Jetzt, nach fast 200 Kilometern liegt da eine Tankstelle, mit Supermarkt und Bistro, Buffett und Kaffee Refill. Sollte ich mal was an Mister Superfinne senden: Ich mache eine Pause, vielen Dank für Speis und Trank und meinem Rücken geht es noch gut. Ich habe lange nicht aufs Telefon gesehen…aber da stehen doch 3 sms-Bescheide, alle von ihm! Der erste ist ziemlich alt, abgesendet am Sonnabend/Sonntag, gegen 1.00 (!!) Die anderen zwei wurden gerade gesendet, vor einer halben Stunde.

Lese ich eine nach der anderen:

Die erste: (von Sonntag 1:00):
Dear Uttiha, I want to apologize for this evening. But, it was very important for the territory that I have informed all the authorities, there are a lot of them. So, sorry it was not this evening I have planned. I want to ask you: do you want to come with me on a helicopter-trip? I have ordered for tomorrow, for two persons. You can come with me, but you have to be here, at my home, no later than 10 in the morning. (Kommt noch die Adresse, Moskuvaara 01..) Will you come? I am looking forward. See you later…I hope you will come.
Ich möchte mal wissen, wer mir eingeredet, die Stiefel dahin zu bringen, und genau zur richtigen Zeit. Ich war das!! Ruft das Frühere Ich.

Die zweite (von heute):

My dear Uttiha (My dear Chhh)*...Now you on the way to the South. But you have forgotten a thing: Your Blue clothes with the white dots. What can I do for you?*

Habe ich das wirklich vergessen? Während ich mit den Damen rumdiskutiert hab, hing das Kleid noch überm Stuhl, sollte in meine Reisetasche, wurde nicht gemacht.

Die dritte (zehn Minuten später):

Uttiha, you have also forgotten your toilet-suitcase in the bathroom. What does it mean? May be, you will come back?

Also das mit dem Kleid glaube ich. Aber die Waschtasche?? Glaub ich nicht! Stürze ich den Rest Kaffee runter und gehe gleich mal zum Auto. Ja, im Kofferraum stehen mein großer Koffer und die Rucksack-Tasche. Die Waschtasche fehlt! Was soll Mister Nieminen von so einer Dame halten? Es nützt auch nichts, wenn ich jetzt erkläre, dass ich fast niemals was vergesse oder liegenlasse. Das kommt davon, wenn man in der Nacht bloß 4 Stunden schlafen kann und die ganze Zeit in Diskussionen verwickelt ist. Herr Nieminen, du kennst das nicht, aber mit Frau Hase und dem früheren Ich gleichzeitig zu reden, da ist kein Gedanke mehr an Waschtaschen oder Kleider, die über Stühlen hängen. Zurück kann ich nicht mehr, da bin ich erst gegen Mitternacht in Lahti. Nenn den mal Juha, der heißt so! Meckert das Frühere Ich. Schreib, er soll das per Post schicken, und dir sagen, was das kostet, geht das nicht? Meine praktische imaginäre Tochter. Ja, geht wohl.

Du kannst auch schreiben, dass du so beeindruckt warst, wenn du nicht von Verliebtsein schreiben willst, daß du alles andere vergessen hast. Ist für mich im Moment nicht sehr witzig, Früheres Ich!

Es wird dann sowas:

Dear Juha..I am so sorry, but once a time such things are happened, also for me. May be, you can send me the things in an envelope? Here is my address. Write, what I must pay for. Kindly regards...Uta.

Im selben Moment surrt das Telefon, sms Nummer vier:

My dear Uttiha...I have found out how to give you your things back! (Ja, hab ich gerade) *When is your fly taking off to Copenhagen? I will be in the airport, on Wednesday, at 10:30. So I can give you your things back. Is it possible? I hope...it will be.* (hier kommen zwei Herzchen!) *Juha*

War nicht Schluss nach Tangotanzen. Hat kein Rotweinfleck, kein Kichern gestört, auch nicht, dass ich mich gestern, absolut damenhaft, nach 23 Uhr verabschiedet habe. Jetzt kommt er extra wegen mir angeflogen? Macht man wohl nur, wenn man verliebt ist, also akzeptier das mal, meint das Frühere ich...und freu dich!! Ich werde am Flughafen warten, mein Flug geht erst 14:30, da ist Zeit. „Looking forward to see you, so fast, again...Uta", ohne Herzchen. Hättest du ruhig machen können, sagt das Frühere Ich.

Die nächsten 200 Kilometer werden in Angriff genommen, ich muss doch um Ruhe bitten auf den hinteren Sitzen, sonst kann ich mich nicht aufs Fahren konzentrieren. Im Übrigen: Da wurde nix mit Absicht liegengelassen! War wohl ein bisschen zu viel Abenteuer auf einmal. Ich kann gut 2000 Kilometer allein durch die Gegend fahren, ich kann ohne Probleme zwei Nächte in tiefster Waldeinsamkeit, nur mit der Mitternachtssonne als Zeuge, verbringen. Aber Tango, Wanderung, Hubschrauber und ein (naja) fast romantischer Abend, innerhalb von vier Tagen, plus der schönste Mann von hinterm Polarkreis (oder ganz Finnland?), das geht aufs Gehirn und aufs Herz. Aber, dass er jetzt zum Flughafen kommen will? Wer macht sowas?

Wenn man vielleicht dunkle Absichten hat, die wir noch nicht kennen? Mal ehrlich, würdest du, als so ein Bild von einem Mann für eine etwas verlebte Dame, die nur gebrochen Englisch mit Telefonhilfe kann, nur kichert und raucht, also würdest du für so jemanden das Flugzeug nehmen? Nee, nicht? Also, Frau Hase lehnt sich zurück und guckt die beiden anderen triumphierend an, und grinst im Rückspiegel. Vielleicht halte ich es doch lieber mit dem Früheren Ich, das ganz aus dem Häuschen ist. Stell dir mal vor, du siehst den noch mal! Ohne was gemacht zu haben!

Fichten, Birken, Wiesen, Wasser, Wasser, Wasser, Fichten, Birken, Wiesen. Keine Steinfelder mehr, dafür Granitfelsen, die Birken sind hoch und schlank. Hatte mir jemand erklärt, die finnischen Birken sind hoch und schlank. Haben hellere Blätter als die Sorten in Mitteleuropa. Noch eine Pause, mit Kaffee, Zigarette und zehn Runden ums Auto, und noch mal in einen See geguckt. Und aufs Telefon, bis jetzt nichts. Vielleicht war das nur so ein Einfall? Nicht ernst zu nehmen? Gegen 18:00 komme ich in Lahti an und fahre zu meinem Hotel.

Diesmal gibt es keine Baustelle oder Einbahnstraße, die man verkehrt reinfahren kann. Ich stelle alles im Zimmer ab und marschiere ins Zentrum, um den Inhalt der Waschtasche zu ersetzen. Fürs Essen finde ich nur wieder eine Pizzeria, aber ein oder zwei Tage kann man nochmal durchhalten. So richtig Lust, mir die Stadt anzusehen, habe ich nicht, obwohl man vielleicht zu dem großen See noch runtergehen könnte, aber ich will jetzt erst mal gucken, ob was Neues auf dem Telefon ist. Um 21.00 bin ich wieder zurück im Hotel. Es regnet nicht mehr. Wärmer ist es hier sowieso, da kann ich mich nach draußen in den Innenhof setzen.

Noch ein Glas Pappwein trinken, eine rauchen und so eine sms schreiben: Dass alles wunderschön im hohen Norden war, aber das schönste war der Mann von hinterm Polarkreis, der mir erst fast in meinen Leihwagen gefahren wäre und der die schönsten Augen der Welt hat. In den ich ganz furchtbar verliebt bin. Ich hoffe, wir sehen uns am Flughafen und nicht nur wegen Kleid und Waschtasche. Ich möchte wenigstens noch einen Kuss mit Kaffee und Zigarette und Birke und Moos. Na, das geht nicht, also bleibt es bei diesem:

Dear Juha, nice that we will meet again in the airport on Wednesday. I am looking forward hope you too. Now I am in Lahti, I have taken three breaks, and no pain in the back! Tomorrow I will visit the Ski-jump area and the Sports museum. Then taking to Vanttaa. Here it is warmer than in the North, I do not have to wear a jacket! I hope you have a nice evening too...Kindly regards Uta (ohne Herzchen...)

Und ssssst, vibriert das Telefon nach zehn Minuten. Die Nummer kenne ich ja:

Dear Uttiha, 1000 thanks for your message. Good you took some break, it is not good to drive so long. The museum in Lahti is very interesting, and they have all, from the beginning to this time now. Now it is not like in the glory old days, but you can get an impression, what for an event it was for many years ago. Hope it will be interesting for you. I will be happy if you could send your mail address? So I can write more...So much things I want to tell you. I am so happy when I will see you again...There was a good opportunity, because I will visit the ministry, possible on Thursday or on Wednesday, and I took the chance. We will meet on Wednesday. Sleep well...Thinking of you...Juha (mit Herz)

Jaa, du kannst meine Mail Adresse haben. Jaaa, ich freue mich auch riesig, vielleicht könnten wir morgen überspringen. Daß da noch eine halber Karton Pappweißwein in Moskau geblieben ist, schreibe ich lieber nicht, wurde vielleicht noch gar nicht bemerkt. Am liebsten würde ich sofort die Nummer wählen. Nur, dann kommt da wirklich Holper-Englisch, wenn ich überhaupt wüßte, was ich sagen wollte. Nach drei Gläsern Wein sollte man besser ins Bett gehen. Noch bisschen schreiben und Plan für morgen. Skimuseum, die Schanzen angucken, nach Vantta fahren, keine großen Sachen mehr. Am liebsten die 400 Kilometer zurück hinter den Polarkreis, geht bloß nicht. Bin ich gerade fertig mit allem, ist zwar erst halb zwölf, aber bisschen Bettschwere merke ich schon…da klingelt wieder was:

Dear Uttiha…I am so happy, we will meet in two days. I will come with all your things. (Ohhh, vielleicht auch den Pappkarton Wein?). *I am really much looking forward…to see you again Uttiha.* (Noch ein Herzchen.)

Ja, ich freue mich auch. Aber lieber nicht mit der Tür ins Haus fallen, sonst würde ich vielleicht schreiben:. Was findest du an mir eigentlich? Ich hab gehört, Männer in deinem Alter mögen nur Damen, die mindestens 20 Jahre jünger sind. Was also ist da verkehrt, also bei dir?

Vielleicht braucht er ein paar Tausend Euros, sagt Frau Hase, schreib ihm mal, wieviel willst du haben.

Ich sende doch einen Bescheid, da steht auch nicht so viel drin. „Wir treffen uns übermorgen am Flughafen, schreib mal, wo genau…"

Ich versuche jetzt einzuschlafen. Einerseits bin ich wirklich müde, gerade weil es in der letzten Nacht nur so ca. 4 Stunden waren. Andererseits kann ich nicht aufhören, an übermorgen zu denken, will er da wirklich kommen? Nur wegen ein paar Sachen? Ist das jetzt alles ehrlich gemeint? Ich habe mal gesagt, nix über 300km, aber so jemanden von hinterm Polarkreis? Der mir gefällt? Dem ich auch gefalle?

Es werden dann doch mehr als sechs Stunden Schlaf und die Nacht bleibt hell, aber überhaupt nicht zu vergleichen mit der Mitternachtssonne oder den milchweißen Wolken dort.

Um halb zehn extra leckeres Frühstück. Ohne Herzchenpost.

Was, wenn er nun nicht kommt? Ja, dann senden wir eine Botschaft über Telefon und nochmal schönen Dank, leider hats nicht geklappt. Wäre aber schade, seufzt das Frühere Ich.

Jetzt zum Skimuseum. Findet man leicht. Großer Parkplatz, viele Busse mit deutschem Kennzeichen. Drei moderne Schanzen, daneben drei ältere aus Holz. Ein patriotischer Gedenkstein, an alle tapferen Helden des Winterkrieges.

Im Skimuseum (oder Sportmuseum) gibt es für 10 Euro massenhaft Bilder zu sehen. Ich laufe durch die 40er, 50er und 60er Jahre, danach wird es interessant, die 70er...

Hallo, liebe Sportfreunde, wir sind hier Live bei der Ski-WM in Lachti...am Mikrofon für Sie Heinz-Florian.

Ob Skisprung oder Langlauf, ich habe immer vorm Fernseher geklebt. Alle die Sieger von der Schanze oder der Loipe kenne ich.

Auch die Helden meines untergegangenen Landes werden gewürdigt: Recknagel, Weisspflog. Wird positiv aufgenommen von einer Gruppe Herren im Rentenalter, unverkennbar auch Fans vom Wintersport:

- Haste gesehn, geen Wessi dabei...nee, die hatten ja ooch nicht soone guten, die kam erst später.

Eine Etage höher dann der Schrein des Königs der Springer: So hoch geflogen, so tief gefallen. Es gibt Leute, die noch viel vom Vogel - Gen in sich haben. Die sich am wohlsten fühlen, wenn sie fliegen, und die sich nur plump auf der Erde bewegen können, wo man auf beiden Beinen stehen muss. Wo die Luft manchmal zu schwer ist. Vielleicht brauchen die den Höhenrausch, oder wenigstens Beifall, immer und immer wieder, egal, wofür. Der junge Mann mit dem schüchternen Lächeln, hier strahlt er allerdings auch übers ganze Gesicht, als er die dritte Goldmedaille bei der Olympiade in Lillehammer gewonnen hat. Soll angeblich schon immer getrunken und geprügelt haben. Hat später als „König der Kanaren" irgendwelche Hammerhits zum Besten gegeben und, aus Mangel an Text, auch mal die Hose fallen gelassen. 20 Jahre später in so einem Fernsehstudio, und das schüchterne Lächeln ist immer noch da. Ach Matti, Adler und Drachen sollen fliegen. So viele Medaillen und Trophäen. Und am Ende nur (oder Gott sei Dank) zwei mickrige Sätze, wie es danach weiterging.

Kommentar der sächsischen Wintersportfreunde:

- Gannst mol sehen, dor Jensi hats ganz andrerst gebackt. Der ist
  eben ne Bersönlischgeit, der hat noch Diszeplin gelernd. Gann
  man von ihm hier nisch sachen…Jo, da Gabitalismus lässt seine
  Dalente fallen, wennse nüscht mehr bringn.

Auch im Gabidalismus haben sich Leute nach der Sportskarriere was
aufgebaut, also das wird es wohl nicht sein. Manch Menschen haben
nur ein Talent, dafür ein riesengroßes! Was sagte der schönste Finne
nördlich vom Polarkreis? „National hero" Ja, war er. Ich gehe langsam zurück zum Auto, auf die Herren wartet wohl auch der Reisebus.
Es wird geraucht und weiter gefachsimpelt, ja klar:

- Dor Jensi war do eischentlich dor Besre von den beeden…Nü-
  genen gonnte ja bloß Springen sonst nüscht, haste jo gesehn. Bei
  uns gonste ooch nach dor Garjere was wern, do nich."

Weiter nach Süden, Richtung Helsinki. Die Sonne ist tatsächlich
rausgekommen und es wird wärmer. Ich fahre, fahre, fahre. Birken-
wälder, Flüsse und Seen, blau und weiß. Halte, trinke Kaffee, esse
Kuchen, fahre weiter. Noch weniger als 100 Kilometer bis Vantta.
Die Damen sind wohl müde?

Während Radio Suomi-Pop seine Hits jede Stunde wieder von vorne
abspielt, träume ich ein bisschen davon, ganz einfach das Steuer rum-
zureißen, wieder alle Kilometer nordwärts zu fahren, Flüge umzubu-
chen, Urlaub verlängern. Weiß ich, geht nicht. Aber morgen, da wartet jemand am Flughafen, hoffentlich.

Als ich gestartet bin, von Vantta nach Turku und dann weiter nach
Norden, war es im Mittel wohl 15 Grad warm. In Sodankylä waren
es dann schon 18 oder 20 Grad, also mit Thermometer, gefühlt wahrscheinlich manchmal sogar 30 Grad oder mehr.

Jetzt in Vantta ist es wirklich warm! Jacke braucht man nicht, kurze
Hosen, nackte Füße in Sandalen reichen völlig. Die Unterkunft ist
nur „zum Schlafen", ein Hostel, ohne Restaurant, aber mit Automa-
ten. Zum Essen muss man 5 Kilometer bis in die Stadt reinlaufen.
Dann finde ich ein indisches Restaurant, schmeckt gut, überall Leute
draußen, warm und trotzdem hell.

Kurz mal Blick aufs Telefon: Nichts. Seit gestern Abend halb zwölf!
Ich habe ja auch nicht, aber ich war schwer beschäftigt. Schreib du
doch mal was, meint das Frühere Ich.

So ungefaehr:

Dear Juha...I am looking forward to meet you again tomorrow. I hope there was nothing wrong...the night I spent in your house. But I thought that it was pity to make all in one time when we could get to know better each other?

Besser kennenlernen, denk mal, wenn der zurückschreibt, mein Ziel war, dich richtig kennenzulernen, now and here, alles andere ist zu kompliziert. Da kommt was, heute Nacht oder morgen, dass es doch nicht geklappt hat, mit dem Flug, aber nicht traurig sein. Erst war das Frühere ich so euphorisch, ist ja nicht mehr viel davon übriggeblieben.

Draußen feiern junge Leute, mit Bier und Gesang, drinnen sitzen Menschen in meinem Alter bei so einer Kaffeeparty. Weder Bierbüchsen oder Weinflaschen, da bleibe ich lieber in dem traurigen Zimmer, hab da wenigstens ein großes Glas und noch einen Tetrapak Weißwein. Soll ich jetzt vielleicht doch was absenden? Nee, lieber nicht, kann sein, die paar sms waren vielleicht nicht so ernst zu nehmen, sind sich die drei einig. Erst rumwundern, bald in Ohnmacht fallen, und jetzt: Naja, manchmal denkt man sich was, passt bloß nicht. Drei Glaeser Weißwein sind getrunken, es kam kein Anruf, keine sms, aber das Flugzeug fliegt morgen. Denke ich mal, dass Vantta so toll auch nicht ist, kann ich auch gleich zum Flughafen, halb elf da sein, und gucken, was passiert.

Die Schrift wird krakeliger, aber da steht es, blau auf weiß: Das war der beste Urlaub! Ich habe alles gesehen, von was ich vor vierzig Jahren geträumt habe und noch mehr! Die Fjells, die reißenden Flüsse. Plötzlich taucht da so einer auf! Wenn das morgen in die Hose geht, macht eigentlich nichts. Aber schön wäre es, wenn es weitergehen würde, auch wenn ich nicht ganz genau weiß, wie und warum. Hallo, Herr Nieminen, kommst du morgen, 10:30?

Dann will ich gerne abtauchen, Bettschwere ist erreicht, die Jungen und die Alten sind verstummt, es ist fast halb zwölf und dunkler, aber nicht nachtschwarz, auch nicht in Vantta. Da rattert das Telefon:

Uttiha, I hope we will meet tomorrow, 10:30. Would you wait for me at the Arrivals? I will be there. See you..and kisses for you! Juha (plus Herzchen)

Ja, klar bin ich da. Was denkst du denn? Und wie ich jetzt einschlafen kann.

Gegen 7:00 bin ich wach, ehe der Wecker geklingelt hat.

Ganz still, alles schläft wohl noch. Leise noch mal ins Gemein-schaftsbadezimmer, dann vorsichtig einen Kaffee aus dem Automa-ten. Bis zum Flughafen sind es bloß 15 Minuten. Auch, wenn man sich total dämlich anstellt, oder den Hauptverkehr trifft, es ist halb neun, da bin ich gegen neun, viertel zehn am Flughafen, mit Au-torückgabe. Aber wenn ich hier länger warte, dann wird es vielleicht wieder nach 10:00, auch doof. Nirgends Stau, alles rollt vorzüglich. Nicht mal die Autorückgabe ist kompliziert. Das Auto wird abge-stellt, Koffer und Riesenrucksack raus und ab geht's. Kurz nach neun und schon warm. Bloß gut, dass ich halblange Hosen angezogen habe und das schwarze, ärmellose, mit Strickjacke. Das Flugzeug aus Ro-vaniemi soll in einer Stunde ankommen. Kann ich noch einen Kaffee trinken und das Gepäck aufgeben. Das Herz klopft mir jetzt schon bis zum Hals.

Heute kam keine Nachricht, kann heißen, Herr Nieminen ist unter-wegs. Ich gucke bei den Ankünften, da steht ein Flug aus Rovaniemi, der ist auch pünktlich. Wenn niemand aussteigt, der dem schönsten Mann von hinterm Polarkreis ähnelt? Vier Stunden im Flughafen warten. Jetzt landet das Flugzeug. Kann ich auch stehenbleiben, ich falle ja nicht auf. Wenn da niemand mitgekommen ist, gehe ich ein-fach. Da kommen sie schon durch die Tür, Leute mit Rucksäcken, Leute mit kleinen Koffern, die winken und lachen und fallen den Ab-holern in die Arme.Ein einzelner Herr, in rotbrauner Lederjacke, ist ja hier viel zu warm für, in schwarzen Jeans, koksgrauem Hemd, mit einem Diplomatenkoffer an der Hand. Gibt es noch Leute, die damit rumrennen? Aber keinen zerknitterten Anzug, wo die Jacke auf halb acht hängt. Habe ich schon gesehen, feinster Zwirn, aber grob geknit-tert. Mein Herz rammt gleich den Hals, wir haben uns vorgestern das letzte Mal gesehen, jetzt ist mir, als ob wir uns zum ersten Mal sehen würden.

Ich stell Frau Hase und das Frühere Ich ganz leise! Die fragen näm-lich die ganze Zeit, was findet denn so jemand an dir? Da ist doch sicher was faul! Nee, will ich jetzt nicht hören.

Dann hat mich der schöne Mann auch entdeckt und winkt zu mir. Bloß noch die Sperre, noch paar Schritte, dann wird das Köfferchen abgesetzt, zwei Hände auf meinen Schultern, zwei Hände, die mich ran ziehen, ein ganz vorsichtiges Küsschen. Ein grünliches Leuchten.

- *Uttiha. Amazing to see you again! I am so happy…you are here!*
- *I am also happy… to meet you again. And, you have my things?*

Hört sich jetzt blöd an. Aber wenn ich die jetzt gleich bekomme, kann ich die einpacken und aufgeben, und dann haben wir fast zweieinhalb Stunden.

- *Yes I have. Here they are.*

Klappt der Diplomatenkoffer auf. Da liegt eine Plastetüte, die wird jetzt geöffnet. Das Punktkleid, die Waschtasche, der Pappwein. Den hättest du auch behalten können.

- *Ohh yes, thank you…And now, I will check my luggages in.*

Wann musst du weiter?

- *I have a meeting in our ministry, 14:00. I should move from here at 12:50. When will your flight be started?*
- *14:30…A lot of time…* (naja, anderthalb Stunden…) *What do you think about a cup of coffee?*

Da ist ein Café, nicht so viel Betrieb, und wir finden einen Tisch. Was ich haben möchte? Klar, Kaffee schwarz, was noch? Something to eat? Irgendwas mit Kuchen. Or, maybe a glass of white wine? Herr Nieminen, ich bin vielleicht Alkoholiker, aber einer, der sich zu benehmen weiß, keinen Drink vor 18:00! Kuchen kannst du selbst aussuchen, ich esse alles, außer was mit Blutwurst oder Käse. Da kommt das Tablett mit zwei Kaffeetöpfen, zwei Glas Selters, zwei Zimtschnecken, so richtig auf schwedische Art, die nach Zimt und Kardamom duften, ißt man also auch hier. Bevor wir zulangen, sehen wir uns an. Lange. Wenn wir weiter so glotzen, wird der Kaffee kalt und die Zimtschnecken, die schmecken aber warm am besten. Hunger habe ich auch, aber wenn wir das Ganze nicht neutralisieren, dann trinke ich höchstens den Kaffee. Also frag ich mal:

- *Why are you here, today? Not only to meet me, I think?*

Nein, nicht nur. Das Rentier vom Sonntag, da wurde wirklich eine ganz neue Art von Bakterien gefunden. Man weiß nicht, ob die sich schon weiter verbreitet haben bei allen Rentieren in Lappland. Das wollen sie herausfinden, auch, ob die gefährlich sein können. Daher soll im Ministerium geklärt werden, ob es Geld gibt für mehr Untersuchungen in Tromsø, oder ob das ein neues Projekt wird. Aber, die haben natürlich hier im Ministerium auch ihre Budgets, die eingehalten werden müssen. Sieht man nicht gerne, wenn da plötzlich mehr ausgegeben werden soll. Aber, vielleicht könnten die was bei der EU lockermachen? Nur, schnell müsste es gehen. Deshalb spricht man besser selbst mit denen.

Sieh mal, das haben die aus Trømso gestern gesendet. Holt er seinen Laptop raus, zeigt mir so ein Bildchen, Naja, Hunde erkenne ich noch. Das Ding hier ist hübsch farbig, kugelig. Guck ich auch mal so, interessiert. Über und unter dem Bildchen Text, Text, Text. Ob er das alles geschrieben hat? Ja, man will ja immer so einen Report. Erstmal nur paar Seiten, wird ja später mehr, wenn es fertig ist. Jetzt ist er wohl wieder in seinem Element. Ich verstehe nicht so sehr viel, trinke ab und zu einen Schluck Kaffee und überlege, daß ich noch nie jemanden kannte, der so wild mit „Forschung und Wissenschaft" war. Und so jemand will was von mir? Herr Nieminen hat seinen Vortrag beendet und den Laptop zugeklappt. Sieht mich an, wieder so ein grünes Leuchten. Ja, der Mann hat wirklich grüne Augen, mit Braun drin! Wenn ich da jetzt noch länger reingucke.

Ich kann leider kein fachliches Urteil abgeben, aber jetzt auch nicht so einfach erzählen, was ich gestern gemacht habe. Bakterien und Sportmuseum, passt nicht so recht zusammen. Was jetzt? Kaffee ist fast ausgetrunken, ich habe noch einen kleinen Rest Kuchen zu liegen.

Der Abstand zwischen unseren Händen wurde wieder verringert. Mal sehen, wie weit. Ob wir rausgehen könnten, rauchen? Warum nicht? Draußen ist es jetzt so warm, da können die Jacken ausgezogen werden. Stehe ich jetzt mit nackten Armen in der Sonne, Herr Nieminen nur mit Hemd. Erst mal rauchen wir schweigend. Um uns herum lärmen Rollkoffer, wird in Telefone gesprochen, wird aufs Telefon geguckt, und noch eine Touristengruppe, alle mit dicken Koffern. Ich sollte was sagen, mir fällt nix ein. Nichts über Arbeit oder Ministerium, aber vielleicht, wie lange er hierbleibt, ob er heute Abend wieder zurückfliegt, wie lange er in Norwegen bleibt, sowas, aber frag was, mahnt das Frühere Ich. Sonst wird das hier nichts mehr. Weiß ich auch, ist aber schwer.Die Kippen sind fast aufgeraucht, danach werden die ausgedrückt, dann? Gehen wir wieder rein zur zweiten Runde Kaffee?

- *Where have you returned your car? In this building?*

Zeigt er jetzt so rüber. Was soll das denn, ja, habe ich, gibt ja nur das eine Gebäude. Aber das Ziel der Übung war wohl, wieder auf zwei Zentimeter ranzuschleichen. Na, mach mal weiter.

- *How long do you need for a flight to Copenhagen?*

Und wieder zwei Zentimeter.

- *In the theory only a half hour...*

Nochmal ein Zentimeter und Brauen hoch.

- *No, but one and a half hour, because of the time zone. I will be 15:00 in Copenhagen, and, an hour later, at my home.*

Schmidtchen Schleicher hat es geschafft, sich richtig ranzuschleichen!

Ja, Schmidtchen Schleicher mit den elaschtischen Beinen,
wie der gefährlich mit den Knien fedren kann...
Die Frauen fürchten sich und fangen an zu weinen

Chhhh. Mann, jetzt bleib doch mal seriös, ruft da sogar die imaginäre Tochter. Chhh, geht nicht.

Ein ungläubiger grüner Blick, also an der Luft kanns ja wohl nicht liegen? Dann ist eine Hand auf meiner Schulter, die mich ran zieht. Schaff ich gerade noch, meine Kippe auszudrücken, denn jetzt folgt die Aktion, wegen der wir hier wohl eigentlich stehen.

Es wird geküsst! Und zwar mit allem Zipp und und Zapp. Lippen auf Lippen, dann vorsichtig den Mund öffnen. Zigarette, Zimt, Kaffee und bisschen Birke und Moos. Hände, die mich noch näher ran ziehen und es wird weiter geküsst. Habe ich schon bemerkt, dass wir, also kußmässig, richtig gut zusammenpassen. Macht keiner was extrem anderes als der andere, egal, ob man so ein bisschen die Lippen mit der Zunge langgeht, oder versucht „den Kaugummi zu klauen". Habe ich mal gelesen, soll so aussehen, aber ich soll ja nicht kichern. Obwohl mir eigentlich nach allem zumute ist, nach kichern, nach rumgrabbeln, nur bisschen sein Hemd aufknöpfen, nur zwei Knöpfe, ganz nah rankommen. Vielleicht bisschen die Träger von meinem schwarzen Ärmellosen runterziehen, nicht viel, sonst kommt die Aufsicht! Mal bisschen am Hals schlecken, gegenseitig.

Der ganze Flughafen samt Publikum verschwindet. Wir sind an dem See in Moskuvaara, ohne Hunde, nur mit Vogelgezwitscher. Oder vor seinem Haus, mit dem weißen Nachthimmel.

Die Finger, die da meinen Rücken runterlaufen, vorsichtig probieren, unter das ärmellose zu kommen. Wo steht dein Auto? Frag mal nach Hotelzimmer, also, theoretisch könntest du ja auch erst am Sonntag fliegen. Ihr solltet doch alle drei im Flughafen bleiben!!!

Hat Juha hoffentlich nicht mitbekommen? Die Küsserei ebbt langsam aus, zum Schluss drei kleine auf Stirn, Wange und eben noch mal Mund, aber nur ganz leicht.

Wir stehen noch umarmt, aber so langsam hört man wieder das Schrapeln von den Rollkoffern, und die anderen Geräusche. Der schönste Mann lässt mich nicht los:

- *Uttiha, maybe, for a long time? Us?*

Ja, was soll ich da sagen, einfach nicken. Das grüne Leuchten halte ich aber bald ohne Sonnenbrille nicht mehr aus.

Dann sitzen wir wieder in Cafe. Seine linke und meine rechte Hälfte scheinen zusammengewachsen zu sein, Finger, die über meinen Unterarm wandern. Jetzt wäre ein Schnäpschen schön, geht bloß nicht. Ich hoffe, Herr Juha quasselt keinen verliebten Blödsinn, wenn er da im Ministerium was sagen soll. Sonst gibt's kein Geld für den kugeligen Freund! Ist aber jetzt erst mal keine Rede von, sondern ob wir uns später, vielleicht im September, auch sehen könnten? In Helsinki, da wird er auch noch mal herkommen.

- *What about to meet in Copenhagen? Have you ever been there?*

Wer hat das jetzt gesagt? Ich nicht, muss wohl das Frühere Ich gewesen sein.

- *No, I have never been in Copenhagen. Do you want that I come to visit you? Yes?...It will be great!*
- *You will come? I will be very happy...*

Ja, jetzt schleich ich mich auch an, ziemlich ran sogar. Nur noch eine Viertelstunde.

- *So, we meet in September, in Copenhagen. I do not know exactly, which week, but I can send you a message, three weeks before, is it OK for you?*

Was denkst du denn, auch wenn du sagst, du kommst übermorgen, das geht! Oder im September. Weiß bloß nicht, was ich die lange Zeit über machen soll, hab ja jetzt nichts mehr vergessen, was man nachbringen könnte.

- *I will be very happy and looking forward. I hope we can write to each other...in between?*
- *Uttiha, you can always send a message to me, I hope you will do. And, me too. But, what about...to come back with me...to-morrow?*

Ja, sehe ich, soll ein Witz sein. Nee, mein Lieblingsfinne, das würde zu unübersehbaren Problemen führen.

- *I want, really. But I will have some problems...I must be at my work on Monday...*
- *Jo, but there are four days, what will you do there?*
- *Wash the clothes, clean my rooms, relax...thinking...about...you...send messages.*
- *Uttiha, me too. I am soo happy, that we meet again. I have falling in love with you...not yet today, but long time before...*

Seit er in der Einbahnstraße gelauert hat! Glaubt das Frühere Ich verzückt, sag ich mal nichts dazu. Mein Gesicht ist schon wieder warm geworden, und jetzt soll ich ins Flugzeug steigen? Zurückfliegen, warten, eine Woche, zwei Wochen? Einen Monat, zwei Monate? Antworte ich, mal ganz leise:

- *Me too...Juha. I hope we will meet us in september?*

Kommt als Antwort noch mal so ein Kuss, der die Zeit anhält. Chhh.

- *Ohh Uttiha, I love your laugh...you are so sweet...I hope you will always laugh, when we are together..promise me!*

Die Augen ähneln jetzt bald Marjas, also nee, kann ich nicht so haben.

- *I cannot promise you... You have also to say or to do something funny.*
- *I will do my best...for you.*

Ach, Herr Juha Nieminen! Du kannst alle Vorträge der Welt halten für mich, wo ich nix verstehe, wenn nur einmal in fünf Minuten ein grüner Blitz, ein phantastischer Kuss, oder auch eine Bemerkung, die ich lustig finde, kommt!

Geht dann schneller als wir wollten. Gleich dreiviertel eins, der Bus nach Helsinki fährt 12:50. Nur noch ein Kuss! Eine Umarmung! Der Bus fährt ab, ich bleibe stehen. Noch eine Zigarette. Ich muss wieder runterkommen, heute Abend gucken, ob was im Telefon ist, waschen, putzen, entspannen.

Aber über den Wolken, da kann man ja noch mal die Knutscherei in Zeitlupe abspielen. Vielversprechend. sehr vielversprechend.

Wenn wir jetzt abstürzen, was Frau Hase ja immer mitdenkt, dann haben wir zumindest einen Zipfel vom unendlichen Glück erlebt.

Also, den Anfang.

2. Altweibersommer (Gentofte)

Verliebt zu sein, noch dazu in den schönsten Mann von hinterm Polarkreis, ist sowas, dass schon sehr lange zurück liegt. Man weiß weder, was man denken, noch wie man das erzählen soll.

Es ist aufgefallen, dass ich diesmal anders zurückgekommen bin. Aber, die Landschaft, die Mitternachtssonne, alles das reicht ja schon „von besten Urlaub ever" zu reden. Was das Allerbeste war, erzähle ich nicht. Schon aus reinem Aberglauben. Wenn man erst damit anfängt, von der Liebe seines Lebens zu sprechen und dann verabschiedet sich die Liebe des Lebens vielleicht, so scheibchenweise. Alle fragen, was macht denn der Herr vom Polarkreis? Meldet sich nicht mehr. Ist blöd und peinlich, also lieber die Klappe halten. Deswegen weiß niemand was.

Das Kribbelgefühl, Schmetterlinge im Bauch wäre das ganze Gegenteil davon für mich, bleibt trotzdem, jedes Mal, wenn da was gesendet wird…sms, Email, neuerdings auch WhatsApp. Telefoniert haben wir noch nicht miteinander, wäre mal schön, Herrn Nieminens Stimme zu hören. Ich kann mich an fast alles erinnern, was er gesagt hat, leider nicht, wie. Wie er aussieht, kann ich sehen, auf den zwei Fotos, die ich gemacht habe. Gucke ich mir aber höchstens einmal am Tag an, so viel Beschränkung muss sein!

Die Mitteilungen, tja, Romantik geht anders. Wie er nach Tromsø gekommen ist, was sie alles so mit den unbekannten Bakterien vom toten Rentier machen. Das Wetter, die Landschaft und die Kollegen. Sehr selten finde ich zwischendurch Sätze wie:

I think often about the time, we spent together. I hope it will be the same when we meet us again, in Copenhagen. I am looking forward. I hope you too…

I cannot stop to think about you. How can I express it? It is difficult for me to describe it in few sentences…

Am Sonntag, 23. Juni, gegen acht Uhr abends, klingelt das Telefon, Herr Nieminen. Eigentlich hatte ich überlegt, wieder an zum Kattegat zu fahren und den Sonnenuntergang anzugucken, vielleicht mit einem Feuerchen am Strand. Aber ich habe ich keine Lust, mit tausenden Schönen und Reichen da rumzustehen, also hat die Faulheit gesiegt. Jetzt gleich rangehen? Verstehe ich vielleicht nur die Hälfte und kann gar nicht antworten. Weil ich so aufgeregt bin. Schreiben geht besser.

Stell dir mal vor, der hat sich Mut angetrunken und erzählt dir irgendwelches nicht stubenreines Zeug? Frau Hase erfreut sich immer noch bester Gesundheit. Guckt mit gerunzelter Stirn auf die Mitteilungen, die da aus dem hohen Norden kommen.

Kein Klingeln mehr. Ich soll mal zurückrufen, meinen das Frühere Ich und die imaginäre Tochter.

Da ist schon die Mitteilung gekommen, ob ich in einer halben Stunde am Telefon sein könnte? Habe ich bisschen Zeit, mich vorzubereiten, also schon mal am Computer das Übersetzerprogramm einzustellen, zwei Glas Wein zur Dämpfung der Nervosität.

Klingel, klingel..

- *Uttiha, how are you? Have I disturbed you?*
- *No, you have not. I am fine, what about you?*
- *Very fine, when I am calling to you. Where are you now?*

Gleich kommt, was du anhast, wie dein Schlüpfer aussieht, flüstert Frau Hase. Halt mal die Klappe!

- *Did you say something?*
- *No, no....but I am at home now.*
- *Do not you want to go out...for Juhannus?*

Geht doch nicht, du sitzt ja fast 3000 Kilometer entfernt?

- *Or Midsommar, what is it in Danish? Something with a bonfire on a water?*
- *(Aha, jetzt dämmert es....) In Danish we call it Sankt Hans, yes, with a fire. But I am home, this year.*
- *I will go out to see it here, in Tromsø. My colleagues said to me here it is not such a big event as in Sweden or in Finland. In Sodankylä, it is the biggest party in town. All are there and we have a bonfire, speeches from the major and from the church. But after this we have a party! Sitting outside, drinking, talking and watch the fire and the sun. Sometimes there is life music..*
- *Tango?*
- *Haha, also tango...But Uttiha, you must come next year, so we can hold it together..Promise me!*

Was man so sagt, was im nächsten Jahr ist, weiß ja keiner.

- *It sounds nice, may be I will come...if it is possible (*Damit meine ich so alles.)
- *I am looking forward...but now, we will meet us in September! Today, I only want to hear your voice...Uttiha.*

Wenn wir so weitermachen, fehlen mir allerdings bald die Worte. Ich kann das nicht mal auf Deutsch. Sollte ich mal was anderes probieren:

- *And, what about your job there? Could you find more information about the bakteria?*

Das war der Stimmungskiller, seufzt das Frühere Ich.

Eigentlich im Gegenteil, denn jetzt geht es am anderen Ende der Leitung aber los. Eine Menge Fachbegriffe, die ich auch ohne nachgucken verstehen kann, ich kann sogar Fragen stellen. Letztendlich brauchen wir zwanzig Minuten von der halben Stunde, um über die Fortschritte in der Forschung zu reden. War sicher von beiden Seiten nicht so geplant, aber was soll ich anders sagen? Ubers Wetter reden? Alles andere ist schwer, schwerer als schreiben. Auch was anderes, als sich in die Augen, grün mit braun, zu gucken. Kommt am Ende trotzdem:

- *Uttiha, I wish you were here, now... We could go to the bonfire, drink something, and you could laugh...I miss it. I hope the time should pass quickly, three months! I hope now we can call more often? You can also ring me up. I hope you will do...*
- *Hmmm..yes I will try.*

So ein Blödsinn, geht doch, siehst du wohl! Meint das Frühere Ich. Ja, ich muss mich aber erst wieder dran gewöhnen, an solche Telefonate.

- *But you can also, to call...*

Es ist trotzdem was anderes, als auf dem Telefon zu lesen. Plötzlich stand Herr Juha Nieminen dicht neben mir, mit dem grünen Leuchten, mit dem Kaffee-Zigaretten-Kuss, Rollkoffergeschrapel, eine Hand, die vorsichtig den Rücken runterfährt. Könnte wieder so werden! Noch besser! In drei Monaten.

Im Juli wird es schrecklich warm, nicht unbedingt hier in Dänemark, aber in Deutschland steht die heiße Luft wie eine Wand. Lange her, dass ich das mal erlebt habe. Im Norden ist es auch ungewöhnlich warm, aber Juha sitzt meistens in gekühlten Arbeitsräumen. Das kleine unbekannte Tierchen wird weiter untersucht. Es ist wirklich ganz neu! Dazu kommen lange Berichte, was sie schon herausbekommen haben, gerne auch mit Bildern. Muss ich dann auch was dazu schreiben. Nicht das, was ich gerne schreiben würde.

Ja, sagt die imaginäre Tochter, dann schreib, dass du gerne was anderes hören willst, ob er meint, da geht was für länger, auch wenn wir beide schon über die Hälfte des Lebens verbraucht haben? Schreib mal, dass schon der Umzug nach Dänemark nicht ganz gratis zu haben war, aber jetzt, nochmal ca. 2000 km gen Norden? Denn manchmal tauchen, zwischen allen wissenschaftlichen Mitteilungen, solche Andeutungen auf. In seinem Haus ist genug Platz, in Rovaniemi hat man einen Job für Chemiker ausgeschrieben. Das ist nicht so weit von Moskuvaara. Ignoriere ich entweder oder weiche auf Allgemeinplätze aus. Vielleicht ist das Nichtbeantworten schuld daran, dass nach sechs Wochen alle Mitteilungen ausbleiben: kein mail, kein Bescheid, kein Anruf.

Frau Hase meint, nach sechs Wochen weiß er auch nicht mehr weiter. Du beißt nicht an. Er hat was Besseres gefunden, was sein Eigenheim verschönt. Oder die Freundin ist aus New York wiedergekommen und meinte, probieren wir es noch mal zusammen.

Vielleicht war das Ganze auch nur eine Episode, so „das Schönste an der Reise" und das kann ich ja auf jeden Fall anklingen lassen, wenn ich mein Foto-Urlaubsbuch nun endlich in Angriff nehme. Verkehrt war eigentlich nichts. Hatte nur nicht sollen sein. Vielleicht hat Herr Nieminen auch gedacht, er kann mit mir mehr so fachlichen Austausch betreiben. Sehr zweifelhaft, meint die imaginäre Tochter. Aber du hast ja auch immer eifrig geantwortet. Da hätte er mal was andeuten können. Hat er nicht. Bis auf umziehen, 3000 Kilometer nordwärts.

Sei froh, das wäre nie was Richtiges geworden, höchstens was Falsches und das kennen wir zur Genüge, meint Frau Hase.

Das Frühere ich äußert sich gar nicht, trauert nur still vor sich hin. Kommt manchmal leises Geflüster, ob ich nicht mal anrufen kann? Oder wenigstens was schreiben? Vergebe ich mir nichts mit. Nein, liebes Früheres Ich, so einen korrekten Abschiedsbrief, den könnte nicht mal ich aushalten, also lassen wir es dabei.Mit und ohne Mitteilungen aus dem hohen Norden, das Leben geht weiter.

An einem Freitag mache ich gerade die letzten Sachen fertig, um mittags wegzukommen, weil ich dann zum Flughafen will. Da klingelt das Telefon. Geschmult habe ich mal, da steht wirklich „Juha"! Rangehen kann ich jetzt nicht, wenn es irgendwas Banales ist, verplempere ich Zeit. Wenn etwas Wichtiges, daß Mister Polarkreis sich nach einer Woche Schweigen meldet, bedeutet wohl nix Gutes, komme ich vielleicht zu spät los und wenn es ganz schief geht, kriegt jemand was mit. Will ich auch nicht. Also nach Hause, wo die Tasche schon gepackt ist, ich habe exakt eine halbe Stunde. Vielleicht besser, jetzt hier noch reinzugucken? Dann habe ich genug Zeit, darüber nachzudenken.

Also, ich gucke mal, los muss ich ja sowieso in zwanzig Minuten. Erst ein Herzchen! Sorry, sorry! Er hatte keine Zeit, der Quadrant 3 brennt und er ist zurückbeordert worden. Die Brandeinsätze müssen koordiniert, die Schäden später dokumentiert und evaluiert werden. Jetzt muss das Feuer bekämpft werden, mit allen Leuten, mit allen Mitteln. 30 Mann, Finnen, Samen, die Armee, die Feuerwehr, freiwillige, alle mehr als 20 Stunden pro Tag im Einsatz. Dann kommen Bilder, paar schwarze Haufen zu sehen, sehen wie verkohlte Rentiere aus. Schlimm. Und Rauch und Nebel und Leute mit schwarzen Gesichtern, in Schutzanzügen. Wenn man das im Fernsehen sieht, ist das was anderes. Noch auf dem Weg zum Flughafen schreibe ich: Ich wusste ich ja nicht, hoffe, alles geht gut. Sieht sehr böse aus.

Dass ich trotzdem erleichtert bin, schreibe ich nicht.

Drei Tage später kommt die Mitteilung, es ist alles gelöscht worden, viel verbrannt, aber das wird wieder nachwachsen. Nun gibt es auch noch Regen, das macht alles schwerer, denn die Schäden werden jetzt aufgenommen, deshalb muss er noch eine Woche dortbleiben:

Uttiha, it should be a surprise for you that I would come already in the last week of August, but it is impossible now. It will be the middle of September as we have talk about. Sometimes things ares happened, that was not to be foreseen... But it is only four weeks. I am very much looking forward to meet you again!

Ach, eine Woche früher oder später, aber er wird kommen! Dann spielt hoffentlich die Rentierbakterie keine Hauptrolle?

Vielleicht könnte er sogar mal mit nach Deutschland kommen? Sende ich ihm Bildchen von meiner Heimatstadt, guck mal, fast wie bei dir, nur nicht so kalt, aber sonst alles da, Fluss, Brücke, Wälder, Seen.

Kommt die Frage, warum ich eigentlich von dort weggezogen bin? Rate mal. Weil ich doch irgendwann weiter nördlich wohnen wollte, jemanden kennenlernen. Hoffentlich war das nicht zu viel, denn noch weiter nördlich kommt erstmal nicht in Frage.

Später kommt noch eine Mitteilung mit Link, soll ich mir mal ansehen. Ein Mitschnitt vom Regional-TV, sieht aus wie Frühstücks- oder Vorabend-Fernsehen. Dauert zehn Minuten: Nach einem Filmclip mit brennendem Wald, Rauch und Feuer, wo Leute im Vollschutz herumsausen, Wasser auf Flammen halten, mehrere eifrig gestikulieren, und dann wieder schwere Fahrzeuge und Hubschrauber beim Löschen zu sehen sind, sitzen da im Studio drei Herren und zwei Damen.

Einer ist Herr Nieminen, life und in Farbe! Naja, Farbe, schwarze Hosen, koksgraues Hemd. Aber, die Stimme! Auf Finnisch hört er sich noch besser als auf Englisch an. Ich verstehe nur leider nix. Ich klebe am Bildschirm und alles ist ein bisschen unwirklich. Ja, siehste wohl, den Herrn mit den vielen Mails gibt es, da sitzt er! Und das war kein Schöngucken im Licht der Mitternachtssonne, das frühere Ich ist absolut begeistert, und ich gebe ihr recht. Denk mal, das Bild von einem Mann will dich besuchen!!

Die Begeisterung hält drei Minuten, dann kommt die Abkühlung. Jetzt redet die Dame neben Juha. Da kommt ein bisschen mehr Stakkato rein. Die Studiokamera geht nah ran. Ich habe es gesehen, Frau Kaata Hakkarainen, arbeitet wohl auch beim Nationalpark, die meisten Worte in der Unterschrift gleichen sich, passt gut zu Juha. Die Dame sagt mindestens fünfmal in zwei Minuten „Juha", dabei sieht sie ihn so lächelnd an. Hmmmm!! Hmmmm!! Also, wenn das jetzt so eine Type wie die Moderatorin gewesen wäre, sagt man „taff" dazu? Oder so ein niedliches Mädchen Mitte Zwanzig, eingeladen, um die Männerriege bisschen aufzuhübschen, nichts dagegen. Aber Frau Kaata ist nicht so viel jünger. Höchstens fünf bis zehn Jahre, ich kann mich auch irren, und die Dame hat sich mehr als gut gehalten. Wirkt wie jemand, dem alle zuhören. Da versagt jede Kritik! Sie spricht schneller und härter zur Moderatorin und langsamer, wenn sie sich an den schönsten Mann von hinterm Polarkreis wendet.

Die zwei anderen Herren dürfen auch was sagen, der eine wohl vom Militär, das lese ich so in der Unterschrift. Der andere wird auf Finnisch gefragt, er antwortet aber anders, da werden Untertexte eingeblendet. Vielleicht ist er Sami, der Herr Antta Järvi. „**Palot**…" und "**Ilmasto**" kommen oft vor, habe ich nachgeguckt, heißt „Brand" und „Klima". Dann darf Herr Nieminen noch mal was sagen. Frau Kaata gibt noch ihren Senf dazu. Und wieder zweimal Juha gesagt!! Ich wollte das jeden Abend gucken! Geht jetzt nicht mehr, weil das Fragekarussell anfängt: Wie eng arbeitet ihr zusammen, wie lange kennt ihr euch schon, warum hast du mir nichts von ihr erzählt? Was findest du an mir, wo ich doch in einer ganz anderen Liga spiele?

Warum schreibst du mir immer noch, ich werde mir nix Schlimmes antun, wenn du jetzt schreibst: Ja, war schön, aber ist alles nicht so einfach, oder dich gar nicht mehr meldest?

Da sollte die nächsten Tage nur Vorfreude mit Kribbeln im Bauch sein und dann so ein blödes Video, das alles kaputt macht! Ich habe Kopfschmerzen, aber nicht wegen Vorfreude. Deswegen genau wollte er dir das zeigen, meint Frau Hase. Ist doch erstaunlich, wie einfallsreich manche Männer sind, kann man was lernen. Und schreib ja nicht, das Video war toll! Hatte ich nicht vor, habe überhaupt nichts mehr vor. Gar nicht antworten wäre doch auch eine Lösung, schlägt das Frühere Ich vor. Wenn nichts mehr kommt, weißt du Bescheid, aber ist nicht peinlich. Der Vorschlag ist nicht dumm. Ehe man voll ins Verderben rennt, soll die andere Seite mal was beitragen. Die imaginäre Tochter schüttelt bloß den Kopf über solche Strategien. Vielleicht wäre eine klare Ansage besser? Welche?

I could see that you and your colleague have a very good relation. Only in the job or also privately?

Das kann man schon fragen, meint die imaginäre Tochter. Nein, mach dich rar, sagt das Frühere Ich. Aber für immer, gibt Frau Hase ihren Senf zu.

Das Einfachste ist wirklich, nicht zu schreiben und nicht (!!) zu antworten. Geht eine Woche so, ich sehe, da stehen zwei Mitteilungen, die gucke ich nicht an. Kostet Heldenkraft! Soll ich nicht doch? Auf keinen Fall! Dann ein Anruf, ich nehme sofort den Hörer. Die imaginäre Tochter hat recht, das sind so Sachen, die vielleicht Schachspieler verstehen, aber wir sind keine. Wenn jetzt der Abgesang kommt, ist das die richtige Zeit, niemand weiß was vom Polarkreismann und bis Weihnachten ist alles gut.

Ja, hallo:

- *Uttiha, I am worried about you. What was happened? Why did not you answer? And now, I am happy that you take the telephone. What is the matter with you?*

Ja, ein bisschen erkältet, Hals und Nase. Wahrscheinlich wegen der Fliegerei, mal warm, mal zugig. Kann ich gut ins Telefon sprechen und hüstele jetzt mal, um das zu unterstreichen.

Aber ich höre, da ist jemand sehr froh, daß es nichts anderes war. Soll ich nun mit Frau Kaata anfangen? Ja, sagt das Frühere Ich. Nein, meint die imaginäre Tochter.

Ich komme auch gar nicht dazu. Es bleibt dabei, in zwei Wochen? Er freut sich so sehr. Wir werden so viel zu erzählen haben! Er fliegt am 12. September nach Kopenhagen. Dann haben wir Donnerstag, Freitag, Sonnabend, Sonntag. Montag früh fliegt er wieder los. Ob das in Ordnung ist?

Frau Kaata, frag doch mal, flüstert das Frühere Ich. Kommt bestimmt nicht mit, meint die imaginäre Tochter.

Bei mir fängt das Kribbeln wieder an, ich freue mich auch, denn so lange ist es jetzt nicht mehr. Ich kann auch wieder das Video gucken, fast jeden Abend. Noch zehn Tage, noch neun, noch acht.

Dann ist es Wochenende und die Wohnung wird auf den Kopf gestellt. Ich arbeite mich durch alle Räume, um den ersten Preis in Hygiene zu gewinnen. Ab Montag flirrt es mir. Am Dienstag renne ich in der Wohnung rum, um noch nicht vorhandene Flecken zu beseitigen. Am Mittwoch werde ich müde, kann ja sein ist alles umsonst. Der schickt dir eine Mitteilung, dass er jetzt aber ganz schnell irgendwohin muss, und wir sehen uns vielleicht im Oktober. SORRY! Weißte doch, so machen die das, flüstert Frau Hase.

Es kann trotzdem ganz gut sein, einen Plan zu haben: Am Freitag viel Zeit zum „nochmal kennenlernen", wenn das nicht schon Donnerstagabend passiert, mit kleinem Ausflug an den Øresund, Steaks und Wein kaufen in einem Luxus-Supermarkt. Essen in „Esthers Spisehus", traditionell dänisch, wie ich es nicht hinbekomme und dann Restabend zu zweit. Am Sonnabend Ausflug zum Kattegat mit Pilze sammeln, essen von Steaks, Pilzen, weiter Kennenlernen. Am Sonntag Besuch von Kopenhagen Zentrum und allen Sehenswürdigkeiten. Was ich mir dachte, so ganz geht es nicht: Am Freitag soll ich bis wenigstens Mittag auf Arbeit sein, da müssen wichtige Analysen raus. Wenn ich jetzt nein sage, kommen bloß dumme Fragen, weil ich gar nicht gesagt habe, dass ich nach Deutschland fliege. Gegen 14:00 bin ich bestimmt zurück. Vielleicht möchte er auch mal ausschlafen. Ganz bestimmt, für den ist Ausschlafen wahrscheinlich mal so gegen acht Uhr aufstehen, gibt das Frühere Ich zu bedenken.

Der Donnerstag vergeht auf Arbeit mal zu langsam, mal zu schnell. Endlich ist es 16:00 Uhr, ich radele heimwärts. Zu Hause werde ich mich hübsch machen, noch einen Schluck trinken, wegen Mut, um acht fahre ich zum Flughafen. Ab halb sechs sitze ich geschniegelt und gebügelt und warte, dass die Zeit vergeht.

Einfach ist das nicht, denn auch die drei Damen sind zappelig und aufgeregt: Frau Hase meint, dass es ein Riesenfehler ist, den Menschen hier drei Nächte zu beherbergen. Da hätte man doch auch ein Hotelzimmer buchen können! Mister Polarkreis zahlt, das wird es ihm hoffentlich wert sein! Wo ich den doch gar nicht kenne! Wer weiß, was ohne Schöngucken übrigbleibt. Aber im Fernsehen sah er genauso aus! Meint das Frühere Ich. Ach, entgegnet Frau Hase mokant, das war im TV-Studio, da sind die Leute geschminkt. Und, wer weiß, ob er überhaupt kommt. Wäre doch der absolute Knaller, die Verabredung in der letzten Minute platzen zu lassen und zu sehen, wie das aufgenommen wird. Ja, und denke dran, nicht nur von A wie Analysen bis Z wie Zuwendungen von der EU reden, mahnt die imaginäre Tochter. Sonst ist das Wochenende um, ihr habt tolle Gespräche auf hohem Niveau geführt. Du weißt alles über die neue Bakterie und die Vergabe von EU- Mitteln für den Naturschutz. Aber nichts von ihm selbst. Oder wie er sich das weiter vorgestellt hat. Da habe ich auch noch gar nicht nachgedacht drüber. Ja, und Frau Kaata Hakkarainen! Das Frühere Ich merkt sich sonst keine Namen von zwölf bis Mittag, den aber schon. Will ich gar nicht dran denken. Und Tipps, wie man das früher probiert hat, mit Flirten und Verführen: Also, wenn du merkst, da geht was, ihr bloß beide nicht wisst, wie anfangen. Nah rangehen, die Schleicher Attacken aushalten. Wenn es überhaupt dazu kommt. Gehören auch zwei dazu. Eben, einen haben wir ja schon. Früheres Ich, so einfach geht das auch nicht mehr! Es reicht, wenn wir vier schöne Tage haben, Kattegat und Kopenhagen angucken und mal sehen, wie es weitergeht.

Eventuell fragt er, ob du ihm ein paar Tausender leihen kannst. Das machst du sicher, wenn er dich so schön grünbraun anfunkelt, mutmaßt Frau Hase. Da kamen wohl ein paar Krimis über Betrüger. Von dem Gerede werde ich bloß nervöser. Wenn ich daran denke, dass ich weder Naturverwaltungen leiten kann, kein brennendes Interesse für wissenschaftliche Forschungen zeige und auch nicht „Juha" so Finnisch aussprechen kann wie Frau Kaata im Fernsehen. Obwohl ich bisschen geübt habe. Hört sich trotzdem idiotisch an bei mir. Ich kann auch „Waldbrand", „Klimaveränderungen" und „Forschungsgelder", auf Finnisch, wird er wohl nicht verstehen. Dann lieber englisch, leider genauso.

Zehn Minuten, dann geht's los. Ich will mir gerade noch ein Glas Rotwein zum Dämpfen genehmigen, da kommt ein Bescheid auf dem Telefon! Herz bis rauf zum Hals, mir zittern ja richtig die Finger! Trau mich gar nicht, das Ding aufzumachen. Steht vielleicht drin, leider, leider, heute klappt es nicht, vielleicht irgendwann später.

Das Flugzeug hat noch gar nicht abgehoben und es wird wohl noch eine gute Stunde dauern, ehe sie von Helsinki loskommen. Es wird wohl halb zehn werden, da sind wir gegen halb elf hier.

Wenn überhaupt. Erst sagen sie eine Stunde, dann werden daraus drei.

I hope that will be in one hour, better shorter...Good fly.

Geht gut los. Mit Warten. Zeitung, Kartenspiel, Internetseiten. Frau Hase leiser drehen, die mir weismachen will, dass es bei der einen Mitteilung nicht bleibt, da kommen mehrere, bis so gegen 03:00. Dein schöner Finne sitzt in Moskau mit Frau Kaata und die lachen sich kaputt über deine Antworten!

Gleich dreiviertel neun, könnte ich langsam die Schuhe anziehen. Klingeling, ein Bescheid. Die sind noch gar nicht abgeflogen, aber Pilot sagt, es wird was gegen zehn! Dann ist er halb elf hier und ich soll so spät noch quer durch Kopenhagen fahren? Könnte man machen, mit Auto. Habe ich nicht. Ich hatte ihm erzählt, dass man hier, in der Hauptstadt überhaupt kein Auto braucht, ein Fahrrad tuts auch. Und wie schnell die Verbindung zum Flughafen ist, in 30 Minuten sind wir da. Aber nur, wenn keine Gleisarbeiten sind, die bevorzugt in der Nacht ausgeführt werden. Oder der Zug hält dann im Hauptbahnhof und der nächste kommt in einer Stunde.

Das mit dem Kennenlernen wird heute nichts, wir werden wohl beide müde sein, und leider muss ich morgen auch früh raus. Da habe ich auch nichts gesagt von, weiß gar nicht, wie das aufgenommen wird. Kann ich schon mal das Pustebett aufblasen, mir Kopfkissen und Zudecke holen. Vielleicht kannst du das Aufpusten sparen, meint Frau Hase. Es hat gerade wieder geklingelt, wie ich gesagt habe, das gibt Telefonterror bis 3.00:

We will start at 22:45. I will be in Copenhagen at 23:15, I hope. But you do not need to come to the airport and pick me up. I take a taxi. Can you write your address? (Mach ich doch gleich)

Ich hoffe, nun startet das Flugzeug bestimmt. Dauert immer ein bisschen, ehe man aus dem Flughafen raus ist, ein Taxi geordert hat und die Fahrt ist auch noch mal so ungefähr eine dreiviertel Stunde. Wenn also alles klappt.

See you, after midnight?

Aufpusten lass ich mal sein. Mach ich später, also wenn das Ding überhaupt gebraucht wird. Kann ruhig noch ein Glas trinken. In der weiten Welt des Internets rumstöbern. Lenkt bisschen ab. Wenn das nun stimmt, dass ich andauernd Meldungen bekomme, „Jetzt geht es aber gleich los...." Ab 3:00 schweigt die Nummer für immer? Ich muss morgen um acht aufstehen, zur Arbeit gehen, danach? Ohhh! Ohhh! Lieber nicht dran denken. Aber hätte auch alles zu gut gepasst. Ja, skål Rotwein! Das Telefon klingelt! Der wird immer frecher! Ruft jetzt sogar persönlich an! Geh bloß nicht ran!! Warnt Frau Hase. Kann ich aber gut machen:

- Naa, Mama, bist du noch auf? Was machst du gerade? (Wird immer gefragt)
- Ich sitze hier und warte.
- Du wartest? Dass was Neues im Computer kommt? Oder ein guter Film anfängt? Oder wie?
- Neee, ich warte…auf jemanden. Der kommt, na also den sollte ich abholen. Jetzt kommt der später.
- Wo solltest du jemanden abholen? Vom Bahnhof?
- Nee, vom Flughafen. (Stille, dann Lachen)
- Mama, sag mal, kommt da ein Flugzeug aus Finnland?
- Chhhh, rate mal.
- Der Guide vom Bild?
- Chhh, rate mal.
- Mama, das gibt's ja nicht!
- Chhh
- Aber, pass auf, dass der nicht merkt, dass du schon wieder was konsumiert hast.
- Hört man das? Chhhh
- Bisschen. Mach mal jetzt Schluss mit dem Wein, der denkt ja sonst was von dir.
- Ach, der trinkt auch…bisschen.
- Na, da habt ihr euch ja gefunden. Wollt ihr da ein Trinker Wochenende veranstalten?
- Chhh, neee. Also, der sollte also schon längst hier sein, aber das Flugzeug ist zwei Stunden später gestartet. Deswegen kommt er so spät. Wenn überhaupt, aber wenn doch, es soll nicht bloß getrunken werden.
- Sondern?
- Morgen gehen wir dänisch essen. Sonnabend Pilze sammeln und zu Hause kochen. Sonntag Kopenhagen angucken. Wir müssen

uns nochmal bisschen kennenlernen, sollte heute Abend passieren.

- Hört sich gut an. Kommt er einfach so? Oder habt Ihr Euch zwischendurch geschrieben?
- Ja, haben wir. Ging recht gut. (Sag ich nicht, dass das größte Thema eine neu entdeckte Bakterie war...)
- Also, wie war der denn so, also, als du dort warst? Habe ich dich nicht mal angerufen? Hast du aber nichts von gesagt.
- Nee, aber würdest du das machen? Siehste. Und, wie der ist! So wie er auf dem Bild aussieht, wohnt in einem kleinen Kaff in Nordfinnland, hat zwei Hunde, Häuschen, Sauna...
- Mama, du willst da wohl nicht hinziehen.
- Da denk ich noch nicht mal dran.
- Na, dann ruf mich mal an, wenn der da war. Und schick mal n Bild, wie ihr beide Pilze sammelt. Ach, was macht der denn so? Guide für Touristen?
- Ne, arbeitet in einem Naturschutzgebiet. Überwacht Tiere und Pflanzen da und schreibt in seiner Freizeit über Bakterien, die in Rentieren vorkommen. Im Sommer hat er auch eine Brandbekämpfung geleitet, also in dem Gelände da.
- Hört sich spannend an. Da kann er sicher viel erzählen. (Macht er sowieso, denke ich). Ich wünsche dir ein supertolles Wochenende.
- Dir auch.

Also, der erste Mitwisser. Hoffentlich wird's kein Flop. Obwohl es gerade ja flopmässig aussieht. Jetzt nur warten und nicht nochmal ein Glas, lieber gleich Mund abwaschen. Und Selters. Aufs Sofa und Glotze an. Irgendwas im Fernsehen gucken. Bisschen Augenpflege betreiben.

Bin ich doch eingedämmert. Im Fernsehen muss entweder ein Krimi laufen, da hat Frau Hase wohl umgestellt, oder ein Katastrophenfilm, es klingelt ohrenbetäubend. Noch bisschen verschlafen, drücke ich Aus auf der Fernbedienung. Bild ist weg, es klingelt immer noch! Hört sich an wie meine Klingel. Wer sollte das so spät sein? Ist fast 1:00 Uhr. Fällt mir jetzt so langsam ein, warum ich eigentlich hier auf dem Sofa liege, mit Fernsehprogramm und einem Glas Selters.

Da sollte doch jemand kommen!!! Himmel, jetzt ist der da! Und ich lass den klingeln. So sehnsüchtig werde ich wohl nicht gewartet haben. Wenn ich jetzt aufmache, und da steht ein mürrischer älterer Herr: Wie lange soll ich denn noch hier warten, ich bin seit 18 Stunden unterwegs und du pennst einfach so weg?

Sollte doch alles ganz anders werden, mit Abholen, mit wenigstens einem Glas aufs Wiedersehen und Kuss, fiel auch flach. Aber aufmachen muss ich. Ein mürrischer Alter steht da nicht, bloß eine sehr müde Ausgabe von dem, an den ich mein Herz verloren habe:

- *Uttiha! Sorry it took soo long. There was a defect part in the aeroplane it had to be delivered, and that took so long, we waited and waited. And you, you have also waited for me, so long?*

Ja, habe ich. Bin aber eingepennt und wenn du nicht meine Klingel so malträtiert hättest, müsstest du im Aufgang übernachten.

- *Yes, it was later than I have expected.*
- *Uttiha... but, now I am here. A long journey, also from the airport to your home in Gentofte, but now, I am here. I am so happy to see you!*

Ich ziehe den Herrn in meine Wohnung. Dann kommt die Umarmung. Nachts um eins in meinem Flur bin ich wieder in Nordfinnland, wo die Sonne nicht untergeht, wo es nach Moos und Holz riecht. Und Leder. Kurz zwei Lippen auf meinem Mund. Länger wäre schöner, aber ich bin immer noch nicht richtig aufgewacht und der Herr neben mir sieht aus, als wollte er gleich einschlafen:

- *Sorry, Uttiha... I had to get up very early, at five in the morning...Now it is two in the night. I am just tired!*

Also, zwei Uhr ist es noch nicht. Ach so, die Zeitverschiebung. Aber die eine Stunde macht es nicht, kenne ich, man will bloß noch in die Waagerechte. Ich zeige ihm mein mustergültig aufgeräumtes Schlafzimmer, frage, ob er noch was trinken oder essen möchte. Wird dankend abgelehnt. Ich ahne allerdings ein bisschen so ein leises Lächeln, ein bisschen grünes Funkeln. Aber, nochmal sorry, er ist nur müde! Rollt seinen Koffer rein, legt die rotbraune Jacke ab, knöpft das Hemd auf, mit weißem T-Shirt drunter. Ehe ich die Tür schließe, sag ich noch, dass das Klo eine Türe weiter, auf derselben Seite ist. Herr Polarkreis hört gar nicht richtig zu. Sitzt auf dem Bett, zieht die

Socken aus. Wo sind seine Schuhe? Steht auf, nestelt am Gürtel rum. Ja, da will ich mal:

- *I hope you can sleep well here. God night.*
- *You too, Uttiha. Tomorrow I will be rested. Good night... Looking forward to see you, tomorrow.*

Mach ich leise die Türe zu.

Ist alles nicht mehr so wie in den goldenen 20ern, da war es egal, wann jemand kam. Wenn man morgens rausmusste, ging entweder, oder man hat angerufen, krank. Ich soll aber morgen um neun da sein, hätte ich heute Abend mal was mitteilen sollen. Freitag und dann morgens krankmelden, vielleicht nicht so gut. Verbringe ich eine kurze Nacht auf dem Sofa, da stehe ich auch immer pünktlich auf.

Der Wecker braucht gar nicht zu klingeln, ich bin schon wach, und ein bisschen malträtiert. Das Sofa ist zu kurz für süße Träume. Unterwäsche hatte ich mir hingelegt, leider keine vernünftigen Sachen. Also muss ich mit Kleidchen auf Arbeit. Ich sollte auch Bescheid geben, dass ich nochmal losmuss, aber bestimmt um 14:00 wieder zurück bin.

Vielleicht kann er sich Frühstück selbst machen, wenn ich Zettel hinlege, wo was zu finden ist? Nicht die feine Art, aber hätte ich alles klären können, gestern Abend, bloß nicht nachts halb zwei. Schlüssel lege ich noch auf den Tisch samt Zettel, dass ich, leider, erst gegen 14:00 wieder da bin. Gerade, als ich die erste Zigarette des Tages anstecken will, klopft es an der Küchentür, danach geht sie auf. Steht Herr Polarkreis da, ohne gestreiften Pyjama, sondern weißes T-Shirt und so graue Jogging- Hose. Der Mann ist noch müde, sieht man, aber er lächelt.

Für einen Augenblick glaube ich das nicht so recht, dass er da in der Tür steht und wirklich hierbleibt, heute, morgen, übermorgen.

Ich bin schon auf? Ja, erkläre ich, muss noch mal zur Arbeit, bin aber gegen zwei wieder zurück. Wollte ich gestern sagen, aber da war es zu spät. Hmmm, so spät zur Arbeit? Hier bei uns ist es jetzt erst viertel nach acht. Für mich sogar sehr früh! Was??? Ich zeige ihm die Uhr. Middle European Time. Kommt so ein Lächeln:

- *Ohh, yes one hour. But I am, very tired...now. I want to go to bed...again. I hope it is OK?*
- *Very fine. And here, you can have breakfeast, all in the fridge and, if you want to go out, you can have a key...*

Mein Gott, der Mann steht da, verschlafen, aber wie Juha in Moskuvaara, auf dem Flughafen, oder im Fernsehen. Was macht man da? Erklären, wo im Kühlschrank die Wurst liegt? Neee, das meinst du jetzt nicht, sagt das Frühere Ich. Ja, sollte mal hören, was Herr Juha noch wünscht:

- *Very nice, thank you. And another question.. (nicke ich eifrig...) Have you WLan? (???) Or another Internet connection? So I can write something.*

Da ich wieder nicke, marschiert er zurück und kommt mit seinem Laptop. Was er da wohl schreiben will? Hoffentlich nicht seine Erlebnisse mit der ältlichen Madam, in Wort und Bild. Ich zeige ihm das Wohnzimmer und die Verbindung, guck hier, so ein Kabel. Freut er sich. „Thank you"mit ranschleichen. Ich muss aber jetzt wirklich los:

- *See you...in the afternoon. Can you send me a message when you will be here? I hope that it will not be too late (Nee, wird es nicht). Uttiha..I am so happy that I am here, at your home.*

Ohh, die Augen! Kann ich nicht immer noch anrufen, leider, ich bin krank? Sechs Stunden! Müssen wir dann noch mal anfangen.

Es klappt tatsächlich, ich kann früher, so gegen halb eins, gehen. Sosehr es an der Zunge kribbelt, ich grinse nur ein bisschen und sage, dass ich auch gerne mal zeitiger zu Hause sein will. Einfach so, nein, kein Flug nach Deutschland. Schönes Wochenende. Ich sende noch kurz Bescheid, dass ich in einer halben Stunde zu Hause bin und habe sogar noch Zeit, zwei schöne Kuchenstücke zu kaufen. Kam kein Bescheid von meinem Gast, ob der wirklich die ganze Zeit am Computer beschäftigt war? Wäre ihm durchaus zuzutrauen, wenn das aber das ganze Wochenende so rumgehen soll, ich weiß nicht. Kann sein, ist schlechtes Timing gewesen, ein blödes Wochenende, was wir uns ausgesucht haben. Ich weiß auch gar nicht mehr, wie man sowas macht. Früher sind die Leute immer am Abend zu christlichen Zeiten gekommen, da konnte man bisschen reden und sich wieder kennenlernen und noch ein Stück weiter gehen.

Vor meiner Wohnungstür stehen hübsche Herren-Wildlederschuhe, mindestens Größe 43. Die nehme ich mal gleich mit rein, muss ja nicht jeder sehen, dass ich Herrenbesuch habe. Da fällt mir ein: Bevor das Innengelände betreten wird, Schuhe draußen aus! Kenne ich noch, von meinem untergegangenen Land. Wir sind in Dänemark. Da rennt man auch mit Pantoffeln durch die Wohnung, aber Schuhe draußen macht bloß der Jütländer wegen Mist unter den Stiefeln, oder der Migrant, egal, aus welchem Teil der Welt. Schon im Flur merkt man, dass jemand anderes da ist, riecht ein bisschen nach Moskauer Eigenheim.

Als ich „Hallo" rufe, kommt jemand aus der Stube. Herr Nieminen, wieder mit der schrecklichen Brille im Gesicht, freut sich, mit karierten Filzlatschen an den Füßen, die muss er wohl mitgebracht haben. Ich hatte auch Latschen, aber hat er wohl nicht für möglich gehalten. Karierte Puschen, denk mal an! Chhhh. Umarmung, und schön, dass ich jetzt da bin. Wollte eigentlich noch so einen Witz anbringen „Yes, wee kend"...aber versteht er sicher nicht.

Ob er Kaffee trinken möchte? Ich habe auch Kuchen. Ja, gute Idee, meint der schönste Mann vom hinterm Polarkreis, während er Laptop und Papiere zusammenpackt. Der hat da seit zehn gesessen und gearbeitet. Hat sich bloß mal in der Küche ein Glas Wasser geholt, raunt mir das Frühere Ich zu. Was er da geschrieben hat, haben wir leider nicht sehen können, flüstert Frau Hase.

Inzwischen stehen die Stempelkanne, zwei Kaffeetöpfe und der Kuchen auf dem Tisch in der Stube. Herr Nieminen bleibt in der Türe, mit einem Plastebeutel und einem größeren Paket in der Hand.

- *And now, no to forget, I have some gifts for you.*

Erst die Tüte. Eine Flasche Wodka und eine kleine mit Blaubeersirup. Den Sirup habe ich nicht, aber Wodka hatte ich auch gekauft, zwei Flaschen liegen im Tiefkühler. Eine ziemlich große Schachtel mit äußerst leckeren Pralinen, so wie die auf dem Bild aussehen. Was soll ich da sagen? Hast du doch glatt mein drittes Laster entdeckt, neben Alkohol und Zigaretten. Wenigstens gabs keine Stange Prince light. Chhh, aber nur ganz leise.

Jetzt das große Paket: Stiefel! Irgendwas zwischen Gummi-und Winterstiefel. Dicke Sohle, die Füße so mehr Gummi, der Rest aus Leder, gemustert in braun und beige. Jetzt ziehe ich die mal an. Ach, wie weich sind die am Fuß. Und noch leichter wie die geliehenen im

Sommer. Obwohl die Sohle dick ist. Außerdem innen gefüttert. Ja, wunderschön. Für richtige Winter. Gibt es leider nicht so viele in Kopenhagen:

- *I hope it is the right size. Do you like them?*
- *Nice boots. And the right size. Thank you! I hope I can wear them also in the Copenhagen rainy Winter weather?*
- *Of course, you can, but it is better to protect them for moisture, have you something for protecting?* (Ja doch, mehr als genug...) *If you will come to visit me next time in the really Winter, you take them. You do not get wet or cold feet.*

Ganz ausgemacht war das zwar nicht, wir haben bloß mal geredet davon. Aber ich nicke erst mal. Außerdem will ich gar nicht wissen, wie viele Krönchen man hier für solche Art Stiefel bezahlen müsste. Und sicher auch viele Euros in Nordfinnland.

- *Yes. I think it is impossible to get cold feet with these boots. Kiitos. Thank you very much.*

Ja, er steht nur paar Millimeter von mir weg. Funkelt und lächelt. In der Stube wird der Kaffee gleich kalt. Kuchen soll auch verspeist werden. Coffee-time! Sagt man nicht Nein, als Finne. Drei Tassen Kaffee werden getrunken, der Kuchen nur halb gegessen, und Pralinchen, nein danke. Ist nicht so der Welt größter Fan von Süßem. War gut, dass ich Dienstagabend, auf Weisung der Imaginären Tochter, die Finger von Mixer, Waage und Kuchenform gelassen habe. Den Aschenbecher habe ich auch in der Küche gelassen, kann mir ja draußen noch eine anstecken. Meine Spione haben mir verraten, dass hier nicht geraucht wurde, während ich weg war, weder am offenen Fenster noch draußen auf dem Hof. Offensichtlich hat er gut geschlafen, er sieht überhaupt nicht mehr müde aus und von schweigend im Kaffee rühren kann keine Rede sein.

Also gestern, das war verdammt anstrengend! Um halb fünf aufgestanden, um halb sechs nach Rovaniemi, Flugzeug ging um acht nach Helsinki. Von halb elf bis halb vier im Ministerium.

Was wolltest du dort?

Es ging um Geld für die neu entdeckte Rentierbakterie. Das hat geklappt, die meisten waren begeistert. Aber die EU muss unbedingt die Hälfte dazugeben. Das Projekt soll nochmal im November bei der 2020-Planung vorgestellt werden. Dann noch ein Treffen mit Tochter Tiina. Gabs was Neues? Vielleicht wird er Opa, Chhhh, kichert das

Frühere Ich. Ja, sie wird im nächsten Sommer heiraten, soll eine ganz große Hochzeit werden. Dann musste er sich sehr zum Flughafen beeilen, was aber gar nicht nötig war, da sie ja fast drei Stunden warten mussten, wegen einem Teil, das ausgetauscht werden sollte.

- *It is always the shortest time you are in the air when you fly, but do you know this also?*

Kann ich nur nicken.

Als er in Kopenhagen angekommen ist, hat er erst mal Zeit gebraucht, sich zu orientieren, es war alles sehr unbekannt für ihn. Den Koffer abholen dauerte bald eine Stunde. Dann ein Taxi finden. Als sie auf der Autobahn gefahren sind, hat er geglaubt, er ist einem Gauner in die Hände gefallen, alles dunkel und unbekannt. Der Chauffeur hat sich mit ihm in irgendeiner Sprache unterhalten, hat er nur genickt und mal Ja gesagt. Aber es war schön, dass ich noch wach war:

- *And now, I think I am really arrived. I have been waiting so long, to see you again. I hope you too?*

Wir sitzen uns gegenüber, der Kaffee ist alle, sein Kuchen ist nur halb gegessen, denn der Mund wurde zum Sprechen gebraucht. Es funkelt schon wieder. Muss ich mich erst wieder dran gewöhnen, also nicht rumkichern, nicht erschreckt gucken, aber auch nicht ignorieren. Ist sehr schwer! Ja, ich freue mich auch. Ob er meinen Plan gut findet, was wir machen wollen? Da gehen die Brauen hoch, was für einen Plan? Aber ja, was wollen wir machen?

Frag mal, was er machen möchte, flüstert das Frühere Ich, muss ich doch mal so eine Handbewegung machen. Du störst!

Jetzt werde ich wieder bisschen rot, habe ich wohl vergessen, davon zu schreiben. Wenn man aber immer seine nichtfachlichen Meinungen zu wissenschaftlichen Themen abgeben soll, kommen die wichtigen Dinge zu kurz. Ja, was ich mir gedacht habe, für die nächsten Tage:

- *Now we go to buy some things for tomorrow. Then at seven we will go to an authentic Danish Restaurant for eating there. Tomorrow I will take with you on a trip to North Sealand, to the Kattegatt Sea, a part of the Baltic Sea. In a little forest we will collect mushrooms!*

Bei „little forest" glitzert es wieder grünlich. Herr Nieminen, so heißt das hier. Das Wäldchen ist klein, aber voll mit Pilzen, hoffe ich.

- *Nice idea! So, we will eat mushrooms tomorrow?*
- *Yes, for the dinner tomorrow in the evening, with steaks and potatoes...I hope it will be good...On Sunday we will have a sightseeing trip in Copenhagen. What do you think, is it a good idea?*

Ja, gefällt ihm gut. Also raus aus den Pantoffeln! Kaffeegeschirr wird weggebracht, den halb gegessenen Kuchen stelle ich in den Kühlschrank. Mister Polarkreis öffnet die Tür. Wo sind die Schuhe? Ja, drinnen, wir stellen die nicht raus hier, klebt ja weder Sumpf noch Mist dran.

Dann geht es zum Supermarkt, nahe am Øresund. Unsere Quasselapparate arbeiten auf Hochtouren. Frage ich nach dem Fernsehauftritt, vielleicht kommt da ja was über Frau Kaata. Er fand es erst albern, da aufzutreten. Kaata meinte, dass es nicht verkehrt wäre, gäbe ein Echo bis nach Helsinki. Ob ich Antta Järvi gesehen hätte? Ach, der Lapp..Sami, ja hab ich. Herr Nieminen lacht, als ich frage: Er hat ja wohl Finnisch verstanden, warum hat er auf Sami geantwortet? Wir haben ihm gesagt, antworte auf Sami! Die müssen Rücksicht nehmen und waren nicht erfreut, aber das Gesetz gibt vor, dass Samen in ihrer Sprache kommunizieren können. Jetzt sind wir am Supermarkt. Hier kannst du den Alkohol direkt kaufen, stimmt nicht ganz, die starken Gesöffe muss man auch am Kiosk kaufen. Wir haben drei Tüten gefüllt, es ist kurz vor vier. Noch Zeit bis zum Abendbrot.

Machen wir noch eine Runde zum Hellerup Hafen. Also, das Wasser dort, das ist der Øresund. Gehört zur Ostsee, aber die liegt, nach dänischem Verständnis, weiter im Osten. Weil sogar der der Øresund über das Kattegat mit dem Atlantik, also der Nordsee, verbunden ist. „Baltic Sea" ist ein riesiger See, und fängt hinter Bornholm an, meinen die Dänen. Da gehen die Brauen hoch! Die Ostsee ist doch ein Meer? Hmmm, für einen Finnen, der nichts anderes kennt vielleicht. Haha, er war gerade am Atlantik, in Tromsø! Aber es ist nicht ganz verkehrt. Der Atlantik ist etwas anderes als die Ostsee, da haben die Dänen recht. Wir sitzen auf einer Bank, gucken übers Wasser und verpicheln jeder ein Büchsenbier. Findet er schön, dass man hier so sitzen kann, mit einer Büchse und niemand guckt. Wieder auf Millimeterabstand, ich rücke aber auch nicht beiseite. Ja, meint er, hier wohnen bestimmt so viele Leute wie in Helsinki? Ein paar mehr

Leute als in der Polarkreisweltstadt Sodankylä schon, aber nicht so viele wie in Helsinki, so ca. 50000.

Ich kenne aber niemanden? Warum? Weil ich noch keinen gegrüßt habe. In Sodankylä grüßt man wenigstens nach fünf Minuten einen, den man kennt. Nein, ich kenne niemanden, woher? Nun, von einem Klub, Sport oder Kunst, ob es das hier nicht gibt? Gibt es, aber ist nichts für mich. Warum? Die fangen zu zeitig an, um vier, um halb fünf, schwierig für mich, da bin ich meistens noch auf Arbeit.

Aber heute war ich ja auch schon so früh zu Hause? Ach, Herr Nieminen! Ich wollte den ganzen Tag zu Hause bleiben, aber wenn da was so dringend ist. Da waren „Deadlines" einzuhalten. Hoffe ich, dass es in Ordnung war, heute früh? Ja, wird genickt, Deadlines sollte man einhalten. Ja, erst recht, wenn davon abhängt, wieviel Medikamente verkauft werden können. Ist übertrieben, aber irgendwie muss ich auch mal wichtig werden. Meine Arbeit bringt keine Einladung in ein Ministerium, keinen Fernsehauftritt, sorgt aber dafür, dass die Firma ordentlich Profit macht, und meinen Lohn zahlt.

Das Frühere Ich ist die ganze Zeit mitgeschlichen und fängt wieder an zu jammern: Ja, der Øresund ist nicht die Ostsee, Klubs haben Öffnungszeiten für Rentner und an mir hängt das Schicksal der Firma. Du hast nicht gefragt, wie er das fand, die ganzen Wochen nur mit Mails! Nicht nach Frau Kaata!

Also, wir sind hier gerade beim Wiederkennenlernen. Gestern gings nicht, heute geht's erst spät. Morgen ist auch noch ein Tag. Ja, da willst du Pilze sammeln, putzen und dickes Essen machen, ich weiß Bescheid! Das Frühere Ich ist nicht zufrieden. Könnte es eigentlich, denn der Abstand zwischen uns kann in Mikrometern berechnet werden, an meinem linken Oberschenkel wird es warm. Es wäre nichts dabei, eigentlich, wenn sich jetzt auch noch ein Lederjackenarm um meine Schulter legt. Oder jemand meinen Kopf zu sich ran zieht, guckt sowieso keiner von den blasierten Herrschaften hier zu uns. Doch, leider:

-    **Sikke en overraskelse, at se dig her! Bor du her, i nærheden? I hygger jer godt, hva'?**

Eine Kollegin, keine aus meinem Team, aber eine, von der ich weiß, dass sie ganz gern ganz viel erzählt. Will ich sie gerade bremsen, da trompetet sie schon fröhlich los:

- **Jeg er Anne, arbejder sammen med Uta.**

Sagen Sie jetzt nichts, Herr Polarkreis! Aber nein:

- *Sorry, but I do not understand Danish. Only English and Finnish. I am from Finland.*
- *(Große runde Augen bei Frau Anne!) Ohh nice to meet you, Mister...?*
- *I am Juha.* (Chhhh...Me too...Chhhh)

Gucken vier Augenpaare leicht irritiert. Juhas und Annes. Ehe das Ganze jetzt noch weiter ausgeführt wird, erkläre ich, dass wir auch jetzt nach Hause müssen...und noch schönes Wochenende.

- *Have a nice weekend together! (*werden Montag bestimmt 30 Leute wissen...)*

Das war eine Kollegin, keine von meinem Team. Habe ich noch nie hier gesehen. Wird mir nicht so geglaubt. Ob das nun das Bier war, aber ich erzähle so drauflos, dass niemand was weiß, also vom Herrn Polarkreis und mir. Guckt mich derselbe mich erstaunt an...Ach so? Frag mal, ob Frau Kaata von dir weiß, flüstert es neben mir. Ja, also, ich erzähle nicht so viel Privates auf Arbeit. Stimmt gar nicht, meckert das Frühere ich. Außerdem, man weiß nie, also wenn das nicht gutgeht. Nochmal Brauen hoch. Was soll ich denn jetzt sagen? Nichts, denn wir erwischen einen Bus, der uns und unsere drei schweren Tüten bis fast vor die Haustüre bringt. Mit den Tüten rein in die Wohnung. Wir ziehen die Schuhe im Flur aus! Nicht im Treppenhaus. Herr Nieminen hängt seine Jacke an den Bügel, den ich ihm hinhalte.

Ich kenne Juha Nieminen schon etwas und glaube, er würde gerne was fragen, aber ich will nicht antworten. Ehe wir vielleicht eventuell die Kollegin und mein Verhalten erörtern, erkundige ich mich mal, ob die Verbindung gut war. Welche? Na, mit dem Computer? Ja, sehr gut. Ob ich das kenne, man hat alles fertig, aber dann guckt man nochmal und findet das oder das zum Verbessern, oder Fehler. Kenne ich. Sagt er, dass es sehr still, nur ein paar Autos, vormittags. Man kann gut arbeiten hier. Ich kann hier auch ganz gut arbeiten...zu gut. (???) Ich vergesse aufzuhören. Da wird es dann schon mal Mitternacht und ich habe elf Stunden am Stück vorm Schirm gesessen. Ist aber gar nicht so gut, solange. Man macht dann Fehler, und fängt am nächsten Tag nochmal an. Ach, kennt er wohl? Aber ich kann mich konzentrieren.

Geht ihn auch gar nichts an, pflichtet das Frühere Ich bei. Wolltet ihr nicht zum Essen? Murmelt die Imaginäre Tochter. Ja, wollten wir. Schuhe an, die Jacke über, dann machen wir uns auf den Weg. Das Restaurant ist auf der letzten Ecke, und die servieren dort richtiges dänisches Essen, gibt es nicht mehr so oft. Was ist das?

- *Hakkebøffer, Flæsk with parsley sauce, fish fillet, roast pork. (Von meinem Telefon)*
- *Hakkebø...?*
- *A burger patty, if you know, but with potatoes and sauce.*
- *The other? Flaees..*
- *Pork belly with skin. Very tasty, but I have eaten too much of this.*

Der Tisch war vorbestellt, anders geht es hier gar nicht. Erstaunlich, wie viele hier an einem Freitagabend sitzen. Herr Juha hat dann lieber einen Schweinebraten statt der Schwarten in Petersiliensoße genommen. Er verputzt restlos alles, was auf dem Teller liegt! War gestern wohl nicht viel mit Essen? Nein, nur ein Sandwich im Ministerium und noch eins im Café, zusammen mit Tiina. Es sollte schon einmal am Tag warmes Essen sein, Pizza geht auch. Jetzt lächelt er, weil ich gerade wieder am Kichern bin (Pizza Klappi!) Ob man hier auch abends das warme Hauptgericht isst? Ja, macht man. Ich konnte nie richtig verstehen, warum man in Deutschland immer zu Mittag warm isst. Da ist man entweder gerade aufgestanden, oder man muss sich ein bisschen beeilen, auf Arbeit. Nein, so wie man das hier in Dänemark macht, gefällt mir besser.

Was ich denn so esse? Bin ich Vegetarier? Also, so mit Fisch? Weil ich gerade Fischfilet esse, schmeckt hier ausgezeichnet. Nein, bin ich nicht, wir wollen ja morgen auch Steak essen. Nur, unter der Woche geht es besser mit Gemüse, denn Fleisch muss man immer gleich machen, und die zweite Portion am nächsten Tag schmeckt auch nicht mehr so gut. Solange ich noch nicht allein war, habe ich ganze Schweineherden vertilgt, das reicht für den Rest meines Lebens, sage ich aber nicht.

Noch ein Bier? Ja, das ist sehr gut, viel besser als das Finnische. Habe ich wohl bemerkt, dass finnisches Bier entweder zu dünn ist oder zu stark? Lappin Kulta schmeckt aber ganz gut. Nicht so gut wie das hier. Und deutsches Bier soll noch besser sein? Genau, Mister Polarkreis, aber hier müssen wir mit dem dänischen Cousin vorliebnehmen. Wir sollten noch ein paar Wässerchen hinter kippen, aber zu Hause.

Was mir dann nicht so gefällt: Die Rechnung kommt und ehe ich mein Portemonnaie zücken kann, hat Herr Nieminen schon seine Karte auf den Teller gelegt. Ich war eigentlich der Gastgeber, aber wenn er nun unbedingt will. Mehr oder weniger stumm laufen wir wieder die Straße rauf.

Zu Hause sollte der gemütliche Teil kommen. Was willst du trinken… Wodka, Blaubeer… Wein? Kaffee?

- *Coffee will be a good idea.*

Säuselt es da hinter mir. Hat wieder mit der Schleicherei geklappt. Ich am Wasserkocher, er gefühlte fünf Millimeter hinter mir. Nee, also, jetzt noch nicht, und nicht so!

- *Something I can help you?*

Was für ein Glück, dass ich es bei einem großen Bier belassen habe, und auch hier noch keine Gelegenheit hatte, mein Blut mit Promille aufzufüllen. Lieber Herr Nieminen, mir sitzt die Frau Hase auch auf der Pelle, und redet mir dummes Zeug ein, was ich, leider, ein bisschen glaube. Deswegen, nein, helfen musst du nicht.

Er steht immer noch in der Küche, auf Millimeterabstand, da kann ich ihm zeigen, dass hier nicht mit der Hand abgewaschen wird. Hat er doch alles Geschirr, was da war, abgewaschen und, aus Mangel an Abtropfschrank, auf ein Handtuch gestellt. Guck mal hier, ein Geschirrspüler! Ja, hat er nicht gesehen, heute Morgen. Du kannst hier rauchen, wenn du möchtest, oder hinterher, in der Stube. Der schönste Mann von hinterm Polarkreis bleibt in der Küche sitzen, zündet sich eine Zigarette an und guckt zu, wie ich Tassen und Teller auf dem Tablett stapele und Kaffee in die Stempelkanne fülle. Ich überlege immer noch, über was man sich unterhalten könnte. Soll ich ihm mal die Platten zeigen? Paar Katalog-Fragen stellen? Und wenn er gar nichts mehr sagt? Er nimmt mir das Tablett aus der Hand, wir gehen in die Stube zurück. Ich habe noch einen Löffel zu seiner Kaffeetasse gelegt, fürs Verlegenheitsumrühren.

Im Wohnzimmer sitzen wir uns wieder gegenüber, Mister Polarkreis und ich. Einmal Kippis und welcome, dann wird Kaffee eingeschenkt. Er rührt wieder, es ist nichts zum Umrühren da, weder Milch noch Zucker. Ich nehme mir noch ein Pralinchen aus dem Kasten.

Die schmecken mehr als gut, aber höchstens noch eine! Immer noch Schweigen und Lächeln. Kann aber nicht den ganzen Abend so gehen!

Na, ob er Musik hören will? Die Platten ansehen und sich eine aussuchen. Ja, sehr schöne, ob das alles meine sind? Nein, ich habe die geerbt, sozusagen. Ob er auch den „großen Meister" mag? Die meisten Finnen sollen doch auf Heavy Metal stehen. Wird jedenfalls gesagt. Ja, wer nicht, in unserem Alter? Na, Herr Nieminen, ich eigentlich nicht. Spare ich mal die Bemerkung, dass ich die ersten 15 Jahre meines Lebens mit einem Sänger namens Bob Dylan nichts anzufangen wusste. Es knackt, es faucht (die Anlage ist recht alt), aber endlich krächzt der Meister in verträglicher Lautstärke. Die Platten sind gut, auch ein paar darunter, die sehr selten sind. Sicher, der Sammler war ein absolut begeisterter Fan.

Dann nehme ich mir noch ein Pralinchen, man muss ja irgendwas machen. Ob er nicht auch eine will? Ich kenne die Antwort. Nein, so süße Sachen mag er nicht. Aber, mir schmecken die? Ja, blöde Frage, siehst du ja. Vielleicht esse ich jetzt alle auf, da wird mir zwar elend schlecht, aber damit es in dein Vorurteil passt: Raucht (ist erst die dritte in seiner Gesellschaft), trinkt (na, ich habe mich zurückgehalten), frisst Pralinen kartonweise (ich hab ja erst vier!), bloß das andere, das klappt wohl nicht mehr. Ich werde jetzt langsam sauer, auf Frau Hase, auf das Frühere Ich und auf mich selbst, weil ich zu lauter Musik ins Gesicht von Mister Polarkreis glotze (und umgekehrt), an der Kippe ziehe und nicht so recht weiterweiß. Wie soll ich denn anfangen? Irgendwas mit Waldbrand vielleicht, überleiten auf Frau Kaata, gibt das Frühere Ich Tipps.

Vielleicht könnten die sich auch mal verziehen? Stehen in der Stube und glotzen. Frau Hase, kommen heute keine Krimis? Macht mal die Türe zu und lasst die Erwachsenen reden. Bloß was?

Ehe ich an einer wohlformulierten Frage feile, und mal unauffällig mein Telefon konsultiere, wird gefragt: Was ist da passiert? Und wann? Weist er auf die Gedenkecke, passt ja jetzt gut, mit dem Meister der krächzenden Stimme im Hintergrund. Ja, was denkst du. Autounfall mit Mercedes wars nicht, auch wenn es vielleicht so aussieht:

- *Sickness. Cancer. Short and hard.*
- *Oh, I am so sorry. I had to be hard for you, did it? But I hope you had a good time with each other, before?*
- *Ohh, yes, we had.*

Erst war es himmelhoch, dann gings runter, dann irgendwann wieder hoch, als wir hierher in diese Wohnung gekommen sind und beide voller Tatendrang waren. Dann gab es zwei Todesfälle, endlose Krankenhausgeschichten und es wurde weniger und weniger, am Ende nix mehr. Muß Herr Nieminen aber nicht alles wissen, jedenfalls heute nicht.

- *Every Friday steaks with Sauce Béarnaise, and red wine, every Saturday reading newspapers and discussion up to five in the evening.*

Kann ich mir denken, wie sich das anhört, todlangweilig, aber so wars.

- *And also, listen to music?*

Auch. Ab und zu wurde sogar mal zu später Stunde durch die Säle getanzt. Aber nicht immer. Und zum Schluss nicht mehr. Ich habe nicht nur die Platten, sondern auch die dickeren Bücher, Werke über Philosophie, oder Medizin geerbt. War sein großes Interesse. Ich auch? Nicht so sehr, da waren wir verschieden. Dass die Philosophie trotz allem darüber hinweghilft, wenn es nicht mehr anderes zu bereden gibt, muss Herr Nieminen nicht unbedingt jetzt erfahren.

Aber, was ich mal wissen wollte, wie ging es denn nach dem großen Feuer im Quadranten weiter? Sieht man noch was? Was ich gedacht hatte, da leuchten die Augen, und in der nächsten Viertelstunde bekomme ich einen Report über die Aktionen zur Brandbekämpfung, die Evaluierung der Schäden an Flora und Fauna und: Die Tiere, die ich so mag, die so viel essen, also „Wolverines", die sind alle wieder zurückgekommen. Sie haben sogar noch zwei Neue entdeckt. Aber, jetzt wo es auf den Winter zugeht, da suchen die sehr viel zum Fressen, weil sie den Winter über schlafen. Sie können aggressiv werden, wenn man sie dabei stört. Also doch so mehr wie Bären? Ja, man muss schon aufpassen, wenn man auf Spuren trifft. Kippis auf die Vielfraße! Danach guckt er mich so grünbraun an. Jetzt sollte mir ganz schnell was einfallen, aber was?

- *You have not said anything about me....to your colleague. Because you are not sure it will continue? Why? Do you not want?*
Man hört einen Loeffel im Kaffee rühren, der Meister möchte auch umgedreht werden, schrapp, schrapp, sonst nichts.

Ach, Herr Polarkreis-Nieminen, das ist eine berechtigte, aber nicht zu beantwortende Frage. Ist schon schwer, das Ganze auf Deutsch zu erklären, auch auf Dänisch, aber in unserer Kommunikationssprache kämen nur Mißverständnisse raus. Könnte ich auch fragen: Ich weiß doch nicht, was du so vorhattest. Die Dame besuchen, mit teuren Geschenken überrumpeln, dann endlich nachholen, was man im Sommer nicht geschafft hatte, du weißt, was ich meine. Ganz zum Schluss sollte ich entweder ein Datum nennen, wann ich den Haushalt im Moskauer Eigenheim zu übernehmen gedenke. Oder eventuell Sponsorgeld für wichtige Vorhaben lockermachen. Hat doch Frau Hase wieder gelauscht! Soll sie ihm selbst sagen!
Ich gucke, Herr Nieminen guckt.

Ja, also nein, ich würde mich freuen, wenn es weiter ginge, aber: Wir kennen uns ja bloß ein paar Tage. Wir sehen uns nicht immer. Das könnte man doch ändern, später, oder nicht? Ich gehe davon aus, dass er nicht vorhat, hierher zu ziehen, hier gibt es keine Quadranten, durch die man tagelang streifen kann, nur einen kleinen See. Bleibt nur eine Möglichkeit und das ist, momentan, ganz ausgeschlossen! Ich habe das zweimal gemacht, ein Supererfolg war es beide Male nicht. Hat nichts mit Ihnen zu tun, Herr Polarkreis. Diesmal wären das 2000 Kilometer! So ein altes Gewächs wie mich verpflanzt man nicht mehr so schnell, auch wenn ich mich nicht nur in die Landschaft verliebt habe. Vielleicht mal, später. Aber das entscheiden wir nicht heute, das geht nicht, manchmal kommt so viel dazwischen. Ich dachte ja, wir haben ein schönes Wochenende zusammen, und dann sehen wir weiter? Ob das nicht erstmal genug ist? Jetzt können wir erstmal die Platte umdrehen.

Zu Gitarrenklängen, der heiseren Stimme vom Meister wird mir jetzt erklärt:
- *Sorry, Uttiha...I am too direct for you? But I want to continue...maybe it will be only mails, few visits, in the beginning.*

But I hope, one time we will see us every day? Could you imagine that, too?

Ach, ich kann mir einiges vorstellen. Wird bloß blöd, wenn ich jetzt gleich sagen soll, wie und wann. Das mache ich nicht mehr! Nie mehr! Ist schwer, dass zu erklären, aber vielleicht eines:

- *I could... but do not you think we should have more time together? It is difficult for me, to say it in English. I need to get used to it. What about, we start today and look how long it takes?*

Sowas kriege ich sogar ohne Telefon hin.

Jaha. Aber, ich würde noch mal nach Finnland kommen wollen? Aber immer, nicke ich heftig. Zu Silvester? Ja, auch da. Die Augen strahlen und die rechte Hand marschiert über den Tisch. Na, Kippis! Mit dem Ende der Platte klingelt es leise für 0:00. Ein Uhr für Herrn Polarkreis. Ob ich mal sage, dass wir morgen noch Zeit haben, die Welträtsel zu lösen? Heute, nein da läuft wohl nix mehr. Obwohl ich gerne noch mal so einen Kuss. Na, verschieben wirs auf morgen.

- *Now I feel I am tired, what with you? We have not slept so long. Let us go and sleep, tomorrow is a new day. Is it OK for you?*

Ja, es wird genickt.

Gute Idee, er ist auch müde, und gestern waren nur fünf Stunden Schlaf. Wann wollen wir morgen aufstehen? Pilze sammeln? Wollen wir immer noch. Aber die stehen da auch noch um zehn oder elf. Also nix mit um sechs wecken. Um acht Uhr? Mitteleuropäische Zeit! Musik aus. Tassen, Kanne, Glaeser und Flasche werden rausgebracht. Stehen wir in der Küche, ich hantiere so bisschen mit dem Geschirr, Juha neben dem Kühlschrank, guckt. Soll da noch was kommen? So ein Kuss, mit Kaffee und Wodka?

Guck ich ihn an. Er mich. Wäre früher ganz anders gelaufen, aber wenn Menschen in ihren späten Fünfzigern müde sind, dann geht nichts mehr. Wenn jetzt, dann wird das eine Pflichtveranstaltung, wollen wir doch auch nicht, Früheres ich. Also, ab in die Federn. Er in mein Bett, ich aufs Pustebett, hoffentlich macht das nicht so viel Lärm.

-    *I am sorry, if you are confused, now. It is not easy, I am not him,*
     who can explain all in fine words. We try it again. Tomorrow.
     Good night, I hope you can sleep well.

Ist er doch wieder drei Zentimeter nähergekommen! Steht dicht vor
mir. Sieht mich an, zieht mich ran. Ein Kuss, wie ich das wollte! Hätten wir schon früher anfangen sollen, nicht quasseln über Dinge, auf
die wir keine Antwort finden. Kaffee mit Wodkageschmack, und
bisschen Zigarette. Mehr solls heute besser nicht werden.

-    *Good night. See you tomorrow, when?*
-    *8.00?*
-    *Yes*
-    *(*und ganz dicht an meinem Ohr*:) I am still in love with you,*
     hope you too, a little bit.
-    *Hmmm, mee too (*murmel, murmel*)*

Irgendwann stehen wir wieder als Einzelpersonen. Gute Nacht!

Dann höre ich, dass da jemand im Badezimmer rummurkelt. Ich
sollte warten, bis der Traummann in süßem Schlummer versinkt, ehe
ich hier die Pusteanlage zu voller Lautstärke auffahren lasse. Nicht,
dass er hier reinplatzt und fragt, ob er helfen kann. Könnte mich auch
in die Küche setzten, noch ein Glas Rotwein trinken, rauchen. Ach,
genauso doof. Kommt er vielleicht dazu, aber das wäre mir jetzt ein
bisschen viel. Ja, mein liebes Früheres Ich, ich weiß, das hatten wir
vor langer Zeit schon mal so eine Situation. Ging sogar fast ein halbes
Jahr. Da hat man sich aber keine Gedanken gemacht. Jetzt sollte das
anders laufen. Also wie der Klassiker, ich weiß bloß nicht mehr so
genau, wie der geht, und der Herr Nieminen hat vermutlich nur das
Handbuch für den Gentleman gelesen.
Niemand will mir zustimmen, die imaginäre Tochter ist angeblich zu
müde. Das frühere Ich, ach Gott, das arme Wesen kennt solche Situationen ja nicht und Frau Hase überlegt schon, worin nun das Perfide
besteht, einfach ins Gästezimmer zu verschwinden. Aber alle drei
Damen, gehört habt ihr das zum Schluss, mit verliebt und so? Sagt
man immer, ganz zufrieden war Herr Polarkreis wohl nicht mit dem
Ergebnis bis jetzt. Der erste Abend ausgefallen, wegen Flugver-
spätung, der zweite, naja, wegen Diskussionen, er sieht wohl keinen
anderen Ausweg, als ganz schnell mal nachzusehen, ob morgen was
nach Helsinki fliegt. Kostet kein Vermögen, und arm ist er ja wohl

nicht. Da heißt es dann morgen 8:00: Ja, leider, leider, da sind wieder neue Meldungen reingekommen. Ich muss aber jetzt ganz dringend los! Und Kuss und Gruß und nix mehr. Glaub ich nicht. Wirst du sehen, ist Frau Hase überzeugt.

Die Türe hat das letzte Mal vor 10 Minuten geklappt. Jetzt ist es gleich halb eins, kann ich mal aufpusten. Es lärmt, was man sicher auch hinter geschlossenen Türen hört, wenn man also nicht wie ein Stein schläft. Das Ding steht nun gebrauchsbereit da, ganz ruhig in der Bude, man hört nicht mal Schnarchen. Kann ich mal heimlich ins Badezimmer schleichen, Zähne putzen, wieder zurück. Gute Nacht. Ohhh, die Unterwäsche liegt im Besucherschlafzimmer, die anderen Sachen auch! Was mach ich denn da, morgen früh?

Erstaunlich, wie früh man aufwacht, wenn man abends zeitig ins Bett geht, allein und nicht mit allzu viel Alkohol im Blut! Halb acht ist es, und ich fühle mich ausgeschlafen! Ich hatte wohl was von 8:00 gesagt? Sollte ich wohl anfangen mit Frühstück machen. Leider mit Nachtzeug und tintenblauem Morgenmantel. Stand mal in meinem Benimmbuch, dass man das nicht mal bei besten Freunden macht, aber sieht nun nicht so abartig aus und besser als noch mal die Sachen von gestern anziehen. Ich kann wohl schlecht klopfen, dass ich neue Unterwäsche holen muss? Dann hantiere ich da rum mit Tellern, Tassen, schneide Wurst und Brot. Hafergrütze, Eier mit Speck, dicken Käse oder Blutwurst gibt es hier nicht, wird er hoffentlich verschmerzen. Wenn er noch mit ißt. Pass mal auf, in einer Viertelstunde steht der Finne gestiefelt und gespornt mit gepacktem Koffer im Flur und sagt, dass er schon heute Nachmittag fliegt, aber er würde sich noch gerne etwas von Kopenhagen ansehen, Pilze sammeln wirst du wohl allein, mutmaßt das Frühere Ich.

Nach zehn Minuten kommt kein gestiefelter und gespornter, sondern der Mann vom Polarkreis mit Nachtzeug und Filzlatschen die Küche.

-   *Good morning Uttiha, have you slept well? I did. Better and longer than yesterday.*

Nicke ich bloß. Ja, ich auch. Soll ich mal nach dem Flieger fragen? Bist du verrückt, lass das, sagt die imaginäre Tochter.

- *We eat here?* (Hat er sich schon hingesetzt.)
Ist wohl bisschen zu eng für uns beide. Oder, warum nicht? Könnte man probieren. Geht doch, irgendwie. Tassen und Teller haben Platz, den Rest kann man rüberreichen. Wir essen, erst mal schweigend, Radio spielt so vor sich hin. Sollte man jetzt was vom Wetter sagen, sieht sehr gut aus, blauer Himmel, ungefähr 15 Grad, alles, so wie es sein sollte.

Denk mal, jetzt sitzt der Traummann von hinterm Polarkreis hier vor dir, frühstückt und dann geht ihr Pilze sammeln. Hast du gesehen, wie der ab und zu guckt? Ist das nicht phantastisch??? Jubelt das Frühere Ich. Ja, denk ich jetzt auch, irgendwo drinnen in mir rollt eine kleine Feuerkugel. Ich kann das grüne Leuchten von Gegenüber anlächeln, ohne in Kichern auszubrechen. Zwischen zwei Schlucken Kaffee grinsen wir uns an.

Ich kann gar nicht mehr richtig nachdenken. I am still in love with you…me too.
- *Collect mushrooms? Where? Now, after breakfast?*
Hmmm, ja, wollten wir. Muss ich erst mal wieder zurück zum Frühstück. Da fahren wir mit S-Bahn und einem kleinen Zug hin. Dauert so anderthalb Stunden. Ist nicht wie in Finnland, wo man vor der Haustüre sammeln kann. Danach können wir auch an das Kattegat gehen. Aber richtige Sachen braucht er. Die Hosen gehen, eine alte Jacke kann er von mir haben, aber Strumpfhosen unter die Hosen! (???) Wegen der Zecken.
- *Ticks, transmit Lyme disease. There are many of them in the forest where we will collect mushrooms.*
- *Really?*
- *Yes.*
Kennt man vielleicht im Hohen Norden nicht, ist hier aber gefährlich.Dann muss ich doch mal ins Schlafzimmer. Ich brauche Schlüpfer und Socken, zwei Strumpfhosen und die Jacken. Sieht alles mustergültig aus. Wie der das Bettzeug zusammenlegen kann! Eine Strumpfhose drücke ich ihm in die Hand, dann darf er das Bad blockieren.

Ich räume ab und zünde mir erst mal eine an. Wuchte den Korb vom Schrank. Zwei Messer brauchen wir auch. Ich würde gerne meine Nahkampf Waffe vom hohen Norden mitnehmen, aber es geht ja nicht gegen Räuber und Gangster. Nur zur Verteidigung, man weiß nie, murmelt, Frau Hase. Ich dachte, wir waren schon weg vom Verbrecher? Noch den Rucksack mit Portemonnaie, Telefon und Zigaretten gefüllt, plus zwei Bierbüchsen.

Da öffnet sich die Badezimmertüre, und mit einem Schwall feuchter Luft tritt der Herr Nieminen raus, frisch gewässert und wandermässig gekleidet. Gestern waren es schwarze Jeans, heute blaue, und der dunkelgrüne Pullover, wie damals im Juni. Zeigt mir, dass die Strumpfhosen passen. Willst du wirklich in die Pilze, flüstert das Frühere Ich und kann sich auch was anderes vorstellen. Da denken wir mal nicht dran, alle anderen auch nicht, einschließlich Herr Polarkreis!

Wir haben eine Fahrkarte und zwei Becher Kaffee gekauft und sitzen in der S-Bahn. Gucken aus dem Fenster. Es gibt hier nicht so tiefe Wälder. Kommt erst später, aber das sind auch überschaubare Waldstücke. Wir fahren bis zur Endstation, dann steigen wir um. Dauert circa 1,5 Stunden. So lange fahren? Ja, weil ich keine besseren Stellen zum Pilze sammeln kenne.

Dann die Endstation und wir steigen in den kleinen Zug um, es füllt sich. Die Leute, alle mit Fahrrädern und Rucksäcken. Wir fahren erst durch ein größeres Waldstück, da steigen die meisten aus. War ich auch mal sammeln, erkläre ich, viel habe ich aber nicht gefunden.

Der Wald ist zu Ende, wir fahren über Felder, durch kleinere Orte, bis wir an der Endstation aussteigen. Der Herr von hinterm Polarkreis guckt bisschen ungläubig. Da stehen Häuser, da gehen paar Straßen lang, wo willst du hier Pilze finden? Pass mal auf. Hier, mein Geheimweg. Ein schmaler Trampelpfad, vorbei an nunmehr verlassenen Ferienhäusern. Dann sind wir am Waldrand. Nicht sehr groß, aber massenhaft Pilze, ich hoffe es.

Jetzt wird zur Pilzjagd geblasen. Nur Pilze mit Schwamm und „chantarells" sammeln, keine anderen. Ich trage den Korb, als Weltmeister im Pilzesammeln. Da kann ich kontrollieren, was reingelegt wird. Es kommt dann so: Er befüllt den Korb. Ich weiß nicht, wo der überall Pilze sieht, hat ja nicht mal seine dicke Brille auf. Ich bin nur dänischer Weltmeister. Auf einen Fund von mir kommen fünf vom Oberexperten! Vielleicht verkehrt, mit einem Finnen Pilze sammeln zu gehen?

- *Look....Porcini...in Danish Karl Johan!*
- *In Finnish Herkkutatti...(*steht nicht im Telefon)...*and here look, koivo-sieni!*

Das ist verständlich, Birkenpilz. Aber, wo hat er so kleine gefunden? Später, als es gelb leuchtet, kann ich auch mal was sagen: Kantarelsieni! Ohne Telefon. Der wird „Vahvero" genannt, aber „kanttarelli" ist auch richtig.

Weiterhin findet der Experte noch ein seltenes Moos, was eigentlich mehr in seiner Region vorkommt. Und Rehkacke. Es gibt hier viele Rehe im Wald. Da gehen die Brauen hoch. Wald?? Aber weder Elche noch wilde Raubtiere wie Baer, Wolf oder Wildschweine, auch keine Vielfraße. Die Möglichkeit, ein ertrunkenes Rentier irgendwo rausziehen zu müssen ist ebenfalls sehr gering. Haha, ja sicher. Aber der Wald hier ist mehr ein größerer Park. Warum? In richtigen Wäldern gibt es alle möglichen Arten Moose. Hier nur zwei. Noch eine Weisheit vom Experten: Ob ich gesehen habe, dass die Pilze in Gemeinschaften wachsen. Und dass es unter denen Konkurrenz gibt. Wenn also eine Art sich sehr ausbreitet, ist eine andere, mehr empfindlichere, weg. Herr Professor doziert, ab und zu wird unterbrochen, weil wieder was mit braunem Hut gesichtet wurde.

Nach zwei Stunden ist der Korb zu dreiviertel gefüllt. So viele hätte ich niemals allein gefunden. Dann gehen wir ans Wasser. Hinter dem Eichenwäldchen fangen die Dünen an, die Wellen rauschen, der Himmel ist mit weißen Schleierwolken überzogen. Hinsetzen, die Jacken brauchen wir wohl nicht, ist warm genug, meint Herr Nieminen. Wenn man 15 Grad für warm hält, mag das stimmen, ich behalte meine trotzdem an. In den Dünen finden wir was Windgeschütztes zum Hinsetzen. So ein Bier ist nicht schlecht. Kippis!

- *Very nice here. The sea and the forest, but this is not a real forest, Uttiha!*
- *We are in Danmark. All the natural forests were used, for ships, for fire, since 1000 years and then away. For 200 years ago they began to rebuild the forests. For the animals, for hunting, but*

mostly to save the soils. There are only three or four natural forests back in Denmark.

Bla, bla. Du sitzt am Strand mit Bier in der Hand, fällt dir da nix besseres ein? Meckert das Frühere Ich. Frag mal nach Frau Kaata, jetzt ist eine gute Gelegenheit.

- *But nice, nice landscape. And, you are right, this is more than the Baltic sea. Kata..?*
- *Kattegat. A part from the Northern Sea, from the Atlantic, the Danes thinks.*

Sag mal: Apropos Kata. Das Frühere Ich gibt nicht auf.

Aber jetzt sehen mich wieder zwei grünbraune Augen an, anschleichen muss nicht sein, wir sitzen recht eng. Noch mal Kuss? Oder, wer weiß, dann kommen die Kitesurfer, was die wohl denken? Nee, lieber nicht. Wir rauchen, trinken Büchsenbier, gucken aufs Wasser. Schweigen. Ab und zu merke ich ein grünes Licht von der Seite. Da rieselt da sowas meinen Rücken runter, ich werde hoffentlich nicht sichtbar rot. Vielleicht wäre da irgendetwas gegangen, mit einem Bier-Zigaretten-Kuss, trotz der Menschen in Neopren-Anzügen, aber im Sand ist es schon zu kühl, für den gemeinen Mitteleuropäer. Wir stehen auf und laufen erst ein Stück am Wasser lang. Die Kattegat-Wellen schlagen gelangweilt in den Sand, ja, Atlantik-Dramatik fehlt hier.

Dann geht es durch den Sand hoch zum Ort und der Vorschlag, Kaffee zu trinken, wird nicht abgelehnt. Wir haben zwei Kaffeetöpfe mit normal schwarzen Kaffee, ohne Latte, ohne Zucker. Es ist hier schwieriger zu erklären, dass man bloß „**to kop kaffee, sort**" haben will. Soll authentisch-rustikal aussehen, daher sitzen wir auf einer Art Kiste mit einem kleinen Holzschemel vor uns, wo die Tassen draufstehen. Der Kaffee ist nicht seinen Preis wert. Hilft auch nicht, wenn man die schwarze Brühe heftig umrührt, wird nicht besser…Chhhh.

Wir sind die einzigen im Café, die Dame vom Tresen guckt immer mal rüber. Sehr reich sehen wir nicht aus. Schön ist relativ, einer von uns beiden bestimmt, vielleicht denkt sie, dass die alte Tante hier mit so einem Schauspieler sitzt. Chhhh.

Ja, was ich sagen wollte: Als ich das erst Mal hierhergekommen bin, gab es nur einen kleinen Supermarkt, ein Café und Meer und Strand. Irgendwann ist der Ort absolut populär geworden. Sieht er ja, dieses Café ist nicht das einzige. Im Sommer drängeln sich hier Tausende

Schöne und Reiche, in riesigen Autos, die enge Straße lang. Nur so ein Beispiel, ich konnte vor zwei Jahren hier am 21. Juni sitzen, fast allein und die Sonne um Mitternacht untergehen sehen. Jetzt haben sie seit einem Jahr so ein Musikfestival, genau zu Mittsommer, habe ich im letzten Jahr gesehen, alles voll.

Nächstes Jahr soll ich nach Sodankylä zu Juhannus kommen! Da ist richtig Party, das größte Fest in der Stadt, und da kommen wirklich viele, man geht rum, Musik spielt, man trinkt, am nächsten Tag ist Sonntag. Also, wie in Schweden? Ja, aber besser.

- *It was also a boring event in Tromsø, Juhannus. Have I written to you? (*Hmmm*) After the speech and singing the National song the firemen have put the fire out. All people left the place... To meet on hidden places, to drink alcohol, is it the same in Denmark?*

Getrunken wird hier auch nur ein bisschen, das mit dem Feuer, der Rede und dem Singen, das ist dasselbe. Im nächsten Juni wird in Sodankylä gefeiert! Nicke ich mal. Aber erst soll ich die dunkelste Nacht erleben:

- **Kaamos***. The sun is not rising, in December. I hope you will come. It is dark, it is very cold, but we will have a party. On Christmas you have to stay with your family, but not on New year's eve! It is a party for friends, very funny!*

Ich soll unbedingt kommen, meint er jedenfalls, jetzt und hier, drei-einhalb Monate von Silvester entfernt. Denk mal, der fragt, was in drei Monaten ist, flüstert das Frühere Ich. Da kann viel passieren und ich kann ruhig nicken. Hoffentlich ist dann nicht einer enttäuscht, entweder ich, dass es nur kalt und dunkel und nicht „funny" ist. Oder er ist gar nicht amüsiert, dass da jemand seine gemütliche Silvester-fete stören will. Frau Hase ist nicht mitgekommen, manchmal sitzt sie bloß in meinem Kopf.

Jetzt sollten wir aber langsam los. Die Pilze müssen noch geputzt werden, in die Pfanne, und Kartoffeln und Steaks sollten auch in Ruhe vorbereitet werden, braucht alles ein bisschen.In dem kleinen Zug sitzen wir dicht nebeneinander, Oberschenkel an Oberschenkel, Wade an Wade. Wird warm. Dann schleicht sich noch eine Hand auf meinen Rücken. Ich war schon versucht zu sagen, dass ich jetzt keine Rückenmassage brauche, bin ja nicht Auto gefahren, sondern mindestens 20 Kilometer im Wald gelaufen. Es bleibt aber bei einem ganz diskreten Kichern. Ich brauche mal eine gute Überleitung. Also, du hast erzählt, das meiste ist wieder nachgewachsen? Ja, es hat sehr viel geregnet, die letzten Wochen. Waldbrände gibt es in jedem Jahr, aber es war außergewöhnlich heiß dieses Jahr. Alle reden über Klimaveränderungen. Die bemerkt man auch dort bei Euch?

Ja, sie haben viele Daten, wenn man die richtig auswertet, kann man schon sehen, das sind keine theoretischen Modelle, sondern die Wirklichkeit. Deswegen ist die Arbeit wichtig, auch wenn einige glauben, nur, damit die Kollegen in Rovaniemi auch mal was zu tun haben. Als er dort anfing, war das so ein Job für ausgediente Soldaten, durch den Wald laufen, bisschen was reparieren, die Gebiete überwachen. Man hatte Zeit, sich manches genauer anzusehen. Er hatte sich schon damals überlegt, etwas über Bakterien in Rentieren zu schreiben, da gab es noch nicht so viel Material. Nur das Geld hat gefehlt. Dann kam es zu einigen Veränderungen auf Arbeit, und sie konnten dadurch das ganze Gelände als EU-Monitoring Gebiet deklarieren. Da gibt es viel Geld, aber man muss das auch organisieren. Kann nicht jeder. Ob ich Kaata Hakkarainen gesehen habe? Die Kollegin, die mit im Fernsehen war. Was soll ich sagen? Ja, habe ich. Ich hoffe, ich werde nicht wieder rot. Ohne sie wäre gar nichts passiert, aber Kaata kann gut reden, mit allen. War auch lange direkt in Brüssel, da kennt sie immer noch welche. Ein Glücksfall. Hoffentlich nur für den Nationalpark, nicht für das private Eigenheim? Na, lass ich mal lieber.

Ich frag mal neutral, wie das so läuft dort. Wie viele seid ihr, du bist auch so ein Chef, wo sitzt deiner, auch in Sodankylä? Nein, sein Chef sitzt in Rovaniemi, das wird jetzt kompliziert. Ja, kenne ich von Deutschland, öffentlicher Dienst eben.

Ich kenne beides, öffentlich und privat. Wir sind 17 Leute im Team, alles Damen, bis auf einen Herrn, ein sehr munteres Volk. Spätestens nach halb vier ist Ruhe. Kann man gut arbeiten. Wie lange bleibe ich denn so? Ja, meist bis fünf, halb sechs. Ist aber nicht so gut! Ich fange auch erst um neun Uhr an, da muss schon etwas extrem Wichtiges sein, dass ich früher komme, Gemeinschaftsfrühstück zum Beispiel. Ich habe einfach gern, wenn mich zwei grünbraune Augen anlächeln, deswegen!

Zuhause ist keine Zeit zum Verschnaufen, der dreiviertel Korb Pilze soll geputzt werden. Ich sag noch, dass er trotzdem nach Zecken gucken soll, die Strumpfhosen halten einiges ab, aber man kann Pech haben. Und es ist nicht Meningitis, die schlimm ist, sondern Borreliose. Erst denkt man, eine Mücke hat gestochen, und zwei Wochen später sitzt man im Rollstuhl! Da guckt jemand ein bisschen ungläubig, aber woher soll jemand von hinterm Polarkreis die Gefahren des mitteleuropäischen Waldes kennen. Auch wenn es kein richtiger war und auch wenn hier einer von Fach ist und meint, das ist übertrieben. Ja, aber wenn eine Gesichtshälfte erst mal hängt und man nicht mehr laufen kann, ist es zu spät!

Beim Pilze putzen sieht man dann, wer wirklich Erfahrung hat (ich nicht!). Der Weltmeister fährt nur paarmal mit dem Messer außen rum, dann ist wirklich aller Dreck weg, drei Schnitte und die Pilze sind ordentlich zerteilt. Ich schaffe bei weitem nicht so viele, da ich ab und zu mehr als fasziniert auf seine Hände gucke, nicht nur wegen der ausgefeilten Technik. Schwund gibt es nicht viel, weil wir gar nicht die „Trostexemplare" mit madigem Unterfutter oder Schneckenfraß mitnehmen mussten.
Nur die ganz Kleinen soll er in Ruhe lassen, das mache ich. Ob ich die trockne? Nein, die kriegen einen Schwall Heißwasser ab und werden eingefroren. Trocknen ist mir zu aufwändig. Der Rest kommt in einen großen Topf, wo ich ab und zu mal umrühre. Muss erst das meiste Wasser raus, ehe sie mit Speck, Zwiebeln und Butter angebraten werden.
Er kennt das von früher anders, da wurden die meisten getrocknet oder sauer eingelegt. Die ganze Wohnung hat nach Essig gerochen. Wie bei Russkis, aber das sage ich nicht laut.
Also, hinterm Polarkreis gibt es kaum Pilze, hat er mir mal gesagt. Aber dort, wo er herkommt? Ich weiß, der Polarkreismann wohnt in Moskau, also Moskuvaara, seine Kollegin heißt Kaata, aber, wo war das noch mal, wo er herkommt? So ein Mist, wieder durch ein Loch im Gehirn gerutscht. Ja, in Mittelfinnland, also auch in Jyväskylä (aha, gut merken!!), gab es Pilze in rauen Mengen. Von Mitte August bis Anfang Oktober wurde am Sonnabendvormittag zum Pilze sammeln gerufen. Dann geputzt, getrocknet, eingekocht. Jeden Sommer, acht Wochen lang. Nach Tschernobyl hatten alle Angst vor

verstrahlten Pilzen. Ganz so schlimm war es vielleicht nur das erste Jahr. Mittlerweile sammeln die Leute wieder, aber nicht mehr so viele wie früher. Pilze gibt es ja auch im Supermarkt, immer beste Qualität, aus Russland...haha. Die leuchten im Dunkeln...Chhh. Musste ich mal loswerden.

- *I thought it is very familiarly in Finland. To spend the weekends in the summerhouse. Walking through the forest, collect berries and mushrooms...*
- *No, not today. The people have become lazy. The Summer houses, **mökki**, are very expensive today, the new ones. The old houses are empty, no power, not water. A walk in the forest is dangerous! Wild Animals, Mushrooms very poisonous and other hazards and dangers. Better to stay home and watch the Finnish nature on the TV.* (Frau Hases Rede.)

Nebenbei muss immer mal wieder im Pilztopf gerührt werden, die Steaks aus dem Kühlschrank genommen werden, die Kartoffeln in den Ofen. Ich hoffe, das reicht, was ich habe, zwei große Fleischstücke und drei Kartoffeln? Hmmm, wir haben ja auch die Pilze, wird geantwortet. Du sollst aber nicht hungrig ins Bett gehen und durstig erst recht nicht, hier noch ein Bier?

Mein Weltmeister im Pilzeputzen hat die zweite Büchse geleert, Nachschub ist noch reichlich da. Nein, im Moment nicht. Oder, ein Glas Rotwein? Der Karton gibt noch ein paar her, auch wenn ich schon beim dritten Glas sitze. Nein, den kann ich allein trinken.

- *Do you always do that? Drinking wine from a box? So many glasses?*

Willst du hier den Erzieher spielen, brauche ich nicht, ich habe schon zwei, Frau Hase und meine imaginäre Tochter.

- *Yes, sometimes...*
- *There are 3 liters in a box. Enough for two weekends?*
- *Sometimes for one, sometimes for two weekends*

Ich frage auch nicht, wieviel Wodkaflaschen da in dem koksgrauen Eigenheim verkübelt werden.

- *But often with another guest? May be?*

Ich rühre in den Pilzen. Euer Ehren, die Frage war blöd. Die Antwort wird Ihnen nicht gefallen:

- *There are not so many people who come to visit me. Usually - nobody. I must entertain me by myself.*

Ob ich denn niemanden habe, der hier zu Besuch kommt, der mit mir ins Kino geht, oder ins Theater, oder ins Café? Nein, mache ich allein, geht prima! Wenn ich nicht gerade im Flugzeug sitze. Das kann Herr Nieminen gar nicht glauben. Steht auf und schleicht sich ran. Ich bin wirklich immer allein? Müssen wir das jetzt diskutieren? Haben den ganzen Abend dafür Zeit, wenn es darum geht. Am Anfang waren wir auch zu zweit, jetzt bin ich allein, nicht so furchtbar für mich. Was ist mit Kollegen, oder mit Freunden, hier in Dänemark, fragt der Einsamkeitsexperte. Hört der nicht auf zu bohren!

Ich hoffe nicht, dass er gelesen hat, Einsamkeit ist schlimmer als Rauchen. Leider, ich rauche, ich trinke Alkohol, ich bin meistens alleine. Morgen bin ich tot…Chhh. Gibt's nix zu kichern, weiß ich. Aber muss ich erklären: Hier in Dänemark sind die Leute, die ich besuche, etwas älter. Ja, alles Familie des Verstorbenen, aber die freuen sich. In Deutschland sind das Leute, die ich über 20 Jahre kenne, aber manchmal verändert sich was, mal schön, mal weniger. Die fliegen nicht so gerne, also ist das nicht so häufig. Jetzt will ich keine Beileidsbekundungen und auch keine Tipps hören, wie man der Einsamkeit entkommen kann. Vielleicht, wenn man umzieht, 2000 Kilometer nach Norden!

Ich muss hier zwei Töpfe und eine Pfanne plus einen Backofen überwachen, wenn das alles ein Erfolg werden soll. Vielleicht bleibst du besser auf deinem Platz, trinkst doch noch ein Bier und putzt die letzten Pilze. Macht er nicht. Steht hinter mir, ich höre alles, obwohl die Abzugshaube auf Hochtouren läuft:

- *Utiiha, I cannot imagine this. So lonely. It is not good for you, you must have people, who care of you..maybe only for talking (*haha, das sagt mir ein Finne*!). When you are lonely or sad, what do you do? (*Kommt er nochmal paar Zentimeter näher.*)

- *Hmmm*

Nee, weißt du was, Herr Juha, wir müssen das nicht jetzt erörtern. Wir wollten die gesammelten Pilze mit Rindersteaks verspeisen, so wie in „alten Zeiten". Wenn wir dann irgendwann die nötigen Promille intus haben, können wir uns vielleicht solchen Fragen widmen, aber nicht, wenn ich in diversen Töpfen rühren muss!

- *What does it mean? Uttiha? What do you do?*

Noch mal ein Zentimeter. Ich würde das toll finden, das Frühere Ich jubelt ja fast, aber das Gegenwärtige ist jetzt sauer. Herr Nieminen wird nichts verstehen:

- *Simple things...A package of red wine in a box. My five super-hits on You Tube Watching old East German movies from the 70ies, Florentiner 73, Heisser Sommer...you do not know them. Reject the sadness. Waking up with hangover.*

Hmmm, brummelt jemand. Nichts verstanden! Ich kann jetzt auch nicht mehr erklären. Ich muss Pilze einkochen, da kommt noch Sahne ran und Petersilie, die Kartoffeln und die Steaks müssen bei der richtigen Temperatur braten, die Ofenkartoffeln sollen nicht zu kurz, aber auch nicht zu lange in der Röhre bleiben. Keine Zeit, solche Fragen tiefsinnig zu erörtern. Im Augenblick nicht, auch nicht später. Ich nehme mir demonstrativ noch ein Glas Wein aus dem Pappkarton, ja, da guckst du! Wie lange kennen wir uns, paar Tage? Eigentlich hatte ich gedacht, du wärst nicht der Typ, der einen mit solchen Fragen bombardiert und nicht locker läßt.

Nein, es ist nicht immer lustig, allein hier zu sitzen, da hast du recht. Sagt nur keiner. Fragt auch keiner. Manchmal ist es schrecklich, vielleicht kennst du das, vielleicht wolltest du das hören? Aber nicht von mir. Wenn du schon hier in einer Stelle bohren willst, wo es weh tut, kenne ich was Besseres:

- *Can you take the spoon and stir in the meal? Only a moment..I will be right back...sorry*

Und ab ins Klo.

Ich habe mir vor zwei Jahren verboten, je wieder über irgendetwas Tränen zu vergießen. Sind sowieso nicht echt. Eher so Selbstmitleid, Weltschmerz.

Die Ausnahme sind Filme, wo über der Szene steht: Es darf geheult werden! Macht man ja, wenn Leonardo di Caprio die Treppe runterkommt und Celine Dion singt mit 150% Gefühl: Ich vergesse dich nie! Man darf auch Tränen vergießen, wenn ein älterer deutscher Star die ewig Geliebte besingt, wie sie alle Räume mit Sonne geflutet hatte, weil man das (nicht so gewaltig, aber ähnlich) erlebt hat.

Aber im wirklichen Leben heult man nicht! Zähne zusammenbeißen, was trinken, drüberstehen und dann geht's weiter. Muss sich keiner einmischen. Nur gerade jetzt hatte ich so den Eindruck, da will jemand eine ehrliche Antwort auf eine ehrliche Frage. Die ich nicht liefern kann, weil ich nicht weiß, was das Ziel der ganzen Aktion ist. Aber, deswegen sitze ich ja hier, dass überhaupt mal einer gefragt hat. So direkt. Kann ich bloß nicht beantworten, jetzt. Ich wische mir nur notdürftig die Augen aus, ziehe an der Klospüle und gehe wieder raus.

In der Küche steht Herr Nieminen, rührt im Pilztopf und sieht mich an. Er will gerne helfen, muss ich nicht alles allein machen. Eben wollte ich sagen, nein, ich mache alles, setz dich mal dahin. Aber, vielleicht kann er auf die Steaks aufpassen, „medium"!! (Mit rosa Kern.) Da war so ein Blick, als ich vom Klo gekommen bin. Sehr lange her, dass mich jemand so angesehen hat. Ich könnte ihm sicher alles erzählen, in schrecklichem Englisch oder in furchtbarem Brandenburger Dialekt. Der schönste Mann von hinterm Polarkreis sieht so aus, als ob er alles verstehen würde. Kann aber trotzdem sein, er sucht eine schwache Stelle, jetzt wäre so eine Gelegenheit, meine Augen sind immer noch bisschen rot. Kann auch ganz anders sein.

Herr Nieminen guckt auf die Fleischstücke, schraubt die Hitze hoch. Ich rühre im Pilztopf, gleich kommt der Moment, wo man Butter zugeben muss. Später die Speckwürfel. Der Ofen wird ausgestellt. Die Steaks werden gewendet, runter mit der Hitze, noch ein bisschen Butter in die Pfanne. Wird das beste Essen der Welt, nehme ich an.

Wenn wir nicht so beschäftigt wären, ich würde mich jetzt ranschleichen an den schönsten Mann von hinterm Polarkreis. Nun sind ein paar Promillchen am Rotieren, aber mir kommt so eine Liedzeile nicht aus dem Kopf:

Ich bau auf deine Trostpflastersteine.
Wenn mein Mut auf Halbmast hängt.

Hätte nie gedacht, dass das was Wirkliches ist!

Es wäre nicht gut, wenn alles entweder schwarz-verkohlt oder kalt wird, nur weil ich jetzt unbedingt mal so eine Art Liebeserklärung loswerden müsste.

Es sollten auch die ganzen Pilzbefälle weggebracht werden, den Mülleimer kann ich gleich mitnehmen, Herrn Nieminen auch. Draußen werden nur die Abfälle in die Tonne gekippt. Ehe wir wieder reingehen, legt er mir seine Hand auf die Schulter und ich kann so eine leise Frage verstehen: Ob er etwas verkehrtes gesagt hat? Wollte er nicht. Es ist schwer, sich richtig auszudrücken, er wollte ja nur fragen. Nein, nichts war verkehrt, aber manche Fragen kommen in einer unpassenden Situation. Die möchte ich nicht beantworten, nicht jetzt, ob das in Ordnung ist? Alles andere könnte ich gar nicht so genau formulieren. Nur, dass keiner, der in mein Leben tritt, denken soll, er bekommt sofort den ganzen Lebenslauf, einschließlich Reflektionen darauf, serviert. Nicht mehr! Wird bloß gegen einen benutzt, wenn es böse kommt.

Da muss ich ausnahmsweise Frau Hase mal zustimmen, auch wenn die imaginäre Tochter schon wieder brubbelt, dass ich vielleicht überhaupt nichts verstehe. Doch, tue ich, sogar sehr gut!

Dann wird serviert. Das Fleisch ist noch unter der Folie, die Kartoffeln sind heiß und dampfen und die ganze Küche riecht nach den Pilzen. Bevor es an das große Schmausen geht, gibt es noch mal Wodka und Wodka blau und Kippis! Und einen kleinen Salat aus Paprika und Mais, mit paar Scheiben Toast, Vorspeise muss sein.

Ich wollte eigentlich noch darauf hinweisen, dass beim Essen nette Gespräche geführt werden, keine Politik, keine Befindlichkeiten, nur Kunst und Kultur. Muss ich gar nicht betonen, denn wenn man isst, wird der Mund zum Kauen und Schlucken gebraucht, und es wird sich nur in Ein-Wort-Sätzen geäußert: Wie lecker alles ist! Und ich bin die beste Köchin! Lange her, dass etwas so geschmeckt hat...Kippis! Diesmal mit Rotwein. Vielleicht nicht gerade die verkehrte Art zu essen. Ich kenne es anders, wo man zwischendurch lange Gespräche führt. Super Unterhaltung, aber daß das Fleisch genau richtig ist, die Kartoffeln butterweich sind, die Pilze exakt so schmecken, wie man sich das gedacht hat, merkt man nicht. Eine halbe Stunde nur essen und loben. Es passiert selten, aber das hier war perfekt! Zwei, drei Gläser Rotwein. Und erst, als fast alles verputzt ist, sehen wir uns wieder an. Satt und zufrieden. War phantastisch.

- *Thank you for help!*
- *Kiitos, the best meal I have had since a long time, Uttiha!*

Danach stapeln wir das Geschirr zusammen und bringen es in die Küche. Was nun, Kaffee? Muss ich gar nicht fragen. Mit Tassen und der Kaffeekanne wieder zurück. Leider habe ich kein Dessert, völlig vergessen. Können wir ja (also ich) Pralinchen verputzen. Du kannst gern hier drinnen rauchen.

Währenddessen loten wir den Bereich „Kunst und Kultur" aus. Bücher: Wir kommen beide nicht zum Lesen. Es gibt eine Art Kulturzeitung in Finnland, ähnlich wie „Weekendavisen" in Dänemark, und Herr Nieminen liest nur die Kritiken und niemals die echten Bücher, genau wie ich.

Was ich denn so kenne, an finnischen Schriftstellern? Werden die Augen doch recht groß, wie viele das sind. Ein paar Klassiker dabei, das meiste aber doch „Commies", wie mir gesagt wird. Deren Relation zur Arbeiterklasse bestand darin, noch mehr zu trinken als der gewöhnliche Proletarier. Andere wurden kaum verlegt, damals. Was ist mit Sofie Oksanen? Nicht sehr beliebt in Finnland, zu viel Punk, zu viel Hass auf Finnland, muss man nicht lesen! Paavo Rintala? Endlich mal ein Treffer: kennt Juha auch, ob ich sein Buch von der Leningrad-Belagerung kenne? Ja. Väinö Linna? Der war wohl auch linksorientiert?? Ja schon. Aber kennst du das Buch „Der unbekannte Soldat"? Man kann Finnlands Geschichte nicht verstehen, ohne dieses Buch gelesen zu haben. Und, weißt du, dass da ein neuer Film gedreht wurde? Habe ich gesehen. Wie fand ich den? Ja, wirklich gut. Auf meiner persönlichen Schlafmützenskala bekommt der 2 von 10, man konnte nicht einschlafen, weil immer Bomben oder andere Sachen vom Himmel fielen und Lärm gemacht haben, sage ich aber nicht laut. Meint Herr Nieminen, die meisten verstehen unter finnischen Filmen Aki Kaurismäki, düster und langweilig. Ja, man kann zwischendurch mal zehn Minuten schlafen, hat man nichts verpasst. Ob ich seinen Bruder kenne, Mika? Der macht recht gute Filme. Ich habe sogar einen gesehen von ihm. Ab und zu blitzt da so ein grünes Leuchten auf, was ich nicht deuten kann oder will. Eine Hand, die sich über den Tisch schleicht und dann doch halt macht.

Ich habe bestimmt zum Kaffee nochmal vier der sehr leckeren Pralinchen verspeist, und wenn er meint, mir das zu verbieten, soll er mir nicht so eine prachtvolle Bonboniere mitbringen! Nach allem Austausch über Literatur und Film entsteht eine kleine Pause. Also, noch mal Kaffee? Ja, gern. Was ist mit Alkohol? Ja, noch einen Wodka, ich auch? Nein, ich bleibe bei Rotwein (Glas Nummer 6). Kippis!

Ich habe erzählt, dass ich zwei Kinder habe. Habe ich vielleicht ein Bild?

Ja, gehen wir mal in die Fernsehstube. Da zeige ich ihm das Bild, wo wir alle drei drauf sind: Mein Sohn 31, meine Tochter 26. und ich, vor fünf Jahren. Herr Nieminen guckt. Lange. Lächelt. So erwachsene Kinder? Ja. Warst du krank damals? Was?? Sehe ich so aus? Wegen dem Kopftuch. Ach, da war so starker Wind, damit die Haare nicht so rumfliegen. Das Foto ist auf Hitra aufgenommen, eine Insel in Norwegen, bei Trondheim. Vor fünf Jahren sind wir da zusammen rumgereist, in einem umgebauten Kleinbus, in Norwegen und Schweden. Da hätten sie auch dieses Jahr mitkommen können? Jetzt ist es nicht so einfach, alle unter einen Hut zu bekommen für mehr als ein Wochenende. Und im Hohen Norden waren sie ja nun schon. Aber wohl nicht in Finnland. Nein, aber die Landschaft ist dieselbe, sagen meine Kinder. Aber, vielleicht später? Kann ich nur mit den Schultern zucken. Weiß ich noch nicht. Wissen wir beide nicht.

Dann gucke ich mal kurz auf die Uhr. Gleich halb eins! Erstaunlich, wie die Zeit vergeht! Vielleicht bin ich das nicht mehr gewöhnt, früher war noch nicht Schluss, da hat man sich dann, mit etlichen Promille und schwerer Zunge, die letzten Wahrheiten erzählt. Aber ich bin wirklich müde. Vielleicht können wir morgen da fortsetzen, wo wir aufgehört haben, bevor ich aufs Klo gestürzt bin. Nicht jetzt! Es war so schön, alles andere vielleicht später. Gerade will ich das erklären, da kommt so eine Frage, mit Blick auf das Pustebett:
- *This was so noisy, last night?*
- *Yes, the electric air pump, for the bed.*
- *OK, but today, you will pump up again?*
Ich bin wohl zu alt, um den Sinn solcher Sätze zu erkennen. Also, meinst du, das lärmt zu sehr? Oder meinst du damit, warum kommst du nicht zu mir ins Schlafzimmer?
- *Yes, a little bit.*
- *It feels good to sleep on this bed, does not it?*
- *Yes, good.*
Wenn du Absichten hast, sag das mal deutlich. So jung sind wir nicht mehr.
Wenn da was kommen soll, musst du das schon sagen, meint die imaginäre Tochter. So ein Blödsinn, das Frühere Ich ist empört, was sind das für Zeiten, wo ein normaler Mann nix merkt? Ja, genauso eine normale Frau, wenn ihr also beide bisschen verpeilt seid, sag mal Gute Nacht und du bist müde, meint die imaginäre Tochter. Morgen ist auch noch ein Tag. Ja, der letzte und das wird nix mehr, außer du

schleichst dich ran und ins Schlafzimmer. Das Frühere Ich ist verzweifelt.

Wir bringen Kaffeetassen und alle Glaeser raus. Also, Gute Nacht. Und was wollten wir morgen?

- *Sightseeing to Copenhagen, a very nice town. Take the S-train, drive to the city center, visit the royal castle, the center, Christiania. The republic of the Hippies, very famous in the world.*

Na, vielleicht nicht im westlichen Teil von Russland. Chhh. Höre jetzt mal auf zu kichern, der denkt, du bist schon volltrunken, murmelt das Frühere Ich. Ist vielleicht doch nicht ganz vorbei, der will wohl gern bisschen mehr. Soso, meinst du. Es sieht aber nicht so aus. Mister Nieminen deutet ein leichtes Gähnen an, entweder ist ihm zu langweilig mit mir, oder er ist wirklich müde. Man hätte wohl mit der Verführung Stunden früher beginnen sollen? Jetzt, zu nachtschlafender Zeit, ist wohl nix mehr möglich. Bis morgen!

Kein Ranschleichen mehr, nur ein sleep well. Wenn er später seinen Laptop traktiert, wegen Flügen nach Helsinki am frühen Sonntag Nachmittag, soll er. Kann ich das Bett noch ein bisschen aufpusten. Wer müde ist, pennt gleich ein. Wer in seinen Laptop guckt, den stört die Geräuschkulisse nicht, man weiß ja, woher es kommt.

Die Diskussionen, die ich mit dem Früherem Ich führe, gehen auch nicht lautlos vonstatten, bin mir nicht sicher, dass er nicht wenigstens eine Stimme hört, meine. Wenn es nach dem Früheren Ich geht, ist der Abend gelaufen, nämlich absolut verkehrt! Ich habe wohl bewusst alle kleinen Zeichen übersehen. Hat das Frühere Ich nicht, klar. Wenn es das war und er sich entweder morgen Vormittag oder am frühen Nachmittag verabschiedet, mit so einer Floskel wie „Wir hören voneinander", da kann ich gerne enttäuscht sein, aber mein Anteil am Desaster ist zwei Drittel, dass das mal klar ist! Seit dem Pilzeputzen habe ich auch alles unterlassen, was, ja, weißte auch selbst, meint das Frühere Ich.

Nein, sagt Frau Hase, da waren keine Fehler von meiner Seite, diesmal. Was wäre passiert, wenn ihr auf dem Pustebett oder im Schlafzimmer gelandet wäret? Nach zehn Minuten ein Ultimatum, dass du aber ab 1. Januar 2020 bei ihm in Moskau einziehst, sonst war es das. Oder, er erzählt dir über seine Vorlieben, die dir vielleicht ganz und gar nicht gefallen werden. Damit die beiden sich aufhören zu beharken, muss ich mal ein Machtwort sprechen:

Es geht nicht darum, ob ich den Mann auf diese oder jene Art mit in die Federn kriege. Da habe ich nämlich solange kein Interesse dran, bis ich davon überzeugt bin, dass er mich nicht mit dem gleichen Interesse wie seine merkwürdigen Bakterien betrachtet: Alter 50+, Nation Deutsch, lebt in Dänemark, reagiert so und so. Ja, hättest du mal fragen sollen. Ob er Vorlieben für das Exotische hat, seltene Bakterien, die noch nie jemand richtig untersucht hat, oder Damen, die 2000 km weit weg wohnen, meint die Imaginäre Tochter.

Aber du hast das auch mitbekommen, der hält ein wachsames Auge auf dich. Das Frühere Ich lässt nicht locker. Das wachsame Auge ist jetzt zu, es ist gleich ein Uhr. Wir haben durch das Aufpumpen nicht gehört, ob da schon jemand schläft, im Computer nach Flügen sucht oder den Aufenthalt bei dieser merkwürdigen Dame für gute Freunde von hinterm Polarkreis beschreibt.

Ich mummele mich auf dem Pustebett ein, nehme keine Rücksicht auf zufällige Hörer, wenn gleich ganze Wälder abgesägt werden. Das Frühere Ich kommt immer noch mit Verführungs-Vorschlägen: Hör mal, ob da die Klotür klappt. Dann wartest du, bis sie wieder klappt und stehst ganz zufällig im Flur, ist ja fast dunkel, kann man auch näher ran. Danke, so nicht. Gute Nacht! Wenn das jetzt die ganze Nacht so weitergeht, muss ich mal ein Kissen draufstopfen.

Es waren auch nur vier kurze Stunden Schlaf. Das Pustebett hatte ich doch nicht so hart aufgepumpt, wegen dem Lärm. Es ist halb sechs, der Himmel ist grau, wahrscheinlich nieselt es auch.

Könnte man sich umdrehen und weiterschlafen, wenn, ja wenn das Herz nicht wieder bis zum Hals hoch puckern würde, und die Nase verstopft wäre. Die Nasentropfen habe ich im Schlafzimmer, im Kleiderschrank, deponiert, sehr dumm!

Hilft eigentlich nur, aufstehen, bisschen in der Küche sitzen, Tee trinken, versuchen, runterzukommen, wieder einzuschlafen. Aber, wenn ich dann wieder um zehn aufwache, rennt hier schon einer in der Bude rum und wäscht vielleicht das ganze Geschirr ab. Lieber nicht! Auf in die Küche, erstmal Kaffee, dann kann ich alles in den Geschirrspüler stellen, dann Kaffee trinken, Zigarette und Zeitung, dann ins Bad. Ohh, nein, geht ja nicht!! Habe ich wieder vergessen! Saubere Schlüpfer liegen in der Kommode. Ich habe nur wieder mein Kleidchen, die anderen Sachen liegen, richtig, auch im Schlafzimmer.

Sehr ungewöhnlich für mich, an einem grauen Sonntagmorgen gegen halb sechs aufzuwachen. Ich wärme Wasser im Kocher, das Geschirr wird einsortiert, es sieht aus, als ob hier 20 und nicht bloß 2 Leute gespeist haben. Aber lecker war das, oberlecker, also das Essen. Vielleicht brauchen wir ein bisschen länger und es passiert gar nichts mehr außer einem netten Rundgang in der königlichen Hauptstadt. Jetzt finde ich nichts Außergewöhnliches daran.

Das Frühere Ich ist auch schon auf, sehr merkwürdig, gar nicht seine Zeit. Geh mal wieder unter die Decke! Und keine Stories von vor 30 Jahren oder 15. Sollst du nicht immer als Ausrede gebrauchen. Was glaubst du denn, was heute noch passiert? Ihr macht einen Rundgang in der Stadt, esst was, geht nach Hause. Da sollte man auch nicht zu spät ins Bett, wegen morgen, da muss der Herr ja um 8.00 am Flughafen sein. Glaubst du, der hat sich das so vorgestellt? Ach, Früheres Ich, das weiß ich doch nicht, vielleicht fragst du ja mal. Aber du weißt schon, dass die Gelegenheit jetzt vermutlich flöten gegangen ist? Was ist denn so schwer? Solche Fragen, morgens um halb sechs! Ich weiß nicht, was erwartet wird. Ja was wohl? Wohl was anderes außer gepflegten Gesprächen. Was sollte ich denn machen? Es passte alles perfekt, das Essen war sehr gut, aber eben nur, weil darauf aufgepasst wurde. Was hätten wir davon, wenn alles unbrauchbar geworden wäre, nach einem unbrauchbaren Versuch. Aber dann musst du auch damit klarkommen, wenn spätestens übermorgen so eine sms oder ein Mail kommt: War schön, dich kennengelernt zu haben. Sie hatten eine Chance, leider haben Sie die nicht genutzt. Pech für Sie!

Kann passieren. Ich finde wohl nicht nochmal so jemanden, der absolut passen würde. Allerdings wird eine Frage immer im Raum stehen: Und, wann ziehst du zu mir? Bin ich mir sicher, dass die kommt. Die will ich eben nicht beantworten. Aber du weißt das nicht genau? Kann ja auch andersrum sein, er möchte hierher kommen. Liebes Früheres Ich, ich bin vielleicht der mieseste Experte in Menschenkenntnis, aber das glaube ich nicht! Das wird wohl andersherum laufen.

Vielleicht ist das auch gar nicht Punkt eins des Planes, wenn es denn einen geben sollte? Fragt die imaginäre Tochter. Frau Hase lugt auch verschlafen um die Ecke. Also, wenn ihr jetzt nett sein wollt, dann verschwindet ihr wieder, schlaft noch zwei Stündchen und lasst mich bisschen hier sitzen, allein! Na, wird sogar mal gehorcht.

Der Geschirrspüler brummt, das Radio summt. Ich sitze, lese, trinke Kaffee, rauche. Es klopft vorsichtig. Geht die Türe auf, ein Herr in den besten Jahren, in weißem T-Shirt, schwarzen Jogginghosen plus Filzpantoffeln. Guten Morgen! Warum bist du so früh auf. Hier sind keine Hunde auszuführen. Möchtest du auch Kaffee? Gerne. Ob ich gut geschlafen habe? Ja, habe ich, deswegen bin ich auch so zeitig auf. Herr Nieminen hat schon am kleinen Tisch Platz genommen, ich mache nochmal den Wasserkocher scharf.

Kommt mir so plötzlich ein Gedanke, was, wenn der Herr Nieminen auch so einen alten Waldschratt in seinem Koffer rumtransportiert? Der ihn fragt, also, Junge, wann geht es endlich zur Sache? Die Lady ist nicht so, wie wir uns das vorstellen, in unserer nördlichen Einöde, aber uninteressiert ist sie nicht und sie hat dich eingeladen! Die will noch was erleben. Also, ran jetzt, ist wahrscheinlich die letzte Gelegenheit! Chhh.

Habe ich noch eine andere Idee. Ob er vielleicht „Oatmeal" haben möchte? Ich habe ein Glas mit Haferflocken, guck hier. Milch müsste auch noch da sein. Die hat er vorgestern und gestern ausgetrunken. Ach so? Wann denn? Beim Frühstück. Habe ich gar nicht mitbekommen. Trinkt der Milch, ohne alles. Chhh. Ja, dann haben wir jetzt keine mehr. Ich nehme die nur manchmal fürs Essen. Und, du trinkst die so? Ja, die ist sehr gut hier:

-   *It tastes like cream. In Finland we have only the milk with reduced fat.*

Gibt es hier auch, aber die kaufe ich nicht. Steht er doch schon wieder neben mir! Ob der Waldschratt was gesagt hat? Aber das Glas mit den Haferflocken wird nicht gebraucht, stell ich wieder zurück.

Da fällt mir so ein blödes Lied ein. Ich merke mir nicht mehr so viel, aber doofe Lieder und Witze immer:

Milch macht müde Männer munter,

Milch macht Männern Mut,

und kipp ich noch nen kleinen Klaren drunter,

dann schmeckt das Zeug noch mal so gut.

Chhhh.Chhhh.Chhhh.

Völlig unmotiviert, aber ist auch so eine verdammt komische Situation, der Wasserkocher faucht schon, der Geschirrspüler rumpelt, das
Radio plärrt und draußen ist es grau. Hinter mir säuselt jemand in
mein Ohr (kann schon wieder Moos und Birke riechen!):

- *Ohh, I love it, when you laugh. Long time ago. What is funny
  now?*

Chhh.Chhh. Weiß ich im Moment nicht so genau.

Legen sich zwei Hände erst über meine Schultern, ziehen mich ran,
dann habe ich die Hände um meine Taille. Wahrscheinlich könnte ich
auch „Nein" sagen und dann wären es nur zwei Tassen Kaffee, die
heiß sind. Es wird ein Kuss, zur Radiomusik und zum Geschirrspüler.
Herr Polarkreis pur! Ohne Kaffee, ohne Zigarette. Wenn sich jemand
das traut, glaube ich nicht, dass er mit Widerstand rechnet. Wir stehen
auch vor einer Auswahl von Küchenmessern. Im Moment sind die
egal. Alles ist egal: Kaffeewasser, Radiomusik, Gebrummel vom Geschirrspüler. Nur weg vom Fenster sollten wir. Irgendwie kommen
wir langsam aus der Küche, immer noch seine Lippen auf meinen,
seine Zunge in meinem Mund. Die Hände gehen den blauen Morgen-
rock rauf und runter. Dann sind sie irgendwann an den Knöpfen, dann
sind die Knöpfe auf. Hände auf meinem Schlafnicky, dann darunter.
Im Flur denke ich, dass ich immer noch NEIN sagen könnte. Eine
Bewegung und wir trinken nur Kaffee. Aber jetzt will ich auch nicht
mehr aufhören...das ist, einfach schön. Wird nicht bei der Küsserei
bleiben, glaube ich, glauben wir beide.Wir zucken ein bisschen zusammen, da hat die Stubentür geklappt, war wohl die imaginäre
Tochter, die das Frühere Ich vom Glotzen abhalten will.

Es geht in mein Schlafzimmer, es geht aufs Bett. Hände die an
Schlafanzugunterhosen fummeln. Meine an grauem Wollstoff, dicht
und weich, aber ist das nicht bisschen zu warm hier? Seine an rosa-
weiß-gestreifter Hose.

Alles muss runter, jetzt und gleich, alle dämlichen Damen sind weg
gesperrt, vielleicht auch der alte Zausel...Chhh Chhh...bloß einmal
kurz innehalten. Was war das jetzt? Ach, nix.

Es passt nicht bloß kußmässig, sondern auch woanders. Kann man
schon mal sagen! Eine Welle schlägt über mir zusammen, alles wird

überschwemmt, man sieht nichts außer Wasser. Nur ein Schiff, weit draußen, dass SOS-Signale sendet. Kurz, kurz, kurz, Lang, lang, lang, kurz, kurz kurz... Save our souls... and Release me, rescue me... what ever... and last without words, love you...!

Kann man essen, kann man sich dran gewöhnen, es wird einem nicht schlecht davon, man ist nicht verschreckt, eben wie Brot. Kann man immer und überall. So wie es sein sollte!

Zum Schluss werde ich mit ein bisschen Decke und viel Arm zugedeckt. Kann das sein, dass wir beide gerne auf dem Bauch liegen? Im Ohr flüstert da jemand:

- **Rakastan sinua kulta!** *(*Jawohl ich liebe dich...*) Ohhh, I love you so much...*
- *Rakastan sinua... Mee to (* so ungefähr..*)*

Alle anderen Worte sind hoffentlich nicht irgendwelche finnischen Schweinereien.

Wenn mich der Schönste von jenseits des Polarkreises gerade jetzt fragen würde, ob ich mit nach Moskau ziehen will, da sag ich doch mal ganz laut JAAA! Es wird aber nicht gefragt. Wer es schafft, meinen Puls erst von 180 auf 250 zu fahren, ohne dass mir schlecht wird, und danach wieder von 250 auf 60 zu bringen, wo ich einfach bloß daliege, zugedeckt, mit viel Arm drumherum. Birke, Pilze, Moos, Juha Nieminen. Lass uns beide wegsegeln, einschlafen, und morgen bist du immer noch da, und übermorgen, nächste Woche, nächstes Jahr, for ever...

- *May be, for ever, Utiiha... I am so happy... We will stay together... forever.*

Forever... together.. Ja, murmele ich, und jetzt an nichts mehr denken, nur ins Samtschwarze fallen.

Kommt da so ein kleiner Triumphschrei: Was habe ich gesagt! Da passt alles, nicht bloß Zunge im Mund, ich sag nichts mehr! Ach, Früheres Ich, besser ist das, sonst gibt es eine Kopfnuss, nicht von mir, ich kann jetzt gerade nicht.

Das nächste Mal, als ich aufwache, liege ich immer noch unter dem Männerarm, aber ich kann auch sehen, dass der Himmel von grau nach blau gewechselt hat. Jetzt muss ich mal pinkeln! Ich krabbele unter Bettdecke und Oberarm plus Schulter vor. Will ich mich kurz und vorsichtig umdrehen, da sehe ich doch das: Eine Tätowierung!

Auf Juhas Schulterblatt. Haben die meisten Finnen. Aber meist grös-
ser und bunter. Das hier ist anders: Eine kleine weiß-blaue Fahne, im
Wind wehend. Buchstaben und Zahlen: **J.N. 06203011-
030830122579.**
Habe ich was zum Denken auf dem Klo. Vielleicht ein dummer
Scherz, nach dem 18.Geburtstag? Sieht zu ordentlich aus. Ist er Mit-
glied von einer Geheimorganisation? Gibt sowas, die Freimaurer.
Aber ich habe nicht gehört, dass die sich tätowieren lassen. Würden
die wohl auch nicht im Fernsehen erzählen. Ob die Mitglieder der
„Wahren Finnen" Partei sich solche vaterländischen Etiketten ste-
chen? Nur eine Fahne, die deutschen Rechten haben da ganz andere
Motive vorzuweisen und auch nicht so diskret, aber die finnischen
Rechtskonservativen sind wohl moderater, wobei, vielleicht gibt es
auch einen harten Kern? Aber einer Ende 50? Hat er bis jetzt noch
nichts geäußert. Solche Leute haben meist ein großes Sendungsbe-
wusstsein, nach dem dritten Gespräch können sie ihre Weisheiten
nicht mehr für sich behalten. Kann Juha auch nicht, aber das sind
ganz andere Weisheiten. Und die Zahlen 0620311…ich merk mir ja
kaum Telefonnummern, aber das ist wohl keine, vielleicht sein Geburtsdatum? Logisch wäre das. J.N. die Initialen, dann Geburtsdatum, der Rest? Vom Militär, vielleicht muss man das haben. Ich habe
noch gar nicht gefragt, ob er gedient hat. Wird er wohl, in Finnland
gibt es bestimmt noch strenge Wehrpflicht, hat es früher sowieso gegeben. Der Russe!
Das Frühere Ich wartet schon vor der Tür, ich soll mal nach dem Etikett fragen, jetzt gleich. Wo wir nun so bekannt miteinander sind. Na,
weiß ich nicht. Ich würde auch keine Rechenschaft über alle Uneben-
heiten abgeben. Hast du was Aufregendes? Nee, bloß Speckröllchen,
da fragt ein Gentleman nicht nach. Chhhh.
Fragen stellen, geht im Moment gar nicht, denn der Herr Liebhaber
ist wach und vollständig bekleidet, mit Nachtzeug. Bisschen was
habe ich doch gesehen, hat mir gefallen. Umsonst ist er nicht der
schönste Mann von hinterm Polarkreis. Chhh. Zum Fragen komme
ich nicht, wie auch, wenn man umarmt wird, nochmal sowas von rakkastan geflüstert bekommt, Metoo antwortet. Ich probiere lieber
nicht, meinen spärlichen finnischen Wortschatz anzuwenden. Mir
fällt mir gerade nur „**Tulipalo**" und „**etiketti**" ein, Waldbrand und
Etikett, Chhhh, Chhhh. Noch einen Kuss. Wenn du morgen weg bist,

werde ich doch wenigstens so eine Ahnung von Pilzen und Moos in der Nase haben, und, wie ich mir einbilde, von verkohltem Holz!

Aber da wir keine ganz jungen Leute mehr sind, sollte aus dem Tag etwas mehr gemacht werden, als Betten zu zerwühlen und der Sonne beim Untergehen zuzusehen. Also:

- *I go in the bathroom now, is it OK?* (Nicken) *Then I make breakfast. After breakfast we will go on sightseeing tour in Copenhagen, do you remember?*
- *Good idea. Sightseeing, after the breakfast! It is nice weather today, not for sitting in the room.*

Das wäre aber nicht die Alternative gewesen.

Der Geschirrspüler hat seine Arbeit gemacht, als ich, fast dekontaminiert, eingeduftet und eingecremt und vollständig angezogen, in der Küche Frühstück mache. Alles, vorgestern, gestern und heute früh, vor allem heute ganz früh, das ist wirklich passiert? Oder, wache ich gleich nochmal auf dem Pustebett auf, es ist 10:00 und sehr leise in der Wohnung? An meiner Schlafzimmertür ein Klebezettel: *Dear Uttiha. Nice weekend, but I have travel a little bit earlier than I have expected. You will hear from me. Kindly regards...Juha* (und ein ungelenk gemaltes Herzchen). Stimmt nicht, denn der schönste Mann hat gerade die Küche betreten und legt mir schon wieder die Arme um die Schultern und das grüne Leuchten! Jetzt kratzt auch nichts mehr im Gesicht, der Bart ist ab! Sieht er fast so aus wie auf dem Firmafoto, zehn Jahre jünger, aber der Kuss ist immer noch gut. Wenn er jetzt fragt, ob ich ihm 1000 Euros geben kann, mach ich das, wenn er fragt, ob wir wieder zurück ins Schlafzimmer wollen, mach ich das auch.

Aber lieber doch erst mal frühstücken! Eigentlich sollte es festlich in der Stube sein, ich habe sogar Eier gebraten, aber Platz ist auch in der Küche. Während wir essen, hat sich wieder das Frühere Ich rangeschlichen. Ich soll mal nach dem Tattoo fragen. Schhhh, nimm dir einen Kaffee und verschwinde! Guckt jemand ein bisschen verwundert. Nein, du warst nicht gemeint.

Aha, und nun, wollen wir bis drei Uhr nachmittags frühstücken? Hat er sich wohl gemerkt. Nein, wie ich gesagt habe, es geht gleich los zur Stadtbesichtigung. Er muss auch etwas vom königlichen Kopenhagen sehen, wenn er schon mal hier ist.

- *Have you ever been here, in Copenhagen?*
- *No, never. Never in Denmark. I only know that it is a very little and flat land. Not like Scandinavia. More like Europe on the continent.*
- *I was told, Scandinavia is also Denmark...like Sweden and Norway. Not Finland.*

Finnland, naja, so mehr wie Russland, sag ich lieber nicht.

- *Have you ever been in Norway, on other places than Tromsø? Or in Sweden?*
- *In Norway: mostly in Tromsø, but also in Oslo, on the airport. In Sweden...a little bit in the region Norrland, because of the job. Do you know Norrland?*

Ja, frag mal so einen Experten wie mich nach Norrland...Ich nicke vornehm.

- *Of course..from books or movies, and I was there, some places, on journey in Summer. Where else have you been, on other places of Europe?*

In Paris (eine Woche, nach der Hochzeit), in Brüssel (wegen der Arbeit) In London, vor zehn Jahren. In den Ferien? Meistens nach Süden, auf die Kanarischen Inseln, einmal nach Kreta, Sonne, Meer und Strand.

Im Sommerhaus? Nein, vielleicht eine Woche, aber nicht länger. Wenn die Kinder Fernsehen gewöhnt sind, es aber im Sommerhaus keins gibt, wenn die dritte Tour mit dem Boot oder durch den Wald zu sehr der ersten oder zweiten ähnelt, weil nichts Aufregendes passiert, wenn man zum Eiscafé drei Kilometer mit dem Rad fahren muss, oder laufen, alles nicht sehr interessant für zwei kleine Mädchen. Und seine Frau, die es abends lieber wärmer hat, gerne andere Menschen, Musik, zum Tanzen, nicht mit fünfzehn Grad, Decken und trotzdem Mücken. Ein bisschen kann ich wiedererkennen, nicke ich mal.

Später ist er nicht mehr in den Urlaub gefahren, ging nicht. Seit er in Moskuvaara das Haus hat, wurden drei oder vier Sommerferien zum Bauen genutzt. Das Haus sah nicht immer so wie jetzt aus. Da musste eine Menge gemacht werden. Man braucht Zeit, wenn es ordentlich werden soll. Deshalb ist alles erst richtig vor einem halben Jahr fertig geworden. Aha, wenn ich bloß ein Jahr früher auf die Idee gekommen wäre, mir meinen Lieblingstraum zu erfüllen?

Ja, da hat er die Fenster bekommen, da wurde gebaut. Keine Zeit für Tangoball, keine Zeit jemanden kennenzulernen und einzuladen. Vielleicht habe ich das gewusst? Da krabbeln Füße meinen Unterschenkel hoch, die grünbraunen Augen sehen mich an. Ich schüttle trotzdem mit dem Kopf. Was ich schon immer gerne wissen wollte: Hat er wirklich den Polizisten Pekka Lehtonen überredet, mich zu verpflichten zum Tangoball zu kommen? Und, im Falle, ich wäre nicht gekommen, was dann? Frag mal, flüstert das Frühere Ich und nach dem Tattoo. Ist aber schwer jetzt, da die Kurve zu kriegen. Wenn man so angesehen wird.

Dann legt sich eine Hand auf meine und die Finger kribbeln so ein bisschen herum. Dauert bisschen, ehe ich bemerke, was er damit meint: Ich soll jetzt nicht wieder den Aschenbecher auf den Tisch stellen und mir eine anstecken! Also, eine Zigarette darf man wohl? Der nimmt sich ein bisschen viel raus, oder? Frau Hase, auch da, schlürft Kaffee. Nimm dir die Kippe und den Aschenbecher. Ist zwar nicht so gut, aber das bestimmst ja immer noch du, wann und wieviel geraucht wird! Na, ich probiere, die Hand vorsichtig abzuschütteln, aber Herr Polarkreis sieht mich jetzt ganz ernsthaft an:

- *Älä tupakoi (???) No smoking, now.*

Mit so einer leisen Stimme. Aber mir verbietet keiner zu rauchen, auch nicht du!

- *I smoke always after breakfast.*

Muss ich eigentlich nicht erklären!

- *Yes, I know. After breakfast, lunch, dinner, and in between…I have done it in this way also. But have you asked yourself, is it necessary? Not really, is not it?*

Herr Nieminen, so geht das nicht! Du kannst deine Zunge und sonst was in mich reinstecken, aber lass deine Nase draußen! Ich halte mich schon mit allem zurück. Ich weiß, was da kommt, wenn man erst mal in einer Sache nachgibt. Mit einem Mal werden alle schlechten Angewohnheiten kommentiert und man muss Besserung geloben. Aber nicht mehr mit fast 60! Das Frühere Ich fängt schon wieder vom Tattoo an, ich wollte doch fragen. Hier klären wir erst mal die Rauchgewohnheiten, alles andere später!

- *Yes, it is necessary for me. I am used to smoke ALWAYS after breakfast! If you do not like it, I can open the window.*

Or you can leave the kitchen, fügt Frau Hase hinzu.

Ich finde mich selbst blöde. So eine Kleinigkeit, was rege ich mich da auf. Wenn wir rausgehen nachher, hätte ja auch gereicht. Morgen ist er nicht mehr da, da kann wieder so viel gequalmt und Papprotwein getrunken werden, wie ich will.

- *Uttiha, do you know something about systems, do not you? Self-regulating systems, they work over a long time. You do not notice anything. But, one time...paff, all regulation is used. No way back. You cannot get enough air in your lungs because breathing is very hard. First you think you have a cold, it will pass, but it will be wronger and wronger, then all is out of order KA-PUTT. It is irreversible, do you know COL?*

Oh Gott, es ist bisschen nach zehn und hier werden Vorträge über gesunde Lebensweise gehalten. Die Kippe schmeckt auch gar nicht mehr. Irreversibel, jaja.

- *I know that all, but I cannot see myself there. Later, may be, but on one day we must die, all. But, what about you, you smoke too, sometimes?*

Höchstens zwei oder drei am Tag. Muss ich vielleicht mal mitzählen. Aber das mit COL und später Lungenkrebs, das hat er selbst erlebt. Den einen Tag wurden noch 30 km auf Skiern gestanden, abends dann Erkältung, dann Husten. Der nicht mehr wegging. Bald konnte man nur noch drei Schritte laufen, ohne anzuhalten, jaja, sehr schwerer Husten. Dann war es Lungenentzündung. Es wurde immer noch geraucht. Dann Sauerstoffflaschen, aber die müssen wohl mal andere Antibiotika ausprobieren. Ob ich das mal erlebt habe, jemandem, der Sauerstoff bekommt, der eigentlich gar nicht mehr rauchen kann, eine Zigarette anstecken, damit man wenigstens bisschen Nikotin und Teer genießt? Ein Jahr ging das so, dann war es vorbei. Hmm, schrecklich. War wohl sein Vater? Nein, ein Freund, erst 40, aber elend gestorben. Sein Vater, ja, das war auch Krebs, aber nicht in der Lunge. Ich könnte auch noch ein paar traurige Geschichten beisteuern, da wären wir richtig bei Rentnerthemen angekommen. Ernsthaft gucken wir jetzt beide. Ich habe die halbe Kippe zerquetscht. Ist auch irreversibel und schade ums Geld.

Kommt noch ein seltsamer Satz hinterher:

- *It was in 2003, the beginning of a horrible time for me...*

Vielleicht sollte ich mal fragen, was da so horrormässig war. Aber dann wären wir wieder bei traurigen Themen. Hat so gut angefangen.

Sollte ich sagen, die dunklen Sachen heben wir uns für die dunkle Zeit auf? Hört sich super an, muss mal eben im Telefon gucken, ob man das so sagen kann, ohne dass es verkehrt rauskommt.

Da fängt das Glockenläuten an. Bim-Bam dröhnt es in der Küche. Ja, erkläre ich, der Gottesdienst, die Glocken sind unerträglich laut. Die Kirche ist nicht weit weg, um halb elf geht es los Ob ich schon mal dort gewesen bin? Ein paarmal, wenn es ein Konzert gab, und einmal zu Weihnachten. Geht er denn in die Kirche? Hoffentlich landen wir nicht bei Beerdigungen.

Erstaunt mich doch, denn er nickt und holt zu einer längeren Erklärung aus: So einmal im Monat geht er schon in die Kirche. Als er noch jung war, gingen sie an jedem Sonntag. Hat sich viel geändert, hier wohl auch. Damals, zu seiner Konfirmation, da wurde man in die Kirchengemeinde aufgenommen und musste dann am Abendmahl teilnehmen. Bei seinen Töchtern war das schon mehr ein Familienfest. Geld und Geschenke und Essen im besten Restaurant! Ein tolles Kleid! Als er konfirmiert wurde, mussten alle seriös, in Schwarz, gekleidet sein. Aber, es geht auch nicht um schwarze Anzüge oder Geschenke. Sondern dass man eine Richtschnur hat. Einen roten Faden im Leben. Wo man weiß, dass alles einen Anfang und ein Ende hat. Und einen Sinn.

Interessant, vor allem, weil ich niemanden kenne, dem das so wichtig ist. Hoffentlich fängt er nicht an, zu missionieren Bisschen guckt er schon so.

Vielleicht kenne ich das auch gar nicht? Nein, nicht sehr viel davon. Ich war zwar in einem christlichen Kindergarten und hinterher sogar zur Vorbereitung auf die Konfirmation. Daraus wurde dann aber nichts. Versteht er, denn war Konfirmation nicht verboten, in Ostdeutschland? Nein, man bekam Probleme, wenn man nicht an der „civil confirmation" (Jugendweihe) teilnahm. Das war Pflicht, ein Bekenntnis zum Staat und Sozialismus. Da gehen die Brauen hoch, die Augen auf, hat er bestimmt noch nichts darüber gehört. Das nahm man aber nicht für voll, als junger Mensch. Wichtig waren die Geschenke. Konfirmiert werden konnte man auch, das war nicht verboten.

Und, zum Sinn des Lebens, da kann ich was auch sagen:

- *All young people in Eastern Germany could citate some sentences from a Soviet Russian author, Ostrowski: The most valuable thing, a human being owns, is his life. He gets it once only and he must use it for the building of the new society. The book is written in the 1920ies, therefore. And all young people had to read it, 300 pages, mostly boring. ...*

Also, ich bin wohl Atheist? Die sind immer stolz, an nichts zu glauben, wenn es ihnen gut geht. Es sieht aber anders aus, wenn es ihnen schlecht geht. Da gibt es allerdings genug Philosophen, die das Leben ohne Religion erklären können. Da stehen hier dicke Bücher herum, hat er wohl gesehen. Ob ich die alle gelesen habe? Na, da überschätzt er mich aber. Was denken die Philosophen, über das Leben? Was denke ich? Tja, soviel habe ich auch nicht kapiert, für mich sind das schwer verdauliche Brocken. Stimmt genau, ruft da jemand. Das fehlte gerade noch, die Wohnung ist schon voll, zwei lebende Menschen, drei Gespenster plus eventuell noch eins. Noch einer mehr geht gar nicht!

Die Frage bleibt trotzdem:

- *What do you believe, yourself? Not in God, not in communism. What is the meaning with life for Uttiha?*

Ich muss jetzt wenigstens eine Zigarette haben, zum Nachdenken, erkläre ich. Ich dachte eigentlich, wir erzählen uns paar lustige Stories aus unserem langen Leben, verabreden vielleicht irgendwas nochmal vor Weihnachten, oder Silvester, was man so macht. Es ist ja hellerlichter Tag, da geht das nicht so gut. Ohne Alkohol auch nicht.

Aber gut, probiere ich mal so paar Sätze über meine Lebensphilosophie.

Ich habe eigentlich keine, aber das muss ich ja nicht so direkt sagen: Ich glaube auch daran, dass das Leben einen Anfang und ein Ende hat. Dass wir kein Haltbarkeitsdatum aufgestempelt haben. Dass wir an einem Tag alles Glück der Welt erleben können, ohne zu wissen, warum gerade wir, und an einem anderen Tag erleben wir das schlimmste Unglück, auch unverdient. Dass die Begriffe für jeden unterschiedlich sind. Und kein anderer sollte da bewerten. Am Ende des Lebens, da werden wir vielleicht seinen Sinn erkennen, aber da ist es zu spät. Dass die Menschen, die man mal verloren hat, immer noch da sind, und dass man sie manchmal mitten unter den anderen entdecken kann.

Für die paar Sätze habe ich bestimmt eine Viertelstunde gebraucht, weil ich so viele Wörter nachgucken musste, oder Sätze verbessern. Es ist still, bloß das Radio dudelt. Draußen lacht die Sonne, wir hatten ja wohl den Plan mit Sightseeing? Oder wollen wir hier wie zu alten Zeiten rumphilosophieren bis um drei? Dann sollten jetzt die Wodkaflasche und der Pappkarton auf den Tisch.

Da ist jemand schwer beeindruckt, hält meine Hand fest, guckt mir so tief in die Augen, dass ich nur noch grün sehe, mit bisschen braun und lächelt ganz leise. Ja, so in etwa denkt er auch. Nur nicht, dass verstorbene Menschen irgendwo wieder auftauchen, aber ganz genau weiß man es nicht. Oder, ob ich das so als Bild meine? Dann ist die Idee gut.

Wenn ich wollte, könnte ich jetzt fragen, ob er glaubt, der Herr da oben hat für alle einen Plan vorgesehen? Warum für manche guten Menschen einen schlechten? Und umgedreht? Was für mich neu ist. Dass ich mal zuhören kann, auch wenn man nicht in allen Dingen, nicht mal in den ganz großen, hundert Prozent einig ist. Und, das Tattoo, erinnert mich eine leise Stimme, das Frühere Ich. Nee, jetzt gehen wir an die Luft:

- *I think, it was enough philosophy in the morning, was not it? So, let us start now to Copenhagen.*

Wir laufen wieder, Zeit, nach einem Bus zu gucken, war ja nicht. Die S-Bahn ist voll, was Juha sehr wundert. Alles Sightseeing-Touristen? Nee, die sind zum Shopping unterwegs. Am Sonntag??? Ja, gerade am Sonntag. Da haben die meisten frei. Die Geschäfte sind auf? Jedenfalls in der Innenstadt, wenn auch nur bis 16.00. Ob da ein besonderer Anlass ist? Kennt man nicht im hohen Norden, da ist Kirche und eventuell Kneipe angesagt. Oder, der Baumarkt?

Dann zeige ich ihm das hässliche neue Viertel, was „Nordhavn" heißt. Alles zubetoniert, man sieht nichts mehr vom Wasser, wenn, wie jetzt, auch noch die Oslo-Fähre angelegt hat. Juha hat mal von berühmter dänischer Architektur gehört. Das war einmal. Jetzt gibt es nur riesige Steinquader mit oder ohne Glasfassaden. Überall. Es muss spektakulär sein, spektakulär hässlich. Warum? Frag mal die Architekten. Aber hier sollten wir aussteigen:

- *Because we will have a look at the little mermaid, do you know her?*
- *Yes, a fairytale from Andersen, is not it? And a beautiful little figure in Copenhagen, I have seen a picture...*

Da wirst du dich wundern. Weil die wirklich klein ist. Wir laufen die paar hundert Meter von Østerport zur kleinen Dame. Der Herr von hinterm Polarkreis staunt über die geschätzte 1 Million Radfahrer. Als Junge ist er auch gefahren, war natürlich nicht so flach wie hier, aber bis 15 hatte man ja nichts Besseres. Aber so viele wie hier. Ist das nicht gefährlich? Und da fahre ich auch? Nein, meistens nur zur Arbeit, oder bei mir am Wasser lang. Fahre ich auch so schnell? Nein.

- *I do not cycle fast, but seriously...*

Versteht er nicht, sehe ich. Will ich jetzt aber nicht den Sinn des Witzes erklären, da wir gerade bei der Menschenmenge angekommen sind, die auf eine Stelle im Wasser gucken, oder ihre Kameras draufhalten. Busladungen voll Touristen, die die kleine Dame mit sich selbst oder allein ablichten. Wir erhaschen dann doch einen Blick, ja, die kleine Figur sitzt da im Wasser, sehr niedlich. Wir drängeln uns durch, um weiter am Langelinie Kai zu laufen. Das Kastell, das Mærsk Gebäude, die königliche Schaluppenabfahrt, die Packhäuser, und immer das tiefblaue Wasser auf der einen Seite. Auf der anderen Seite die hippen Inseln, wo man, dicht bei dicht, exotische Speisen von Papptellern essen kann. Dann über die neue Fussgänger-und Radfahrerbrücke. Muss man aufpassen, dass man in der richtigen Spur bleibt.

Christianshavn. Guck mal, in dem alten Gebäude, wo die Fahnen von Island, den Færøern und Grønland hängen, befand sich das weltberühmte Restaurant NOMA. Hat er davon schon mal gehört? Neue nordische Küche? Tisch bestellen zwei Jahre im Voraus? Nein, Juha schüttelt den Kopf, warum war das so berühmt? Kann man nicht verlangen, dass einer alle kulinarischen Tempel kennt, wenn das Lieblingsgericht „Pizza Klappi" heisst...Chhhh. Chhhhh....Sorry.

Das war berühmt, weil man dort Tannennadeln, Ameisen, Moos und vielleicht auch mal ein Stück rohes Fleisch essen konnte.Aha, ob ich mal dort war? Ob das schmeckt? Das kann ich nicht beantworten, da kommt man nicht so einfach rein und es ist teuer, sehr teuer.

Da geht jemand hin? Um Tannennadeln zu essen? Ja, auf einen Tisch musste man zwei Jahre warten. Ganz glaubt das der Mann vom hinterm Polarkreis nicht, sehe ich. Ist aber wahr!

Da stehen wir schon vor den Toren von Christiania. Die freie Stadt Christiania, und da gehen wir jetzt rein. Laufen Sandwege an großen und kleinen Häusern Marke Eigenbau vorbei. Herr Nieminen scheint nicht so recht zu glauben, was ich ihm erzähle. In Christiania bezahlt man keine Steuern, dafür gibt es weder Gas-, Wasser- oder Stromanschluss. „Gutverdiener" haben sich, natürlich steuerfrei, solche tollen Villen gebaut, die mit allen Überlebenstechniken ausgestattet sind. Tolerant ist man ja, hier wohnen auch viele „arme Hunde", in Hundehütten eben.

Im „Zentrum" gibt es mehrere Cafés, wenn man die so bezeichnen will, aber Herr Nieminen macht nicht den Eindruck, hier gerne etwas essen oder ein Bier trinken zu wollen. Hygiene ist nicht absolut top, sieht man. Dann zurück über die Pusher Street. Tja, sagt das Frühere Ich, wenn da jetzt ein Däne an deiner Seite wäre. Der würde doch hier so einen kleinen Klumpen kaufen und dich dann in die Kunst des Hashrauchens einweihen. Oder jedenfalls vorschlagen. Der Herr vom hinterm Polarkreis wirft nur ganz flüchtige Blicke auf die Buden, die Leute, die Menschenmenge, und ist erleichtert, als wir wieder draußen vor dem großen Holztor stehen.

Das war ja „horrible"! Furchtbar schmutzig. Und Drogenverkauf soll ein Touristenhighlight sein? Ob ich die ganzen armen Leute gesehen habe, die dort rumstehen? Warum das noch nicht geschlossen wurde? Ist jetzt schwer zu erklären, vielleicht könnte ich ein bisschen auf Deutsch, aber so im Englischen fehlen mir die Begriffe, die stehen auch nicht im Telefon. Sowas würde es in Finnland nicht geben, und da gibt es auch einiges. Ja, auch nicht in Deutschland, gebe ich zu. Ist Tradition, aus den 70ern. Stört auch keinen, im Gegenteil, es gibt noch Geld. Ob er die vielen Reisegruppen gesehen hat? Da bekommen sie noch Geld dafür, was sie alles behalten können, ohne Steuern. Oder die Hälfte abliefern, an die Mafia. Bei Drogen ist die Mafia immer dabei. Oder, ist das hier nicht so? Doch. Aha! Und der Staat lässt das zu? Ja, Christiania ist autonom. Hahaha, die armen Menschen dort sind wohl auch autonom, das konnte man sehen. Na, ist was anderes, mit einem älteren Herrn da zu spazieren, als mit jungen Menschen... oder toleranten Damen. Die fanden das nur spannend.

Bei der Erlöserkirche stoppen wir wieder. Kannst du sehen, dass man dort außen den Kirchturm hochgehen kann? Man hat einen wunderschönen Blick über die Stadt. Aber ich muss da nicht hoch, war schon zweimal oben. Ist gruselig, so nur eine Treppe zur Spitze hochzugehen. Uttiha, ich bin ja da, jetzt gehen wir beide hoch. Gehst du da mit hoch! Willst du dich wohl nicht blamieren, bei dem Superfinnen. Pass mal auf, was der für Bemerkungen macht, wenn die Lunge anfängt zu pfeifen. Liebe Frau Hase und auch Früheres Ich, bleibt mal hier sitzen. Die paar Treppen werde ich wohl schaffen. Und durchs Geländer kann ich nicht rutschen, die Löcher da sind zu eng. Notfalls mach ich die Augen zu, und klammere mich fest an Herrn Polarkreis. 15 Kronen für jeden und dann geht es los.
Puste, puste, Herr Nieminen immer vorneweg. Dann kommt der gruselige Teil, wo es nach draußen geht. Pusten und dranbleiben, weil hinter mir schon wieder welche hochkommen. Zurück geht nicht mehr. Puste, puste, puste... Dann sind wir oben, jetzt pusten wir beide, für mich hätte es nicht gar nicht weitergehen dürfen, ist immer noch gefährlich, so außen den Kirchturm raufzusteigen.
Juha rennt da rum, als ob er unten auf der Erde wäre. Was ist das da hinten? Vestegnen heißt das, da habe ich mal gewohnt. Und das hier? Nyhavn, kennt man von Postkarten. Komm mal her, sieh mal, wie bunt! Das Geländer reicht bis an die Brust, runter stürzen kann man nicht. Wir stehen beide eng zusammen. Tatsächlich wird auch ein Foto geschossen. Zwei dichte Gesichter, ich kann alle Falten bei mir sehen und rundherum bunte Häuser, blauer Himmel, blaues Wasser. Wir rücken näher zusammen, als er mir das Foto zeigt. Und damit ich nicht runterfalle, werde ich auch festgehalten.
Wenn wir zwanzig Jahre jünger wären, oder hier oben ganz allein, würden wir uns küssen. Überschäumen vor Glück. Für die anderen sind wir bloß ein älteres Paar das die Aussicht bewundert und jetzt wieder die Treppe runterläuft. Mir kann nichts passieren, zur Not lehne ich mich an den Mann vom Polarkreis. Wenn es ganz schlimm kommt, trägt er mich herunter, da bin ich mir ganz sicher. Es ist so unendlich lange her, dass mal jemand auf mich aufgepasst hat, könnte gern so bleiben.

Ich wollte noch die Geschichte vom Kirchturm erzählen, weil der merkwürdig ist, mit linksgewundener Treppe. Denke aber, dass das vielleicht nicht so wichtig ist. Vor der Kirche angekommen, möchte ich Juha umarmen und endlos küssen und jetzt lass uns mal ganz schnell nach Hause fahren. Kann ich wohl nicht machen, wie sieht das aus? Daher laufen wir weiter, zum Schloss, bisschen Monarchie soll so ein Finne ja auch sehen. Ja, das Schloss heißt Amalienborg. Und guck mal, die Soldaten mit den Mützen wachen für die Königin. Sowas habt ihr nicht in Helsinki, ich war da nämlich, so prächtig ist das da nicht, euer Regierungsgebäude sieht bloß aus wie die Stadtvilla von einem reichen Menschen. Es gibt auch paar prächtige Gebäude, die Kathedrale zum Beispiel. Aber kein Schloss. Uttiha, findest du das gut, so mit König? Man merkt eigentlich nichts davon, außer dass die Königin zu Silvester im Fernsehen eine Rede hält. Und Gesetze unterschreibt. Ernsthaft hat man die Monarchie nicht in Frage gestellt, die Dänen also. Kostet bisschen Steuergeld. Woanders hat man Präsidenten, hier die Königin, ist bisschen glamouröser und mehr Klatsch für die Zeitungen, aber das ändert doch nichts?

Dann setzen wir den Rundgang fort. Das Königliche Theater, das Hotel d'Angleterre, bisschen Nyhavn. Sehr bunt, aber einen Touristenfalle. Restaurant an Restaurant, Menschen an Tischen, Menschen auf den Bürgersteigen, am Wasser, auf Booten im Wasser. Die Sonne scheint uns direkt ins Gesicht. Man kann nicht richtig gucken, sollte man aber, weil man dauernd einen anrempeln könnte. Der Mann vom einsamen Norden marschiert da durch, ohne nach links und rechts zu sehen. Und, es wird ihm Platz gemacht, ich weiche immerzu aus. Muß er mitbekommen haben, denn jetzt nimmt er einfach meine Hand in seine und wir laufen durch die Menge. Da sind wir am Strøget und ich frage, ob wir was essen wollen und Kaffee trinken. Geht immer, weiß ich. Aber nun die Restaurantsuche! Alles voll und wo es nicht ganz so voll ist, schmeckt es bestimmt nicht, behaupte ich mal. Herr Nieminen ist höflich und marschiert mit. Bloß, so langsam sollte das mal was werden, sonst rennen wir zwei Stunden mit der Sonne im Gesicht rum, und stehen fast am Rathausplatz und bestellen was bei Burger King. Muss auch nicht sein. Wir reden nicht viel, weil ich immer nach Cafés gucke. Blöde Idee, hätte ich mal fragen sollen, ob wir nach Hause fahren wollen? Betten zerwühlen,

Wodka trinken und danach Pizza bestellen, darf auch zusammenge-
klappt werden, wenn man die so besser essen kann.

Haben wir doch endlich etwas gefunden, wo man sowohl Kaffee als
auch Bier bestellen kann. Und Teller mit Sandwiches und Salat. Sieht
gut aus und schmeckt, meint Herr Nieminen, die Dänen können wirklich gutes Essen machen. Aber beste machst du, Uttiha! Kommt so
ein Lächelblick, da würde ich am liebsten wieder was von nach
Hause fahren sagen. Das Bier ist auch gut! Kippis! Warum ich denn
nicht esse, schmeckt nicht? Doch. Aber ich habe schon besser gegessen, außerdem war ja gerade Frühstück. Gib mal so Signale, meint
das Frühere Ich. Was für Signale? Ich muss aber erst mal gar nichts
signalisieren, weil Herr Nieminen nicht nur das Essen und das Bier,
sondern auch Kopenhagen mit Lob bedenkt: Kopenhagen hat ein
schönes Zentrum, kann man alles ablaufen. Helsinki ist, ja, wenn ich
da gewesen bin, habe ich wohl gesehen, ein bisschen mehr aufgeteilt?
Es gibt noch nicht so viele Lokale, wo man was essen und Alkohol
trinken kann, zu kleinen Preisen, so wie hier. Nein, aber hier sind die
auch erst in den letzten Jahren gekommen. Vor 15 Jahren sah es noch
nicht so bunt aus, die meisten Häuser waren entweder grau oder ab-
geblättert. Essen konnte man in ein paar Cafés, entweder teuer (Café
Europa), überlaufen (Café Sommersko) oder man ging in ein italienisches Restaurant (ja, Pizza). Dafür gab es eine Menge Kneipen, die
waren ganz andere als heute. Da holte man sich ein Bier, meist Tu-
borg oder Carlsberg, am Tresen. Überall standen Aschenbecher und
man kam immer mit irgendjemanden ins Gespräch. Dann wurde das
Rauchverbot eingeführt, da hat das die Kneipen schon sehr reduziert.
Danach eröffneten immer mehr neue Cafés und Restaurants, genauso
viele Touristen kamen dazu. Junge Menschen fanden es plötzlich toll,
sich dort zu treffen. Siehst du ja, wie voll es hier schon wieder ist.
Das ist sicher überall so. Aber irgendwas fehlt doch, die Welt von
gestern. Da kommt mir dann ein Einfall, dass ich ihm ja mal eine der
„besseren" Kneipen zeigen kann. Da können wir noch ein Bier trinken, und rauchen!

Hebt Herr Nieminen die Brauen und denkt wahrscheinlich an eine
üble Kaschemme, wo wir dann mit abgerissenen Menschen aus
Christiania ins Gespräch kommen.

Keine Bange, in Rosengårdens Bodega sitzt man gemütlich an Tischen, man holt das Bier am Tresen und man merkt nicht so viel vom

Qualm. Die Leute halten sich alle etwas zurück. Hat wohl überzeugt, denn wir rauchen beide. Wenn Herr Nieminen eine Zigarette im Mund hat, sieht er noch besser aus! Macht er nur nicht so oft. Ich hoffe, er hat meine nicht mitgezählt.

Aber jetzt erst mal: Kippis! Bisschen gepflegten Small Talk, sagt meine imaginäre Tochter. Der Mann will ja unterhalten werden. Frag ihn mal was. Ja, nach dem Tattoo, ruft Frau Hase. Was machen die hier? Alle drei? Und süffeln auch noch von meinem Bier!

- *I have been on this tower, we were, three times. Always afraid, fear of heights. I cannot use a ski lift or look from balconies over the 3. floor. Not use a ferris wheeel.*
- *But you came into the helicopter, did you? In summer.*
- *This was not voluntary only because of you! To fly with an airplane is another feeling.*
- *You fly very often, do you? Do you like it, to fly?*
- *Yes, I do. Mostly to Germany.*

Guckt er nachdenklich.

Ja, Fliegen ist schön, aber nicht, wenn man mindestens zehnmal im Jahr ins Flugzeug steigt und dieselbe Strecke fliegt. Aber jetzt kommen vielleicht noch eine längere dazu. Er nickt bloß. Ich könnte noch ein paar Stunden so sitzen bleiben, so dicht zusammen. Oberschenkel an Oberschenkel, Unterarm neben Unterarm, und ich will mal glauben, dass deine Hand auf meiner nicht wieder Rauchverbot bedeutet! Ob wir noch ein drittes Bier trinken? Ist keine gute Idee, finden die drei Bedenkenträger. Muss man bloß so oft pinkeln. Hmm, auch wahr. Bisschen was sehen wollten wir noch, wenigstens das Rathaus und das Tivoli, von außen. Schon fast fünf Uhr, denk mal, noch 13 Stunden mit dem Superfinnen! Am besten bezahlen und ab nach Hause, meint das Frühere Ich. Wir zahlen (also nicht ich!) und gucken noch ein bisschen.

Den Strøget wieder hoch, zwischen Menschen mit Tüten und Taschen, die Fahrrad schieben, oder einfach zwischen den anderen rumfahren. Dann der Rathausplatz mit der berühmten Uhr und den Lurenbläsern davor. Bischof Absalon, der die Stadt gegründet hat. Wir gucken so ein bisschen auf den Platz, der mit Bauzelten vollgestellt ist. Da kommt die neue U-Bahnlinie hin. Soll hoffentlich im nächsten Jahr fertig werden. Früher war es hier ganz leer, da stand nur eine Bockwurstbude. Da drüben ist das Haus der Industrie, dem haben sie eine merkwürdige Glasfassade verpasst, sieht hässlich aus, oder? Es geht aber noch schlimmer, sieh mal dort. Die Silos, da sitzt das Landwirtschaftsministerium, richtig, das sollen Silos sein! Hier, wo die vielen Menschen stehen, da ist das Tivoli. Wunderschön da drinnen, aber alles sehr teuer. Es bimmelt vom Rathaus, es werden immer mehr Menschen und ich bin jetzt nicht zu stoppen. Quassele wie ein Wasserfall, auf Englisch und ohne Telefon. Bin mir nicht sicher ob alles verstanden wird, trotzdem guckt mich jemand erstaunt an, was ich so alles weiß!

Wir könnten direkt in den Hauptbahnhof rein, aber ich muss noch das hässlichste Gebäude der Welt zeigen, das Astoria. Rate, was das ist? Hmmm, ein Hotel? Woher weißt du das? Astorias sind immer Hotels. Und drinnen gibt es Deep-Pan Pizza, kann man nicht zusammenklappen, sehr fettig und lecker, man trinkt Rotwein aus Karaffen dazu. Es kommt keine Reaktion, also gehen wir weiter und die Sonne steht tief über Vesterbro und sticht wieder in die Augen. Aber, wenn wir schon mal hier sind, können wir noch paar Schritte gehen: Vor zehn, zwölf Jahren waren die Seitenstraßen runter zum Bahnhof das Rotlichtviertel. Hotels für die Busgäste. Inmitten zwischen zweifelhaften Nachtclubs und Pornoshops. Grauenhafte Gestalten, noch mehr wie in Christiania. Wirtshäuser, wo auch mal zugesperrt wurde, weil die Grönländer auf dem Tisch getanzt haben. Jetzt bleibt Juha aber stehen und sieht mich nachdenklich an.

- *Do you believe all these stories? Maybe have you only heard about? People from Greenland, dancing on the tables?*

Glaubt er wohl nicht?

- *I had not heard about this, I saw them! Believe it or not. In 2003 or 2004, and this is a true history! But now, you can see, only schicki-micki!*

Was? „Schicki-micki". Sagt man so. Trendy Restaurants, die Häuser renoviert und mit teuren Wohnungen für gutbetuchte „kreative" Bürger. Das asoziale Pack ist woanders geparkt. Wollen wir mal durch so eine Seitenstraße zurück? Da lebt noch was vom alten Vesterbro.

- *May be, next time, I am here? I think we should turn back to your home?*

- *Yes, we do. It is feels also cold for me, now. I think that we went 50 kilometers today.*

Leises Lachen, und jetzt wird mir der Arm um die Schulter gelegt.

- *No, not enough for 20.*

Wir sitzen in der S-Bahn, eng beieinander. Wir steigen aus und marschieren die Straße hoch, eng beieinander. Nun haben sich Wolken vor die Sonne geschoben, wird gleich nieseln. Ich habe meinen Wortvorrat aufgebraucht, mir fällt nichts ein. Vielleicht, was er zum Abendbrot möchte? Kartoffeln und Eier kann ich servieren. Oder Pizza Service. Einmal Pizza Mumi und einmal Pizza Klappi. Überlege dir lieber, wie du den verführst, wenn ihr erst mal in der Wohnung seid. Das muss gezielt kommen, damit er gar nicht nachdenken kann, meint das Frühere Ich. Chhhhh.

- *What is funny, now?*
- *Only, that we were lucky with the weather in Copenhagen, now it begins to rain. Do you want something to eat, at home? I have only potatoes and eggs.*

Die Hand, jetzt ganz fest um meine, und ein einsilbiges „jo". Der feine Regen, wir laufen bisschen schneller, aber schweigend. Vielleicht ist auch sein Wortvorrat für diese Woche aufgebraucht. Soll ich anbieten, dass er Wörter für 100 Euro kaufen kann? Chhh. Kommt wieder so ein Seitenblick. Mach mal was, sagt das Frühere Ich. Wer weiß, nach den Bratkartoffeln gibt es vielleicht nur noch einen kleinen Schlummertrunk. Morgen geht es früh raus. Da sollte man ausgeschlafen sein, jeder auf seiner Schlafstelle. Die Gelegenheit ist jetzt! Aber es ist nicht so einfach, auch wenn man die ganze Straße Hand in Hand hochspaziert ist.

- *You take the shoes inside…*

Will er doch schon wieder das Innengelände schuhfrei betreten! Im Flur ziehen wir Mantel und Jacke aus, hängen alles hübsch auf die Bügel, Pantoffeln an Dann? Jetzt mach mal was! Guck mal, wie der dasteht! Ja, aber so nicht. ihr müsst alle verschwinden, mit Publikum wird das nix. Wenigstens das wird gemacht, da klappt, nur für mich hörbar, eine Tür. Stehen wir im Flur. Gucken wir uns an.

Wenn ich jetzt den Mund aufmache, weiß ich, dass irgendwas mit Bratkartoffeln oder Kopenhagen von früher rauskommt. Aber, ich kann ja nicht so sagen, wollen wir noch mal in mein Schlafzimmer? Will man das überhaupt? Kann sein, es sollte jetzt wirklich nur was gegessen, geredet und getrunken werden

Soviel muss ich gar nicht drüber nachdenken. Da kommt jemand auf mich zu, erst legen sich Hände auf meine Schultern, dann Lippen auf meinem Mund, ich werde noch mehr ran gezogen.

Dann wieder so einen Kuss und es bleibt nicht dabei. Türe auf zum Schlafzimmer, rauf aufs akkurat gerichtete Bett. Geht mehr als schnell, aus den Sachen zu kommen. Dauert bisschen länger, auf dem Bett. Die Riesenwelle schwappt wieder, nachdem SOS gemorst wurde (kurz-kurz-kurz-lang-lang-lang-kurz-kurz-kurz...) erstaunlich, wie das geht, noch immer, eben wie Fahrradfahren, verlernt man nicht. Es spielt keine Rolle, ob man bisschen aus der Übung ist, wenn zwei das gleiche wollen..

Es dämmert draußen in grau und Niesel. Wir liegen unter der Decke, dicht nebeneinander. Worte mit langen Vokalen, nochmal fürs Verständnis auf Englisch, aber ich habe schon verstanden! Finger, die meinen Rücken rauf und runter fahren. Probiere ich jetzt auch mal, da ist jedenfalls kein Urmenschenfell auf dem Rücken, nur eben das Tattoo, kann man gut merken. Heb ich mir mal für später auf. Dann vom Hals runter, ja, das sind Haare auf der Brust. Irgendwann krieg ich raus, ob die dunkel oder grau sind, irgendwelche Falten am Bauch, wirkt so wie mal aufgeschnitten. Fragen können wir in fünf Jahren. Weiter gehen wir nicht, da kommt stilecht wieder Gestrüpp. Habe ich vorher schon bemerkt, ich wäre andersrum auch sehr irritiert gewesen. Ehe ich jetzt wieder wegdämmern kann, fährt eine Hand über meinen Oberarm und jemand flüstert mir ins Ohr, ob wir vielleicht aufstehen wollen?

- *Get up, do you want? I am so happy now. You too? Now, we should drink, a little bit more.*

Ja, keine dumme Idee, sich bisschen was reinzulumpern. Eventuell eine Zigarette, oder zwei.

Wodka, zweimal 200 g. Bisschen Blaubeersirup, für mich. Kippis. Jeder eine Zigarette. In lockerer Kleidung, Juha mit blauen Jeans und grünem Pullover, ich mit Jogginghosen und Freizeitpullover. Essen wollten wir auch was. Erst mal Kartoffeln schälen und aufsetzen. Ich würde gerne was über das Tattoo wissen wollen, muss nur noch einen Anfang finden. Da ist wieder jemand schneller:

- *Surprise, suprise...*

Und ein grünes Lächeln, oder diesmal braun?

- *What do you mean?*
- *I did not think that it could be so easy for us, when I came, on Thursday night. I was very insecure, in the beginning...do you understand? Three months later. May be, it is not the same as in the summer? I want to see you again...but to start again, it was hard.*

Glaub ich gerne. Bloß, in den Briefen stand da nichts von. Nur Wissenschaft. Hättest du mal schreiben sollen, wie gerne du mich nochmal sehen wolltest. Unsicher war ich ja, nicht du! Ich weiß auch, dass man sich zurückhalten sollte in Nachrichten übers Telefon, also mit Liebeserklärungen, oder so. Wenn das passiert, ist meistens irgendwas faul, garantiert. Trotzdem:

- *Why did not you write about it?*
- *Because it is difficult for me to describe such things. I am good to write scientific documents, not these, you understand?*

Ja, nicke ich, bin ja auch nicht besser.

- *But believe me, I was falling in love to you, already in Sodankylä, it became more next times, and now, still the same, and more...I hope it is the same for you. Not only the end of a Summer history?*

Da kann er sich aber ganz sicher sein! Wenn ich erst mal überzeugt bin, und das bin ich, dass es für mehr als paar Stunden reicht, vielleicht für Monate, dann halte ich auch jemanden fest, mit allem, was möglich ist. Solange nicht die Frage nach Umziehen kommt.

Nicke ich ganz heftig. Ja, ich auch! Kippis, mit Wodka und Blaubeer. Die Kartoffeln blubbern, sollte ich mal den Wecker stellen. Will ich mich gerade wieder hinsetzen, da zieht mich jemand auf seinen Schoss. Dreht meinen Kopf, dass ich schon wieder in das grüne Leuchten gucken muss. Ob ich mal frage, wer ihm die seltsamen Augen vererbt hat? Oder sind das Kontaktlinsen? Chhhh. Chhhh.

Ich dachte ja, nun folgt wieder so ein Satz, der mir heiß den Rücken runter läuft, aber weit gefehlt. Deswegen war er unsicher: Er weiß oft nicht, warum ich lache. Nicht über ihn, nie!!! Fast nie. Kann sein, ich bin auch unsicher? So generell? Ist schön, wenn jemand so lachen kann, meint er. Nur eben, manchmal, als ob da eine junge Frau von Mitte 30 was weglachen will. Wie kennst du dich denn mit Frauen Mitte 30 aus, Herr Juha? Da war ich aber genauso, gewöhne ich mir auch 25 Jahre später nicht ab. Jetzt ist mir was eingefallen, wie ich doch mal mein interessantestes Thema anschneiden kann:

- *I am 57 years old. The same age as you, but two months older.*
Da gehen die Brauen hoch!
- *Do you know my birthday?*
- *It is tattooed on your shoulder! (*Ich kriege alles raus!*) If I have translated it correctly. Your birthday is the 11th of March 1962, is not it? Mine, the 18th of January 1962. And by the way, what is the meaning with this "etikett", on your shoulder?*
- *Etiketti, haha.*

Ist ein bisschen zusammengezuckt, der Herr. Etikett wurde das Tattoo wohl noch nie benannt?

- *OK. We can talk about it later. But now, I want to ask you. Do you think that this, with us, can be more, something seriously? More than a funny story for Summer of 2019? I know it will not be easily, too long distance .... We cannot see us so often. And, when I left you, tomorrow, I want to know, from you, do you will...continue? With a man from 2000 kilometers away?*

Dasselbe gilt auch für dich! Wäre eine interessante Frage, warum du dein Herz unbedingt an jemanden verschenken willst, der so weit weg lebt. Denn ich komme nicht gleich morgen mit. Auch nicht in zwei Wochen oder zwei Jahren. Oder, ich weiß das alles nicht. Wenn es bloß nach mir geht:

- *I do not invite people just for fun. I must feel there is more behind a nice face....(*guck nicht so...du bist gemeint, ja!*) When it is, I can live with all these kilometers. So, I hope you too. There is one thing I want to know: It is the same for you, the long distance. And I do not want to move to you, not yet. You knew it, also in Summer...where I come from...nevertheless it should be me...Could not you find another woman living near to you?*

Muss jetzt der Alkohol sein, der mich mutig macht. Ich sitze immer noch auf Juhas Schoss und hoffe, der Klappstuhl klappt nicht zusammen. Unsere Gesichter sind so nah, jetzt kann ich sehen, wie so leises Lächeln in den Augen entsteht. Deswegen auch: Ich habe so gar nichts bemerkenswertes an mir...ja, vielleicht kichere ich ein bisschen viel, aber dass sich der schönste Mann von hinterm Polarkreis in mich verliebt? So schrecklich sahen die Damen dort nicht aus. Im

Gegenteil, denk mal an Frau Kaata, flüstert das Frühere Ich in der Küchentür.

Nein, sagt da jemand sehr leise in mein Gesicht. Vorher hatte er mit dem Haus zu tun. Es wäre nicht gutgegangen, wenn er da noch mit einer Frau angefangen hätte. Als dann alles fertig, ja, da hätte man sich schon was denken können. Die Auswahl ist nur recht begrenzt, wenn man ernsthaft sucht und so seine Vorstellungen hat.

Der Wecker klingelt, ich muss die Kartoffeln abgießen und rutsche von seinem Schoss. Aber ein Kichern kann ich mir nicht verkneifen. Chhhh. War das so seine Vorstellung, dass er sich einfach in die Hoteleinfahrt stellt und mal guckt, wer da so kommt? Chhhh. Chhhhh.

Muss er mir nachsehen, ich bin jetzt nicht unsicher oder weiß nicht weiter, aber ich stelle mir auch manchmal was vor, und dann muss ich lachen. Was ich gerade gedacht habe? Wie du mit dem Auto wartest, ob da jemand verkehrt einbiegt. Chhhh. Lächelt er schon wieder so, aber ich setze mich erst mal wieder auf mein Plätzchen. Na, noch mal Kippis! Aber nur einen Schluck, ich muss mal bisschen aufpassen. Danach sieht er mich ernsthaft an. Fährt mit der Hand über meine. Krabbelt mit dem Fuß wieder an meiner Wade.

Also, ob ich glaube, dass das etwas für länger werden könnte?

-    *It is too difficult to express it in another language. I try: Can we go a long way together? I wish it, what with you?*

Wo hat er denn diese Phrase mal aufgeschnappt? Bestimmt nicht im Kriegsfilm.

Ich würde auch gern ein langes Stück Weg weiter gehen, mit dir zusammen. Aber so pathetisch kann ich leider nicht, nicht mal in Fremdsprache. Wir fangen mal an und gucken nicht aufs Haltbarkeitsdatum. Ich probiere mal:

-    *Yes, me too. Start a long way, with you. And see what it will be, later.*

Der ganze Mann freut sich, sieht man.

Ich weiß jetzt gar nicht mehr, wo wir sind (wirklich in meiner Küche?), welcher Tag heute ist (liegen ja noch unendlich viele vor uns), auch nicht, dass wir eigentlich nur noch ein paar Stunden haben, dann geht die Warterei wieder los.

- *Uttiha, right now, I want to take you with me, at home to Mus-kovaara..., tomorrow..*
- *Not yet, not the next miles of the way!*

Kam jetzt wie so aus der Pistole, er ist bisschen zusammengezuckt. Alles andere, aber nicht das!

- *I know, it is impossible, but it is hard..to think about it, so far from each other.*
- *But not for me. I am used to this. I have tried it sometimes...*

Trotzdem, es ist schwer. Jedes Mal wieder fast neu anzufangen. Sich wochenlang nicht zu sehen. Vielleicht will ich irgendwann nicht mehr? Habe ich das nicht eben gesagt, dass ich damit ganz gut leben kann, erstmal? Was ist mit Ihnen, Herr Nieminen? Sicher, gerade jetzt glaubst du, dass sich irgendwann das Warten lohnen wird, aber was ist in zwei Monaten, in drei? In drei Monaten sollte ich nach Moskuvaara kommen, zu Silvester, hatte ich gesagt! Ja, da werde ich auch kommen. Vielleicht im November, ob ich nach Helsinki kommen könnte? Da ist er eine Woche, beim Ministerium, Anträge stellen und genehmigt bekommen. Wann sollte das sein?

Warte... Herr Nieminen marschiert ins Schlafzimmer und holt den Kalender. Donnerwetter, mir liegt sowas wie „Filofax" auf der Zunge, bei dem dicken Buch, was er jetzt anschleppt. Alle Seiten bekrakelt, mit Blau, Rot, Grün, manchmal Schreibschrift, manchmal Große Druckbuchstaben, mit Ausrufezeichen. Ich will jetzt mal gar nicht die Frage stellen, ob er da durchfindet? Chhh, das Frühere Ich, dass sich rangeschlichen hat, flüstert, dass der Mann entweder wirklich ein Big Boss sein muss, oder er kann sich nichts merken, wie du! So, blätter, blätter, sieh mal: 14. November bis 17. November, das ist das Wochenende! Also, hätte ich da Zeit? Ach, was so lange in der Zukunft liegt, klar kann ich da. Juha freut sich und schreibt was rein. Es fällt nur nicht mehr auf, weil da schon alles Mögliche steht, so mit Punkt 1, 2 und 3. Merkt er wohl, also zurück mit dem Filofax und er kommt mit dem Laptop! Wir marschieren ins Wohnzimmer, das Ding wird angeschlossen und dann wird das Wochenende noch mal in Outlook vermerkt, mit „Reminder". Muss alles vorher eingereicht werden, aber das ist kein Problem für ihn, da freizubekommen. Hier, er ist von Sonntag bis Mittwoch in Helsinki, den Rest der Woche nimmt er dann frei. Dann sehen wir uns in Helsinki, im November:

- *Not so long time, when we will meet us again, Uttiha!*

Noch mal Kippis. Für mich nur einen winzigen Schluck. Ich sehe, gleich müssen wir mit den Flaschen aus dem Eisfach weitermachen. Ich könnte jetzt auch eine Diskussion über Wodkaflaschen anfangen, wie viele bei ihm für ein einsames Wochenende vorgesehen sind. Nein, jetzt kommt erst das Tattoo, sagt das Frühere Ich, und gleich, sonst wird das wieder vergessen. Du musst hier Rede und Antwort stehen, jetzt dreh den Spieß mal um! Als Juha wieder auf seinem Platz sitzt und gerade die Flasche mit dem Reif beguckt, wage ich einen Vorstoß:

- *And now, I want to hear the story: The tattoo on your shoulder! What does it mean? May I ask you?*

Ich darf nicht nur fragen, ich darf es nochmal angucken, hier auf der linken Schulter! Der schönste Mann wirft einfach seine Oberbekleidung ab und dreht sich halb um, damit ich das winzige Stichbildwerk nochmal in aller Schönheit bewundern kann. Das Ding sieht nicht so aus wie eins von den Tattoos, die zu der „eigenen Identität" dazugehören, so wie das von bebilderten Menschen im (Trash)TV erzählt wird. Guckt Frau Hase manchmal, wenn sie sich über was anderes als zerteilte Leichen ekeln will. Da sitzt er jetzt, nackter Oberkörper, Brusthaare sind mehr grau als dunkel. Der schönste Mann, der jemals so in meiner Küche sitzen durfte! Hoffentlich soll das nicht die Aufforderung sein, mal zu zeigen, ob ich auch ein paar Bildchen habe, auf dem Steißbein oder am Unterschenkel, oder woanders. Schon wird an meinem Freizeitpullover rumgemurkelt. Chhhh…am besten, der Herr bekommt bloß noch verdünnten Blaubeersirup oder Kaffee, ist ja erstaunlich, was so paar Gläschen ausmachen!

Lass ihn doch mal gucken, auch wenn es da nichts zu sehen gibt…hihi! Flüstert das Frühere Ich. Pass mal auf, ihr geht jetzt in die Stube und guckt bisschen Fernsehen, alle drei. Dann dürft ihr mal von meinem Wodka naschen, einen winzigen Schluck!

Dem Mister Polarkreis mache ich begreiflich, dass die Hände da jetzt nicht hingehören, weil nichts zu finden ist, weder vorne noch hinten noch oben noch unten!

- *But you…I want to hear something. Or, it is a secret?*

Chhhh. Bei mir wirken die Kippisse auch schon.

Kein Geheimnis, eigentlich ganz gewöhnlich: Er hatte sich nach seiner Militärzeit beworben, als Offizier. Von 20 Bewerbern wurden fünf aufgenommen, er war einer davon! Er war so stolz, und an dem Abend wurde mächtig gefeiert, wie man das so macht. Wegen der Tradition wurde allen neuen Offiziersschülern so ein Zeichen gestochen, von den älteren Semestern, damit man die größten Helden nach einem Krieg auch wieder identifizieren konnte. Wenn sie ihr Leben für die teure Heimat gelassen hatten. Ich habe wohl wieder gekichert, hat er ja auch nicht so ganz ernsthaft erzählt, glaubte ich. Habe ich mich wohl geirrt. Denn nun gehen die Braue schon wieder hoch. Ich war wohl nicht beim Militär? Nein, danke schön! 6 Wochen Zivilverteidigung haben mir gereicht und was ich so von anderen gehört habe, hat nicht unbedingt den Wunsch in mir geweckt, das Ehrenkleid der Nationalen Volksarmee auch nur mal anzuprobieren. Mit allen anderen Fragen halte ich mich erstmal zurück. Wann ist er dann Tierarzt geworden? Nach der Offizierslaufbahn? Kann man ja machen. Den Pullover zieh mal wieder an, erstmal wird es kalt und zweitens habe ich nun alles gesehen. Gibt nicht viele, die im besten Alter noch so rumsitzen können, ich jedenfalls nicht.

Ich muss Kartoffeln schneiden, Speck anbraten, und es soll ja wieder alles hervorragend schmecken, deshalb ist jetzt Essen zubereiten angesagt. Die Kartoffeln werden in einer Pfanne mit ordentlich Öl angebraten. In eine andere wird Speck gelegt, schön ausgebraten, und da kommt tatsächlich viel Fett raus. Es werden Eier und Milch zusammen verschlagen und Salz und Pfeffer. Der Speck kommt auf einen Teller. Eiermasse ins Speckfett. Bisschen runterdrehen und blubbern lassen. Ab und an mal von den Rändern was abziehen. Salat machen, Gurken, Paprika, Mais, Öl, Schnittlauch. Wieder nach der Pfanne gucken. Wenn es fast gut ist, die Kartoffeln zur Eiermasse, dann Deckel drauf, da muss man aufpassen, damit es auch schön bräunt und der Deckel muss ab und gelüftet werden, damit das Wasser ablaufen kann. Dauert jetzt nicht mehr so lange, aber wir essen nicht hier, zu wenig Platz, sag ich zu den grünbraunen Augen, die da schon wieder ein Glas vollgeschenkt haben und mit Zigarette Nummer fünf sitzen.

Na, was ich gesagt hab, erst meckern wegen Papprotwein, vielleicht bloß, weil das nicht das Richtige ist. Das ist nämlich Spiritus pur. Nun weißt du auch, was dir da oben in der schwarzen Polarnacht blüht, flüstert Frau Hase jetzt neben mir.

Du kannst mal Teller und Besteck reinbringen, ich komme gleich, sage ich. Was willst du trinken, Bier, Schnaps, Wein? Wodka, **Olut**, haha. Ich habe jetzt ja wirklich Bedenken, ob das gut geht. Immerhin, der Mann geht gerade nach draußen, man hört nicht mal die Glaeser klirren. Vielleicht Gewohnheit.

Das Omelett wird fester und brauner. Gleich, nur noch drei Minuten, höchstens.

Warum denke ich jetzt plötzlich an so eine Küche in einer Ferienwohnung, wo alles schief ging? Das Eierzeugs wurde schwarz, es qualmte und es wurde lautstark gebrüllt über schlechten Speck, schlechte Pfannen, und überhaupt. Da wusste ich zum ersten Mal nicht, was das war, Erschöpfung oder Traurigkeit oder Enttäuschung? Eigentlich sollten wir uns zwei Wohnungen ansehen, aber die waren dermaßen teuer, das ist reiner Raubtierkapitalismus, das machen wir nicht, bekam ich zu wissen. Ja, aber wie nun weiter? Gibt noch anderes, aber guck mal hier, so ein Mist, die blöde Pfanne!!!

Hätten wir wenigstens so richtig zusammen reden sollen, aber da waren wir beide keine Spezialisten, leider. Wir haben das Omelett weggeschmissen und nur noch Bier und Wein getrunken. Dann ist jemand umgekippt und der andere hatte Kopfschmerzen. Irgendein Erwachsener hätte sagen sollen: Kinder, ich hoffe ihr wisst, worauf ihr euch einlasst? Da war nur kein Erwachsener zur Stelle.

Drei Minuten fürs Klo sind noch drin. Jetzt geht das wieder los! Da war reichlich Zeit vorher, zwei Jahre, um über alles nachzudenken. Warum jetzt? Vielleicht hat man sich zu sehr in Watte gepackt, war zu höflich miteinander, die meiste Zeit, um sich dann ab und an giftige Wahrheiten zu sagen. Die dann wieder in endlosen Gesprächen, über die Welt und Gott oder umgedreht, aufgelöst wurden. Manche haben keine Meinung über Gott und die Welt, aber sind mit sich im reinen, und bei anderen ist es umgekehrt, vielleicht nicht so gut? War so lange gut weggesperrt, konnte man mit leben, kann man jetzt auch. Am besten alles vergessen, geht nur nicht so einfach, aber raus aus dem Klo muss ich jetzt. Das Omelett soll ja nicht anbrennen.

Da steht jemand schon in der Küchentür und hat auch die Pfanne vom Feuer genommen, zum richtigen Zeitpunkt offensichtlich.

- *What have you done, cry on the toilet? What is it, Uttiha?*

Andere gehen zum Lachen in den Keller, ich geh zum Heulen eben aufs Klo. Ist so. Passiert selten, eher nie, aber jetzt ist mein Kontingent für die letzten zwei Jahre hoffentlich auch ausgeschöpft. Und warum?

- *I cannot explain it, not yet.*
- *I do not want to see you sad, when I am here, for you. It was me, who said something wrong?*

Ach ja, in so einer Umarmung versinken und alles vergessen.

- *It is not you. It is only, that I can remember situations, I must cry over, now.*
- *Do not you want to tell something?*
- *Not yet. May be, later, when we meet again, in the darkest night?* (Da passt das auch besser...) *And now, we will eat.*

Und, oh Wunder, das reicht. Noch kleiner Kuss und dann Essen fassen in der Stube.

Da ist nichts verbrannt, Kartoffeln sind schön goldbraun geblieben, der Speck sehr lecker und das Ei, na eben wie Omelett. „Farmer's breakfast", findet sich sogar im Finnischen eine Bezeichnung dafür, aber es schmeckt. Ich werde bei dem schönsten Mann von hinterm Polarkreis noch zum totalen Küchenwunder! Na, nochmal Kippis! Allerdings nur einen. Wir sollten vielleicht lieber die restlichen Bierbüchsen leeren. Auch, wenn noch Kaffee folgt und den kleinen Rest im Glas dürfen sich die drei Gespenster-Damen teilen. Beim Essen spricht der Finne nicht, und wenn doch, dann wird nur gelobt, aber ich habe auch Hunger bekommen, das Sandwich wurde nur halb verspeist, heute Nachmittag. Außerdem habe ich noch paar Fragen zum Lebenslauf, mittlerweile sind mir auch einige ordentlich formulierte Sätze eingefallen.

Als die Teller leer geputzt sind: Wann hat er denn Tierarzt studiert? Nach dem Ende der Offizierslaufbahn? Sowas kenne ich sowohl aus meinem untergegangenen Land und aus dem jetzigen, man hat es dann leichter, bekommt ein bisschen mehr Geld, und verpflichtet sich dann, im Militärbereich zu bleiben, war vielleicht ähnlich in Finnland? Nein, er ist nicht auf die Offiziersschule gegangen, sondern hat nach dem Wehrdienst mit seinem Studium angefangen, Veterinärmedizin. Sein Vater wollte das so. Er sollte die Praxis übernehmen, das war so ausgemacht. Da war keine Zeit für Wunschträume. Die anderen Geschwister? Konnten die nicht? Nein, er war der Älteste, das war so vereinbart. Und ablehnen? Hätte er, aber dann weiter mit schlechtem Gewissen leben? Ja, wieso eigentlich, was waren das denn damals für Verhältnisse? War doch in den 80ern? Wo man seine eigenen Pläne machte, ohne Rücksicht auf Wünsche von anderen?

Jaha, meint Juha, da sind ein paar hundert Kilometer von Helsinki nach Jyväskylä, da war alles noch ein bisschen anders. Ob ich denn immer das werden wollte, was ich jetzt bin? Ach nein, ich hatte natürlich was anderes vor. Mir hat aber das nötige Durchstehvermögen gefehlt, dass man in Kauf nimmt, um „brotlose Kunst" zu studieren und am Ende weder einen interessanten Job bekommt, noch Geld genug. Nein, wollte ich auch nicht, aber wir sprechen ja von dir! Unglaublich, wie mutig so ein bisschen Spiritus macht. Im Übrigen, was ich so kenne, da wurden alle, die was Interessantes studieren wollten, Veterinärmedizin zählte dazu, verpflichtet, drei Jahre zu dienen, Offizier zu werden.

So, und die wollten nicht? Nein, die meisten haben das mit saurer Miene gemacht. Ja, aber ist das nicht eine große Ehre? Phhh…was für Ehre? Da war so viel Ideologie bei, aber nicht nur, auch Sadismus und Schleiferei, das wussten alle. Was denn für Sadismus? Militär ist wohl weder Gefängnis noch US Marines, wie man sie aus Filmen kennt? Doch, vielleicht so. Die meisten hatten den Gedanken, dass sie selbst geknickt wurden, also sollten ihre Nachfolger dasselbe erleben. nur wer ganz unten war, kann wieder aufsteigen. Falsch, meint General Nieminen, Disziplin hat nicht mit „Break down" zu tun, sondern man muss überzeugen können. Man braucht Autorität. Gebe ich mal den Hinweis, dass ich bei solchen Dingen gar nicht mitreden kann. Mir mangelt es an jeglichem Führungsgen. Schon wieder ein Lächeln. So etwas gibt es nicht. Doch, behaupte ich, es gibt Menschen, die können das, es gibt Menschen, die wollen das und dann eben Menschen, die weder können noch wollen, und das auch zugeben. So wie ich, ich will weder führen noch geführt werden. Das, meint der wodkaaufgetaute Polarkreismann, hat er schon bemerkt. Man sollte man sich aber manchmal überzeugen lassen, von anderen, die es besser wissen.

Ach, ich weiß ja fast alles und besser! Chhhhh. Na, war nicht so gut, die Brauen gehen wieder hoch. Sollte doch gemütlich werden, Kaffee ist fertig und hier, bekommst du auch einen Löffel, umrühren geht immer.

Chhhh. ist nicht ganz ohne, „drinking a little bit more" mit Männern vom hinterm Polarkreis. Chhh. Mach dich noch ganz unmöglich, meint das Frühere Ich. Ihr solltet Fernsehen gucken! Alles Interessante ist aus, Tatort und Kitschfilm. Trotzdem, raus hier! Meine Hand wedelt und hätte fast die Kaffeetasse umgewedelt, der Herr General beguckt mich mit ernster Miene. Vielleicht haben wir jetzt schon das Stück Weg zurückgelegt. Mal ernsthaft:

- *In special things, professionally, I like to listen to better knowledges, yes. But my own life, that is me! I am an adult lady (*Chhh, ja, musste sein*), not a child who have to be educated.*

Nun weiter zum Lebenslauf von Herrn Juha Nieminen: Hat er mal eine „Spejdertruppe" geleitet? Würde ja passen, gute Taten und christlicher Glaube. Versteht er nicht. Kennt Spiderman bloß aus Comics, solche Gruppen gab es nicht in Finnland, vielleicht in Ostdeutschland? Nee, da waren amerikanische Comics verboten. Ach, mir fällt doch Anhieb nicht immer der richtige Name ein. „Spejder" heißen die in Dänemark, die Pfadfinder, auf Englisch „Scouts". Scouts, nein, da war er nicht. Sowas haben sie selbst gemacht, ohne Gruppe, als sie Kinder waren, Hütten, Lagerfeuer, im Wald gespielt. Das war mehr für Kinder, die die Natur nicht kenne. Seine Familie hat außerhalb von Jyväskylä gewohnt, da war genug Wald und Natur. Da wir dabei sind, hat er irgendwelchen Sport gemacht, Fußball oder so? Auf der Visitenkarte ist ein Foto von jemandem, der könnte sagen, Schach oder Ego-Shooter ist auch ein schöner Sport…Chhh. Pass auf, wenn er dich fragt, welche Sportarten du so in deiner Jugend betrieben hast? Nicht sehr viele, fast keine, und eine davon zählt nicht mal als Sport, war aber kein Schach…Chhh, Chhh, Chhh.

Hat mal einer was gesagt von albern und so, war aber vor 400g weiterem Wodka, jetzt lacht Juha nämlich auch, ich habe den Verdacht, der freut sich, dass ich lache. Also, Sport schon, das war Training im Gelände. Was soll das sein? Ich könnte schon wieder kichern, verkneife ich mir lieber. Man läuft durch den Wald. Mit einer Karte (ach und einem Kompass, kenne ich). Da steuert man Punkte an, die man markieren muss. Ja, und ab und zu schießt man. Also Biathlon ohne Ski? Ja, im Winter auch mit Ski. Später ging man in den Jagdverein. Da bekommt man dann richtige Gewehre, auch wenn man noch nicht

18 ist. Da schießt man dann auf Tiere. Ein fragender Blick, ob ich mir das auch gefällt? Ja, ist mir Wurst, solange ich nicht 10 Stunden auf einem wackeligen Hochsitz verbringen muss oder in einem eiskalten Erdloch.

-   *Uttiha, can you shoot? With a rifle?*
-   *Chhhh (*Meine Schiesskünste sind berühmt.*) Yes, I have shot with an air gun, and also with machine gun. It was not a success. If the enemy is beside the target... maybe.*

Und tatsächlich, der Witz ist mal angekommen!

-   *Hunting, nothing for me. I cannot aim the target.*

Das kann er mir beibringen, zielen und schießen. Wenn ich im Winter komme. Danke, nein, jagen muss ich auch ich nicht, es gibt genug Supermärkte, sogar im Hohen Norden! Ja, da wird wieder gelächelt. Darum geht es auch nicht. Es ist die Spannung, wenn man wartet und dann endlich kommt so ein Tier. Ja, frieren, müde werden, Schnaps und Kaffee trinken und dann der kapitale Elch und Uta ballert daneben. Nee, nee. Ich glaube, da kenne ich spannendere Sachen. Kommt da so ein fragender Blick. Nein, nicht das, an was du denkst, aber ich könnte ja auch mal nach Angeln fragen. Ist auch spannend, man wartet und wartet und dann reißt sich der kapitale Lachs doch los. Chhhh. So, wieder Ernst. Wenn ich mal bitten dürfte, keinen Wodka mehr für mich, ich hol mal ein Glas Pappwein. Und du darfst du bis Donnerstag nicht mehr rauchen, sonst irreversibel. Chhhh.

Entschuldigung, ist alles bisschen neu für mich. Militär und Schießen und Kirche, sowas kenne ich eigentlich überhaupt nicht. Gibt es gar nicht mehr so, weder in Deutschland noch in Dänemark. Vielleicht ist das in Finnland anders? Ja, das stimmt, meint Juha, was ist daran verkehrt? Andere Länder mussten auch nicht viermal in 30 Jahren Krieg führen. Vielleicht ist es das, denn die Polen sind ja auch absolut patriotisch und konservativ, also die meisten. Da liegt das noch länger zurück. Ich kann verstehen, dass jemand konservativ ist, aber Militär, das kenne ich ganz anders. In meinem Land hat man in 9 Monaten freiwillig alles beerdigt, ob er sich das vorstellen kann? (Kopfschütteln.) Wie er gehört hat, Ostdeutschland war doch eine Konstruktion, nach dem 2. Weltkrieg? Wurde von Moskau aus regiert? Es stimmt nicht ganz, aber so generell, ja.

Wir haben Wodka, Bier, Wein und Kaffee getrunken, da kann ich oft gar nicht mehr aufhören zu diskutieren. Aber es ist die Frage, ob das verstanden wird. Soviel Zeit hätten wir gestern gehabt, heute nicht, denn morgen sollten wir ja früh aufstehen. Es ist komplex! Nichts für die paar Stunden, die wir jetzt noch haben. Ich kann nicht morgen früh völlig verkatert auf Arbeit auftauchen, nur weil wir hier ein paar politische Fragen diskutieren.Die Stempelkanne ist leer, die Uhr ist auf 22.45 vorgerückt. Aber zwei Tassen könnten wir noch? Muss ich gar nicht fragen. Jemand steht hinter mir und verteilt kleine Küsse auf meinem Nacken, als ich die Kanne befülle, die letzte Runde.Ein ganz kleines Schnäpschen geht auch noch. Kann er auch noch eine Frage beantworten:

-   *Do not you regret to not serving in the army, as you wish it?*

Er hätte sich gerne später noch mal beworben, aber dann kam erst die Praxis, zusammen mit seinem Vater. Das war interessant und hat Spaß gemacht. Dann Hochzeit, dann allein weiter als Tierarzt, dann die „years full of shit", und dann war er Mitte 40, als er, wieder allein, in Helsinki war. Wäre sicher interessant, mehr von den Scheißjahren zu hören, aber nicht heute Abend, auch wenn Frau Hase schon wieder ihre Ohren spitzt. Ja, das Militär war nicht mehr das, wie in den frühen 80er Jahren. Was er so gehört hat, da gab es dann mehr Extreme, später:

-   *Some people who mean that the Continuation war, the second war against the Soviets, could have been won. It is a phantasy! There are also people who think that the army could be a big playground for young people. All should be invited to take part in it...idiots, people with handicap or transvestites...But whatever: I believe that the army is only not necessary. But it is also an honor to have a job there, for defense the country.*

Aber jetzt nicht aufstehen und die Hymne singen!

-   *My hope is that also some reasonable people are there.*

Kippis. Nochmal, jetzt nur mit 100 Gramm. Jetzt sollte die wichtige Frage kommen, wer wo schläft. Normalerweise werde ich erst nach ein Uhr müde, aber das waren jetzt drei Tage mit Aufwachen vorm Aufstehen. Plus heute früh ungewöhnliche Aktivitäten zu ungewöhnlicher Zeit. Den ganzen Tag unterwegs, da merkt man die Bettschwere auch vor Mitternacht.

Noch einen Schluck Kaffee, dann sollte ich das mal ansprechen.

Dingedingeding!! Dingedingeding! Wer das wohl ist? Nach elf?

Kenne eigentlich nur eine, die so spät noch anruft. Könnte auch was Dringendes sein. Natürlich nicht, sondern, was ich gedacht hatte:

- Na, Mama, wie war dein Wochenende? (Chhh)
- Ja, das war schön, ist aber noch nicht zu Ende.
- Was, ist er noch da? Ohhh
- Ja, fliegt morgen gegen zehn zurück.
- So, na, da störe ich wohl?
- Nee, eigentlich nicht.
- Was, ist euch schon langweilig zusammen?
- Nee, auch nicht.
- Was habt ihr so gemacht?
- Gestern waren wir Pilze sammeln und am Kattegat. Heute sind wir in Kopenhagen rumgesaust, mein Touristen Programm. Und mindestens 50 Kilometer gewandert. An beiden Tagen.
- Ooch toll, er scheint ja richtig gut für dich zu sein. Sonst gehst du ja nicht aus dem Haus.
- Nana.
- Du kannst mal ein Bild schicken, wo ihr beide drauf seid. (Ja, eins mit den 1000 Falten vom Kirchturm.) Noch was, du hast mir noch gar nicht gesagt, wie der heißt.
- Hab ich nicht? Juha Nieminen.
- Wiiiie?
- Juha Nieminen. (Ganz leise jetzt) Juha, wie Juhu, bloß hinten mit A. Und Nieminen.
- Was isn das fürn komischer Name?
- Ein finnischer.
- Aha. Trotzdem komisch. Juhu, Juha. Na, dann grüß ihn von mir. Ich hoffe, wir kriegen ihn mal zu sehen. Vielleicht an deinem Geburtstag? Frag ihn mal. Wie alt ist der denn? Jünger als du?
- Hmmm, zwei Monate. Der hat mich aber auch für, bisschen, jünger gehalten.
- Hahaha, macht man doch immer so!
- Nee, das war ernst gemeint. Aber ich glaube schon, dass ihr ihn nächstes Jahr bewundern könnt.
- Mama, wieviel habt ihr denn nun gepichelt? Drei Kartons Rotwein?
- Nee, wir haben zweieinhalb Flaschen Wodka geschafft. Mit der dritten kämpfen wir jetzt, aber da bleibt sicher was übrig. Es

sollte heute Abend ein bisschen mehr getrunken werden, lautete der Tagesbefehl. (ja, da kann sie nix mit anfangen). Sonst hielt sich alles mehr in Grenzen. In meinem Karton ist immer noch was drin.

- Raucht der auch so viel wie du?
- Neee, angeblich zwei Zigaretten am Tag. Da darf er aber die nächste Woche überhaupt nicht rauchen, hat heute schon sein Kontingent überschritten. Ist jetzt bei Nummer acht. Ich bin wohl doch ansteckend, chhhhh.
- Aber das hört sich alles super an!
- (Freu dich mal nicht zu früh. Der ist ein völlig anderes Kaliber…als was ich bisher gekannt hab. Muss ich erst mal mit klarkommen) Ja, wir sprechen uns noch. Gute Nacht!
- Grüß Juhu Nimi von deiner Tochter!

Der nämliche sitzt in der Küche, gelauscht wird er vielleicht haben, bloß verstanden hat er sicher absolut nix. Das war meine Tochter, sie lässt dich grüßen. Grüß sie mal zurück. Ruft aber sehr spät noch an. Aber da ist die die Uhr noch eine Stunde früher. Ach so? Ja, in England. Da hat Riita auch mal gearbeitet. In London. Wohnt sie auch dort? Vielleicht denkt so ein Finnisch Lappland Bewohner, in London kennt auch jeder jeden und läuft sich mal übern Weg. Aber in die Stadt passt ganz Dänemark und fast ganz Finnland rein. Nein jetzt nicht mehr. Wo dann? In Nottingham. Arbeitet als Lehrerin. Jaha…

- *Now, I am tired…Let us go to bed?*

Habe mich jetzt bemüht das absolut neutral zu sagen.

- *Yes, let us do it. You take these covers and the pillow with.*

Also Schlafzimmer, aber keine Rede von was anderem, na mal sehen, vielleicht zeigen die Schnäpschen nun Wirkung. Ich bin so müde, da signalisiert man besser mit Schlafanzug, dass hier nix mehr laufen soll. War nicht immer so, aber irgendwann gegen sechs klingelt der Wecker, und verschlafen dürfen wir beide nicht.

Dann liegen da zwei Decken, zwei Kissen, zwei Bauchschläfer. Eine Hand, die meinen Rücken rauf und runter fährt. Nicht mehr, aber auch nicht weniger. Würde mich gerne umdrehen und noch mal aufs Etikett gucken, vielleicht mit einem Küsschen verzieren, aber zu müde, zu müde, zu müde.

Ich höre ein paar Silberglocken. Solchen Weckruf würde ich sonst immer überhören, bei mir ist der Wecker zu halb sieben auf Fliegeralarm eingestellt, den mach ich erst mal aus.

Sechs Uhr. Der schönste Mann von hinterm Polarkreis hat wohl sein Kling-Glöckchen nicht gehört, der liegt da noch, wie gestern, halb zugedeckt, halb auf dem Bauch, halbe Hand auf meiner Schulter. Ach, jetzt denk mal, in Helsinki, bald! Zu Silvester am Polarkreis, in der Polarnacht, wo die Sonne nicht aufgeht? Wie wäre es da, im Winter? Dunkel am Morgen, dunkel am Mittag und wieder dunkel am Abend. Da kann man wohl den Glockenton ignorieren, sich rankuscheln, nochmal eindösen. Bewegt sich die Hand jetzt über meinen Rücken. Fasst mich irgendwo in der Taille, dreht mich um. Grünbrauner Blitz, Augen, die sich gleich wieder schließen. Ein Mund an meinem. Ein Arm, der mich ranzieht. Eine Zunge auf meine Lippen. Jemand über mir. SOS in Morsezeichen, zum dritten Mal in nicht mal 24 Stunden! Um sechs Uhr morgens, wenn das nicht du wärst, ich würde aber jetzt mein Klappmesser rausholen! Jetzt bin ich wirklich wach geworden! Der Mund am Ohr, der unverständliches mit vielen Vokalen flüstert (kann mir denken was, soll ich sagen metoo?). Drei Minuten, fünf Minuten, noch mal wegdösen?

Hallo, soviel Zeit ist auch nicht mehr. Mach mal n anständigen Kaffee. Früheres Ich, ja, das mache ich schon, gleich! Lass mich bloß noch mal ein bisschen eingehüllt werden, noch mal mit den Fingern übers Etikett, merkt man nur ein bisschen, dass da die Haut anders ist. Ja, und die Schultern und der Rücken, ganz anders als meine. Aber ich laufe auch nicht jeden Tag 20 Kilometer. Ich überlege, ob ich vielleicht aus dem Koffer so ein weißes T-Shirt mopsen soll und unter meinem Kissen verstecken. Nur, die Sachen sind bestimmt abgezählt und in dem Buch notiert. Muß vielleicht mein Schlafnicky genügen, das Kopfkissen und die Zudecke. Erst mal. Dauert auch nicht mehr lange. Nur sieben Wochen.

Jetzt fängt der Alltag wieder an. So viel, über das wir nicht geredet haben. So viel, über das wir geredet haben, was ich nicht geplant hatte. Fragt das Frühere ich, mal ganz bescheiden, meinst du, das hält? Paar Monate wenigstens. So einen Mann habe ich noch nie kennengelernt. Dass man sagen kann „ich hasse alles militärische" und es wird respektiert, und gleichzeitig erklärt, warum man selbst völlig anderer Meinung ist. Ist nie passiert, nicht mit 20, nicht mit 30. Nun mit fast 60. Halte den aber auch fest und verschrecke den nicht!

Zum Flughafen schaffst du das allein? Ich könnte ja mitkommen, muss bloß gleich Bescheid geben, dass es später wird, aber was soll das? In der Abflughalle stehen, tief in die Augen gucken. Dann geht einer durch die Absperrung, der andere zum Zug zurück. Bin ich auch erst Mittag da.

- *Uttiha, it was a beautiful weekend for me. For you, too?* (Ja, nicken.) *I want to take you with me home.*

- *I want that you can stay here, for a longer time...* (Was ist das fur Unsinn?)

- *You know I cannot. And you, you have also to stay here. For few weeks. But you will come to Helsinki, in November? Next time I hope it will be easier for us in the beginning. I will book a nice hotel room in the city. And what do you want to see there?*

Ja, was wohl, dich! Wir müssen da nicht groß rumlaufen

- *The sports museum, but we must not.*

- *No, but as a proposal.*

Gehen seine Hände über meine, aber der Aschenbecher bleibt jetzt leer!

- *And, you will also come to visit me, in Moskuvaara, on New year's eve?*

- *If you want to have me there...*

- *Uttiha, I want to have you...forever!*

Wird jetzt mit Kuss besiegelt. Ach, könnte es nicht noch mal Sonntagmorgen sein? Oder Freitagmorgen? Oder bloß bisschen die Zeit anhalten?

- *Rakastan sinua!*

- *Jaa, my dear Mister Nieminen, I love you too. I want you..forever. If this is possible...*

- *It is!!*

Mein lieber Juha: Du kannst sicher sein, dass ich noch in dich verliebt bin, wenn wir uns in 8 Wochen im kalten, feuchten Helsinki sehen sollten. Ich bin immer noch in dich verliebt, wenn ich zum Jahreswechsel ins nachtschwarze Muskovaara komme.

Wir sind abmarschbereit, der Rollkoffer ist gepackt, da wurde nichts liegengelassen, leider. Erst noch ein Kuss, aber richtig. Dann ist der Mund an meinem Ohr:

- *Rakastan sinua..*

Jetzt sag ich das auf Deutsch. Mache ich ganz selten, aber du hast das verdient:

- Ich liebe dich auch…Ach, mein süßer Polarkreismann Juha!

Ich übersetze das lieber nicht ins Englische.

Wir stehen im Aufgang, er muss vorne raus, ich hinten. Ich könnte immer noch mitkommen, bloß anrufen, was von Verschlafen erzählen. Nee, lassen wir. Nochmal Umarmung, aber feste jetzt, ist die letzte für sieben Wochen. Nochmal Kuss, ist der letzte für sieben Wochen. Nochmal das grüne Leuchten, ist das letzte für sieben Wochen. Hoffentlich kommt jetzt keiner hier vorbei. Irgendwann geht's nicht anders.

- *So long, **Näkemiin**, see you.*
- *Send a message when you are in Rovaniemi.*
- *Not only one message, when I am in Copenhagen airport, in Helsinki, in Rovaniemi, at home…I will think about you, alltime.*

Me too.

3. Novemberblues (Helsinki)

Ach, der Montag nach dem Sonntag! Noch auf dem Fahrrad habe ich das Telefon summen gehört. Ich bin abgestiegen und habe drei Herzchen gesendet. Ich komme sogar eine Viertelstunde früher. Die Chefin fragt, ob das in Ordnung war, am letzten Freitag? Ja, war es. Ich bin wohl nicht nach Deutschland geflogen? Nein. Na, war doch gut, mal so früh loszugehen, oder nicht? Ja. Da gibt es schon wieder einen Bescheid aufs Telefon. Ja, gleich startet das Flugzeug. Jemand hofft, dass die paar acht Wochen genauso vergehen, wie im Flug. Ich auch.Anne hat wohl frei heute, da noch keine Fragen kamen. Bis zum Mittagessen gelingt es mir, mich zu konzentrieren, sogar noch zwei oder drei Bescheide zu beantworten: Das war eins von den schönsten Wochenenden, auch für mich, my dear Juha!

Nach dem Mittagessen habe ich nicht bemerkt, dass jemand da über den Flur gehuscht ist. Paar Minuten später: Ich soll mal ins Nachbarbüro kommen, eine Kollegin hat ein Problem.Komme ich rein. Gucken mich alle an. Ja, also, wie war dein Wochenende? Ja, wie…nett. Aha, mehr nicht? Was haben wir erfahren, du hast dich mit George Clooney getroffen? Waaas? Hmmm. Nee, der war es nicht. Aber da war jemand? Werde ich rot. Ja, hmmm. Stimmt. (Danke Anne!) Wo hast du den kennengelernt? Auf Tinder? Nein, früher, im Juni. Und da ist der so jetzt einfach hergekommen? Ich habe ihn eingeladen. Hast du nie was von erzählt! Hast du ein Bild? Wo wohnt der? Willst du da jetzt hochziehen?

Weil ich schon mal den Schnabel geöffnet habe, gibt es leider kein Halten: Ja, wir kennen uns seit Juni, haben uns jetzt das zweite Mal gesehen. Er wohnt in Nordfinnland. Neeeeiiin, ich will da nicht hochziehen. Hier, das ist Mister Polarkreis. Wer hat, der kann. Das Bild von der Erlöserkirche. Ja, Donnerwetter, sieht wirklich so aus! Ich finde nicht, daß da so viel Ähnlichkeit ist. Vielleicht mit einem dänischen Schauspieler. Also, was haben wir gemacht? Ja, Pilze sammeln am Kattegat, Sightseeing in Kopenhagen. Und noch was? Geht euch nichts an! Wo ist jetzt das Problem, wegen dem ich kommen sollte? Hahaha! Dachte ich mir.

Nachmittag zu Hause, allein. Mache ich sonst nie, ich lege mich zwischen beide Kissen. Alles mustergültig zusammengefaltet, kann ich noch was lernen. Die Kissen bleiben jetzt liegen und ich werde mich in beide Decken einhüllen! Solange es geht. Irgendwann ist das letzte Molekül Juha Nieminen verpufft, aber da liegen wir vielleicht schon in Helsinki in einem anderen Bett. Lange kann ich da nicht liegenbleiben und mir alles wieder vorstellen. Macht mich ganz schwindelig, kann ich nicht fassen. Ich will bloß, ja, was? Singen tanzen lachen, Faxen machen? Freu dich mal, sagt das Frühere Ich, denk mal, der Hauptgewinn! Und in echt!

Der klingelt der Hauptgewinn! Ist nach Hause gekommen, ging alles nach Plan....Amazing weekend! Cannot express it, in English words! May be, in Finnish....Minä rakastan sinua! Dann folgt noch anderes, wie Italienisch vom Hohen Norden. Vielleicht nichts Stubenreines, meint Frau Hase. Aber raus mit dir!

Er hat sich zwei Apfelsinen gekauft. Soll ich sagen, Vitamine braucht der Mensch?

- *I can smell the oranges and remember. The orange fragrance...it is you. Did you know it, before, that I like this orange fragrance?*

Nein, wusste ich nicht. Ich habe solche Seife, die beste, die es gibt, aber dass man das wirklich bemerkt? Hat er die Flasche im Badezimmer gesehen und mal dran geschnuppert, bringt mich Frau Hase auf den Boden der Tatsachen zurück.

Höre ich jetzt nicht drauf, weil mein schönster Mann (nun mit Zertifikat) eine recht überzeugende Geschichte dazu liefert: In der fünften Klasse verliebten sich alle Jungs seiner Klasse in die Schwedischlehrerin, Fröken Anika Bergström. Sie war alt, also ungefähr 30, wie ihre eigenen Mütter, aber ganz anders:

- *She only wore green clothes, always. But colored scarves, like you, Uttiha! The scarves, they smelled of Oranges, so nice for the little boys, that we were...It was a kind of art to get closer to her...*

Um in die Geruchsnähe der Orange zu kommen, sollte man mit Fröken Bergström allein sein. Darum hatten sie beschlossen, wirklich schlimme Fehler im Unterricht zu machen, jeder an einem anderen Tag. Damit Fröken Bergström nach der Stunde zu dem einem oder anderen sagte, er sollte kurz dableiben. Da konnte man ganz nahekommen und mal an dem Schal riechen. Chhhh...Chhhh, muss man sagen, blöd waren die kleinen Jungs von Jyväskylä nicht!

- *All my classmates, and me...we were happy. Although it took only a half year, then we found something other interesting. Uttiha, think, it was the same fragrance...and 50 years later. Do not you think it is phantastic?*

Ja, wahrscheinlich. Vielleicht sollte ich mal anrufen und mich mit „*It is your teacher in Swedish, Orange-Anika...*", melden. Chhh. Chhhh. Es ist nicht mal 24 Stunden her, er fehlt mir, ich fehle ihm, paar Kopfkissen ersetzen nichts. Aber natürlich sind acht Wochen weniger als 12. Die gehen vorbei, und wir hören voneinander!

Eine Woche später, in Deutschland, erfährt der Rest der Familie und die Kumpankas die frohe Botschaft, diesmal mit Bild und Ton. Erst das Video, vom TV -Studio. Ja, da brennt es ganz schlimm, war das die Gegend, wo du warst, im Sommer? Hier guck mal, jetzt, im Studio! Na, da sitzen Leute, waren die mit bei der Brandbekämpfung? Wo hast du denn den Clip her? Guckt mal den Herrn dort, neben der Dame. Ja, sieht ganz gut aus. Hast du ihn dort vielleicht getroffen? Ja, aber nicht nur dort. Auch vor 14 Tagen, in Kopenhagen. Habe ich ihn eingeladen. Hier, wir beide. Nein!! Ist ja phantastisch! Wie habt ihr euch denn kennengelernt? Hört sich mehr so an: Wie habe ich mir den eigentlich geangelt. Daher erzähle ich, dass es genau umgedreht war und ich ja nie daran gedacht hätte. Alle glauben das nicht recht, merke ich. Dann die obligatorischen Fragen: Warum ich nicht früher was gesagt habe? Wegen der ungelegten Eier. Ob ich nun bald nach Nordfinnland ziehen will? Nein, nein und nochmals nein! Außerdem kennen wir uns erst ein paar Tage. Hast du nicht gesagt, im Juni? Ja, damals im Juni und jetzt das längere Wochenende.

Irgendwo gibt es auch bisschen Kritik, weil die Kurzbeschreibung über die Weltanschauung des Herrn vom hintern Polarkreis nicht ungeteilte Begeisterung findet.

- Na, passabel sieht der ja aus. So wie Juha Mieto, bloß bisschen abgespeckt. Aber, konservativ? Kirche und Militär? Na, weiß ich ja nicht, warum du nun im Alter auf solche Typen stehen kannst, schießwütige Rechte.

Der schönste Mann von hinterm Polarkreis soll doch mal in echt begutachtet werden. Zu meinem Geburtstag vielleicht? Was nicht geht, der Januar ist absolut ausgebucht, da bekommt er keinen Urlaub, weil alle Abrechnungen und Anträge geschrieben werden müssen. Im Februar gibt es zwei Wochen Winterferien. Dann kommt die große Feier mit Präsentation des schönsten Mannes von hinterm Polarkreis in Deutschland! Ich sollte ja Silvester hinfahren und seine Freunde kennenlernen. Da kommt dann auch Frau Kaata, meint Frau Hase mokant. Damit ich mich nicht zu früh freue.

Bleibt der tröstliche Gedanke, dass es nun nicht mal fünf Wochen sind, dann fliege ich nach Helsinki. Gebucht habe ich schon, Donnerstagabend geht es los, am Sonntag bin ich wieder zurück. Ich hoffe sehr, dass es a) diesmal nicht so lange mit dem Kennenlernen dauert und b) diesmal nun auch alles so klappt, wie es sein soll. Ohne Zwischenfälle, die wieder Zeit kosten. Tote Rentiere muss man nicht bergen in Helsinki und das Flugzeug wird hoffentlich nicht wieder ein Ersatzteil benötigen, das erst von weit her beschafft werden muss. Alles andere, also Terror, Absturz oder andere Verbrechen, kommt ja nicht sehr oft vor.

Auch wenn Frau Hase meint, damit müsste man immer rechnen. Oder der Flug verläuft ohne Probleme, dann das: Allein am Flughafen stehen, niemand kommt, oder es die Meldung, ja war alles schön und ich weiß, es ist schlecht, dass über Telefon mitzuteilen, aber ich mach es trotzdem. Ja, siehst du, manchmal gibt es Veränderungen und deshalb, leider, leider, wird es nichts mehr. Nicht in Helsinki, nicht im Winter in Moskau (Moskuvaara), gar nichts mehr. Waren wunderschöne Tage und hat nichts mit dir zu tun. Ich wünsch dir Glück. Wenn Frau Hase auf solche Ideen kommt, wird sie vorm Fernseher platziert, damit sie sich wieder Nachmittagskrimis mit dem Massenmörder in der Kreisstadt ansehen kann. Völlig ausgeschlossen, guck mal, würde er sonst das hier senden? Alle die Bescheide, alle die Herzchen. Weiß ich, zu 100% kann man eine Frau Hase nicht überzeugen, die sucht immer nach dem Haken.

Manchmal rufen wir uns auch an, dann ist das so wie ganz früher, als ich stundenlange Telefongespräche mit diversen Herren geführt habe. Stundenlang sind die Gespräche nicht, wir können beide nicht so einfach losplappern. Wenn man sich gegenübersitzt, kann man zu mindestens sehen, ob der andere was verstanden, geht ja nicht am Telefon. Probiere mal Skype, höre ich von der imaginären Tochter.

Ja, aber dann verwackelt das Bild, oder man hört nichts...nee, lass ich mal.

So langsam geht der September in den Oktober über, mit paar Tagen, wo alles leuchtet und funkelt. Ich wollte eigentlich noch mal ans Kattegat fahren, Pilze sammeln, kann mich nicht aufraffen. Was soll ich da allein? Wer isst mit mir zusammen die Pilze? Komme ich bloß auf die Idee, nicht nur den Papprotwein, sondern auch den Rest der Wodkaflasche aus dem Tiefkühler zu leeren, muss nicht sein. Aber schön sieht es an dem kleinen See aus, an dem ich immer vorbeifahre. Morgens, wenn noch Nebel über dem Wasser liegt, die Sonne leuchtet die Weiden an, dass sie gelb strahlen. Ist aber kein Vergleich zu dem Bildchen, was ich geschickt bekomme. Hoch oben im Norden hat auch der Herbst begonnen, Der Himmel ist knallblau und die Sonne beleuchtet das Ganze. Die Bäume in Gelb, Braun und Rot und der Boden in so einem Dunkelrot, Moos und Flechten haben auch Herbstfarbe angelegt. Könnte man glauben, dass das Bild nochmal Farbverstärker bearbeitet wurde, ist es aber nicht.

Wonderful picture, all these colors! In Copenhagen we have soon fifty and more shadows of grey. It will rain every day.

Die wunderschönen Herbsttage sind hier nun vorbei, jetzt beginnt die dänische Regenzeit, die ungefähr von Mitte Oktober bis Mitte April dauert. Regenschirm, Regenjacke, Gummistiefel, nass am Morgen, nass am Abend, hellgrau, dunkelgrau, grau. Plus Wind.

We had a fine and long autumn, here we call it Ruskka. You must see it, next year. The air is so clearly, it is as you can see the Inari lake, when you are on the highest peak in the area. Promise me, you will be here next year. We can also go to hunting...

We have talked about that I will come in next Summer. Do you remember?

Yes, we have. You should be here, on Juhannus. But you know, there is a problem...

Davon haben wir gesprochen: Eine seiner Töchter will im Sommer heiraten, ganz großes Fest, aber nicht hinterm Polarkreis, sondern in der Hauptstadt. Mit allen den feinen Leuten, die das junge Paar so kennt. Juha ist eingeladen, von mir war nicht die Rede. Macht mir nichts. Was soll ich da zwischen feinen Pinkeln rumstehen, auf Englisch radebrechen und einen doofen Eindruck machen? Er würde mich aber so gerne mitnehmen, er müsste vielleicht noch mal. Nee, lass mal, muss nicht sein. Uttiha, der Sommer ist lang. Die Mitternachtssonne ist auch noch im Juli da. Wir sehen uns bald, und gleich zweimal. Du kommst doch auch, im Dezember, zu Silvester? Habe ich doch gesagt, ja.

Dann wird die Jagdsaison eröffnet, es wurde schon ordentlich Beute gemacht. Sehr zufriedene Männer beim Zerlegen großer Tiere, vielleicht Elche, oder so? Blut überall, daneben eine lange Reihe erlegter Hasen und irgendwelcher Pelztiere in der bereiften Landschaft. Soll ich auch mal kommen, nächstes Jahr, er könnte mich mitnehmen. Anscheinend werde ich die Zahl meiner Flüge im nächsten Jahr verdreifachen können und gar kein Wochenende mehr zu Hause sein. Wenn es darum geht, was ich mir alles angucken soll, dort 2000 km nördlich. Es gibt auch manchmal Bilder von den Wauzis. Wie Dackeldame Marja guckt. Könnte fast ein Katzenersatz sein.

Dann, es sind nur noch drei Wochen, bis wir uns sehen: Wie groß meine Wohnung eigentlich ist? Warum ich nicht umgezogen bin, als ich dann allein war? Weil ich davor dreimal umgezogen bin, weil meine Miete zwar sauteuer ist, aber bei Mietwohnungen bezahlt man fast genauso viel per Quadratmeter, außerdem gilt so ein Vertrag meist nur 2 Jahre. Danach wird man gefragt, ob man kaufen will. Wenn nicht, kann man sich wieder was suchen. Nein, mache ich nicht. Jaha, aber ist doch ein bisschen groß, für eine Person? Also, du wohnst in einem Haus, allein, der große Köter lebt ja draußen und die kleine Marja nimmt nicht viel Platz in Anspruch. Ob er das kennt, an mehr kann man sich besser gewöhnen als an weniger? Versteht er nicht richtig, hatte ich mir gedacht, also noch mal Klartext: Ja, ich brauche alle drei Zimmer, einfach so. Habe ich mich daran gewöhnt, ist auch schön, wenn man so einen Raum für Extra hat. Was Kleineres könnte ich mir jetzt im Augenblick nicht vorstellen. Ja, meine Wohnung ist schön, auch wenn sie weder Balkon noch Garten hat und keine Sauna! Das letzte, was ich nötig brauche, haha. Ein Balkon wäre schön, aber wenn ich dann raus auf die Straße gucke. Warum fragt er denn überhaupt? Ja, es hätte ihn interessiert.

Also Herr Nieminen, soweit kenne ich dich. Du fragst nie nur so. Sollte ich jetzt noch sagen, dass noch eine Person in meiner Wohnung kein Problem wäre, erst recht nicht mein süßer Polarkreismann? Ob er an sowas gedacht hat?

Genau das Gegenteil wohl, denn ab und an gibt es ein paar ganz subtile Hinweise, dass ich ja nicht nur zu Besuch kommen sollte. Als ob er eine ganz kleine Hoffnung immer noch hegt. Aber habe ich mich da nicht klar ausgedrückt? NEIN! Nicht in zwei, drei oder sechs Monaten, nicht in zwei Jahren, da rede ich nicht drüber. Basta. Sag ich nicht so, werde dann immer schweigsam.

Einen Freitag später, gegen halb sieben abends, ich bin gerade nach Hause gekommen. Da klingelt das Telefon. Ich bin gerade erst rein, muss ich jetzt nicht gleich rangehen. Hinsetzen, Kaffee, Kippe und erst mal sehen, wer der Klingler war. Kann ich mir denken, aber es wurde nicht nur einmal Bescheid gesendet, mindestens dreimal. Er hat mir ein Mail geschickt, soll ich mal angucken. Langer Text, und ein Bild ist auch angehängt: Eine Zeichnung, sieht aus wie der Grundriss von zwei Räumen. Mit einem schmaleren dritten Raum, der in einen größeren übergeht. (Ist eine Skizze, aber die Striche! Bekomme ich so nicht mal mit Lineal hin!) Dann mühe ich mich durch die ganzen Zeilen, mit Translate. Herr Polarkreis beherrscht Englisch weitaus besser als ich, muss ich zugeben. Bloß manchmal glaubt er, dass solche Verschachtelungen, wie bei Texten für „die Öffentlichkeit", auch gut für private Schreibereien sind. Kommt noch dazu, dass der Satzbau manchmal mehr finnisch ist als englisch. Nach einer halben Stunde habe ich so den Sinn erfasst und werde wütend. Da ist die Rede vom Kauf einer großen Portion Steine, Beton, Holz, alles, was man so braucht zum Hausbau. Konnte Tuomas sehr günstig bekommen, noch billiger, wenn sie teilen würden. Da soll ein „Annex" ans koksgraue Häuschen gebaut werden. Zwei Zimmer! Mit 60 Quadratmetern mehr Fläche. Viel Platz. Für mehr als eine Person! Das war das. Der Hintergedanke!

Man sagt das einmal, ja, wird verstanden. Man schweigt beim zweiten Mal, da wird das schon bisschen missverstanden. Und dann stellt man den anderen vor fast vollendete Tatsachen, nochmal in Großbuchstaben: Ich möchte, dass du zu mir ziehst. Deswegen wird angebaut. Steht da nicht wörtlich, aber so lese ich das.

So, da muss jetzt was mal ganz deutlich geklärt werden. Im Moment ist alles bisschen viel für mich. In der nächsten Woche wollte ich noch mal Deutschland, geht nicht, ich kann keinen halben Freitag frei nehmen, wenn ich die Woche darauf schon den halben Donnerstag und den ganzen Freitag frei habe. So viele Abgabetermine, die zu halten sind.

Wenn ich jetzt keinen klaren Bescheid gebe, kann ich mir im Winter schon den Rohbau begucken. Und muss wirklich was sagen. Kannst du dann immer noch, meint die imaginäre Tochter, komm mal runter! Besser ist das, mischt sich Frau Hase ein, sonst legt er dir in zwei Wochen ein paar Rechnungen auf den Tisch, und das wird erst der Anfang sein, später sollst du dich auch noch an einer neuen Hundehütte, einer Sauna und was dem noch einfällt, beteiligen.

Bis jetzt war ich der Meinung, Herr Nieminen kann mich etwas durchschauen und merkt, wenn mir was nicht passt, ohne dass ich was sagen muss. Jetzt so etwas, ist mir peinlich, wegen ihm. Der Mann ist fast 60, ich habe nichts gesagt, was darauf schließen lassen würde, spätestens im nächsten Jahr zu ihm zu ziehen, aber als ob er da einfach nicht hinhört! Kindisch, soll er lassen! Will ich nicht! Männer mit hochfliegenden Plänen habe ich zur Genüge gekannt. Nein, sage ich zur imaginären Tochter, das muss ich jetzt gleich machen, sonst ist die ganze Wut verraucht und später stehe ich vor dem Rohbau! Also jetzt und gleich:

- *Oh, hi Uttiha, nice to hear you! Where have you been all the time?*

Ja, das kannst du dir denken. Bei uns wird nicht gemütlich im Wald rumgestrolcht, paarmal auf wilde Tiere geschossen, oder lange Sätze in den Computer geschrieben! Bei uns sind Termine zu halten, immer und überall. Da ist es sehr praktisch, wenn man manche Sachen abends macht, damit die alles morgens früh fertig haben. Ehe es jetzt wieder losgeht, ich soll nicht so lange, ist nicht gut - bringe ich sein Ohr erst mal zum Glühen. Wahrscheinlich wird nur die Hälfte über die 2000 oder mehr Kilometer verstanden, und davon die Hälfte unverständliches Kauderwelsch. Aber laut ist es. Sehr sogar!

Ja, das Bild habe ich gesehen. Wegen mir muss er gar nichts anbauen, habe ich das nicht mal gesagt? Und viel lasse ich mir ja einreden, aber das ich noch mal Haus und Hof verlasse und vor dem Ungewissen stehe, nie wieder, niemals! Ich lass mich auf kein Datum mehr ein, bis wann ich mir das überlegen will. Fristen habe ich schon auf Arbeit, mehr als gut ist. Plus alles andere. Nix mehr zu dem Thema, basta! Den Hörer knalle ich nicht auf, gibt ja keinen mehr, aber ich muss mich erst mal verpusten. Ja, da ist es still im Telefon.

- *Can you hear me? Are you there?*
- *Yes, I have listened to you. But I was working with something in the basement, I have go down again. Is it OK when I call you back, in 30 minutes? So, we can talk better.*
- *Hmmm... of course. I am waiting. Bye bye...*

Ohne die Standardfloskel wird auf beiden Seiten aufgelegt.

Jetzt ist es noch stiller geworden, kein Pip, kein Klapp, kein Zisch. Es ist Freitag, der 31.Oktober, 19:52. Halloween, konnte man sich denken, dass was Gruseliges passiert. So gegen viertel neun wird sich wohl das ganze Sommerabenteuer erledigt haben. Da kann man nichts machen, bloß in die Küche gehen, den Pappkarton öffnen, Gläschen einschenken, entspannen. was das auch immer heißt. Mir ist kalt und die Hand zittert.

Irgendwo in der Stube sitzt heulend das Frühere Ich und unter Schluchzern höre ich so raus, dass man auch früher mal was verkackt hat, aber niemals so, mit voller Absicht! Das wars dann wohl, kannst du gleich morgen einen Besuch im Tierheim machen. Da wird sich schon noch ein fetter Kater für den Hausgebrauch finden. Die imaginäre Tochter rollt bloß mit den Augen, aber gibt dem Früheren Ich recht. Die einzige, der das Drama gefallen hat, ist Frau Hase. Hast du ihm mal gezeigt, wo der Hammer hängt! Haha, ja gezeigt, damit er den dann von der Wand nimmt und ihn fliegen lässt. als Jäger kann man verdammt gut zielen, nicht bloß auf Vierbeiner, meint das Frühere Ich mit einem Schluchzer.

Solche Dinge kommen immer so plötzlich aus dem nichts. Hätte man eleganter lösen können. Mit Humor, fragen, ob er dann nächste Woche anfangen will zu bauen, und ob alles zu Silvester fertig sein soll? Fragen, was so in Helsinki geplant ist? Das Hotel, wo liegt das, wie wird da so das Wetter sein, wo könnten wir hin...oder müssen wir überhaupt wohin? Verabschieden mit „rakastan sinuu..."oder so ähnlich. „I am still falling in love with you", kenne ich jetzt schon, mit „Metoo" als Antwort. Rakkastan sinua, könnte ich auch antworten, hört sich bloß bei mir an wie ein Marschbefehl, aber ich übe noch.

Jetzt muss ich hier noch mindestens zehn Minuten leicht zitternd warten, bis das Telefon klingelt. Danach kann ich schon mal irgendeinen Schmierfilm auflegen, den Karton mit zum Fernseher nehmen und bloß aufpassen, dass ich morgen Nachmittag wieder einigermaßen geradeaus gehen und vor allem Rad fahren kann, um Nachschub zu holen.

Mein Früheres Ich sitzt da, putzt sich die Nase und schüttelt bloß den Kopf. Ohne Sinn und Verstand! Bei allen möglichen Typen hängenbleiben bis zum bitteren Ende, aber hier, den Hauptgewinn, den wirft man einfach weg! Nein, sie will auch keine Aufmunterungen von Frau Hase hören, wer weiß, ob es nicht besser war, da wären vielleicht noch ganz andere Sachen gekommen. Nicht bloß finanzielle Beteiligung. Mann, Mann, wie vor 20 Jahren, ich dachte, man ist ruhiger geworden, kommt es vorwurfsvoll von der imaginären Tochter. Jetzt ist es wohl zu spät. Noch drei Minuten. Kann auch sein, der brüllt dann genauso los, dass ich ja überhaupt nichts kapiert habe, und wie ich mir das gedacht habe, mit den 2000 Kilometern, für immer bloß Besuche? Will er nicht. Aber so die Vorstellung, dass dann dort eine Furie in allen Räumen plus den angebauten rumsaust und ab und zu rumbrüllt. Nein, dann wäre es vielleicht besser...

Klingelingeling! Trau mich gar nicht raufzugucken. Aber, könnte ja jemand anderes sein, unwahrscheinlich, aber möglich Klingelingeling!! Nein, ist es nicht. Ach, das Ding nicht aus der Hand fallen zu lassen, mit dem Zitterfinger das grüne Telefon hochzuschieben. Klingelingelingelingggg!!

- *Hi, it is Uta...*

Wollte gleich ein Sorry dranhängen, aber alle drei Damen legen den Finger auf den Mund.

- *Hi, now I am back. There was a problem with the radiator, in the basement. A lot of oil also. Now all is done, and it works again.*

Ich denke eher, dass du die halbe Stunde gebraucht hast auszuwerten, was da durch den Hörer gekommen ist. Ohh ohh.

- *But, what about you? You sound like very stressed? Something with your job? Have you to work on the weekend? (*Da hört man noch nichts von Retourkutsche*)*
- *No, but you are right I am a little bit stressed, because of a lot of tasks I must do, with short deadlines. Not easy. And, I have found your message, with the picture…*

Irgendwie muss ich ja den Anfang hinkriegen.

- *Sorry Uttiha. But, do not worry, it will be Winter soon, no time for building a house.*

Lacht der noch leise, ich weiß jetzt gar nicht, was ich denken soll. Wann kommt denn endlich der Generalanpfiff?

- *We will meet us on two weeks, and later you will come here to Moskuvaara, will not you? You said it.*
- *Yes, I will come, soon to Helsinki and in December…*

Ist das eventuell möglich, das wir uns wunderschön missverstanden haben? Bisschen kenne ich Herrn Nieminen. Wenn der alles richtig verstanden hätte, dann wäre er das jetzt gewesen, der ins Telefon brüllt. Habe ich mal erlebt. Oder will er, dass ich damit anfange? Lasse ich lieber.

- *I am so happy. I was afraid that you never will see me again. When I was in the basement I have thought about, what was it I have done wrong? I could not understand you so clearly.*

Ach, wie peinlich. Oder vielleicht doch nicht so schlecht. Ich sag jetzt nicht nochmal in normaler Lautstärke, wie ich die Baupläne auslege. Wenn er meint, da ist was, hätte er schon was gesagt. Ach, was ein für ein Glück, dass ich Englisch bloß für Anfänger beherrsche. Aber was jetzt sagen?

- *It was not so important, I must have a little bit time, more…to relax.*

Ich hoffe, das reicht für eine Erklärung?

- *Uttiha, I think it is not so good for you to spend so many hours at work. Cannot you say to your boss that it is too much, now?*

Soll ich dir mal was sagen, mein lieber Juha? Wenn man nicht mitzieht, ist man weg vom Fenster. So ist das, in der Marktwirtschaft, oder im Kapitalismus. Kennst du nicht, öffentlicher Dienst ist was anderes. Na, war nicht das Thema.

- *I do not think so. And sometimes I want to finished tasks in the evening so my colleges can work with the results next morning.*

Und um dem ganzen mal eine Drehung in eine andere Richtung zu geben:

- *It will be better on two weeks.*

Na, da ist jemand froh! Er wusste nicht, dass ich so ein „Krakatoa" sein könnte! Waaas? Gibt ja eine Menge komischer Bezeichnungen für keifende Weiber, sicher auch auf Finnisch. Nein, „Krakatoa", der Vulkan. Pflegte sein Vater zu sagen, wenn sie als Kinder laut wurden. Still jetzt! Kein Krakatoa, von niemandem! Weil alles glimpflich ab-gegangen ist, erkläre ich, dass ich nichts dagegen habe, wenn jemand mal rumbrüllt, sofern eine Erklärung und eine Entschuldigung nach-her folgt. Jaha…denkt er auch. Und macht das auch, weiß ich. Was ich heute noch mache? Wein trinken? Vielleicht hat es mal geglu-ckert im Telefon. Deswegen ist das mit Skype auch keine gute Idee! Ja, ein Glas… it is weekend! Nicht nur das, wie erleichtert ich bin, die Katastrophe ist nicht eingetreten! Zwei der drei Damen finden das phantastisch, die dritte nicht, aber das wussten wir auch vorher. Wir reden übers Wochenende in Helsinki, was wir machen könnten, wenn es nicht pausenlos regnet, das könnte passieren. Da wüsste ich auch was. Chhhh. Er kennt dort wunderbare Spazierwege. Er könnte auch zwei Plätze bestellen, in einer Bar, die es seit Mitte 1920 gibt. Man kann eine Show ansehen, tanzen und trinken. Ich sage zu allem ja, auch wenn er mir vorschlagen sollte, am Sonntagmorgen mal so paar Kilometerchen durch Helsinki zu joggen. Nur weil ich so froh bin, dass wir die schlimme Klippe umschifft haben. Diesmal endet das Telefongespräch mit dem Standardsatz: Minä rakkastan sinua…Me too!

In der nächsten Woche werden die Reisepläne noch mal präzisiert: Juha fliegt morgen, zusammen mit seinen Kollegen nach Helsinki, da soll die 2020-Planung vorgestellt werden. Gibt Donnerstagabend ein Jahresfest dort, dann geht die harte Arbeit los. Von Freitag bis Sonn-tag gehen sie alle Anträge mit jemandem von dort noch mal durch, damit sie am Montag und Dienstag vorgestellt werden können. Es ist schon klar, dass sie im nächsten Jahr mehr Geld bekommen, das Bak-terien-Projekt hört sich sehr vielversprechend an. Aber: Es soll alles korrekt sein, mit Fakten und Belegen und ein Vortrag muss zu jedem Punkt gehalten werden, denn dafür bekommen Beamte im

Ministerium ihren Lohn. Sie rechnen mit einer Zusage, die dann, am nächsten Mittwoch nochmal gefeiert wird, aber danach wird alles beiseite geräumt...*"and it is only you and me and four days together!"*

Von dem Fest im Ministerium bekomme ich einen kleinen Filmklip, es ist laut, Musik spielt, Herr Nieminen, mit Schlips (!!!) versucht mit schwerer Zunge, mir was zu erklären, klappt nur nicht, da irgendwelche anwesenden Damen kichern und dumme Bemerkungen machen. Nicht unattraktiv. Zeige ich nicht Frau Hase, sonst erzählt die mir, dass mein Lieblingsfinne am Freitagmorgen aufwacht und durch den Raum schwebt ein dezenter Hauch fremden Parfüms.

Am Wochenende keinen Bescheid. Aber hatte er nicht was gesagt von hart arbeiten? Muss man wohl glauben, ich störe lieber nicht. Am Montag, gegen 9:00: Ein kleiner Herzchenbescheid „Only four days back!!!". Dann nichts mehr, keine Herzchen, keine Nachricht, nix, den ganzen Tag. Nur damit er das weiß, schreib ich nochmal *„We will meet us, on Thursday, at 19:00. I am looking forward"*. Tue ich eigentlich nicht.

Da kriecht was Kaltes hoch: Ich allein am Flughafen, niemand da. Ich warte, warte, alle sind schon weg. Dann ins Hotel. Ich habe doch gar keine Adresse!! Na, dann irgendeins, wenn es da noch Platz gibt. Nochmal Telefon. Keine Antwort. Ich nehme ein Zimmer. Laufe durch ein graues Helsinki, sitze in irgendwelchen Cafés, probiere wieder und wieder das Telefon. Nichts. Nichts. Was habe ich gesagt? Frau Hase triumphiert. Der Kerl hat Manschetten bekommen. Kann man gut telefonieren, sich süße Sachen sagen, und derweil war da Kaata oder jemand anderes zu Besuch und die haben sich kaputt gelacht. Frau Hase, hör jetzt auf!! Wart mal noch ein bisschen, manchmal ist die Verbindung nicht so gut. Meine imaginäre Tochter will mich trösten, aber gegen Frau Hase kommt die nicht an. Noch hast du Zeit, bestell den Flug ab. Kostet ein bisschen, aber nicht so viel, als wenn du auf Teufel komm raus da jetzt hinfliegst. Also, ruf jetzt mal Finnair an. (Nein)

Ich probiere am Montagabend um 23:00, 23:30, 0:00, und sogar 1:30. Nichts. „Der Teilnehmer ist zur Zeit nicht erreichbar". Das Telefon wurde in die Ostsee geschmissen und der Polarkreismann amüsiert sich im Hotel mit jemand anderem.

Es wird Dienstagmorgen, nichts. Ich werde mir noch eine Frist bis 19:00 geben, dann storniere ich den Flug. Ich rufe auch nicht mehr an. Ist furchtbar, aber wenn hier nix kommt, dann wars das. Ach, ein Sommermärchen mit einem schönen Spätsommer. Zu mehr hats nicht gereicht. Ja, aber denk mal, du wärst da hingeflogen im kalten Winter, und dann stehst du in Rovaniemi bei -30 Grad und hast zwar Stiefel, aber sonst nix. Wäre noch schlimmer. Jaja, Frau Hase.

Wenn niemand etwas wüsste. Aber leider, ich musste ja alles ausplaudern. Geht die Fragerei los. Was habt ihr vor? Weiß ich nicht, lass mich überraschen, auch wenn die Überraschung schon eingetroffen ist. Ob ich lieber Donnerstag und Freitag zu Hause bleibe? Liebeskummer ertränken?

Um zehn haben wir eine Besprechung, die geht bis elf. Bevor wir zum Mittag gehen, guck ich doch noch mal aufs Telefon. Eine Nummer!!! Finnische Vorwahl, aber nicht Juhas Nummer. Vielleicht ist sein Telefon wirklich kaputt gegangen. Passiert selten, aber passiert. Ich rufe mal zurück. Die anderen sind schon weg, kann ich ja mal. Da klingelt es schon wieder. Einmal, zweimal. Nun steht da „Juha". Ach, das Telefon funktioniert wieder.

- *Ja, Uta speaking.*
- *Hello, are you Mrs Uta Landmann?*
- *Yes (Hmmm?)*
- *Here is Kaja Koivonen. I call you from Mr Nieminen's phone. He is ill, was in an operation. Gallstone.*

Ich verstehe nichts. Doch, Mr Nieminen hab ich verstanden. He is ill....jetzt geht das Herz zum Kehlkopf rauf

- *I do not understand.*
- *He was on an operation. Gallstone. He is not so well now.*
- *Gallstone? I cannot understand?*
- *Do you speak Swedish?*
- *A little bit (*Vielleicht gehts ja besser so*)*
- *Han har GALLSTEN operation.*
- *I have understood. Thank you.*

Ach, gut, das Herz puckert langsam zurück. Gallensteine...wie ist das passiert? Aber ich hatte ganz andere schlimme Sachen im Kopf.

- *May I speak with him?*
- *He is under anesthesia. He cannot speak with you now. He wants to call you in the evening when he is better, OK?*

Ach, die Stimme! Gleich blafft sie mich an, warum ich nicht im Krankenhaus bin, oder so.

- *Yes, please say to him, I am looking forward to his call. I am happy (*sagt man so sicher nicht, aber ich bin auch nicht die Beste im englischen*) that he will be fine in the evening. Can I call him on his phone?*
- *No. If he is better, you can call him by this number ...*

Ohh, Augenblick und sag die Ziffern einzeln. Ein Stift und ein Klebzettel und meine Hände zittern. Dann folgt eine zehnstellige Nummer, ich wiederhole, korrekt. Und bekomme eingeschärft, erst NACH 18:00

- *The patient is very weak.*
- *Thank you* (oder haaalt! Noch was?*) The address of the hospital?*
- *May I send you the address with a message? (*Ja, gerne*)*

Zwei Minuten später kommt eine sms: Töölön sairaala, Topeliuksenkatu 5, 00260 Helsinki. Wer das nicht weiß, würde glauben, da will mich einer verarschen Töölön...Törö.

Soll ich den Flug absagen? Was macht der für Sachen? Gallenstein? Naja, passiert wohl. Nicht so schlimm wie andere Sachen, da werden Steine oder die Gallenblase entfernt. Danach fehlt was, aber man kann damit leben. Macht man sowas nicht mit Schlüsselloch-technik? Da ist er vielleicht am Donnerstag schon wieder raus. Man muss sich vorsehen, wird nun nicht so viel mit Weib, Wein und Gesang, aber bisschen schon.

Nach 18:00 Uhr, also. 17:30, 18:00, na lieber warten bis 18:30. Klingel, klingel.

- *Hi. ...Juha speaking...*

Soll ich jetzt loslegen: Warum hast du nichts gesagt? Ohh, das tut mir leid. Wie geht es dir? Kommst du morgen raus?

- *Uta speaking*
- *Ohh, Uttiha (*Hört sich nach Narkose an. Kenne den gar nicht so*) Yes, it was...wrong..*
- *When did it happen? On Monday?*
- *Yes, I was falling down, they thought at first it was a stroke. But they could see I had big pain and, I could also say what it was. They called an ambulance and then it was very fast to the operation. In hospital they said that it was not so long...from the worst case. All stone were removed. And now the inflammation has to be stopped with penicillin..*
- *How long must you stay in the hospital? I want to fly on thursday?*
- *Uttiha, stay at home. It is not this we have dreamed about...so we will see us, in December.*

Nee, also nicht mit mir. Ich bin Weltmeister im Krankenhausbesuchen! In einem finnischen war ich noch nicht. Außerdem, einen Flug ändern zu lassen ist billiger als zu stornieren. Er soll mir mal schreiben, wie das Hotel heißt, wo wir unterkommen wollten. Also, das geht nicht, er hat ja sein Telefon nicht hier. Wie bitte? Wegen der Bakterien, er kann nur mit dem krankenhauseigenen telefonieren. Ich will wirklich kommen? Was glaubst du denn! Ja, also, hier die Adresse. Dauert ziemlich lange, wieder so ein schrecklicher Straßenname, aber das Hotel heißt Helka, recht einfach. Guck lieber mal nach, ob es das überhaupt gibt, weißt du auch, was du da machst, gibt Frau Hase zu bedenken, aber ich höre gar nicht hin.

Wann ich kommen wollte, Donnerstag? Ja. Wenn es möglich ist, ob ich das ändern könnte, auf Freitag. Am Donnerstag soll er auf eine andere Station verlegt werden. Da kann auch Besuch kommen. Es ist besser, wenn wir morgen noch mal sprechen? Wenn ich den Flug umgebucht habe? Er muss hier gleich Schluss machen, die Schwester wartet schon. Auf was? Na, das Telefon.

- *I call you tomorrow, in the evening, 19:00? Is it OK for you?*
- *(*Muss er ja wohl nicht fragen*) Yes, and I am very happy, that we can see us, on Friday. In the hospital.*
- *Yes, I am looking forward...but only it does not matter for you. And tomorrow I will call to you.*

Vorfreude hört sich anders an. Was ist mit dem Mann und seiner Stimme? Die Sätze, die die ganzen Wochen vorher mit so schönen finnischen langvokaligen Wörtern durchzogen waren? Als ob es ihm Mühe macht. Kann sein, die Narkose wirkt noch. Morgen geht's vielleicht besser.

- *Yes, tomorrow. And I hope that you will be better...*
- *I hope so. And, Uttiha?*
- *Hmmm?*
- *Rakastan sinua...*
- *Metoo. (*Wenigstens das*!)*

Am nächsten Tag gibt es Anweisungen, wie man sich als Patientenbesucher in einem finnischen Universitätskrankenhaus zu verhalten hat. Mir schlackern ein bisschen die Ohren. Alles hört sich nach geschlossener Anstalt oder Gefängnis an. Strenge Besuchszeiten, nur nachmittags, man muss sich anmelden an der Rezeption, sagen, zu wem man möchte. Weißt du noch mein Geburtsdatum? Was denkst du, vergesse ich nicht, weil, wegen, na, nicht so wichtig! Dann wird zu mir telefoniert und dann kannst du kommen. Wann bist du Freitag da? Ja, nun habe ich umgebucht, fliege Vormittag los und bin so halb zwei da, also, am Flughafen.

Ich soll Bescheid geben, wann ich herkommen will. So gegen 16:00 vielleicht? Dann hätten wir zwei Stunden. Danach wird die Anstalt wieder dichtgemacht, aber Sonnabend ist ja auch noch ein Tag, und Sonntag.

Also sitze ich am Freitag im Flugzeug und es sollte eigentlich ganz anders sein. Dass das Herz bis zum Hals schlägt, ja gerne, aber aus anderen Gründen. Wenn ich in die Ankunftshalle komme und da wartet (endlich mal!!) jemand auf mich. Umarmt mich, küsst mich, drückt mir die Luft ab. Wir fahren Taxi, und schon im Auto kann er die Finger nicht von mir lassen. Und im Hotelzimmer. Wodka mit Blaubeere und Laken zerwühlen. Wir gehen in diese Bar. Zu sanfter Musik Slowfox tanzen. Vorher oder hinterher.

Alle möglichen Katastrophen wurden durchgespielt, aber Krankenhaus, das hatte nicht mal Frau Hase auf dem Schirm. Aber jetzt geht es wieder los: Erzählt sie mir 1000 Räuberpistolen, die fangen harmlos an mit einem Mann im terminalen Krebsstadium, der mir morgen nur mitteilen will, dass er mich in seinem Testament bedacht und die, so alles in allem eine Woche, die wir zusammen hatten, die schönsten

Tage in seinem Leben waren. Hat wohl einmal zu viel „Love story" geguckt. Dann kommt ein Psychopath ins Spiel, der in der geschlossenen Anstalt sitzt und mit verschiedenen Stimmen sprechen kann. Zum Schluss läuft es darauf hinaus, dass ich mich in den Gängen des Töölö Hospitales verlaufe, indessen brechen andere in mein Hotelzimmer ein. Bisschen unstimmig, Frau Hase. Oder er sitzt in der Wohnung von „Kaja" und die beiden haben unheimlichen Spaß, wenn ich anrufe und englisch radebreche.

Im November ist Helsinki Potenz hoch drei zu Kopenhagen! Fast Eisregen, ein ekliger Wind, und es ist dunkelgrau!! Halb zwei am Nachmittag! Wenigstens die Verbindungen funktionieren alle. Flughafenbus bis Hauptbahnhof und dann noch zwei Stationen mit der Straßenbahn. Ich kann nichts aus dem Fenster sehen, weil Regentropfen und Reflexe alles unwirklich machen. Dann noch paar Schritte bis zum Helka-Hotel.

Das Zimmer, auf Mister Nieminen und Missis Landmann gebucht, gibt es tatsächlich! Bezahlt ist schon, nur anmelden sollte ich mich und den Pass zeigen. *„Where is Mister Nieminen?"* „He will come tomorrow" Muss ich mir dann eben noch was ausdenken. Dann geht es zwei Stockwerke rauf. Das Zimmer ist praktisch, Raum in der kleinsten Hütte. Ein Doppelbett, das aus dem Schrank heraus geklappt wird. Immerhin zwei Stühle und ein winziger Tisch, auf dem eine Lampe steht. In der Ecke der Garderobe die, wirklich, Mini-Bar. Wenn ich das Angebot hier an winzigen Fläschchen sehe. Ich habe in weiser Voraussicht zwei 1-Liter Kartons Wein mitgebracht. Jetzt brauch ich erstmal was.

Ich habe gestern wieder eine andere Nummer bekommen, auch zehnstellig. Juha ist verlegt worden, aber nun geht viel besser. Vorher, das waren wohl die ganzen Betäubungsmittel und Schmerztabletten, ob ich das gemerkt habe. Ja, habe ich. Na, dann ruf ich mal an. Ach, es ist ja nicht alles so, wie ich mir das vorgestellt habe, aber am anderen Ende hört sich das schon weitaus mehr nach Polarkreismann an! Die Stimme ist zurück und das leise Lachen. Ob ich kommen könnte, jetzt gleich? Sind wohl noch mal 20 Minuten Fußmarsch durch den Regen, aber ja, ich komme.

Es nieselt und wird immer dunkler, aber ich schaffe es, leicht verfroren bis zum Töölö Krankenhaus und zur Rezeption zu kommen.

Unterwegs noch mal kurz an der Kippe gezogen, in so einem Krankenhaus herrscht sicher strenges Rauchverbot. Dann wird mir wieder mulmig. Weil ich mich so gefreut habe, dass das Hotelzimmer vorhanden war, dass Juha sich am Telefon wieder fast normal angehört hat und ich ihn gleich sehen werde, habe ich doch vergessen, nach der Zimmernummer zu fragen. Was, wenn sie die jetzt wissen wollen?

Anrufen kann ich nicht, weil ich schon an dem Glaskasten stehe. Hier drinnen sind Handys streng verboten. Ob ich nochmal kurz raus gehe? Oder sieht das doof aus? Ich kenne nur den Namen und das Geburtsdatum, ich wüsste ja nicht mal seine Adresse. Die Dame ist freundlich, ihr reicht Name und Geburtsdatum und mein Name. Dann guckt sie in den Computer, greift zum Telefon, kommt irgendwas Finnisches (Juha Nieminen verstehe ich noch...), dann lächelt sie mich an und gibt mir noch einen Zettel. Da steht das Zimmer drauf, 4.36A. Und den Fahrstuhl 4 benutzen, im 4. Stock. Das ist nicht so furchtbar schwer, alles ist ausgeschildert, auch auf Schwedisch, da verstehe ich ein bisschen. Der Fahrstuhl saust mit mir und zwei anderen hoch. Dann eine Glastüre, die einer der Leute öffnet, dann wieder Schilder und da ist dann 4.36A. Ja, jetzt sollte ich wohl klopfen oder gleich reingehen?

Kann sein, er sitzt im Bett mit so schrecklichem Krankenhauszeugs, in weiß oder grauweiß gestreift. Und, was macht das? Du hast schon ganz Anderes gesehen! Meint die imaginäre Tochter. Ihr bleibt draußen, bestimme ich.

Anklopfen muss ich nicht, denn da kommt so eine richtige Krankenschwester, blond, jung, lächelnd. Mit Tablett und zwei Tassen, zwei Stücken Kuchen. Die macht einfach die Türe auf, ruft dann sowas wie „Juha, Besuch für dich, Uttta" und schiebt sich mit dem Tablett rein. Ich stehe noch in der Tür, weiß nicht so recht, mein Mantel ist auch ziemlich nass, soll ich den ausziehen? Es rauscht im Kopf, am liebsten würde ich ja die Türe wieder zu machen und nochmal kommen. Oder zurück ins Hotel. Ich kenne Juha, also so persönlich, nicht mal 14 Tage, insgesamt, und nun gleich Krankenhaus! Da steht jetzt jemand Weißes neben mir und zeigt auf das Waschbecken neben der Türe.

- *Please, at first clean your hands!*

Und ist mit "hej, hej" aus der Türe. Während ich jetzt, schon mal bisschen rot, mit Wasser und Seife hantiere und nicht vergessen, das Desinfektionsmittel auch noch auf die Hände, legt sich eine Hand auf meine Schulter und zieht mich bisschen nach hinten.

Also, auf dem Mantel saßen ja Milliarden von Bazillen und wahrscheinlich auch ganz gefährliche, vom Flughafen. Hoffentlich hat die der Regen abgewaschen. Komisch schon, die Hände müssen desinfiziert werden, aber für den Nacken gilt das wohl nicht, denn da werden jetzt kleine Kuesschen platziert. Jetzt bloß noch schnell paar Tröpfchen Alkohol aus dem Spender auf die Hände. Hilft bestimmt nix, macht aber ein gutes Gefühl. Dann drehe ich mich um. Da greifen schon zwei Hände nach meinen Schultern und es gibt einen Kuss, so richtig Polarkreismann, nur ohne Kaffee, Zimt, Wodka oder Zigarette, bloß, naja, Desinfektionsmittel? Ich bleibe in der Umarmung. Irgendetwas weißes, unterhemdiges, aber noch habe ich die Augen zu. Die mach ich erst auf, als die Wischerei über mein Gesicht und die Flüsterei am Ohr (I am so happy! So happy to meet you! I missed you! I did not believe that you would really come…in the hospital! Rakkastan sinua!) aufgehört hat.

Dann erst sehen wir uns an. Wenn Juha jetzt so nach draußen gehen würde, er wäre unsichtbar! Alles ist bisschen grau an ihm. Die Haare haben noch mehr Reif abbekommen, das Gesicht leicht gräulich, das T-Shirt (dunkelweiß) und die grauen Jogginghosen. Ein Krankenhaus ist kein Wellnesshotel und man schaut nicht aus wie das blühende Leben, wenn man noch vor zwei Tagen erst unterm Messer und dann auf Intensiv war. Aber was das ausmacht! Und die Falten! Sind die nicht auch mehr geworden? Aber guck mal, die Augen! Wie der dich anguckt! Hat doch das Frühere Ich leise die Türe aufgemacht. So geht das aber nicht, draußen bleiben!

Mein süßer Polarkreismann freut sich, er lächelt. Eigentlich sollte ich das wohl nie vergessen, warum ich überhaupt hier in dem Krankenhaus mit dem unaussprechlichen Namen gelandet bin. Deswegen, das Lächeln!

Jetzt bin ich da, wir sehen uns, heute, morgen, übermorgen. Mir wird der Mantel abgenommen, auf einen von den vier Stühlen abgelegt. Dann gucke ich erstmal in den Raum. Naja, ist ein Krankenzimmer, mit zwei Betten. Das andere Bett ist auch benutzt, wie es aussieht. Hmmm, und der da?

- *This is Paavo, but do not worry, he is on the trip through the hospital, haha! First in the café with his wife, later with the other boys on a secret ground outside, for smoking, and drinking beer, because it is Friday, he explained me. He does not want to disturb, first comes back for evening meal.*

Gemütlich ist es hier nicht, aber wir sitzen nebeneinander und der Arm liegt noch immer auf meiner (undesinfizierten) Schulter. Gut, probiere ich mal den Kaffee. Wenn ich noch eine Tasse möchte, draußen auf dem Gang steht noch eine ganze Kanne, und Kekse sind da auch. Herr Nieminen selbst begnügt sich mit Tee. Ob ich seinen Rosinenkuchen haben möchte? Habe ich überhaupt was gegessen? Ja, in Kopenhagen, im Flughafen, aber ich habe auch nicht so richtig Hunger jetzt. Bloß, der Kaffee, da bin ich erstaunt. Das ist wohl die Besuchermischung, überhaupt nicht dünn und mit ordentlich Koffein drin. Kenne ich gar nicht von Krankenhäusern. Ja, Kaffee ist gut! Aber, nun, soll er mal erzählen, wie ist das passiert?

Ja, wie? Am Sonnabend und Sonntag wurde an den Anträgen gearbeitet. Da kam noch was dazu und noch was. Es wurde spät und später. Montag sollte doch alles fertig sein. Er hat wohl schon was bemerkt, aber alles andere war wichtiger, da hing ja das Geld fürs nächste Jahr dran. Dann so nach vier, fünf Stunden Schlaf am Montagmorgen zum Ministerium. Erst Meeting, dann noch mal Vorbereitung und am Nachmittag sollte es losgehen. Da wurde ihm übel, der ganze Bauch brannte, es ging nichts mehr. Als ein Kollege gerade mitten im Vortrag war, ist er vom Stuhl gefallen.

- *I have never experienced this before. Sometimes when there was a little pain, I drank a drop and it became better, no pine more.*
- *It could also be happened, when you were at my home?*
- *No, not there. The best days I have had, that was this weekend with you! But here, all stress and trouble before. I am not so good to explain my work, I am better to write papers. I have written two of them, together with my colleagues, for international journals. Why must I explain the same for this people, who does not understand anything? May be, that was it*

Dann ging es recht schnell, mit Ambulance und Emergency room. Er konnte gerade noch die Telefonnummer von seiner Schwester angeben, das wird dann gefragt. Aha, deine Schwester als erstes, und ich? Als er aufgewacht ist, war es schon Dienstagmorgen. Da war noch alles „with fog in my head", aber meine Telefonnummer konnte er noch nennen. Und dann, ja es wurde es besser und besser. Und jetzt erst!

- *I am very well, hyvä! Because you are here! So good..to see you!*

Und noch einen Drücker und ein Schmatz auf den undesinfizierten Mund.

- *But now, is all good again with you?*

Ich holpere noch mehr als sonst, denn ich traue mich nicht, meine Übersetzerhilfe rauszuholen. Wegen dem Riesenplakat, nicht nur unten in der Halle, sondern auch hier auf dem Gang.

- *Have they removed the whole?*
- *No, only the stones, not so many, but big stones. It takes time to form them.*

Und viele Klappi-Pizzas plus Wodka zur Schmerzbekämpfung, da hilft auch keine regelmäßige Bewegung an der frischen Luft. Aber so genau weiß ich das ja auch nicht.

- *But now, it is over...until the next time, may be in five years, hahaha... In the morning I had breakfast here, also lunch and now I can also go out of the station...and, by the way, how is the hotel-room?*
- *Very optimized, chhh. The beds should put out on the furniture...hmmm, where the clothes are hanging in.*

Ohne Telefon bin ich mal aufgeschmissen. Warum will er das wissen? Für mich reicht das ja.

- *Oh, I know what you mean! The beds are in the closet.*

Nee, bestimmt nicht, ein Klosett gibts auch, mini, aber alles da. Also zeige ich ihm, was ich meine, also so ein großes „furniture", not a „closet".

- *Yes, yes, the English word is closet. Not the toilet, haha!* (Und zieht mich wieder ran...) *Listen...*

Was ich jetzt da geflüstert bekomme, das entschädigt nicht zu 100%, aber wenigstens 95. Wie er heute gehört hat, könnte er das Krankenhaus für das Wochenende verlassen. Morgen kommt noch mal der Arzt vorbei, mit dem sollte man vorher reden. Aber da heute alles gut aussah, würde nichts dagegensprechen, mit mir zusammen rauszugehen und erst am Sonntag wieder „einzuchecken".

- *We have all the hours for us. We can walk through Helsinki, we can go for eating..., not for drinking, because, that is not so good for me, I hope that is does not matter.*

Ist ja alles in allem mehr, als ich erhofft habe!

- *What do you think about this? I was so sorry for you. I hope that the next time, you come, must be without delay of fly, without accidents, and no other catastrophes.*

Na, unterhalt dich mal mit Frau Hase, die kann dir sicher noch tausend andere Unglücke aufzählen.

- *Hmmm, it sounds very good. It will be better when I can use my little help...I am not so good without.*
- *No, no...I can understand all. I am not better than you.*

Das ist allerdings eine fette Lüge!

Vorher habe ich das nicht bemerkt, aber als ich vom Kaffee nachtanken im Aufenthaltsraum zurückkomme, wo ich noch paar Kekse schnappe, ist da was. Es riecht nach Desinfektion, medizinischer Seife, drei kleinen Streifen Zitrone, Kaffee. Und Polarkreis- Nieminen. Alles hat zwar weder was vom Flughafen noch von meiner Küche, aber das Gefühl ist genauso. Ich muss hier gleich los, die böse Uhr sagt halb sechs, aber morgen komme ich wieder, und dann gehe ich nicht allein zurück. So schlimm beschädigt ist Herr Polarkreis wohl nicht, das merkt man. Nur, was hast du eigentlich für Sachen an? Bekommt man die hier im Krankenhaus?

- *These fine clothes are from Harry, my sister's husband. But, to-morrow, I have other clothes, my own. Ohh, I am so happy, I am looking forward for tomorrow. Can you be here between thirteen and fourteen?*

Was meinst du, wie pünktlich ich sein kann! Wenn es drauf ankommt.

- *Of course, I can. Not earlier?*
- *No, we must wait a little time, because of the doctor, he will come after twelve. I hope that it will not take so long. I will say, there is very sweet person who is waiting for me...(*und nochmal Kuss*).*

Bevor gleich der Zimmerkollege zurückkommt, muss ich noch was mal fragen, wegen der ganzen strengen Regeln. Ich kenne deutsche und dänische Krankenhäuser zur Genüge, aber sowas wie hier, das gabs mal früher vor 30 Jahren, aber doch nicht jetzt mehr! Das ist doch mehr Gefängnis als Krankenhaus!

So sieht das Herr Nieminen aber gar nicht. Dass man nach 18:00 gehen muss, ist in Ordnung für ihn, weil Kranke Ruhe brauchen, und manchmal auch noch was gemacht werden muss mit den Patienten, ehe sie ins Bett kommen. Und dass man fragt, ob der Patient überhaupt Besuch haben will, ist auch besser. Kann sein, man will erstmal niemanden sehen. Oder bestimmte Leute eben nicht, ist einleuchtend. Aber morgen und übermorgen wird das ja keine Rolle spielen.

Dann geht die Türe wieder auf und die nette Krankenschwester verabschiedet sich mit „hej, hej" nochmal und ein „have a nice weekend together" hinterherschiebt. Das war nurse Saara, nachher kommt nurse Aino, auch sehr nett. Wir sehen uns morgen, ja? So gegen halb zwei. Und noch ein Kuss (plus Rakkastan sinua...)

Es regnet immer noch, jetzt bisschen feiner, es ist dunkel und kalt. Ich könnte zwar auch laufen, aber Juha meinte, die Straßenbahnen, die vorm Krankenhaus halten, fahren alle ins Zentrum, ich soll bloß in eine einsteigen. Fahrkarten kann man am Automaten ziehen. Und am Hauptbahnhof raus, den Rest könnte ich dann laufen. Das geht auch gut, aber ehe ich jetzt in Richtung Hotel Helka marschiere, würde ich doch gerne was essen. Beim Hotel ist zwar auch ein Restaurant, aber ganz allein möchte ich nicht am Tisch sitzen, vielleicht als einziger Gast? Dann lieber Pizza Slices mit einer kleinen Flasche Bier am Hauptbahnhof. Um mich rum Grüppchen junger Menschen, am Nebentisch die obligatorische chinesische Reisegruppe, sehr laut. Überhaupt ist es recht voll, Freitagabend eben. Feingekleidete Menschen, junge Menschen, manche mit putzigem Outfit, freuen sich alle auf irgendwas heute Abend. Ich freue mich auf den Pappkarton, den ich im Hotel gebunkert habe und dann auf morgen.

Vor zwölf Stunden habe ich gedacht, dass ich hier nur Krankenbesuche mache, und jetzt werden wir wohl fast 24 Stunden allein für uns haben. Ist doch was!

Es macht auch nichts, dass ich natürlich erst mal wieder in die falsche Richtung marschiere, zwischen den ganzen feierlustigen Leuten muss mir der innere Kompass abhanden gekommen sein. Das Telefon hilft dann, dass ich streng nach den blauen Kullern so gegen acht Uhr im Hotel Helka ankomme.

Erst mal ein Gläschen trinken, und gleich noch eins. Rauchen geht hier leider nicht, da steht dreimal groß und deutlich „NO SMOKING, THE CAMERA IS WATCHING YOU". Das gibt Ärger und der umgebuchte Flug war der kleinste Posten auf der Rechnung. Am offenen Fenster geht auch nicht. Es pladdert gottsjämmerlich, alles nass und ein Windstoß schmeißt auch noch Kälte ins Zimmer. Noch mal runter und den Nachtportier fragen, wo man rauchen darf? Was, wenn der mich auf die Straße schickt, oder in so ein kleines Zimmer im Keller? Wo schweigsame finnische Männer mit Wodkaglas und Zigarette im blauen Nebel sitzen und nicht mal aufgucken, wenn jemand reinkommt? Also ohne Zigarette.

Nach drei Gläsern geht wieder das Gedankenkarussell los. Die drei Damen schlafen schon, ist allerdings fraglich, ob die eine große Hilfe gewesen wären. Was mache ich hier eigentlich? Krankenhausbesuch. Ob das jetzt so auch das Richtige ist? Wenn das nun nicht das einzige Mal war? Oder, wenn jetzt ein Ultimatum kommt? Was soll ich da machen? Wenn er meint, so ganz jung sind wir ja auch nicht mehr? Man kann sich vornehmen, dass man hart bleibt. Geht nur schlecht, wenn der schönste Mann wie Braunbier mit Spucke aussieht, meint das Frühere Ich, schon wieder wach. Das Schlimme ist, dass man nichts vorher weiß. Auch, wenn man sich lange, lange vorher kennt und tausend Wochenenden und paar Tage mehr miteinander verbracht hat. Und dann so unendlich weit im Norden. Vielleicht noch mal neu anfangen, als Rentner, also wohl in zehn Jahren, wenn, wenn das so lange hält. Da ist dann der Punkt gekommen, wo ich nicht weiterweiß, und die tausend Fragen kann jetzt niemand beatworten, der eine, der eventuell helfen könnte, schläft sicher schon im Töölö Krankenhaus und freut sich auf morgen, hoffentlich?

Am liebsten würde ich jetzt ein langes Mail an den schönsten Mann von hinterm Polarkreis senden. Aber, wann soll er das lesen? Wenn er sein Telefon beim Ausgang bekommt? Dann ist er sowieso da. Wenn nicht, kann er das auch gar nicht lesen. Gut, lasse ich mal sein. Geht jetzt sowieso nicht mehr so einfach, nach sechs Gläsern Pappwein. Wenigstens noch 3 von meinen 5 Tophits auf YouTube anhören. Ach, der Strom ist fast runter. Also, Telefon an Strom und ab ins Bett. Morgen ist auch noch ein Tag.

Geht auch nicht so gut mit Schlafen. Ich werde andauernd wach und träume Blödsinn. Dann schläft mein Fuß ein. Ich brauche ein Glas

Wasser und habe Kopfschmerzen. Gott sei Dank, da ist noch eine Tablette. Die letzten zwei Stunden schlafe ich richtig gut.

Es ist acht Uhr und Regen klatscht ans Fenster. Sicher urgemütlich, wenn man entweder voll bewusst allein im Bett liegen würde, zu Hause, oder eben hier, mit jemanden an der Seite. Keines von beiden. Stehe ich auf, mache Toilette, nur kleine, die Duschorgie vielleicht heute Abend und ziehe mich an. Es regnet immer noch, ich habe nur den Mantel mit, der nicht regenfest ist, aber über Klamotten habe ich nicht so viel nachgedacht, vorgestern. Frühstück im Hotel, drei Tassen Kaffee. Schlüssel gebe ich an der Rezeption ab. Die erste Zigarette des Tages im Eisregen vorm Hotel. Kein Wetter für Stadtbummel oder Shopping, höchstens einen Regenschirm. Also, ein Café, für Kaffee nr. 4 und 5. Könnte ja den Herrn mal anrufen. Klingel. Klingel. Klingel. Vielleicht Visite?? Na, will ich nicht stören, was soll ich ihm auch sagen? Dass ich 13:00 an der Rezeption stehe. Ja, aber das hatten wir doch abgemacht?

Das Café ist doof, der Kellner sieht aus wie aus einem alten UFA Film, so mit Frack und Fliege und mit seinem blöden Rollwagen mit Küchelchen. Draußen eisregnet es immer noch, kann ich auch hier so ein vornehmes Dingens verspeisen. Nur Schön und Reich und Angeber hier, auf Finnisch. Küsschen, Küsschen. Und Täschchen vom Shopping. Will ich jetzt nicht sehen. Ich kann aber hier schlecht zwei Stunden mit Kaffeetasse nr. 5 sitzen. Also zahlen und raus.

Der Wind wird immer widerlicher, und jetzt regnet es Graupel. Einen Schirm! Aber so ist es. Überall wird man mit Schirmen direkt zu gepikt, aber wenn man einen braucht, gibt es keine. Nicht mal in so einem dämlichen Souvenirladen, mit Rentierfell, Klappmessern (habe ich schon) und Mumintassen. „Umbrellas?" Leider nein, führen wir nur im Sommer. Haha, im Sommer gibt es die hellen Nächte, da braucht man wohl keinen Schirm. Dort drüben, in dem Laden vielleicht. Oder im Kaufhaus, nur 10 Minuten von hier. „Der Laden" sieht nach Boutique exklusive aus. Ich verbrenne eh schon Geld, aber ein Luxusschirm für 100 Euros muss es doch nicht sein. Mein Kopf ist nass und langsam auch meine Füße. Da hätten auch nicht die tollen Juha-Stiefel geholfen, höchstens meine klobigen Gummistiefel. Aber ich renne hier in der Hauptstadt nicht als Lieschen vom Lande rum, Kleid und Gummistiefel, soweit kommt es noch. Da taucht noch ein Lädchen auf, Souvenirs from Finland, mit Frau Chung als Besitzer. Die Chungs haben alles und hier steht auch ein Schirm nach meinen Vorstellungen: Groß und billig. „It is Raining Men!". Zehn Euro, die Krücke wird nicht mal den Sonntag überleben, aber jetzt erfüllt sie ihren Zweck. Paarmal klappen die Rippen um, wegen dem ekligen Ostwind, aber noch ich werde nicht nass.

So, gleich zwölf. Kaffee nr. 6? Oder ein gepflegtes Glas Rotwein? Aber nur eins, und nur, weil dir der Kaffee schon aus den Ohren rauskommt. Nimm eine Selters dazu, warnt die imaginäre Tochter. Ich habe von hier noch 10 Minuten zu laufen. Ich muss da auch nicht vor dem Töölö Krankenhaus rumhängen. Also lieber hier. Eventuell einen Anruf? Jetzt ist es bisschen nach zwölf, da wird wohl Mittag gegessen. Dann rufe ich bloß an, dass wir uns in einer Stunde sehen. Ja, aber das hatten wir doch ausgemacht, Uttiha…könnte ja sein, er sagt sowas. So, und was ist das? Anruf, von Krankenhaus –Nummer, gegen 11:30. Da war ich bei Frau Chung. Ruf ich vielleicht doch mal an?

- *This is Uta. How are you today?*
- *Uttiha! Why did not you take the telephone? (*Weil ich das erst eben gesehen habe?*) I only want to say that the doctor will come until 13:00. I have seen that the documents have been written. I can remove the hospital 15:00 and have to check in again on Sunday 15:00…but when you are here, I will remove at once..Can you be here at 13:30?*
- *Yes, I am on the way, now.*
- *See you. I am so happy…Rakastan sinua*
- *Me too…See you. (*Kann ich ruhig mal ins Telefon schmatzen*).*

Gestern ging das reibungslos. Man marschiert rein, stellt sich an den Glaskasten, sagt Namen und Geburtsdatum von dem, den man besuchen möchte, dann wird angerufen und man kann los. Heute weiß ich sogar die Zimmernummer (4.36A).

Als ich ankomme, ist alles anders. Vor der Rezeption warten geschätzt 1000 Menschen. Also hinten anstellen. Im Glaskasten sitzt heute eine dicke „**Djeshurnaja**" (das waren die, die unter anderem in den sowjetischen Zügen die Fahrkarten kontrolliert und angeblich

Tee aus dem Samowar ausgeschenkt haben.) Manche reichen ihr so eine Art Chipkarte. Sie zieht die durch einen Scanner, nickt und die Leute dürfen gehen. Hätte ich mir auch so eine anschaffen sollen? Noch zwei, noch einer…und jetzt ich:

-   *God afternoon, I want to visit Mr. Juha Nieminen.*
-   *OK (*und dann beginnt sie sie in ihrem Computer herumzusuchen.) *Mr. Nieminen's birthday.*
-   *11.march 1962*
-   *OK, your name.*
-   *Uta Landmann.*

Glotzt sie mich an. Mein Name hört sich nicht finnisch an, aber würde ich sonst englisch mit ihr sprechen?

-   *Where do you come from?*

Soll ich mal sagen, dass ich gestern schon hier war und dass man das sicher im Computer finden kann? Und was das so eine Wachhündin angeht, woher man kommt?

-   *From Denmark.*
-   *Have you an identification document?*
-   *Yes, here (*ich fummele meine Gesundheitskarte raus*).*
-   *Not this. The Passport, please.*

Der ist deutsch. Aber jetzt würde ich gerne mal fragen, ob das überhaupt erlaubt ist, dass andere außer Polizei und Zoll mal so meinen Pass nehmen dürfen. Und sagen, dass es gestern überhaupt kein Problem war, hier reinzukommen. Aber Frau Djeshurnaja hat die Macht. Hinter mir steht eine geballte Ladung Besucher.

-   *Here you are. (*Ohhh, da gehen aber die Brauen hoch.*)*
-   *You are from Germany?*
-   *I live in Denmark now.*

Sie dreht und wendet alle Seiten im Pass, beguckt sich das verblichene Bild und will noch mal die Gesundheitskarte sehen. Ganz überzeugt ist sie nicht, aber es fehlt ein bisschen, um die Polizei anzufen.

-   *A moment please.*

Frau Djeshurnaja bearbeitet die Tastatur und guckt auf den Schirm.

-   *You must wait. There are other visitors for Mr. Nieminen.*
-   *How long? How long to wait?*

Und wer sind die anderen Besucher?? Darf sie sicher nicht sagen.

- *30 minutes. You can go to the cafeteria, this direction and wait.*
  So you come back to me.

Muss ich in die Cafeteria gehen. Fast alle Tische besetzt. Das Telefonverbot gilt hier nicht. Was soll das nützen? Juhas Nummer wählen, hallo, wer ist denn da bei dir? Noch einen Kaffee, obgleich jetzt auch bald bei mir die Koffeingrenze erreicht ist. Essen kann ich nichts. Wahrscheinlich war der Arzt spät mit der Visite dran, kenne ich ja zur Genüge. Da sollten nicht unbedingt Besucher rumstehen. Ich könnte eh nichts machen, kann gar nichts verstehen. Aber die Djeshurnaja hat doch „visitors" gesagt. Seine Töchter vielleicht? Oder gar seine Ex-Frau? Die tauchen dann ja auch immer auf. Jemand anderes, den ich nicht kenne, vielleicht die letzte Verflossene? Oder, ganz harmlos, ein Kollege, mit dem er im Ministerium war? Der ihm zeigen will, dass sie die Gelder zugesichert bekommen haben? Und ihm einen neuen Flug gebucht hat? Vielleicht sind die so nett, leider unwahrscheinlich. Es ist nur gut, dass Frau Hase gar nicht mitgekommen ist. Aber warum werde ich immer in solche Situationen katapultiert? Erst Gallenoperation, dann verschobener Flug, jetzt spätere Besuchszeit. Hätte man sich ja schenken können, du hättest nur nicht fliegen brauchen, abwarten, was er sagt, und vielleicht hätte es ja doch noch mal ein Wochenende gegeben. Naja, Früheres Ich, warst das nicht du, die gesagt hat, ich soll unbedingt?

Dafür kann ich jetzt tolle Geschichten über finnische Universitätskrankenhäuser erzählen, da kommt nicht jeder rein, man muss sogar den Pass vorzeigen. Wegen der Bakterien. Frech werden sollte man nicht und sein Telefon auch nicht anmachen, das gibt Hausverbot. Und wenn dein Kranker schlechte Laune hat, sagt er einfach, dass er keinen sehen will. Dafür das ganze Geld??, fragt das Frühere Ich, ich sehe, auch die imaginäre Tochter ist derselben Meinung.

Die 30 Minuten sind um, kurz vor zwei. Macht nun auch nicht so viel, weil wir doch zusammen das Krankenhaus verlassen dürfen. Jetzt wieder in die Schlange einreihen. Hoffentlich kennt mich die Djeshurnaja noch. Nicht, dass ich wieder alle Dokumente vorlegen muss.

Es geht halbwegs zügig vorwärts. Vor mir nur noch drei Leute, dann passiert wirklich was.

Eine Gruppe, so ca. 15 Leute, mit Migrationshintergrund, ist der mittlere Osten: Alle mit Taschen, zwei Frauen mit Blumen, und ganz vorn, denke ich mal, der stolze Papa mit einem riesigen Plüschhund. Die stellen sich gar nicht erst an, marschieren einfach in den breiten Gang. Da geht plötzlich eine Schranke herunter. Die ganze Familie bleibt stehen. Der Plüschhundmann probiert an der Schranke zu ruckeln.

Jetzt, wie im Film: Zwei grünbekleidete Herren (Statur wie Clubrausschmeisser) kommen aus einer Tür und diskutieren mit dem Plüschtiermann, der Rest der Familie steht daneben. Murmel, murmel, dann lauter. Dann ruft Frau Djeshurnaja etwas durch die Halle, „So geht's aber nicht!" Der stolze Vater geht vor zum Glashäuschen, erklärt was. Dann wird er auch laut. Die Gruppe dreht sich um. Die güngekleideten Herren dirigieren die Gruppe jetzt in die Cafeteria. Finden die nicht so gut, der Papa wohl auch nicht. Was ich so ungefähr mitbekomme, ja er darf hoch zu seinem Kind, aber der Rest der Sippe bleibt hier. Der Nachwuchs wird nicht mit heruntergeschleppt, auch nicht die stolze Mutter. Jetzt murren zwei von den Älteren, wahrscheinlich Vater und Schwiegervater. Die grünbekleideten eskortieren die noch immer in Richtung Cafeteria. Der Papa darf zu Mama und Kind, aber ohne die Bakterienbombe von Plüschhund!

So, jetzt endlich. Sie erkennt mich, als ich Juhas Namen nenne. Brauche auch keinen Pass vorweisen. Guckt sie in ihrem Computer, nickt und schreibt was auf einen Zettel, den sie mir rüberreicht.

-   *Mr. Nieminen is waiting for you. You take the elevator nr. 4 on the left, to the 4th floor.*

Weiß ich ja schon, aber ich will mal nicht unhöflich sein, sonst geht vielleicht die Schranke wieder runter.

-   *Thank you.*

Wieder den Gang lang. Die Schranke ist unsichtbar, da muss die Dame wohl vorhin auf einen Knopf gedrückt haben. Den Weg kenne ich ja, von gestern. Da kommen mir zwei Damen entgegen. Könnten fast Frau Hase und meine imaginäre Tochter sein, aber die sind ja unsichtbar. Beide gucken mich an! Ich glotz jetzt mal nicht zurück, sondern gezielt vorbei. Als wir auf gleicher Höhe sind, riskiere ich einen dreiviertel Blick: Die Dame mit dem feinen Pelz, hat die nicht was vom Polarkreismann? Also der Mund und das Kinn. Die Augen will ich nicht genauer betrachten. Und die junge Dame, mit schicken teurem Zeugs, könnte dieselbe Dame in jung sein? Ich merke, als wir einander passiert haben, Blicke im Rücken. Was, wenn die mich jetzt ansprechen? Die sahen nicht fröhlich aus.

Ich gehe mal einfach weiter, bis Elevator 6. Wenn die was wollten, hätten sie ja rufen können, oder nicht? Machen sie nicht. Ich verschwinde im Gang, tu so, als ob ich mich geirrt habe und laufe zurück. Jetzt kann nur noch eins passieren, die Abordnung wartet vor Elevator 4. Da kommen da paar Leute, hinter denen laufe ich jetzt und gucke mal, ob da die zwei Damen vor dem Elevator 4 Gang stehen. Niemand. Also jetzt, rein in den Fahrstuhl, zum 4. Stock. Ob ich mal nach dem Besuch frage? Das hatten die mir an der Rezeption gesagt, dass anderer Besuch da war. Deine Schwester mit ihrer Tochter eben? Habe ich in der Halle gesehen. Wenn er ihnen gesagt hat, sie könnten ja mal guten Tag sagen und ich bin einfach vorbeigelaufen. Nennt man unhöflich. Frage ich lieber nicht.

Beim Hochfahren fällt mir auch ein, dass ich ja eigentlich was mitbringen wollte, schon gestern. Blumen oder Schokolade. Aber wer weiß, wieviel Bakterien die Blumen mit reinschleppen, dann stehen die traurig auf dem Gang rum, schade ums Geld. Herr Nieminen mag auch keine süßen Sachen. Ich hatte vor, ihm einen schönen dicken Herrenschal zu schenken, den wollte ich am Flughafen kaufen. Vergessen, weil alles anders gekommen ist.

Kein Mensch hier auf dem Gang. Sammeln, und die Türe ist nur angelehnt. Rein. Ich habe ganz leise angeklopft. Ich mach die Türe ganz auf, es ist laut. Hört sich wie Sport im Fernsehen an, wusste ja nicht, dass Herr Nieminen sich die Zeit damit verkürzt? Aber da ist keiner, der sich freut mich zu sehen und mich gleich umarmt. Im anderen Bett liegt ein Herr, bisschen jünger, ganz in Schwarz, Tattoos an beiden Unterarmen, der interessiert auf die Mattscheibe starrt. Hat mich wohl gar nicht gesehen. Hmmm, ich hoffe mal, dass er jetzt nichts verkehrtes macht, wenn ich gleich:

- *Good afternoon. I want to visit Juha Nieminen. Do you know where he is?*

Kann sein, auf dem Klo, aber das Bett sieht so ordentlich gemacht aus. Oder ist das doch die falsche Türe? Erst mal keine Reaktion. Der Tätowierte verfolgt mit großer Aufmerksamkeit Fußball der finnischen Superliga. Also, noch mal:

- *Excuse me. I want to visit...*

Ja, jetzt gehen die Augen doch weg vom Schirm. Er guckt. Und guckt nochmal. Sollte ich besser erklären? Wenn das nun das falsche Zimmer ist? Heißt das „wrong room number"?

- *My name is Uta Landmann. I want to visit Mister Juha Niemi-nen. I think this is the right room? (*Der junge Mann nickt und grinst bisschen.*)*
- *Are you Uttta? (*Schon wieder einer mit 3 T! na, kriegt man nicht raus bei denen*) His girlfriend?*

Chhh, wenn ich nicht so angespannt wäre, würde ich jetzt laut kichern. Girlfriend! Ich nicke, ja.

- *Hi, I am Paavo (*ach, der immer draußen raucht und Bier mit seinen Kumpels trinkt*). Juha is waiting for you, on the floor. Do you know, where can you get coffee? There ...*

Glotzt mich noch mal bisschen unverschämt an. Was hat er erwartet, Miss Europa? Hätte vielleicht mal die Haare aufkämmen sollen, die hat der Regen angeklatscht...na, egal jetzt.

- *Yes, I know where it is. Thank you, and a good weekend for you.*
- *The same to you and Juha...nice weekend! (*Soll er mal denken, was er will.*)*

Marschiere ich den Gang lang. Die böse Uhr zeigt auch schon fast halb vier. Das werden nicht mal 24 Stunden, aber egal, wo ist der Herr jetzt?

Da sitzt einer am Tisch, neben dem Kaffeeausschank. Hellgrauer Pullover, und wieder die dicke Brille auf der Nase! Hört mich nicht kommen. Daneben steht eine Tasche, die recht gefüllt aussieht. Sollte das heißen, dass er heute schon entlassen wurde? Wäre ja wunderbar. Dann könnte er morgen zum Flughafen mitkommen, wir hätten noch ein bisschen mehr Zeit. Ich hatte gedacht, er wartet schon sehnsüchtig und guckt in Richtung Ausgang, ob da nicht bald eine kommt. Aber der Herr mit dicker Brille liest konzentriert. Werden sicher wichtige Dokumente sein, die er übermorgen abliefern muss. Merkt nicht mal, dass sich jemand rangeschlichen hat. Jetzt bin ich fast nicht mehr zu übersehen, aber es wird immer noch gelesen. Bisschen blöd ist das ja, aber trotzdem:

- *Hallo...*
- *Uttiha!!*

Als ob ein Schalter umgelegt wird! In der ersten Sekunde konnte man was andres sehen, Traurigkeit. Vielleicht hat er gedacht, ich komme nicht? Jetzt bin ich doch da.

- *Ohh, Uttiha!!*

Nimmt die Brille ab, kommt auf mich zu und dann drücken wir uns. Der lässt gar nicht mehr los!

- *So nice to see you, so nice..*
- *Do you think I will not come?*

Lass mal langsam wieder los, und küss mich mal! Jetzt hält er sich nicht mehr so an mir fest, sondern nimmt meinen Kopf, zieht ihn bisschen hoch. Finger hinter den Ohren, wandern langsam den Nacken herunter.

- *And sorry, you must wait so long. First the doctor came, and then my sister, and my daughter. This took a little bit longer. But you are here. And now, let us leave this house.*

Mich würde ja interessieren, was da so beredet wurde. Oder soll ich mal sagen, dass ich eventuell die beiden Damen gesehen habe? Das war seine Tochter? Keine Konkurrenz zu einer anderen Tochter, trotzdem sehr hübsch.

Die Brille und die Papiere werden in die Tasche gestopft. Juha marschiert zum Glaskasten am Ende des Ganges, wo eine bebrillte Oberlehrerin sitzt. Neben Tablettenschachteln wird sicher noch über das Verhalten des Patienten im Wochenendurlaub belehrt. Es geht nicht sehr gedämpft zu, Herr Nieminen wird etwas lauter. Sicher so: Keine Zigaretten, kein Alkohol! Keine Barbesuche, nach 22:00 Nachtruhe! Das Telefon gibt es nur mit, weil dich jemand anrufen könnte. Keine Arbeits-sms, Mails oder Telefonate! Keinen Sex!

Muss noch ein Papier unterschrieben werden, aber dann können wir endlich in Richtung Fahrstuhl. Runterfahren, durch den langen Gang, aber nicht da raus, wo ich reingekommen bin, sondern man biegt vorher ab. Immer noch Regen, nun ohne Graupel, dunkel ist es auch schon. Gleich vier! Und noch laufen? Juha geht zügig auf eine Reihe Autos zu. Taxi. Zeigt den Passierschein und noch so eine Karte, sicher Gesundheitskarte. Dann steigen wir ein. Auch wenn wir in Finnland sind, Taxifahrer quasseln wohl gerne. Der hier auch. Kann nicht so genau verstehen, was die sich unterhalten, vielleicht Fußball? Oder was anderes? Der guckt mal durch den Spiegel auf mich und grinst. Aber schön, dass ich wieder Juhas Stimme höre, mit den vielen dunklen Vokalen und dem leisen Lachen, hoffentlich nicht über mich. So, da sind wir, schönen Dank und bezahlt wird nicht? Braucht er nicht, seine Versicherung bezahlt fünfmal im Jahr für Taxifahrten von und zum Krankenhaus. Ist wie zu deutschen Nachwendezeiten.

An der Rezeption ist erst mal keiner, das ganze Etablissement dämmert vor sich hin. Juha steht hinter mir und pustet n meinen Nacken. Der Mund rückt schon ein bisschen näher, da kommt Herr Portier angeschlurft. Jetzt ein klassischer Fall von, wie sagt man, „alte weiße Männer Welt": Portier fragt JUHA, nicht mich, welches Zimmer. Der hat ja wohl gesehen, wer hier gestern angekommen ist und heute den Schlüssel abgegeben hat? Mit Herrenbegleitung werde ich zum Anhängsel. Der Portier fragt noch, welches Zimmer, wie lange und so. Erklärt, dass es im zweiten Stock liegt, ja, Fahrstuhl ist dort. Mich hat er gestern nach „Identification" gefragt, aber von Juha will er bloß den Namen. Könnte mich jetzt aufregen, aber was solls. Gibt wichtigeres und schöneres.

- *You are right, not so very big. But it is enough, is not it?*
- *I think it is optimized...*
- *Optimized, this word, you used yesterday... haha.*

Er macht, was er mit am besten kann, leise lachen und mich ranziehen, ganz dicht.

- *We do not need so much space, do not we?*

Raus aus Jacke, Mantel und Schuhe. Tasche auf dem Stuhl.
Dann wieder die Arme, die mich ran ziehen, Kuss auf Kuss auf Kuss. Hände unters Kleid, Kleid übern Kopf, die Dame wird aufs Bett platziert und dann geht's im selben Tempo weiter. Wie aus dem Soldaten-Handbuch, wenn sich in einer Gefechtspause eine Gelegenheit bieten sollte. Auch, wenn es sich anfühlt, als ob ich jeden Moment „Stopp" sagen könnte, aber das will ich ja nicht. Das wird jetzt eine Talfahrt mit 360 Sachen, sehr schnell, atemberaubend schnell. Danach große Freude, alles funktioniert noch, das verdient eine Umarmung und den geflüsterten Satz ins Ohr. Man hat sich ein Nachmittagsschläfchen redlich verdient. Halb auf dem Bauch, mit den großen Kuscheltier im Arm, dass ich mich nicht traue, den Arm wegzulegen

oder durchzuschlüpfen. Er schläft so selig. Es kommt selten genug vor, dass wir so zusammen.

Wenn da nicht das Gemurmel wäre, das von dem winzigen Tisch neben dem Fenster kommt. Zwei der drei Damen haben sich das Schauspiel nicht entgehen lassen und bewerten jetzt, wie Kampfrichter die A- und die B- Note. A-Note können wir 5,0 bis 5,5 geben. 6.0 ist das höchste, beim Eiskunstlauf jedenfalls. Es war sportlich, alle Elemente vorhanden, standardmäßig ausgeführt. Standardmäßig? Aber die B-Note, das wird wohl nichts. Da fehlte jeder Funke von Verführung, nein da geben wir nur 3,0 bis 3,5, beschließt Kampfrichterin Hase. Sie ist nicht nur kompetent in Verbrechen (Mord, bestialischer Mord und Massenmord). Wenn keine Lust auf Krimi besteht oder gerade keine Tierdokus kommen, werden am Sonntagabend Herzkino-Filme angesehen. Da lernt man eine ganze Menge, also was die künstlerische Ausführung (B-Note) angeht. Man verführt sich gegenseitig, lässt sich Zeit. Und Zeit haben wir ja wohl, heute muss kein Zug oder Flugzeug erreicht werden. Das frühere Ich ist anderer Meinung, man kann das von den Filmen (das sind Filme!!!) ja nicht mit der Wirklichkeit vergleichen, ob Frau Hase mal daran gedacht hat, dass man nicht so einfach vom Operationstisch ins Lotterbett hüpfen kann? Jaja, sicher, meint die Expertin, aber es ist ja wohl nicht das erste Mal. Da wars auch nicht besser. Moment mal, hat die da etwa zugeguckt? Hat Uta selbst gesagt, wie Brot, kann man immer und überall essen. Will man bloß manchmal auch bisschen Belag haben, Butter und Schinken, oder so. Wie es aussieht, gibt es aber dann auch später in der dunklen Winternacht bloß trocken Brot. Glaub ich nicht, da wird sich bestimmt noch was entwickeln, meint das frühere Ich. Jaja, glaub du mal. So ein Herr im reiferen Alter, der lernt nicht mehr so viel dazu, der meint, was er hier bringt ist super und reicht. Sollte Uta mal was sagen! Jetzt doch nicht.

Wann denn sonst? Später am Abend, wenn man sich bisschen Mut angetrunken hat, wenn die zweite Runde eingeläutet wird? Frau Hase, leise, hier schlafen welche, flüstert das Frühere Ich. Oder morgen früh, im Halbschlaf? Da diskutiert man sowas nicht, da gibt's auch wieder nur trockenes Brot, hihi.

Ich würde liebend gerne aufstehen. Dass überhaupt was passiert ist und auch schön war, reicht wohl. Jetzt sollen sie mal den Fernseher wieder andrehen oder das Regenprogramm draußen angucken. Der

Pornofilm ist vorbei, jetzt kommt nur noch schwarz und weich und Kuscheltier.

Irgendwann krabbelt dann was über meinen Rücken, an der Schulter und dann im Nacken. Und an meinem linken Ohr flüstert es. Wo bin ich eigentlich? Wie spät ist es? Sollte ich nicht aufstehen, zur Arbeit, oder zum Flughafen, oder ins Krankenhaus? Nein, ist ja alles schon erledigt, wir liegen in dem optimierten Hotelzimmer, im Schrankbett, nachdem wir eben (trocken Brot, Frau Hase!) Murmel, murmel:

-    *It is phantastic to be here, and you are also here. I have dreamed about this, all the days before, Uttiha. (Und noch mal Kuss ans Ohr). Rakastan sinua.*

Jetzt drehe ich mich langsam um. Ganz dunkel ist es nicht, eine kleine Nachttischlampe leuchtet. Ist aber nichts gegen das grünliche Leuchten aus zwei Augen. War da mal die Rede von Falten oder mehr Falten? Da sind keine mehr. Noch mal zusammenkuscheln und wieder von vorn?

Der Plan ist allerdings ein anderer: Er würde gerne jetzt in die Sauna gehen, die ist im Keller. Seit über einer Woche hat er das vermisst. Ob ich mitkomme? Ich habe doch etliche Mal gesagt, dass Sauna nichts für mich ist. Aber manchmal vergisst auch so ein Polarkreismann was, oder will es vergessen.

-    *No, not for me. I do not like this. Too warm.*

Meinen Spruch mit dem Suppenhuhn lass ich mal lieber.

-    *May be, you change your mind, one time…now I go, is it OK?* (Soll ich das verbieten?) *I will be back on one hour, and then we can go out for eating. You must be hungry now?*

-    *Not very hungry.*

Waren zwei halbe Brötchen und ein Törtchen plus viele Tassen Kaffee heute. Aber ich komme noch nicht um vor Hunger. Mein Lieblingsfinne marschiert in seine heiße Sauna, die Geliebte stellt sich unter die heiße Dusche. Hätte man besser vorher machen sollen, wegen der Bazillen, aber passiert ist passiert, und alle Keime werden jetzt in der Sauna bei mindestens 100 Grad zerkocht. Das alles dauert eine halbe Stunde, dann bin ich abgewaschen und zum Ausgehen angezogen. Bisschen Apfelsine von Fräulein Bergström ist hoffentlich zu erriechen.

Es war irgendwann die Rede davon, dass wir hier lange Spaziergänge machen, durch die Straßen zum Hafen laufen und uns dann irgendwo bei Speis und Trank stärken für den Barbesuch. Na, hat nicht sollen sein, aber hätte schlimmer werden können. Wäre ich jetzt allein rumgestrolcht, hätte wieder im Fast-Food was gegessen, und am Rest des Abends den zweiten Liter geleert. Den habe ich auch noch, kann gleich mal einen Schluck nehmen. Ist doch besser gekommen, als ich gedacht hatte. Der Abend ist noch nicht vorbei. Noch 20 Stunden für uns.

Klingelingeling! Klingelingeling!! Das hört sich schrecklich an, wie so ein altes Telefon bei der Feuerwehr! Juhas Handy. Ist vielleicht das Krankenhaus? Das Ding liegt auf dem Nachttisch, brüllt und vibriert. Wenn ich jetzt rangehe und wieder radebreche? Was denkt man da am anderen Ende der Leitung? Guck wenigstens mal drauf, flüstert Frau Hase, vielleicht eine Dame mit Namen Kaata. Ja, da steht ein Name „Sinikka". Habe ich den schon mal gehört? Der Blick drauf hat genügt, das Telefon schweigt. Aber, wer soll das sein?

Guck mal nach, was in der Tasche ist, die sieht ja richtig voll aus, meint Frau Hase. Ich fand schon schlimm auf das Telefon zu gucken, soll ich jetzt noch Inspektion in fremden Reisetaschen machen? Was gibt es da zu sehen? Eine Reisetasche, ungewöhnlich voll, für zwei Tage. Vielleicht muss man auch alles mitnehmen, weiß ich doch nicht.

Dann frag mal, sagt die überkluge imaginäre Tochter, nach dem Essen. Kann auch sein, ich habe nicht alles verstanden, und er ist wirklich entlassen worden? Ja, meint das frühere Ich, wenn man nur alles halb versteht und sich die andere Hälfte dazu denken muss. Meine Rede, sagt Frau Hase, du weißt nicht ein Mü von dem Mann, aber dann eine Woche in der Polarnacht mit ihm verbringen wollen. Viel Spaß, sag ich mal schon. „Sinikka" wollte vielleicht wissen, wann du wieder weg bist, damit sie auch noch was vom angeblich schönsten Mann jenseits vom Polarkreis hat.

Ich hätte jetzt gerne auf meinem Telefon rumgespielt, vielleicht einen Bescheid abgesendet, wo ich bin, was alles passiert ist. Weiß bis jetzt noch niemand, wie das hier gelaufen ist. Kann ich nicht. Ich gebe Frau Hase nicht in allem recht, aber so ganz daneben liegt sie vielleicht auch nicht? Schlimm bloß, dass sie sich dadurch ermuntert fühlt, mir wieder Schreckszenarien in der kalten Polarnacht auszumalen: Erst trocken Brot, kurz und sportlich, dann ab in die Sauna, eingesperrt und nicht eher freigelassen, bis finanzielle Unterstützung schriftlich zugesagt wurde, für Haus, Hundehütte und Sauna.

Da geht die Tür auf und die Damen sind ganz leise und unsichtbar geworden. Gut so, denn was da jetzt reinkommt, wischt alle schlimmen Gedanken weg. Herr Nieminen, gesotten, abgeschreckt und zurechtgemacht wie fürs Fernsehen: Frisch rasiert, mit blauem Hemd, ohne den gräulichen Pullover und er freut sich. Jetzt können wir was gegen den Hunger tun, langsam merk ich auch was.

Vorher will ich was wissen:

- *It was called to you... on the phone when you was down, in the sauna...* (mal sehen, was er dazu sagt)
- *I see... it was my sister. Nothing to be worry. Let us go now, I am hungry... what about you?*
- *The same.*

Ach, bin ich erleichtert, seine Schwester, und klang nicht so, als ob er sich das jetzt schnell ausdenken musste.

Es regnet und stürmt immer noch, wohl nicht so gut, wenn wir da noch lange Fußmärsche unternehmen. Das Restaurant befindet sich neben dem Hotel. Wir stehen am Eingang, kann man sehen, bis auf drei Tische alles frei ist, aber „Sie werden platziert"! Der Kellner kommt mit der Karte. Geordnet nach Vorspeisen, Suppen, Hauptmenüs und Desserts. Was nützt das, wenn man nichts lesen kann. Die Buchstaben sind lateinisch, könnten aber genauso gut chinesische Schriftzeichen sein. Dasselbe bei den Getränken, erkennt man aber, weil da 0,5 l steht.

Ja, muss der Herr bestellen, ich nehme dasselbe. Er hat mir erklärt, dass er nur „soft meals" essen soll, also Suppe oder sowas. Getränke? Also, mir egal, ob er jetzt ein Glas Tee bestellt, habe ich so ungefähr verstanden. Ich nehme Weißwein dazu. Die Suppe kommt, wir löffeln, ich mit Toast, Juha ungetoastet. Nennt sich „Hummerbisque" legiert, Schalentier, nicht so meins, aber einmal geht. Der Weißwein ist wohl welcher für französische Kinder. Wenn der Partner nur Tee trinkt: Es ist nämlich so. Meine Frau und ich sind trockene Alkoholiker. Sie will das nur nicht zugeben. Habt Ihr alkoholfreien

Weißwein? Ja, klar, haben wir. Ich nehme trotzdem noch ein zweites Glas alkoholfreien Weißwein.

Ob er denn vorher was bemerkt hat? Ja, er wusste, dass da mal ab und zu was war. Da half immer so ein kleiner Schluck Wodka, diesmal wurde es nicht besser, aber er wollte auch die anderen nicht verunsichern. Sie hatten alle ihren Vortrag, er konnte seinen noch eben zu Ende führen. Beim nächsten, von Mauro aus Rovaniemi, ist er dann vom Stuhl gefallen, ging nicht mehr. Bisschen muss ich trotzdem grinsen. Ich kenne Herrn Mauro gar nicht. Denke mir gerade was blödes aus, dass der vielleicht nicht so gut im freien Vortrag ist, oder was Dummes sagt, und da fällt dann einer vom Stuhl. Chhhh. Sorry. Haha, jetzt kann er auch lachen, muss merkwürdig ausgesehen haben. Ob ich Gallenkolik kenne?

Ich persönlich nicht, aber meine Eltern haben sich auch damit geplagt. Ich bin nur einmal auf mein Steißbein gefallen, dann hatte ich nochmal eine Migräneattacke, aber nur ein einziges Mal. Das wars dann mit heftigen Schmerzen, toi, toi, toi. Bei Migräne wurde heftig genickt, aber nur einmal? Kennt er häufiger. Ach, was hat er denn noch so alles für Zipperlein? Ansonsten habe ich wohl Glück gehabt. War wohl noch nie im Krankenhaus? Also, zweimal bestimmt, lächelt er.

Doch, noch einmal später. Beim Autounfall: Mein Auto ist von einem anderen touchiert worden, flog über ein Feld und landete auf dem Kopf. Die Augen dazu!! Passiert ist nichts, paar Schnittverletzungen, bisschen Trauma, also das, was man gesehen hat. Wie meine ich das? Irgendwas ist vielleicht auch kaputt gegangen, woanders. Der große Atheist hat in der Kirche zwei Kerzen angezündet. Also, dein Freund? Ja. Der war völlig außer sich. Vielleicht auch später noch. Es war nicht so einfach. Ich denke immer, sowas passiert, kann man nix machen, wenn Idioten auf der Autobahn unterwegs sind. Frag nicht, wie mein schöner Skoda aussah…Schrott.

Ach, wie furchtbar! Und hinterher? Ich glaube, er meint nicht mein schönes Auto. Das andere ist aber schwierig zu erklären. Für mich war das ein böser Unfall, Auto war auch weg, aber wir sind ohne große Verletzungen geblieben. Ich hatte mich ja auch entschuldigt, weil ich erst gedacht habe, vielleicht hatte er doch was verkehrtes gemacht. Sage ich lieber nichts von, weil der Menschenkenner und Psychologe schon wieder so guckt. Da muss man nichts bereden.

Meine ich das so? Ja, genau so. Wir hatten doch Glück gehabt. Und die Kerze. Das Leben geht weiter. Da hat sicher jemand auf uns aufgepasst. Der beste Autofahrer der Welt, bestimmt. Ich habe bis jetzt nur ein Glas Weißwein getrunken, dachte, dass der alkoholfrei war. Haben die was anderes reingetan?

Vielleicht sollten wir bezahlen, meint Juha. Lange dauert es nicht mehr, ehe er umfällt. Als ich ihn fragend ansehe:

- *Because of the medicine. It is for sleeping and pine, I should take it at 22:00. Good, but I am going to sleep very quickly... after intake.*

Oberkellner Patzig kommt, wir bezahlen und verlassen das verlassene Restaurant. Ich stelle mich nochmal hier unters Dach, zum Rauchen. Geh mal schon vor. Dann stehe ich alleine in Dunkelheit, Kälte und Niesel, und ziehe an meiner Kippe.

Ich wollte doch was anderes erfahren? Bist du jetzt raus aus dem Krankenhaus, oder habe ich das falsch verstanden? Wurde nicht gesprochen drüber. Statt dessen: Unfall, Krankenhaus, Tod und Sterben. Verschwende ich keinen Gedanken dran. Noch kann ich damit angeben, dass ich alle meine Organe schön in Ethanol konserviere, damit sie lange halten. Was weiß ich, was in 10 Jahren ist? Und jetzt, da oben, nicht wieder Tod und Sterben, oder vielleicht Gott. Die paar Stunden, die wir nur haben. Alle schweren Sachen haben Zeit bis zum Jahresende, wenn ich zum Polarkreis reisen soll. Wo die Sonne nicht mehr aufgeht, den ganzen Tag.

Vielleicht kann er mir morgen zeigen, wo er mal gewohnt hat, in Helsinki? Wie das war für ihn, als er hierhergekommen ist. Kenne ich auch, so mit 20, Umzug in die Weltstadt Berlin. Alles war ganz anders, als ich es mir vorgestellt habe. Ob er das auch kennt, dass man bei jedem Neuanfang erst mal verzweifeln will? Lieber nicht, sonst fragt er, ob ich nicht doch? Und wann?

Erstmal reinkommen, gemütlich machen, Tee und Wein servieren. Nahe beieinander sitzen.

Komme ich vor unsere Tür und höre Juhas Stimme. Laut. Böse.

...*Kemoterapiaa!!*

Vokale und harte Konsonanten, aber dieses Wort kann man erkennen. Mir wird eiskalt.

Ich sage nicht „hallo, bin wieder da". Verziehe mich einfach aufs Klo. Und kann doch nicht die Ohren abstellen. Das Wort bleibt haften. Juha? Nein, dem sind nur Gallensteine entfernt worden. Hast du doch gesehen. Alles ist noch nicht so ganz wiederhergestellt, aber war bloß die Galle. Und, hat er was gesagt? Nein. Na, siehste, nicht gleich wieder Gespenster an die Wand malen, meint das Frühere Ich. Aber warum brüllt er so? Ob da nicht doch mehr ist?

- *Juhannus... (*Vokale, Konsonanten*)*
- *(*Ich ruf jetzt mal*) Hello, I am back!*
- ***Utta on juuri tullut. Näkimiin*!!**

Heißt wohl, Tschüs, aber Uta ist gerade hier.

Soll ich jetzt fragen? Juha, habe ich da das Wort „kemoterapi" verstanden? Wer oder was war damit gemeint? Kann ich nicht. Nicht, als ich im Zimmer stehe und er auf mich zukommt, mich umarmt, mein Gesicht mit vielen kleinen Küssen bedeckt, mich festhält, festhält, so wie heute Nachmittag im Krankenhaus. Nein, ich WILL nichts hören. Ja, meint nun Frau Hase, die auch alles gehört hat, stell dich mal schon darauf ein. NEIN! das will ich nicht.

Ich probiere es, ganz vorsichtig:

- *Someone has called to you?*
- *Yes, did you listen? It was my sister. It is always the same, she wants to talk about.*
- *(*Herz bis zum Hals*) What about?*
- *Jaha. My daughter. The wedding.*

Also, die Hochzeit soll ja im Juni sein. Vielleicht hat ihn die Schwester nochmal darauf hingewiesen, dass „Fremde" nicht unbedingt erwünscht sind? Im Finnischen hören sich manche Worte komisch an, kann sein, dass darüber geredet wurde.

Na, da soll er sich keine Sorgen machen. Ich muss da nicht mit!

- *As I have written to you, it is not a problem for me, the wedding. I hope that will be a great day for your daughter and for you.*

Da ist jetzt kein Lächeln, sondern so ein verächtlicher Zug, will jetzt aber nicht fragen, ob ich was Falsches gesagt habe.

- *Yes I hope also it will be....But, enough wedding for today. Do you want to have something to drink? (*Nicken*) I guess...this wine? (*da ist das Lächeln wieder...*)*

Der Herr noch einen Tee, stärkere Sachen sind ja im Augenblick nicht drin. Also gehe ich mit Glas und Beutel auf den Gang, da steht wirklich ein Wasserkocher. Tee und Wein stehen auf dem Nachttisch und wir beide sind schön eng aneinander gekuschelt. Ist erst kurz vor neun, da denk ich noch nicht mal ans Schlafen. Später, wenn die Tabletten wirken, kann ich noch ein Glas trinken oder mich noch mal rausschleichen für eine Zigarette. Jetzt im Augenblick ist es urgemütlich.

- *Have I told you that I was in Helsinki, previously?*
- *Yes, you have spent the days in a flat, owned by a Russian woman, Olga. And the refrigerator...*
- *No, she was from Serbia, not from Russia.*
- *Yes, but the refrigerator... no meat in the fridge?* (Ja, korrekt. Der behält sich immer alles!)
- *I walked through the town, until my feet were burned down. Olga lived on the other side of the Esplanade. I could not find the house on the first evening. And, I have not expected that Helsinki is not flat, it goes up and down, like in the mountains. Not like in Copenhagen.*
- *Uttiha, Copenhagen is in Denmark. There are only sand and small hills. Scandinavia and Finland are built on granite. In the Ice-age, all the mountains were moved to Denmark, changed to sand. But here, it is up and down. Nothing for somebody to be used to walk on a flat line*
- *But it was worst, when I had a look on the quarter Kallio. Do you know this? Kallio is only up and up. And not so many hipsters, as my city-guide has described. Few cafes and burger restaurants. I saw not so many creative people...*

Da geht ein Ruck durch Juha. Er setzt sich im Bett auf, guckt mich komisch an, ich will nicht sagen, böse, aber jedenfalls nicht freundlich, oder lächelnd, wie sonst, wenn ich mal was Blödes sage.

- *Sorry, have I said something wrong?*

Ich kann sagen, was ich will, kann er doch auch! Wenn er meint in Kopenhagen ist es schmutzig, sagt er das eben, also was?

- *No, you did not. But me, I do not want to hear this word „Kallio" again. I think that you were only on the main street. Maybe they have decorated it now, for the tourists. The creative and, especially the crazy people have lived always there. Like in Co-penhagen... around the main station, was it in Vest...?*

- *Vesterbro.*
- *The place, where people from Greenland were dancing on the tables.*

Ob der Mann alle Gespräche aufzeichnet? Ist mir ja unheimlich!

- *The same was in Kallio, for about 15 years ago, without people from Greenland. But with all other crazy people: drunkers, junkies, criminals, the whole spectrum of losers.*
- *Yes, they live there, in every big city. But you, have you lived in Kallio?*

Jetzt möchte Herr Nieminen gerne ein Glas Wein. Soll er doch nicht! Aber ich bin ja nicht sein Wachhund. Ein Glas, ein zweites, was ist hier los? Macht sich warm, gleich ist wieder Gefechtspause, warnt Frau Hase.

- *If I hear the word „Kallio", now, I have it like you when you tell about your accident. Very wrong memories. Do you really want to hear this story?*

Jetzt kommt, wie er in Kallio zum Trinker geworden ist, wollen wir wetten? Meint Frau Hase, die es sich schon auf dem Bett gemütlich gemacht hat. Ne echte Krimigeschichte, vielleicht noch mit einem Toten, da sperren wir aber mal die Ohren auf. Das frühere Ich weiß nicht, ob zuhören, oder im Bad verschwinden besser ist. Wo ist eigentlich Nummer drei? Will nix hören, von alten Geschichten.

- *I want to hear it.*
- *But it is not a funny story....*

Wenn noch einer sagt, dass Finnen Weltmeister im Schweigen sind, dann ist hiermit das Gegenteil bewiesen. Ich kenne einen, der kann fast 30 Minuten am Stück erzählen. Soviel kann man sich nicht ausdenken. Höchstens, wenn man Frau Hase heißt:

Alles ist in Krisenstimmung, obgleich man geglaubt hat, jetzt mit der EU wird es allen besser gehen. Erstmal nicht. In Jyväskylä geht eine Praxis pleite, weil die Bauern ihr Vieh verkaufen. Dann geht noch eine Ehe pleite, und ein Haus muss verkauft werden. Schwierig, es ist kein Käufer zu finden. Am Ende bleibt eine phantastische Summe, wenn da nicht ein Minus vor wäre. Irgendwie muss Geld reinkommen, Erspartes ist aufgebraucht, Arbeit gibt es nicht, also solche, die er sich vorstellen könnte.

Da ruft die Schwester an. Ihr Mann kann einen Job anbieten. In Helsinki. Natürlich nicht beim Ministerium, wo er selbst arbeitet, das wäre ja Vetternwirtschaft. Aber um vier Ecken, bei einer Firma, die Tierfutter herstellt. Der Job als solcher, merkwürdig für ihn. Er soll aus allen Fachzeitschriften Artikel heraussuchen, die irgendwas mit Tierernährung zu tun haben, damit die Firma das in ihren Prospekten verwenden kann. Tagaus, tagein Abhandlungen über Nährstoffe, Vitamine, und so weiter.

Eine Stunde zur Arbeit, eine Stunde zurück. In das Zimmer seines Neffen, der für anderthalb Jahre in Amerika ist. Ein über vierzigjähriger im Teenagerzimmer! Wenn es wenigstens jemand Unbekanntes wäre, aber das ist seine Schwester und ihr Mann, denen das Haus gehört. Er soll sich auch an „Hausordnungen" halten. Nicht Freitagabends mit den Kollegen um die Häuser ziehen, in immer noch eine Bar. Er ging nur mit, weil er allein nicht zurück zum Hauptbahnhof gefunden hätte. Ein Bier wäre gut gewesen, bloß dabei bleibt es ja nicht. Am Sonnabendvormittag muss er sich anhören, dass das hier nicht so gern gesehen wird, wenn jemand gegen 3.00 durch die Wohnung poltert. Der Junge!!! Also, der zweite Neffe, damals erst 16. Aber der hatte den Dreh raus, wie man sich auch nach 4:00 in das Haus schleicht. Hat er ihn nicht gefragt, wie man das macht. Oder eben, wie Schwager Harry, viele Wochenenden auf der Jagd verbringen, und dann gleich Montag direkt zur Arbeit fahren kann. Und sich, unter der Woche, nach Mitternacht, zwei große Flaschen im stillen Wohnzimmer einpfeifen.

Dann seine Töchter, die ihn dort, bei ihrer Tante, besuchen. Erst glauben sie wohl, dass das nur wegen der Arbeit ist, Sinikka erzählt ihnen sowas, er sagt nichts dazu. An diesen Wochenenden wird richtig Geld ausgegeben, für Kino, Shopping, Essen, Vergnügungspark. Das sollte eigentlich für die Bankschulden sein, aber irgendwas muss er den beiden doch bieten. Wenn ich mir das vorstellen könnte, im Jungszimmer morgens und abends, die Arbeit merkwürdig, die Kollegen alles Verkäufertypen, und die Schwester und der Schwager. Liebe Menschen, einmal im Jahr, aber nicht jeden Tag!

- *That was the hell! No idea, where I can live, no idea, how to explain my daughters the situation. I was ready to give up, to take to a place, far far away...*

Alles funktioniert nur noch, fast ein Jahr. Die Schwester guckt böse. Kari kommt bald, dann will er studieren und hier wohnen! Und Schwager Harry bemüht sich, aber die Wohnungen, die er vermitteln könnte, sind was für Beamte, nichts für einen Artikelsammler beim Tierfutterhersteller.

Dann doch ein Lichtblick. Ein Arbeitskollege mit einem verstorbenen Opa, der wohnte in Kallio. Probier mal dort. Eine üble Gegend, aber die freuen sich immer über solide Mieter, die noch selbst zahlen können. Und abends machst du die Türe zu und gut ist. Relativ billig. Die Wohnung, ein Zimmer, eine kleine kalte Küche, ein noch kleineres Badezimmer.

Sowas kenne ich auch, wir haben mit Klo in der Küche gewohnt, in den 80ern. Ja, aber jetzt soll ich mal nicht unterbrechen. Das war 2008!

Eine Stunde zur Arbeit, mit Bus und Straßenbahn. Eine Stunde zurück, mit Dosen und Flaschen aus dem Supermarkt. Bier, Wodka, Dosensuppe vorm Fernseher, wenigstens ohne spitze Bemerkungen. Mehr ging nicht, Geld wurde ja gebraucht. Einmal im Monat eine Fahrkarte nach Jyväskylä, einen halben Nachmittag mit den Töchtern. Mittlerweile hatten die das schon mitbekommen, wer ihnen die Wahrheit erzählt hatte, weiß er nicht. Nur, dass sie wütend und enttäuscht waren. Probierte er also, mit Geld etwas gutzumachen, aber „Teenager...du glaubst nicht, was die alles haben möchten". Im Sommer kamen sie auch oft nach Helsinki, nie zu ihm, wohnten bei der Schwester. Kaufen, Ausflüge, Geld ausgeben.

Es vergingen Winter, Frühling, dann Sommer, dann Spätsommer...

Dann die Frau, die bei ihm klingelt, ob er ihr hilft, ihren Sohn zu suchen. Wohnte einen Aufgang weiter, hatte ihn schon mal gesehen, ob er nicht helfen könnte?? Das war also Jaana. (Mit A-A).

Klischee der alleinerziehenden Mutter mit einem nicht zu dirigierenden Sprössling. Vater fehlte natürlich, da war der Bengel nicht scharf drauf, auch auf keinen anderen Mann. 14 Jahre, macht alle dummen Sachen, die man sich vorstellen kann. Das erste Mal haben sie ihn noch auf einem Spielplatz mit seinen Kumpels gefunden, da war er bloß betrunken. Wurde später schlimmer.

Aber Jaana…Uttiha, die war richtig tätowiert! Der ganze Rücken, mit Herzen, Flügeln, Namen, und bunt, sehr bunt. Nur, man braucht eine Frau, auch wenn die ihr Leben nicht im Griff hatte. Immer noch besser, als alle die anderen, die da so rumliefen.

Es ging am Anfang ganz gut, da haben sie sich besucht, zusammen gegessen, getrunken. Wenn der Bengel einen guten Tag hatte, war der auch dabei. Begeisterung war nicht vorhanden, aber man hat sich toleriert. Dann hatte er sich überlegt, ob er was für sie tun könnte. Dumm war sie nicht, sie konnte sicher mehr als an einer Imbissbude Würstchen rausreichen, von 8:00 bis 18:00, dreimal die Woche. Mehr wollte Jaana aber nicht. Vielleicht später. Jetzt konnte er ja sehen, dass sie mit dem Olli zu tun hatte. War nicht einfach. Aber wehe, er sagte was! Dann ging ihn alles nichts an, und Olli muss es selbst lernen. Hielt er sich also raus. Und zweimal bezahlte er dann doch die Strafe für den Kleinkriminellen, mal wegen geklautem Moped, mal wegen Ladendiebstahl. Da war Jaana dann doch froh, dass sie ihn hatte. Aber sonst, misch dich nicht ein!

Merkwürdig, dass man da so hängen bleiben kann, ganze vier Jahre! Nicht, dass was besser wurde. Der kleine Olli wurde grösser, blieb oft mal paar Tage weg. Schule kannte der wohl auch nur vom Namen nach. Wenn sie dann mal wieder die Straßen rauf und runter gelaufen waren, ohne eine Spur zu finden, saß Jaana bei ihm, heulte und kippte ein Glas nach dem anderen. Er auch, sonst hielt man das nicht aus. Dann tauchte der junge Mann wieder auf, blass, mit Ringen unter roten Augen, verzog sich ins Bett, um nach 10 Stunden Schlaf den Kühlschrank zu leeren. Mamas oder Nieminens, war doch egal, Hauptsache, was Essbares da. Ach, und hast du mal 100 Euro? Muss was bezahlen. Nein, er bekommt kein Geld. Aber du weißt doch, er hat Schulden. Und die Leute, die sind nicht fein. Was für Leute? Kannst du nicht zur Jugendfürsorge gehen, die helfen euch da. Ach nein, lieber nicht. Dann wird er vielleicht eingesperrt und ich habe ja bloß ihn.

Er hätte gerne jemanden gefragt, wo man Hilfe holen kann, aber das war schwer. Wenn Jaana nicht wollte. Aber sie allein lassen ging auch nicht. Also musste er dafür sorgen, dass es ihr wenigstens halbwegs gut ging. Dass sie ein paar Pausen hatte, von den 10 Stunden Imbiss, von den Wanderungen durch Kallio, von den Besuchen in der Polizeistation.

Daher war er überrascht, als sie ihm erzählte, dass sie ganz gerne auf dem Land leben würde, in einer Kommune, wo man Lehmhäuser baut, wo alle füreinander da sind. Wo sie sich gerne zur Tätowiererin ausbilden lassen würde, guck mal hier, Juha, wollen wir das nicht machen? Kostet nur 30000 Euro. Soviel hatte er nicht übrig, das meiste Geld ging für die Schulden drauf, die er immer noch hatte. Und Olli, will er da auch mit? Ja, ich denke, das würde ihm guttun, da ist er weg von den schädlichen Einflüssen hier.

Ich glaube aber nicht, dass er da so einfach mitkommt. Kannst du nicht doch mal mit jemanden von der Jugendfürsorge sprechen, die sind ja nicht alle so. Doch, die sind alle so, glaub mir, ich kenne die! Habe sie mit Mühe überzeugen können, dass ich das ganz alleine schaffe, ich geh da nie wieder hin. Jaana, das geht so nicht weiter, mir wird das alles ein bisschen viel, ich würde auch gerne weg von Kallio.

Tatsächlich, der Schwager hatte sich wieder gemeldet. Ob das was für ihn wäre, oben in Lappi suchten sie jemanden für Landschaftsmonitoring. Sollte Biologe, Tierarzt oder so etwas ähnliches sein. Würde gut bezahlt, aber eben hoch im Norden. Hatte er telefoniert, ja, die wollten ihn gerne kennenlernen, ob er mal hinkommen könnte? Hatte er sich gedacht, vielleicht könnte Jaana mit? Also, willst du mitkommen? Wohin? Nach Rovaniemi. Spinnst du? Da wohnen der Weihnachtsmann und die Lappen, was soll ich da? Also, Jaana, ich fahr da hoch. Wenn es mir gefällt, fange ich dort einen neuen Job an. Und du kommst mit. Olli ist 18, er muss selbst sehen, was er aus seinen Leben macht. Ich möchte, dass es dir gutgeht. Das kann ich nicht! Ich kann hier nicht weg. Mir ist lieber, ich weiß, wo er ist, dass es irgendwie geht, dass er nicht was ganz Schlimmes macht. Er hat ja nur mich.

Was macht man da? Zwingen kann ich niemanden. Ich war ein paar Tage in Rovaniemi, hab mit den Leuten da gesprochen. Das war eine völlig andere Welt. Mehr wie Jyväskylä. Koskela, den haben wir mal getroffen, wenn der gesagt hätte, Juha, bleib gleich hier, ich wäre geblieben. Hat er nicht, nur gesagt, dann in einem Monat, Nieminen. Wohnung kriegst du erstmal in Sodankylä, ist aber nichts Großes, bloß 80 qm. Nichts Großes! Ich sitze in Helsinki auf 50 qm, eine Wohnung an der anderen und nur verrückte Nachbarn!

Dann kommt Juha zurück. Will Jaana erzählen, dass sie auch mitkommen soll. Da wäre sicher ein Job für sie, in Sodankylä. Alles besser als hier in Kallio, wo man am Morgen die grauen Gestalten am Supermarkt sieht, die darauf lauern, dass es 8:00 wird, damit sie das erste Bier reinschütten können. Die Riesenschlange vor dem Alkoholladen am Freitag. Und die anderen, die durch Kallio marschieren, als gehörte ihnen das Gelände.

In Jaanas Wohnung: Als er kommt, am Nachmittag, ist Jaana nicht alleine. Olli ist auch da, blass, Augenränder, der Fuß hält nicht still. Und noch einer. Endzwanziger, schwarzes Leder, Nieten am Arm, Nieten am Hals. Tätowierungen. Uttiha, da konntest du Teufel in allen Formen und Farben sehen...das ist wohl DER „**Kallion paha**", der Böse von Kallio. Der die meisten Geschäfte steuert. Jaana hat davon erzählt, mein Nachbar hat mal gesagt, dass ich aufpassen soll, wenn so ein Volltätowierter auftaucht, der versteht keinen Spaß. Jetzt steht Juha ihm gegenüber. Der will Geld sehen! Sofort und von Juha. Jaana guckt ängstlich, Olli zwinkert unsicher...ja, du hast doch Geld! Nein! Kein Geld von mir!

- *He stands up. A knife in his hand, all scream. Nobody to stop him. Comes to me, with the knife. Do you want to hear more? (Lieber nicht...) The last time I was in hospital. Jaana had called an ambulance...and here, look..*

Der hat nur wild zugestochen. Wohl zur Warnung.

Rollt er sein T-Shirt hoch. Drei tiefrote Punkte und zwei Striche: Das ist wohl von der letzten Operation. Und noch Narben, die älter sind, die aussehen wie viele kleine Schnitte. Hier?? Wenn man darüber streift.

Als Juha aus dem Krankenhaus kam, wollte er nie wieder was von Jaana, von Olli oder von Kallio hören. Das war ein Anwalt, der das geregelt hat. Aber dann kam nochmal eine Vorladung, als Zeuge. Eigentlich gegen Olli, über den wollten sie den ganz großen Gangster fassen. Da konnte er sich rausreden und ist dann gleich weg, nach Rovaniemi, nach Sodankylä.

Das war die Geschichte. Nicht schön.

- *But later, have you been there, to look how is Jaana doing, now?*
- *No, I could not. Too scary. I have thought about it. Not easy. Really not easy. Too much.*

Was soll ich dazu sagen? Olli könnte bisschen anders heißen, vielleicht nicht ganz so schlimm, aber ich weiß, wie das abläuft. Wie verzweifelt man sein kann, wie man hofft. So einer, wie der Herr Nieminen kennt das nicht, und woher auch?

- *It is not your fault, but you think not so, do not you?...Ohh, how horrible, horrible.*
- *I have only told this, because of Kallio. I do not want to come there again. No see the places and, no meet the persons. I feel deep fault, because of the things I had to do better, but I could not.*
- *You could not do more, it is OK. Sometimes it is so, there is nothing to do.*

Jetzt teilen wir noch den letzten Rest im Glas, der Tee kühlt traurig vor sich hin

- *Minun rakas...rakastan sinua... (*kann jetzt nicht anders*)*
- *Do you learn Finnish? Great, we can talk in Finnish, when you come to me...*
- *Only few words, not enough for talking.*

Dann werden die Nachtischlampen gelöscht. Der Regen prasselt noch immer gegen das Fenster, und ob es zehn, elf oder zwölf ist, spielt keine Rolle. Kein Extraglas Wein mehr, keine Kippe. Bloß Nachtzeug an und dann schlafen wir einfach ein, nebeneinander, im selben Bett, im selben Zimmer.

Am nächsten Morgen, muss so gegen acht sein: Das schwarz-und dunkelgrau ist einem freundlichen Weiß gewichen. So hell war es in den drei Tagen nie!

Hier kann ich nicht gut schlafen, soviel ist mal sicher. Letzte Nacht nicht und diese auch nicht. Ich habe Blödsinn geträumt, mit allen möglichen schrecklichen Figuren. Dann kam noch mitten in der Nacht so eine Attacke in meiner Schulter dazu. Ist nicht schlimm, da zieht sich ein Muskel zusammen, aber ich lieg dann wie gelähmt, kann mich nicht rühren, will schreien und kann das auch nicht. Jemand versucht mich zu erwürgen. Ja, ganz tief im Hinterkopf war auch eine Stimme, dass das wieder die Schulter war, ich ganz entspannt liegen soll, und da ist jemand neben mir, der den Würger schon abwürgen wird. Nur leider kann ich da nicht so richtig drauf hören. Zu spät, um nochmal einzuschlafen, außerdem muss ich erst mal den Ast von meinem Rücken schieben. Da dreht sich schon jemand um und strahlt mich an:

- *Uttiha! How are you now?*

Ja, danke, geht so mittelprächtig. Gleich zieht hier was den Rücken rauf, muss mich mal bisschen rumlegen.

- *Very fine. How could you sleep here? Better than in the hospital?*

Bei "very fine" gehen seine Brauen hoch, glaubt er etwa nicht?

- *Yes, better than in a hospital. Because you were here. But I think, you could not sleep well...What was it?*

Er sieht mich an, bisschen zu besorgt. Also, der Kranke bist doch du, nicht ich!

- *You snored (???) the whole night.*
- *What did I?*

Ich kann mir schon denken, was er meint, aber ich glaub das nicht. Nicht die ganze Nacht!

- *Did so Chrrr...Chrrr, not so loudly, but near all the time. Like a little machine, haha.*

Mach ich wohl doch öfter, höre ich ja bloß nicht. Wer weiß, was da noch kommt.

- *I cannot hear everything when I sleep.*
- *You have also screamed, one time, two times. What was it? A nightmare?*

Ist jetzt bisschen schwer zu erklären. Ich probiere es mal.

- *Maybe a nightmare, but it comes from my shoulder.*

Das ist wie Fuß einschlafen, bloß eben die Schulter. Ich liege dann wie fest und kann nichts machen. Und dann eben so blöde Einbildungen. Ich weiß das sogar im Schlaf, machen kann ich dagegen fast nichts. Bloß warten, bis alles vorbei ist.

Da kommt jetzt Interesse auf. Wo das genau ist? Weiß ich nicht so. Da geht eine Hand erst über die eine Schulter, dann die andere. Hier? Ach, tatsächlich, hat er den Punkt getroffen! Dann wird da ein bisschen herumgeknetet, wird kommentiert, dass alles viel zu hart wäre, da sollte ich mal was machen. Jaja, mach ich auch, irgendwann.

Immerhin fühlt sich das gut an. Dann dann marschieren die Finger den Rücken runter, an der Wirbelsäule lang und er flüstert im Ohr, das alles bisschen „*crooky*" wäre, da sollte ich aufpassen. Fühl mal hier, alles nicht symmetrisch.

- *Have you thought about that I am not a young girl?*
- *But, Uttiha, you have to take care of you. You can get pain in the back, in the shoulders, and not sometimes as a nightmare... but always. Not so good.*
- *I know, I have to train more, or to start with it, I do not, I have to stand in the office, I sit on my chair, all the time... OK, I try to be better..Chrrrr.*

Weil die Finger jetzt irgendeine Stelle auf dem Rücken erreicht haben, wo es kribbelt. Aber nicht bloß da. Sondern weil jetzt wieder jemand in mein Ohr flüstert:

- *Uttiha, will you promise me? It is enough with an old man, is not it?*
- *Mister Nieminen, I am the old lady, older than you! Chrrr Chrr Chrr*

Ich hätte nicht geglaubt, zu was so ein Steißbein gut ist. Dachte immer, dass ist überaus nutzlos und kann bloß weh tun, wenn man drauf fällt. Aber, wenn das jemand mal bisschen bearbeitet, Chrrr....und noch mal Chrrr. So Frau Hase jetzt kommt Butter, nicht bei die Fische, aber aufs Brot. Die B-Note soll verbessert werden! Bin ich mehr als erstaunt und alles könnte in genau dem Tempo weitergehen, Frühstück gibt es bis um zehn, mehr Zeit als genug. Mach weiter, probier mal, mein Schlafhemd bisschen höher...

Kraaaah! Kraaaah! Die Feuerwehr ist daaaa! Das schreckliche Telefon. Hört nicht auf nach dem dritten Mal. Absolut unhöflich, erst draufzugucken und dann noch ranzugehen, wird aber gemacht. Muss wohl diesmal nicht die Dame Sinikka sein, der Lautstärke nach zu urteilen. Total freundlich wird aber auch nicht in den Hörer gesprochen. Wer darf eigentlich am Sonntag, früh um acht stören? Das Krankenhaus? Wohl nicht. Kollegen? Frau Kaata, flüstert Frau Hase. Ganz unwahrscheinlich.

Herr Nieminen müsste wegen mir auch nicht ans Fenster gehen, ich versteh ja sowieso nichts. Paarmal kommt sowas mit vielen Konsonanten, dann wieder bloß „**Kyllä, kyllä**", das allerdings verstehe ich schon, bedeutet „ja, ja". Zum Schluss glaub ich auch meinen Namen zu hören, und tatsächlich wird doch das Telefon in den Raum gehalten

„Hallo Uttta, also best regards to you…" „*Yes and for you a nice Sunday".*

Wer das auch immer war. Hört sich recht jung an. Ich wette mal:

- *Your daughter? So early in the morning?*
- *She knows that I am always up on eight, the best time for calling….*

Wenn große Kinder anrufen, ist was, meistens. Aber ich will mal nicht neugierig sein. Auch wenn wir das gerne wissen würden, flüstert das Frühere Ich, guck doch mal interessiert. Aber so furchtbar interessiert bin ich nicht.

Ein Engel ist nicht durchs Zimmer gegangen, sondern ein Feuerwehrmann und hat mit der Wasserspritze alle Brände gelöscht, leider.

- *My children do not call me on a Sunday morning. They know that I am sleeping…*

Hier sollte die Frage kommen, was denn so wichtig war.

- *As I said she knows when I am best to take the phone…and it was important, for her…always the same….the wedding in summer.*

Mister Polarkreis nur in dunklen Schlafhosen, mit sonst nichts.

- *It is too much to explain. But now…Can we go and have breakfast? I want. What about you, Uttiha?*

Schon wieder so nah am Ohr, dass es kribbelt, aber aufhalten und zurück ins Bett zerren, nee, geht wohl nicht mehr jetzt, danke Tochter!

- *Nice idea. Do you want to go in the bathroom? I can wait.*

Da krabbeln Finger vom Ohr abwärts, da wird wieder in die Ohrmuschel gepustet…aber es wird wohl nicht reichen:

- *You can stay in the bed, for half an hour…not for sleeping, not for snoring…we should go out after breakfast, such a nice day today, is not it?*

Ja, was soll ich dazu sagen? Könnte wegen mir wieder graupeln und stürmen, ist ja supergemütlich hier. Würde ich nochmal so schön eindämmern als umarmtes Kuscheltier. Aber da will jemand mehr als gerne an die frische Luft, was soll ich sagen?

- *Yes, nice day, we can go out after breakfast...*

Ich kuschele mich noch mal in die Decken. Das doofe Telefon, aber in sechs Wochen! Da werden wir wohl gar nicht aufstehen müssen, ist ja dunkel, die ganze Zeit. Was macht man bei Nacht und -20 Grad Kälte? Betten zerwühlen, Fernsehen gucken, Pizza Mumi bestellen und Wodka trinken. Noch was anderes? Ich war fast am Wegkippen, aber da kommt eine Hand, wir wollten frühstücken! Einen langen Rundgang durch die Hauptstadt in Angriff nehmen, ohne Kallio auch nur zu streifen.

Bei mir wird's nur Katzenwäsche, denn bisschen kann ruhig dranbleiben, wenn ich heute Abend wieder allein rumliege. Moos, Pilze, und noch was. Soll ich mal fragen, um was es da ging? Sicher um Geld, mutmaßt Frau Hase, die mich im Badezimmerspiegel beäugt. Lass das doch mal! Ich weiß ja, wie ich aussehe. Ja, aber mach mal was gegen die gequollenen Augen. Was denn? Du sagst doch selbst, ich soll mich da bloß raushalten. Aber so bisschen diskret kann man schon mal. Nein, nicht jetzt!

Der Polarkreismann hat tatsächlich seinen Laptop ausgepackt und guckt da rein, als ich halbwegs abgewaschen und mit geputzten Zähnen aus dem Bad komme. Uttiha..hier! Er strahlt, mehr als vorhin. Halonen mit den Hunden. Heute aufgenommen. Da ist es 9:00, und sehr dunkel. Nur am Boden, da leuchtet es. Ja, es hat geschneit, spät genug, aber ab jetzt bleibt der Schnee liegen. Wie kalt ist es jetzt da? So minus zehn Grad werden es wohl sein. Über null geht es jetzt wohl nicht mehr, hoffentlich nicht. Hat lange gedauert, bis es Winter geworden ist. Muss ich mal den Satz einfügen, dass ich „Winter" schon lange nur als kleine Episode von höchstens einer Woche kenne, wird wohl auch nicht mehr werden.

Für die Samen war es schlimm, mit dem langem Herbst. Die Rentierpfade waren immer wieder zugefroren und aufgetaut. Da schneidet das Eis in die Fußgelenke, dann bleiben ein paar liegen, nicht schön. Nicht schon am Morgen schlimme Geschichten! Ich kaue immer noch an Jaana und Olli rum!

Was kann man da machen? Die Besitzer aufklären, dass sie die günstigen Pfade nehmen sollen, oder warten. Nur, die Samen haben einen Termin am 6. Dezember, da werden alle Herden angesehen, dann wird verkauft. Es ist besser, du hast ein oder zwei gute starke Tiere, die du teuer verkaufen kannst, anstatt einen Tag oder zwei später da zu sein, mit allen Tieren, aber keins ist so gut. Da hilft nur reden und überzeugen, aber, nicht sehr einfach.

Aber nun, sieh mal hier! Kommen ganz andere Bilder, lachende Menschen, die winken und irgendwas im Chor sagen. Die Dame Kaata ist auch zu sehen, und noch eine andere.

- *We will get all the money we need! And, we get a person more next year. I will have enough time for writing. Look, this is Eeva, from the environment ministry. She has helped us with all these documents. Nice lady...*

Kommt so ein Lächeln, find ich jetzt gar nicht so amüsant, ich kann ja sehen, wie nice die Dame ist. Weiß ja nicht, ob da außer professionellen Charme spielen lassen noch was anderes war.

- *...like you!*

Wenn das jetzt etwa ein Kompliment sein sollte, ist es gründlich vergeigt worden. Geht nicht mal als Witz durch. Ich habe keine Ahnung, ob man das als Unverschämtheit bezeichnen soll, wenn einem erst gesagt wird, dass man schnarcht, dann dass man schief gewachsen ist und hinterher wird einem noch eine „nice Lady" präsentiert. Spielt auch keine Rolle, dass man noch „so wie du" dranhängt.

Ich kann auch keine Gelder für wissenschaftliche Forschungen lockermachen. Aber woanders, vielleicht glaubt er das, ist Frau Hases Idee. Die soll mir mal einen Tipp geben, wie ich dem Mann hier begreiflich machen kann, dass ich EIFERSÜCHTIG bin. Auf Frauen, die ich nicht kenne, die aber öfter Möglichkeiten haben, mit dem Polarkreismann zu flirten. Würde ich auch gerne öfter, aber ich brülle lieber ins Telefon. Macht Frau Eeva bestimmt nicht.

Hat er wohl doch bisschen mitbekommen, dass die letzte Bemerkung so keine Begeisterung ausgelöst hat. Guckt er mich an. Was ich denke? Schwer zu erklären. Soll ich sagen: Ich bin eifersüchtig? Wenn die alle so nice sind, was willst du dann mit mir schiefem Geschöpf, das raucht, trinkt, schnarcht und nur auf Englisch radebrechen kann? Würde ich mal wissen wollen. Nur, jetzt wollen wir gleich frühstücken und später an die frische Luft, und so viel Zeit ist auch nicht mehr.

Ja, ich denke, dass es doch schön war, also mit dem Geld. Was war das mit „Zeit für Schreiben"? Erzählt er mir beim Frühstück. Klappt den Computer zu und wir gehen runter.

Nach dem gestrigen Tag, mit zwei halben Brötchen, einem kleinen Kuchen und bisschen Suppe, ist Platz genug für Rührei, Schinken, Brötchen und zwei kleine Eierkuchen mit Blaubeermarmelade. Und noch eine Mini-Zimtschnecke. Die passt dann doch nicht mehr rein und wird mitgenommen. Auch Mister Polarkreis langt zu bei allem, was zu haben ist an „soft meal", auch Hafergrütze. Wem es schmeckt. Nebenbei bekomme ich eine recht genaue Erläuterung, wie sie das Geld vom Ministerium im nächsten Jahr verwenden wollen. Da ist er nicht zu stoppen, ich lege mal unsere Servietten auf eine Ecke, nicht, dass da noch was raufgemalt wird.

Aber du bekommst auch noch jemanden für das Gelände, hast du gesagt? Um Zeit zum Schreiben zu haben? Für diese unbekannten Bakterien interessieren sich alle möglichen Forscher. Nicht nur hier in Finnland, auch in Schweden und Norwegen, in Russland und in Kanada. Die zwei Artikel wären erst mal so ein Bericht gewesen, dass etwas Neues entdeckt wurde. Jetzt wird das vertieft: Aus welcher Familie, welche Gegend, welche Wirte. Wie ist ihre Wirkung, sind sie gefährlich, gibt es Gegenmittel. Am Ende soll da ein langer Artikel herauskommen, der dann in einem internationalen Fachblatt veröffentlicht wird. Daten sind genug da, die sollen aber geordnet und verglichen werden und alles muss niedergeschrieben werden. Dazu braucht man Zeit, und die wird er jetzt bekommen! Ich kenne eigentlich sowas nur aus Zeitungsartikeln oder Fernsehen, dass jemand sich so begeistern kann. Jetzt sitze ich mal neben so jemandem und finde es nicht übertrieben oder albern, wie öfter bei anderen. Deshalb nicke ich ab und zu, und gucke ansonsten nur in das grünliche Leuchten. Und will nicht wieder darüber nachdenken, warum ausgerechnet ich. Im Dezember muss noch ein Plan für das Ganze gemacht werden. Viel Zeit ist nicht mehr, so ungefähr 4 Wochen. Hattest du nicht gesagt, dass ihr das im Januar macht? Nein, da geht es um Dokumentation für das vergangene Jahr. Da sind rund 500 Seiten zu füllen!

- *We have to write, we have to review and to confirm. First in Sodankylä and then in Rovaniemi. And nobody reads all these pages, I guess.*

Ich kenne ähnliches, aber muss man sich in den letzten Stunden über Daten und Dokumente unterhalten? Teller und Tassen sind leer, wir könnten die Sachen packen und in der Stadt herumlaufen? Gute Idee, findet Juha.

Ich rauche noch eine Zigarette draußen, weiß ja nicht, wann ich später dazu komme. Mögen nicht alle, wenn Frauen auf der Straße rauchen. Der ganze Himmel ist bedeckt mit den schneeweißen Wolken! Es ist fast so hell wie mit Sonne! Der Wind ist dafür eiskalt, der kriecht in den Mantelärmel, unter den Kragen und, am schlimmsten, der bläst in die Ohren.

Der Koffer wurde in Hui und Hast gepackt, so planlos wie nie, aber jetzt habe ich weder Hosen noch eine Mütze oder Handschuhe mit. Ich kann zwei Strickjacken übereinander ziehen, das hilft nur nichts, wenn der Wind auch unters Kleid geht oder an die Ohren. Schal um den Kopf und Kragen aufstellen, denke ich, während ich, wegen der Sportlichkeit, in die zweite Etage hochsteige.

Hätte ich das mal mit der Zigarette gelassen! Ist wie ein böser Fluch. Ich bin noch nicht mal vor der Tür, da höre ich es schon. Es wird wieder telefoniert, oder besser: in den Hörer gebrüllt. Langsam wird mir das doch unheimlich. Gleich wird mich Frau Hase aufklären, dass Sinikka eigentlich Jaana heißt und es hier um Geld für diesen Gangster geht. Das frühere Ich deutet nur ein Wort an…Chemo. Will ich alles gar nicht hören und reiße mit Schwung die Türe auf.

Herr Nieminen flieht ins Mini-Bad, dort geht es weiter, nun etwas gedämpfter, aber nicht freundlich. Ich möchte niemals so einen Mann am Hörer haben, da kann er noch der schönste vom hinterm Polarkreis sein! Wie hieß das, was er mal gesagt hat? Volcano?

Dann Pause. Ich zieh den Mantel aus und tu so, als ob ich schon Sachen einpacke. Es wird weitergesprochen. Gedämpft, dann wieder Pause. Ich stehe da und lausche.

Noch ein Satz und die Türe geht wieder auf. Sieht nicht sehr begeistert aus, der Mann. Guckt mich bloß an so wie: Hast du gelauscht? Ja, habe ich, aber nix verstanden. Was soll man da machen? Fragen, wer angerufen hat? Ob es Probleme gibt? Ob man helfen kann? Kann ich doch nicht. Ich hätte zwar gerne das mit „Volcano", nein, hieß ja Krakatoa, erwähnt, aber in der Stimmung ist er wohl nicht. Zucke ich bloß mit den Schultern. Packe mein Nachtzeug ein, hole die Waschtasche, mehr ist da nicht zu tun. Juha steht immer noch da, guckt jetzt aus dem Fenster. Was ist nun? Frag mal, meint die imaginäre Tochter. Vielleicht ist was passiert? Bei einem Todesfall brüllt man doch nicht so rum. Ich trau mich auch nicht, hinzugehen, ihn am Arm zu fassen oder so was. Empfiehlt das Frühere Ich. Ich muss doch nicht alles verstehen, aber Verständnis zeigen. Ja, und dann zieht er den Arm weg. Irgendetwas sagen muss ich:

- *We give the bags to the reception and then we go around? Now?*

Lächeln dabei, ich weiß von nix, hab nichts verstanden.

Ja, hat geholfen. Juha dreht sich um und lächelt. Wir haben das schon besser gesehen, aber immerhin. Sicher, wir sollten die Sachen abgeben und dann gehen wir erst mal los, ja? Laptop, Socken, Schlafhose, T-Shirt, Waschtasche, das wars.

Ob ich gesehen habe, wie schön es draußen ist? Kein Regen, keine grauen Wolken. Aber kalter Wind, meine ich. Da wird noch eine Wollmütze aus der Tasche gekramt. Ich frag jetzt nicht, ob er eventuell noch eine hätte. Da fahren wir schon runter und geben die Taschen ab. Die Herren bereden was.

- *Uttiha, it is 14.30 you have to go to the airport?* (Hmmm)

Ab jetzt noch bisschen mehr als vier Stunden.

Bevor wir die lange Runebergstrasse herunterlaufen, verhülle ich meinen Kopf mit dem Schal. Handschuhe wären auch gut, aber ich kann auch die Hände in die Manteltaschen stecken. Dass es die Beine rauf zieht, kann man aushalten, vielleicht finden wir ein nettes Café. Juha guckt mich komisch an. Was soll das? Deutet auf meinen verhüllten Kopf. Wenn kein Telefonat, wenn kein Mann als Salzsäule vorher gewesen wären, würde ich antworten, dass man das in meiner Religion so macht. Ja, ist kalt, mir frieren die Ohren.

- *We go back and take your hat?*
- *No, I have forgotten. My hat, and my gloves. Because I had trouble, on Friday.*

Irgendwas Feuchtes kriecht in die Augen. Weiß nicht, warum jetzt.

- *Uttiha, you must not freeze. Oh, you have so cold ears!*

Mein Kopfputz wird runtergeschoben, zwei Hände legen sich auf die Ohren und ich stell mich auch mal näher ran, da ist mehr Windschatten, Augen sollte ich auch zu machen, da rollt jetzt gleich was raus.

- *You should not cry! Why?*

Zieht mein Gesicht nah ran. Guckt. Ja, ich sehe das grünbraun. Und dann sechs Wochen lang nicht, wer weiß, was noch für Anrufe kommen oder Katastrophen passieren. Ich mag nicht, wenn du ins Telefon schreist, aber das sag ich nicht.

- *Too windy. (*unter anderem auch.*)*
- *You take my hat...and we go in this direction...*

Da habe ich schon die schwarze Mütze auf, schön angewärmt. Und eine Hand in seiner, auch warm.

- *But you?*

Sehe ich ja, dass seine Jacke fein und warm ist, aber eben keine Kapuze hat.

- *No matter. It is not too cold for me. You know, I am from the Arctic circle...*

Jetzt laufen wir endlich los. Hand in Hand, meist ohne Wind. Eine Straße hoch, die nächste runter. Über uns der schneeweiße Himmel und ich möchte gern sagen, dass das Weiß wohl das von der Nationalfahne ist, aber zu schwer ohne Telefon. Menschen sind genug unterwegs, wahrscheinlich ist man hier Frühaufsteher oder chinesischer Tourist. Wir kommen an einem Café vorbei, riecht lecker, aber ich bin noch genudelt vom Frühstück. Das nächste. Kaffee wäre nicht schlecht, nachher kommt dann wieder nichts mehr, kennt man ja. Ich glaub nicht, dass Juha einfach nur durch die Gegend spaziert, vielleicht will er mir was zeigen?

Ja, das Sportmuseum, nur 5000 Meter vom Zentrum, Sibelius Denkmal, auch nur 5000 Meter, sag doch mal was, flüstert die imaginäre Tochter. Hmm. Where do we go? What is the plan? What do you want to show me? Telefon geht jetzt nicht. Da kommt ein runder Platz, dahinter ein flaches Gebäude, was mir bekannt vorkommt.

- *Temppeliaukio-church...The Rocket dome - do you know this building? See, it was built in the rocks. Beautiful inside.*

Ja, da war ich schon, während einer Stadtrundfahrt, als ich hier war. So, wie er mich jetzt ansieht, sollen wir da jetzt rein, aber nicht wegen Touristenattraktion. Die Orgel hört man schon hier draußen brausen, jetzt kommen immer mehr Leute und Glocken läuten auch. Gottesdienst! Ob ich mitkommen möchte? Mitkommen, also hat er schon was beschlossen. Nee, ich lieber nicht. Ist, wie soll ich das ausdrücken, peinlich? Oder zu privat? Sehen, wie der Polarkreismann inbrünstig in ein Gebet versinkt?

- *Hmm, I do not want...to the service...but you want?*

Musst du gar nicht fragen, flüstert das Frühere ich, das sieht man doch, der Mann kann es gar nicht erwarten, da reinzugehen.

- *Yes, I want. May be, it is a little bit strange for you, is not it? So, if you do not want, it does not matter. It takes only a half hour. May be, you will be waiting for me...there?*

Sehe ich, da ist ein Café. Nicke ich.

- *I am back in thirty minutes.*

Und noch ein kurzer Kuss, dann marschiere ich über die Straße und hinein. Nur eine Tasse Kaffee und ich könnte ja mal ein kleines Bildchen von mir hier schießen und an die Tochter senden. „Während ich hier am Kaffeetrinken bin, ist der Mann aus dem hohen Norden zur geistigen Erbauung im Felsendom.". Kommen als Antwort drei Fragezeichen und warum ich schon so früh auf bin und was wir denn gestern gemacht haben? Was bedeutet geistige Erbauung? Also schreibe ich etliche Nachrichten mit Fortsetzungen. Gerade als ich bei der dritten bin, wo schon mal die Hochzeit erwähnt wird, klingelt es:

- Ach, Mama, ist ja schrecklich! Hoffe ich, es geht ihm wieder besser?
- Ja, sonst hätte er wohl das Wochenende nicht rauskommen können. Aber, naja, bisschen komisch ist alles. Laufend ruft seine Schwester an, dann brüllt er rum…
- Was will die denn?
- Vielleicht wegen der Hochzeit.
- Was für eine Hochzeit?
- Habe ich gerade geschrieben. Seine Tochter. Die will heiraten im Sommer, aber da muss noch was sein, die hat auch angerufen, also die Tochter.
- Hast du ihn mal gefragt, um was es da geht?
- Nee, wieso, ist ja nicht meine Hochzeit.
- Aber frag doch mal, vielleicht findet er das gut.
- Ich mische mich da nicht ein, muss er selbst mit anfangen. (Wenn es wichtig wäre, würde er, glaube ich.)
- Aber denkt er, dich interessiert das nicht.
- Nein, macht es auch nicht. Die Nieminen- Sippe hat wohl beschlossen, dass ich nicht teilnehmen soll, macht mir aber nix.
- Hat er, also Herr Niemi (Nieminen, Juha Nieminen!!) auch?
- Nee, der hätte das schon gern, aber ich hab auch gesagt, wenn die das nicht wollen, dann ist das in Ordnung. Was soll ich denn da?
- Aber man lädt doch alle ein?
- Das sind so reiche Leute, da will ich lieber nicht mit.
- Warum denn nicht? Vielleicht sind die ganz nett?
- Mann!!! Das ist nächstes Jahr im Juni!! Wer weiß, was da noch passiert. Jedenfalls war der Herr doch ein bisschen durch den Wind. Wegen dem Telefonterror.
- Deshalb sollst du ja mal fragen…
- Was, und gute Ratschläge geben? Nee, mach ich nicht.
- Hmmmm (wird im Hörer geseufzt.) So geht das aber nicht. Weißt du doch.
- Haste schon mal gesagt. Ja, irgendwann, später.

Vielleicht hat ja Gesang und Predigt was bewirkt.

Bim, bam, bim, bam, und jetzt kommen da massenweise Leute raus. Wie nach einem Popkonzert. Bloß gut, dass ich schon an einem Tisch sitze, denn jetzt füllt sich das Café mit vielen Kirchengängern. Dauert nicht lange, da sitzt Juha an meinem Tisch, lächelt, bestellt Tee, fragt, ob ich noch was will? Ein Glas Wein vielleicht? Donnerwetter, ich habe gerade gedacht, daß das schön wäre jetzt, auch wenn es noch nicht Mittag ist, aber lieber nicht, wer weiß, was er denkt. Ja doch, gerne. Was so bisschen geistige Stärkung für Wirkung haben kann! Mister Polarkreis ist, nicht ausgewechselt, aber in bedeutend besserer Stimmung, vielleicht hat „Vorherre", wie die Dänen sagen, direkt zu ihm gesprochen? Wir sitzen uns gegenüber und halten Händchen. Also, das ist die Kirche, in der Tiina heiraten will. Ja, ganz prächtig! Die Eltern des Bräutigams haben das organisiert, es ist nicht leicht, sich dort trauen zu lassen. Da wäre nur so eine Sache...

Hat bestimmt ein Heidengeld gekostet und jetzt soll er da mitbezahlen und da fehlen paar Cent am Euro, flüstert Frau Hase. Ihr drei, jetzt Klappe halten und nicht auffallen!

- *The greatest wish of my daughter is that I take her to his groom (???, Was fürn Gnom?)*
- *To his husband....*
- *Like in Hollywood movies?*
- *Yes. I do not want to do this. A wedding must be seriously. Nothing about, that I deliver my daughter to her husband! It is their decision to be a couple, and I am happy for her. Nice man she has, they love each other, yes, they do...*

Aber die Hollywood Szene macht er nicht mit. Auch nicht, wenn Sinikka ihn überreden will. Das ist nämlich seine Schwester, die davon begeistert ist. Dann soll ihr Mann das machen! Nicht er. Oder, würde ich meine Tochter in die Kirche zu ihrem Mann bringen? Muss ich mal klarstellen:

- *It is not the question. I am the mother and a mum does not do this. My daughter's friend comes from an atheist-family even if they come from Great Britain...My son...nothing to think about...But in general, if this would be a wish, so I want to fulfil this. On the best day in a life ...Chhhh*

Kommt nicht allzu gut an. Das wäre genauso dummes Zeug mit dem schönsten Tag. Eine Hochzeit ist nicht irgendein Event, sondern was ganz Ernsthaftes! Man gibt sich in der Kirche vor Gott und den anderen Menschen das Wort füreinander da zu sein. Das ist wichtig. Und keine schönen Kleider, die beste Kirche und Papa führt die

Tochter ihrem Mann zu. Na, bisschen ist von Gottes Segen schon wieder verpufft. Vielleicht sollte ich mal die Spitze abbrechen, muss bloß das richtige Wort finden:

- *I cannot talk from experience, because I got married only in the Town Hall...The marriage hold only four years, may be therefore, without God's blessing...*

Glaub ich nicht ganz, denn auch wenn jemand voller Ernst zum Traualtar geschritten ist, hat es ja auch nicht für die Ewigkeit gehalten.

Doch, so eine Andeutung von Schmunzeln sieht man:

- *There is no guarantee for a good marriage, with or without blessing. But, as I say, it is serious to stay as a couple in the church and say Yes. And, to come to the end: I cannot see me like a "dad" who comes through the church and delivers the daughter to his husband. It is up to Harry...may be. But, not actually now, not this year.*

Sowohl Weißwein und Kaffee haben mich bisschen aufgetaut und mutiger werden lassen. Glauben ist zwar privat, kriegt man immer wieder gesagt, aber dem Herrn Nieminen ist es nicht peinlich, darüber zu reden. Also, er ist richtig überzeugter Christ? Ein Lächeln und ein Nicken. Ja, da sind wir beide sehr verschieden. Das macht auch nichts. Du glaubst an Verstorbene, die auf dich aufpassen, ich glaube an Gott. Dafür bin ich konfirmiert worden. Bis jetzt war es das, was mich durchs Leben geführt hat.

Aber Glauben ist das eine, Kirche ist ja das andere, meine ich. Nein, nicht für ihn. Man sollte sich auch in der Gemeinde engagieren und das macht er. Damals in Jyväskylä und jetzt in Sodankylä. Die Kirche lebt eben von der Gemeinde. Ob dann im Winter dort jeden Abend Andacht gehalten wird? Vielleicht will er dich schwarzes Schaf auch noch bekehren, bemerkt Frau Hase.

Aber jetzt, ob wir noch ein Stück gehen wollen? In Gottes Namen, das sag ich nicht laut, gerne, wenn ich die Mütze wieder aufsetzen darf? Ja, doch.

Spazieren wir weiter durch einen Park. Kärgliches Grün und paar Felsen. Dahinter Wasser, ein See? Nein, Hietaniemi – ein Strand. Das ist die Ostsee. Wir laufen ein Stück an der Strandpromenade lang. Das Wasser sieht wunderschön aus, tief dunkelgrau, fast blau und hohe Wellen mit Schaum, es braust und lärmt. Der Wind pfeift allerdings gemein von der Seite. Um meine Ohren mache ich mir keine Sorgen, und die Hände sind auch beide gut verpackt, die in der Manteltasche friert mehr, aber alles andere! Es zieht durch alle Nähte vom Mantel, auch wenn ich doppelt geknöpft habe. Der Kleidersaum wird ab und zu hochgewirbelt, das gibt dann noch zusätzlich einen Kälteschock. Unterhalten kann man sich nicht, wäre auch ein Unding, jetzt noch hier mit Telefon zu hantieren. Aber jede Menge Frischluft. Hat sich einer sehr nach gesehnt.

Dann stoppen wir, so platziert, dass ich im Windschatten stehe. Ich merke auch nicht mehr so viel, nur eben, dass zwei recht kalte Lippen auf meine gedrückt werden. Stehen wir da wie so ein Liebespaar, dass nicht woanders hin kann. Sowas habe ich mal gelesen, in, genau, einem finnischen Buch. Spielte in den 50er Jahren. Da ging es dann hier am Strand auf dem kalten Sand zur Sache, nach dem Kuss. Hoffentlich mit uns nicht. Gibt bloß schlimme Krankheiten hinterher, mahnt das Frühere Ich. Aber für eine winzige Sekunde wäre mir das egal gewesen, weil schon wieder so schön an meinem Ohr gesäuselt wird. Rakastan sinua...Metoo, rakastan sinua, bestimmt nicht richtig betont, aber der Sinn wurde erfasst.

- *Uttiha...I will be so happy, when you come, in December. It will be very cold, colder than here now...You have to take warm clothes. Otherwise, we cannot go out...*

Und nochmal ranziehen. Wir können auch die ganze Zeit drinnen bleiben.

Bevor wir jetzt umkehren, hole ich trotzdem mein Telefon aus der Tasche. Bildchen!! Mister Polarkreis mit Girlfriend vor den brausenden Ostseewellen. Gerne so von oben, sieht nämlich besser aus. Auch wenn der Herr ein bisschen irritiert ist, ich habe doch bestimmt schon mehr als ein Bild. Ja, ob er das nicht kennt, alter Spruch, was nicht dokumentiert wird, gibt es nicht. Soso. Ja, soll Beweismaterial sein, für mich, man weiß nicht, wie lange man noch Fotos machen kann. Wir gehen nicht denselben Weg, da hätten wir Gegenwind, aber ich hoffe sehr, dass wir mit Rückenwind so nach und nach wieder in der Stadt ankommen. Uns vielleicht auch mal irgendwo aufwärmen können.

Der Himmel über uns ist immer noch schneeweiß, wir haben noch knapp drei Stunden. Häuser, Grünanlagen, hoch und runter. Schweigend, weil es schwierig ist sich zu unterhalten, der Wind braust immer noch, meine Manteltaschenhand tut sich ein bisschen schwer damit, das Telefon raus zu fischen. Wir laufen, Hand in Hand, ab und an ein Windstoß unterm Rock. Dann kommen wir am Granitgebäude des Nationalmuseums raus. Da war ich schon mal drin, einige Hallen waren gerade im Umbau. Aber, ich wäre jetzt eigentlich nicht so sehr interessiert an der finnischen Historie.

War aber auch nicht das Ziel. Sondern das Café. Ziemlich groß, ziemlich voll, aber wir finden noch einen Tisch. Nun, was möchtest du? Ich bin noch satt vom Frühstück. Ist aber doch paar Stunden her, meint der Herr vom Polarkreis. Dem muss es wieder besser gehen, der will wohl kalorienmäßig jetzt etliches nachholen. Guck ich mal, was das Büfett anbietet. Was ich sehe, lässt meinen Magen aufseufzen, vor Appetit. Hier gibt es nämlich fast nichts, was mir nicht schmeckt. Lecker duftende warme Suppen, kleinere oder größere Teigtaschen, und da stehen auch die Dinger mit Reis und Eierbutter! Sehr lecker, wenn sie denn richtig gemacht werden, und die hier sehen so aus.

Unser Tisch ist gut gefüllt: Zwei verschiedene Suppen, zwei Teigtaschen mit Pilzen und zwei „Törtchen" mit Eierbutter und Reis. Plus Tee, einmal mit (für mich), einmal ohne Schuss. Beide Suppen schmecken wunderbar (eine mit Lachs, eine mit grünen Erbsen), der Rest auch. Wird auch nicht viel gesprochen beim Essen.

Wir sind warm und satt, da stellt sich die Frage, ob wir noch hierbleiben wollen, oder weiter laufen in Richtung Hotel. Wir müssen nicht, von hier gehen auch Straßenbahnen, da sind wir in fünf Minuten beim Hotel. Sagen wir mal, fünfzehn Minuten. Aber ist eigentlich sehr gemütlich hier. Wir bleiben. Kann sein, der nächste Tee mit Schuss hat mich mehr als aufgewärmt. Jedenfalls kann ich doch tatsächlich die Frage anbringen, warum er immer so laut wird (Volcano…ach ja, Krakatoa), wenn er mit seiner Schwester telefoniert. Da kommt so ein verlegenes Lächeln. Ja, weiß er auch nicht, warum. Vielleicht, glaubt er, weil sie sich doch sehr nah sind, also, das waren sie jedenfalls mal. Quasi - Zwillinge, ob ich das schon mal gehört habe? Was soll das sein?

Sinikka ist elf Monate jünger als er. Als Klein-Juha getauft wurde, mit vier Monaten, sollte die Patin das Baby halten, weil Mama sich übergeben musste, ins Taufbecken! Skandal 1962 in Jyväskylä! Mama hat sich geschämt, paar Monate nach einer Geburt und schon wieder schwanger! Sein Vater hatte sich auch ein paar grobe Witze anhören müssen. Das glaube ich gerne. Aber, es war schön, die ersten Jahre waren sie wirklich wie Zwillinge. Immer war jemand da, mit dem man spielen konnte, mit dem man Geheimnisse teilen konnte. Warum das aufhörte, als sie Teenager waren? Keine Ahnung.

\- *I did not understand her. She did not like my hobbies.*

Naja, durch den Wald rennen und schießen?

\- *She preferred at sitting by her friends listen to music, bad music, disco-pop!*

Chhh…das habe ich damals auch gehört.

\- *And, she did not want to stay in Jyväskylä …too little, too bory. I was very disappointed when she left our hometown, 18 years old and moved to Helsinki. Not for studies…only for live the funny life!*

Das war für ihn so, als ob ein Teil von ihm das auch wollte, und das stimmte ja nicht. Kann man nicht so ausdrücken, aber es ist bis heute so. Er wird immer wütend, wenn sie Ansichten hat, die er vollkommen falsch findet. Da fragt er sich, ob sie das nicht merkt, wie dumm sie sich anhört? Merkt sie nicht, aber versucht ihn noch zu überzeugen, und das ist dann, wo er laut wird. Kommt noch so ein Satz, wo der Herr Polarkreis fast bisschen rot wird:

\- *I do the same…to convince her, that it is me, who is right. May be, I am not always right, ja. It is difficult, and another thing is, that I have lived in her family for more than a year, not the best experience, I have said it yesterday. And, sorry, I ask, may be, I have forgotten it…have you brothers or sisters?*

\- *I have a sister.*

\- *So, could you think to life in her house, a year?*

Kann ich verneinen. In der Situation war ich noch nie, auch nicht umgedreht. Und, wir haben es nicht so mit uns gegenseitig zu überzeugen. Könnte ich noch etliches anfügen. Meine Schwester meint, du siehst ein bisschen wie Juha Mieto aus. Findet auch deine Militärambitionen nicht so toll. Lass ich mal.

Aber, deine Töchter, die mögen die Tante? Ja, Tiina auf jeden Fall, die könnte fast Sinikkas Tochter sein. Wenn es nur danach gegangen wäre, hätten sie tauschen können, er hätte auch gern zwei Jungs gehabt. Und deine andere Tochter? Na, jetzt habe ich den Zeitpunkt verpasst, wo ich sagen könnte, dass ich die beiden gesehen habe,

Tante und Tochter. Aber, wenn er das ihnen erzählt? Dann sagen sie, ach so, die Dame im Krankenhaus, die wirkte aber reichlich arrogant. Denken auch manchmal solche Schnösel. Also besser nicht.

Riita, nicht so sehr. Sie ist auch ganz anders, da weiß er nicht, wo das herkommt, „the restless". Kaum die Schule verlassen, schon reiste sie in der Welt rum. Erst Afrika, ein halbes Jahr, dann in London, jetzt ist sie in Brüssel, sie sitzt bei einer NGO, was mit Umwelt, wird schlecht bezahlt. Da könnte sie auch zu ihm kommen, ein Job fände sich da, und gutes Geld. Aber zu wenig los dort, für Riita.

Wir haben fast alles aufgegessen, meine zwei Teegläser sind auch ausgetrunken, und die Uhr ist immer weiter gerutscht. So in einer halben Stunde müssten wir dann wohl aufbrechen. Ich könnte noch alles Mögliche fragen, aber merke schon, dass es in eine andere Richtung gehen soll. Weil sich zwei Hände auf meine legen, dann kommt so ein grüner Blick. Er findet ein bisschen seltsam, was er mir so alles erzählt hat. Hat er niemals vorher gemacht, auch Susanna, seine Ex-Frau weiß nicht so viel von ihm. Das von Kallio und Jaana, da bin ich wirklich die Einzige, die davon weiß. Es ist auch schwer, davon zu erzählen, man schämt sich doch. Es war nicht richtig, wie er gehandelt hat, denkt er.

- *When other people asked me why I left Helsinki, I said that I am not made for big cities. That is also true, but not the whole truth, you know. Or, do you think it is because we talk in English? Sometimes it is better to express in another language, sometimes it is not. And, you are good to listen. Do not ...evaluate or give good advices.*

Werde ich bisschen rot. Man muss zuhören, wenn man alles mitbekommen will. Ich bin schon besser geworden, auch wenn es noch nicht 100% Prozent ist. Aber mich einmischen tue ich schon aus Prinzip nicht, weder auf Deutsch, Dänisch, und gleich gar nicht auf Englisch.

- *I do not like it, to evaluate when other people tell something: Only, if they ask. And, you are right, it is also difficult to talk together in English...still. I hope I will be better and talk more without my little help...*
- *You are very good!*

Eine Übertreibung wird nicht besser, wenn man sie wiederholt!

- *I can teach you something in Finnish, when you visit me ... (ist ja noch schwerer!), what do you think about?*
- *Interesting. We can try ... And now, I think, we must go?*

Will ich gar nicht, Juha auch nicht, so wie der über meine Hände streicht. Fällt mir ein, vielleicht könnte ich ihn überreden, von der Zimtschnecke abzubeißen, und doch, trotz Verbot, mal an einer Zigarette zu ziehen. Son Kuss, mit Zimt und Nikotin, wäre schön, jetzt gleich.

Zurück zum Hotel, erst mit der Straßenbahn, dann paar Minuten Fußweg, alles fast schweigend. Ist noch nicht mal halb drei, der Himmel ist nicht mehr weiß, sondern leuchtet fast golden. Dauert nicht mehr lange, dann wird Rosa daraus. Aber da bin ich schon am Flughafen. Noch hat niemand was gesagt, von mitkommen zum Flughafen.

Wir warten an der Rezeption, Juha haut einmal auf die Klingel, die andere Hand hält meine fest. Bevor der Portier auftaucht, noch ein Kuss? Zu spät, da kommt der Mensch schon aus irgendeiner Türe. Ja, die Sachen stehen hier. Während wir die raussuchen, flüstert jemand an meinem Ohr, ob es möglich wäre, dass wir gleich nochmal bestellen, für zwei Nächte? Ach, wenn ich wieder 20 Jahre wäre, da ginge das wohl! Kann ich bloß mit den Schultern zucken. Dann stehen wir draußen, der Himmel immer noch golden.

Und jetzt, wie weiter?

- *You must go back to the hospital ... Or, do you will come with me to the airport?*
- *I have planned this. I thought about, to leave the hospital, today, take to the airport, with you. But it was difficult, to get a fly in the afternoon to Rovaniemi. On Sundays they fly only early in the morning or late in the evening. I must pay for the ticket, not cheap. In Rovaniemi, I must call to one of my friends in Sattanen ... but there are also 150 kilometers from Rovaniemi to Moskuvaara ...*
- *I think, it is better for you to remain the next two days in the hospital? You will be completely healthy when you leave the hospital and Helsinki. I cannot stay here, you know ...*

Nein, für ihn wird es hart, am liebsten würde er jetzt gleich nach Hause, ob ich das verstehe?

Weiß ich jetzt nicht so genau, was da schwer dran sein soll, noch zwei Tage im Krankenhaus zu bleiben. Ich sollte mal fragen, warum er da flüchten wollte. Ohhh, ist doch nicht schwer. Frau Schwester ist bestimmt schon wieder im Anmarsch, da wird es dann wieder unerfreuliche Gespräche über eine Hochzeit geben, oder über noch was ganz anderes!! Nee, lassen wir mal, flüstert das Frühere Ich. Jetzt soll ich mal die Zimtschnecke auswickeln. Dann teilen, aufessen, küssen.

So gegen halb drei stehen wir dann am Bahnhof, wo der Flughafen-Bus abfährt. Immer noch kalter Wind, der Himmel jetzt orangefarben. Die Zimtschnecke wird verspeist. Der Kuss schmeckt danach, wäre schöner, mit Kaffee und Zigarette, kann alles nachgeholt werden, in sechs Wochen. Ist jetzt so die letzte Gelegenheit, der Bus biegt schon ein. Da müssen wir uns wieder zivilisiert aufführen. Zwei Stationen fahren wir zusammen, in so ein unwirkliches Bonbonrosa. Noch ein Ampelstopp, dann der Halteknopf. Und dann noch mal vorm Aussteigen, Kuss, und nochmal Kuss. Der Busfahrer grinst bloß, ist ja Sonntag und nicht so viel los auf der Straße.

- *I send a message to you when I am in the hospital. Only six weeks. Take care on you.*
- *Take care on you. I call you when I am home.*
- *On my hospital number....Uttiha...my sweetheart...**minun rakas**..See you soon...*

Der Bus fährt weiter ins rosa- dann tiefrote. Angst, zu spät zu kommen habe ich nicht. Vielleicht ist das Flugzeug spät dran. Macht aber nichts. Ich werde schon mit meinem Köfferchen irgendwann drinsitzen und über die Ostsee gen Westen fliegen. Kann ich mir noch ein Glas Wein leisten. Eigentlich ging es doch besser als erwartet. Glaubst du, fragt das Frühere Ich? Ja, oder doch nicht? Hätte ich doch bleiben sollen? Bis Dienstag? Geht nicht so einfach, aber vielleicht hätte ich probieren sollen?

Ich könnte jetzt auch was schreiben. Nur, wie soll ich das ausdrücken: Ein Glanzbild bekommt Risse, ich erinnere mich an Sätze, die mich ein bisschen hilflos und traurig machen: "wollte, dass es Jaana gut geht", „hab ein schlechtes Gewissen", „hätte gern die zwei Söhne meiner Schwester gehabt", „man gibt nicht so gerne Niederlagen zu". Was soll ich da schreiben? Ich sitze hier und denke über die Sätze nach und langsam rollen die Tränen. Jetzt sagen sie, dass wir zum Gate gehen sollen. Nochmal ausschnauben, dann los zum Gate, in drei Stunden bin ich zu Hause. Ich stehe schon in der Schlange, da brummt das Telefon. Hatte er versprochen, aber jetzt ist es gleich halb fünf, sollte er nicht schon um drei Uhr wieder in seinem Zimmer sein?

Ein Bescheid. Recht lang: Es war wunderschön, dass ich gekommen bin. Für ihn ist es furchtbar im Krankenhaus, man ist so hilflos. Er hat sich so gefreut, dass ich gekommen bin! Bis Dienstag muss er noch aushalten. Dann sind es nur noch sechs Wochen. Es wird so schön, wenn ich komme, am 27 Dezember. Es wird kalt und dunkel sein, Polarnacht, „**kaamos**". Alle haben Lichter vor ihren Häusern und es leuchtet. Ich soll warme Sachen mitbringen, es sind fast immer minus 20 Grad. Aber es wird schön! Und er freut sich so! Rakastan sinua…for ever! Pass gut auf dich auf, ich brauche dich!
Ja, nochmal Taschentuch rausgeholt, ich hoffe, man merkt da nichts beim Einstieg. Ich habe meinen Platz gefunden und ehe ich mein Telefon runterfahre, schreibe ich doch noch etwas:
My dear man from the Arctic circle. Thousand thanks for the message. Yes, I will take care of me, hope you too. I look forward to the time, when Christmas is over, when the Polar night is on the Arctic circle. The 27th I will be there in Rovaniemi airport. Only six weeks. I hope all will be happy for us. Rakastan sinua..

Ich bin froh, dass die Tropfen auf dem Telefon nicht mitgesendet werden.

4. Kaamos – mit Licht am Ende
(Moskuvaara)

Das war kein schönes Nachhausekommen. Wenn erstmal die Schleusen geöffnet sind, dann rauscht aber das Wasser – bis der Kanal leer ist. Höre ich auch nicht auf das Frühere Ich und die imaginäre Tochter, die mir sagen, dass absolut kein Grund besteht, sich tränenschwere Gedanken zu machen. Der steht mit beiden Beinen im Leben, erzählt dir keinen Blödsinn, was denn noch? Einer, der gewohnt ist, jeden Tag mindestens fünf Stunden an der Luft zu sein, dem bekommt das nicht, drinnen zu hocken…sollte aber am Dienstag überstanden sein. Ist alles richtig, aber trotzdem.

Dann will man am Montag natürlich wissen, wie das Wochenende gelaufen ist. Ohhhh, ist was passiert? Wer bleich wie Quark und mit dicken Augen zur Arbeit kommt, das sieht nicht unbedingt nach einem glücklichen Wochenende aus. Da wurden Gallensteine entfernt. Achjehhh! Und nun? Na, geht wieder. Dann war das wohl traurig für euch. Aber wenn es nur Gallensteine waren, damit muss man ja rechnen, in eurem Alter. Da kann noch viel mehr passieren. Weiß ich selbst, will ich erstmal nichts von hören.

Die schwarze Mütze setze ich trotzdem jeden Tag auf. Langsam wird es hier auch kälter, wenngleich nicht so richtig Winter, wie 2000 Kilometer nördlich. Da habe ich Bilder gesehen, alles in Weiß, und da soll ich hin! Kenne ich gar nicht mehr.

"Hier sind -20 Grad…du brauchst warme Unterwäsche. Und es ist dunkel und kalt, aber der Schnee leuchtet und überall sind Lichter, es wird wunderschön".

Bevor es das wird, warten sechs anstrengende Wochen: Termine müssen gehalten werden, alles soll bis Weihnachten fertig sein, es muss wieder geflogen werden, nach Deutschland und gleich zweimal.

Dann haben wir am 6. Dezember Team-Weihnachtsfeier, in einem Pub in Kopenhagen geht es hoch her. Autos und Kinder sollten zu Hause bleiben. Hoch die Tassen! In die feuchtfröhliche Stimmung platzt ein Bescheid vom schönsten Mann von hinterm Polarkreis: Wieder so ein Film. Nette Damen, eine Menge Gläser auf dem Tisch, laute Musik und ein Herr Nieminen, der sicher irgendwas auf Englisch sagt, kann auch Finnisch sein. Fällt mir ein, der 6. Dezember ist so ein wichtiges Datum in Finnland, vielleicht deshalb. Wollen alle sehen. Ja, hier. Wer angibt, hat mehr vom Leben. Ohhh! Los, wir senden auch eine Botschaft! Machen wir tatsächlich, da kichern lauter festgestimmte Damen durcheinander und wünschen dem *„most beautiful man from the North a Happy New Year with Uta"*. Man muss ganz genau hinhören, um das zu verstehen.

Am Abend schreibe ich einen Bescheid, sicher mit furchtbar vielen Fehlern (der Wein!): Wir sehen uns, ins etwas mehr als drei Wochen. Juhas Antwort: Hatte ich schon im Video gesagt. Und nette Kolleginnen, die ich habe. Ach, habe ich das gefilmt? Jaha..haha. Aber, ob ich am 15. Dezember (Montag) nach Helsinki kommen könnte, und bis 17. bleiben? Unter der Woche! Nein, geht nicht, tut mir leid. Herr Nieminen hat sicher Wichtiges mit dem Ministerium zu bereden. Feinabstimmung nennt man das. Sitzen die dann von morgens bis spät nachmittags und Frau Uttta kann Weihnachtsshopping machen. Ja, danke auch. Schreib ich nicht, nur, dass es mir zu viel wird, mit der Fliegerei, aber ich freue mich auf den 27. Dezember.

Zu Weihnachten haben wir Bildchen hin und her gesendet, guck mal hier, Weihnachten in Familie, meine Schwester, mein Schwager, meine Kinder, meine Mutter, und hier das Essen.

Hier ein Foto von mir, leicht betrunken, ich sauf einfach den teuren Whisky, den Harry mitgebracht hat. Ach, der Schwager. Wer ist der Herr da? Haare kurz und der Drei-oder mehr-Tage-Bart ab? Bist du das? Ja, wer sonst. Macht seine Cousine, die findet, das gehört sich so zu Weihnachten. Kurz sind meine Haare auch und sie leuchten, wirst du staunen, aber ich verrate nichts. Chhhh. Wir sehen uns, in zwei Tagen!

Es wird wieder hektisch, ich fliege am 2. Weihnachtsfeiertag am Vormittag aus Deutschland los und habe nur einen Nachmittag fürs Kofferpacken, Bescheid an die dänische Familie geben, dass wir uns erst im neuen Jahr sehen, dann aber bestimmt. Alle drei Damen wollen auch mitkommen. Gegen zwei hätte ich nichts, aber die dritte! Lässt sich nicht abbringen, will auch im Koffer bleiben während des Fluges, aber mitkommen will Frau Hase. Wer weiß, was da alles passieren kann in der dunklen Polarnacht! Wilde Tiere, wilde Menschen und eine ganze Woche mit einem Psychopathen zusammen. Herr Nieminen hat sie noch nicht überzeugt. Manche entpuppen sich erst nach einem halben Jahr, aber solange hatte ich gar nicht vor zu bleiben. Damit ich Ruhe habe, gebe ich nach, Frau Hase mummelt sich zwischen Funktionsunterwäsche ein und ist selig.

Es ist fast zehn, als alles gepackt ist. Das Telefon klingelt. Mister Polarkreis! Freut sich auf morgen. Es liegt viel Schnee und es ist sehr kalt, aber alle großen Wege sind beräumt, er steht pünktlich am Flughafen. Was ich auf keinen Fall vergessen darf: warme Unterwäsche! Und, ob ich drei Flaschen Wodka und zwei Flaschen Whisky am Flughafen in Kopenhagen kaufen könnte? Ist dort billiger, aber nur, wenn ich möchte. Doch, mein Bester, klar kaufe ich den Stoff!

-    *I am looking forward... Rakastan sinua...*

-    *Me too...*

Ich muss ins Bett, ich muss den Wecker stellen, ich muss rechtzeitig am Flughafen sein. Schlafen muss ich auch, aber so richtig geht das nicht. Obwohl Frau Hase im Koffer eingesperrt ist, ihre Schreckszenarien spuken in meinem Kopf: Das Flugzeug fliegt zu spät, ich kriege den Anschlussflug nicht. Ein Schneeunglück auf dem Weg von Sodankylä nach Rovaniemi, ich warte, warte, warte. Ein Psychopath, der sich tierisch freut, dass alle fünf Minuten eine Dame, mehr und mehr verzweifelt anruft, dass sie jetzt schon sechs Stunden auf dem Flughafen in Rovaniemi wartet, Frau Hases Klassiker. Irgendwann verstummen doch alle Kassandrarufe. Ich schlafe ein und wache beim Weckerklingeln auf.

Der Riesenkoffer wird abgegeben, mit Polarforscher- Anorak laufe ich durch den Flughafen, bei 10 Grad Außentemperatur und gefühlten 30 Grad drinnen. Die sogenannte Funktionsunterwäsche, Funktion ist unglaublich warm zu sein, ist im Koffer geblieben. Kann man bloß tragen, wenn Spaziergänge in der dunklen Polarnacht angesagt sind, ansonsten ist es „Sauna to go". Als ich in der Abflugschlange stehe, würde ich mir ein paar Minusgrade wünschen, ich kann ja nicht mal den Schweiß abwischen, weil wir gleich ins Flugzeug marschieren. Die zwei Plastiktüten müssen mir nicht peinlich sein, da haben andere Passagiere viel mehr gehamstert. Wegen Wodka- Whisky-

Kauf war auch keine Gelegenheit mehr, an einen Kaffee zu kommen, aber im Flugzeug gibt es den literweise.

In Helsinki habe ich zwei Stunden Zeit. Kann man mal raus gehen, eine Zigarette rauchen. Huuu! Schummerig ist es, wie nachmittags, dabei ist es Mittag! Auch, wenn ich dicht ans Gebäude gedrückt stehe, der Wind ist wie Eisnadeln! Minus fünf hat der Pilot gesagt, gefühlt minus fünfzehn. Hätte ich mal die Unterwäsche ins Handgepäck genommen, es geht ja noch weiter, Richtung Norden! Wieder im Flughafen suche ich mir was zum Essen, Kaffee und ein stilles Plätzchen, wo ich mal mein Telefon scharf machen kann.

- *Hi, it is Uta. Now I am in Helsinki Airport. The fly to Rovaniemi is in an hour. I will be there in two hours. How cold is it there?*
- *Uttiha, nice to hear you. I am so happy, all is fine, and we will meet us in two hours! And, here, I have 23 degrees...indoor.*
- *Haha, but outdoor? Here in Helsinki there are minus 15 degrees, I feel it so. And some snow.*
- *Here we have, not felt, but really minus 20 degrees and a lot of snow. Do not be afraid, I will pick you up, with the car. Only 200 meters to go...see you...*

Das Flugzeug nach Rovaniemi wird recht voll. Jetzt geht's los in die schwarze Polarnacht!

Vorher musste ich noch mal mit meinen Klirrtüten aufstehen, um noch jemanden ans Fenster zu lassen. Der Herr nimmt ganz schön Platz weg. Dann kommt das Wägelchen vorbei und ich greife zu Kaffee Nummer fünf und einem belegten Brot. Mein Nachbar kaut auch an etwas herum und nimmt einen großen Schluck Bier. Dann fragt er mich was, kann ich nur mit dem Kopf schütteln:

- *Sorry I do not understand Finnish.*
- *Are you visiting Rovaniemi, now? Staying to the New Year here?*
- *No, I want to Sodankylä.*
- *Yes, yes. As a tourist? For Winter Holiday?*
- *Someone is waiting for me in the Airport.* (muss dem ja nicht erzählen, wo genau hin...)

Der Herr feiert Silvester in Rovaniemi. Ich habe hoffentlich warme Sachen mit. Hier ist richtiger Winter, mit Eis und Schnee, ob ich das noch kenne? Ja, ist aber lange her. Dann ordert der Herr zwei Glaeser Wodka. Kippis und *Happy New Year! Have a nice time in the North!*

Wir setzen wir zur Landung an. Bis jetzt hat alles geklappt, ich habe eigentlich keinen Grund anzunehmen, dass da niemand für mich in der Halle steht. Bloß noch auf den Koffer warten, da rollen die schon. Als ich meinen Koffer herunterhebe, weht mich was Eiskaltes an.

- Huuuu, was meinst du wie man da friert. Bin der reine Eisklumpen. So viele Sachen kann man gar nicht anziehen. warte, bis du rauskommst.

Frau Hasse kann man kaum verstehen, so bibbert sie. Aber einen hat sie noch:

- Was machst du, wenn da niemand wartet? Wie kommst du in die Stadt rein? Und meinst du, ob es ein Hotelzimmer gibt?
- Ich denk schon, dass da jemand wartet.
- Na, täusch dich mal nicht.

Nein, ich täusche mich nicht. Ich bin sonst meist blind, Juha habe ich sofort erkannt. So muss man hier rumlaufen, in Pelz, mit Russenmütze, guck mal, der Mantel! Mir fällt ein Name ein: Nikolai Coster-Waldau! Ein dänischer Schauspieler, hat einen Film über Grönland gemacht. Genauso sah der aus, genau solche Sachen hatte der an! Hat bloß nicht so gelächelt, wie der Mann von hinterm Polarkreis jetzt, nachdem er mich entdeckt. In mir rollt die kleine Feuerkugel. Winken kann ich nicht, weil in einer Hand den Koffer und eine Tüte und in der anderen Hand die andere Tüte. Es wird geküsst, umarmt, gemurmelt, auf Englisch, auf Finnisch, ab und zu klirrt was.

Komm schnell! Und, Handschuhe hier anziehen, man muss warme Hände haben! Meine Mütze, naja, geht so. Die Kapuze vom Anorak zubinden, Handschuhe an, der Anorak, alles zu machen, Reißverschluss und Knöpfe! Hier ist nicht Helsinki! Mir ist doch warm jetzt, da machen mir minus 30 Grad nichts aus! Ich wollte auch erst mal eine Zigarette rauchen.

Als wir zur Türe rauskommen, merk ich das. Nur schwer nikotinabhängige würden hier draußen rauchen! Der Polarforscher- Anorak, der ist ja dünn wie sonst was. Ein fieser Eiswind findet alle noch so kleinen Ritzen. Es…ist…eiskalt! Pechschwarzes Dunkel, ist es nicht erst Nachmittag? Der Riesenweihnachtsmann neben der Schrift „**Rovaniemen lentokenttä**" ist nicht lustig, sondern furchteinflößend.

Sind wir nicht bald am Auto? Sonst verwandle ich mich in einen Eisklumpen! Ich habe alles geschlossen – trotzdem glaube ich, im Sommerkleid in bitterlicher Kälte über den Parkplatz zu gehen und aus zwei Minuten werden gefühlte zwanzig. Da endlich das Auto. Hrrrr. Hrrr. Juha verstaut die Koffer, der Motor pumpt Wärme rein, aber ich zittere immer noch.

- *Ohh Uttiha, you are so cold. But it will be warmer now. What with your clothes? I have said you have to take warm underwear, did not you?*
- *I could not take the long underwear in Copenhagen, because there were ten degrees, plus!*
- *Here, not ten plus, not five minus, here are twenty degrees, minus! But now, it is warm enough? We drive now.*

Da bläst ordentlich warme Luft raus. Bevor wir starten, dreht sich Herr Nieminen noch mal kurz um zur Rückbank. War da was? Da bibbert jemand immer noch, Frau Hase. Ist mir allerdings ein Rätsel, dass Juha das auch hören kann, war vielleicht doch was anderes. Um abzulenken, frag ich mal den Experten, warum das so kalt ist, haben wir nicht globale Erwärmung? Ja, merkt man aber mehr im Frühjahr und Sommer. Jetzt liegt da ein Hochdruck, aus Russland, und man ist weitab vom Meer, da ist es kalt und trocken. In Hammerfest in Norwegen sind nur minus sieben Grad.

- *Let us drive to Hammerfest! Here the character is freezing, as we say in Eastern Germany...*

War beabsichtigt, daß die Augen rüber funkeln.

Es ist nicht nachtschwarz da draußen, am Himmel hängt ein ganz kleiner Mond, dazu der weiße Schnee. Orte, die da draußen leuchten, größere und kleiner, wie aus einem Flugzeug. Ein dicker leuchtender Weihnachtsmann, muss wohl Sodankylä gewesen sein. Dann geht es nach Moskuvaara. Die Brücke kann ich noch sehen, dann eine, zwei Laternen, das graue Haus, der Hundezwinger. Ich war hier schon mal, vor einem Jahrhundert, als die Nächte grünlich leuchteten und es reichte, draußen mit Strickjacke herumzugehen. Jetzt nimmt der Herr mein Gepäck, die Klirrbeutel darf ich tragen und wir gehen ins Haus. Hier draußen sind wohl gefühlte minus 50 Grad, aber nur zehn Schritte lang.

Dann stehen wir im Flur. Da tobt schon jemand heran, der mich wiedererkennt. Dackeldame Marja ist außer sich. Der Schwanz fällt ab, wenn du weiter so wedelst! Und jetzt hüpft sie hoch und schleckert und schleckert meine Hand. Komm mal her, du kleiner Hund! Streicheln gefällt ihr gut.

-    Marja, **mine koriin…ei niin villi.**.

Leise, wie ich es schon mal gehört hab…vor langer Zeit.

Ist jetzt egal! Die Dackeldame kann sich nicht einkriegen, springt hoch, schleckert. Ihr Chef macht nochmal eine Ansage. Diesmal noch leiser, aber bisschen schärfer. Das wirkt. Marja fiept und geht in ihr Körbchen. Musste das jetzt sein? Hat sich doch gefreut, das Hündchen und ist so lieb. Im Gegensatz zu dem anderen Köter, der da laut bellt. Ja, erklärt Juha, weil das „Hündchen" ordentlicher Jagdhund werden soll, da muss sie lernen zu gehorchen. Sonst klappt die Zusammenarbeit nicht. In die Stube darf sie auch nicht? Ist doch kalt hier im Flur. Wärmer als die minus 50 draußen ist es schon, aber ich merke, daß die 23 Grad, die mir versprochen wurden, nicht hier im Flur sind. Ja, aber wärmer als draußen bei Jakko. Da kommt sie dann zum Frühjahr hin. In die Stube darf sie auch nicht, nur zum Fressen in die Küche. Nicht leicht, ein Jagdhund zu sein.

Die Schuhe müssen aus und Pantoffeln an die Füße, alles auf einer dafür vorgesehenen Matte. Dann stehen wir uns gegenüber und sehen uns wohl das erste Mal richtig an. Marja guckt auch, von einem zum anderen. Überlegt er, ob das so eine gute Idee war, dass du herkommst? Wwwwasss ichchch ggggeesaggggt habbbbb, bibbert Frau Hase. Dann das grüne Leuchten: Wie schön dein Haar glaenzt! Und kurz auch? Noch ein Schritt näher, Kuss und nochmal Kuss:

-    *Uttiha, I am so happy that you are here. And, without catastrophes! But now, have you ever seen the whole house? Do you want to see it?*

Hmmm, was soll ich sagen? Wenn wir drinnen bleiben.

Folgt die Führung durch das Nieminensche Eigenheim. Wir beginnen oben. Das Schlafzimmer. Das Badezimmer, da hat er so circa fünf Monate mit zu tun gehabt. Musste alles noch mal verschoben werden. Der Schrank auf dem Flur ist eingebaut, da ist ziemlich viel Platz drin, guck! Was da so alles drinnen gebunkert ist, von Handtüchern (reichen für einen ganzen AirBnB Sommer oder eine zehnköpfige Familie), Pullovern, T-Shirts, paar Hemden auf Bügeln, alle möglichen Outdoor-Sachen, in Camouflage, grau, weiß, grün, alles auf Kante exakt übereinander gelegt. Eine Abstellkammer, die in alter Zeit „Abseite" hieß. Und später ausgebaut werden soll. Ob ich jetzt mal nach dem „Annex" frage? Na, besser nicht.

Die Treppe, auch selbst gemacht, zusammen mit Tuomas, die alte war sehr gefährlich. Der Flur. Mit vielen Schuhen und Pantoffeln, der Spiegel, wo das Gewehr hängt, Marja im Körbchen, guckt hoch und fiept. Ja, Schnucki, ich würde dich gerne streicheln, aber dein Erzieher mag das nicht!

Die Küche! Mit Gasherd, ein großer Kühlschrank, Küchenschränke, Tisch, drei Stühle, Arbeitsfläche am Fenster, und hier „The Finnish Dishwasher". Da zeigt er mir nichts Neues. Der Schrank über der Spüle hat keinen Boden, aber so ein Abtropfgestell. Die Speisekammer! Kalt, da braucht man keinen Kühlschrank, aber hier werden auch alle Geräte und Chemikalien für einen gründlichen Hausputz gelagert.

Wo kommen eigentlich die Möbel her? Wohl nicht von Ikea? In Sattanen gibt es einen Tischler, der arbeitet alte Möbel auf und macht auch Küchen, aus richtigem Holz. Bis auf die Platte unterm Fenster „Finnish Granite"! Das Frühere Ich meint, ich soll mal fragen, warum die Küche nicht in Blauweiß gestrichen wurde. Chhhh. Ist was? Nein, alles sehr schön. Nur, die Lampe, ist ja wie im OP, so hell. Ja, man braucht wohl Licht in der Küche? Aber, sieh mal, geht auch kleiner. Da sind Lämpchen rund um den Fensterrahmen und überm Esstisch hängt auch eine kleinere Lampe, von Ikea.

Das Wohnzimmer. Am Anfang waren das zwei kleinere Stuben, aber zu eng und zu dunkel. Da wurde eine Wand herausgetrennt, da mussten irgendwelche Balken noch erneuert werden, sonst wäre eine Decke heruntergekommen. Deswegen musste auch noch im Bad was verschoben werden. Die Fenster sind jetzt grösser und man kann bis zum Wasser runter sehen. Jetzt ist da nur weiße Fläche, spärlich angeleuchtet, weiß, weiß. Ja, aber im Sommer! Ob ich mich erinnern kann? Nee, da haben wir nicht zum Fenster rausgeguckt. Vorm Fenster zwei Topfpflanzen. Ein Schreibtisch, Papiere, Papiere, Computer, wohl der einzige Platz im Hause, der eine ordnende Hand vermisst. Das Genie beherrscht das Chaos, Chhhh, flüstert das Frühere Ich. Guckt er, warum lache ich? Ja, die Sachen liegen da eben. Kommen aber weg, zu Silvester. Drei große Regale, eine Kommode, ein kleiner Tisch, ein Sofa, ein Esstisch, vier Stühle. Und diese Möbel? Auch vom Tischler? Die Regale sind von ihm, die Tische neu zusammengebaut aus älteren Teilen. Was für Holz, Birke? Ja, allerdings eine Sorte, die besonders fest ist. Die älteren Leute haben das Holz noch

dunkelbraun gestrichen, damit es feiner aussah. Die Farbe hat er entfernt, war nicht leicht. Dann zeigt er mir noch, wo früher mal ein
Ofen stand. War so platziert, dass er die beiden Stuben wärmen
konnte, und das Ofenrohr ging nach oben, ins Schlafzimmer. Das war
die größte Arbeit, den Ofen abzubauen, samt den Rohren. Der war so
fest gemauert, wenn das Haus zusammengefallen oder abgebrannt
wäre, der Ofen nicht.
Jetzt wird mit Öl geheizt, die Anlage ist im Keller. Da gehen wir jetzt
runter und nehmen meine Flaschentüten mit. Überhaupt nicht warm
im „Heizungskeller", eine Kühltruhe steht auch da. Der nächste
Raum: Werkzeug, jedem Heimwerker, den ich kenne, würde das
Herz vor Freude hüpfen: Wirklich alles da! Von der Stichsäge bis zu
dem kleinen Regal, wo die Schrauben und Nägel sicher der Größe
nach geordnet in kleinen Kästchen liegen. Allerdings würde die Temperatur hier unten auch die größten Fans abhalten, alles auszuprobie-
ren, bestimmt nicht mal 10 Grad.
Wieder im Flur lobe ich erst mal alles ausgiebig und ob er das wirklich alles selbst gemacht hat? Ja, man hört den Stolz raus. Herr
Nieminen, ich lobe immer, weil ich fast keine Ahnung habe. Das
meiste, mit Hilfe von Freunden. Stelle ich mir gerade Polizist Pekka
vor, auf der Leiter mit dem Farbtopf, na, nicht kichern jetzt! Wasser,
Gas und Strom musste allerdings ein Fachmann installieren, ist
Pflicht. Hat drei Jahre gedauert, war sehr hart, die erste Zeit, aber man
freut sich, wenn man das Ergebnis sehen kann.
Marja fiept wieder, nee du Hündchen, ich soll ja nicht. Aber die guckt
jetzt mehr zu Juha. Ob ich mitkomme, nach draußen? Er kann mir
Sachen holen. Naja, ich möchte lieber erst den Koffer auspacken, ob
das in Ordnung ist? Ich bin doch nicht gekommen, um mein nicht-
fachmännisches Urteil über das Eigenheim abzugeben?
Die Aufwärmzeit dauert länger, als ich gedacht habe.
- *Yes, very fine. You should also arrive here. Tomorrow and the
other days is the same weather, may be not so cold than now. I
will be back in an hour, then we can eat, I hope you are hungry?*
Nicht bloß aufs Essen, oder, so wars mal. Bin ich mir nicht mehr so
sicher jetzt.
- *Yes, it is fine for me.*
Herr Nieminen legt seine Coster-Waldau-Grönland Kleidung an,
Marja kommt aus dem Körbchen und stellt sich vor mir auf. Jetzt hört

man auch den großen Köter bellen, der weiß wohl, dass es gleich in die freie Natur geht. Hündchen Marja guckt mich an. Ich soll wohl mitkommen? Aber auch die braunen Hundeaugen überzeugen mich nicht, erst recht nicht, wo jetzt die Türe aufgemacht wird. Da müsste ich erst mal im Koffer die warme Unterwäsche suchen, dann drei Pullover unter den Polarforscher Anorak ziehen, zwei Mützen aufsetzen. Nee Dackelchen, Frauchen bleibt drinnen, für heute. Hündchen und Herrchen aus der Türe, ich gehe nach oben, „ankommen". Was immer das bedeutet. Koffer auf, Wasch- und Nachtzeug rausnehmen, Waschtasche im Badezimmer platzieren. Bisschen unromantisch, das Ganze, findet das Frühere Ich. Hätte geglaubt, da geht gleich die Post ab, ich krieg nicht mal die ganzen Knöpfe und Reißverschlüsse richtig auf, und der Polarforscher-Anorak wird unbrauchbar für die restlichen Tage, aber das wäre eigentlich egal.

Ja, was ich gesagt habe, meint Frau Hase, nun wieder gut aufgewärmt. Was hast du gesagt? Was von Psychopath gefaselt. Naja, gibt sie jetzt zu, muss ja nicht sein. Der Mann hat sich vielleicht etwas überfordert, siehst du ja. Sollst du erst mal das Haus bewundern, sowas dolles war das nun auch nicht. Da hast du wohl keine Ahnung von, sagt das Frühere Ich. Nee, muss ich auch nicht, meint Frau Hase. Freu dich mal schon auf endlose dunkle Tage, die nur von Gassigehen unterbrochen werden. Aber vielleicht können wir ja Fernsehen gucken, recht schöner Apparat.

Frau Hase, bei dir ist wohl wirklich der Charakter eingefroren! Endlich, endlich sagt die imaginäre Tochter auch mal was. Hat doch alles geklappt hat, mit der Fliegerei, mit dem Abholen und mit dem Ankommen. Außerdem, ganz ehrlich, hast du wirklich geglaubt, dass ihr sofort die Treppe hochsaust? Chhhh. Ist nicht mehr so wie früher. Ja, Früheres Ich, aber wann genau war früher?

Bisschen Händewaschen und ich könnte vielleicht meine Wunderwaffe ausprobieren: In Berlin habe ich am Flughafen eine Flasche Parfüm gekauft, sehr klein, sehr teuer, aber „Top quality", wie mir die Dame der Kosmetikabteilung versichert hat. Ich habe mich bei der Kosmetik rumgetrieben, so lange, bis ich dann rennen musste. Aber der Kauf war es wert. Riecht wie eine Apfelsinenplantage auf Zypern. Oder wie die geliebte Schwedischlehrerin. Chhhh. Nach einer halben Stunde bin ich zurechtgemacht, bisschen angemalt, bisschen Parfüm. An der Stunde fehlen noch 15 Minuten. Kurzbescheide

schreiben, dass ich angekommen bin? Oder lieber bisschen Augenpflege betreiben, ankommen.

Gefühlt seit 14 Tagen surrt es in mir, ich kann nicht richtig schlafen,
ich kann nicht richtig essen. Termine waren zu halten, Kuchen zum
Geburtstag, Flüge mussten erreicht werden. Das Haus musste geputzt, es musste Essen gemacht werden. Ein Tannenbaum gekauft.
Zwischendurch Kreuzworträtsel gelöst, die Tochter abgeholt, den
Sohn abgeholt, Kuchen backen, eindecken, aufdecken, abwaschen,
Betten beziehen, Glühwein machen, Leute treffen (vor und nach Heiligabend). Alles sollte, nicht perfekt, aber gut werden. Das wurde es
auch. Ich habe nicht einmal verschlafen, nichts ist angebrannt oder
umgefallen, alle sind pünktlich gekommen.

Jetzt vibriert nichts mehr. Ich bin im Dunkeln angekommen, der
Schnee leuchtet und ein paar kleine Lampen, das Kissen ist weich, es
ist auch nicht mehr kalt und sogar Frau Hase hält die Klappe. Kein
Radio spielt, kein Auto fährt, kein Hund bellt. Die nächsten Tage
können kommen und gehen, wie sie wollen, ich muss nichts mehr!

Was Weiches auf meinem Mund. Arme, die mich vorsichtig hochziehen. Ein grünes Leuchten, als ich die Augen aufmache. Ob ich
müde war? Nur ein bisschen, jetzt nicht mehr. Hmmm, muss mich
erst mal orientieren. Also, ich bin hinterm Polarkreis, wo die Sonne
nicht aufgeht und will hier noch sechs Tage bleiben, bei Herrn Juha
Nieminen, dem schönsten Mann von hinterm Polarkreis. Zwei Hände
hinter meinen Ohren, Finger, die langsam den Hals runtergehen.
Bisschen leises Flüstern, verstehe ich nicht viel, aber das grüne
Leuchten. Vielleicht bleiben wir gleich hier? Im Bett ist noch Platz.

- *Uttiha... now we can eat..do you want to come... or do you want
  to have an hour more?*
- *No, let us have meal...*

Rentier aus der Dose, lästert Frau Hase.

In der Küche riecht es gut. Auf dem Herd blubbert ein großer und ein
kleiner Topf. Herr Nieminen hantiert mit großer und kleiner Flasche.
Wodka blau, was sonst. Dreht er sich um. Kann ich raten, was das
ist? Hmmm, so wie „Ragout"? Genau Elchragout! Da wurde so ein
kapitales Tier erlegt, im November. So einer kommt hier nicht so oft
vorbei, da haben sie Glück gehabt. Das Tier wurde aufgeteilt, jeder
hat 5 kg bekommen. Die verputzen wir hier so die nächsten Tage?

Frage ich lieber nicht laut. Das Ragout braucht mindestens vier Stunden. Hat er schon gestern angefangen zu kochen. Ich habe zwar noch keinen Elch zu Gulasch verarbeitet, Rind und Schwein schon. Aber loben wir mal:

- *Very tasty. Have you also mushrooms within?* (Jaa, wird genickt*) And now, here, the glasses with Wodka...should we have them now?*

Wird wieder genickt. Mal sehen ob das beim Warmwerden hilft, sind ja mindestens 30 Grad in der Küche und am Fenster läuft Wasser runter, obwohl die Dunsthaube mit voller Kraft fährt.

- *Kippis, Uttiha...I am so happy that you are here...*

Und dann schnell zum Herd, um noch was aus einem kleinen Glas in den Topf zu kippen. Sieht aus wie Preiselbeere sauer. Muss ich mal meinen Senf dazugeben:

- *A little bit of red wine will also be good.*
- *But, not here, only Cranberries and cream.*

Ja, ich kenne mich nicht aus im Zubereiten vom Elch, vielleicht passt da wirklich kein Rotwein.

- *Red wine is also here, for drinking. See the bottles here, do you like them?*

Die Flaschen sehen gut aus. Nicht wie vom Russenshop. Nein, französischer Rotwein, von Sinikka und Harry. Alle haben geguckt, keiner hat getrunken. Da hat er vier Flaschen mitgenommen :

- *Because I know somebody who likes to drink red wine...Do you want to have a glass?*

Eigentlich noch nicht, lieber noch einen Wodka Blaubeer. Wärmt ordentlich, außen und auch innen, bei gewissen Leuten. Herr Juha hört nicht auf zu lächeln.

- *Uttiha, do you want to learn Finnish? Here is lesson one.*

Kommen eine Menge Wörter, die ich mindestens dreimal wiederholen soll. Viele Vokale, und immer auf der ersten und dritten Silbe betonen! Anstrengend. Man muss noch ein bisschen mehr trinken um die endlose Vokalserie hinzubekommen:

Pöytä- the table, bordet, der Tisch (will er auch wissen, wie das auf Dänisch und Deutsch heißt),
tuoli-the chair, stolen, der Stuhl,
lasi (haha) – the glass, glasset, das Glas,

levy – the plate, tallerken, der Teller...
potti (leicht)- the pot, potten, der Topf...

Dann nehmen wir alle lasis, pottis, levys und **veitsis, haarukkas** (kleiner Tipp, dir wird ich zeigen, was ne Harke ist...) und **lusikkas** und gehen ins Wohnzimmer. Mit „**Pullo punaviiniä**"...kann man sich wohl denken, was das ist...Punaa heißt „Rot" Chhh, Chhh, Chhh. Herr Nieminen lacht auch.

Der Elchgulasch schmeckt phantastisch! Ich habe die letzten Tage nicht allzu viel gegessen, ich konnte nicht. Sitze am Tisch, gucke, ob alle genug haben, gehe noch mal raus, hole Nachschub. Wenigstens habe ich paar Gläser leeren können.

Die Unterhaltung plätschert so: Deine Tochter war auch da? Die heiraten will? Ja, Tiina war da. Wir sind immer alle da, also Mika nicht, der ist ja in China, baut da irgendwas. Was ist aus den Hochzeitsplänen geworden? Mit dem Brautvater? Langsam merk ich doch Wodka-Blaubeer und Rotwein. Jaha, alle reden auf dich ein, die Tochter hat Tränen in den Augen und dann sagt Susanna-Seine Ex-Frau, die war auch da? Ja, wir feiern immer alle zusammen, sagte ich doch. Wenn die nicht heute oder morgen hier zur Türe reinkommt.

Also, er sollte das nicht so ernst nehmen. Wenn die Tochter so gerne möchte. Ja, er hat sich überreden lassen. Und hofft, dass die Religion nicht auch noch gewechselt wird, weil es plötzlich Mode wird, beim Imam in der Moschee zu heiraten, kann ja sein. Aber, es sind noch sechs Monate bis dahin. Kann noch viel passieren.

Na, Themenwechsel: Was macht ihr zu Weihnachten, in Deutschland? Essen, trinken, uns freuen, dass wir endlich mal wieder alle zusammen sind. Man tanzt nicht um den Tannenbaum. In Finnland auch nicht. Ob wir singen? Chhh, nee, auch nicht. Doch, das macht man hier. Man singt ziemlich oft. So wie in Dänemark. Da wurden auch immer Liedchen geschmettert. Ich kann nicht so gut, also singen. Ach, Uttiha, du singst auch mit, zu Silvester. Da renne ich aufs Klo. Chhh, Chhh.

Was esst ihr? Heiligabend Fisch. Am ersten Feiertag Wild oder Geflügel. Hier meistens Schinken, Fisch so nebenbei.

Wir sind fertig, alle levys, pottis und der Rest wird rausgetragen. Ob ich Kaffee möchte? Und Wodka oder Rotwein? Ich trinke auch

Kaffee Nummer sechs und sieben und ich kipp noch mal Wodka, aber sollte das hier eigentlich nicht anders ablaufen? Was mach ich nun, wenn das die ganze Zeit so geht. Herr Juha ist zwar sehr gut aufgelegt, hört fast nicht mehr auf zu lächeln, aber das wars dann auch. Die Kaffeemaschine röchelt, Tassen und Tellerchen werden auf dem Küchentisch platziert, sogar ans Dessert ist gedacht. Zwei kleine Törtchen, die aus der Folie gewickelt werden. Und eine Kerze und ein Aschenbecher!! Ja, dann hole ich doch mal meine Zigaretten. Wir trinken Kaffee, verspeisen die Törtchen, kippen noch einen Wodka, brennen uns beide eine Zigarette an. Gucken uns an und lächeln.

Der Herr des Hauses, sehe ich erst jetzt, in einer richtig urigen Strickjacke. Wer hat die gefertigt? Hat er selbst zu den Nadeln gegriffen, an einsamen Dezemberwochenenden? Chh, Chhh. Was da lustig ist? Du sollst mich nicht so angucken! Sonst sehe ich dich immer strickend auf deinem Sofa, in die dunkle Polarnacht starrend. Chhh, Chhh. Da fällt mir ein, mein Weihnachtsgeschenk!

- *Not about you. But, up in the sleeping room I have a gift for you.*
- *You have a gift...for me? I have also some things for you. Do you want to see them?*

Gleich bin ich wieder unten, mit einem Paket. Ist ein Pullover, in dunkelgrün. Andere gehen ins Kaufhaus zum Shopping, ich im Flughafen. Auf den Pullover hatte ich schon lange ein Auge geworfen. Juha steht da, auch mit einem winzigen und einem etwas größeren Paket. Erst mal das winzige, ich ahne es, ein Ring! Ja, ist tatsächlich einer, ein goldener, gedreht, ohne Stein. Der passt sogar, am linken Mittelfinger. Na, hoffentlich bedeutet der nicht irgendwas, murmelt Frau Hase. Gefällt er mir? Ja, doch, sehr schön.

Lächelt Juha: Das ist finnisches Gold. Hier gibt es einige Stellen, wo man Gold finden kann. Die Samen waschen Gold aus dem Sand, sie machen daraus kleine Plättchen, die an Ketten gehängt werden. Reiche Familien haben viele Ketten. Ab und zu verkaufen sie eine. Er hat das Gold von Antta Järvi gekauft. Da sind wir morgen auch eingeladen.

- *Who is Anttajärvi?*

Vielleicht so ein alter Zausel, der Familienschmuck verhökert, um Schnaps zu kaufen, sollte ich deswegen die Flaschen mitbringen?

- (*Lächeln) Antta Järvi. You have seen him before...in TV*
Ach, ich kann mich erinnern, in der Sendung war ein Herr, der Finnisch verstanden und auf Sami geantwortet hat. Zu dem wollen wir?
- *Jo. It should be a surprise for you, but now, I have said it. We will drive with the snow scooter.*
Mit dem Motorschlitten. Friert da nicht alles ein? Nein, er hat warme Sachen für mich. So ein Motorschlitten ist wie Motorradfahren, sehr lustig. Fun Faktor bei minus 30 Grad! Aber die Sami Familie Järvi, die wollen mich kennenlernen. Das war mal ein heißer Wunsch von dir, kannst du dich erinnern? Lange her, flüstert das Frühere Ich. Ich habe schon mal bei einer Sami Familie gewohnt, im letzten Sommer. Das hier ist wohl was anderes.
- *Do they live in a house?* (Die Frage ist sicher dumm...*)*
- *No, they live in a tent, also in Winter.*
Juha sieht mich ernst an, aber die Augen, die lachen ganz laut.
- *Of course, they live in a house, what do you think?*
- *I think it will be interesting. But here, I have also a gift for you.*
Ich soll das andere Paket aber erst aufmachen. Eine weiße Fellmütze. So weich, was ist das? „Ermine" **„kärppä"** , guck ich mal. Hermelin?? Ist doch nur für Majestäten. Solche Mütze brauche ich nämlich hier, meine ist zu dünn! Die Bänder, immer zusammenknoten. Ja, sehr warm, das Ding. Sieht wunderschön aus, ich bin selbst verliebt in mein Spiegelbild. Aber nun, pack mal das hier aus!
- *Ohhh, very fine!*
Nicht mal richtig geguckt, hätte ich ja auch einen Scheuerlappen einpacken können! So einfach weglegen ist nicht!
- *You must put it on.*
Zieht er die Strickjacke aus, dann den Pullover, darunter ein schwarzes T-Shirt. Sieht gut aus, gefällt ihm, wird gleich anbehalten.

In der Küche wird noch mal nachgeschenkt, noch eine Zigarette angesteckt. Ich sollte eigentlich nach dem Ausflug morgen fragen: Wo steht der Motorschlitten denn? Was sind das für Sachen, die ich anziehen sollte? War doch heute schon eiskalt.
Wir gucken nur den Kringeln hinterher, schweigen. Dann wird gelüftet. Huuu, wie kalt das reinkommt! Mach mal gleich wieder zu!

- *Uttiha, come here. You can see all the stars. No darkness in the sky.*
- *Ohhh, so many stars. I have never seen so much! And this, is it the Milky way?*

Chhh, der leichte Riegel, der sogar in Milch schwimmt. Aber ich habe noch niemals so viele Sterne funkeln sehen, schon gar nicht aus Küchenfenstern heraus. Vielleicht einmal in der Nacht, als Mondfinsternis war.

- *Yes, the Milky way. The Big Dipper (*soll wohl der Große Wagen sein*), the Andromeda, the Twins..*

Leise Stimme hinter mir. Ein Finger, der in den Himmel zeigt. Saukälte von vorne und im Rücken ist es jetzt warm, und die Stimme am Ohr. Kribbelt doch jetzt ziemlich:

- *But it is not good for you when you do not eat enough... but here, I hope, you will not be stressed..only relax...*

War jetzt so ein echt subtiler Nieminen, meint das Frühere Ich. Will er nicht sagen, dass er bemerkt hat, dass paar Speckröllchen vom Sommer fehlen, vielleicht gefällt ihm das sogar, aber das sagt man ja nicht, als Gentleman. Es war nicht so viel an Essen zu denken, die letzten vier Wochen jedenfalls nicht. Wenn du erst mal merkst, dass ich mich auch bisschen in Form gebracht habe. Zwar nur Rentner-Pilates und nur 75% der Übungen ausgeführt, aber bisschen gelenkiger bin ich geworden, soll ich mal vorzuführen?

Wir schaffen es die Treppe rauf, alle Knöpfe auf, alle Reißverschlüsse aufgezogen, man macht zwei Notlicht-Kerzen an, dann segeln wir bei Windstärke 10 oder mehr. Du machst alle Feuer an, dass ich dich finden kann, dann verschwimmen Land und Meer. „Rakastan sinua", geflüstert, aber wie! Ein Arm legt sich um meinen Rücken, wir beide halb auf dem Bauch, meine Hand auf dem Etikett, man könnte in Morpheus Arme fallen.

In das Schweigen tönt eine hässliche Stimme:

- Was ich gesagt habe, wieder bloß Brot. Zu mehr hats nicht gereicht.

Ich weiß, wer da im Stuhl am Fenster sitzt und alles genau verfolgt hat. Frau Hase wird immer frecher! Die sollen weder gesehen noch gehört werden!

„Halts Maul!", rutscht mir jetzt so raus.

Juha dreht sich noch mal um. Die fragenden Augen kann man sehen. Ja, was soll ich sagen? Da sind immer drei Damen mit. Eine davon ist sehr unverschämt, meint aber, sie darf das, wegen Alter. Juha war wohl beeindruckt von meiner Idee, dass Verstorbene noch ab und zu unter uns sind. Aber Frau Hase kannte ich nicht, die hat sich einfach eingeschlichen, irgendwann. Bloß, dass jetzt zu erklären.

Also nehme ich seine Hand und fahre mit ihr über meinen Rücken. Kennen eigentlich die meisten: Wir können gerne noch ein bisschen weitermachen, bloß zum Einschlafen. Der Mensch vom hinterm Polarkreis wohl nicht:

- *Are you not tired...now?*
- *Only a little bit.., can you sooo..until I am falling to sleep?*

Und zeig ihm, die mehr harmlose Variante, das er gerne über meine Wirbelsäule streichen kann. Wird als Physiotherapie light aufgefasst. Die Hand krabbelt den schiefen Rücken runter, bemüht sich ehrlich, was zu lockern, aber alles ist ja locker, mein Bester!

Was soll das jetzt? Aus dem Bett, ans Fenster, Fenster auf? Muss er jetzt abkühlen? Ich nicht!! Ob er mal das Fenster wieder zu machen kann? Es ist kalt!! Der schönste Mann vom hinterm Polarkreis, leider in gewissen Dingen wirklich ein Anfänger, hantiert mit dem Fensterriegel, bis nur noch ein feiner kalter Hauch Luft reinkommt.

Hoffnungslos, hoffnungslos, meint das Frühere Ich betrübt. Dein Lieblingsfinne entspricht wohl genau dem Klischee, die Sache wird gut gemacht, also das wesentliche. Aber so geht das nicht!

Murmel ich noch mal, nunmehr ordentlich eingewickelt ins Bettzeug:

- *You have also to learn some things...about making love. Do you want it?*
- *Hmmm...if you are the teacher, Uttiha. But, not now. Sleep well, dream sweet...**kultaseni***

Wer weiß, was das heisst. Müsste ich mal mein Telefon...Und morgen Socken im Bett anziehen.

Mitten in der Nacht krabbelt eine Hand auf meinem Oberarm und am Ohr flüstert es:

- *I hope you sleep good tonight?*

Hmmm, ob ich wieder geschnarcht habe? Und, oh Wunder, ich weiß gleich auf Anhieb, wo ich bin.

- *Yes, very good! I hope, you too? What is the time now?*
Aber warum weckst du mich, mitten in der Nacht?
- *Half past seven (Waaas?). I will go out, with the dogs... You can stay here, sleep more. I will be back on an hour. See you... kultaseni-Uttiha*
Muss ich doch mal nachgucken, was das bedeutet.
- *See you later...*
Und wieder Decke drüber, trotzdem ist da immer noch so ein Hauch von Eisluft. Wenig später hört man freudiges Gebell von Marja, dann klappt die Türe und jetzt bellt auch der große Köter. Gassi gehen, in der Nacht um halb acht!! Kann ich noch ein bisschen liegenbleiben. Die Damen sind der Meinung, dass ich nicht soll. Steh mal auf, und mach Frühstück, da freut er sich. Hmmm, bin ja wohl hier Gast, aber wenn ich jetzt einschlafe, muss es wohl erst hell werden, ehe ich wieder aufwache und das wird es ja hier nicht! Also, doch aufstehen und runter in die Küche. Teller und Gläser kann ich ja abwaschen und in den Trockenschrank stellen. Kaffee suchen, Kaffeemaschine an. Brot finde ich, Butter auch und irgendwelche merkwürdigen Sachen im Kühlschrank, Blutwurst und Stinkerkäse. Marmelade ist auch da. Kommt mir vor wie früh um fünf, dabei zeigt die Uhr kurz nach acht. Wird auch nicht heller. Der Plan des Tages war wohl, mit dem Motorschlitten zu einer Lappen- (ach, Sami) Familie zu fahren. Danach? Jetzt bin ich hier und der Flieger geht erst am 3. Januar. Heute ist der 28. Dezember. Fünf Tage, die ja mit irgendwas ausgefüllt werden müssen, außer Hundespaziergänge, Elchgulasch, Wodka, Küchengegenstände auf Finnisch. Und Betten zerwühlen. Aber mit was?
Die Türe klappt, Hundegebell. Küchentür auf, Marja rast hinein, hüpft an mir hoch, schlecker, schlecker. Juha sagt diesmal nichts, grinst nur. Fresschen kommt in den Napf, Marja stürzt sich drauf. Juha geht noch mal raus, der große Hund braucht auch was. Der Napf ist sauber leergefressen, bisschen Wasser schlabbern, dann noch mal schlecker, schlecker, noch mal eine Streicheleinheit abholen, das Fell ist ziemlich kalt! Dann marschiert das Dackelmädchen in sein Körbchen, ist sie wohl trainiert drauf.
Juha kommt zurück, freut sich, dass da Kaffee dampft. Immer noch minus 20 Grad draußen. Aber mit dem Motorschlitten wird es wohl gehen. Ob wir nicht das Auto nehmen könnten? Nein, wo Antta wohnt, geht es im Winter am besten mit dem Motorschlitten.

- *How long is it to drive to Mr Antta?*

Gar nicht so weit, nur 20 Kilometer. Aber warm anziehen muss ich mich: warme Unterwaesche, zwei Schals, zwei Paar Handschuhe, zwei Paar Socken, am besten Kniestrümpfe. Und die Stiefel! Die habe ich mit. Sind auch schon eingelaufen. Er hat andere auch Kleidung für mich. Mein Anorak ist zu dünn! Habe ich auch bemerkt. Aber erst wird gefrühstückt.

Es folgt Learning Finnisch-lesson two:

Kuppi – the cup, koppen, die Tasse,
kahvi (wusste ich sogar!) – coffee, kaffen, der Kaffee,
voi – butter, smøret, die Butter,
leipä – bread, brødet, das Brot....reicht fürs erste.

Ach, noch was: Was heisst, „*It is very cold here?*" Kann ich ja immer mal anbringen. Was ist daran so witzig? Herr Nieminen lacht jetzt richtig. Da bin ich immer hin und weg, kann sein, er weiß das:
- *Listen to me, not so easy:* **Täällä on hyvin kylmä**.

Ich probiere etliche Male, bis es sich richtig anhört. Vergesse ich vielleicht, sag ich nur was mit vielen ÄÄ…Chhhh
- *Sorry, it is he air here…Chhh…kylmä…*

Weil wir wieder den Aschenbecher benutzt haben, wird das Fenster aufgerissen. Da kommt Väterchen Frost durch den kleinen Spalt, mit minus 20 Grad. Kylmä!

Fällt mir was ein:
- *In the school we had learned about the European Geography, in the 6.th class. There was a diagram with the temperatures of Sodankylä in our book! The first time I have heard about this town. Therefore I wanted to stay there, last Summer. The Winter-temperatures – very kylmä! The Winters were also very cold in the middle of 70ies in Europe, but not sooo cold. Perhaps like in Russia…*

Guckt er mich komisch an. Glaubt er nicht? Na, kann ich nix machen. Muss er mal mitkommen, nach Deutschland. Da liegt das Lehrbuch Geographie 6. Klasse noch im Keller. Im nächsten Jahr wurde dann Geographie der Sowjetunion unterrichtet.

Ich sehe schon, dass die Brauen wieder raufgehen. Ja, Herr Nieminen und die Russen, ganz übles Thema, meint das Frühere Ich. Chhhh

Dort gab es noch ganz andere Temperaturen. Kennt er Werchojansk? Ja, Gefängnis in Sibirien. Woher weiß er das? Auch. Und ein Kältepol, haben wir damals gelernt. Ja, ist Sibirien. Die Gefangenen sollten erfrieren, wenn sie sich zu Tode geschuftet hatten, bei der Eisenbahn. Sehr praktisch, solche Frostleichen. Sagt er wörtlich „Frost-bodies". Deutsche haben da auch schuften müssen, ob ich das gewusst hätte? Ja, aber Deutschland hat den Krieg verloren. Mal neutral ausgedrückt. Die Falte zwischen den Brauen ist immer noch da. Verstehe ich nicht, hat man das nicht gelernt hier in der Schule, Deutschland und der 2. Weltkrieg?

Ob ich den Russen überhaupt kenne? Will ich gerade sagen, nein, den generellen Russen nicht, aber Russen kenne ich wahrscheinlich mehr als du.

Folgt Lesson 1 in Finnish History:

Es gibt Regeln, wie Kriegsgefangene zu behandeln sind, seit dem 1. Weltkrieg. Hat sich der Russe nie daran gehalten. Das wussten alle. Die Soldaten nach Sibirien, alle Lebensmittel und andere Waren nach Russland, alle Frauen vergewaltigen. Auf dem Weg zum Sieg!

Es war nicht aus Freundschaft zu Russland, dass Finnland kapituliert hat. War sehr schlimm, für die finnischen Soldaten. Viele hat das traumatisiert. Es war die einzige Möglichkeit, nicht vom Russen besetzt zu werden. Kam noch der Verlust von Karelien dazu. Das hatte man erst zurück erobert und musste es wieder abgeben. Wie in dem Film „Der unbekannte Soldat".

Karelien immer finnisch gewesen. In einem der ersten Verträge der Bolschewiken wurde Finnlands Selbstständigkeit garantiert. Mit Karelien! Dann kam der Bürgerkrieg, danach hat sich das Land halbwegs erholt. Da greift Stalin an. So, wie Putin einfach die Krim besetzt hat, Russen eben.

Wir haben in der Schule gelernt, wegen strategischer Gründe. Die Schule war eine andere als die, auf die Herr Nieminen gegangen ist, sollte er wohl wissen. Aber er guckt jetzt böse. Das war ein Angriff!!! Weil sie das Land sonst nicht bekommen hätten! Wer macht sowas, sich ein Stück fremdes Land zu nehmen, aus „strategischen Gründen"? Und, da war Hitler noch sein bester Freund! Bemerkt er wohl auch, dass ich das alles gar nicht wissen kann, ich habe ja niemals mit einem Finnen darüber gesprochen!

Kommt etwas versöhnlicher:

- *It is long time ago. But not all Finnish people here seems that Hitler was the devil...there are a lot of them who say that we had not to surrender. But the war was lost for the Germans at this time. No chance to get Karelia back...they have made the best of it.*

Also, das war der Krieg und Stalin. Anders hat sich der Russe aber nie aufgeführt, ist deren Mentalität. Putin ist das beste Beispiel. Den mögen sie lieber als Gorbatschow, warum? Wegen Alkoholverbot? Und wegen dem Verkauf des Landes an die USA? Ja, genau deswegen!

- *In Finland we laughed at the "Holy Michael". He has acted phantastic, international, but not in his own country. Like the prophet, you know?*

Kenne ich auch, der Prophet ist nichts im eigenen Land.

Und, ob ich was weiß über den Bürgerkrieg? Wo Rote und Weiße aufeinander geschossen haben? Da gab es Feindschaften, bis weit in die 80er Jahre. Ob ich mir das vorstellen könnte? Familien, die nicht miteinander sprechen, wegen Dingen, die sich vor 70 Jahren ereignet haben? Wirklich? Hat er das auch erlebt? Nein, nicht so extrem. Nur ein Opa, der wollte nicht, dass er mit einem bestimmten Jungen spielte. Der Opa des Jungen war Roter, sein Opa Weißer. Ja, war so vor 50 Jahren. Jetzt nicht mehr:

- *All old men are dead, except for a few with dementia...So this was a lesson in Finnish history. And you said you will give me lessons, too? What does it mean? Not in history, I think...*

Ich weiß schon, was er meint. Aber manchmal sag ich auch irgendwas und denke nicht drüber nach. Ehe es jetzt peinlich wird, mit rumdrucksen, aufs Telefon gucken und rot werden, geschieht doch ein Wunder: Das Feuerwehrtelefon schrillt so laut, kann Juha wohl nicht ignorieren. Da wird wieder in den Hörer gebellt, mehr Konsonanten als Vokale, wie sich das für einen Chef oder Herrn der Quadranten gehört. Sehr unzufrieden sieht er aber nicht aus, als das Gespräch beendet ist. Ich gucke mal fragend. Der Bürgermeister, Mykkinen. Die jungen Leute hätten angerufen, aus dem Wald, die „authentisch" leben wollen. Wissen nicht, wie man Holz macht. Also, aus Bäumen Feuerholz machen. Jetzt haben sie beim Bürgermeister angerufen, sie haben weder Holz noch Säge, nur eine alte Axt. Sehe ich da was grinsen?

- *And now, Täällä on hyvin kylmä, haha, and they have no wood. Do you want to drive with me, to them? It is on the way to Antta, but you can also wait here...so I will come back.*

Das lass ich mir mal nicht entgehen. Marja schnarcht nur im Körbchen, und so interessant ist es auch nicht, in die dunkle Polarnacht zu starren.

- *Yes, I want to take with you...*
- *Fine. Now I will call to them, they will be happy. And you can get warm clothes, later.*

Nächster Anruf. Natürlich kann ich mich täuschen, aber er ruft doch die jungen Menschen an, die kein Holz für ihren Ofen haben und nun frieren müssen, weil sie zu dämlich sind, Axt und Säge zu gebrauchen. Hört sich aber nicht so an wie „Ja, da könnt ihr mal sehen, ist alles nicht so idyllisch, wie man sich das vorgestellt hat, ja, da kommt Holz, aber nächstes Mal denkt ihr selbst dran! Wer authentisch leben will":

- *Yes we will come with wood, enough for three-four days. You can also have my saw...No, it does not matter. The boys can help me with the wood, I can show them how to use the saw. **Hyvä!** We will be there in an hour. See you!*

Wer da dran war, keine Ahnung, aber so telefoniert er auch mit mir! Hmmm.

Jetzt die Umzieherei: Lange Unterhosen, langes Unterhemd, zwei Pullover übereinander, zwei Paar Socken, hoffentlich passen die Füße in die schönen Stiefel. Ein Schal, lieber zwei! Und die schicke Mütze, die jetzt auch vor Kälte schützen soll. Handschuhe, gleich hier im Flur anziehen, damit die Hände warm bleiben. Juha schleppt so eine Art Sirius- Patrouille- Schneeanzug an. Damit werde ich dann wohl wie ein Schneemann aussehen. Den ersten Schal ganz fest. Einen zweiten darüber, der soll das halbe Gesicht bedecken. Und Handschuhe. Für die Augen ist die Brille. Hilfe, ich sehe jetzt aus wie the Snowman, noch mit Brille.

Marja wird auch aus ihrem Schläfchen gepfiffen, die soll die Zeit, die wir weg sind, bei ihrem Labrador-Kumpel verbringen. Wir gehen hinunter zur Sauna, da steht der Motorschlitten. („the Snow scooter" „**Moottorikelkka**", man soll ja auch immer was lernen).

Das Temperaturdiagram in meinem Geographiebuch hat nicht gelogen, mindestens Minus 50 Grad. Gut, dass man so eingepackt ist, auch wenn es schwer ist, damit anders zu laufen, als eben wie ein Schneemann. Die Kälte pikt nur in der Nasenspitze, aber das ist mehr als ausreichend. Da wo keine Laterne brennt, ist es stockdunkel, was sagt die Uhr? Kann ich nicht draufgucken, sonst kriecht die Kälte in alle Ritzen. Juha marschiert voran, und der hat eine Stirnlampe, hier aber angebracht. Gefühlte fünf Kilometer marschieren wir, dann stehen wir vor dem kleinen Saunahäuschen, dahinter sind wirklich Berge von Holz („the wood" „puu", ja genau, wie Winnie-Puu). Dann wird eine Plane entfernt, da steht Moottorikelkka, Motorrad und Schlitten zusammen, hat auch einen Anhänger. Ob ich helfen möchte, das Holz in den Korb zu legen?

Ungefähr eine Stunde füllen wir den Anhänger auf. Puha, mit allem Puu! Ich würde am liebsten meinen Schneeanzug öffnen, oder wenigstens das äußere Paar Handschuhe. Ich soll nicht auf die Idee kommen, irgendwas auszuziehen!!! Das gibt eine fette Lungenentzündung. Aber mir ist warm! Ja, bleib mal stehen, wird gleich wieder bisschen kälter. Oder du rauchst mal, aber nicht die unteren Handschuhe ausziehen. Na, bisschen blöd, mit Kippe und Wollfingerhandschuhen, aber es geht. Langsam komme ich wieder auf Normaltemperatur, will heißen, mir wird kalt, aber nur bisschen, bin ja dick eingepackt. Sagt Juha, wisch dein Gesicht ab, sonst friert das, wenn du Eis im Gesicht hast, ist das nicht gut, da kannst du Risse bekommen. Hört sich furchtbar an, Risse im Gesicht, wisch ich mal kurz drüber. Das Holz ist aufgeladen und der Anhänger ist recht hoch, also mein Rücken sollte nichts abbekommen.

Motorradfahren kenne ich? fragt Juha. Ja, aber lange her. Festhalten, hinter meinem Rücken bleiben und schnell fahren wir nicht. Dann gehen die Lichter an, am Schlitten und auf Juhas Helm und es geht los.

Für die Abenteuerlustigen: Macht das mal, wenn ihr Gelegenheit dazu habt. Ist wie Motorrad fahren, aber man denkt, da passiert nicht so viel, weil Schnee ja weich ist.

Für die Romantiker: Ist wie früher Moped oder Motorrad mit dem Schwarm, man sitzt hinten, man klammert sich fest, man merkt Wärme aber sieht nicht, was vorne passiert.

Für die Vorsichtigen (Achtung, Frau Hase): Lasst es sein, man wird völlig durcheinandergewirbelt. Vor einem ist auch nur Schnee, und sicher eine Fahrspur, aber die bekommt man als Sozia nicht mit.

Der Eiswind krabbelt durch die Nasenlöcher, jede Flüssigkeit erstarrt zu Eis. Wo man nicht im Gesicht gewischt hat, knistert es gefährlich. Risse!! Wir fahren wohl nicht mehr als eine halbe Stunde, aber als Sozia und Anfänger dehnen die sich zu mindestens zwei Stunden in Dunkelheit und Kälte. Dann in weiter Ferne sowas wie Fackeln. Der Schlitten wird langsamer. Dann trudeln wir aus, eine Einfahrt, erleuchtet von zwei komischen Fackeln, zwei junge Männer, die dort in voller Wollmontur stehen. Jetzt halten wir, die Jungs kommen auf das Fahrzeug zu, kräftige Umarmung für Juha und mich.
Juhas Haus ist nicht sehr groß, aber das hier ist ein Hüttchen, so wie seine Sauna. In der geöffneten Türe stehen jetzt zwei Damen, von Kopf bis Fuß in Wolle gehüllt. Wollhosen, Wollrock, dickes Babuschka Umschlagtuch, Umarmung. Komm mal rein! Drinnen ist es nicht so kalt, ich befreie meinen Oberkörper vom Schneeanzug und verknote die Ärmel vorm Bauch. Dann sitze ich auf einem Hocker. Meine Nase ist aufgetaut und nimmt jetzt eine abenteuerliche Geruchsmischung wahr: ungewaschene Wollsachen, Kamillentee, Haferflocken durchgekocht, bisschen Schaf. Die Einrichtung, spärlich beleuchtet von zwei flackernden Petroleumlampen: Ein kleines Öfchen, ein Herd, auf dem ein Kessel dampft. Ein Tisch, an dem wir jetzt sitzen, eine Art Schrank im Hintergrund. Mehr Platz ist nicht. Wo schlafen die denn?
Ob ich was essen oder trinken will? Ist alles nicht so mein Geschmack, aber was heißes, auch wenn es bloß Kamillentee ist, gerne.
- *Hi, my name is Uta.*
- *Hi, Uta, are you Juha's wife? We have never seen you before..*
„Seine Frau", hört sich komisch an, aber besser als „Girlfriend".
- *No, I visit him, for New Year's eve. And you, who are you? Do you live here?*
Ireen from the Netherlands, Christina from Munich. Soll ich jetzt? Ach was. Christina fühlt sich auch besser, wenn wir auf Englisch radebrechen.
Was macht ihr hier? Ireen schreibt ihre Masterarbeit über die vier Jahreszeiten jenseits des Polarkreises. Der Winter ist am

schlimmsten, aber man kann etwas von den Vorgängern lernen. Und, habt ihr was gelernt? Man kann so leben. Schwierig, aber man kommt zurecht, wenn man seinen Verbrauch herunterfährt. Zum Beispiel haben hier oben alle Ölheizung, das muss aber nicht sein. Nee, man kann auch mit Holz, aber toll, wenn man noch so viel Strom hat, dass man die Nachbarn mit Ölheizung anrufen kann, ob sie eventuell Holz übrig haben. Wir dokumentieren das auch, hier unser Blog. Wie geht das denn, ohne Strom? Wir haben einen Generator, da die Kiste neben dem Öfchen. Ich muss ihnen wohl nicht sagen, dass Heuchelei dabei ist, wenn sie einen Generator haben, für Telefon und Computer. Die Herren sind fertig mit dem Abladen und kommen rein. Die Jungs ähneln Salafisten im Schafspelz. Noch mehr ungewaschene Wolle in der Nase. Wasser braucht man wohl für wichtigeres als zum Waschen. Drei Schäfchen wollen sich wohl auch aufwärmen und legen sich unter den Tisch. Einer der Jungs ist am Herd zugange.

Ireen gibt Juha einen Kuss: *Ohhh thank you. Amazing*!! Christina hat nur Augen für den Salafisten, der den Ofen befeuert. Ja, also dass sind Alex und Tony. Und noch mal Kiitos! Wir sitzen dicht um den Tisch. Ich staune, der schönste Mann von hinterm Polarkreis, bleibt er auch in dieser jugendlichen Runde, scheint sich absolut wohl zu fühlen. Und der Kuss eben!! Wie gut kennen die sich denn? Für Stimmung wird auch gleich gesorgt, nix mit Kamillentee, Juha lehnt lächelnd Christinas Angebot ab und holt so eine kleine Flasche aus der Manteltasche. Wird nicht gleich warm, immer gut, sich bisschen aufzuwärmen. Wer will? Alle nehmen einen Schluck, außer Christina „*no alcohol for me*". Bei einer anderen Gelegenheit hätte mich allein schon der Tonfall auf die Palme gebracht. Juha nimmt einen Schluck und Christina bekommt ein Lächeln und ein Kippis, dann bin ich an der Reihe, ein Blitz aus grünbraunen Augen, da ich tapfer einen Schluck runterbringe. Aber den längsten Satz hat er sich für Ireen aufgespart:

- *There will come more wood in the next days. You have seen how it must be cut. Only use this wood, no saw the young trees here. Too wet, they could not burn.*
- *Mr. Niemininen, kiitos, for the wood! Do you want?*

Ich sehe wohl nicht recht! Da wird von der blonden Frau Antje im Wollkostüm eine kleine Pfeife gestopft, angezündet, gezogen und weitergereicht. Neben Wolle, Kamillentee und Schaf zieht nun auch ein leicht süßlicher Geruch durch den Raum.

- *Ireen, my name is Juha.*

Begleitet von dem grünen Leuchten. Was ist das denn hier? Könnte seine Tochter sein! Fährt Ireen öfter auf ihrem Hollandrad mit Winterreifen durch die kalte Nacht, um Mister Nieminen einen Besuch abzustatten und sich aufzuwärmen?? Die Damen sind ja zu Hause geblieben, wegen Kälte auf dem Schneemobil und so, deswegen sollten mir gar nicht solche Frau-Hase-Gedanken kommen, aber die sind da! Und nein, ich will nicht an dieser Pfeife ziehen, sind ja Drogen. Sollte Herr Nieminen auch mal was sagen, wegen „irreversible" oder so, aber nein, er ist bester Laune! Das Pfeifchen macht noch eine zweite Runde, die Flasche kreist auch noch mal. Ich nehme auch einen Schluck, bin aber die Einzige, die die Pfeife ablehnt, sogar die alkoholfreie Christina zieht mal!

Ja, sagt Mister Polarkreis gerade, Holz ist jetzt da, aber vielleicht könnte man dort hinten bisschen mehr abdichten, sonst schimmelt es. Sollten sich die Jungs mal angucken. Wird genickt. Wir müssen los, weil wir bei Antta Järvi eingeladen sind. Noch was:

- *Ireen, if there is something, call me, not Mykkinen. I can help you better…he does not do anything, only to call me, so you can get faster help when you call directly. We must drive now. Happy new year to your all!*

Noch so ein Leuchten! Ireen ist gut und gerne 30 Jahre jünger, ob ich mal was dazu sage, wenn wir wieder zu Hause sind? Nochmal große Umarmungen, zu allen. Gucke ich nicht so genau hin, bei Ireen und Juha.

Dann geht es wieder auf den motorisierten Schlitten, in Kälte und Dunkelheit. Nochmal 10 Kilometer. Jetzt fahren wir schneller, da der Anhänger leer ist, aber nun merkt man auch den Wind im Rücken. Der Weg vor uns mit den Lampen vom Motorschlitten und Stirnlampe, und über uns, kann ich sehen, wieder tausend Sterne und ein kleiner weißer Mond. Was ist eigentlich, wenn da plötzlich so ein Bär oder Wolf steht? Ein meterhoher Elch? Oder eine wildgewordene Rentierherde? Wir haben kein Gewehr mit. Und die Rückfahrt? Wenn da bei der Sami-Familie gebechert wird, und Juha sagt dann, kannst du Moped fahren, nun kannst du ja mal probieren?

Wir folgen einer Spur im Schnee, da kommt man nicht mit einem Auto durch. Dann sehe ich Laternen, diesmal keine Fackeln. Da steht ein Haus, solid aus Stein gebaut. Alle Fenster erleuchtet. Wir parken das Schneemotorrad.

- *Uttiha, hyvin kylmä? Are you cold?*

Kommt er ganz dicht ran.

Da wird schon die Türe wird aufgerissen und so ein Bilderbuch (Lappe) Sami, zwar nicht in Tracht, sondern in feinem Zivil aber: Gesicht so Mischung aus Grönländer und Indianer. Sehr hübsch, sah man gar nicht so im Fernsehen, pechschwarzes Haar, ebensolche Augen:

- **Tervetuloa**…Juha ja…
- Uttiha (kommt Juha mir zuvor)
- **Juha ja Uttika**

Große Umarmung der Herren, kleine Umarmung, welcome Uttika. Ich heiße Uuta, aber egal.

Kommt mal rein, und die Sachen, hier, öffnet er eine Tür. Alle möglichen Pelzgewänder, Schneeanzüge, an der Wand ein Wäschegestell mit „Funktionsunterwäsche", die soll wohl trocknen, Handschuhe, Stiefel, Pelzmützen im bunten Durcheinander. Ich mach meine Fellhandschuhe ab, dann kommen die Wollhandschuhe runter, dann die dämliche Brille, die Pelzmütze, das Wolltuch, der Schal und dann raus aus dem Schneeanzug. Bei Juha dasselbe, aber er geht noch weiter. Unterhose, Unterhemd und die Socken landen auf dem Trockengestell, dann nur noch einfache Unterwäsche. Was, ich auch? Ja, doch, da drinnen wird mit Öl geheizt, oder willst du probieren, wie sich Sauna anfühlt? Ein Pullover, ein paar Socken reichen da völlig. Die Mischung ist nicht so scharf wie in der Mittelalter-Hütte, aber frischgewaschen riecht anders. Lass uns mal schnell den Raum verlassen.

In der guten Stube ein Tisch, um den so ca. 15 Leute versammelt sind. Daneben gibt es einen kleinen Tisch, für die Kinder, die jetzt im Rumwuseln innehalten und zusammen mit ihren Eltern mich anglotzen. Uta Landmann, das Wundertier aus den sonnigen Süden! Wow! Mister Polarkreis marschiert zielbewusst auf das Kopfende des großen Tisches zu. Deutet einen Diener an.

Da sitzt Majestät. Eine alte Dame, das graue Haar zu einem Dutt gebunden. Ein buntes Halstuch, darüber drei Lagen Ketten aus

Goldplättchen. Das wird wohl die mit den vielen Gold sein. Darf man so einer Dame die Hand geben? Ob ich einen Knicks machen muss? Die Hand küssen?

- *Good evening, Missis Järvi. I am Uta.*
- **Tervetuloa kotiini, Uttta.** Maarit Järvi.

Na gut, die drei T. Aber, von sowas hat man mal geträumt, als man 15 war.

Wir gehen weiter um den Tisch herum:

- *Hello, Uuta.*
- *Hello. Uuta (*kommt es freundlich zurück*)*

Beim dritten oder vierten Shake hands merk ich das auch: Die glauben, so begrüßt man sich da, wo ich herkomme. Also anders:

- *Hello. I am Uuta*
- *Welcome I am Naja* (na, bitte klappt doch.*)*

Dann sitzen wir am Tisch, Juha neben Antta und anderen Herren, ich zwischen zwei Damen, die mich freundlich anlachen. Lächle ich mit. Die Kaffeetafel wird eröffnet. Große Kannen Kaffee, Milchkännchen und Schalen mit Zuckerwürfeln. Torten und Kuchen, da ist fast kein Platz mehr auf dem Tisch. Der Kaffee wird eingeschenkt, Zucker und Sahne gehen rum, Kuchen wird angeschnitten, auf die Teller gelegt und bitte schön. Es ist hier wohl keine Schande, sich mal durch alles zu probieren, die Töchter und Schwiegertöchter möchten bestimmt, dass ich von jedem mal koste. Schön süß und fett, ich platze gleich. Da steht noch eine kleine Torte, was ist mit der? Hmmm, aber nur ein ganz kleines Stück. Kaffee, zwei Tassen, fünf Tassen. Die ganze Veranstaltung dauert so circa zwei Stunden. Mir ist unheimlich warm, meine Hose platzt gleich, ich würde gerne mal an die Luft, geht aber nicht so einfach. Ich müsste auch die ganze Frostschutzkleidung wieder anziehen. Ich kann ja zur Not nachher in den Schnee kotzen, oder Juhas kleine Flasche ausleeren. Im Moment ist er in eine Männerunterhaltung vertieft.

Nach Kaffee (kahvikuppi) Nummer acht werden die Teller zusammengestellt und die Tafel wird aufgehoben. Eine meiner Sitznachbarinnen fragt mich, ob ich mit in die Küche komme? Die Männer sind schon fast aus der Tür. Juha auch, hat mir zwar zugewinkt, aber was soll das jetzt? Ob ich einfach hinterhergehe? Wie es aussieht, nein, soll ich wohl den Damen folgen.

In der riesigen Küche stapelt sich alles Geschirr, Tortenformen, Besteck und über der Spüle wird ein riesiger Boiler mit Gasanzünder angemacht. Man muss warten, bis das Wasser heiß ist. Ehe wir loslegen, kommen zwei Aschenbecher auf den Tisch, und langsam wird die Küche eingenebelt. Meine Zigaretten sind leider im Trockenraum geblieben. Hier, rauchst du Gauloises. Ja gerne. Das Wasser ist noch nicht warm, gute Gelegenheit, die exotische Dame ein bisschen auszufragen.

Wo ich herkomme? Aus Dänemark. Wo habe ich Juha kennengelernt? Ubers Internet? Man kennt keine Spülmaschinen hier, aber Internet. Nein, im Sommer, da war ich schon mal hier. Anfang Juni. Ob ich jetzt hierbleibe? Ja, für ein paar Tage. Und dann? Will ich ihn heiraten? (Was hat er denn so erzählt?) Ich arbeite ja noch, in Dänemark. Ach, das kann ich auch hier. Ärzte und Krankenschwestern werden immer gebraucht. Ja, ich bin aber Chemiker. Was macht man da so? Analysen mit Medikamenten. Kann ich vielleicht im Krankenhaus machen, in Sodankylä? Und heiraten? Na, nicht so schnell. Aber, wo ich nun Juha kennengelernt habe. Wir passen doch gut zusammen. Warum will ich nicht herkommen?

Sollte ich jetzt den Satz von hyvin kylmä anbringen?

Weiter im Verhör: Ob ich Kinder habe? Enkel? Sehe ich aus wie Omi? Nein, also Kinder ja, aber die denken nicht an Enkel. Lacht alles, dann sagt eine, die Leila heißt:

- *Here, Naja is also Grandma, 55 years old. The parents live in Ivalo, not so long from here.*

Da schnorchelt der Boiler, wir waschen alles ab. Fünf Geschirrtücher hängen jetzt zum Trocknen auf der Heizung. Nach einer Zigarettenpause wird die Kaffeemaschine (ein Riesenmonstrum) wird wieder angeschmissen. Aus einem der Schränke werden kleine Gläser entnommen. Dann stehen da Teller mit Erdnüssen, Chips, kleinen Weihnachtskeksen, Schokolade. Jetzt geht es in die zweite Runde. Flaschen werden aus einer Kammer hervorgezaubert, Bier, Cola, Wodka, Baileys, Cointreau, und noch paar Sachen, die ich nicht kenne. Wenn wir hier zuschlagen, wird es nichts mit zurückfahren, glaube ich.

Wo sind eigentlich die Herren hin? Im Keller, rauchen da und trinken Bier. Macht man das nicht so bei Euch in Dänemark? Nein, da trinken alle zusammen. Ach, wenn die Männer anfangen zu erzählen, ist doch langweilig! Über Autos, über Maschinen, oder, über Politik! Da es mich doch interessiert, frage ich mal naiv:

- *Missis Maarit Järvi? Is this your grandmother?*
- *She is the boss of clan... haha. Very rich Sami clan... She has still a lot of power and influence.*

Die Söhne übernehmen das später, soll alles geteilt werden. Antta will ja gern alles haben, sagt Naja zu mir. Die Dame, die schon Großmutter ist und von der ich die Zigaretten bekommen habe. Nein, sie ist nur „*member oft he family*", ihre Tochter hat einen Sohn von Jouni geheiratet.

Es wird lauter in der Küche, zwei der Damen in meinem Alter diskutieren recht scharf miteinander, die Jugend, wohl Töchter und Schwiegertöchter grinsen und rollen mit den Augen "Do not worry...housewifes!" flüstert Naja mir zu. Sie öffnet das Küchenfenster, es kommt kalt rein, damit Ende der Diskussion und wir gehen zurück in die Stube, um neu einzudecken.

Frau Maarit sitzt in ihrem Stuhl, zwei ältere Herren daneben und unterhalten sich leise. Ein kleiner Junge zeigt ihnen etwas auf seinem Tablet, man hört Schüsse, sicher ein Spiel für kleine Jäger. Noch sind die Männer nicht zurück. Mir wird ein bisschen bange, obwohl Frau Hase gar nicht hier ist: Die lumpern sich alle möglichen harten Sachen ein? Wir kommen nicht mehr zurück. Oder er fährt betrunken und wir kippen in den Schnee. Da bei minus 50 Grad zu liegen ist nicht schön.

Wenig später geht die Türe auf und die Herrschaften bringen bisschen Frischluft, bisschen Zigarettenrauch und eine feine Wolke Alkohol mit. Herr Antta macht einen überaus gutgelaunten Eindruck, hat bisschen Farbe angenommen, wohl nicht nur von der frischen Luft. Ein anderer kichert vor sich hin. Ein dritter hochgewachsener Herr sieht nicht aus, als ob er den geistigen Getränken im Übermaße zugesprochen hätte. Dann wird wieder eingeschenkt, Kaffee und Spirituosen in kleinen Gläsern, ja, einen oder zwei kann man mittrinken. **Maistte**!! Kippis!! (Skål) Und hoch die Tassen! Der Geräuschpegel nimmt wieder zu, meine Tischnachbarin schiebt dauernd ein Tellerchen mit kleinen Pralinen vor meinen Platz, nimm mal, sehen lecker aus, aber ich kann nicht mehr. Noch einen Schluck? Gut, aber nur einen ganz kleinen. Dann nehme ich mir lieber so ein Bier. Sieht und schmeckt dünn, aber besser als Kaffee. Ob ich mal frage, wo das Klo ist? Bei minus 50 Grad pinkelt es sich schlecht draußen, und wer weiß, ob ich so schnell aus meinen Klamotten komme.

Dann kommt ein Mädchen und zeigt mir seine Puppe, ein Baby Born! Kann auch pinkeln, und guck mal, hier ist ihr Bett! Eine richtige Wiege, sieht wunderschön aus und hat vor vielen Jahren bestimmt ein richtiges Kind in den Schlaf gewiegt.

Als ich zurück zu meinem Platz komme, steht da Juha hinter mir. Unterhält sich mit meiner Nachbarin Hoffentlich plaudert er nicht irgendwas aus, ja, trinkt jedes Wochenende 3 Liter Wein, Schnaps nicht so sehr. Wir sollten langsam los, es wird sonst nur noch kälter.

Wir gehen wieder um den ganzen großen Tisch herum und schütteln den Kopf, wenn uns nochmal ein Gläschen angeboten wird. Bei Frau Maarit angekommen, deute ich wirklich sowas wie einen Knicks an:
- Kiitos

Ich kann nicht viel, aber Danke kann ich sagen.
- Kiitos…

Dann kommt was Unverständliches, sie hält meine Hand fest. Nee, wir sind hier nicht in einem Kitschfilm. Wahrscheinlich hat sie nur sich gefreut, mich kennenzulernen.
- Antta!! (und wieder was Unverständliches)

Herr Antta nickt. Sagt was zu Juha, der nickt auch. Dann guckt er zu mir und weist so rum. Ich soll noch mal das Haus ansehen.

Also hier unten: Trockenraum, die Stube von Maarit Järvi. Sieht man, aber am Schrank hängt auch eine richtige Sami Tracht, für die Kirche, erklärt Antta. Auf der Kommode liegt eine Haube, in Rot.
- *Are you Skolt sami?*

Vielleicht gibt das paar Punkte mehr auf der Sympathieskala?
- *Wow, yes, we are, how did you know it?*

Ich bekomme ein richtig strahlendes Lächeln. Wenn ich jetzt loslege, fände der Abend wohl kein Ende.
- *This hat, I saw the same in the museum in Inari, last summer…*
- *It is amazing! You come from Denmark and know more about us than Juha does…*

Das glaube ich nicht so richtig, aber wenn du das sagst.

Noch ein Kinderzimmer, dann eine Treppe hoch, ein Kinderzimmer, ein Schlafzimmer, das Bad, ein Arbeitszimmer („my Job"), dann wieder die Treppe runter. Die Außentür wird geöffnet, da kommt aber

eiskalte Luft rein! Hoffentlich soll ich nicht noch die Stallungen bewundern. Aber es geht nur drei Schritte, dann Stufen herunter in den
Keller, mit der berühmten Ölheizung. Nein, weit gefehlt: ein Party-
keller! Da war die Herrengesellschaft zugange, Alkohol, Nikotin und
diskussionswütige Männer schweben noch leicht in der Luft. Fehlt:
„Sauna?" Meint Antta Järvi, Sauna, nein. Ja, auch ein Sami ist kein
Suppenhuhn, sag ich aber nicht laut.

- *Have you built the house, by yourself?*
- *Yes.*

Hört man den Stolz, ich weiß auch, was ich jetzt antworten soll:

- *It is amazing! All selfmade. How long did it take?*

So ungefähr fünf Jahre, die ganze Familie hat mitgeholfen. Es musste
viel angebaut werden, denn das Haus bestand erst mal nur aus der
Küche. Ein Raum, Stube, Küche, Schlafzimmer, für 8 Leute. Die Küche ist recht groß, aber 8 Leute, dann waren das so Verhältnisse wie
bei den jungen Menschen im Wald.

- *You can be proud. Nice house.*

Bevor wir losfahren: Zehn Tassen Kaffee, zwei Flaschen Dünnbier
brauchen Ablauf. Ja, hier unten ist auch ein Klo! Will mir mal gar
nicht vorstellen, wie das geworden wäre in der freien Natur, mit steif-
gefrorenen Finger Handschuhe abstreifen, Reißverschluss öffnen und
einpinkeln. Hab ich einmal erlebt im sagenhaften Winter 1987. Dann
bin ich wieder luftdicht verpackt, der Motoschlitten läuft warm, ich
bekomme noch einen warmen Drücker von Herrn Antta. *Happy New
Year Utttika ja Juha.*

Auf in die Dunkelheit und Kälte, Kälte, Kälte. Von gefühlt plus 35
Grad in gefühlt minus 40 Grad. Die Nasenlöcher frieren zu, meine
Hände bemerke ich schon nicht mehr, obwohl die gut eingepackt
sind. Wenn wir irgendwann doch zu Hause sind, werde ich wie ein
Eiszapfen runterfallen. Sind wir nicht bald da? Ich kann gar nichts
fragen, mein Mund ist auch zugefroren. Wenn da Dampf rauskommt,
setzt der sich unters Tuch und es gibt Risse im Gesicht. Der Motor
dröhnt, zwei Lampen beleuchten den Weg, wir fahren, fahren, fahren.
500 Kilometer und gefühlte fünf Stunden. Es waren nur 25 Kilometer
und etwas über eine Stunde.

Ich falle fast vom Fahrzeug, als wir endlich bei der Saunahütte ankommen. Jetzt noch laufen? Ich kann meine Füße gar nicht mehr

spüren, ob wohl die in drei Paar Socken plus Stiefeln eingehüllt sind. Juha hebt mich runter, ich soll mich vorsichtig hinstellen. Dann auf der Stelle treten, da taut erst der eine, dann der andere Fuß auf. Geht es jetzt? Hmm, schlecht. Er legt er den Arm um mich und wir laufen, ich humpele mehr, den Weg zum Haus. Freudengeheul am Zwinger. Hoffentlich passiert nichts! Jakko bleibt brav sitzen. Die Dackeldame saust schon mal vorneweg zur Haustüre. Dann wieder zurück, ja, ihr Lieblingsfrauchen ist wieder da! Schnüffel, schnüffel und hüpf! Marja, benimm dich, wir gehen gleich rein. Marja, was macht der brave Jagdhund? Er läuft nebenher, wird da wohl gezischt.

Es ist nicht gerade warm im Flur, aber eben Plusgrade. Marja saust im Flur rum, dann bleibt sie stehen und guckt mich an. Die Brille habe ich abbekommen, auch die Fellhandschuhe, aber dann stockt es. Wie macht man das Tuch ab? Die zwei Schals und die Mütze? Und erst der Schneeanzug? Jetzt beginnen auch die Füße wie toll zu kribbeln. Das sind Erfrierungen dritten Grades, hast du wohl gehört davon! Da muss der Fuß amputiert werden, oder wenigstens der Zeh. Sowas unverantwortliches, du kennst doch gar keine Minusgrade mehr, und dann auf dem Motorrad bei fünfzig Grad Kälte spazieren fahren. Frau Hase übertreibt. Aber trotzdem steh ich da und weiß nicht, wie ich aus den Sachen herauskomme und es kribbelt immer noch, in den Füßen, in den Händen und im Gesicht, das sind die Risse!! Hilfe! Der Mann vom hinterm Polarkreis hat alle Frostschutzbekleidung schon abgelegt und sieht mich verwundert an, weil ich dastehe, und sich um die Stiefel schon kleine Seen bilden. Was ist das denn? Keine Angst, nur Schnee, ich bin tiefgefroren. Wenigstens mit den Schultern kann ich zucken, weiß auch nicht, warum nichts geht. Ich kann mit den Fingern nicht den Reißverschluss treffen, müssen die Finger wohl auch amputiert werden. Juha sieht ein bisschen bestürzt aus, hat er wohl nicht gedacht, dass jemand keine Kälte mehr gewöhnt ist. Weiter treten, aber auf der Matte. Die Finger immer bewegen, nicht aufhören, er kommt gleich, die Hunde sollen nur noch was zu fressen bekommen. Rentierknochen von Familie Järvi, hoffentlich nicht allzu arg gefroren, für den großen Hund. Marja sieht mich mit großen Augen an. Warum tänzelst du denn auf der Stelle? Ja, Marja, so ist das, wenn man eine Tour im riesengroßen Tiefkühler gemacht hat.

Langsam geht das Kribbeln in Hand und Fuß weg. Ich kriege die Wollhandschuhe ab, die Mütze und die Schals. Jetzt der Reißverschluss, ordentlich ziehen. Ratsch! Und fest, meine Finger sind wieder zu Ballongröße aufgeschwollen. Herr Nieminen kann helfen. So, der Reißverschluss ist auf. Die Stiefel? Ohh nein, meine Füße sind zu groß, die kommen da nicht raus. Außerdem sind die erfroren, die musst du jetzt amputieren, mit einem Küchenmesser, das wirst du wohl können. Aber vorher musst du mich betäuben mit Wodka. Chhh, Chhh. Guckt mich jemand erstaunt an. Ja, habe ich doch gesagt, da friert der Charakter und der Verstand ein. Man kann nur noch kichern, große Temperaturänderungen wirken wie Alkohol. Mir wird jetzt sehr warm und ein bisschen schwummerig. Am liebsten würde ich alles ausziehen, alle Socken, die zwei Pullover. Das letzte Paar Socken und der unterste Pullover bleiben an, bestimmt Herr Nieminen. Aber es ist furchtbar warm! Den Pullover kann ich wohl ausziehen? Nein!! Ich soll mich im Wohnzimmer auf die Couch legen. Eine Decke kommt auf die Füße, ich soll weiter mit den Zehen wackeln. Und hier, trink das, wärmt von innen. Das Allheilmittel Wodka. Ich trinke in kleinen Schlucken, und meine Hände schrumpfen wieder auf Normalgröße, ich kann alle Zehen bewegen und langsam taut auch das Gehirn wieder auf. Nur die Oberschenkel sind immer noch eiskalt. Decke drüber und da ist auch ein weiches Kissen. Nur ein bisschen die Augen zumachen.

Dann krabbelt was an meinen Füßen und ich denke, jetzt sind die Nervenbahnen endgültig durchgedreht. Da massiert nur jemand meine Füße, fühlt sich gut an. Weitermachen, wo sind wir eigentlich und was riecht hier so, Wodka ist es wohl nicht? Soll ich trinken, wärmt auch. Kein Wodka, Tee mit Rum. Ach, bin ich eingeschlafen? Wie lange?
- *Not so long. Only a half hour. I hope you are fine, now? Not cold?*
- *I am very fine. (*Rum mit Tee weckt die Lebensgeister...*) But such coldness, it is long time ago, 1979, 1987 and, a little bit in 2009, 2010. How do you get used to it?*
Ja, so mit der Zeit gewöhnt man sich. Kommt noch ein leises „Sorry" und vielleicht hätten wir nicht mit dem Schneemobil. Aber er wollte mir das mal zeigen, hier fahren alle.

Wenn Herr Nieminen in der Bar von Sodankylä im Winter eine Dame aufreißt und sie im Schneemobil abtransportiert? Frau Hase, bleib mal hübsch oben beim Fernseher!

Der Rumtee und vielleicht der eingefrorene Charakter haben mich mutig gemacht. Sonst traue ich mich gar nicht, solche Fragen zu stellen: Ob er schon mal jemanden mitgenommen hat, hierher? Also, nicht nur so mitgenommen, sondern, ja, eben „overnight", mit Schneemobil? Die Finger krabbeln nicht mehr. Zwei grüne Augen gucken mich an, bisschen irritiert. Ja, einmal, zweimal. Ist lange her. Ja, wie lange? Eine Woche, einen Monat, ein halbes Jahr? Frag mal, flüstert das Frühere Ich. Wer, wann, was, warum nicht für länger?

- *Sometimes, when you need it? Only for a one-night-stand?*
  Only...for fun? I think you know it, also?

Na, das war direkt!

Ich weiß, daß Frau Hase mir gleich wieder einflüstern wird, ganz genau, das hatte sie sich gedacht. Vielleicht ist in der dunklen Polarnacht nicht so viel „Fun" zu haben, da lädt man sich jemanden ein, von ganz weit weg. Jemanden, der bloß begeistert ist und keine Probleme mitbringt. Das hat mich dann doch angestachelt, Rumtee hin oder her:

- *No, I did not. And you, did you think the same, when you had*
  invited me, in your home? For fun?

Der wird gleich die Augen aufreißen und ganz laut „No" sagen, mutmaßt Frau Hase. Das Frühere Ich hätte mir am liebsten den Mund zugeklebt. Ist doch egal, wenn am Ende der Volltreffer herauskommt! Muss ich da unbedingt die nicht so romantischen Hintergründe erfahren wollen? Aber jetzt habe ich ja gefragt. Der schönste Mann von hinterm Polarkreis sieht mich an. Als ob er den Sinn nicht verstanden hätte.

- *These are two different things, Uttiha, do not you know it?*

Theoretisch vielleicht. Praktisch, nein.

Don Juha, nun nicht mehr so ganz souverän, versucht eine Erklärung: Das eine ist so etwas wie ein Spiel zwischen zwei Leuten, es geht um „to desire". Etwas, das man braucht, jetzt und hier, etwas, das erfüllt wird, jetzt und hier. Das andere ist komplizierter, dauert länger und man weiß nicht, wie es ausgeht. Man könnte sehr glücklich werden oder eben das Gegenteil. So - wie Jagen. Den richtigen Moment abpassen. Ja, so ungefähr. Ob ich das kenne, beides?

Wusste ich, dass Frau Hase gleich loszetert, was das für eine Frechheit ist. Jagen, aha, und dann nur einen Schuß abfeuern und gut ist! Das Frühere Ich flüstert, ich soll mir das mal ganz genau erklären lassen, mit dem Jagen. Bei mir, im September, in der Küche, um sechs Uhr morgens? Oder im Sommer, wo der richtige Moment verpasst wurde? Jetzt ist erst mal Sendepause für euch!!

Aber da muss mehr Rum als Tee im Getränk sein. Oder weil der schönste Mann mich so ernsthaft ansieht, dass ich doch wirklich antworte: Nein. Ich kenne nur eines davon. Wenn ich mal jemanden kennen gelernt hatte, also näher, dann sollte es für mehr als eine lustige Nacht reichen. Vielleicht bloß paar Tage oder Wochen. Aber ich sollte mir das vorstellen können. Mit dem anderen kann ich nichts anfangen, konnte ich nie. Aber, vielleicht wäre das Frühere Ich da kompetenter. Soll er mal fragen, jubelt da jemand neben mir. Was hatte ich gesagt?? Ja, nun noch mal zum Herrn neben mir: Weder das eine noch das andere ist passiert in den letzten, sicher 100, Jahren. So etwas noch mal zu erleben, das ist, ja... Fehlen mir die Worte.

Da habe ich dann zwei Lippen auf meinem Mund, jemanden an meinem Ohr, der flüstert, dass ihm auch die Worte fehlen, auf Englisch. Aber er wusste, dass sich das Warten lohnt. Alle die Wochen, Er hat mich vermisst, sehr und freut sich, dass ich jetzt hier bin, und ist verliebt in mich, noch mehr als im Sommer! Alles andere, es ist so lange her, das eine und auch das andere, zwei Jahre bestimmt. Ob ich das glaube? Ach, alles, alles „Rakastan sinua" „Me too".

Jetzt sollten wir aber etwas essen!

Ich nicht. Der Kuchen liegt noch gut im Magen, ich brauchte jetzt eigentlich nur so ein kleines geistiges Getränk zum Einschlafen, denn langsam werde ich müde. Gehe ich aber doch mit in die Küche, da werden wieder Brote geschmiert. Es gab heute auch kein warmes Essen. Die Kaffeemaschine wird auch noch mal angeworfen. Einen Kaffee gerne. Vielleicht einen ganz kleinen Wodka. Und nur noch fünf Minuten, denn jetzt bin ich nicht nur wieder aufgewärmt, innerlich und äußerlich. Sondern auch bisschen schläfrig. Daher bekomme ich am Anfang auch nicht mit, über was Juha da einen längeren Vortrag hält. Beim zweiten oder dritten Satz horche ich doch. Es geht um die Samen im Allgemeinen und die Familie Järvi im speziellen:

Frau Järvi kommt aus einer reichen Samenfamilie. Anttas Vater hatte nicht viele Rentiere, hat sich Arbeit in Schweden gesucht, in den Erzgruben. War nicht oft zu Hause, ist dann bei einem Unfall ums Leben gekommen.

Frau Järvi hatte immer Rentiere, auch nach dem Tod ihres Mannes. Die Kinder wurden groß, weder Antta noch Jouni wollten die Rentiere behalten. War nicht mehr modern, also alles verkaufen!

Dann wollte man einen Fluss anstauen, im norwegischen Teil von Lappland. Das hätte die ganze Landschaft verändert. Da haben sich die Sami gewehrt, haben ein eigenes Parlament gegründet. Ja, habe ich mir angesehen, in Norwegen. Man hat über Landesgrenzen zusammengearbeitet. Frau Järvi hat das Parlament mitgegründet, damals in den 80ern. Dadurch haben die Sami mehr Mitspracherechte bekommen. Als Finnland und Schweden in die EU eingetreten sind, ging es noch einen Schritt weiter.

Die EU schützt Minderheiten oder besser unterstützt sie, also mit Geld. Da war Frau Järvi eine der ersten, die das begriffen hat, dass Rentiere Verdienst bringen können. Heute ziehen wieder viele mit großen Herden herum. Da Sami People Sonderstatus bei der EU haben, können sie wegen allem klagen, zum Beispiel wenn man ihnen sagt, dass zu viele Rentiere durch die Quadranten ziehen und sie deshalb andere Wege finden müssen.

Frau Järvi hat damals ihren Sohn Antta überzeugen können, beim Sami Parlament zu arbeiten. Er ist heute die Verbindung vom Sami-Parlament zur EU und zur Lappi-Region. Das Problem sind jetzt eigentlich die Rentiere der Samen aus Russland. Die sind auch als Minderheiten in Russland geschützt, dürfen sich frei bewegen, haben aber keinen Kontakt zu den Behörden. Wassili, seinem Kollegen in Russland, ist verboten, mit den russischen Samen direkt zu verhandeln. Die russischen Sami- Familien dürfen einfach über die Grenze, aber die Zahl ihrer Rentiere steht nirgendwo. Dann kommen da so bis 1000 Tiere mehr, wo ein Quadrant auf 500 ausgelegt ist. Wassili muss erst wieder mit den Oberen telefonieren, die sagen, ist egal, die haben freie Beweglichkeit hier im Raum. Das ist eine von Anttas Aufgaben, das zu regeln. Ein sehr vernünftiger Mann, er kann gut mit anderen reden und durch seine Mutter kennt er recht viele.

Das mit dem toten Rentier und den Bakterien war gefährlich für die finnischen, schwedischen und norwegischen Samenfamilien, die ja auch ihre Rentiere durchtreiben. Werden die Tiere dann ernsthaft krank, gibt es immer welche, die laut rufen, keiner von den Regionen fühlt sich verantwortlich, auch hier nicht in Lappi... da ist es gut, wenn jemand wie Antta die Gemüter beruhigen kann.

Marit Järvi, seine Mutter, die kennt Juha nur als sehr nette Dame. Er hat aber gehört, dass sie früher sehr abweisend gewesen sein soll, gegenüber Finnen oder anderen Nicht-Samen. Die wären ihr niemals in Haus gekommen.

Ich habe nicht alles so ganz genau mitbekommen. Ich bin aber wieder wach genug, um noch was zu sagen: Ich hätte, damals, als ich 14 war, alles dafür gegeben, um das aus den Büchern mal in echt zu erleben. Jetzt nach 45 Jahren, habe ich nicht nur Samen in Tracht in einer norwegischen Kirche gesehen, sondern sogar mit ihnen Kuchen gegessen und unterhalten! Wirklich, ich habe mich für diese verlassene Gegend interessiert, als Kind? Warum? Wegen der Temperaturen in Sodankylä? Warum genau, erzähle ich dann doch nicht. Ein Schlagersänger aus Finnland, Mitte der 70er. Besser, die Natur und die Mitternachtssonne, sowas.

Die meisten in Deutschland wollten wohl nach Italien oder Amerika? Konnte man überhaupt reisen, in Ostdeutschland? Ja, konnten wir schon, nach Osten. Weiter geh ich mal nicht, sonst packen wir wieder ein heißes Thema an. Juha und die Russen. Chhhh. Aber danach, als die Mauer gefallen ist, da hätte ich doch fahren können? Jedes Jahr? Hier kommen auch im Sommer viele Touristen aus Deutschland, mit ihren Caravans, die fahren durch bis zum Nordkap, oder wo auch immer hin. Warum bin ich nicht? Kleine Kinder, kein Geld, keine Partner, die Interesse dafür aufgebracht hätten. Das hier, letzten Sommer, das war ein Glücksfall, in mehrfacher Hinsicht, da hat mal alles gepasst.

Meint Juha lächelnd:

- *And, not to forget, to meet somebody behind the Arctic circle, who is falling in love with you...*

Ach, jetzt werde ich wirklich rot.

- *I hope that you are not disappointed, to be here? It is cold, it is dark. But in Summer, it will be light, you know. Will you come back, in Summer?*

Natürlich will ich, ich halte auch den Dunkelbunker hier aus, weil du da bist und ich überlege, wie wir beide zusammenbleiben können, ohne dass ich immer an mitgenommene Damen auf Schneemobilen denke, oder eifersüchtig auf junge Holländerinnen oder unbekannte Arbeitskolleginnen werde, und dir ernsthaft glauben will, dass du in der Zwischenzeit mit niemanden von denen was anfängst. Also nicke ich.

Ehe ich mich versehen hab, legt mir doch das Frühere Ich eine Frage in den Mund, sollte gar nicht mehr hier sitzen, sondern Frau Hase an ein stilles Plätzchen schaffen:

- *Juha... How many people know about us?*

Ja, wohl eine ganze Menge. Er musste nicht mal was erzählen, sie wussten alles! Hier kennt jeder jeden, da gibt es eine lokale „Zeitung". Alle sind neugierig, aber wir können ja nicht zu allen, die er kennt. Seine Freunde kommen zu Silvester, heute waren wir bei Antta und morgen besuchen wir Haalonen und seine Frau.

Wer ist Haalonen? Der Mann, der auf die Hunde aufpasst, wenn er mal nicht da ist. Da bringen wir sie morgen hin, wegen Silvester, da sind sie besser aufgehoben. Erkki und Nelli sind zwei sehr nette Menschen, und Uttiha, die haben auch drei Katzen!

- *We do not drive with the Snow-scooter, do not we?*
- *Haha, no, we do not. We take the car. It is a longer distance than to Antta... and the dogs will come with us, too. We will also stay there... because, we will drink...*

Kommt so ein kleines Lächeln. Hört sich nach etwas anderem als Kaffee, Kuchen und Schnäpschen an. Aber warum nicht?

Ich muss mich um nichts kümmern, macht alles der schönste Mann von hinterm Polarkreis. Ob wir nun mit dem Motorschlitten irgendwo Holz hinbringen, oder morgen eine Flasche Schnaps nach der anderen leeren, glaube ich nämlich, dass das sowas werden soll. Nichts vibriert mehr, kein Herzklopfen bis zum Hals rauf, die Katastrophen liegen irgendwo eingefroren in der Dunkelheit unterm Sternenzelt oder gucken Fernsehen. Mir wird kuschelig warm. Lange nicht mehr erlebt. Jetzt werde ich richtig müde, würde gerne unter die Decke, diesmal mit Socken!

- *Sorry, I think I am very tired... I will go to sleep.*
Unterricht findet heute nicht mehr statt.

Ist es morgens um neun, mittags um zwei, abends um sechs? Wahrscheinlich irgendwas zwischen sieben und neun.

Da probiert gerade jemand, meinen Rücken locker zu machen, aber der ist ja locker, hatte ich das nicht mal gesagt. Ich schlafe offiziell noch, aber ich probiere mal, über die ganze Vorderseite des schönsten Mannes mit meinen Fingern zu spazieren. Mister Polarkreis, mach doch mal sooo, ich beiße auch nicht. Mit dem Unterricht im Halbschlaf wird es trotzdem nichts, weil der Schüler wieder vorweg stürmt! Da wundere ich mich doch. Der Herr kennt nicht allzu viel, in der gegenseitigen Verführung! War das hier verboten? Hat man damals bloß Kriegs-oder Erbauungsfilme im Fernsehen gezeigt? 57 Jahre, was haben denn die anderen Damen dazu gesagt? Im Moment liegt über mir jemand, der erstaunt und erfreut ist, was man noch so alles miteinander machen kann und mir ins Ohr flüstert:
- **Makea..Makea**...Rakastan sinua...ohhh my love...kultaseni...
Wir üben irgendwann später weiter, eventuell ist da ja doch Potential vorhanden.
- *Uttiha, do you want to sleep more?*
- *Hmmm. Not now. I can get up, now.*
Wenn die Badezimmertür wieder klappt, stehe ich auf, bisschen Wasser täte mir jetzt gut. Nicht so wie bei den jungen Menschen, aber gestern habe ich erst jämmerlich gefroren, dann wars mörderisch warm und Waschen fiel auch aus.
Heute brauche ich keine langen Unterhosen und Unterhemd, da werden wir wohl ganz zivilisiert mit dem Auto fahren. Zu alten Herrschaften, flaschenweise Wodka und Gespräche über Hunde, mokiert sich Frau Hase. Ihr sollt doch nicht mitkommen! Könnt euch das hier gemütlich machen. Großer Fernseher, und im Kühlschrank ist auch was Essbares. Ich bleib gerne hier, meint Frau Hase, gibt nämlich schöne Programme mit Tieren im Fernsehen, sogar paar Krimis. Das Frühere Ich ist bisschen enttäuscht, aber mit den Hunden im Auto, nee lieber nicht. Jaja, fahrt ihr mal, meint auch die Imaginäre Tochter, du kommst wohl mal ohne uns klar.

Riecht gut nach Kaffee. Die Auswahl an Aufschnitt oder Marmelade könnten wir gerne erweitern. Ich kratze die letzten Reste aus einem Glas Uralt Himbeer-Marmelade, wer weiß, wie lange das hier schon steht, auf mein getoastetes Schwarzbrot. Diese schwarze Masse, kalte tote Rentier-Oma, ist nicht so mein Geschmack. Und Käse esse ich auch nicht, den hier schon gar nicht, sehr aromastark.

Man denkt nicht, dass es gleich um neun ist, am Himmel leuchten ein paar Sternchen, sonst dunkel. Wie lange geht das denn so? Das nennt man „Kaamos", die Polarnacht. Die Sonne geht für eine Stunde auf, aber man sieht nichts. Erst, wenn sie zwei Stunden über den Horizont kommt, kann man wirklich was sehen. Das ist so am 2. Oder 3. Januar, gegen 13:00. Man sieht sie nur für ungefähr eine Minute, aber wunderschön!

Ich muss zugeben, dass ich es, trotz dem Versprechen auf den ersten Sonnenstrahl, hart finde, wie im „Führerbunker"? Was für ein Bunker? Wo Adolf Hitler die letzten Wochen seines Lebens verbracht hat, ehe er dem deutschen Volk endlich mal einen Dienst erwiesen und sich umgebracht hat. Wird wohl falsch verstanden, vielleicht habe ich auch zu viel Wörter vom Telefon nur abgelesen. Hier bringen sich nicht alle um, aber ja, manche Menschen vertragen die Dunkelheit nicht gut, die trinken, werden depressiv, einige begehen auch Selbstmord. Es hilft, wenn man sich immer mal im Freien aufhält. Es gibt auch Lampen mit Tageslicht, gut für die Stimmung, hat fast jeder hier, er auch. Wir gehen ins Wohnzimmer, da wird die Schreibtischlampe angeknipst. Gibt schönes warmes Licht, da fällt mir doch ein:

- *Some of my colleagues in Denmark have also such a lamp. For the Winter.*
- *Haha, why? It is always daylight in Denmark, also in Winter...*
- *Yes, but mostly grey, even if we have not Polar night there. But for them it is also for lighting the mood.*
- *Have you also such a lamp? For the mood? (*Wird wieder so fein gelächelt...*)*
- *No, no need. A lamp cannot change the mood for me.*
- *I know, your lamp are 3 liters of pocket wine? Punaviiniä?*

Erraten, mein Bester!

Ob ich jetzt zusammen mit ihm und den Hunden runter zum See laufen möchte? Die Sauna soll auch angeheizt werden, sehr schön warm da, möchte ich mit? Laufen doch, man soll sich ja im Freien bewegen.

Aber nicht in die Sauna! Du hörst dich immer richtig verschreckt an, meint das Frühere Ich, würde ich mal probieren. Du kannst dich gern verkochen lassen, da wehst du dann durch den Schornstein raus!

Marja fiept schon, die muss mitbekommen haben, dass es jetzt raus geht. Bevor ich meine Schutzkleidung aus dem Badezimmer hole, werde ich festgehalten und mir wird was ins Ohr geflüstert:

-   **Jonkin aikaa** ... *may be in the next days* ...

Das glaube ich aber nicht!

Ich bin wieder voll eingepackt, mit Strumpfhosen, Strümpfen, Socken, Funktionsunterwäsche, Pullovern, Schals, Pelzmütze, dünnen und dicken Handschuhen. Marja streicheln geht nicht, zu sperrig. Dann raus in die schwarze Kälte. Wenigstens kein Wind. Die Nasenlöcher vereisen nur ein bisschen, aber sonst geht es. Mit Taschenlampe vorm Bauch. Der große Köter saust durch den Schnee und die Dackeldame hinterher. Tiefdunkel ist es gar nicht, wenn man nach oben guckt, sieht der Himmel mehr dunkellila aus und als ob es von innen leuchtet, ob das von den Wolken kommt? Still ist es auch, hier könnte man meditieren. Wenn es nicht so kalt wäre.

Die Hunde laufen den Weg zu Sauna und See, wir biegen aber vorher ab. Hinterm Haus ist mit Band ein großes Quadrat abgesperrt. Liegen auch paar abgedeckte und zugeschneite Haufen da. Ich ahne es, der Annex! Ob ich mich an die Zeichnung erinnern kann? Ja, nicke ich, hoffentlich folgt jetzt nicht die Frage, wie ich das finde.

Ja, also hier soll mal gebaut werden? Wann soll es denn losgehen? Im Frühjahr, das heißt, so genau weiß er das auch noch nicht. Guckt er jetzt auf die weiße Fläche, stellt sich vielleicht vor, wie das später aussieht, so ein Anbau, mit großen Fenstern und zwei Stuben, Platz für mehr als eine Person. Nur, würde man da nicht ein bisschen mehr Begeisterung zeigen? Ist vielleicht das Geld ausgegangen? Oder keine Zeit wegen Rentierbakterienforschung? Ob ich was Aufmunterndes sage? Fällt mir nur nichts ein.

Was liegt da unter den Planen, hoffentlich kein Zement? Nein, nur Steine, denen macht die Kälte nichts, die können da ewig liegen. Der Rest liegt in einer großen Halle, da friert es nicht:

-   *Not so much to see now, I want only show you* ... *the project for the next year, the next years* ...

Klang wie, ob es sich überhaupt lohnt?

Die Richtung kenne ich, immer dem Hundegebell nach. Es geht schwer mit dem ganzen Zeug, aber meine Füße merken noch nichts. Und ganz vorsichtig ein-und ausatmen. Nichts sagen, sonst kommt Feuchtigkeit und setzt sich fest. Langsam wird mir warm im Schneeanzug, die Füße werden schwer, puste, puste. Herr Nieminen ist es gewohnt, marschiert festen Schrittes vorwärts. An der kleinen Hütte hält er, er heizt jetzt hier an und dann geht er noch mal zum See mit den Hunden. Ob ich mitkommen möchte? Ich würde lieber zurück. So weit ist es nicht, nur 200 Meter. Kam mir wie 2000 Meter vor. Und du siehst ja auch die Spuren. Werde ich schon finden, mit Lampe. Es gibt noch eine Umarmung, keinen Kuss, wir würden vielleicht zusammenkleben, oder es gibt Risse im Gesicht, dann marschiere ich zurück. Warum ich wieder an Händen und Füßen friere, ist mir schleierhaft, ich bin doch luftdicht verpackt.

Meine erste Amtshandlung wird das Klo aufsuchen sein, hoffentlich krieg ich alle Verschlüsse und Knoten auf, ohne dass ein Unglück passiert! Nicht dran denken, denn hier gefrieren alle Körperflüssigkeiten, gefrieren…gefrieren…Da ist die Laterne vorm Haus, und nur gut, dass man keinen Schlüssel braucht, Türe zu, Handschuhe ab und Reißverschluss auf. Erst mal hoch. Die Stiefel! Auf dem Klo ziehe ich sie aus. Wieder Trapsen gemacht, sollte ich wegmachen, mit Klopapier.

Wieder in Zivil, wasche ich das Geschirr ab. Bin ich gerade fertig, da höre ich Hundegekläff. Dackeldame Marja saust wie ein geölter Blitz auf mich zu, springt hoch, schlecker, schlecker. Fresschen für die Dackeldame, kalten Kuss für mich. Ich sollte doch nicht abwaschen. Aber, vielleicht Kaffee machen, so in einer Stunde? Wenn er aus der Sauna zurück ist? Bevor er dahin geht, sorgt Mister Polarkreis für fachgerechte Beseitigung der Trapsen, mit Eimer und Schrubber! Marja sitzt schon im Körbchen und fiept leise. Dein Chef ist oben mit der Reinigung zugange, da kannst du bisschen getätschelt werden. Oh jaa, schlecker, schlecker, muss ich mir dann die Hände waschen?
-     Marja…**rauhallinen**…
Hinter mir steht der Putzmann und redet leise auf das Hündchen ein. Und tatsächlich, das hört auf, meine Hände abzuschlecken, guckt ihren Herrn und Meister an und kringelt sich in Schlafhaltung. Braver Hund! Dann geht er raus, der große Hund hat wohl auch Hunger und die Sauna wartet.

Was jetzt? Rauchen lieber bloß mit Genehmigung des Hausherrn, also lass ich das. Ich könnte Bescheide versenden, oder das Weihnachtsgeschenk-Buch lesen. Oder zum Schreibtisch gehen, bisschen spionieren, ist immer gut, flüstert Frau Hase. Wer weiß, was da alles liegt. Irgendwelche Formulare, sowas mit Überschrift „Pyhä-Luosto" (der Nationalpark), mit EU-Emblem verziert, darunter richtig hohe Beträge in tausend, hunderttausend Euro für irgendwelche wichtigen Dinge, manchmal ist was durchgestrichen und an die Seite was mit großen Buchstaben gemalt, manchmal was dick unterstrichen. Auf Finnisch. Wie soll ich hier spionieren, wenn ich überhaupt nichts lesen kann, Topagentin Hase? Liebesbriefe sehen anders aus. Unter den beiden Seiten mit Finanzen liegt noch ein sehr kurzes Schreiben. Drei Sätze, eine Telefonnummer, ein Datum (05-01-2020), zwei Unterschriften, ausgedruckt Martti Rintala, Annamaria Westh. Auf dem Briefkopf ein Logo, das ich schon mal gesehen habe. Das Krankenhaus in Helsinki! Department 200 – Oncology. Endlich steht mal was da, das ich lesen und verstehen kann. Aber doch nicht sowas!

Mir kriecht was eiskalt den Rücken hoch. Ich habe jetzt mein Buch aufgeschlagen, aber ich starre nur auf die Schrift, im Kopf geht ein Karussell los: Was steht da drin?

Ja, ungefähr so: Wir teilen Ihnen mit, dass keine auffälligen Änderungen in der Gewebeprobe gefunden wurden. Näheres erfahren Sie unter der Nummer, ab 5.Januar 2020. Fröhliche Weihnachten und alles Gute im Neuen Jahr, meint die imaginäre Tochter. Wenn es ernst wäre, würde man wohl mehr schreiben.

Ohhhh!! heult Frau Hase. Das hier ist ganz schlimm!! Das wird nur noch schlimmer. Kannst du dich erinnern „Kemoterrappi"? Frau Hase, halt mal deinen Mund. Wir verfallen nicht in Panik, sagt die imaginäre Tochter. Gibt keinen Grund. So, reicht der Brief hier nicht? Nein. Das Frühere Ich will gerne an einen harmlosen Brief glauben. Aber, wenn doch? Dann fragst du, meint die imaginäre Tochter. Und, wie stellt man sich das vor: Du, vorhin habe ich so ein bisschen auf deinem Schreibtisch rumgeschnüffelt, da habe ich das gefunden? Nein, diplomatischer. Kann ich nicht.

Ach schrecklich, schrecklich und dann lädt er dich hierher ein! Vielleicht wird das der Silvesterknaller, mutmaßt Frau Hase.

Du kannst das nicht lesen, du weißt überhaupt nichts, wir nehmen einfach an, dass das eine kurze Mitteilung war, alles in Ordnung und vergessen das Ganze, meint die imaginäre Tochter. Sehr vernünftig, aber im Moment geht vernünftig denken nicht. Man müsste es abfotografieren und dann übersetzen. Dauert bloß zu lange. Da ist Herr Nieminen bestimmt wieder zurück. Was machst du denn da? Ooch, ich will mir nur den Brief hier übersetzen, habe ich auf deinem Schreibtisch gefunden, ganz zufällig. Was will das Krankenhaus von dir? Warum schreiben die dir am 17. Dezember?

Lesen geht nicht, zum Briefempfänger in die Sauna stürmen auch nicht, hatte ich mir, so mal ganz kurz vorgestellt, wie das wäre. Ich könnte jetzt einen Schluck vertragen, oder zwei. Geht wohl auch nicht, er ist gleich da und ich stehe am Kühlschrank und lumper mir einen ein. Mein Herz schlägt hoch bis zum Hals, ich will mich hinsetzen, kann ich nicht, ich würde gerne eine Zigarette, geht auch nicht. Ach ja, Kaffee machen.

Aber sag mal hinterher was, flüstert Frau Hase. Was, verrät sie leider nicht.

Der Kaffee ist gerade fertig, als Juha wieder reinkommt. Frisch gedämpft und abgewaschen, riecht sehr lecker, Moos und Birke, oder das, was ich dafür halte. Fragen geht jetzt nicht, erst ein eiskalter Kuss, dann Fiepen von Marja, dann Kaffee. Ahhh, hyvä!!! Jetzt darf auch geraucht werden, das Fenster wird geöffnet, den Rauchkringeln wird nachgeschaut. Vielleicht lege ich den Brief in die alleruntere Schublade meines Kopfes, da kann er gerne bleiben. Was sollte das auch bringen? Wenn überhaupt, ist vielleicht später Zeit dafür.

Ja, ganz kurz vor dem Abflug: Uttiha, übrigens, ich bin todkrank. Frau Hase kanns nicht lassen. Aber dann wird sie von den beiden anderen gepackt und macht auch einen Abflug, die Treppe hoch.

Nicht, dass jetzt wieder Beteuerungen oder Fragen zum Rotwerden kommen. Mister Polarkreis guckt nämlich schon wieder so. Deshalb komme ich ihm zuvor:

- *Have you ever seen a Northern Light here?*
- *Jaha, often. You can see it here somewhere, in Winter.*
- *May be tomorrow? Around here?*

Wahrscheinlich, meint er, holt sein Telefon und zeigt mir eine Seite „Aurea Borealis – where in the Rovaniemi – Region?" Eine Karte der Region Lappi, dazu so kleine Marken, darunter dann Ortsangaben, Datum und Uhrzeit. Sieh mal hier, morgen, gar nicht so weit weg und gegen halb acht abends. Wenn ich das sehen möchte, können wir hinfahren. Gerne. Ich soll aber nicht enttäuscht sein, wenn da drei Busse und dreihundert Menschen stehen. Wer kommt denn im Winter hierher? „You", meint Herr Polarkreismann lächelnd…"and a lot of tourists". Bringt Geld für die Region. Sie haben in Rovaniemi mal ein Hotel gebaut, aus Schnee und Eis. Ist sehr kalt drinnen, aber die Touristen bezahlen dafür. Jetzt haben sie schon drei solche Hotels und in der Region wird überlegt, noch ein Wintersportgebiet, das dritte, einzurichten. Aber, da wird nichts draus! Denn das Gelände hier ist erstmal Naturschutzgebiet, bezahlt die EU, mehr Geld als die Touristen hierlassen, das gibt es aber nicht mehr, wenn das Gelände Wintersportgebiet werden soll. Nördlich und südlich von Sodankylä haben sie damit schon einiges zerstört. Das wird hier nicht passieren! Guckt er grimmig, als ob ich gleich einen Plan auf den Tisch lege, fünf Eishotels, drei Abfahrtshänge mit zehn Skiliften, zehn Restaurants, zehn Loipen, nachts angestrahlt. Chhhh.Nicht lustig, sagt Obernaturschützer Nieminen. Touristen gibt es schon mehr als genug, die in Reisebussen durch die Polarnacht fahren. „Aurea Borealis" Touren, sind meistens Amerikaner, oder Chinesen. Die könnte das Nordlicht gerne mitnehmen!

Also, es stimmt, was ich mal gelesen habe? Dass die Sami nicht hineingucken, sondern sich umdrehen und weglaufen? Nicht nur die Sami…auch die Finnen. Die wünschten sich, dass „**Revontulet**" (also das Nordlicht) oder „Stallo" (so ein Bösewicht bei den Sami) sich mal paar Busse schnappte. Das passiert nicht, leider. Aber das Nordlicht ist schön, seltsam und geheimnisvoll, es wird dir gefallen. Ich passe auf, dass niemand dich mitnimmt. In den Augen ist schon bisschen Funkeln zu sehen und Juhas Hand hat sich auch wieder rangeschlichen, erst auf dem Handrücken, dann Handgelenk. Noch einmal rankuscheln. Mehr geht nicht. Irgendwann wollten wir doch los? Denn außer Nordlicht wollen wir morgen noch einkaufen, wenn wir, hoffentlich ausgeschlafen und ohne Kater, vom Trinkerausflug zurück sind. Da wird jetzt eine lange Liste gemacht, man will ja nichts vergessen oder zu wenig haben. Soll auch für ein paar Tage reichen, bis nach Silvester:

- *Uttiha, it will be so amazing, to New year's eve!*
Das gibt wieder einen Kaffeekuss mit Zigarette, Birke und Moos. Fehlt bloß noch der Zimt.

Anziehen dauert diesmal nicht so lange. Juha holt noch eine Flasche Whisky. Ist recht wenig für einen Trinkerabend, hoffentlich hat Herr Haalonen bisschen was.

Die Rücksitze werden runtergeklappt, dann wird zum Vorderraum abgesperrt, bin ich ganz froh drüber. Marja fährt wohl gerne Auto, die hüpft gleich rein, der Labrador steht da und denkt wohl nach. Die beiden Damen im Auto gucken jetzt wie: Mach mal die Türe zu! Juha tätschelt bisschen am Hals und flüstert ihm was. Endlich, alles verstaut, Motor, Scheinwerfer und Heizung an und los geht's.

Keine Ahnung, wo wir langfahren. Alles weiß und paarmal leuchten da so größere oder kleinere Anwesen. Schöner als mit Motorschlitten, vor allem wärmer. Nicht unbedingt schnell, so für die 25 Kilometer brauchen wir fast eine Stunde, aber eben im Auto. Hinter Sodankylä biegen wir auf einen beräumten Pfad ab, es ist erst stockdunkel, bald sieht man in der ferne ein ganzes Haus als Umriss im Dunkeln leuchten, da werden Tausende Kilowatt in die Polarnacht gejagt! Unterwegs hat mir Juha von Erkki und Nelli erzählt, mehr von Erkki: Er war 25 Jahre Soldat an der Grenze, danach hat er noch 15 Jahre zivil fürs Militär gearbeitet. Nach der Pensionierung hat er sein Hobby zum Beruf gemacht, Hundesitter und Trainer für Jagdhunde, der Beste in der ganzen Region. Als Juha damals zum Jagdklub gekommen ist, sollte er zu Haalonen, wegen der Hunde, braucht man, wenn man jagen gehen will. Ja, und noch was: Erkki und Nelli sind liebe Menschen, aber eben nicht mehr ganz jung, also die verstehen kaum Englisch.

Ob Juha mir so einen Satz einüben kann „Ich kann kein Finnisch sprechen und verstehen"? Jo, listen to me (not so easy, aber das ist es nie!):

-      **En ossa puhua ja ymmärtää suomea.**

Immer auf die Betonung achten, erste und dritte Silbe! Probiere ich etliche Male, zum Schluss hört sich das ganz ordentlich an, also, man weiß, was ich sage.

Da haben wir das Ziel erreicht. Das Lichterhaus mit Herrn und Frau Haalonen vor der Tür.

- Tervetuloa!! Heja, Juha ja …Uuuta? (Perfekt Mr Haalonen!)
  Olen Erkki.
- Tervetuloa…**Olen Nelli**
- Kiitos. Olen Uuta

Ich lerne schnell!

Als die Hunde rausgelassen werden, erkenne ich Labrador Jakko gar nicht wieder. Juha scheint sein (Arbeits)chef zu sein, Erkki ist mehr Papa. Der Schwanz pendelt und er fiept, genau wie Marja manchmal. Und legt die Ohren an, stimmt in einen Bell-und Jaulchor ein, der von weiter herkommt. Meine Brüder, ich bin gleich da, wauuuu! Dackeldame Marja ist hin-und hergerissen. Erkki abschleckern? Juha guckt vielleicht. Nelli begrüßen? Würde sie gerne, aber da kommt wohl was aus dem Haus, vor dem Marja Angst hat, etwas Rotes, weichfelliges, auf vier Samtpfoten, da saust sie lieber zu ihrem Labrador Bruder, ist sicherer. Erkki Haalonen tätschelt sie, der Schwanz hört auf zu pendeln, dann marschieren Hunde und die beiden Herrchen in Richtung Gebell.

Das andere Tier traut sich jetzt ganz aus der Haustüre, streicht erst um Nellis, dann um meine Beine. Ein prächtiger roter Kater, der genauso begeistert von mir ist, wie ich von ihm. Reibt seinen Kopf an meinen Beinen und das Schnurren nimmt kein Ende, als ich ihn in seinen schönen roten Pelz greife!

- **Punainen…se on Utta**

Das war nun nicht so schwer, Punainen hat irgendwas mit rot zu tun, das prachtvolle Katzenvieh ist ja rot, also heißt er bloß Roter?

- Punainen…Hello.

Nelli freut sich, dass der rote Tiger mich so gut leiden mag. Versuche ich zu erklären, mit Zeichensprache und Telefon:

- **Koirat**…Juha…(Hand aufs Herz) **Kissat**…(und da weise ich
  auf mich und leg meine Hand aufs Herz)

Nelli lacht mich an, war nicht schwer zu verstehen.

Es bleibt nicht bei dem roten Kater, als ich den Anorak ausziehe, kommen noch zwei andere Samtpfötchen aus ihrem Versteck und konkurrieren mit dem Roten um meine Beine: Eine ganz gewöhnliche graue, wie mein Tigerchen von früher und eine fast weiße Katze, mit schwarzen Pfoten und, das ist das absolut besondere, rotem Lätzchen! Das sind Miina (die graue Katze) und Prinssi (der mit dem roten Lätzchen). Ich soll schon mal in die Stube gehen, gibt gleich

Kaffee. Ist nicht schwer zu verstehen. Die Stube sieht aus, wie man sich eine Stube vorstellt, die von einem Ehepaar in den 70ern bewohnt wird. Dunkle Möbel, vielleicht angestrichen, eine Vitrine, wo Glas und Porzellan steht, ein dunkles Regal mit Büchern und ein Vertiko mit vielen gerahmten Fotografien. Ein Fernseher und ein Tannenbaum, voll geschmückt, richtig mit Kugeln und Lichtern!

Während Nelli Tassen und Teller reinbringt, kann ich mich nicht bewegen, denn der rote Kater liegt quer über meinen Oberschenkeln, Katze Miina dicht daneben, nur Prinssi macht sich nicht aus fremden Frauchen und liegt auf einem Extrakissen. Die beiden anderen schnurren noch um die Wette, als Prinssi schon aufsteht und mauzt: Frauuuchen, gleich kommen die Hunde…mauuuu! Da hat eine Türe geklappt, man hört Männerstimmen. Prinssi verkriecht sich unter die Heizung, die anderen beiden heben nur den Kopf, als die Tür zur Stube aufgeht. Gelächter bei dem altem und dem etwas jüngeren Finnen.

Kannst du mal sehen, hat sie mir erzählt, dass sie Katzen mag.

Aber unser Roter Tiger, der sucht sich die Leute aus.

Da mag er Uta, wie ich.

Pass auf, wenn ihr ins Bett geht. Da sitzt dann so ein roter Tiger und faucht und kratzt…Haha.

Dann Kaffee, Schnäpschen und Kuchen! **Unikonsiemenkakku**, schmeckt es? Ja, nicke ich, **Saksa** kennen den auch. Ist aus dem Fernsehen, Nelli guckt da immer.

Es soll noch das „große Essen" (und trinken?) folgen, also reichen mir zwei Stücke. Kaffee gerne, und ja, auch so ein ganz kleines Gläschen Whisky. Da steht nur die eine Flasche, die anderen nehmen auch nur ein Glas. Hieß es nicht, hier wird getrunken? Sollten wir wegen zu viel Kaffeekonsum hier übernachten?

Dem roten Kater und auch Miina ist es zu ungemütlich geworden, andauernd wird über ihnen rumgefuhrwerkt. Prinzchen liegt unter der Heizung und schläft. Ich bekomme nicht so viel von der Unterhaltung mit, kann ja auch nicht immer fragen, also tue ich so, als ob ich zuhöre und nicke, wenn ich das bei den anderen dreien sehe. Um jetzt mal mit einem Vorurteil aufzuräumen: Auch hier in Nordfinnland, wird gequasselt, was das Zeug hält! Wenn nicht gerade warmes Essen verspeist wird. Gestern bei Järvis und hier ebenfalls, bis jetzt. Es wird noch mal Whisky eingeschenkt. Kippis auf Anna! Dann bleibt es eine halbe Minute still. Danach erklärt mir Juha, wer Anna ist, vielmehr war: Eine alte Dame, sie ist krank geworden nach Weihnachten, die Krankenschwester ist rausgefahren, die Dame sollte ins Krankenhaus, hat lange gedauert, ehe jemand von Rovaniemi gekommen ist, zu viel Schnee auf der Straße. Da hat Pirjo nur neben Anna sitzen können, aber sie nicht allein gestorben.

Das Geschirr wird zusammengestellt und Nelli deutet auf die Küchentür. Die Männer werden hier in der Stube nur wieder langweilige Gespräche führen. Wald, Auto, Hunde, Jagd, vielleicht Politik. Wie sieht das aus, wenn ich jetzt sitzenbleibe? Juha müsste immer meine Geistesblitze übersetzen, oder ich sitze wie ein Stockfisch daneben, während Nelli in der Küche grübelt, ob die fremde Frau, die ihre Katzen so gut leiden können, zu fein ist, um sich mit ihr zu unterhalten. Also gehe ich hinterher, aber irgendwann muss ich mal meinen Superfinnen fragen, warum das so ist und wer den Damen hier erzählt hat, dass Männergespräche langweilig sind.

Jetzt soll ich erst mal den Geschirrspüler bewundern. Automatti! Ein Weihnachtsgeschenk von Erkki, und er hat ihn auch selbst angeschlossen. Nelli deutet so Schrauben und Bohren an. „Hyvä", kann man immer sagen. Nelli lächelt. Ob ich ein Bier möchte? Das ist also der Trinkerabend. Die Damen in der Küche bei Lappin Kulta, die Herren in der Stube bei den härteren Sachen. Ja, kiitos! Aus dem Kühlschrank werden Bier und zwei Büchsen Erbsen rausgeholt. Kippis!

Die Tür zur Speisekammer wird geöffnet, Miina und der Rote stehen an der Tür, miauen leise, aber gehen nicht rein. Von einem Riesenbräter wird der Deckel gelüftet: Aha, ein Art Roastbeef, mit Soße, in der Wachholderbeeren schwimmen. Der Braten kommt in den Ofen, dann holt Nelli noch zwei große Weckgläser (sind wohl Pilze) und Kartoffeln, um 40 Leute satt zu kriegen. Der Ofen faucht, langsam beginnt es, sehr lecker zu riechen. Nelli und ich schälen Kartoffeln, kann jede Frau, aber es dauert, weil wir uns nebenbei unterhalten. Am Anfang hat Nelli etwas gefragt, ich habe mit den Schultern gezuckt. Mein Telefon liegt wieder im Flur, im Anorak. Von dem schönen Satz, dass ich kein Finnisch kann, ist nicht viel hängengeblieben: En ossa...puha...soume...

Nelli hat es erraten. Sie lächelt und sagt so ungefähr, dass sie auch kein Englisch, Dänisch oder Deutsch versteht.

- **Puhutko suomea?**

Ob ich ein paar finnische Wörter kann?

- Hmmm...Tervetuloa, koira, kissat, kippis, kiitos, näkemiin, hyvä päivä, kahvi, potti, voi....

Rakastan sinua, auch, sag ich aber nicht.

Müssen wir beide lachen, für eine Unterhaltung reicht das wohl nicht. Während ich weiter schäle, kommt Nelli mit einem Stift und einer Zeitung und beginnt, lustige Zeichnungen auf den Rand zu kritzeln: Sie malt 2 Strichmännchen mit Zöpfen, zwei ohne...und tippt auf sich. Aha, sie hat vier Kinder, 2 Mädchen, zwei Jungen. Ich kann eins von jeder Sorte zeichnen. Dann schreiben wir Namen und Alter hin, Nelli malt noch ein winziges Strichmännchen zu Liisa, und zu dem Jungen Niilo (also wohl zwei Enkelkinder), da schreibe ich eine große Null und wir müssen lachen. Geht doch!

Dann holt sie einen Aschenbecher. Wenn ich rauchen möchte. Woher weiß sie das? Vielleicht „die Zeitung". Meine Zigaretten liegen natürlich auch im Flur. Ja, hier geht's raus, nicht durch die Stube. Höre ich Gemurmel, da wird wohl unter Männern die Weltpolitik diskutiert oder die Erziehung von Jagdhunden. Wenn ich da jetzt reingehen würde? Nee, lieber bekrakeln wir weiter Zeitungsränder. Es riecht jetzt richtig gut, die Kartoffeln sind auch auf dem Herd und Nelli öffnet gerade die zwei Weckgläser. „**Sieni**", frage ich (ganz stolz, das Wort hatte ich mir gemerkt). Ja, ich soll die hier rein kippen. Und die Erbsen hier. Beide Töpfe blubbern, die Pilze und Erbsen werden solange gekocht, bis auch der letzte Keim und das letzte Fünkchen Aroma aufgibt, aber dafür gibt es die Wunderwaffe: Sahne, Mehl und Wasser, alles verrühren, bisschen Salz ran und Erbsen und Pilze schwimmen in sämiger Tunke. Es riecht nach Butter und Sahne, wird schon schmecken.

Mau, mau, stehen da ein grauer und ein roter Minitiger neben mir und umschmeicheln meine Beine. Roter Kater klopft auf meinen Unterschenkel. Nelli lacht und verteilt Sahne in drei Näpfe. Miina und der Rote schlabbern eifrig, ab und zu guckt der Rote erst zum unberührten Napf, dann zu Nelli, die jetzt in beiden Töpfen rührt. Diesmal ist noch einer in der Küche, der „nein!" rufen kann, muss wirken, denn er guckt wie „ich mach doch nichts...". Putzt sich, immer den dritten

Napf im Auge, hilft nichts, da wird schon wieder „nein" gerufen! Nelli holt den Bräter aus dem Ofen, auf dem Herd wird das Gas abgedreht.

Mit Tellern, Besteck und Gläsern bewaffnet, öffnen wir die Stubentüre, wo die beiden Herren nicht nur ein paar wichtige Probleme gelöst, sondern auch eine halbe Flasche Wodka geleert haben, wie ich sehe. Juha zieht mich ran, lächelt oder besser, grinst, vielleicht ist das gar nicht die erste Flasche. Ob ich auch ein Glas haben möchte? Also, Kippis! Anschließend gibt es einen Wodkakuss, der wahrscheinlich länger ausfallen sollte, aber da kommen Braten, Erbsen, Kartoffeln, Soße, Erkki und Nelli. Prinssi ist aufgewacht und saust in die Küche. Man hört kein Mauzen, vielleicht ist noch bisschen Sahne übriggeblieben. Zuletzt kommt eine Flasche Rotwein auf den Tisch, es wird eingeschenkt:

- **Kiitos kutsusta**
- **Kiitos teille**

Kippis, kippis...dann geht das große Schmausen los. Das Fleisch schmeckt anders als vorgestern bei Juha. Ist auch kein Elch, sondern Rentier...**Poro**. Die Wacholdersoße ist auch lecker. Fast egal, dass Pilze und Erbsen in Mehlschwitze getötet wurden. Man hört leises Gabelkratzen, Soße wird nachgefüllt. Das Tischgespräch ist Finnisch:

- Hmmm
- Ohhh
- Kann ich noch mal hier von...Danke
- Ahhh
- Kippis. Noch jemand Rotwein? (Ja, Frau Uttiha)
- Kiitos. Kiitos.
- Hmmm
- Jaha...
- Kippis

Alle Kartoffeln sind verputzt, die Pilz-und Erbsenbeilage aufgegessen und der Braten ist auf zwei kleine Scheiben eingeschrumpelt. Die Soße ist restlos alle. Wir sind gesättigt. Eine oder zwei Gedenkminuten, dann wird die Tafel aufgehoben. Ob ich jetzt wieder in der Küche verschwinden muss? Abwaschen, wobei ja der Automat das meiste allein machen kann?

Herr Haalonen sagt etwas zu seiner Frau, die lächelt und nickt. Dann macht er mir begreiflich, dass wir jetzt rausgehen, er will mir etwas zeigen. Kann ich mir denken. Hausbesichtigung…"Und alles selbst gemacht?" „ Natürlich!" „ Ohhh, toll." Oder soll ich mir seine Hundemannschaft ansehen? Mit in die Sauna kommen?

Aber wir marschieren weder durch das ganze Haus, noch über das gesamte Anwesen. Die Hunde werden mir schon gezeigt, ein lautes Gebell am Zwinger. Erklärt Herr Haalonen, dass Jakko noch ein paar Geschwister hat, zwei von den fünf Hunden, die jetzt an den Zaun kommen. Die Herren kraulen die schwarzen Köter, ich würde gerne der kleinen Marja, die auch am Zaun steht, übers Fell fahren, aber kann sein, die größeren Hunde beißen mich vor Freude in die Hand. Ja, meint Juha, Erkki sagt immer, dass seine Hunde am besten erzogen sind, da lachen beide. Müssen wir aber jetzt nicht nachprüfen.

Dann stehen wir vor einem Gebäude, zu groß für einen Schuppen, zu klein für einen Stall. Also, die Werkstatt, erklärt Erkki, öffnet die Tür und knipst das Licht an. Ob ich raten kann, was sich da unter der Plane befindet? Ein Auto? Ja, kenne ich diese Marke? Und Plane ab. Steht hinten drauf. Ford Capri, das Angeberauto, kenne ich von gewissen Leuten aus Westdeutschland, die sich das für ihren „Besuch in der Zone" ausgeliehen hatten. Weiß aber hier sicher keiner. Ja, tolles Auto und selbst wieder hergerichtet! Im nächsten Jahr fährt es, Herr Haalonen macht so brummm-brummm Geräusche. Ich glaube ihm das, aber hoffentlich haben wir jetzt alles gesehen und könnten wieder in die herrlich warme Stube zurück? Wärmer als Null Grad ist es nicht hier.

-    *And now, attention Uttiha! Erkki's best hobby!*

Versteht wohl Erkki auch, er guckt so erwartungsvoll. Was ist das, vielleicht eine Supersauna?

Das nächste Gebäude, Türe auf, Licht an. Eine Art Herd mit Propangasflasche, großer Kupferkessel, Kupferschlangen, etliche Plasteeimer, Schöpfkellen, Thermometer. Trotz Kälte riecht es eindeutig. So sieht also eine Hobby- Schwarz-Brennerei aus! Habe ich von gehört, recht abenteuerliche Geschichten. Am Anfang ist es ein Eimer, wo die Pampe (zerkleinertes Obst oder Korn) angesetzt wird, bis es gärig riecht. Dann heißt es warten und kontrollieren und den Augenblick abpassen, wenn es süßlich riecht, erklärt Erkki. Herr Haalonen, ich bin Chemiker, ich weiß, was Sie meinen, das süßliche ist Essigester und solange der gebildet wird, ist noch Gleichgewicht, wenn es sauer riecht, gibt es nur noch was für die Küche.Ich nicke anerkennend zu Herrn Haalonen. Juha wechselt paar Worte, dann sehen die beiden Herren auf mich, also, ich könnte sagen, ob das gut ist? Hmmm, wurde da was erzählt? Vielleicht habe ich vor Juha irgendwann angegeben, auch mal Spirituosen untersucht zu haben, aber anders als du denkst, Herr Haalonen.

- Tervetuola!

Soll wohl uns beiden gelten, denn Herr Haalonen öffnet noch eine kleine Tür. Huuu, noch kälter! Ein Vorhang wird zur Seite gezogen und da steht das Regal, voll bepackt, Flaschen mit farblosem oder bräunlichem Inhalt. Erkki sieht mich stolz an. Alles selbst gebraut? Hyvä! Was wird da alles verarbeitet?

Ja, hat er verschiedenes probiert, Kartoffeln, Getreide (Roggen ist am besten), und Beeren. Multbeeren schmecken sehr gut, aber man muss aufpassen, die sind sehr empfindlich, es geht schnell und man hat nur Essig. Heute Abend wollen wir ein paar von diesen Flaschen testen. Erkki nimmt seine ganz gezielt, Juha sucht so rundum, ich nehme zwei mit Multbeere, hoffe ich, dass das ähnlich wie Kirschwasser schmeckt. Jeder mit zwei Flaschen bewaffnet, marschieren wir zum Haus zurück. Die nimmt Frau Nelli in Empfang, sie lächelt, seufzt ein bisschen und verstaut alles erst mal im Kühlschrank.

Um die Hausbesichtigung komme ich doch nicht herum. Mittlerweile weiß ich, was ich sagen soll. Am besten immer „Super!" oder „Hyvä!" ausrufen. Sich gerne noch mal versichern „All selfmade, really?" Die Häuser sind unterschiedlich, aber irgendwas ist immer schwierig zu ändern, irgendwo wird immer mehr Platz geschaffen und natürlich alles selbst gemacht! In der Küche sage ich mehrfach Super! zum Geschirrspüler, kommt gut an. Sauna? Gibt es auch, liegt aber am Ende des Grundstücks, ob ich die sehen möchte? Ich überlege noch, wie ich das höflich ausdrücken kann, da kommt schon ein Nein, von Juha.

In der warmen Stube sehe ich auf dem Tisch zwei der sechs Flaschen Selbstgebrannten, neben Kaffeetassen, Tellern mit Brot und Keksen, auch riesige Gläser für 200 g. Jetzt geht's los.

Es wird wohl Mitternacht sein, auf dem Fußboden stehen fünf leere Flaschen, Marke Eigenbau. Ich konnte keinen Unterschied zwischen

Multbeere und Kartoffel finden, alles gleich, wie Korn. Zwischendurch trinken wir auch mal Kaffee oder Bier, wohl zum Verdünnen, und die Herren heben auch noch das eine oder andere Glas Whisky. Ist doch schade, morgen ist der ganze Alkohol raus aus der Flasche, und der war ja teuer!

Mit steigendem Promillegehalt wird die Unterhaltung leichter, man versteht sich. Ich vermenge drei Sprachen, ab und zu rufe ich immer mal „Hyvä" und „Kyllä", aber aufs Telefon kann ich nicht mehr gucken, zu kleine Buchstaben und ich tippe auch nicht mehr ordentlich. Herr Haalonen erklärt mir, Juha übersetzt, dass man in Lappland recht gut mit den Deutschen ausgekommen ist, im Krieg also, alle höflich, ordentlich und sauber, vom Soldat bis zum Leutnant. Dann der Schock, als die netten Waffenbrüder anfingen, mit ihren Panzern alle Straßen aufzureißen, Siedlungen zu bombardieren und sogar auf finnische Soldaten schossen! Die Nachricht von der Kapitulation vor der Sowjetarmee kam erst später an. Aber die Deutschen heute, immer noch ordentlich, sauber und höflich, fahren ja viele hier lang bis zum Nordkap! Also, Uttiha „Prooooost" auf Deutschland!

Dann noch so ein Gespräch über Hunde-oder Katzenfreunde, aber da sind sich die Herren einig: Katzen sind für Frauen, Hunde für Männer! Katzen machen was sie wollen, man kann sie nicht erziehen. Doch, man kann ihnen etwas beibringen, wirft Nelli Haalonen ein. Zwischen ihr und mir liegt der rote Kater und schnurrt. Dann erhebt sich Nelli, der Rote erwacht und hüpft vom Sofa und folgt Nelli in die Küche. Sie stellt die letzte Flasche **„viimeinen pullo!"** auf den Tisch, klopft Herrn Haalonen freundlich auf die Schulter und **„Hyvä yötä"**, der Kater hinterher. Die Herren lachen, vielleicht kann man auch Katzen erziehen!

Aber Nelli verträgt nicht viel, nur die zwei Bier und zwei Gläschen. Uuta, da bist du besser in Form! Haha! Ich habe meine Gläser Selbstgebrannten nicht gezählt, die Promille im Kopf sausen wie verrückt. Muss ich jetzt mal klarstellen, dass ich in meiner Jugend ausgewachsene Männer unter den Tisch getrunken habe! Kampfschwimmer!

- *Navy seals, Juha, translate it for Erkki…we had a competition, I won, the elite soldier lost!*

Sieht mich Juha von der Seite an. Damals war ich 20, heute mache ich sowas nicht mehr. Als Dame sollte man nicht das erzählen, aber hier ist sowieso keiner mehr nüchtern und morgen ist alles vergessen.

Langsam sieht alles sehr verschwommen aus, und wenn ich sogar Juha und Erkki auf Finnisch verstehe: Nein, nicht mehr ein ganzes Glas, nur einen winzigen Schluck! Prooost, kräht Erkki, Juha, auch noch einen! Ja, aber halb. Halb, so ein Blödsinn! Das Glas wird vollgekippt und auf Ex! (ist wohl in jeder Armee dasselbe) Hyvä! Geht doch! Uuuutaa, auch noch einen? **Eiii!** Das habe ich auch schon drauf, heißt Nein.

Ich sollte wohl aufstehen, besser jetzt gleich, sonst liegt mein Kopf irgendwann auf dem Tisch. Die Herren sitzen noch senkrecht, soweit ich das sehen kann, und die quasseln auch noch. So richtig finnisch ist das aber nicht mehr, hört sich nach schwerer Zunge an. Aufstehen geht gerade so, ich winke, grinse. Irgendwie aus der Stube kommen. Oh, meine Beine. Und alles schwankt. Hier ist kalt, muss der Flur sein. War da nicht mal ein Klo? Ach, hier! Bloß alles ordentlich machen, nicht den Kopf auf die Oberschenkel legen! Wieder aufstehen, Hose hoch, spülen, Hände waschen. Nochmal am Waschbecken festhalten.

Ich will jetzt in mein Bett, raus aus der Türe. Sind wir auf einem Schiff im Sturm? Soll ich hier am Mast hochklettern? Kann nicht jemand kommen?

- Hallloooo! Der Allohol is inne Beine gerutscht. Wo isn Frau Hase?

Die könnte mal helfen, oder die beiden andern. Hört niemand. Ob ich mal was mit Hyvä rufe?

- Hyvä, Herr Polar…!!

Ging ja noch weiter, bloß wie? Wie hieß der? Ach so, einfacher Name, auch für jemand mit bisschen zu viel:

- Juuuuhaaaa!

Na bitte, da steht jemand hinter mir, Arme um die Taille. Schiebt mich hoch, Stufe für Stufe, würde mich jetzt am liebsten nach hinten fallen lassen, lieber nicht. Oben ist der Sturm nicht so stark. Ob er auch mein Hotelzimmer findet?

- *Please where is my hotel room?*

Hinter mir wird leise gelacht…wer ist das denn? Egal, ich will ins Bett!

- My bed, min seng, MEIN BETT! Wasses auf Finnisch heißt, weiss nich...

Hier ist es! Ich will gleich reinfallen, jemand hält mich fest, setzt mich aufs Bett und ich soll die Sachen ausziehen.

- Willstn du hier? Nix ausziehen, ich will schlafen jetze! Raus hier! Licht aus!

Weder das eine noch das andere. Das Licht bleibt an, jemand zieht mir die Hosen aus, den Pullover. So, endlich ausstrecken! Licht aus!! Bleibt an und mir wird ein Glas in die Hand geschoben, soll ich trinken.

- Willse mich fagiftn?

Da sind bestimmt KO Tropfen drin, kennt man ja.

- *Only water, you must drink water.*

Die Stimme kommt mir bekannt vor.

- Juuuha, jetze aber Licht aus, Uttiha is müde!

Ehe ich ins Koma versinke, geht die Verhörlampe wieder an. Eine Hand grabbelt da rum und setzt mich bisschen auf. Irgendwas ist mit meinen Augen, die sehen alles verschwommen, aber ich bekomme wieder ein Glas in die Hand gedrückt. Es stinkt auch! Ich habe eine Alkoholvergiftung fünften Grades und bin in der Sanitätsstation gelandet. Gleich wird mein Magen ausgepumpt. Aber was ist das für dämliche Medizin? Schmeckt EKELHAFT!! Und ich soll noch einen Happen nehmen und noch einen. „Stckfsch...Äää", kriege ich noch rausgewürgt.

Nach dem fünften Schluck Wasser und dem dritten Bissen Stinkefisch kann ich mal ein bisschen klar denken. Da fällt mir ein, dass die Schweden den Fisch so lange rumliegen lassen, bis er übelst stinkt, dann wird der eingedost und als „Spezialität" verkauft, vermutlich nach Nordfinnland. Das letzte Stück Stinkefisch ist runter (mehr salzig, eklig salzig), dann wird es wieder wohltuend dunkel im Raum. Während ich noch warte, dass der Fisch gleich wieder den Weg zurücknimmt, und überlege, dass ich wohl dann die schöne Bettwäsche verunreinige, bin ich schon wieder eingeschlafen. Ich werde noch zweimal gestört. Nochmal Stinkefisch, danach sind es wohl Gurken, aber immer soll ich literweise Wasser dazu trinken. Leider kann ich nicht aufstehen, weil meine Beine amputiert sind, ich komme nie mehr aufs Klo. Und wahrscheinlich wache ich niemals mehr auf. Nach der dritten Zwangsfütterung bin ich bloß müde, aber der Kopf ist erstaunlicherweise nicht zu TV-Größe angeschwollen, was sonst immer passiert. Es gelingt mir auch, mich ins Bett zu kuscheln und fest einzuschlafen.

Dann sagt mir etwas, dass ich vielleicht aufstehen sollte. Mal sehen, wie spät. Oh Gott! Halb elf! Wie peinlich. Ich muss runter gehen, die anderen werden wohl schon fertig sein mit Frühstück. Liegen bleiben geht schlecht, sonst muss ich noch eine Nacht hier verbringen und mit Herrn Haalonen wieder Schnaps testen. Ja, ich sehe genauso aus, wie ich mich fühle, leicht gräulich, wenn auch ohne schweren Kopf. Aber nie wieder Selbstgebrannten die nächsten zwei Jahre!

Als ich die Stufen runtergehe, fällt mir noch was ein. Na, ich hoffe, die Saufbrüder haben vergessen, was ihnen die alte Schnapsdrossel da gezwitschert hat. Unter den Tisch trinken, naja, erzählt sie manchmal so merkwürdige Sachen, dass sie Tote sehen kann oder dass in Kopenhagen die Eskimos auf den Tischen tanzen.

In der Stube wird schon wieder gequasselt, die sitzen da alle und wenn ich jetzt die Türe aufmache...kommt der Rote Kater raus, mit Katze Miina im Schlepptau. Schmeicheln um meine Beine. Da wird auch schon aus der Stube gerufen.

- Uttiha...kahvi

Nachtschwarzer Kaffee, große Portion Rührei, unbedingt noch zwei Scheiben fetten Räucherlachs! Und noch so ein Riesenglas Wasser, hilft, hast du gemerkt? Hmmm, nicke ich. Der schönste Mann vom Polarkreis scheint entweder sehr trinkfest zu sein oder hat gestern geschummelt. Hier am Tisch sehen die alte Dame und der (etwas) jüngere Herr besser aus als die beiden anderen. Herr Haalonen hätte auch ein paar Gläser Wasser gebraucht.

Jetzt großes Gelächter, gilt offensichtlich mir? Ja, sagt der schönste trinkfeste Finne. Die Katzen sind aus Nellis Schlafstube hier zu Erkki geflüchtet, er selbst in ein anderes Zimmer gezogen. War recht laut, haha, Uttiha. Soso, aber du warst da mindestens dreimal bei mir drin und hast das Licht angemacht! Ja, aber wir haben auch nicht gerad wenig getrunken, da passiert das. Muss ich wohl rot geworden sein. Aber, will Herr Haalonen wissen, Hyvä, gestern, und deutet Gläserheben an. Ja, doch, gut gebrannt. Es sollte noch was von Fuselölen kommen, lass ich mal, die waren da auch drin, wenn auch nicht viele.

Ich hoffe, das war nicht die Aufforderung, uns noch ein paar Flaschen mitzugeben. Sieht nicht so aus, Frühstück ist vorbei, Juha und Erkki gehen nochmal zu den Hunden, ich helfe Nelli in der Küche und bewundere die Ergebnisse der automatischen Geschirrspülung. Toll, wie sauber und trocken! Die Katzennäpfe werden befüllt, alle drei Tiger sausen in die Küche und Nelli stellt mir noch einen Aschenbecher hin. Den lehne ich dankend ab. Wasser und Kaffee haben wunderbar gewirkt, will ich jetzt nicht versauen mit einer Kippe.

Dann soll ich mit in die Stube kommen und mir die Fotos ansehen. Frau Nelli, sehr jung, als Braut, nur der Herr daneben erinnert nicht an einen jugendlichen Erkki Haalonen. Der auf dem Foto ist kräftiger gebaut, aber vielleicht ist da über die Jahre was abhanden gekommen? Mein erster Mann, dann deutet sie so ein Kreuz an. Liisa ist von ihm. Ein blondes Zopfmädchen im hellen Kleid, ungefähr sechs Jahre alt. Auf dem nächsten Foto eine etwas ältere Nelli, nicht im Brautkleid, aber fein rausgeputzt, der Mann an ihrer Seite ist nun wirklich eine junge Ausgabe von Erkki Haalonen, recht hübsch, allerdings mit Bürstenschnitt und in Uniform. Die zwei frechen Jungs, Niilo und Matti, sind von ihm. Und das kleine Mädchen, Saara. Dann alle Kinder als Schulabgänger, sehr ernst und Saara mit Studentenmütze.

Noch ein Hochzeitsbild. Liisa? Ja, nickt Nelli erfreut. Am Schluss zwei Bilder von Kindern im Kleinkindalter, Sanna und Levi, ihre Enkel.

Ich zeige ihr auf meinem Telefon ein Bild von Weihnachten, mit meinen Kindern. Wohnen sehr weit weg. Da deutet sie so an, ob die dann auch hierher kommen werden? Wie soll ich das jetzt erklären, dass die nicht herkommen müssen, weil ich in drei Tagen ja auch nicht mehr hier bin?

Muss ich nichts zu sagen, denn die Haustüre geht auf, mit der kalten Luft kommen die Herren rein und jetzt wollen wir los. Kiitos und sicher irgendwas mit Neujahr, heißt auch was mit Uutta. Händeschütteln und Umarmen. Die Stubentiger kommen auch noch mal zum Abschiedsstreicheln. Winke, winke, dann Scheinwerfer und Motor an und ab geht es durch den dunklen Tann.

Erst fahren wir stumm, dann lacht Juha plötzlich los:

- *Uttiha, the Elite soldier. A fight- swimmer or a fight- drinker? You drank more than he did? It was your husband?*

Warum merkt er sich alles? Warum habe ich das erzählt? Muss ich zu Silvester aufpassen, wenn da wieder „getrunken" wird. Aber das war nicht mein Mann, sondern sein Freund. Der war wirklich Elite-Soldat, Kampfschwimmer. Das liegt alles schon so lange zurück, 37 Jahre.

Aber, das mit dem Wassertrinken hat wirklich geholfen! Damit nicht noch weiter gebohrt wird. Altes Hausmittel, Salziges und viel Wasser. Früher hat man viel mehr getrunken, einen schweren Kopf hat man auch bekommen, aber man musste ja arbeiten. Es gab zwar Tabletten, aber die durfte nur der Doktor verschreiben. Wenn der das zwei-oder dreimal gemacht hat, dann kamen die Behörden und haben kontrolliert, was da vorging im Hause. Wie es den Kindern geht. Manchmal wurden die dann von ihren Eltern getrennt oder die Familie wurde unter Aufsicht gestellt. Für einige wäre das besser gewesen. Aber da hat man sich eben was einfallen lassen...

- *But they drank... anyway?*
- *As we drank yesterday... it was usually on every weekend. **Alkoholi**, all kind of spiritus. Some people who did not survived it. Now it is not the big problem, people became more, rationale (*vielleicht vernünftiger?*) Have you seen, Nelly was married before... (*nicke ich*). Her first husband was Hannu Ilmarinen. He killed by himself, not the only one in this family... a lot of **alkoholisti**.*

Hört sich wie Sportfan an, aber Kichern wäre unangebracht. Denn jetzt wird von der Ilmarinen-Familie erzählt:

Vater Alkoholiker, Selbstmord. Acht Kinder, davon zwei auch Selbstmord, wegen Alkohol. Nellis Mann und sein jüngerer Bruder, war Leenas Mann. Noch einer, ein tödlicher Unfall, auch betrunken. Eine Schwester ist jetzt in der Klinik in Rovaniemi, Psychiatrie. Gibt es öfter hier, natürlich nicht alle.

Aber, Herr Haalonen brennt ja auch sehr eifrig. Trinkt der das alles allein?

Nein, das wäre zu viel. Im Dezember und Januar kann man nicht so viel machen, da besuchen sich die Leute und dann wird auch getrunken. Einmal oder zweimal. Schnapsbrennen ist eigentlich verboten, wegen der Steuer. Aber aus Tradition machen das noch immer viele hier. Manche können das gut, Haalonen zum Beispiel. Andere nicht, die füllen Jahr für Jahr trotzdem ihre Kessel.

Ich dachte, wir könnten erst nach Hause fahren, mal die Garderobe wechseln, aber das Einkaufszentrum liegt auf dem Weg. Ganz Sodankylä kauft heute hier ein. Weihnachtsdekoration, immer mal wieder Neonraketen, die aufsteigen und explodieren und dazu die übliche laute Musik mit Werbejingeln. Wie wir es dann doch schaffen, einen Riesenkorb plus Handkorb zu füllen, die Sachen zum Auto zu schleppen und wieder rein, dabei andauernd Hände zu schütteln, ist mir ein Rätsel. Wahrscheinlich hat das Lokalblatt über mich geschrieben. Ich sehe heute leider nicht so vorzeigemässig aus, mein Gesicht ist in dem harten Neonlicht genauso weiß wie meine flotte Mütze, könnte ich ja auch mal absetzen. Die lila Augenringe sind nicht der neueste Schminkschrei in Mitteleuropa, sondern Ergebnis einer ausführlichen Schnapsverkostung.

Dann wollen wir noch in den Alkoholladen, aber nur, um eine Nummer zu ziehen. Wie mein stadtbekannter Polarkreismann jetzt verrät, dauert es noch bestimmt eine halbe Stunde, ehe wir an unsere Flaschen kommen, guck, dahinten können wir Kaffee trinken. Dann sitzen wir bei Sonnenschein, sieht wirklich so aus und Vogelgezwitscher mit unserem Kaffee. An der Wand gegenüber ist ein riesiger Bildschirm, wo die Nummern für alle Geschäfte angezeigt werden, sehr praktisch! Der Kaffee ist gut, sollten mal etliche aus dem Süden hierherkommen und lernen, so soll der (mir) schmecken, heiß, schwarz, bitter! Könnte ich jetzt gut eine Zigarette vertragen, aber da müsste ich wohl wieder in die Kälte, und ohne Frostschutzkleidung ist das kein Vergnügen. Juha zeigt mir ein Schild, viele Vokale, aber mit Zigarette und Pfeil drauf. In einem kleinen Hof, der mit Heizpilzen erwärmt wird, paffen eingemummelte Leute schweigend vor sich hin. Es faucht und es stinkt ganz erbärmlich, nach Rauch und verbranntem Gas. Zwei Züge, und ich bin wieder drinnen. Dann lieber Küche mit Kaltluft.

Der Bildschirm sagt, dass noch drei Nummern vor uns sind, deshalb verstehe ich nicht, was jetzt der Teller neben mir soll. Sieht aus wie Kartoffelbrei, zwei arme kleine Würstchen und ein ordentlicher Klecks Senf. Lecker geht anders. Hätte er mal fragen können. Nein, will ich nicht, schüttele ich den Kopf. Ich habe doch gerade gegessen.

Ja, Frühstück, war aber nicht viel und schon drei Stunden her. Herr Polarkreis hat sein Tellerchen schon leergeputzt, soll ich lieber auch, denn Abendbrot wird spät, weil wir nochmal losfahren wollen. Ach, besuchen wir wieder jemanden? Und müssen Produkte aus der Hobbybrennerei verkosten? Hat er wohl meine entsetzten Augen bemerkt und streichelt bisschen über meinen Unterarm...

- *The Northern lights. You want to see it, do not you?*
- *Yes, I want. How will we drive there? With the snow scooter?*
Wird mir schon wieder kalt.

- *No, we take the car. Too cold to take the snow scooter, for you....It is about 15 km from my home...in the quadrant 3...but it will take about an hour, because the road is full of snow.*

Naja, ein bisschen von den Würstchen mit Senf und Kartoffelbrei, während Juha jetzt die alkoholischen Getränke kauft. Vielleicht können wir heute Abend schon eine von den Weinflaschen verkosten. Die harten Sachen kann die ganze Gesellschaft morgen ohne mich runterpicheln.

Auf dem Parkplatz wieder Händeschütteln, Smalltalk, ich hebe freundlich die Hand und lächle aus dem Auto raus. Endlich Autotür zu und ab nach Moskuvaara! Ob er denn hier alle kennt? Wenn ich bei mir zu Hause bin, also in Deutschland, passiert es äußerst selten, dass ich mal jemanden treffe, da wohnen natürlich auch mehr als dreimal so viele, aber trotzdem. So ist das hier, man kennt nicht alle, aber viele, und die meisten waren neugierig. Habe ich bemerkt!

- *Uttiha...They want to know, something about you. But they can meet you on Sunday, 2nd of January...if you want.*

Weder Bürgerempfang in der Polizeistation oder im Rathaus von Sodankylä. Nein, der Gottesdienst am 2. Januar, der erste im neuen Jahr. Ob ich mitkommen möchte? Die Hände fest am Steuerrad, geradeaus gucken. Das Letzte kam ein bisschen verlegen. Wenn Juha so auf halb sechs guckt, da muss ich einfach meine Hand auf seine legen.

- *Yes, I will come. But I do not want to stay in front and say Happy New Year to all people...by the way, what is it, in Finnish?*
- *No, you should not do....And tomorrow, you say to all* "**Hyvä uutta vuotta**"

Sowas habe ich schon mal im Supermarkt gelesen. Aber, muss ich mal fragen, wenn ich das richtig verstehe...Uuta, bedeutet das „Neu"?

- *Yes*... kultaseni-Uttiha...

Pass bloß auf, wir fahren hier gerade über die Brücke. So wie du mich jetzt anlachst, könnte das letzte Grinsen sein, aber das wäre mir auch egal, schade bloß, dass ich dir keinen letzten Kuss geben kann, sonst landen wir wirklich auf der weißen Fläche unter uns. Und ich wollte ja eigentlich noch das Nordlicht sehen. Nichts ist passiert, wir sind um alle Kurven gesaust und am koksgrauen Haus angekommen. Wir haben alle Kisten ins Haus geschleppt, Esswaren in die Küche, die meisten Getränke in den Keller. Ein Feinfrost-Elch-Paket wird mit zum Auftauen nach oben mitgenommen. Ich soll mich schon mal anziehen, gleich geht es zum Nordlicht. Hmmm, wollten wir nicht mit dem Auto? Ja, aber ein paar Schritte müssen wir auch laufen.

Das Feuerwehr-Telefon klingelt, als ich gerade die Kälteschutzkleidung im Schlafzimmer anziehe. Ich höre Juha kurz reden, dann wird die Tür zum Wohnzimmer zugemacht. Ob ich da mal lausche? Macht man nicht und verstehen tust du sowieso nichts, sagt die imaginäre Tochter. Ja, aber die Türe zu? Wenn ich nichts verstehe? Wieder die Stimme! Nicht sehr leise, nicht sehr freundlich, dann noch lauter und schärfer. Ob das mit dem Zettel von gestern zu tun hat? Da sind wir doch einig gewesen, dass das nur ein einfacher Bescheid war, alles in Ordnung, meint die imaginäre Tochter. Kann auch die junge Dame sein, die noch mit Extrawünschen für die Hochzeit kommt. Papa, du hast versprochen, oder so. Am Schluss wird was mit „Uuta... (wohl das mit dem neuen Jahr, oder ich bin gemeint) in den Hörer gebrüllt, dann geht die Türe wieder auf.

Bin ich mit den Stiefeln zugange, gucke so ein bisschen aus den Augenwinkeln: In der Türe sah sein Gesicht böse aus oder traurig, so ein verkniffener Mund. Als die Tür zugeklappt wurde, strahlt mich schon wieder jemand an, aber ich habe es gesehen!

Jetzt auf zum Nordlicht. Wo wir langfahren, kann man nicht sehen, aber es ist nicht die Landstraße nach Sattanen. Der Weg ist schmal, aber etwas beräumt. Dann biegen wir ab und es geht auf Schnee weiter. Hoffentlich kennt Herr Nieminen den Weg, nicht, dass wir uns verfahren. Jetzt soll ich doch mal fragen, meint das Frühere Ich. Ja, gibt ihr Frau Hase recht. Haben die sich reingeschmuggelt!

Außer Radiomusik hört man nichts. Könnte ich vielleicht doch mal, so ganz neutral:

- *You got greetings, to the New Year, did you?*
- *Ja, best regards...also to you. From my sister and her family. They are now in Italy.*
- *It is warmer there, is not it?*
- *Ten degrees, like in Copenhagen... and daylight, and no snow, only rain. I do not think that is a really New Year's eve.*

Dass man darüber wütend werden musss, wenn die Schwester in Italien bei Regen Silvester feiern will, leuchtet mir nicht ein. Aber habe ich nicht mal gehört, dass die beiden gerne streiten?

- *But, tomorrow it will be amazing!* (Hat er jetzt schon paarmal gesag*t)*

Was macht man hier zu Silvester? „Firework"? Müssen dann die anderen mitbringen, wir haben ja nichts gekauft. Brot, Butter, Milch, verschiedenes Gemüse, Kartoffeln, Schinken, Schnaps, Bier, Wein, Kaffee, keine einzige Rakete. Hier schießt man einem richtigen Gewehr. Feuerwerk ist teuer, und gefährlich! Ach, und Schießen nicht? Nein, man schießt einmal in die Luft. Du auch! Keine Angst, man muss nichts treffen, dass schafft auch Uttiha, haha.

Aber, was mich noch interessiert: Ob das Gewehr da immer hängt? Beim Spiegel? Ja, warum? Da kann doch mal jemand vorbeikommen und das einfach mitnehmen. Die Tür wird nicht abgeschlossen, wenn jemand zu Hause ist. War früher überall so, aber mittlerweile werden es Diebe oder andere Gangster auch bis hier hoch geschafft haben? Guckt er von der Seite und lächelt, war sicher wieder dumm von mir, die Frage. Hier kommt keiner heimlich ins Haus, da passt Jaakko schon auf. Ich kann mich erinnern, im Sommer hat der Köter zwar laut gebellt, aber Herrchen ist erst gekommen, als ich mir schon das Gewehr hätte schnappen können. Oder, kann auch sein, er hat gelauert, was ich mache?

Was soll jemand mit dem Gewehr? Ohne Munition? Die liegt nämlich an einer anderen Stelle, das ist Vorschrift. Ob ich wissen will, wo? Ich kann weder ein Gewehr mit Munition befüllen, noch damit schießen, war nur eine Frage. Also, im Winter kommt niemand, auch nicht im Sommer.

Frau Hase flüstert von der Hinterbank, dass er sich vielleicht doch nicht so gut auskennt. Auch hier gibt es keinen Mangel an Verbrechern, da kamen ein paar Sachen im Fernsehen. Ohhhh, seufzt plötzlich jemand hinten. Juha zuckt zusammen, ich hüstele mal vor mich hin, war ich bloß. Jetzt wird recht leise in mein Ohr geflüstert, dass, der Fernseher, den hat sie nicht ausgemacht, der läuft noch. Wir können aber nicht zurück fahren jetzt! Wie soll ich denn das erklären? Schüttle ich nach dem Hüsteln den Kopf. Hoffentlich wurde das begriffen auf den hinteren Plätzen.

Wir fahren schon gefühlt eine Stunde durch den dunklen Tann. Hoffentlich wollte Herr Nieminen keine „Abkürzung" fahren. Wir haben zwar die Schneeanzüge, zwei Telefone, und ich zumindest habe Zigaretten, aber ob das reicht für eine Polarnacht bei minus 50 Grad?

Weißt du, wo du lang fährst? Solche Frage liebe ich ungemein, wenn ich selbst am Steuer sitze, deswegen bleibe ich stumm. Hätte er wahrscheinlich mit „Jo" geantwortet, so bisschen genervt. So ganz scheint er sich auch nicht auszukennen. Wir halten, und eine große Karte, wohl vom Quadranten drei und vier, wird aus dem Handschuhfach gezogen und ausgebreitet. Dann wird mit dem Telefon der Standort verglichen. Wenigstens das funktioniert hier. Der Geländeexperte wird hoffentlich die Karte lesen können? Die nächsten Minuten vergehen schweigend. Juha guckt auf Karte, aufs Telefon, macht die Scheinwerfer an und aus, guckt raus, wieder zur Karte. Jetzt macht er die Türe auf!!! Will er jetzt allein loslaufen und mich hier im kalten Auto zurücklassen?

Ganz blöde Idee mit dem Nordlicht. Das verwirrt schon jetzt, obwohl wir es noch nicht gesehen haben. Hätte er mal sagen können, was er jetzt vorhat. Zum nächsten Haus 5 Kilometer marschieren? Jetzt verschwindet er auch noch zwischen den Bäumen. Vielleicht mal pinkeln? Pinkeln, bei minus 50 Grad. Da kann man doch was abbrechen, meint das Frühere Ich. Jetzt starren wir raus in das Dunkel-Dunkel. Endlich sehen wir wieder einen Lichtkegel, hintendran Herr Nieminen. Steigt wieder ein, faltet das Gelände zusammen, startet den Motor und wir fahren weiter.

-   *Only few minutes, we will be there...*

Ja, wenn du das sagst, wird es wohl stimmen. Ich sehe nur Schnee, dunkle Bäume, dunklen Himmel und unsere Scheinwerfer.

Erklärt er mir, dass im Schnee manchmal alles ganz anders aussieht, kann man im Telefon nicht erkennen. Wir hätten dort vorn einbiegen müssen. Ohne Schnee könnte er hier blind fahren. Ausprobieren wollen wir das lieber nicht. Nach einer Viertelstunde Autofahrt auf Finnisch, also ohne Worte, weil mir sowieso nur die Frage auf der Zunge liegt, ob wir wirklich gleich da sind, halten wir wirklich! Jetzt nur noch ein kleiner Fußweg, hier hoch, dahinter haben wir Aussicht über das gesamte Gelände. Wie viele Kilometer? Ein halber. Für Uttiha fünf, haha. Fünf Kilometer werden es auch nicht für mich, noch friere ich nicht, wahrscheinlich habe ich mich doch ein bisschen an die Kälte gewöhnt. Mit der Taschenlampe kann man auch sehen, dass wir auf einem Hügel stehen. Guck mal hoch! Da funkelt es, so viele Sterne, so deutlich, noch besser als aus dem Küchenfenster! Der Mond? Sieht man nicht, der steht ganz tief am Horizont. Das Band der Milchstraße, der Große Wagen, der kleine Wagen und da, bisschen allein, der Polarstern. Da soll ich hingucken, gleich geht das Feuerwerk los! Lässt sich aber Zeit mit dem Losgehen, jetzt ist es 19:30 Uhr. Wenn es aufgehalten wurde, kann ja passieren, dann sind meine Füße doch festgefroren und hochgucken kann ich dann auch nicht mehr, wegen der Risse. In der Nase, da prickelt es jetzt schon wieder.

Dann passiert doch etwas, aber keine bunten Schatten am Himmel, sondern Geräusche von einem großen Fahrzeug, ein Panzer? Große Scheinwerfer, schurrt im Schnee, bremst, pustet aus. Ein Bus, hält höchstens 50 Meter weg von uns! Hätten wir auch bis hier fahren können? Dann steigen viele Leute aus, bewaffnet mit Telefonen, dick eingemummelt und die Stille wird kaputt geschnattert. Touristen, die Nordlicht gucken wollen, als Punkt auf der Reise Agenda. Noch ist der Himmel nur mit Sternen übersät, das wahre Schauspiel findet auf der Erde statt. Der Herr der Quadranten schreitet zur Tat!! Geht erst zum Busfahrer, redet auf den ein. Dann zu der Gruppe. Gestikuliert. Reiseführer gestikuliert auch. Bus läßt den Motor an, große Aufregung unter den Nordlichtguckern. Juha zeigt in die Richtung aus der wir gekommen sind, Bus macht die Scheinwerfer an, Reiseleiter ist wohl noch nicht überzeugt. Juha zeigt noch mal, Reiseleiter macht sein Telefon scharf.

Ohhh!! Ahhh!!!

Der Bus macht dem Motor wieder aus, Juha stapft zu mir zurück. Jetzt Uttiha! Hoch am Himmel fallen grüne Bänder herunter, dann blaue Streifen waagerecht, die zu lila Flächen werden, sich auflösen, wieder zu Waagerechten Streifen werden, grün, hellgrün, noch heller. Danach blaue und grüne Bögen über dem ganzen Himmel, wie aus vielen Laserscheinwerfern. Jetzt ist es still, nur bisschen Gemurmel bei den Touristen, paar kleine Blitze, muss ja alles abfotografiert werden. Ich möchte auch ein Bildchen haben, gerne mit uns beiden, sonst glaubt das ja keiner, ob Juha mal? Das Telefon wird rausgeholt, wir drehen uns um und dann ein kleiner Blitz. Mister und Missis Nordpol mit Nordlicht. Dann steht er hinter mir und hält mich um die Taille, während ich immer noch dem grünen, blauen und lila Lichtern zusehe. Einige fallen sachte herunter, andere drehen sich über den ganzen Himmel und halten direkt über uns. Sieht doch ein bisschen gruselig aus, als ob Außerirdische mit Suchscheinwerfern nach jemanden Ausschau halten, guck ich lieber nicht zu genau hin. Wer weiß, die ziehen mich mit, und Juha kann mich gar nicht festhalten. Dann werden die Lichter blasser und blasser und verschwinden ganz. Der Bus heult auf, Scheinwerfer an, die Leute steigen ein und ab geht die Post, wahrscheinlich nach Rovaniemi ins Eishotel.

Wir gehen auch zurück. Gehen ist übertrieben, ich stolpere neben Juha, die Füße haben sich doch wieder in wieder gefühllose Eisklumpen verwandelt. Nicht so schlimm wie nach der Motorschlittenfahrt, aber richtig laufen kann ich nicht. Gesicht und Hände sind ganz gut weggekommen diesmal. Das Auto wird noch angewärmt, wir fahren nicht gleich los. Ich soll mal die Stiefel ausziehen und das erste Paar Socken und die Füße bewegen, weißt du ja, wie und nicht aufhören. Willst du rauchen? Mach ich nicht oft, aber die Heizung muss noch hochkommen. Wir rauchen beide, das Fenster wird ein bisschen runtergedreht. Die kalte Luft ist sogar erträglich.

Ob ich das gesehen habe? Was? Den Bus! Wo der gehalten hat! Hier dürfen keine Autos fahren, Busse schon gar nicht. Wir können hier parken, die Busse haben einen extra Platz. Aber kann man den Touristen wohl nicht zumuten, mal paar Meter, so 1000, gibt er zu, durch die kalte Luft zu laufen. Sonst beschweren die sich vielleicht, wegen der Kälte. Jaha. Der Chauffeur weiß, wo der Parkplatz ist, der soll dahin fahren! Es gibt auch Wachen, die hier aufpassen sollen, kriegen gutes Geld für, aber sitzen wahrscheinlich irgendwo und jaja, verkosten selbstgebrannten. Die Reisegesellschaften probieren es immer wieder! Wenn die Touristen im Winter unbedingt herkommen müssen und Angst vor der Kälte haben, sollen sie ins Weihnachtsmann-Land fahren, da kann man sich einen Film übers Nordlicht angucken, im Warmen.

Es ist nicht das erste Mal, aber diesmal bekommen Mykkinen und Karvonen heute noch Bescheid. Die Vorschriften müssen eingehalten werden! Besonders Karvonen sollte aufpassen, sonst verbieten sie einfach sämtlichen Tourismus! Ja, die EU bezahlt mehr und es hängt sein Job dran, aber ich habe das Gefühl, das „Gelände" ist sehr heilig für Herrn Nieminen.

Wir fahren zurück, ich bin halbwegs aufgewärmt, auf den hinteren Bänken wird etwas gebibbert, aber warum wollten sie auch mit. Sch-hhhh, mal so nach hinten. Im Radio spielt „Yle Lappi", der Regionalsender. Da macht es Bim-Bam, es ist 20:00. Von den Nachrichten bekomme ich nichts mit, keine Wörter, die ich auch nur annähernd erkennen könnte. Herr Nieminen lauscht. Hmmm, macht es plötzlich. Hoffentlich nichts Schlimmes? Das Wetter. Es wird Schneesturm geben. Da müssen sie alle Wege freischippen, zu Neujahr, morgens. Hoffentlich legt sich der Wind wieder, sonst muss ich hierbleiben, den Flug umbuchen für einen anderen Tag. Das würde ihn wohl freuen, sieht man. Ja, wenn ich alle Zeit der Welt hätte und es nicht dunkel und kalt wäre.

-   *Maybe it will not be so wrong... Now we have 2019... and tomorrow is the last day. I hope it will be amazing, also for you.*

Ja, kann ich nur nicken und überhören, dass Frau Hase schon wieder davon flüstert, wenn man das schon beschreien muss. Wer weiß.

Als wir an der Einfahrt sind, weist Juha plötzlich mit der Hand auf etwas da draußen. Was ist das? Licht in einem der oberen Fenster, von einem Fernseher. Frau Hase! Ob ich das sehe? Kann ich nicht abstreiten, ich kann aber auch nicht sagen, wer da vergessen hat, den auszuschalten! Ja, das war wohl ich. Wollte bloß mal gucken, was die im Programm haben, ich dachte, du telefonierst noch länger. Überzeugend war das wohl nicht. Herr Nieminen bedenkt mich mit einem tiefen grünlichen Blick, und die Wangen werden mir warm. Aber, was sollte ich anderes sagen? Dass Frau Hase immer vergesslicher wird? „Tut mir leid" murmelt da was, nur für meine Ohren bestimmt.

Aber, beim nächsten Mal sollte ich besser abschalten. Auch, weil einer von den Nachbarn gesehen haben könnte, dass wir wegfahren. Dann ist da Licht im Fenster. Und die Polizei wird angerufen. So ein Quatsch, muss Frau Hase doch ihren Senf zugeben, wir haben auch gestern Fernsehen geguckt und vorgestern. Niemand hat was gemerkt!

Alle Frostschutzkleidung ist ausgezogen, der Fernseher wurde abgeschaltet, dann gehen wir in die Küche, aber nicht, um gemütlich Abendbrot zu essen. Jetzt wird der Elch vorbereitet. Und, another Lesson of Finnish for you:

Zwiebeln „**sipuli**",
Mohrrüben „**porkkana**",
Sellerie „**selleri**" (einfach!)
und eine große braune Flasche...."**Ettikka**", Essig, riecht man.

Ich kann schon anfangen mit dem Gemüse, alles in kleine Würfel schneiden. Er will jetzt die zwei Berichte schreiben, haben sie noch was für morgen zum Nachdenken! Geht in die Stube, macht sein Tageslicht und den Computer an und setzt die Brille auf. Dann wird mit heiligem Zorn in die Tasten gehauen. Guck ich mir das Gemüse und das Messer an. Ich bin hier Gast, müsste gar nichts machen. Könnte mich an den Küchentisch setzen, auf meinem Telefon herumklicken, paar Bescheide senden. Das Bild mit dem Nordlicht ist sehr hübsch geworden, ich mit der weißen Pelzmütze, Juha mit einer schwarzen, dann die bunten streifen vom Polarlicht. Ein reines Angeberfoto! Mit vielen Grüßen von hinterm Polarkreis und einen guten Rutsch in Neue Jahr. Fange ich aber doch an zu schälen. Die Zwiebeln sind scharf, treiben Tränen in die Augen. Wenn kaltes Wasser dabei fließt, geht es. Es tropft immer noch, aber das kommt nicht nur von den Zwiebeln.

Warum versteht Juha kein Deutsch, oder wenigstens Dänisch? Ich spreche seit fast vier Tagen bloß Holper-Englisch, Finnisch kann ich ja nicht, bis auf einige Küchengeräte, und, dass es kalt ist. Würde ich gerne jemanden anrufen oder schreiben, es ist kalt und dunkel, ich verstehe immer nur die Hälfte, alles nicht einfach! Der schönste Mann vom hinterm Polarkreis, lieb und süß, aber manchmal gibt es Wichtigeres als Uttiha, wie jetzt gerade. Es kann das Bunkerdunkel und die Kälte sein, das sich jetzt aufs Gemüt legt. Und keinen Seelentröster seit gestern Abend! Vielleicht kann ich es auch nicht aushalten, mehr als drei Tage? Obwohl ich so für den Norden geschwärmt habe, aber da waren wohl die hellen Nächte im Sommer gemeint. Dunkle Nächte könnten durchaus schön sein, wenn man in die Sterne gucken kann, Kerzen im Schlafzimmer aufstellt, den Abend unter der Bettdecke verbringt. Aber entweder sind wir müde, oder blau oder machen irgendwas Nützliches: Schnaps verkosten, Gemüse schälen. Das kalte Wasser läuft und läuft, die Zwiebel- oder Nicht-Zwiebel Tränen sind versiegt.

Steht da jemand hinter mir:

- *Uttiha... I am sorry, but these reports must be written now. They should not forget that we take care over the area. At first this is a saved area and, after this a path for reindeers, and only third, it is for tourists. When tomorrow Kaata will be here, I can talk with her, maybe, she has also an idea, how we can better explain this...*

Ich war gerade wieder halbwegs im Lot. Kommt jetzt das. Frau Kaata, Silvester und da werden die beiden wohl dort am Schreibtisch sitzen und dicke Pläne schmieden. „It will be amazing", kann ich mir denken, das muss das Nordlicht sein:

- *Interesting... But here, sipulis and porkkanas are cutted, how do you want them? What can I do now? Have you other tasks for me, and you will work now?*

Meine Stimme wird immer lauter. Wollte ich gar nicht, aber kann ja nicht sagen, dass... ja, was eigentlich?

Da trifft mich wieder so ein tiefer grünlicher Blick, dann zieht mich jemand ran, leg ich mal das Messer beiseite. Hat er was verkehrtes gesagt? Sorry! Und danke, dass ich das geschnitten habe, den Rest machen wir jetzt zusammen. Das Fleisch kommt in einen Bräter, Essigtunke, Pfeffer und Wacholder dazu, die Möhren, Sellerie und Zwiebeln obendrauf. Deckel drauf und der Bräter geht in die Speisekammer. Immer noch ab und zu einen Blick auf mich. Ich soll aber sagen, wenn was verkehrt ist. Konkret ist nichts verkehrt, vielleicht nur die Dunkelheit und Holper-Englisch.

Wir sollten was essen und trinken! Brot wird aufgeschnitten, dazu gibt es von dem schönen Schinken ein paar Scheiben, Rentiersalami, leider auch den Käse. Teller, Messer, Butter. Bier oder Wodka? Kaffee sowieso, die Maschine schnorchelt schon. Einen ganz kleinen Wodka Blaubeer würde ich gern. Kippis! Mit bisschen Brot und Alkohol im Magen sieht die Welt freundlicher aus. Ich kann Juha anlächeln, weil er mich immer noch bisschen besorgt ansieht:

- *What was the matter with you? Were you angry, about me?*
- *No, not you*

Muss ich nicht ganz ehrlich sein.

- *Maybe I must get used to this...the cold and the darkness. Not easy, may be for one day, hard for many days. But it will be better and better, I hope.*

Er guckt immer noch so ernst. Ist schön, aber geht irgendwie durch und durch. Ich würde gerne wieder ein Lächeln bekommen.

- *And, I am happy to be here, and I am looking forward to tomorrow....*

Ja, die Augen strahlen!

- *I am so happy, that you are here, Uttiha. It is not unusual that you became a little bit sad, I hope it is not because of me* (schüttel ich energisch den Kopf)....*And it will be amazing, I hope also for you (Frau Kaata lassen wir mal aussen vor...) Tomorrow, we must do a lot of things, before all will be here.*

Das Fleisch muss in den Ofen, für mindestens acht Stunden. Das Haus muss geputzt werden, ob ich da helfen möchte? Das Frühere Ich meint nein, wir sind hier Gast, nix da. Ja doch, gerne. Hoffentlich wird es auch gut genug.

Wie ich das meine?

- *I am not a Finnish housewife...*
- *No, but from Germany, and there they are very good in cleaning...*
- *Not all, it is an image..*

Das hat er selbst gesehen! Wo? Auf dem großen Parkplatz in Sodankylä. Da übernachten manchmal auch Autocamper. Kam so ein Caravan mit deutschen Kennzeichen und die Frau putzt alle Fenster, hängt dann noch die Gardinen zum Trocknen auf eine Leine. Im Wohnwagen brüllt der Staubsauger („Vacuum cleaner")! Und das mit den finnischen Hausfrauen, ja, soviel Wahres ist auch nicht dran, nicht mehr. Trotzdem:

- *For Germany, for all German housewifes. And, Kippis for your president Aaaangela! The best leader ever!*

Die Augen leuchten, als ob er von einer Schauspielerin erzählt. Frau Merkel ist so charismatisch wie dein Gasherd.

- *The German people does not know it. A lot of them call "Merkel muss weg!"* (nur, um das mal klarzustellen) *And, she is not "the president" only the cancellor.*

Aber egal, ob Präsidentin oder Kanzlerin, wenn sie in Deutschland keiner mehr wählen will, sollte sie nach Finnland kommen, da gibt es viele Fans von ihr. Denke ich, wenn Frau Kanzlerin hier regieren würde, müsste sie sicher auch alle Flüchtlinge mitnehmen. Wir schaffen das. Hier ist Platz genug. Chhh. Also, Herr Nieminen, ganz so einfach ist das ja nicht. Kannst du dich an 2015 erinnern? Ja. War ein großer Fehler, die Grenzen einfach aufmachen, und sämtliche Flüchtlinge einladen, aber andere fallen schon über kleinere Dinge. Frau Merkel kann ein Land ordentlich regieren. Und noch was, die wirklich guten Frauen passen den Linken auch wieder nicht. Thatcher, Condoleeza Rice, Merkel, alle weder links noch Feministen. Er glaubt, dass Frauen, die links und feministisch sind, nichts als Politiker taugen. Wenn sie regieren sollen, geben sie schnell auf. Ein Beispiel? Lappi, ist keine „rote Region" und wie diese Dame, Saavoinen, vor vier Jahren eine Mehrheit als Regionspräsidentin bekommen hat, kann man nicht erklären. Vielleicht wollte kein anderer. Sie kam von der Umweltpartei, seine Meinung: „commies in green clothes". War nur ganze zwei Jahre im Amt, aber lauter dumme Entscheidungen. Das mit dem Tourismus, da sollten möglichst viele kommen, auf der anderen Seite wollte sie gern halb Lappi unter Naturschutz stellen, keine Straßen mehr bauen, vor allem kein Geld am Inari-See ausgeben, gegen Überschwemmungen. Dann kam noch ein Skandal dazu, nach zwei Jahren „Burn out", was man so sagt. Und, natürlich Männerclubs, gegen die sie nichts ausrichten konnte.

- *Very pretty lady, nice in TV. But bad politician. And burn out, haha. When you make mistakes and mistakes, do not do a good job, so it is burn out, and the men are to blame.*

Eigentlich wollte, sollte ich was entgegnen. Es gibt mehr dumme Männer in der Politik als Frauen, und die erhalten danach meist einen lukrativen Posten, in der Wirtschaft. Dass den meisten „Linken und Feministen" Eigenschaften zum Regieren fehlen, finde ich aber auch. Sage ich trotzdem nicht laut. Das sind Haltungen von ca. 95% der Männer, die ich kenne, in dem Alter. Die restlichen 5%, naja, komische Vögel eben. Muss man nicht weiter diskutieren. War früher ja auch mal anders, wispert das Frühere Ich neben mir. Könntest du mal

Kontra geben. Nicht jetzt. Die letzte Nacht war nicht so richtig guter Schlaf. Es ist halb zwölf und kein Bedarf jetzt auf Telefon-Englisch weiter zu politisieren. Langsam werde ich müde.

- *I am also burn out, now….until tomorrow. And, you said, we will get up early in the morning…for cleaning and making meal, when?*

Ja, so um sieben. Glaeser in die Spüle, Fenster zu, Licht aus, dann gehen wir hoch.

Schnell ins Bad verschwinden, viel mach ich da nicht. Wenn du jetzt reinkommst, und es gibt Küsse und Umarmungen, nein heute denn doch nicht. Aber wäre schön, meint das Frühere Ich. Ach, morgen ist auch noch ein Tag. Es gibt noch den letzten Kuss (Wodka schmeckt man), dann klappt die Badezimmertüre. Ich habe mich eingekuschelt und sehe nur noch kleine lila und grüne Lichter vor den Augen blinken, ehe ich einschlafe.

Gerade von Nordlicht-Streifen und Schießeisen geträumt und bestimmt auch nicht geschnarcht, oder nur ganz leise, so wie Katzenschnurren. Kann aber niemanden fragen, neben mir ist das Bett leer, meine Uhr zeigt sieben. Ob er mit den Hunden schon raus ist? Welcher Tag ist heute? Ach, Silvester, und heute wird nicht Gassi gegangen, die sind gar nicht da. Weil hier die Fete steigen soll. Wollten wir nicht putzen oder so? Setz ich mich auf. Aufstehen, oder nicht?

Kommt jemand die Treppe hoch. Klopft leise, dann geht die Türe auf und Mister Polarkreis in Freizeitkleidung (Camouflage und NVA Pullover) tritt ein. Man riecht Kaffee und irgendwas Säuerliches, aus der Küche. Herr Polarkreis setzt sich aufs Bett, zieht mir bisschen die Decke weg, krabbelt an meiner Schulter und flüstert an meinem Ohr, ohne irgendwelche Absichten:

- *Good morning, Uttiha-kultaseni. Do you want to get up now…I have breakfast.*

Wenn ich nein sagen würde? Aber habe ich nicht gestern gesagt, dass ich für einen Einsatz an der Putzfront zur Verfügung stehe?

Es gibt in der Küche Kaffee und Frühstück: Brot, kleine süße Brötchen mit leckerer Marmelade. Schinken und Salami. Die furchtbare tote-Oma-Masse steht auch auf dem Tisch, wenigstens der

Stinkerkäse ist im Kühlschrank geblieben. Noch eine Zigarette. Das war auch schon der gemütliche Teil.

Die nächsten vier Stunden wird gegen, für mich nicht so sichtbaren, Schmutz und nicht vorhandene Bakterien gekämpft: Mit Handschuhen, viel heißem Wasser, diversen Putzmitteln. So viele, wie er hat, braucht er bestimmt eine Zulassung im Umgang mit Chemikalien. Besen, Schrubber, Staubsauger. Ab und zu wieder in die Küche, wo der Geruch nach Essig langsam einem äußerst leckerem Bratengeruch weicht. Ich hatte schon Angst, dass wir „Elch sauer" essen müssen, denn es wird ab und zu noch mal einen Schwupp auf den heißen Braten gekippt. Vielleicht so ein altes Familienrezept.

Es gibt auch Feueralarm: Das Telefon hat viermal geklingelt, die ersten drei Male liefen so ab: Alarm, Alarm, Herr Nieminen, noch eben mit der Dekontaminierung des Badezimmers beschäftigt, saust die Treppe runter, dann wird der Teilnehmer informiert: „**Se on Nieminen johon soitat**", es folgt ein Ausbruch an Konsonanten und Vokalen, mehr so „professionell wütend", am Ende der Satz „**Hyvää uutta vuotta, puhutaan myöhemmin**", klingt wieder versöhnlich. Der vierte Anruf wird anders eingeleitet, da höre ich bloß „Riita"…und die Tür zum Wohnzimmer wird geschlossen. Ich wische gerade eifrig im Flur rum, verstehen tue ich ja eh nichts, warum macht er jetzt die Türe zu? Riita ist vielleicht die Dame, die mit ihm Silvester feiern wollte, meint Frau Hase. Nee, seine Tochter!, die imaginäre Tochter kann sich noch erinnern. Die hieß Tiina, widerspricht Frau Hase. Er hat zwei, meint die imaginäre Tochter.

Ja, aber deshalb die Tür zu machen? Ich bin doch nur ein zehn-Wort-Sprachkundiger, da ist wohl nichts zu befürchten? Es wird wieder lauter und, soweit ich das beurteilen kann, böse. Als ob Frau Sinikka anruft. Vielleicht ist es in der Familie Nieminen üblich, sich im Telefon anzubrüllen? Und ansonsten schweigt man.

Ich stehe immer noch mit Wischmopp im Flur, sollte eigentlich das Wasser wechseln, mal zum Elch im Ofen gucken, kann ich jetzt nicht. Ich hoffe (und fürchte), dass sich die Türe bald wieder öffnet. Da solltest du aber mit was zugange sein, sonst denkt Herr Juha, du hast gelauscht, raunt Frau Hase. Ich höre nicht immer auf die Kassandra, diesmal war es allerdings von Nutzen, ganz schnell mal unterm Hundekörbchen für porentiefe Reinheit zu sorgen: Die Tür geht auf, Herr

Nieminen wieder mit den Katastrophen – Augen, wo ich nie weiß, was das bedeutet, die in weniger als 10 Sekunden zu einem strahlenden Lächeln werden:

- *That was Riita, my daughter, who called. And, maybe, she will come here to me, in Summer...*

Da wird man laut und böse? Bei seiner Tochter, und die will ihn auch noch besuchen? Riita, war das nicht die, die in London war? Und jetzt hier in die Einsamkeit des Nordens? Soll ich mal sagen, da kann sie ja bei Ireen und ihren Kumpels wohnen. Halte mal die Klappe, mahnt die imaginäre Tochter, wer weiß, was da noch ist. Na, ich hoffe, Riita hat auch einen schönen Silvesterabend? Jaja, sicher...Und ob das was wird, im nächsten Jahr, tja. Merke ich, dass wir das jetzt nicht unbedingt vertiefen sollten.

Wir sind fast fertig, ob ich noch in der Stube staubsaugen könnte? Er geht jetzt zur Sauna. Dann wäre fast alles geschafft.

- *Then, it is only to place the TV here and the table to be pulled...When I am back.*
- *The sauna...who wants to use it today?*
- *Everybody!*

Nee, ich nicht! Was soll denn das heute werden, Swingerparty? Wenn alle gebechert haben, geht's dann dort in das Hüttchen, Männlein und Weiblein, bunt gemischt. Nee, ohne mich, ich räume dann auf. Sollte das der Höhepunkt des Besuchs werden?

- *Uttiha...do not you like it?*

Habe ich das nicht schon 100 mal gesagt? „Sauna is not Uta!"

- *It will be nice...*

Die Swingerparty? Ohne mich. Aber ich kann ja nirgendwo hin, vielleicht rauf ins Schlafzimmer, abschließen und dann kann er seine Fete unten mit allen möglichen Leuten anfangen und in der Sauna fortsetzen und ich bleib da oben, schlaf bis ins neue Jahr. Nein, mag ich nicht!

Der Polarkreismann ist jetzt auf 5 Millimeter herangekommen. Ajax, Zitrone, braune Seife und jetzt, so ein Kuss! Ja, merkst du das nicht, du sollst zu allem ja und amen sagen, flüstert Frau Hase.

- *Uttiha..what do you think about? If you do not want...so you do not. But it is very pity. I would warm up only low...for the ladies, and especially for you.*
- *For the ladies? Not us all?* (Egal ich blamiere mich sowieso...)
- *Yes...for you, and the other, Leena, Terhi, Kaata* (danke schön!!) *First the ladies, then the men. There is no place enough for all. And, when you are not in family, it is unusually to go together in the sauna...I have told you.*

Ohh ja, mein Gedächtnis, arg kaputt von Nikotin und 3 Liter Rotwein wöchentlich. Irgendwann hat er doch sowas erzählt. Hmm. Ja, vielleicht, weiß nicht. Kommt auf die Situation an. Ach, das Lachen wieder, erst in den Augen, dann der Mund.

Dann ist er aus der Türe, mit großem Eimer, Schrubber, Läppchen und Schwämmchen. Noch mal Kontrollblick in den Ofen, ja, immer noch lecker! Dann schwinge ich das Staubtuch über alle Flächen in der Stube, aber da ist nicht so viel zu entstauben. Zwei Schränke, ein Regal, wo jetzt die Papierberge vom Schreibtisch abgelegt wurden, der ist jetzt leer. Aber, wo ist das Blatt mit der Telefonnummer, liegt doch hier irgendwo? Ich habe jetzt den Stapel zweimal durchgeblättert, nichts. Siehste, war nichts, was man aufheben musste, nur eine Mitteilung, dass alles in Ordnung war, meint die imaginäre Tochter. Bin ich gerade fertig geworden, da geht die Türe auf. Erst müssen noch etliche Paare Filzlatschen in den Flur gestellt werden. Sollen alle sauber in die saubere gute Stube kommen. Nur noch das Fernsehgerät, und Tisch ausziehen. Der Fernseher wird sorgsam die Treppe runterbalanciert, aus dem Keller holt er noch einen kleinen Tisch und zwei Stühle. Das Gerät wird angeschlossen, prima Ton und Bild.

- *Who will watch the TV this evening?*
- *All, listen to the president's speech.*
- *I cannot understand the speech, you know.*
- *It is only 15 minutes...but before and after...it will be nice.*

Ja, ausgehend davon, wie oft er das gesagt hat, muss es wohl der absolute Knaller werden.

Der Esstisch wird ausgezogen. Die diversen Putzmittel samt Schrubber, Besen und Handschuhen werden wieder in der Kammer verstaut. Der General schreitet zufrieden das nunmehr gewienerte Gelände ab. That was all. Nice! Thank you for help! Schluss!!

Wir gehen in die Küche, der Kühlschrank wird geöffnet. Erst Wodka in zwei große Gläser eingeschenkt, ich bekomme noch ein bisschen Blau dazu. Kippis auf die gewonnene Schlacht an der Bazillenfront! Nur noch die so Stücker zwanzig Kartoffeln schälen und in die Schüssel mit Wasser legen. Habe ich mal gelernt, dass man das nicht macht. Aber vielleicht haben die hier andere Kartoffeln? Der Ofen mit dem Braten wird abgestellt, die restlichen Stunden blubbert der vor sich hin.

Zweites Frühstück…„frokost" auf Dänisch „**Luonas**" auf Finnisch. Lunch ist für Finnen schwer auszusprechen. Bier, Brot, Butter, Schinken, paar Scheiben, die ich von der Arschbacke abgeschnitten habe, so sah der aus! Salzgurken? Ja. Herr Nieminen wirkt sehr zufrieden, macht sich ein Bier auf, ich auch. Bisschen vorglühen kann man wohl schon.

- *I am looking forward to the next hours…It will be great, I think so, you too?*

Der Blick, braun und grün. Ich starre genauso in seine Augen. Dass frühere Ich flüstert, dass jetzt was Wichtiges kommt, oder ich könnte mal fragen, wegen Riita. Weiß ich nicht, ob das jetzt passend ist? Hmmm, wir warten noch bisschen. Ich nicke. Ja, es wird bestimmt schön.

- *It will be, I promise…and later we have also two days..first and second of january in 2020, only for us. I have some questions…I hope I get an answer from you.*

Kann ich mir denken, was das für Fragen sind, die kann ich nicht beantworten, weder heute, noch morgen, noch übermorgen. Weder auf Dänisch, Englisch, nicht mal auf Deutsch.

Aber das neue Jahr ist noch weit. Jetzt stehe ich auf und stelle mich hinter Juha, drücke seinen Kopf fest an mich und wusele bisschen in seiner graugesprenkelten Haarpracht. Lehnt er sich an mich. Ziehe ich ihn noch weiter ran. Heb mal deinen Kopf, da kommt gleich ein Kuss mit Explosion. Da passen wir immer noch zusammen. Das OP-Küchenlicht wird gelöscht, wir bewegen uns, immer noch Mund zu Mund, zum beigen Sofa.

Ja, es geht schnell. Ja, wie Brot. Wir können wohl nicht anders. Danach unter eine Decke, Geflüster an meinem Ohr:

- *More lessons, Uttiha?* (Na bitte, geht doch!)
Wir werden zu Teenagern auf der elterlichen Couch, weil selbige im Kino, Theater, eben nicht da sind. Wir werden zu zwei Fremden, die in ihren Zwanzigern nur eine Nacht ein fremdes Hotelzimmer und anderes miteinander teilen. Wir sind 37 und 47, dann sind wir wieder 57 und es gibt nochmal SOS mit hohem Seegang. Wahnsinn, Wahnsinn, flüstert jemand, das Frühere oder das alte Ich? Die vielen Vokale, die mir jetzt ins Ohr geflüstert werden, kultaseni, rakastan sinua. Meine Finger gehen auf Wanderschaft, bloß so zum Eindösen, Juhas auch, dann dämmern wir weg, halb auf dem Bauch, die Beine verhakelt.
Die Sterne funkeln vom großen Fenster. Weg bin ich.
Nach ungefähr einer Stunde bin ich wach, neben mir schnauft jemand selig, kein Schnarchen! Sollte man langsam aufstehen und sich anhübschen. Werde ich mich mal beeilen, damit Mister Putzmann auch aus seinen Klamotten kommen kann. Streichele ich bisschen über das Etikett, ich steh dann mal auf. Noch ein kleiner Kuss. Warum ich aufstehe? Ist noch über eine Stunde. Ja, aber dann sollten wir nicht mehr auf der Couch liegen.
Jetzt habe ich wieder kleine Wassertropfen im Badezimmer verteilt, auch der blitzblanke Spiegel hat was abbekommen. Aber das Ergebnis kann sich sehen lassen! Ich würde mich doch glatt in mich verlieben! Da passt aber alles: das dunkelrote Kleid (wunderschön und sehr teuer), schwarze Strumpfhosen, schwarze Jacke (auch recht teuer), ein kleines rotes Tuch, exakt so, dass es in keine Soße stippen kann. Meine Schminkkünste sind ausbaufähig, aber diesmal hat der Elan das Ergebnis verbessert. Mich umhüllt eine Wolke zypriotischer Apfelsinenplantage im Frühling, oder eben die Schwedischlehrerin, darf er sich aussuchen. Aber nur, wenn man nahe genug herankommt. Also, wenn ihn das nicht vom Hocker haut! In dem Fall sollten wir ein Taxi bestellen nach Rovaniemi oder zum Roten Bären nach Sodankylä, aber paar Flaschen nehmen wir mit und paar Scheiben Schinken, verkündet Frau Hase.
Jetzt kommt die Belehrung, wie sich alle zu verhalten haben. Weder gesehen noch gehört werden! Auch nicht bemerkt. Ich habe bisschen Angst, ob sich das machen lässt, denn jede hat sich eine Flasche Lappin Kulta stibitzt und alle sausen vergnügt die Treppe runter. Oben

wollten sie nicht bleiben, da sieht jetzt alles zu fein aus, und der Fernseher ist auch weg.

Jetzt schreite ich die Treppe langsam runter. „It will be amazing".

Herr Nieminen sitzt auf dem Sofa, nur in Unterwäsche, und telefoniert. Weder wird in den Hörer professionell gebellt noch hinter verschlossenen Türen wütend gebrüllt. Nicht nur auf Englisch kann er so leise und weich sprechen, so wie mit mir oder mit Ireen. Vielleicht wieder Riita, oder die andere Tochter? Ich tippe ihn auf die Schulter. Was macht die Frau hier? Gleich stellt er sich vor, flüstert Frau Hase. Dann eine Handbewegung: ich telefoniere, bin gleich fertig. Dann geht das Gesäusel weiter! Ich verstehe leider nichts, meine zehn Wörter helfen nicht, „Hyvä uotta vuotta" kommt nicht vor, anderes auch nicht. Doch, am Ende „**Nähdään, Kaata**". Wenn mein Sprachverständnis nicht gelitten hat, das war Frau Kaata!!

Dann wird aufgelegt. Der Herr guckt mich erst mal genauer an. Gefällt ihm wohl, aber irgendetwas ist verkehrt:

- *You look so beautiful, Uttiha... But it is not necessary, now.*

Waaas? Sollten hier nicht gleich irgendwelche festlich gekleideten Menschen auftauchen?

- *You have a half hour to change your clothes, then the guests will be here!*

Oder ist das so Sitte hier, dass man als Gastgeber in Freizeitklamotten rumlungern darf?

- *Yes, they will be here... but not in their fine clothes... We change them after the sauna. But, you are beautiful!*

Hast du schon mal gesagt, aber vielleicht hätte ich mal einen Hinweis bekommen können? Ganz zu schweigen von dem Telefonat eben, aber da folgt schon die Erklärung.

Wirklich, Frau Kaata hat eben angerufen. Ihr Mann, Risto, kann nicht mitkommen. Er ist Arzt und musste für einen anderen die Bereitschaft im Krankenhaus übernehmen. Daher kommt er nur, um Kaata herzubringen und abzuholen. Aber, nun hat er auch mit ihr gesprochen, wegen den Touristen. War gut, dass er gleich geschrieben hat. Mehr brauchen sie nicht zu machen. Der Abend ist gerettet, kommt noch ein Lächeln hinterher.

Was ich dachte: Man schmiert seine Stimme, wenn man mit Damen redet, die nicht zur Familie Nieminen gehören, auch, wenn die nicht unbedingt Uttiha heißen.

Der rollt erst so mit mir auf der Couch rum, was ich seit gefühlten 1000 Jahren nicht mehr erlebt habe. Ich habe mich als Superweib inszeniert, dass jeder Mann auf die Knie fällt, da telefoniert der Herzbube im weichsten Finnisch, mit einer anderen! Und sitzt immer noch wie Schlöpi auf der Couch! Wir, wer auch immer das ist, ich NICHT!!!, wollen ja erst in die Sauna! Frau Hase, nun befeuert durch bisschen Bier, entwirft bereits ein absurdes Szenario:

Da kommt eine Horde Leute in Freizeitklamotten, die erst in die Sauna gehen, um sich endlich mal abzuwaschen. Sie haben wahrscheinlich Selbstgebrannten zum Verkosten mit, der beim Gucken der dämlichsten Silvestershow der Welt verkonsumiert wird, doch, die ist dämlich, ich habe die Vorschau gesehen!! Wenn alle blau sind, wird sich über den Elch hergemacht. Um Mitternacht wird in die Luft geschossen, alle sind so blau, dass es eventuell einige Tote geben wird, aber ein Arzt soll ja später auch noch vorbeikommen.
Na, Frau Hase, das ist bisschen dicke Tinte.
Gut, aber was hältst du von dem hier: Dein schönster Finne steht irgendwo im Dunkeln und knutscht mit Frau Kaata, kriegst du bloß gar nicht mehr mit, wegen dem Selbstgebrannten!

Ob das nun meine offensichtlich unpassende Kleidung oder die Tatsache ist, dass da eine Dame ohne Begleitung kommt, wie die aussieht, habe ich im Fernsehen gesehen, da bin ich absolut keine Konkurrenz, oder Frau Hases Story. Ich frage sehr laut, daß er eigentlich nichts Richtiges gesagt hat, wie der Abend verlaufen soll! Ich habe ihn auch nicht gefragt? Jetzt kommt so ein, will mal sagen, arrogantes Lächeln, du Dummerchen, musst nicht alles wissen.
Will ich aber, ich kann laut werden, sooft ich will!
-    *OK, I ask you now!!* (Ja, vielleicht wie "Krakatoa")
Es ist deswegen: Ich bin hier ausstaffiert und angemalt wie fürs Fernsehen. Alle anderen kommen wahrscheinlich in Freizeitzeug. Noch schlimmer, später sitze ich irgendwo an einer Tischecke, bei den anderen Damen, verstehe nix, kann bloß lächeln und nichts beitragen,

wenn was passiert, muss ich fragen „Juha, what is going on?". Wie blöd ist das denn?

- *Uttiha...do not be afraid....It will be amazing, for us all.*

Da habe ich die Hände wieder auf den Schultern und jemand zieht mich auf das Sofa, weiß ich nicht, wie der das macht. Manipulation vielleicht, wie Frau Hase immer behauptet. Wirkt aber.

Also: Terhi, Pekka, Tuomas und Leena kommen zusammen aus Sattanen, die schlafen auch hier. Die Herren mit ihm in der Sauna, die beiden Damen im Schlafzimmer und ich auf dem Sofa hier. Es wird ja getrunken, und da störe ich keinen (haha). Wir warten noch auf Kaata. Dann essen und trinken wir was, erst mal Kaffee. Da sind wir schon in der Küche, die Kartoffeln kommen in einen Topf, die Kaffeemaschine wird befüllt. Wir stellen Teller, Tassen, Glaeser und Besteck zusammen, damit das nachher schnell geht. Servietten haben wir leider nicht, hoffentlich wird keine Klopapierrolle als Ersatz auf den Tisch gestellt, alles schon gesehen. Ich bin süchtig nach Servietten, wo soll man sich sonst die Fettfinger abwischen? Na, weiter mit dem Plan: Dann gehen alle, die wollen, in die Sauna (Uttiha vielleicht auch?), wir ziehen uns schön an, hören die Präsidenten-Rede und dann essen wir. Unser Essen, Terhis und Leenas, die bringen nämlich auch was mit. Und wir trinken.

- *Home made spiritus?*
- *Haha, no, not today. Only bought alcohol.*

Mitternacht wird in die Luft geschossen...Dann wird weiter getrunken.

- *It will be amazing, I hope you will be happy! And, do not change your clothes now. You look so beautiful. Do you want to have a Wodka, too?*

Noch mehr Vorglühen, aber gut, Kippis und es wird amazing!

Steht jemand durchsichtiges neben mir. Ooch, noch so ein Bier, schmeckt gut! Aber nur noch eins! Früheres Ich und Imaginäre Tochter, passt mal bisschen auf die ältere Dame auf, sonst gibt es Keller für alle und da ist es kalt.

Dann Autolichter, es schurrt vor dem Haus. Der Hausherr saust in Flur und öffnet, man hört Stimmen und Gelächter. Ich bin langsam nachgekommen, eiskalt im Flur, macht bloß die Türe zu! Zwei Damen kommen rein, Pelzmützen, Pelzmäntel, was für welche! Die

Stiefel fliegen förmlich von den Füßen, Filzpantoffeln an, dann haben sie mich entdeckt. Ich werde umarmt und gedrückt. „Uttta! Nice to meet you again! Nice dress you have „". Das mit "nice dress" kann ich nicht wiedergeben, erstens weil die Damen gleich zielgerichtet in die Treppe hochmarschieren, zweitens, weil jetzt ein Herrentrio durch die Türe kommt, mit Kisten und Tüten bepackt. Auch in Pelzkleidung, die Mäntel werden abgelegt. Sehe ich, wirklich niemand im Anzug. Ein recht fülliger Herr umarmt mich

- *Nice to see you again here, Missis Landmann! Where is your car? Have you bought a ticket for this evening? Hahaha...*

Von dem anderen Herrn bekomme ich einen festen Händedruck.

Es geht alles etwas durcheinander in meinem Kopf: Das Auge des Gesetzes hat mich umarmt, gleichzeitig rufen zwei Frauenstimmen von oben etwas, was ich nicht verstehe, die Männer nehmen alle Kisten und Tüten und gehen in die Küche, dann saust eine der Damen die Treppe runter, nimmt Pekka Lehtonen eine Kiste aus der Hand, holt den Braten aus dem Ofen, der wird auf die Fensterbank gestellt, dann kommt ein Riesenteller mit Folie in den Ofen.

Ich hantiere mit der Kaffeemaschine, fülle in eine Kanne um, der Herr des Hauses redet, zwei andere Herren reden, noch eine Dame kommt in die Küche. Die Kaffeekanne wird mir aus der Hand genommen. Ich komme mir ein bisschen wie ein fremder Vogel vor. Dann gehen wir in die Stube. Da stehen Brot, Butter, bisschen Schinken, Salzgurken, Chips und Nüsse und zwei Tellerchen mit Keksen. Bier, Wodka und Kaffee werden serviert. Dann sitzen alle mit irgendetwas trinkbaren und nun:

- Kippis! **Kiitos, että tulit**
- **Kiitos kutsusta...Utta ja Juha! Kippis!**

Die Herren an einem Ende, die Damen am anderen. Man redet laut und finnisch. Wie sagt man auf Englisch, ohne allzu viel auf die Hilfe unterm Tisch zu gucken, ob sie gut hergefunden haben? Muss ich gar nicht. Die beiden anderen Damen kennen keine Hemmungen und fragen einfach los: Wie lange ich schon hier bin? Wie lange ich bleibe? Aha, und wie ich das hier finde? Wie, so mit Juha? Oder allgemein? Ach ja, gut...aber „Täällä on hyvin kylmä" Utta, kannst du finnisch? Nee, bloß paar Wörter. Englisch geht besser.

Also, was habt ihr gemacht in den Tagen? Hmmm, wir waren bei ...Antta Järvi. Mit dem Motorschlitten. Juha, bist du mit Utta

Motorschlitten gefahren? Bist du verrückt? Hatte sie wenigstens was Ordentliches an? Denke, ich, dass das jetzt der Männerrunde zugerufen wird. Ja doch, nickt der Hausherr.

- *It was cold, very cold...The character was freezing...we say so in this region, where I come from in Germany.*

Haha…und sonst, was habt ihr noch gemacht? Wir waren bei der Familie Haalonen, haben die Hunde hingebracht. Musstet ihr von dem selbstgebrannten Schnaps kosten? Wir waren da im letzten Jahr, furchtbar. Ist ja nur einmal im Jahr. Haha, öfter geht auch nicht. Wir haben Nordlicht gesehen, das war phantastisch. Wart ihr da auch mit dem Motorschlitten? Nein, mit dem Auto. Wir holpern alle ein bisschen auf Englisch, deswegen verstehen wir uns vielleicht so gut. Es ist lange her, dass ich einfach so drauflos gequasselt habe, ich hatte auch nur ein Bier und zwei kleine Wodka, plus zwei Tassen Kaffee, muss also noch was anderes sein.

Die Herren stehen auf, begeben sich zum Schreibtisch, ein Fenster wird angeklappt, Juha kommt mit Aschenbecher und weiteren Flaschen Bier aus der Küche. Ich habe was flüchten sehen, drei Gespensterchen, auch mit Bierflaschen. Die sollen bloß aufpassen!

Stehen die Herren dort, noch mal Kippis und es kringeln sich Rauchwölkchen.

Die Damen gehen, wieder mal, in die Küche. Ich wollte eigentlich sitzenbleiben, gehe aber, als Quasi-Gastgeberin mit. Geschirr wird abgestellt. Aus dem Ofen wird ein Blech gezogen, da sind so kleine Blätterteigstücke, die gleich verputzt werden sollen. Wir brauchen einen großen Teller. Leena findet einen im Schrank. Sie macht das Fenster auf, holt einen Teller, der als Aschenbecher dienen soll. Noch ein Bier? Sitzen wir um den Küchentisch. Leena und ich rauchen. Würde ich gerne jetzt fragen, warum sich die Damen immer in die Küche verziehen müssen, man könnte doch auch zusammen? Gerade, als ich so eine Gesprächspause erwischt habe, wo ich das mal einfügen könnte, sehe ich wieder Autolichter. Leena und Terhi sausen in den Flur: Frau Kaata und Herr Risto sind gekommen!

Umarmung, Umarmung, dann ist die Reihe an mir. Frau Kaata erkenne ich vom Fernsehen wieder: Klein, zierlich, aber füllt einen Raum. Keine Alltagskleidung! Juha hat kein Problem mit Umarmen, ich aber lieber nicht, auch Kaata nicht. Also nur Händeschütteln:

- *I am Uta, nice to meet you.*
- *I know, I have heard from you. Nice to meet you in reality. I am Kaata, Juha's colleague.*

Da tippt mir jemand von hinten auf die Schultern:

- *Hello, Utta... how does it feel for you, in the cold North?*

Zwei blaugraue Augen strahlen aus einem fast runden Gesicht, dass zu zwei Meter Mann gehört. Dann eine Umarmung. Jetzt verstehe ich, dass die beiden anderen Damen förmlich aus der Küchentür geflogen sind. Gegen Herrn Risto ist ein gewisser Herr, selbst im Verführungsmodus, ein Waisenknabe!

Na, Risto, noch ein Schnäpschen auf den Weg? Hier, nimm das noch mit, wird ihm eine kleine Pastete in die Hand gedrückt. Schade, dass du nicht bleiben kannst. Dann winkt er in die Runde. Hyvä uutta vuotta! Happy New Year!

Wir sitzen wieder in der Damenecke. Ja, dann los, meint Terhi in die Runde. Sauna, denke ich mal. Können sie ja. Kaata und Leena nicken und sehen mich an. Utta, und du? Der Mensch ist kein Suppenhuhn, will ich gerade sagen. Aber vielleicht denken die dann sonst was: Juha, was ist denn das für eine komische Dame, die nicht in die Sauna mitkommen will? Muss ich wohl mit.

Einen feinen Pelzmantel habe ich nicht, nur meinen Anorak. Die Frostschutzkleidung liegt irgendwo versteckt, weiß bloß nicht, wo. Hoffentlich wird's nicht zu kalt, der Weg war lang, aber vielleicht ist die Wärme dann gerade richtig. Wenn man einen Weg paarmal läuft, wird er immer kürzer. Es sind wirklich nur 200 Meter, dann stehen wir vor der Tür. Tu ich mal so, als kenne ich mich aus. Der Schlüssel hängt an der Türe, aufschließen und dann machen, was die anderen machen. Ein Vorraum, wo man sich auszieht. Hocker, wo die Sachen raufkommen. Zwei Stapel, einer mit Handtüchern, der andere besteht aus dünnen weißen Tüchern, in die man sich einhüllt. Ich dachte, man setzt sich im Evaskostüm zum Schwitzen rein?

Dann öffne ich die eine von zwei Türen, hoffentlich merken die nicht, dass das hier unbekanntes Gelände für mich ist. Oje, ist die Dusche! Die andere war die richtige, da kommt Hitze raus, na, wie in einer Sauna.

Wir setzen uns auf die Holzbänke, ich auf die oberen Stufen. Soll man machen, habe ich mal gelesen, da ist es nicht ganz so warm.

Aber als Suppenhuhn fühlt man sich doch. Es pustet und schnaubt und irgendwo zischt es leise. In der Mitte so was wie ein Ofen und daneben stehen so drei Eimerchen rum. Daraus wird dann Wasser über die Ofensteine gekippt, da fehlen bloß noch Birkenzweige, mit denen man sich auspeitscht. Theoretisch kenne ich alles ganz genau, aber praktisch ist es auch so schweineheiss, wie ich mir gedacht habe. Das komische Tuch ist schon ganz nass, aber man darf auch mit einem Zipfel übers Gesicht fahren, machen die anderen auch.

Zischsch, da ist ein Eimerchen über den Ofen gekippt worden, und jetzt ist es noch ein bisschen wärmer, auch hier oben auf dem Ausguck. Man schmort im eigenen Saft. Immer noch Schweigen, höchstens bisschen Schnaufen. Ich unterdrücke mal einen Hustenreiz, um die Stille nicht zu stören. Noch ein Eimerchen, zischsch. Der Raum ist schon eingenebelt. Da liegt so ein Thermometer, und ich fasse es ja nicht, nur 50 Grad! Also, wenn das hier wegen einer einzelnen Dame so auf Sparflamme gehalten wurde, wo die einzelne Dame gleich zerkocht ist. Ich hätte mich gar nicht unter die Dusche stellen brauchen, alles futsch. Das Orangeparfüm verdampft. Der dritte Eimer wird gekippt, puhhhh, huste, huste. Guckt da eine von den weißgekleideten nach oben, fragend. Ohhh, sorry, ist mir so rausgerutscht! Die nächsten drei Minuten denke ich, dass ich jetzt gerne raus möchte. Drei Minuten darauf habe ich mich an den Dampf gewöhnt und wische nicht mehr so oft übers Gesicht. Noch drei Minuten später schlafe ich fast ein auf meinem Hochsitz. Die Tür wird aufgemacht, huhhh, ist kalt, macht mal zu!

- 	*Do you want to stay here?* (Nee.) *We will go out, now.*
Runter von meinem Hochsitz, wo es zum Schluss richtig gemütlich war.

Im Vorraum friert man ganz mörderlich, sind höchstens zehn Grad. Die Fortgeschrittenen, Terhi und Leena, lassen jetzt die Tücher fallen, gehen raus, zu den Minusgraden und reiben sich mit Schnee ab, ohne Handtuch. Habe ich drinnen nicht gesehen, aber Leenas Rücken ist auffällig bunt, allerhand Blumen, also was ich erkennen kann.

Jetzt aber schnell unter eine warme Dusche, war die Türe daneben. Die Dusche, die Kaata da angedreht hat, ist auch eiskalt! Lächelt sie, ich soll ruhig kommen, da ist Platz genug, und ich soll das Tuch fallen lassen, nicht so gut, mit feuchten Sachen rumstehen. Ja, aber das kalte Wasser! Nur einmal, und ist gar nicht so kalt. Ein kalter Strahl darf mich gerne treffen, dann gehe ich raus, wo die dickeren Handtücher liegen und trockne mich richtig ab. Mit Kaata kann ich nicht mithalten, ich denke aber auch, daß der Kleiderschrank von Mann aufpasst. Wo der zuhaut, wächst wohl kein Gras mehr.

Dann geht es wieder zurück. Leena hat noch paar Holzscheite in den Ofen gelegt, die Herren kommen ja auch noch. Irgendwo mitten auf dem Weg bleiben die drei stehen und sehen mich an.

- *Is it right, you have never been in a sauna before?*

Ja, will nicht sagen, notgedrungen, so richtig freiwillig wars ja nicht. Braucht aber keiner zu wissen.

- *Yes, it is right. The first time. It is not usually in Denmark... and in Germany only for fans...*

Geht da ein Geschrei los, jetzt hast du eine Flasche Champagner gewonnen, weil wir dich überzeugt haben. Hatten wir ausgemacht! Aber, du bist wirklich noch nie? Was für Champagner, was für eine Wette? Nein, ganz ehrlich. Diese Hütte hier habe ich noch nie betreten. Hahaha, die kriegen sich gar nicht ein. Die laufen noch schneller, ich komme kaum hinterher. Die Haustüre wird aufgestoßen, die Stubentüre, wo die Herren am Tisch mit Flaschen und Gläsern sitzen. Jetzt muss die große Neuigkeit mitgeteilt werden.

Alles lacht, mein schöner Finne funkelt mich an, dann kommt Terhi mit einer Flasche und drückt mir die in die Hand. Dann noch alle einen Wodka, auf Utta! Kippis! Dann sind die Herren aus der Türe. Terhi und Leena sind die Stufen hoch, da wird wohl die Festkleidung angelegt. Kaata und ich müssen nur die Frisur wieder in Form bringen, aber meine Schminke ist weggelaufen, Parfüm verdampft, muss ich nochmal ins Bad.

Jemand neben mir sagt, Mühe allein genügt nicht, da gibt es jemanden, der ist tausendmal schöner. Ach, das Frühere Ich! Wollte nur sagen, dass Frau Hase hinterm Fernseher eingeschlafen ist. Es waren nicht bloß zwei Bier, sondern auch noch ein kleiner Wodka.

Da wird schon nach „Uttta" gerufen. In der Küche sitzen die Ballköniginnen, Terhi und Leena, die Kleider farbenfroh und bisschen stramm. Wer was hat, der soll auch zeigen. Die Gesichter wie fürs Scheinwerferlicht geschminkt und eine Wolke Tresor wabert durch die Küche. Kaata, recht elegant im kleinen schwarzen, hat nur Lippenrot und Lidschatten aufgefrischt.

Der Elch ist wieder im Ofen, der Kartoffeltopf auf dem Herd, noch eine Auflaufform wird in den Ofen gestellt und auf der Granitplatte stehen drei große Einweckgläser mit Pilzen. Daneben ein großer Topf mit Deckel, der Teig für die Pfannkuchen, die wir zu Mitternacht essen wollen. Hoffentlich brennt nicht die Bude ab, wenn angeschickerte Damen mit Pfannen und heißem Fett hantieren. Aber das Fleisch, ach, das riecht gut. Have you made it, Utta? Nein, ich hab nur assistiert.

Jetzt aber mal den Korken von der Flasche, das ist deiner, den trinken wir jetzt! Kippis! Congratulations!

- *Utta, because of the sauna...But also, you and Juha! Last summer, we would not believe it...You were seen these days...*
- *The car in Moskuvaara, Juha's car on the parking place beyond the Supermarket, coming in, with you... hahaha. We saw you!*

Beobachten sich hier alle?

Ja, Terhi hat den vollen Überblick, als Chefin des Supermarkts! Aber auch noch andere Quellen. Erst hat jemand bei Pekka angerufen, dass da ein Auto an der Bushaltestelle parkt. Dann war das weg, aber stand bei Nieminen vorm Haus, bis Montag! Alle wussten vermutlich Bescheid, BEVOR ich abgefahren bin. Dann, wirft Kaata ein, musste Juha ganz dringend am Mittwoch nach Helsinki, angeblich wegen der Bakterien im Rentier. Hatte ich geglaubt, das stimmte? Ja, aber hätte er auch noch einen anderen Tag können, oder telefonieren. Donnerstag war er zurück, das war ein anderer Mann, Utta, glaub mir! Kaata gießt noch mal die Gläser voll und kichert. Donnerstagabend hätte Risto schon gefragt, ob Nieminen was gesagt hat. Hat er nicht. Haha, der hat wohl jemanden gefunden, wir wissen auch, wen! Dann wird gekichert, was auf Finnisch gesagt, noch mal geprustet. Die Hauptperson kriegt nicht soviel mit. Nochmal Kippis, aber nun:

- *Do you want to live here, with him?*

Leena fragt, die anderen gucken.

- *Ohhh... hmmmm. The next two days, yes.*
- *Utta...later, do you want to move to Moskuvaara? To live here? Get married?*

Wie bitte? Da war wohl nie die Rede von?

Zeigt Leena auf den geflochtenen Ring. Werde ich bisschen rot. Also, das war ein Geschenk, zu Weihnachten. Ans Umziehen denke ich gar nicht, nicht jetzt, auch nicht in einem Jahr. Ich kann aber nur für mich sprechen. Du bist Chemiker, fragt Kaata. Da wurde also einiges erzählt. Arbeit fände ich hier bestimmt. Entweder im Krankenhaus von Rovaniemi, oder, ob ich was von Umweltanalysen kennen würde? Ja, nicke ich. Dann könnte ich in Ivalo arbeiten, da wäre so eine Außenstelle, für chemische Schadstoffe. Hört sich alles gut an, aber ich habe doch Arbeit, die mir Spaß macht! Außerdem noch die dänische Familie und meine Familie in Deutschland. So einfach ist das also nicht. In ein paar Jahren vielleicht, wenn das da überhaupt noch aktuell ist. Ach, da soll ich mir mal gar keine Sorgen machen! Ob ich gesehen habe, dass er anbauen will? (Hmmm.) Da sollte ich mal bestimmen, daß da ein Wintergarten angebaut wird.

- *A nice idea. You must to convince him to use one room for a wintergarden! Big windows, light and a lot of plants. We all have such a wintergarden...*

Einen Raum mit viel Licht, genug Wärme und vielen Pflanzen, wunderschön!

Soll ich dann vielleicht jedes Wochenende kommen, um die Gewächse zu gießen? So weit sind wir noch nicht. Können wir nicht mal beim jetzt und hier anfangen? Ich wohne noch nicht hier, dass muss er wohl selbst entscheiden. Ja, aber sag ihm das!

Vielleicht bin ich durch die zwei Glaeser Sekt mutig geworden, denn jetzt möchte ich mal wissen, woher die drei Damen denn Juha kennen? Ich muss mich doch nicht immer ausfragen lassen. Das weißt du wohl schon, dass Juha und ich Arbeitskollegen sind, fragt Kaata. Ja. Hoffentlich nicht mehr als das.

Ich war lange im Ausland, meist in Brüssel, da habe ich Risto kennengelernt. Recht spät, wir waren beide über vierzig. Risto wollte unbedingt hier her in den Norden. Sodankylä ist mein Heimatort. Alles ein bisschen anders, nach 25 Jahren. Ich hatte einen Job in der Abteilung Natur/Umwelt hier bekommen, als Verantwortliche für Kommunikation. Am ersten Arbeitstag gehe ich mit dem Chef so rum, dann kommen wir zu Juha.

- **Olen Juha. Tervetuloa Kaata, hyvää yhteistyötä.**

Lächelt, nett.

Wir begrüßen die anderen Kollegen, dann zurück ins Chefzimmer. Sagt Koskela, also der Chef: Das waren also die Kollegen. Ich soll nicht erwarten, von Nieminen (also Juha) noch ein Wort diese Woche zu hören. Hat er alle gebraucht heute, haha. War bekannt als „silent man". Kann ich mir gar nicht vorstellen? Doch, doch, der war so.

- *It was a running gag in the team, when some people came into the office, when they were out with Juha, ... then the others asked: And, did he say something... Yes! Haha. The silent man. Only listen and look... but very economical... with words, the first time, they said the whole first year...*

Im Winter war nicht so viel zu machen, da war die Stimmung recht locker, da sind auch die ganzen Parties, Nationalfeiertag, Abschluss, Weihnachten. Ohne Mister Silent. Hat alle möglichen Schriftstücke ausgedruckt, in den Computer geguckt. Koskela hat ihn mal gefragt, welche Pornoseite er bevorzugt, er soll aber nicht vom Büro- Computer aus was bestellen. Mister Koskela war „Lappi-Champion in Finnish humor, very roughly.."

Dann hatten sie einen neuen Chef bekommen. Jetzt sollte gespart werden, sie sollten selbst Geldquellen finden. Vorschläge bitte. Was da so rauskommt, Faltblätter mit Bildern, für die Touristen. Fand keinen Beifall. Aber wir brauchen Einnahmen, sonst muss die Hälfte entlassen werden. Alle guckten verstimmt.

- *And then, Juha said, one moment... and he has something interesting. There was an opportunity to get money from the EU. But only when we could save the nature in our areas...*

Hat er angefangen, einen langen Vortrag zu halten. Wahrscheinlich die aufgesparten Wörter von zwei Jahren! Aber die Idee war gut, der Chef begeistert. Dann sollten wir beide das richtig ausarbeiten, damit das noch im Februar zur Region und zum Ministerium kommen konnte.

- *This was the start for good collaboration. We got all, the monitoring project from the EU... and the money.*

Da war keine Rede mehr von „The sound of silence" oder Wortvorräten. Aber nicht alle waren begeistert.

- *Many of our colleagues were soldiers on the border, it was their job after the army. Fine, not so much to do. But now, they have to learn some IT programs, they do not want, they have to write reports and overviews, they do not want....they thought it was*

better in the old times... only watching the nature and sometimes
go to hunting.

Hunting...ja, da beginnt wieder so ein Wortwechsel auf Finnisch, dem ich nicht folgen kann. Finnen, selbst hinterm Polarkreis, reden ganz und gar nicht mit 78'er Plattenlaufgeschwindigkeit. Jo, jo, **kyllä**, sagt Frau Kaata, also, listen, Uuta: Sie haben sehr gut zusammengearbeitet, schweigsam war Juha nicht, aber verschlossen. Also „privacy". Man fragt ja doch, die Antworten fielen recht kurz aus: Tierarzt in Jyväskylä, wo er aufgewachsen ist, geschieden, paar Jahre in Helsinki, hat ihm nicht gefallen, „The job, in marketing, not me, the town, too big, not me" . Sonst nichts.

- *Here we do not continue to ask, when we feel, the other do not*
  want to answer. So, we had only professional talks. He knew a
  lot of the nature here, about the reindeers... and, his special
  case: bacteria! He wanted to investigate them, in reindeers, may
  be write something... He talked and talked, hardly to stop him...

Ansonsten lebte er wohl recht allein, keine anderen Freunde, keine Frauen, soweit sie wussten. Wird da wieder gekichert.

Daher haben sie einen Versuch gestartet, er sollte mit zum Mittsommerfest kommen. Kaata musste ihn dreimal fragen, erst nur Schulterzucken, dann ist er aber doch mitgekommen. Wollte nur kurz bleiben. Ich gucke jetzt bisschen verwundert und frage, ob die anderen denn auch für den Nationalpark arbeiten? Also Terhi und ihr Mann ganz sicher nicht!

Es folgt eine schnelle Beschreibung, ich kann gerade so mithalten: Kaata und Terhi sind Kusinen, die eine ist in die Welt hinausgezogen, die andere ist hiergeblieben, wegen der Liebe ihres Lebens, Pekka Lehtonen. In den jungen Soldaten hatte sie sich verliebt, die Liebe wurde bald sichtbar, mit knapp 19 verheiratet und der erste Junior-Lehtonen auf dem Weg. Dann fast 20 Jahre Soldatenfrau, es kamen noch drei Kinder dazu. Pekka wollte eigentlich studieren, aber das wäre schwer geworden mit der großen Familie, Polizist werden war einfacher und brachte Geld. Die Kinder wurden grösser und dann war es Terhi, die ein Studium begann, Ökonomie in Rovaniemi. Zu Ende gebracht, und dann der Job im Supermarkt, erst als Stellvertreterin, jetzt Chefin. Wie sie sich gefreut hat, als sie gehört hat, dass Kaata zurückgekommen ist! Zusammen mit Risto. Der ist ganz anders als Nieminen, wird jetzt gekichert, Kaata wird rot, die Glaeser noch mal gefüllt. Ja, und damals zu Mittsommer: Am Tisch sitzen Risto, Pekka, Tuomas (vielleicht auch ein Verwandter oder ein Freund von Pekka?) und eben die Damen Leena und Terhi, als Kaata mit Juha vorbeikommt. Erst steht Juha, dann sitzt er am Tisch, dann trinkt er mit den Herren.

Nicht vergessen zu fragen, warum das hier immer so aufgeteilt ist, wie jetzt.

Dann sind alle blau, und als die Sonne langsam wieder aufsteigt, ist Juha als Mitglied im örtlichen Jagdklub aufgenommen. Antrag und Bestätigung wurden auf eine Serviette gemalt, später nochmal „richtig".

- *And here, we will not invite somebody for friendship, when we do not feel that will be good...The gentlemen were convinced that Juha would be a good man, for hunting, for other things...*

Ja, so kam eins zum anderen. Jagdverein, Jagdhunde, später ein Haus. Da war ein Angebot, in Moskuvaaara, sie hatten es Juha gezeigt. Es gefiel ihm, musste man viel machen, aber wozu sind Freunde da? Und Geld, ach, da haben wir auch Verbindungen. Das war Leena, die ihm einen günstigen Kredit vermitteln sollte. Dachte sie erst, es wird ganz einfach, aber so war das nicht. Leena fand dann eine Möglichkeit. Da hatte sich Juha sehr gefreut.

Wie Kaata schon gesagt hat, er war immer nett und er konnte so lächeln...Chhhhh! Wird da vom Trio gekichert und noch mal die Glaeser gefüllt. Ich will gar nicht wissen, wie viele Damen der hier verzaubert hat, aber es kommt noch dicker:

- *Juha is the best hunting mate I know. Talks nothing too much, but also does not remain silent when we sit and wait. Look here, our hunting club...*

Das Bild habe ich schon mal gesehen. Nur nicht in so einer Nahaufnahme. Jaa, sehe ich. Neben Juha steht eine Person, die recht weiblich aussieht. Und lacht, wie Leena jetzt.

- *Do you like hunting?*

Nein, schüttle ich sehr bestimmt mit dem Kopf.

Wieder Finnisch, laut. Jetzt ist die Dame rot geworden, wegen den Sektchen oder Wodkas, die wir schon verkippt haben? Im Sommer, die Tangotänzerin mit dem Rosenkleid, sehr appetitlich, sehr niedlich und mit dem Blumengemälde auf dem Rücken. Geht mit Juha auf die Jagd, kann ihm Kredite vermitteln, er kennt ihre Schuhgröße. Alles ganz harmlos, aber, wenn doch? Die Sache wird nicht leichter, da jetzt wieder irgendwas auf Finnisch diskutiert wird. Mit vielen Konsonanten. Ich will mal glauben, dass „Uttoa" was mit neu heißt. Niemtinens neue Freundin, merk dir das Leena! Wir passen schon auf, guckt mich Kaata gerade direkt an.

Weiß ich bald gar nichts mehr. Vielleicht sollte ich mal nach dem Essen gucken. Köchelt alles vor sich hin, es riecht nach Pilzen und Wacholder. Leena und Terhi geben das Gemüse vom Elch in ein Sieb und drehen es durch, in einen kleineren Topf. Da kommt noch was ran, sagt Terhi und kippt eine halbe Flasche irgendwas an die Soße! Weiß ich nicht, ob das richtig ist? Doch, das hier war Gin, der muss an die Soße, genau wie die Wacholderbeeren. Uttta, hast du Angst vor Alkohol? Haha. Haha. Denke ich mal kurz nach, war da nicht was mit Alkohol, die Familie...wie hieß die...Ilmarinen?

- *No, I am not afraid of alcohol. But I have heard a horrible history, about the Ilmarinen family.*

Bingo!!! Alle gucken. Schweigen. Könnte ich ja hinzufügen, dass ich jemanden kenne, der mal mit so einem Spross verheiratet war. (Nelli Haalonen!)

- *I was a part of this horrible family. I was married with Yrjö. And, Nelli Haalonen with his oldest brother. You are right, a horrible family, but there is a history behind...*

Lena hat weder Angst vor wilden Tieren oder Männern, auch nicht vor Alkohol. Fragt, ob sie eine Zigarette von mir bekommen kann, kippt sich noch ein Glas Sekt ein. Ja, Kippis.

The history of the Ilmarinen-family:

Der Vater als Soldat im 2. Weltkrieg hat miterleben müssen, wie aus den deutschen Freunden Feinde wurden. Die aus Rache wegen dem Verrat der finnischen Waffenbrüder die ganze Region angezündet haben. Rovaniemi ist in Flammen aufgegangen. Als Ilmarinen Senior nach Hause gekommen ist, stand nichts mehr, seine Familie hat in einer kleinen Holzhütte bei Eis und Schnee Unterschlupf gefunden. Alles weg, alles verloren, hoffnungslos!

Dann haben sie die Kinder, Hannu und seinen Bruder, nach Schweden geschickt, zum Sattessen. Zwei Jahre durften die kleinen Jungs dort bleiben, dann mussten sie wieder zurück. Wo es noch genauso aussah wie vorher. Nur, dass ihr Vater entweder im Sägewerk arbeitete oder trank und die Familie vermöbelte. Ja, das war damals hier so, Uttta! Trotzdem kamen noch paar Geschwister nach, dann endlich ein neues Haus, aber Vater Ilmarinen war verzweifelt. Er hat Selbstmord begangen, als Hannu gerade eine Familie gegründet hatte (mit Nelli Haalonen). Dann gings auch bei Hannu bergab. Arbeit verloren im Sägewerk, nie wieder auf die Füße gekommen, Schulden, Selbstmord.

Yrjö, seinen Bruder, hat Leena auf einer Hochzeit in Rovaniemi kennengelernt. Sie war so verliebt, dass sie paar Monate später nach Sodankylä gezogen ist. Anfangs war alles schön. Dann hat sie die Familie kennengelernt, die tranken heftig, alle, Männer und Frauen, aber man traf sich ja nicht jeden Tag. Die kleineren Brüder hatten irgendwelche halbkriminelle Geschäfte am Laufen. Ging sie nichts an, sie hatten Arbeit, Yrjö im Sägewerk und sie in der Bank.

Das Sägewerk ging Konkurs, 200 Männer ohne Arbeit! Außer Militär gab es nicht so viel. Oder eben Spediteur werden, mit Fahrten nach Russland. Da blieb nicht aus, dass man abrutschte, Schulden machte, keine Aufträge bekam oder nur gefährliche. Leena wollte sich scheiden lassen, es ging nicht mehr! Der Lastwagen sollte gepfändet werden, das Haus und Leena wusste nicht, ob sie ihre Arbeit in der Bank behalten würde. In den Sommerferien wurde Yrjö im Wald gefunden, hat sich erschossen. Ein Brief lag auch da. Wollte Leena keine Probleme mehr machen.

Schweigen.

-   *Long time ago, Utta. It became better, later. I wanted only to explain the background...sometimes it is not easy to live here.*

Leena lächelt schüchtern. Na, wir trinken doch noch ein Bier? Jeder eine Flasche.

Die Herren sollten jetzt langsam kommen. Terhi bellt ins Telefon. Ist wohl nicht der Herr Polizeibeamte, der zu Hause das Sagen hat. Ja, die kommen in einer Viertelstunde. Wird aber auch Zeit! Das Gas wird abgedreht, wir bringen Gläser, Teller und Besteck in die Stube. Halt, noch das aus dem Ofen, eine Auflaufform und das hier. Während wir alles verteilen, frage ich mal so, ob wir wieder Damen- und Herrenecke haben. Nein, diesmal nicht, sagt Terhi. Was ist verkehrt daran? Ich kenne das nicht so. Man unterhält sich zusammen. Aber, die Männer reden gern über andere Sachen…Bauen, Hunde, Jagd, da kann nur Leena mitreden, haha.

- *Do you think that is interesting for you? So, you are welcome to sit with the men…we think it is boring.*
- *What about politics?*

Sollte man meinen, dass da alle mitreden können. Jedenfalls in zivilisierten Ländern.

- *Utta…these men do not discuss politics. They know the view of each other. You know, old men closed to the sixties, they do not change their mind, do not they? Otherwise, you can hear them discus this evening. It is always the same…*

In den letzten zehn Minuten wird mir noch das politische Meinungsspektrum unserer Runde verraten: Pekka ist Kommunist! Will ich ja gar nicht glauben..doch, Utta, das ist richtig! Terhi und Kaata sind mehr so Sozialdemokraten, vielleicht Feministen?? Bin ich auch, meint Leena, aber auch liberal…liberal ist Tuomas auch, weniger Steuern, mehr Eigenverantwortung. Und mein Lieblingsfinne? Ich ahne schon was:

- *And Juha is conservative, but 100%! Do you know such men? Love the country and religion, want to save the environment and are against commies, refugees, Russians and women in leader positions. But it does not matter, because we are all friends, and we can tolerate differences, you too?*

Guckt Kaata mich an, was soll ich sagen, gibt ja auch noch mehr als Politik.

- *I am looking forward to this evening.*

Wir haben gerade die Glaeser vollgeschenkt, und ich würde gerne auf dem Klo verschwinden, um noch paar Neujahrsgrüße zu senden, da rappelts an der Türe. Die drei Herren, nicht nur ordentlich, sondern fein gekleidet. Sag ich jetzt nicht laut, wer am besten aussieht. Wir sitzen allerdings nicht nebeneinander. Eine heimliche Tischordnung, da hat Juha vorher nichts gesagt von! Ich komme neben Polizist Pekka zur Linken und Leena zu Rechten zu sitzen. Daneben mein Polarkreismann, neben Kaata (!!), daneben Tuomas und Terhi. Wodka ist schon eingeschenkt, Kippis!
Wir starten mit den Teigtaschen und bisschen Brot. Wollte ich jetzt Pekka fragen, ob das stimmt und wie das geht, Kommunist und

Polizist. Ehe mir die korrekten englischen Fragen einfallen, will er wieder was über meine Rundtour durch Nordfinnland im Sommer wissen. War ich auch an der finnisch-norwegischen Grenze? Da war er mal stationiert. Herr Lehtonen, wie sind Sie Kommunist geworden? Was denken sie über das gescheiterte Projekt heute? Wieviel haben Kommunisten heute zu melden, hier in Nordfinnland? Und, darf man als Polizist das überhaupt? Fragen über Fragen, aber es geht jetzt um die nordfinnische Landschaft. Ob ich die Autostraße E6 gefahren bin? Ja, überwältigende Landschaft, so etwas habe ich noch nie gesehen…amazing! Das glaubt er gerne. Und, nicht alle Touristen haben solche Erlebnisse wie ich, haha. Wollte ich gerade etwas ganz Wohlformuliertes erwidern, da wird der Fernseher angeschaltet. Ich sehe, wie drei graue Gestalten quer durch die Stube rennen. Im Fernsehen sitzt ein Herr (wohl der Präsident) und hält eine Rede, genau wie Margarete zu ihren Untertanen im Königreich. Vokale, Vokale, öfter mal Hyvä, Hyvä. Ja, es geht uns gut, im nächsten Jahr haben wir Herausforderungen, die Wirtschaft, die Klimakrise und so weiter und so weiter, allen Finnen ein glückliches Neues Jahr…ist überall wohl das Gleiche. Sechs von sieben Menschen am Tisch lauschen tatsächlich dem Herrn im Fernsehen, wenn im TV gelächelt wird, auch hier, einmal gehen die Brauen hoch, beim schönsten Mann. Der Präsident verschwindet, stattdessen stehen da viele Damen und Herren in Helsinki und schmettern ein Lied, wohl die Nationalhymne. Auch hier, im polardunklen Moskuvaara, erheben sich alle und singen mit (bis auf eine). Ich verkneife mir dumme Bemerkungen und ein Grinsen, obwohl es schwerfällt, aber stehe mit auf und erhebe dann, genauso wie die andren, mein Glas…Kippis! Lange lebe Suomi! Dann werden Bild und Ton abgedreht, Suppe wird verteilt, Brot gereicht, nochmal Kippis und Tervetuola, Thank you for coming.

Die Tafelei geht los. Wir schlürfen Suppe, waren das nicht mal sauer eingekochte Pilze? Merkt man nicht! Ich kann nur so eine allgemeine Frage an Pekka und Leena stellen: Also, die Rede, war die gut? Ja, hyvä Oh man das auch so in Dänemark macht? Ja, da spricht die Königin zu ihren Untertanen an Silvester. Anschließend werden die kleinsten Details diskutiert und die Unterschiede zum letzten Jahr. Ich kann nicht zu Ende antworten, da links am Tisch eine scharfe Stimme bellt. Ja, der Konservative, will jetzt irgendwas von Pekka wissen! Sorry, sagt da der Kommunist-Polizist zu mir und dann wird aber zurückgeschossen! Der nette, gemütliche Mann, deswegen hätte ich ja niemals gedacht, dass ausgerechnet der Kommunist sein soll, bellt nun in Richtung Juha genauso zurück.

Leena legt mir die Hand auf den Arm, deutet auf die leeren Teller. Ich sammele alle tiefen Teller ein, dann gehen wir raus in die Küche. Leena will noch mal von meinen Zigaretten probieren: Taste wonderful! Wir sollen mal schon das Fleisch aufschneiden, die Kartoffeln und alles andere. Wenn die Männer Politik diskutieren! meint Leena. Es ging um die Flüchtlinge: Die Region Lappi soll noch ein paar mehr aufnehmen, hier in Sodankylä wohnen ungefähr 30. Wäre schön, wenn die hierbleiben würden, Geld ist da, Arbeit sowieso, Wohnung auch, fast alle finden das gut, bis auf ein paar. Ich soll mal Juha fragen. Der hat Angst, dass hier sofort Moscheen gebaut werden, und dass die armen Menschen verhungern, wenn Ramadan in den Mittsommer fällt, was Blödsinn ist, weil die sich ja nach Mekka richten. Alle arbeiten, sind sehr ordentlich und sauber.

Irgendwas sollte ich vielleicht sagen? Als wir neue Teller, Kartoffeln, Soßenschüsseln und zwei Platten mit dem Elchbraten reinbringen, muss ich doch was loswerden:

- *Your idol, Angela Merkel had opened the doors for the migrants, four years ago. I hope you remember this, when you will invite her to come to Finland to become the president: We can make it! With the million of refugees and migrants.*

Da wirbeln jetzt etliche Promillchen. Sollte nicht so sein, ich müsste vielleicht auf Kaffee umsteigen.

Dein Superfinne guckt nicht begeistert, flüstert da etwas neben mir. Schon wieder mit paar Flaschen Bier! Schmeckt so gut! Merke ich, das Frühere Ich hat auch schon Probleme, klar und deutlich zu sprechen. Wird alles bisschen viel auf einmal! Drei vielleicht bald betrunkene Gespensterchen, ein nationalkonservativer Liebster, jetzt mit Brauen hochgezogen, mindestens drei Frauen, die ihn trotzdem mögen, finden, ein Kommunist-Polizist, der mir jetzt auf die Schulter klopft und gerade laut „Hyvä" ruft. Er zieht mich auf meinen Stuhl, jetzt wird gegessen, die Politik hat Pause. Alles schmeckt! Der Elch, sehr zart geschmort, die Kartoffeln gut, die Wacholder-Soße, einfach lecker, der Gin machts.

Fehlt bloß noch was, habe ich vergessen: Pullo punaviiniä!! Ich sause in die Küche, die Flaschen sind noch in der kalten Speisekammer, peinlich. Steht da jemand hinter mir, der Konservative. Vielleicht werde ich jetzt auch angebellt. Nimmt er mir den Korkenzieher aus der Hand und kommt bisschen näher:

- *Uttiha, you are so nice, when you act like Krakatoa... (*meint er...Uttiha, wütend...niedlich*) It is my view... the others are not agree, I know it. But we have New year's eve... and the meal was so good, thank you...*

Folgt ein, nicht konservativer, Kuss. Und bisschen schnüffeln, an der Orangenhaut. Ich hoffe die Gedanken gehen nicht zu Fräulein...hmmmm, wie hieß die? Schwedischlehrerin? Chhhh. Aber, jetzt sollten wir wieder rein. Mit drei Flaschen Rotwein kommen wir in die gute Stube zurück. Herr Polarkreis bekommt einen Schulterklopfer nach dem anderen, "hyvä"! Neben meinem Platz steht Pekka auf, wischt bisschen über meinen Stuhl, und deutet eine Verbeugung an.

- *Do you want to sit here, like the special guest, because you are this...*

Kaata hält einen Daumen hoch. Und nochmal, jetzt mit Rotwein „Kippis"!
Ich komme wieder nicht dazu, Herrn Lehtonen zu fragen, ob er jetzt immer noch Mitglied der KPFi ist oder ob die auch jetzt anders heißen. Denn der Genosse fragt mich, ob es stimmt, dass ich „from Eastern-Germany" bin? Ja! Er war einige Male da.

- *Has somebody told you... that I am an old commie? (Ja.) I thought your land was a nice country, better than here... but too difficult to come in.*
- *But me, I thought that Finland was a nice country, in the 70ies... but impossible to leave my homeland, you know... haha*

Steht da die Imaginäre Tochter neben mir. Nur ein Glas Rotwein!!! Und keine Kampfschwimmer-Geschichten! Chhhh.
Interessant, absolut. Herr Lehtonen ist mein zweitliebster Finne jetzt. Er glaubt aber nicht, dass Finnland ein „Traumland" für irgendjemanden hätte sein können, damals:

- *It was the worst land in North Europe, Utta. Like Russia, may be, you know the Russian living conditions, in the 70ies?*

Das glaube ich nicht so ganz, aber aus seiner Sicht, vielleicht?

Vom anderen Ende des Tisches wird ein scharfes Auge auf die kommunistische Weltverschwörung gehalten. Chhh. Chhhh. Aber, Mister Lehtonen, dass mit dem kameradschaftlichen Arm um die Schulter lassen wir wohl besser. Ich sehe, dass noch jemand guckt, Terhi. Wird gleich wieder gebellt!

Ganz gut, dass da noch jemand reagiert, Tuomas:

- Nieminen...Kippis... **Herkullinen ruoka** ...*very good meal.*

Ich finde ja, dass der kompakte Mann die beste Ergänzung zu Leena ist, die passen super zusammen. Muss ich wohl sowas dem Charmeur neben mir gesagt haben. Jaha, lächelt der. Hallo, Herr Polizist, Sie kennen hier wohl alle? Na, ob ich das nicht gewusst hätte, Tuomas ist Leenas Schwager. Seine Frau lebt in Rovaniemi, Alkohol-Demenz, erklärt mir Terhi. Meeri gehört auch zu der Ilmarinen-Familie. Es wurde immer schlimmer mit ihr, lebt seit 20 Jahren in der Psychiatrie in Rovaniemi, erst nur „crazy"...jetzt Demenz. Kriegt nichts mehr mit. Das habe ich schon mal gehört, aber vergessen. Hoffentlich ist das nicht auch schon Alkohol-Demenz. Aber, Leena und Tuomas, angeblich helfen die sich nur. Haha. Die beiden sind glücklicherweise in ein anderes Gespräch vertieft.

Weil ich schon ein bisschen was auf dem Kessel habe, frage ich doch mal:

- *When you have invited or ordered me to the Tango competition, I have expected, you would be a participant... But Mr. Lehtonen was not to be seen on stage...Chhh*

- *Uttta...at first...I am Pekka, for you, OK? And second: It was not me who have invited you. I was only the ambassador...* (was fürn Botschafter?) *for a well known gentleman..*

Moment, soll das heißen, daß??

- *Is it allowed to blend private with the job?*

- *In this case, yes...haha! Do you not think it was good idea? And if he wanted, why not to help a friend? I thought also, it was a match.*

Weiß ich nicht, ob das stimmt, oder ob mein zweitbester finnischer Freund nur angeben will. Hat Mister Polarkreis nie was gesagt von. Kann ich mir für morgen aufheben, was ich so alles rausfinde, Freundchen, besser du sagst mir das gleich. Chhhh. Gucken mich nun gleich vier Männeraugen aufmerksam an. Was gibt es da zu lachen? Eigentlich nichts.

Ehe ich was erwidern kann, hat Pekka schon sein Glas gehoben:

- Kippis Juha!

Funkelt wieder was rüber.

Das Geschirr wird rausgetragen, jetzt stehen oder sitzen wir in der Küche, paar haben sich eine Zigarette angesteckt. Nochmal Wodka, mit und ohne Blaubeer, oder will jemand Bier? Hier ist keins mehr, ruft Leena an der Speisekammertür. Kommst du mit in den Keller, wird mir ins Ohr geflüstert. Vielleicht kommt jetzt die Standpauke, ich soll nicht alles glauben, was der Kommunist erzählt. Denke ich.

Kommt aber ganz anders: Wir haben so zwei Tüten mit Bierflaschen, wollen gerade wieder hoch:

- *Uttiha... kultaseeni... Rakastan sinua... all the others also do, but me, I love you highest...*

Ein Keller mit gerade 10 Grad ist nicht der richtige Ort, aber besser als ganz draußen, da ist es noch 20 Grad kälter. Aber kalt ist mir nicht, im Mund Geschmack von Wodka, Pilzen und Zigarette, auf dem Rücken marschieren Hände rauf und runter. Nicht auf, sondern unterm Kleid. Wenn es jetzt Sommer oder nur paar Grade wärmer wäre! So werden das zwei alte Teenager, die sich in einer dunklen, kalten Ecke befummeln, aber so richtig! Chhh. Irgendwann müssen wir wohl wieder hoch, und ehe da jemand auf dumme Gedanken kommt, sind wir auch wieder die Kellertreppe rauf. Habe ich im Spiegel gesehen, meine roten Wangen.

Jeder nimmt sich eine Bierflasche, dann geht es wieder an den Esstisch, wo das nächste Gericht wartet. Ich würde gerne mal zwischendurch Kaffee, aber hier trinkt man Bier zu, sagt mein Lieblingsfinne Nr. 2. Ein Auflauf, sowas mit Kartoffeln, Dill und noch was fischiges drin, ob ich Anchovis kenne? Janssons Fristelse... hieß das nicht so in Schweden? Jaha, aber hier, das ist besser! Lecker und danke zu Terhi oder Leena.

Jetzt kann ich Unterhaltungen nach links und rechts führen, ohne allzu oft das Telefon zu benutzen, sogar mit ein paar finnische Wörtern. Mutiger werde ich auch, frage jetzt doch mal, wie jemand als Kommunist, zur Armee und dann zur Polizei gehen kann. Der Grund ist relativ einfach: Wenn man sich verpflichtete, mindestens fünf Jahre zu dienen, gabs ordentlich Geld, da konnte sogar ein einfacher Arbeiter aus Kemi, wie Pekka, an ein Studium denken. Kommt mir recht bekannt vor. Dass daraus ist nichts geworden ist, ist schuld dieser netten Dame. Irgendwann waren da vier Kinder und ein Haus. Da wurde alles Geld gebraucht. Gabs bei der Polizei. Also konnte er nicht Lehrer werden, oder Anwalt.

- *But you are still a member of the Communist Party?* (Muss ich jetzt doch loswerden...)
- *Jo, an old commie... but no. No more member. This party does not exist no longer, and the new left-alternative party is not for me, too difficult issues, feminism, rassism, climate... all these, but not the struggle for working peoples' rights.*

Der Arm wird wieder um die Schulter der (eventuell) Genossin gelegt.

- *What about you? Also commie? Still? Good for Juha, for discussions, haha.*

Nee, ich bin nur noch rosa getüncht. Haha. Pekka lacht, Terhi und Leena lachen auch.

- *It would be nice if we will see you always here. Have you thought about it? Move to Moskuvaara and live here? May be in the next years?*

Ach, Herr Genosse Polizist. Nein, zumindest nicht in den nächsten fünf Jahren.

Sich ab und an besuchen, da sind alle nett. Aber immer hier? Die hellen Nächte sind sicher bloß am Anfang spannend. Wahrscheinlich werde ich im zweiten Jahr Verdunkelung aufhängen. Schlafen muss man ja, und so jung sind wir nicht mehr. Und im Winter? Der Dunkelbunker stört mich schon jetzt, aber es war auch jeden Tag was los. Wenn das Monate so geht, dunkel, dunkel, dunkel, da hilft auch kein Dauerfernsehen oder Bücherlesen. Die Köter! Müsste ich wohl auch lernen, mit dem wilden Labrador Gassi gehen. Schießen lernen, oder eben Tage und Nächte lauern, dass der Großwildjäger mit reicher Beute zurückkommt. Vielleicht haben wir so viele Stories aus dem Leben angesammelt, dass es für ein paar Jahre reicht, aber wenn alles erzählt ist? Fängt man von vorne an? Ich müsste auch Finnisch lernen, nicht bloß zehn Wörter für die Küche und dass es kalt ist. Gibt leichtere Sprachen, aber immer auf Englisch?? Wie soll ich von hier nach Deutschland kommen? Ist wohl nicht in sechs Stunden zu machen. Schwierig, schwierig.

- *You can ask me…and Juha, in three years, if he still wants…*
- *Juha… (*Das ist jetzt eine polizeiliche Order…*) Utta is planning for three years. Then she will move to you. If you want. Do you want???*

Herr Pekka, das ist falsch rausgekommen, aber will ich jetzt nichts mehr zu sagen, hab wieder bisschen Bier gepichelt. Also, Ja kann ich noch sagen, Nein mit Begründung wird schlechter. Aber irgendwas muss ich ja doch erwidern, korrigieren. Da geht ein Blick über den Tisch.

Die paar Tage, die wir bis jetzt alles in allem zusammen hatten, seit dem Tangoball, werden plötzlich zu Wochen, Jahren…und immer noch zusammen. Vielleicht marschieren wir beide eines Tages mit Rollator durchs Gelände und der Jagdhund wurde durch einen Blindenhund ersetzt. Wir gucken das ganze TV-Programm von morgens bis abends, auf dem Sofa, mit Kaffee und Schnaps, sagen nichts, sondern halten uns ab und zu an den Händen. Liegen eng beieinander in der Dunkelheit und in grünlichen Nächten mit schwarzem Vorhang, oder wir sitzen die ganze Nacht vor dem Haus und lesen alle die Bücher, von denen wir bis jetzt nur die Kritiken kennen. Doch, doch, das ist vorstellbar!

Ja, sagt Frau Hase, sehr hübsch. Weißt du, wie das in Wirklichkeit wird? Kann ich dir sagen. Ich dachte, die werden sich das das in der Ecke gemütlich machen, Bier und Wodka trinken, einschlafen, aber, nein, da stehen sie am Tisch…Frau Hase, das Frühere Ich und die imaginäre Tochter und gucken mich an.
- *Uttiha…is it true? Do you want to come to me? To Moskuvaara?*
- *I just said, that you can ask me again…on three years. If you want.*

Bin ich wohl schon wieder knallrot geworden. Alles schweigt, guckt mich an. Mag ich überhaupt nicht. Noch was sagen kann ich nicht, nehme ich noch einen Schluck Bier.

Steht der schönste Mann auf. Winkt mich ran. Würde ich im nüchternen Zustand völlig ignorieren, mir erteilt keiner Befehle. Bloß, von ganz nüchtern kann nicht mehr die Rede sein. Stehe ich doch auf und geh um den Tisch. Stille, alle glotzen. Sieht Juha mich an. Die anderen sind jetzt gar nicht da. Was ist das denn hier für Kitsch, rufen das

Frühere Ich und die imaginäre Tochter. Jaja, wenn die was intus haben. Gleich macht er dir einen Heiratsantrag, flüstert Frau Hase verächtlich.

Dann umarmt mich Juha vor versammelter Menge:

- *Uttiha... Will we be together in three years? Then, can I ask you..something?*

Kann ich doch nicht nein sagen. In drei Jahren, da kann viel passieren.

- *Yes.*

Da kommt aber Freude auf! **Suutele teitä molempia!!** Kippis, auf Utta und Juha!

Es geht wohl nicht kitschiger, aber diesmal bin ich nicht im falschen, sondern im richtigen Film und die kleinen Brausestäbchen zerplatzen in meinem Kopf und es ist nur unglaublich! Vielleicht geht danach alles den Bach runter, aber wenigstens sowas einmal erlebt zu haben, habe ich ja noch nie, das sollte man auch auskosten und alle Mahner einfach abstellen. Machen die aber nicht mit. Ich habe Frau Hases angewidertes Gesicht gesehen. Unmöglich, Uta! Nach dem dritten Kuss geht noch mehr Jubel los. Nur diesmal kommt der aus dem Fernsehen, haben die den doch einfach angemacht! Da grölen feierlustige Finnen irgendwelche Schlager mit, sehr laut, sehr bunt...die Silvestershow. Jetzt ist hier Ruhe, ich sehe nur noch drei graue Gestalten in die Küche rasen, dann wieder zurück in ihre Ecke, jeder mit einer Bierflasche. Tuomas hat den Ausknopf gefunden, guckt nochmal ungläubig die Riesenmattscheibe an. Wir saßen doch alle hier? Was war das, eine technische Störung im Fernsehen?

Mein Superfinne hat mich losgelassen, guckt bisschen ungläubig. Der Blick geht auch in die Küche und zurück. Dann zu mir. Wer weiß, ob das nicht doch stimmt, dass ich Tote sehen kann? Hannu und Yrjö Ilmarinen vielleicht? Oder wen sonst?

Gut, dass jetzt noch mal die Wodkagläser gefüllt werden.

Kippis, Kippis rakkaudesta, Utta ja Juha!

Ein Wodka mehr oder weniger macht nichts mehr.

Noch 45 Minuten bis Mitternacht! Ich glaube, draußen falle ich einfach um, egal, ob mich einer anschießt oder nicht. Kälte und Alkohol vertragen sich schwer zusammen, wenn man aus Mitteleuropa kommt.

In der Küche wird die Kaffeemaschine scharfgemacht, der Teig wird einfach auf ein großes eingefettetes Backblech gekippt und kommt in den Ofen. Leena holt noch ein Riesenglas Rotes Eingewecktes, **Karpalot**. Hoffentlich sweet? Ja, sehr süß. Kommt auf den Ofen-Eierkuchen, wenn der fertig ist. Pekka fragt Juha irgendwas, zeigt auf die Fensterbank. Da standen vorhin noch drei Flaschen Bier, die anderen sieben haben wir mit reingenommen, also, wo sind die jetzt? Juha zuckt mit Schultern, sieht mich an. Tja, zucke ich auch mal, vielleicht haben wir doch nicht zehn Flaschen mit raufgenommen? Glaubt er wohl nicht so recht, trotz einiger Promille funktioniert das Auge und das Gedächtnis. Ehe hier noch polizeiliche Ermittlungen angestellt werden, reiße ich mal das Fenster auf. Da kommt ein scharfer Wind und etliche Flocken rein. Jetzt gucken alle, ziemlich ernst. Ja, das ist der Schnee aus den Nachrichten. Dann muss morgen geschippt werden. Alle? Alle. Und früh. So, aber heute ist noch 2019, meint Tuomas. Wer will noch was? Wodkaflasche Nummer fünf? Nee, lieber ein Bierchen für jeden. Muß Juha diesmal allein in den Keller.

Ich verziehe mich aufs Klo, hoffentlich kommt jetzt keiner. Ist gleich halb zwölf. Wohl die letzte Gelegenheit, Nachrichten abzusenden. Viel Zeit ist nicht, also bekommen alle das Nordlicht-Foto „Happy new year, Hyvvä uutta voutta, wie man hier sagt. Alles Gute…und ich melde mich noch mal 2020". Die ganzen Mitteilungen kann ich hoffentlich morgen lesen. Ein Telefongespräch muss sein. Wo bist du denn? Ist es da nicht kalt? Komm gesund wieder zurück. Ja, wir sehen uns in drei Wochen.

Als ich wieder in die Stube komme, wird da geschmettert was das Zeug hält. Schön schwermütig sind die Lieder, ich könnte manchmal glatt mitsingen. Wird aber entweder laut und falsch oder Gebrummel, und Text kenn ich auch nicht. Pekka Lehtonen könnte auch bei X-Faktor oder Finnland sucht den Superstar mitmachen. Jetzt eins, das ich auch kenne, auf Russisch, nicht auf Finnisch. Es hieß „Abends an der Moskwa", passt ja zu Moskuvaara, aber ich halte mal die Klappe. Beim Refrain nr. 5 summe ich aber doch mit. Nochmal Prooost-Olut! Jetzt soll ich auch mal singen „Tanska, Saksa"…Vielleicht können sie mitsingen? Ging doch eben auch. Ich hätte was, sogar auf Finnisch, kann aber bloß die ersten zwei Wörter, und wer weiß, vielleicht ist das verpönt. Lieber nicht. Andere, auf Dänisch, fallen mir nur Lieder meiner Lieblingsband ein, geht auch nicht. Auf Deutsch? Nur

Kampflieder oder richtige Sauflieder, nicht so gut. Oder dieses? „Ich weiß nicht, was soll es bedeuten…" (Die Loreley). Eine Zeile und die Gesellschaft stimmt ein! Was ich auch sehe, dass das frühere Ich wieder aus der Ecke gekommen ist, mich anstarrt und mir einen Vogel zeigt. Kannst du gerne, aber nicht wieder am TV rumspielen. Beifall und noch zwei finnische Lieder. Eins erinnert an den Tangoball, das andere klingt wie ein italienisches Lied. Von der italienischen Version kenne ich sogar den Sänger, Adriano Celentano.

Jetzt geht der Hausherr zum Fernseher, (da ist was schnell weggehuscht) und macht ihn wieder an. Wir bleiben nebeneinander stehen. Kriege ich nicht so mit, dass da im Hintergrund geploppt, geklirrt und geraschelt wird. Es riecht süß, nach dem Ofen-Eierkuchen und nach Kaffee.

Aber jetzt alle (mit Blick auf die Fernseh-Uhr):

- **Kymmenen, yhdeksän, kahdeksan, seitsemän, kuusi, viisi, neljä, kolme, kaksi, yksi…nolla…Happy new year, happy new year!!**

Kling, kling, Kuss, mit allem und mit einem ganz lang. Wir drehen uns und drehen uns. Rakkastan sinua…for ever. Kippis, Kippis, Skåååål und Prooost!

Dann stehen wir alle im Flur und warten auf Juha, mit der Munition. Leena hält mir ihren Pelzmantel hin. Draußen ist es „really hyvin kylmä"! Besser für mich, wenn ich den anhabe. Ja, und sie selbst? Ob ich ihr meinen Anorak leihen könnte. Wir tauschen. Dann gehen wir raus, mit Gewehr und Munition. Da bläst etwas sehr Scharfes aus Richtung Ost. Es war vorher schon Schnee genug, der lag da die ganze Zeit, aber nun! Man sieht keinen Weg, alle beiden Autos sind weiß überzogen und wir stehen mitten in einem Flockenwirbel. Normalerweise wäre ich bei solchen Temperaturunterschieden nicht raus gegangen, ich weiß, wie das wirkt. Aber jetzt merke ich erstmal nichts, vielleicht auch, weil der schönste Mann von jenseits vom Polarkreis mich fest rangezogen hat. Ich kann ja gar nicht umfallen und kalt ist mir auch nicht.

Jetzt geht die Neujahrs-Knallerei los! Patronen ins Gewehr und jeder darf einen Schuss abfeuern, in die Luft. Bei jedem Schuss gibt es Beifall. Uttiha, jetzt du…ja, ist nicht so schwer, Lauf in die Luft, Auslöser auslösen…Peng!!…Happy new year, Uttta! Es gibt einen

Kuss vom schönsten Mann und einen Schulterklopfer von meinem liebsten Polizisten von hinterm Polarkreis.

- *Mister Lehtonen, maybe, I can also become a policeman, on three years... haha!*

Dann wieder alle rein, der Eierkuchen wird aufgeteilt, mit Preiselbeeren, Schlagsahne und diesmal weder Bier noch Wodka, sondern Kaffee. Schmeckt gut, mit Preiselbeeren noch besser und mit Schlagsahne schlägt er alles. Der Gesprächspegel wird lauter, aber es hört sich nicht nach hitzigen Diskussionen an.

Wir haben die Plätze getauscht, ich sitze jetzt neben dem schönsten Mann zur Linken und der schönsten Frau (Kaata) zur Rechten und beide bemühen sich, mir das Gespräch verständlich zu machen. Also, morgen geht es früh raus. So viel Schnee! Kaata, hat Risto schon angerufen? Ja, aber ob er bis hierher fahren kann? Jetzt sagen alle drei Herren zu Kaata, dass das kein Problem wäre, sie soll mal Risto Bescheid geben. Und schon sind sie im Flur, rein in die Pelzkleidung, Stiefel an. Juha holt noch was aus dem Keller, werden wohl Schneeschaufeln sein. Dann verschwinden sie in die nicht so dunkle Nacht. Die Damen stapeln noch ein bisschen Geschirr und bringen es in die Küche. Eben noch eine tolle Stimmung und jetzt ist die Luft raus. Schneemengen sind schlimm, aber ich kenne ganz andere Partykiller. Wir sitzen in der Küche, jede mit einer Kaffeetasse, Leena und ich mit Zigarette. Kaata guckt auf ihr Telefon.

Die Imaginäre Tochter schläft sicher wegen Bier und Wodka selig hinterm TV, aber ich kann das auch ganz allein vernünftig machen und jetzt weder dussligen Fragen stellen oder lustige Bemerkungen machen, auch mit ein paar Promille. Umgekippt bin ich draußen nicht und habe keinen angeschossen.

Endlich kommt der Bescheid von Risto, dass er in 20 Minuten da sein wird. Wir sind alle erleichtert. Daher wird nun laut darüber nachgedacht, was wäre, wenn. Der Schnee zu hoch, Ristos Auto nicht gekommen. Kaata, du könntest auch hier übernachten, dann gehen wir doch mit unseren Männern in die Sauna...hahaha. Utta und Juha schlafen im Schlafzimmer...haha. Du vielleicht hier auf der Couch? Oder, Utta, ihr beide hier auf der Couch, aber das wird wohl bisschen eng, hihihi. Kaata und Risto im Schlafzimmer. Terhi und Leena finden das eine ausgezeichnete Idee, Kaata weniger. Dann die Lichter an der Einfahrt. Jetzt rappelt es an der Türe, alle drei Herren samt Risto sind da. Happy new year!...Die Damen bekommen alle einen Kuss von Mr Charme.

- *Hyvä uutta vuotta... Utta..Happy new year to you. What do you think about the people here and the party? Better than in Denmark or Germany?*
- *The same to you and Kaata... Yes, the best party, lovely people. I love them all!*

Ich meine das wirklich.

Risto, hast du was trinken können? Ein Glas Sekt. Na, einen Schnaps kannst du noch. Und Kaffee. Und den Eierkuchen probieren. Kaata sieht ihn so an wie, na, die paar Minuten. Es gibt noch mal Kaffee, Sekt und Wodka. Dann lauscht alles, was der Chef der Notaufnahme von spektakulären Fällen des heutigen Abends erzählen kann. Ich bekomme es simultan übersetzt. Nein, war ein recht stiller Abend. Nur zwei, die aufgesammelt wurden, weil sie im Schnee schlafen wollten. Sakari war einer, kennt man wohl. Ist jemand aus Sattanen, der hat noch einen Kumpel, die besuchen sich gern. Da wollte der eine den anderen nach Hause bringen. Sind müde geworden und haben sich zum Schlafen hingelegt, in den Schnee. Sakari sollte mal in Sodankylä untergebracht werden, wollte er aber nicht. Über siebzig und wohnt allein da draußen. Kaum Essen im Haus, aber immer paar Flaschen selbstgebrannten im Keller, meint Terhi zu mir.

Kaata und Risto brechen auf. Kiitos! Wir sehen uns!

Sechs Leute um den Tisch. Der Kuchen ist verspeist, Kaffee und Sekt ausgetrunken. Es wird finnisch. Denkt sicher jeder ans Schnee schippen. Aber, einen sollten wir noch? Tuomas schenkt die letzten Reste aus Flasche Nummer fünf ein.

Ich will mal was zur Stimmung beitragen. Lass lieber, säuselt da eine Stimme hinter mir…ja die imaginäre Tochter. Keine Angst, ich kann noch verständlich sprechen, auch auf englisch und so viel Promille wie bei Haalonen waren es nicht:

- *When I was in school in the GDR, we heard about a schoolbook from Bavaria. The life in our country was so described: In Eastern Germany it is always cold and dark. All people are sad.*

Every day one man should get up and must shovel the snow, at five in the morning....

Hmm, hat nicht so richtig gezündet. Bei ihnen ist das genauso, mit Schneeschippen, aber traurig sind sie deswegen nicht. Ob ich noch mal erklären muss:

- *Because the children in Western Germany should learn that our country is like Siberia...*

Noch blöder, lacht nämlich keiner, nicht mal der frühere Genosse und DDR-Fan Pekka. Beim schönsten Mann sind beim Wort „Siberia" wieder die Brauen raufgegangen. Hast du mir mal erklärt, aber Angst vor den Russen brauchst du wohl nicht zu haben. Werner..Chhh. Reicht jetzt, meint die imaginiere Tochter und hält ihre Hand aufs Wodkaglas.

- *But Utta..you told me, you liked Finland, as it was in the 70thies, did you not? The same people here, always sad...like us...*

Wie Pekka das meint, kann man an den Augen sehen, da glitzert was. Mein schönster Finne sieht mich so finnisch-melancholisch aus grünbraunen Augen an, als er den anderen verkündet: Uttiha wollte schon immer hierher, seit sie Teenager war. Und jetzt sollen wir drei Jahre warten!

- *Utta, it is the best for you to move to us in the High North...you can be sad, and shovel snow all days, in Winter. In Summer you can kill the mosquitos, all nights...haha.*

Danke, Herr Tuomas!

War das Startsignal, nun lachen alle. Nochmal Kippis und **Onnea**!! Das Glück kommt nicht in den nächsten Stunden, denn gerade haben Juha, Pekka und Tuomas den Bescheid bekommen, den sie befürchtet haben: Schneeschippen, alle. Was mit **„Lumi"** kann ich erkennen auf Juhas Telefon. Lumi ist Schnee, wurde mir irgendwann heute oder gestern erklärt. Die Herren steigen noch mal den Keller runter und holen drei große Säcke hoch, Streusalz. Das sollen die Damen streuen, morgen, soviel habe ich mitbekommen. Es wurde mal drauf geachtet, dass jeder sich auf den Matten ordentlich die Schuhe aus- und Filzpantoffeln anzieht. Nichts mehr davon zu sehen, im Flur. Bei Katastrophen bleibt die Hygiene auf der Strecke. Schneeschippen morgen Vormittag, alle ein bisschen muede, das Fest ist vorbei. Keiner, der noch sitzenbleiben will.

Good night ladies...der Polizeibarriton summt so etwas. Die Damen bekommen Küsse von allen Herren. See you...kultaseni... wird mir ins Ohr geflüstert. Dann marschiert das Herrentrio zur Saunahütte, im Taschenlampenlicht. Gehen wir auch? Eigentlich keine Frage.
Jetzt auf dem Sofa liegen, an heute Nachmittag denken, an den Abend.
Hyvä yötä! Meet you at eight! Sleep well...hoere ich von der Treppe. Dann sind alle Lampen aus. Trotzdem ist es nicht dunkel, die Flocken fallen und tanzen und tanzen. Und leuchten.

Das Fenster ist fast zugeweht mit Schnee. Wer weiß, was da für Mengen draußen liegen.
Mein erster Blick geht zur Uhr: Nicht mal halb acht! Zu Neujahr! Ohne Kater! Obwohl wir andauernd mit irgendwelchen alkoholischen Getränken angestoßen haben. Gegessen haben wir aber auch, fast pausenlos. Das war das schönste Silvester seit Jahren, ach was, seit Jahrhunderten! Würde ich jetzt gerne begeistert jemandem mitteilen, mit dem ich gestern Nachmittag hier auf dem Sofa gelegen habe. Leider schläft der schönste Mann von hinterm Polarkreis zusammen den anderen Herren in der Sauna, hoffe ich doch. Nicht, dass sie sich, wie der arme Sakari, in den weichen Schnee eingekuschelt haben.
Das ganze Haus ist noch still und dunkel, nur in der Küche tickt etwas leise. Da ich entspannt und gutgelaunt, wie selten an einem Neujahrstag, bin, stehe ich auf. Die Treppe hochschleichen, ins Bad und dann in die Küche, Frühstück für alle machen. Auch oben ist alles still, einzig die Tür des großen Schrankes knarrt, als ich sie öffne. Da habe ich nämlich gestern Abend meine Sachen für heute reingepackt. Im Kleidchen kann man schlecht Schnee schippen. Mit dem Schneeschieber! Eine der schrecklichsten Arbeiten, die ich kenne. Entweder der Schneeschieber war aus Eisen und mordsschwer oder es war so ein leicht zerbrechliches Holzdingens, wo der Schaft mit Pflaster verstärkt werden musste.
Als ich die Treppe wieder herunterkomme, stehen da unten in der Stube drei verkaterte Gestalten. Als Gespenst verträgt man nicht so viel. Wann sie denn wieder zurück in die Schlafstube können, gerne mit Fernseher, aber muss nicht sein, fragt Frau Hase. Sie sollen mal

in der Ecke bleiben, erst rauskommen, wenn ich Signal gebe. Ist aber so unbequem da! Ja, oder runter in den Keller? Will auch keiner.

Die Küche ist vollgestellt mit allem, was so an Tellern, Tassen, Gläsern, Schüsseln, Töpfen und Besteck zu finden war. Wir waren doch nur sieben? Paar Sachen kann ich mal abwaschen, wollen ja alle essen, bevor es an die Gemeinschaftsarbeit geht. Als alles im Abtropfschrank verstaut ist, inspiziere ich den Kühlschrank nach Sachen fürs Frühstück, die Kaffeemaschine wird auch flottgemacht.

Essen, Schneeberäumung, Hunde abholen, da ist der Tag fast wieder gelaufen. Aber morgen! Da wollen wir zum Gottesdienst. Auch bestimmt der halbe Tag weg. Wenigstens nachmittags sollten wir dann für uns haben. Kein Telefon, wo wieder nur rumgebrüllt wird. Kein Besuch, mit und ohne Hausführung und Verkostung von Kuchen und Schnaps. Einfach die letzten Stunden hier. Sich darüber unterhalten, wie es weitergeht, das soll es ja wohl. In zwei Tagen kann ich mich wieder an eine andere Welt gewöhnen, wenigstens vier, fünf Wochen. Im Februar wollen wir zusammen nach Deutschland. Aber bis dahin? Könnten wir nicht doch noch mal beide nach Helsinki? Nur das Hotelzimmer, der schönste Mann und ich, ohne Krankenhaus, ohne Hunde. Später, im März kann ich ja nochmal herkommen, für ein paar Tage. Wenn die Sonne am Tag den ganzen Schnee beleuchtet, dass man eine Sonnenbrille braucht. Und, nach Mittsommer komme ich sowieso her, wenn die ganze Nacht die Sonne scheint, oder wenigstens der Himmel hellgrün ist.

Die Kaffeemaschine pustet schon vor sich hin, ich säbele Brotscheiben ab...

- **Hyvä huomenta**, Uttta...

Sagt jemand hinter mir, Leena steht in der Tür und sieht auch nicht unbedingt verkatert aus.

- *Good morning. Thank you for the nice evening yesterday.*

Ja, meint sie, ein schöner Abend, alles war perfekt!

Währenddessen hat sie den Trockenschrank aufgemacht, sich ein Handtuch aus einer Schublade genommen und trocknet Teller und Tassen ab. Dann angelt sie ein Tablett vom Küchenschrank. Ich wusste gar nicht, dass da eins steht, hätten wir ja gestern nehmen können? Stellt Teller, Tassen und Besteck drauf und bringt das in die Stube.

Kommt sie zurück und stellt ihre und Terhis Sachen bisschen extra, die nehmen sie so mit.

Guckt in den Kühlschrank, holt Milch raus, die kommt in einen kleineren Topf, der wird auf den Herd gesetzt. Dann holt sie aus irgendeinem Schrank eine Dose mit Haferflocken raus. Wusste ich nicht mal, wo die steht. Die Flocken werden in die Milch gerührt, gleich riecht es nach Hafergrütze. Ich sage zu Leena, dass hier keiner „oatmeal" zum Frühstück braucht. Doch, sagt Leena, alle und Juha isst sowas auch gern. Woher weiß sie das? Dann guckt sie auf den Teller, auf dem ich die ganzen Brotscheiben abgelegt habe. Warte mal, holt sie einen Brotkorb aus einem der Schränke. Tablett, Haferflocken, Brotkorb, da kennt sich jemand mehr als gut aus!

- *Nice, you know where the things are hidden!*

Mir schwant schon etwas, dass Leena nicht nur mit Juha auf dem Hochsitz mit Thermoskanne, Taschenflasche und Gewehr sitzt, sondern eventuell hier morgens das Frühstück gemacht hat. Vor der Jagd, oder nach was anderem?

- *You have been here before....not only as a guest, did not you?*

Da müssen noch paar Promillchen herumspuken! Sofort kommen zwei hinter dem Fernseher vorgeschlichen, Frau Hase, klar und das Frühere Ich, das die Stirn runzelt. Leena wird rot wie der Topf mit dem Saucenrest, der auf dem Herd steht:

- *Uttta, you are right....I was here before, not as a guest, but it was long time ago, two years...and it was, hmmm, very short...hmmm, Juha has not talked about it?*

Leene, immer noch rot, mit dem Brotkorb in der Hand. Was soll ich sagen? Zwei Jahre her, jetzt geht sie ja mit Tuomas Tango tanzen und mit Juha jagen. Chhhh, und ich glaube das! War bestimmt wegen den Tattoos, mutmaßt das Frühere Ich. Sollte sich jetzt aber aus dem Staub machen...schhhhh, ab mit dir!

Leena, guckt verwundert. Zucke ich mit den Schultern und hüstele. Klappt immer.

- *Of course, no, he has not talked about it, to me. Who will do this?*

Wir lächeln uns an. Ja, ich kann mir denken, wer hier in Sodankylä und Umgebung die Männerherzen höher schlagen lässt. Die Rosendame. Bloß gut, dass Herr Pekka mit Terhi einen Boss fürs Leben außerhalb des Polizeidiensts hat. Mit dem Jagdgenossen werde ich noch mal ein Wörtchen reden. Hatte ich mich da auf Frau Kaata gespitzt, aber war verkehrt. Chhh, chhh.

Wir kichern noch immer beim ersten Kaffee in der Stube, und nochmal, als Leena den weißen Brei auf fünf Schalen verteilt. Dann kommt Terhi und ein wenig später auch die Herren, die schon vorgearbeitet haben.

Nach dem Frühstück geht es für alle los. Die Herren fahren mit Juhas Auto runter an die große Straße, wo weiter geschippt wird, bis der Schneepflug kommt. Anschließend bringt Juha die beiden Herren nach Sattanen. Wir schippen Salz in vier größere Eimer, die mit ins Auto kommen. Dann befreien wir die Ausfahrt zur Straße, die Straße bis zur Bushaltestelle und dort die Busspur vom Schnee. In der Nacht soll noch mal ein eiskalter Wind kommen, da dann friert der ganze Schnee wieder fest und man fährt wie auf Eis. Die Schaufeln hier sind dreimal besser als die, die ich kenne, leicht und liegen gut in der Hand. Von der Kälte merkt man gar nichts, wenn man so am Schippen ist. Nach zwei Stunden haben wir fast alles geschafft. Es schneit immer noch ein bisschen, deswegen wird noch Salz gestreut. Zum Schluss wedeln wir die Fenster ab.

Ich will gerade erklären, dass es mehr als zehn Jahre her ist, dass ich solche Schneemengen in echt gesehen habe, da kommt ein Anruf von Pekka, dass sie immer noch an der Straße sind, aber der Schneepflug nähert sich schon Sattanen. Das meiste ist aber frei, die Damen könnten losfahren. So, Uttta, da wollen wir mal los, meint Terhi. Wir müssen auch zu Hause weitermachen. Und, der viele Abwasch, sorry. Kein Problem, winke ich ab, kann ich besser als Schnee schippen. Utta, sehen wir uns morgen, in der Kirche? Ja, nicke ich, so Gott und die Schneekönigin das nicht verhindern.

Na, dann, **huomenna**…bis morgen. Das Auto springt an, der Motor läuft warm, die Damen verpacken Taschen und Kisten und fahren ab.

Bevor ich jetzt den Kampf an der Abwaschfront aufnehme, gönne ich mir eine lange heiße Dusche. Ich habe es nicht bemerkt, aber meine Füße und Hände, auch wenn die luftdicht verpackt waren, sind eiskalt.

Danach leichte Kleidung an und los geht's. Am Ende landen viele nasse Handtücher auf der Heizung. Da ich nicht Leena bin, die hier des Öfteren mit Geschirr, Geschirrtüchern, vielleicht auch

Frottiertüchern und Bettzeug hantiert hat, stelle ich alles auf die Arbeitsfläche und betrachte stolz mein Werk. Mister Polarkreis hat sich noch nicht gemeldet. Kann ich noch einen kleinen Kaffee machen und eine Zigarette rauchen. Mit Fenster auf, ist nicht so gemütlich, aber besser als draußen.

Nein, Früheres Ich, „das" diskutieren wir jetzt nicht als erstes mit Herrn Nieminen, heben wir uns für eine besondere Gelegenheit auf. Aber die gehen zusammen jagen! Wer weiß, was noch! Ich glaube nicht, dass man hier so unverschämt ist. Die neue Freundin wird präsentiert, es wird gefragt, wann geheiratet oder wenigstens zusammengezogen wird und alle wissen Bescheid? Nee, so ist hier wohl keiner. Ja, aber ganz genau weißt du das auch nicht, meint Frau Hase. Das überläßt jetzt mal mir! Ich hoffe, die verhalten sich jetzt still und betteln nicht wieder um alkoholische Getränke. Kann ich noch eine Rundmitteilung an alle absetzen: „Das beste Silvester seit 100 Jahren! Mit Schnee, mit leckerem Essen, mit netten Leuten und zum Schluss wurde in die Luft geschossen…Fröhliches 2020 Euch allen!" Da kommt der Bescheid von Juha. Er ist in einer halben Stunde hier. Könnte ich mal den Rest vom Elch kleinschneiden und mit Soße und paar Kartoffeln als Suppe aufs Feuer setzen. Schneeschippen macht Hunger! Einen Teller Suppe, ein Bierchen, dann würde ich mich gerne ausstrecken, am liebsten in der Schlafstube, so richtig gemütlich, mit oder ohne TV. Es rappelt an der Türe, Mister Polarkreis zurück von der Schneefront. Ein sehr kalter Kuss und, Uttiha, das riecht gut, was ist in dem Topf?

- *The rests from yesterday.*
- *Hmmm. Very good. Let us eat, you must also be hungry.*

Jeder mit einem tiefen Teller und einer Flasche Bier in der Küche. Ich habe gesehen, dass Juha prüfend den aufgestellten Haushalt durchgegangen ist, fehlt nichts, kein Teller oder Glas zu Bruch gegangen. Wo das alles hinkommt, weiß Leena ja besser als ich. Chhhh. Da gehen aber die Brauen hoch. Was war jetzt witzig? Nichts. Aber langsam würde ich gerne in die Waagerechte. So viel Schnee habe ich seit Ewigkeiten nicht mehr geschippt. Aber, noch was:

- *When you drive to Haalonen to pick up the dogs is it OK I stay here? I am really tired...*
- *Jo, stay here. I will not drive now. Hard work to shovel snow?* (Ja, was sonst?)
- *I am not be used to this job, long time ago...*
- *In Eastern Germany, haha. But here it was not on 5 in the morning. A traditional New Year's Day is also different from this...we eat the rest of the meal, drink the rest of the bottles and the others drive home, about 2 in the afternoon.*
- *May be, the next year?*
- *May be...*

Herr Nieminen wirkt plötzlich auch recht müde. Will er sich wohl nicht anmerken lassen. Trägt den Fernseher hoch, fragt, ob ich Kaffee möchte. Hübsch gesagt! Ja, ich mach schon mal. Dann sitzen wir mit Kaffee und Zigaretten in der Küche, das Fenster ist geöffnet, kalt und weiß, riesige Schneeberge. Wir sagen nichts, gucken nur den Rauchkringeln hinterher, die sich durchs Fenster schlängeln. Es schneit auch wieder, nur ganz leicht, die Flocken leuchten im Licht der kleinen Lampen.

- *You have not promised too much. It was the best New Year's eve ever...Seriously!*

Da freut sich jemand.

- *I think the same. But the best was that you were here...I am so happy...*

Noch so ein Lächeln.

Ich könnte jetzt aufstehen, mir noch einen von den Bier-Kaffee-Zigaretten-Küssen holen. Auf dem Sofa weitermachen, wo wir gestern stehen geblieben sind. Aber ich bin wirklich kaputt, der Rücken, die Hände. Habe ich doch eine Blase vom Schneeschippen bekommen! Also, ich lege mich jetzt hin. Gut, schlaf schön. Muss noch mal gucken, ob schon Antwort vom Bürgermeister gekommen ist. Am Neujahrstag dienstliche Mitteilungen? Ich glaube, Herr Juha, du bist auch sehr müde. Du willst dich auch heimlich in dein weiches Bett legen, aber allein, ich könnte vielleicht schnarchen...Chrr. Sofa, Kissen, Decke, ausstrecken. Ich bin schon am Einschlafen, da summt was auf dem Telefon. Kaata:

A lot of snow everywhere!! Thank you for a nice evening. I wish the best for you and Juha. Hope we meet us tomorrow? Kindly regards. Kaata and Risto

Weil es die ersten sind, kriegen sie auch Antwort: Ja, es war schön Euch kennengelernt zu haben, ich freue mich auf morgen. Liebe Grüße.

- *Kaata has send a message. Greetings to you and thanks for a nice evening.*
- *The same from me...from us. Looking forward to tomorrow...* (brummelt jemand und klappert weiter auf der Tastatur.)

Jaja, mail vom Bürgermeister, vielleicht wartet er, bis ich weggepennt bin...und schleicht dann ins Schlafzimmer. Soll er, ich bleib hier, ist so schön hyggelig.

Zwei Hände, ganz vorsichtig, auf meinen Schultern. Muss ich die Augen aufmachen. Blicke ich in zwei wunderschöne grünbraune. Macht man eigentlich nicht, Damen im Schlaf zu stören, aber wenn er möchte, ziehe ich ihn doch einfach ran. So einen Kuss als Einleitung. Platz ist hier auf dem Sofa. Zeit haben wir auch, die Wauzis können auch eine oder paar Stunden später abgeholt werden.

Bei Ereignissen, die die ganze Welt auf den Kopf stellen, kann man sich sogar an alle Sekunden erinnern:

1. Sekunde, möchte ich jetzt gerne, einen Kuss von dir, und mehr.
2. Sekunde, warum starrst du mich so an? Und so ernst, dass ich gleich sage, Herr Nieminen, Sie sehen jetzt wirklich aus wie ein Finne.
3. Sekunde, zum Lachen ist da aber nichts, er zieht mich bisschen hoch, ich soll neben ihm sitzen.
4. Sekunde, sehe ich nur aus den Augenwinkeln, dass er so ein Blatt Papier in der Hand dreht und faltet.
5. Sekunde, ich weiß sogar, welches Blatt das ist!

Mein Rücken wird kalt, ich kann nicht mehr denken, ich sitze neben dir, du legst den Arm ganz fest um mich:

- *Look her. It is very difficult for me. To talk about.*

Das Blatt wird immer noch in der Hand gefaltet, muss ich nicht lesen, muss gar nichts verstehen, was da so stockend, mit Holper-Englisch, durchsetzt mit Finnisch, erzählt wird!

Ich weiß so ungefähr, worum es geht (seit der 4. Sekunde ist mir das klar!): Es wurde was gefunden, nach der Gallenoperation, veränderte Zellen. Dann wurden nochmal Proben genommen. In einer Niere hat man dann einen Tumor entdeckt, nicht sehr groß, aber eben da. Die befallene Niere muss behandelt werden. Am besten im Universitäts-krankenhaus, dauert sechs Monate, aber alles hintereinander, erst Operation, dann Bestrahlung, Chemotherapie und Nachkontrolle. Könnte am 15. Januar starten, wenn er sich bis zum 5. Januar meldet. Sonst erst wieder zum 15. Juni. Oder hier in Rovaniemi, aber da dauert es länger und nicht so hintereinander.

- *That was it I want to tell you….*

Da ist endlich die Katastrophe, die Frau Hase schon die ganze Zeit herbeifabuliert hat! Ich sause, von ganz oben (Jahrhundert-Silvester!) nach ganz unten und schweige bloß.

Der schönste Mann von hinterm Polarkreis ist jetzt so grau wie sein Pullover, warum muss er den andauernd anziehen? Sagt nichts mehr, faltet immer weiter. Hör doch mal damit auf!

Wie geht es denn nun weiter, mit dem Besuch in Deutschland, mit der Hochzeit, ja alles???

Wut kommt auch hoch: Warum hast du das nicht vorher gesagt? Wer würde denn das machen? Dass wir hier die ganzen Tage mit einem Stein im Bauch einen auf lustig machen? Wohl keiner, meint das Frühere Ich. Kann aber nichts gegen die Tirade von Frau Hase aus-richten, die nun folgt und hoffentlich nicht Juhas Ohren erreicht: Kennen wir das nicht? Am Anfang haben wir auch gedacht, ach so ein Tumor, Kleinigkeit, wird bestrahlt und dann ist alles wieder in Ordnung. Nein, war es nicht, danach war alles vorbei. Jetzt erwartet dich sicher die Fortsetzung, mal sehen wie das diesmal. Stopft Frau Hase mal den Mund!

Die Uhr in der Küche tickt, Wind pustet ums Haus, irgendwo knackt was, die Tageslichtlampe scheint immer noch. Niemand sagt was. Aber vielleicht sollte ich mal?

- *So, you will be in the hospital, in Helsinki, in January?*

Blöde Frage, nur, so vor sich hin zu schweigen ist noch schlimmer.

- *What is about your job?*
Als ob das nun das Wichtigste ist, schüttelt das frühere Ich den Kopf.
Sieht echt verzweifelt aus. Du musst aber trotzdem nicht nach Juhas
Hand grapschen!
Der geht weiter, im Ministerium. Für solche Fälle kann jemand herkommen und ihn vertreten, während er behandelt wird und so nebenbei auch arbeiten kann. Den Artikel über die Rentierbakterien schreiben. Ist ja superwichtig! Meint das Frühere Ich.
Und, überwinde ich mich, haben sie was gesagt, wie die Chancen
sind? Kommentiert das Frühere Ich, ganz hämisch oder wütend: Kennen wir ja, lokaler Tumor, sehr gut zu behandeln, gute Chancen. Acht
Wochen später waren die Chancen auf minus eins gesunken. Ja,
früheres Ich, aber man wird wohl so eine Behandlung nicht im End-
stadium angeboten bekommen, also ist noch Hoffnung da. Hoffnung,
Hoffnung, ja hast du noch gehabt, als schon die letzte Infusion auf-
gehängt wurde! Ich halte mir gleich die Ohren zu, soviel Gefasel!
Also, die Evidenz, meint Juha, ob ich das kenne? Nicke ich. Was das
so heißt: Die Evidenz liegt bei 90%, dass die Behandlung nicht hilft.
Und wenn man zu den 10% Glückspilzen gehört? Also, man geht von
einer Evidenz von 80% aus, sehr gut. Wenn es 20 Prozent gewesen
wären, hätten sie vielleicht gesagt, hoffen und beten. Du bist doch ein
gläubiger Mensch, Juha. Ist nicht wirklich witzig, Frau Hase!!
Oder naja, erst die Niere, dann die Leber, dann der Magen, dann hat
alles gestreut. So, reicht jetzt aber! Früheres Ich, lass mal die Hand
von Juha los, sonst merkt der das und ist vollkommen hinüber. Denkt
er, die Hand Gottes, hihi. Dafür bekommt Frau Hase jetzt paar Ord-
nungsgongs von der imaginären Tochter, und von mir bekommen alle
einen Schubs, dass sie sich verziehen sollen.
Dann nehme ich Juhas Hand, fahre die schönen langen Finger mit
meinen nach, drücke die Hand. Blöd, aber mir fällt nichts anderes
ein.
Und frage doch, warum höre ich das erst jetzt, wir hatten ja immerhin
fünf Tage vorher? Weiß ich, macht keiner, würde ich auch nicht. Ja,
warum? Weil alles so schön war. Doch auch für dich? Aha, das
glaubst du, aber ich hatte ja schon so eine trübe Ahnung. Das Papier-
chen habe ich auch mal gesehen und dann die Telefonanrufe, wo du
immer die Tür geschlossen hast? War das, also wegen…?

Ja, seine Schwester hat es gewusst. Tiina auch. Sie waren damals im Krankenhaus und hatten ihn bestürmt, einfach Ja zu allem zu sagen. Wegen ihnen, wegen der Familie. Soll das ein guter Grund sein, Uttiha? Hmmm, ich war noch nicht in so einer Situation. Ihm wäre es egal gewesen, mit 55, 60 oder 75 abzutreten, wenn es sein muss. Nur, jetzt nicht mehr:

- *Now, you are here. I want to live with you, two years, ten years, more years. And so, I did not want to think about. I hid it, but it was here...alltime. It is so difficult to explain, I have no words...not in Finnish, not in English...sattanas!*

Was ich jetzt überhaupt nicht sehen möchte, dass sich deine Augen noch mehr zusammenziehen und dann glitzert es irgendwann, aber nicht wie grünes Leuchten. Lass das mal sein! Die Behandlung dauert recht lange! Er weiß nicht, wie es ausgeht, weiß keiner! Es ist...zu hart!!! Nicht heulen! Wenn du allein bist, im Keller, im Klo, im Auto auf dem Weg zu Haalonen, aber nicht jetzt!!! Aber wir sind Erwachsene und flennen nicht. Nein. Bekommst du einen Kuss. Und Umarmung.

Mein Herz jagt immer noch die Halsschlagader rauf. Mir ist kalt, ich weiß immer noch nicht, was ich sagen soll, also, wie das weitergeht. Du kannst mich so viel umarmen, wie du willst, ich friere doch. Da ist was Nasses an meiner Wange. Das will ich nicht, kann ich nicht! Nur ein paar vernünftige Sätze auf Englisch stammeln:

- *It will be better for me to think about it...but alone. Can you drive to Haalonen and send best regards to Erkki and Nelli? So, I have a little bit time...Can you understand, it comes so...suddenly.*

Musste ich doch nachgucken, peinlich, aber hilft nichts.

- *I have never expected...such a situation.*

Stimmt nicht so ganz. Irgendwas war da immer, vor allem, wenn man solche Kassandra wie Frau Hase als Dauerbegleitung hat.

- *We can talk about it, when you are back.*
- *Uttiha, I drive now and will be back with Jakko and Marja, on two hours. OK?*

Nicke ich nur. Hoffentlich wird bei Haalonen nicht zum Trost Selbstgebrannter konsumiert.

Juha erhebt sich, der Pelzmantel wird angezogen, die Mütze, die Stiefel. Noch mal Umarmung. Ach, mein schönster Mann von hinterm

Polarkreis! Ob ich dich noch bei vielen Gelegenheiten so anstarren kann und denken…Donnerwetter! Fahr mal lieber sofort los, sonst gibt es doch noch Wasserfälle!

Dann sitze ich allein auf dem Sofa, hab mir die Decke umgehängt, denn ich friere immer noch, trotz der 23 Grad Ölheizung. Die Damen haben strenge Order, mich in Ruhe zu lassen. Frau Hase ist brummelnd die Treppe raufgestiegen. Das Frühere Ich sitzt in der Küche und schluchzt. Die imaginäre Tochter sagt nix. Könnte mir vorstellen, mal zu gucken, wieviel Alkohol noch übrig ist. Auf jeden Fall noch eine Flasche Wodka, eine Flasche Rotwein habe ich auch gesehen und Bierflaschen, so vier, fünf. Ach, jetzt einfach lostrinken, Küchenfenster auf, rauchen. Wenn der Hausherr zurück ist, leicht angeschickert singen: „Ich geh vom Nordpol zum Südpol zu Fuß für einen Kuss". Kennnste das auch, Herr Nieminen?
Na, sag ich zum Früheren Ich, hilf mir mal denken, aber nicht heulen und keine dummen Bemerkungen! Ich schenk mir ein ordentliches Glas Wodka ein. Vielleicht ordnen sich die Gedanken besser, oder aus dem Chaos kommt ganz unverhofft eine Lösung raus.

Also: Ich bin da, wenn du aus der Narkose aufwachst, wenn sie dir, vielleicht, die Niere entfernt haben. Man kann auch mit einer leben, ganz normal. Ich bin da, wenn die Strahlen- und Chemotherapie losgeht, tut manchmal furchtbar weh. Das mache ich, weil ich dir gestern was versprochen habe, hätte ich das gewusst, wer weiß. Aber ich lasse niemanden im Stich, weder Freund noch Feind. Kannst du noch was von mir lernen, Herr Nieminen. Prost!

Alle 14 Tage das Flugzeug nach Helsinki. Vielleicht bekomme ich auch so eine Chipkarte, wo Frau Djeshurnaja nicht immer kontrollieren muss. Aber die Bakterien! Sie dürfen den Patienten nur mit Schutzkleidung besuchen! Nicht anfassen. Küssen verboten.
Wenn alles überstanden ist: Juha ist so eine Version „2 minus" geworden, entweder aufgeschwemmt oder abgemagert. Total kahl. Es funktioniert alles nicht mehr so richtig. Geht langsam, isst nur gesund, trinkt keinen Alkohol mehr, und man darf das Wort Zigarette

nicht mal denken. Uttiha, alles Gift! Prost Gift, und wieder sto Gramm gekippt.

Es wird Verstimmungen von allen Seiten geben: Auf Arbeit, weil ich immer am Telefon hänge, weil ich andauernd paar Tage freihaben will. In Deutschland, weil ich nun mehr nach Helsinki als nach Berlin fliege Ist das nötig? So lange kennst du den doch auch nicht. Später: Juha Nieminen als alter Knacker, mürrisch und übervorsichtig, wieder zu Hause. Ich soll andauernd kommen, ging ja auch in Helsinki. Aber bis Moskau braucht man einen halben Tag. Moskuvaara, wann lernst du das! Du brauchst keinen halben Tag, sondern vielleicht acht Stunden, ist wohl nicht zu viel! Am Ende vielleicht noch: Hör mal Uta, du brauchst wohl viel Zeit dort, im Norden? Da haben wir gedacht, es ist das beste…NEIN! Ob das alles stimmt, mit einem Job hinterm Polarkreis? Habe ich schon mal und ganz anders erlebt, da war ich 15 Jahre jünger. Putzfrau in Terhis Supermarkt? Neee. Prost, auf die netten Aussichten.

Aber trotzdem willst du? Was glaubst du, Früheres Ich? Ja. Warum? Hat sich die imaginäre Tochter auch mit eingeschlichen. Ich hoffe nur, dass Frau Hase oben vorm Fernseher sitzen bleibt.
Da ist einer, der einen liebt, also ich bin überzeugt, dass er. Ich wäre doch auch nicht mit der Tür ins Haus gefallen, wenn gerade die Feier des Jahres (Jahres? Jahrhunderts!) ansteht.
Sollte ich da vielleicht antworten: Ich mag dich auch sehr, das schönste, was mir passiert ist, seit langem, und paar Macken (und hübsche Jagdgenossinnen) verkrafte ich schon. Aber das hier, mit Krebs, nein, das kann ich nicht, habe ich schon mal erlebt. Will ich nicht mehr. „*But, remember, we had a wonderful time together.*" Nein, kann ich nicht, niemals.
Es ist sogar egal, ob es nur reines Pflichtgefühl oder ganz heiße Liebe ist. Jeder braucht einen, dem er vertrauen kann, dass der immer da ist. Wenn nicht…Frau Hase, hör zu! Die ist jetzt doch die Treppen runtergeschlichen. Dann gehen wir alle jämmerlich zugrunde und von uns bleibt nur Staub. Wer will das schon? Juha bestimmt nicht! Prost! Nochmal 100 Gramm. Kann man wirklich trinken, ich merke jedenfalls noch nichts. Kann ich noch mal nachfüllen.

Vielleicht wird es ganz anders, und wir kommen sogar im Juni heil aus allen Höllen heraus. Dann habe ich meine dritte Chance genutzt und muss nicht auch noch nach Finnland fliegen, um paar Blümchen neben einem Grabstein zu stellen.

Jetzt sind sie gefragt, die Damen! Aber bitte nur Unterstützung, ich habe mich ja schon entschieden. Es geht gar nicht anders.

Frau Hase nippt auch mal am Glas und guckt mich an.

-   Ja lieb den innigst, jetzt, nachher und später, auch wenn am Ende ein glatzköpfiger aufgeschwemmter Mann übrigbleibt. Der nur schlechte Laune hat und seine Depressionen mit Alkohol oder Tabletten bekämpft. Und es gibt nicht mal mehr Brot im Bett.

Da war alles mit, danke Frau Hase!

Was sagt das Frühere Ich:

-   Das war das Beste, was du bis jetzt erlebt hast. Das halbe Jahr Hoffen und Beten überstehen wir doch glatt. Denk mal, wenn alles gut ausgeht! Prösterchen…

Hmm, wenn nicht?

Die imaginäre Tochter:

-   Juha möchte, daß du den ganzen Weg mitgehst. Sonst hätte er wohl nichts gesagt und alles wäre irgendwann vorbei gewesen. Du wüsstest nicht mal, warum. Also muss doch was dran sein.

Ja, der kennt dich besser als du selbst. Du kannst doch gar nicht anders…Frau Hase, halt mal die Klappe!

-   Später sieht man weiter. In drei Jahren, wer weiß. Wenn er nicht anfängt, sich danach wie ein alter Mann aufzuführen, kann das die Liebesgeschichte des Jahrhunderts werden, meinst du nicht?

Die Alternative? In netter Form dem schönsten Mann von hinterm Polarkreis beibringen, daß das letzte halbe Jahr phantastisch war, aber man soll aufhören, wenn es am besten schmeckt. Ich habe keinen Pilotenschein, geschweige denn ein eigenes Flugzeug. Also, schließen wir heute oder morgen ab mit einer romantischen Polarnacht. Wenn ich dann zu Hause bin, könnte ich das ganze aufschreiben. Für den wirklichen Herbst des Lebens. An die ganz hellen und ganz dunklen Nächte denken, das Polarlicht, den schönsten Mann.

Nebenbei eine Katze streicheln. Nur wird mich immer und überall das Frühere Ich nerven, ob das auch richtig gewesen ist. Denk mal, Mister Polarkreis bekommt vielleicht jetzt Tee oder Wodka und Elch von Leena serviert. Beide sitzen nebeneinander und starren in die helle Nacht. Da könntest du sitzen! Sehr vernünftig gedacht, meint Frau Hase, denk mal, wieviel Geld durch Fliegerei und Krankenbesuche verbrannt wird. Und am Ende bekommst du jemanden, der auf dem Bett sitzt und hustet, wars das wert?

Ja, denke ich. Es muss schon knallhart kommen, ehe eine Uta Landmann das Handtuch schmeißt. Mister Polarkreis, ich hoffe und du betest. Noch einen Doppelten, Kippis! Na sdarowje, wie der Russe sagen würde! (Chhhh)

Klingeling, klingeling....Gerade hatte ich mich wieder gefangen, jetzt geht das Herz schon wieder bis zum Hals. Ob das einer von Haalonens ist, dass Juha jetzt eine ganze Flasche Selbstgebrannten brauchte und nicht mehr zurück fahren kann. Das sind ja schreckliche Neuigkeiten!

Klingelingeling!!! Na, mal raufgucken: Die Tochter! Passt jetzt schlecht, ich bin so gar nicht in Quassellaune:

- Na, Mama, Happy New Year! Und alles, alles Gute.
- Ja, dir auch, alles Gute für Euch beide. Was habt ihr so gemacht?
- Wir waren feiern im Pub. Das Feuerwerk war auch toll. Was habt ihr gemacht? Ordentlich Wodka getrunken? Immer noch?

War wohl doch etwas viel vom Wässerchen, obwohl ich dachte, ich merke nichts.

- Nee, also ja, war lustig gestern. Erst Hausputz. Dann war Sauna angesagt, bin ich mitgegangen.
- Waaas? Wolltest du doch nie machen, war das nicht so? Und ihr alle zusammen?
- Nein, nicht alle zusammen. Macht man hier nicht. Die drei Frauen haben mich einfach mitgenommen. War auch nicht so warm, aber ich fand es trotzdem schweineheiß. Danach saßen wir alle feingemacht in der Wohnstube und haben die Präsidentenrede gehört. Die Nationalhymne wurde auch gesungen. Dann wurde bis Mitternacht getafelt. Nochmal Liedchen geschmettert und um Mitternacht in die Luft geschossen, mit richtigem

Gewehr. Ich habe auch mal geballert. Danach sollte es eigentlich mit der Trinkerei weitergehen, wurde gesagt. Fiel aber aus.

- Wieso, waren schon alle voll?
- Da kam eine Schneewarnung, heute früh gings raus, zum Schnee schippen. Man ahnt nicht, was für Mengen sich so anhäufen, wenn man das lange nicht mehr gesehen hat. Bisschen heller war es dadurch…ist ja sonst immer stockdunkel. Und kalt.
- Was habt ihr da gemacht, im Dunklen? Also, die anderen Abende? Fernsehen geguckt oder so?
- Nein, da war überhaupt keine Zeit für. Erst waren wir bei einer Samenfamilie (???) Solche Ureinwohner, die hießen früher mal Lappen. Da sind wir mit dem Motorschlitten hingefahren, aber frage nicht! Sowas Kaltes habe ich noch nie erlebt! Ist wie Motorrad bei minus fünfzig Grad. Vorher waren wir noch bei jungen Leuten im Wald, leben authentisch, aber die brauchten Holz…Und, vorgestern bei so einem älteren Ehepaar, die Hundesitter für Silvester gemacht haben. Da wurde Selbstgebrannter verkostet, reicht einmal in fünf Jahren. Der Kater war aber nicht so schlimm, weil ich in der Nacht literweise Wasser trinken musste und so Stinkefisch essen. Ach, und ein Nordlicht haben wir auch gesehen, da musst du aber ein Bildchen bekommen haben?

Ich quassele und quassele und würde lieber von heute erzählen.

- Ja, sah super aus. Dann waren die ganzen Tage richtig spannend? Alles, was du noch niemals vorher gemacht hast…
- Ja, und alles Dinge, von denen ich mal als Teenager geträumt hab. Bloß, ist eben trotzdem eiskalt und dunkel, immer, den ganzen Tag. Abgesehen davon, es war wunderschön!!

Minus den letzten zwei Stunden.

- Wann fliegst du wieder los? Morgen?
- Übermorgen, da morgen noch so ein Event stattfindet. Der erste Gottesdienst im Neuen Jahr. Der Herr nimmt das recht ernst. Da sehen wir alle noch mal, die gestern hier waren.

Und ich gehe rum, lächle. Vielleicht wissen sie schon alle Bescheid und sehen mich ernst an. Uttta, Gottes Segen für euch beide. Blöd. Sehr blöd.

Wir sehen uns wahrscheinlich in 14 Tagen wieder in Helsinki. Brauche ich sicher auch ein Hotelzimmer. Noch mehr Geld verbrennen!

- Mama, bist du noch da?

War jetzt wohl ein bisschen in Gedanken. aber kann ich schlecht sagen: Du hör mal, da ist noch was passiert. Was Furchtbares. Stell dir mal vor.

- Ja, bin ich noch..
- Mama, noch was. Ist ja noch eine Woche hin.

Ich habe erst in knapp drei Wochen Geburtstag, wenn du das meinst. Da sitze ich wohl in Helsinkis Tölö Krankenhaus.

- Man soll das ja nicht vorher erzählen…

Was ist das jetzt? Dass sie einen tollen Job bekommen hat, oder sie jetzt schon in Richtung Süden aufbrechen, hatten sie ja mal vor?

- Wollt ihr nach Spanien?
- Ja, auch, aber später. Nee, was anderes. Willst du mal raten?

Ich bin überhaupt nicht in Quizstimmung. Oder, willst du mal raten? Ist aber nix, worüber man sich freuen kann

- Och, sag schon…
- Ja, Mama, du kannst dich auf ein Enkelkind freuen. Ende Juni…Bin jetzt in der elften Woche…man soll ja eigentlich nichts sagen, aber nun weißt du das. Was sagst du da?

Das ist alles zu viel auf einmal! VORHER hätte ich jetzt in den Hörer gebrüllt vor Begeisterung, hätte irgendwas wie Glückwunsch und ach wie schön gestammelt, hätte gefragt, warum ich Weihnachten nichts bemerkt habe, aber ich bin ja bisschen blind bei sowas. Das wäre der Knaller zum Neuen Jahr, wenn nicht gerade vorher eine andere Rakete gezündet worden wäre. Tut mir leid, dass ich mich nicht so freuen kann, wie ich möchte, hab nämlich gerade von Juha erfahren…hast dir einen blöden Zeitpunkt ausgesucht…tut mir leid….aber wer sagt sowas?

- Ach, ich weiß gar nicht was ich sagen soll, ich freue mich ja so für dich…Wer weiß das denn noch, also außer dem glücklichen Vater, hoffe ich?
- Na, Mama, das war jetzt nicht so die große Oma-Begeisterung?

Hat man das gemerkt? Ach, wenn du wüsstest. So, sagt die imaginäre, nicht schwangere, Tochter, jetzt reiß dich gefälligst zusammen. Die werdende Mama hat mit der Sache gar nichts zu tun, ruft dich extra an, weil sie will, dass du dich freust, und dann sowas!

- Nee, also ich freue mich. Ist ja irre.

Ja, so langsam geht's jetzt wieder.

- Musste das bloß mal verdauen. Das ist ja…ganz doll! Wieso habe ich da Weihnachten nichts mitbekommen?
- Mama, du bist auch nicht so ein Blitzmerker, weißte. Hättest du mal jemanden fragen können, der wusste das.
- Wer soll das gewesen sein?
- Hahaha. Der Onkel. Der hat mich aufs Klo stürzen sehen, zu Weihnachten. Hat er gleich gefragt.

Chhh, hätte ich nun nicht gedacht.

- So, aber sag mal, wie hast du denn da gestern gefeiert? Ist doch jetzt absolut streng verboten, als Schwangere bloß das Wort Alkohol zu denken…
- Ja, aber nicht hier. Ich habe zwei Glaeser Sekt getrunken. Vorher doch auch, als wir das noch nicht wussten. Aber gestern, das zweite Glas hab ich nur halb getrunken. Schmeckte überhaupt nicht.

Irgendwie ist die Welt jetzt wieder ein bisschen ins Gleichgewicht gekommen, zumindest etwas, auf was man sich freuen kann, was Neues. Im Juni, wenn alles überstanden ist, warum nicht? Warum sollte im magischen Jahr 2020 nicht alles gutgehen? Wenn wir morgen kräftig beten…Chhh.

- Ja, hmmm, aber ich freu mich so, wirklich!
- Haste ja was zum Erzählen, für den Juhu…
- Juha. Ja.

Der hat wohl gerade andere Sachen im Kopf. Wird ihn nicht so sehr interessieren, dass seine Liebste Oma wird, wenn er alles überstanden hat.

Und jetzt Hundegebell draußen.

- Das Stichwort, die sind zurück. Er hat gerade die Wauzis abgeholt. Ich ruf noch mal an, am 4. oder so….Nochmal Glückwunsch, und pass auf dich auf!
- Haha, du auch Mama. Grüße an Juhu…wollt ihr jetzt noch die Reste von Silvester vernichten? Na, wir sehen uns im Januar…oder Februar?
- Ja, bestimmt. (Und alles andere später) Tschühüss!

Da geht die Türe auf, Marja sofort zu ihrem Lieblingsfrauchen. Herrchen meckert nicht, fragt nur, ob ich mitkommen will, nach draußen. Ja, ich ziehe mir mal den Schneeanzug über, vielleicht geht's ja auch

mal ohne warme Unterhosen. Nein, die brauchst du! Wir laufen, wie
bei Finnens, schweigend, den freigeschippten Weg bis zur Sauna.
Der Labrador vorneweg, Marja neben mir. Die kleinen Lampen, das
Schneemobil, das Holz. Ob ich jetzt umdrehe? Ach, bisschen kann
ich noch. Juhas Taschenlampe leuchtet, die Hunde rennen durch den
tiefen Schnee. Ich staune über mich selbst, ich bleibe nicht zurück,
sondern laufe schweigend an Juhas Seite. Dann müssen wir wohl am
See sein, wo im Sommer die Hunde reingesprungen sind. Jetzt sieht
man mit der Taschenlampe nur eine riesige weiße Fläche. Darüber
tausend Sterne. Während die Hunde sich dort austoben, stehen wir
auf dem zugeschneiten Steg, schweigend. Stelle ich mich näher ran.
Kommt ein Arm um meine Schulter. Kommt das Gesicht mit den
grünbraunen Augen näher. Mach ich meine Augen zu. Ich hoffe, wir
kleben nicht zusammen oder frieren auf der Stelle fest.
Das war das Versprechen. Ja, ich komme im Januar nach Helsinki,
einmal, zweimal, solange, bis alles überstanden ist. Dann wird schon
Sommer sein, wir können wieder hier stehen, in den langen roten
Schatten. Der Himmel ist dann grünlich. Ich werde auf mein Telefon
gucken, ob da vielleicht eine Mitteilung kommt, dass da 2000 km
westwärts ein kleiner Mensch das Licht der Welt erblickt hat. Überlegen, wie man am besten von Rovaniemi nach Nottingham kommt.
Wir beide? Oder nur ich?
Jetzt gehen wir erst mal im Dunkeln zurück, der Labrador kommt in
seinen Zwinger, Marja ins Haus. Futternapf gefüllt, paar Streiche-
leinheiten von Frauchen. Wenn du wüsstest, kleine Dackeldame, wen
ich im nächsten Jahr streicheln kann. Juha steht daneben, lächelt bisschen, so wie…übertreib nicht…soll ja mal ein Jagdhund werden.

Wir räumen das Geschirr ein. Wir essen die endgültig letzten Reste.
Juha guckt verwundert die Wodkaflasche an, wollte sich was einschenken, nur noch ein kleiner Schluck drinnen? Ja, hmmm! War ja
alles nicht so einfach. Nein.
Na, da ist noch was, für Uttiha „Pullo punaviiniä“. Oder kahvi? Lieber Rotwein, aber bloß ein Glas. Kippis! Wir gucken uns an. Stecken
uns eine Zigarette an. Machen das Fenster auf. Gucken wir beide in
den Schnee. Und nach oben, zu den Sternen, kalt von vorne, warm
von hinten. Zieht mich jemand von hinten ran. Vielleicht lassen wir
das heute mal ohne Worte. Alles andere lassen wir auch. Haben wir

morgen noch Zeit genug. Bloß, wenn du mich so umarmst, weiß ich nicht, was da passiert.

Ich wollte doch niemanden flennen sehen. Und jetzt bin ich das. Kann nur mit dem Kopf schütteln, will schnell ins Bett und du sollst neben mir liegen. Wer weiß, wann wir später noch mal so einschlafen. Ich habe noch gar nicht alles erzählt, aber morgen ist auch noch ein Tag. Ich höre es doch flüstern:

- Rakastan sinua....my love...(noch paar andere Sachen).
- *Me too, sleep well, good night – Juha Boy!*

Der zweite Januar. Leere Betthälfte, draußen Hundegebell. Stehe ich auf, wir wollten ja zur Kirche? Ob ich da wirklich mitmuss? Was, wenn die anderen das gewusst haben? Wurde wohl angedeutet mit, ich soll hier hochziehen, am besten sofort.

Halb acht jetzt. Unten klappt die Türe, man hört ein Hündchen leise bellen, dann kommt jemand die Treppe rauf. Macht die Tür auf, ich bekomme wieder so einen eiskalten Kuss und einen Vorschlag ins Ohr gemurmelt: Mit in die Sauna! Ach, da glaubt jemand, ich finde das jetzt toll, nur weil ich einmal mit war? Oder, sollte da noch was anderes probiert werden? Nee...will ich schon sagen, aber irgendjemand, heißt Früheres Ich, hämmert mir ein, heute einfach alles mitzumachen. Könnte das letzte Mal sein.

Wir sitzen, beide züchtig verhüllt mit den weißen Tüchern, schweigend in Zisch und Dampf, Eimerchen werden über die Steine gegossen. Auch wenn ich von oben auf Juhas Rücken gucken kann, das Etikett sehe und gern rüberfahren würde, die Sauna bleibt sauber. Chhh Chhh, huste huste. Der Herr guckt doch bisschen empört hoch, da deute ich mal an, dass ich genug geschmort bin. Ja, mir macht das wirklich nichts mehr aus, so nur mit Anorak den Weg zurücklaufen, bisschen Wärme ist ja geblieben. Habe mich nur lauwarm abgeduscht, ich hätte ja gerne gesehen, ob sich Mister Polarkreis in den Schnee schmeißt. Leider konnte ich nicht lange stehen bleiben, zu kalt. Wird alles gut werden und ich Oma! Wollte ich beim Frühstück anbringen, aber die Stille ist zu schön.

Dann, ehe ich mich aufgerafft habe, bricht Juha doch als erster das Schweigen. Ob ich das Kleid nochmal anziehen könnte? Das rote? Du bist so schön mit dem Kleid, Uttiha. Ja, nicke ich, aber du auch.

Was, im Kleid? Da glitzert es tatsächlich wieder. Habe ich lange darauf warten müssen. Nein, aber du auch, wie Silvester?

Halb zehn sitzen zwei Menschen im Auto, rausgeputzt wie zum Neujahrskonzert in der Hauptstadt, aber beim Gottesdienst ist vielleicht auch sehen und gesehen werden angesagt. Sind noch anderthalb Stunden bis zu dem Event. Wir sind die Strecke mal in 30 Minuten lang gejagt. Uttiha, das war im Sommer! Es ist zwar beräumt, aber an manchen Stellen bleiben Reste liegen, die gefährlich glatt sein können.

Vielleicht jetzt mal was loswerden. Was, wenn er dann gar nicht begeistert ist? Wird wieder nichts:

- *Uttiha, I am so happy that you will come with me, to the service. And, kiitos...for all*

Lass das jetzt mal mit dem Blick, ich werde bloß rot, und die rechte Hand gehört auch ans Steuer, ich sehe, daß wir jetzt über die Brücke fahren.

- *I think it will be interesting for me, to meet all the people.*

So wie Herr Nieminen guckt, mußte ich das wohl sagen.

- *They are also looking forward to meet you, also them who did not meet you....I hope it will also be amazing for you.*
- *Do they know something...?*

Wollte ich so nicht sagen. Nein, da ist noch später Zeit, heute ist der zweite Januar. Aber, auf der Arbeit? Sein Chef? (Und Kaata?) Die werden das bald wissen, aber zwei Tage früher oder später, wo ist der Unterschied? Noch 14 Tage. Das ist nicht das Problem. Ja, ich weiß, was eins ist. Aber vielleicht hast du recht, jetzt und hier wird das nicht gelöst.

Dann durch den Ort, zur Kirche. Kann man nicht verfehlen, Fackeln und elektrische Kerzen, überall laufen schon Leute. Auf dem Parkplatz Auto an Auto, Motorschlitten an Motorschlitten, wir sind nicht die einzigen, die da rumfahren. Eine halbe Stunde später wäre es wohl nichts mehr geworden mit einem Parkplatz.

Ich beginne zu frieren, mein sogenannter Polarforscher-Anorak hat dieses Prädikat verspielt, weil wir dauernd stehen bleiben und Hände schütteln. Die meisten kenne ich gar nicht, mir werden irgendwelche Namen ins Gesicht gepustet. Im Kirchenvorraum legen wir die Mäntel ab, Gedränge, Geschnatter, Parfümgeruch, Pelzgeruch. Vielleicht hätte ich doch zu Hause bleiben sollen? Grüße schreiben. Ich habe ein wunderschönes Silvester erlebt, danach Schneeschippen und eine schöne und eine schlechte Nachricht für dieses Jahr bekommen.

Jetzt steht ein Herr im Begräbnisanzug, wurde wohl zur Konfirmation gekauft, muss man aber bald mal einen Keil einsetzen, neben Juha, nickt mir kurz zu und dann erörtern die beiden Herren irgendwas, Begräbnisanzug zeigt auf die erste Reihe. Ja, habe ich ganz richtig verstanden, ich könnte da vorne auch sitzen, aber dann muss ein Mitglied vom Gemeindevorstand stehen oder hinten sitzen. Ich suche mir einen Platz, erkläre ich. Da wird mir schon von hinten auf die Schultern getippt, mein Lieblingsfinne Nummer 2, Freund, Helfer und Genosse nimmt mich mit zu den hinteren Bänken, da haben sie einen Platz frei. Sitze ich dort, während Juha in der ersten Reihe Platz nehmen darf. „Only for Parish members", erklärt Pekka. Überall flackern (unechte) Kerzen, am Altar sind sie echt. Hoffentlich wartet da ein Brandmeister in der Sakristei mit einem Eimer Wasser. Es ist rappelvoll, kenne ich sonst nur von Weihnachten. Mitten im schwarzgrau – gedeckt immer wieder ein paar blaue Flecken, manche mit den roten Hauben, sind wohl die Sami, wahrscheinlich sitzt auch irgendwo Familie Järvi. Die Orgel braust los, alle erheben sich. Das Lied hat so viele Strophen, dass ich am Schluss auch mitsingen könnte, mache ich nicht, dem roten Sangesbruder neben mir fallen sicher die falschen Töne auf. Nach dem Gesang eilt ein Herr mit steif gefalteter Halskrause auf die Kanzel, und noch ein Herr in Blau. Es wird gepredigt, der Herr in Blau wiederholt das Ganze noch mal auf Sami. Zwischendurch stehen wir immer wieder auf, um zu singen (also die anderen). Einsinger, wie in Dänemark, werden hier nicht benötigt, alles schmettert mit, die ganze Kirche ist voll von Orgeltönen und einem riesigen Stimmenchor.

Dann wird es richtig interessant: Pfarrer und Sami-Hilfspfarrer verlassen die Kanzel und jetzt stehen nacheinander die drei Herren und zwei Damen aus der ersten Reihe auf und sagen etwas. Sicher frohe Neujahrswünsche, Mitteilungen der Gemeinde, sowas. Der dritte Redner ist Juha. Ist mir nicht oft, eigentlich nie, passiert, dass jemand meiner Liebschaften vor einem Publikum auftritt und ich gucke. Wäre bei den meisten sicher eine peinliche Angelegenheit geworden, auch umgekehrt. Sagt nur so paar Sätze. Aber die Stimme, so wie der Mann da vorne steht, da habe ich ja mein ganzes langes Leben nicht mal von geträumt! Wie kann denn so ein lieber Gott einen solchen Menschen so hart strafen? Warum, mein lieber Gott, häh? Mir hättest du gerne ein Übel zukommen lassen können, ich habe bestimmt ein größeres Sündenregister vorzuweisen, aber wenn du mich so strafen willst, dann bist du eigentlich kein „Lieber Gott", sondern bloß so ein böser alter Mann! Aber was will man erwarten, von jemandem, der seinen eigenen Sohn ans Kreuz nagelt! So, mal für die Gläubigen: Ich weiß ja, dass das verkehrt gedacht ist. Aber es ist einfach unfair, den schönsten Mann von hinterm Polarkreis so zu „prüfen", macht man nicht! Jetzt muss ich doch mal unauffällig das Taschentuch vorkramen. Krieg ich so einen Blick von rechts. Herr Lehtonen, da wird mal diskret zur Seite geguckt, sag das auch deiner Frau! Uta ist eigentlich keine Heulsuse, nur ab und an, da kann ich auch nichts machen.

Dann wieder alle aufstehen, Hände zum Gebet gefaltet und ein großer Chor murmelt laut das Vaterunser. **Jumala** kommt immer mal vor, hört sich nach einer Fußballmannschaft an. Einige, wie ich und meine Banknachbarn stehen nur und schweigen. Dann nochmal Gesang, dieses Lied könnte ich sogar mitsingen, auf Dänisch, also brummele ich mit.

Die Orgel braust ein letztes Mal, die Glocken läuten, die Leute strömen dem Ausgang zu. Ich habe plötzlich eine Hand in meiner und eine andere, die auf meiner Schulter liegt. Ich werde durchs Gewimmel geleitet, drücke irgendwelche Hände. Im Vorraum stehen jetzt ein paar riesengroße Tische, kleine Pasteten, belegte Brote, Kaffee, Tee, Wasser, Cola, Bier, Sekt, Weißwein. Wenigstens so eine kleine Pastete mit Eierbutter und ein Glas Sekt.

Nochmal Umarmen, diesmal Kaata und Risto, dahinten winkt Leena, na gehen wir mal rüber. Da kommen noch drei Leute, Frau Järvi, Antta und Leila. Frohes Neues Jahr. Happy New Year! **Onnea uudelle vuodelle! Lihkku!** Alle freuen sich. Ich bleibe neben Juha stehen und lächle unbekannte Damen und Herren an. Bekomme einen kräftigen Händedruck vom Pfarrer mit der Halskrause und seinem Sami-Assistenten. Trinke noch einen Schluck. Dann neben mir eine Stimme:

- *What do you think about...to go now? I want to show you something...may be...*

Und jemand zieht mich noch weiter ran.

Was das wohl sein soll? Ich sehe auch, dass immer mehr Leute sich in Pelzsachen hüllen und gehen. Ehe hier noch das bisschen Zeit verrinnt, sollten wir vielleicht los.

Wir fahren zurück, nach Moskuvaara, zum koksgrauen Häuschen. Die Brücke kann man erkennen, sonst nur dunkel und vielleicht ein paar Autolichter. Ja, wie hat es dir gefallen? Hmmm, was soll ich sagen, schön. Und so viele Menschen! Sind immer so viele da? Nein, nur im Winter. Und dann vielleicht zu Ostern. Danach erst wieder im Spätherbst. Aber, jetzt haben die Leute noch Zeit.

- *When they have enough of all the visits and parties. Now it will be quiet on Sundays...but the light will come back. And, may be we are lucky now and can see a little bit of the sun....*

Wo denn? Vielleicht ist es ein bisschen heller im Dunkelgrau geworden, aber die Sonne sehen?

Wir müssen uns beeilen, sagt Juha, als das Auto wieder vorm Haus steht. Ich soll mir einen Pullover holen und noch eine Hose, und den Schneeanzug darüber ziehen. Aber schnell! Wir haben zwanzig Minuten! Irgendwie bekomme ich mein Kleid in die Hose, Pullover drüber, Schneeanzug drüber, noch paar Socken, doppelte Handschuhe. Marja jault, der Labrador bellt ungeduldig und Juha wird gleich mit einstimmen.

Endlich habe ich allen Kälteschutz angelegt und dann geht's aber ab, mit beiden Hunden. Was veranstalten wir denn hier, Sprints zum See? Jakko vorneweg, dahinter Juha mit Marja im Schlepptau, die immer wieder bellt: Frauchen, beeil dich mal!! An der Sauna vorbei, runter zum See, auf den Steg, die Wauzis hüpfen von dort runter und kopfüber in den Schnee. Wir bleiben stehen. Ich muss mich doch ein bisschen verpusten, aber vorsichtig, gibt vielleicht doch Risse im Gesicht. So, sagt Juha, guck mal da und weist nach rechts. Sehe ich erstmal nichts. Alles dunkel oben, unten hell, vom Schnee.

- *See there, it will be now...look, the sun!*

Plötzlich sieht man etwas! Einen winzigen roten Streifen, tief am schwarzen Horizont. Über uns blinken noch Sterne, aber dort hinten, das Rote ist die Sonne. Für mich jetzt noch unwirklicher als das grünlila Nordlicht. Wir starren und schweigen. Vom See Hundegebell. Wir sagen immer noch nichts. Rücken fester zusammen. Noch ein Funken Rot, dann ist die Vorstellung vorbei. Leider ohne Bildchen.

- **Kaikki tulee olemaan hyvin! Ei pelkoa**... *all will be good in this year, nothing to be afraid*, **rakkaani**-*Uttiha*

Murmelt jemand in mein Ohr, jetzt ein grünes Leuchten, jetzt ein Kuss. Wir kleben nicht fest, haben wir gestern probiert.

Kippis to the sun! Eine kleine Flasche, aus der wir abwechselnd trinken. Dann steigen Rauchkringel auf. Ob mir kalt ist? Überhaupt nicht, ich kann sogar die Zigarette nur mit den Wollhandschuhen halten. Ein leiser Pfiff und die Hunde brechen ihr Schneebad ab und sitzen mustergültig neben Herrchen. Wir laufen zurück. Nicht mal der Dackeldame sollte jetzt einfallen, sich zwischen uns zu drängeln. Der Schnee knirscht unter den Füßen, paar Lämpchen leuchten, die vierbeinigen Freunde haben den Tagesbefehl verstanden: Schnauze halten. Geht so, bis wir wieder fast am Haus sind. Bloß nicht dran denken, dass das jetzt vielleicht zum letzten Mal war, mit Winter und Schnee sowieso. Und im Sommer? Wird alles mehr und mehr kompliziert, ich habe keine Ahnung, soll aber keine Angst haben. Was man so sagt, im Moment sagt man nichts. Doch, so schon fast in der Tür:

- *We also should have something to eat...What do you want? I have...potatoes, eggs...or a frozen pizza? (*Funkelt da etwas?*)*

Wenn es keine Pizza Klappi ist, nicke ich mal bei Pizza.

- *OK, Pizza....We can have some beer...and something for you! Guess!*

Funkelt noch mehr.

"**Punaviiniä**", ganz sicher. Eigentlich sollte man jetzt, der Stimmung angemessen, sich einfach die Rübe vollkippen.

Nicht mal mehr 20 Stunden, dann fliegt das Flugzeug. Irgendwie werde ich schon nach Hause kommen, verkatert, verschwitzt, verstimmt, im schlimmsten Falle. Hätte ganz anders werden sollen. Auch mit Alkohol, aber bloß als I-Tüpfelchen, zwischen dem ganzen Pläneschmieden und Betten zerwühlen, um dann am nächsten Morgen fünf Minuten vor der Angst alles zusammenpacken und daran zu denken, dass der Rest ja nachgeschickt werden kann. So ist es jetzt nicht, trotz Orgelbrausen und Sonnenstrahl. Selbst wenn wir uns in zwei, drei Wochen in Helsinki (im Krankenhaus!!!) sehen sollten, man weiß ja nicht, was einen da erwartet. Im Juni, da gucke ich mir sicher nicht die Mitternachtssonne, sondern so einen kleinen Menschen an, der Enkel heißt.

Es ist schon drei Uhr, noch so ungefähr 20 Stunden, nicht mal ein ganzer Tag. Im Ofen taut, bäckt und bräunt die Pizza. In der dezent beleuchteten Küche sitzen eine sehr feinangezogene Dame, ich sollte das Kleid anbehalten, und ein ordentlich angezogener Herr, über dem koksgrauen Hemd der grüne Pullover. Wir nehmen wahlweise einen Schluck Kaffee, Bier (Juha) oder Rotwein (ich). Der Ofen faucht leise, draußen ist es schwarz mit bisschen hell vom Schnee.

Meinen Begleiterinnen ist von mir eingeschärft worden, dass sie in den allerletzten Stunden hier hinterm Polarkreis weder zu sehen noch zu hören sein sollen! Dass keiner die Treppe runterkommt und noch mal Bierchen haben will, oder, aus Neugierde, sich mit an den Tisch setzt!

Was ist im Januar, im Februar...und so weiter. Dass ich, natürlich, nach Helsinki komme. Und im Sommer? Fragen über Fragen, zu viele, also sagen wir erstmal nichts. Aber irgendwann sollten wir vielleicht doch, sonst verputzen wir die Pizza, es gibt noch mal Wein und Bier, der Pegel steigt, eventuell noch mal Gassi gehen? Später, abgefüllt um zehn ins Bett fallen? Bisschen dürftig. Die zwei grün-braunen Augen sehen mich an, eine rechte Hand schleicht sich an meine linke! Ich brauche einen Anfang, sonst wird das hier Finnisch hoch drei, aber wie? Also, Mister Polarkreis, wie ist das nun im Januar? Ab wann bist du in Helsinki? Dann rasselt ein kleiner Wecker, die Pizza ist fertig. Der Herr des Hauses bewaffnet sich mit einem Geschirrtuch, öffnet den Ofen. Ich sollte wohl schon mal Teller und Besteck zusammensuchen, muss aber jetzt mein Telefon fragen, wie ein bestimmter Satz auf Finnisch heißt....

- **Olen isoäiti kesäkuussa !**

Pro Wort zwei Fehler und die Aussprache bestimmt auch ganz verkehrt.

Juha dreht sich um, scharfes Messer in der Hand, und sieht mich fragend an. Vielleicht hat es sich angehört wie: „Ich bleibe für immer hier" oder „du bist der dämlichste Mann, der mir je begegnet ist". Ich werde das wohl nie lernen.

Oder nochmal auf Englisch? Aber da haben wir schon die aufgeteilten Stücke, zwei Teller, zwei veitsis, zwei haarukas, (also Besteck) und jetzt soll gegessen werden. Kippis und danach wird hoffentlich keine zusammengeklappte Pizza in den Mund geschoben. Chhhh...kam jetzt so raus.

Hatte ich was gesagt, vorhin? Ja, hmmm. Werde ich gleich wieder rot, nicht vom Wein. Ist das jetzt überhaupt wichtig?

- *Yes I have. In Finnish. May be, it was not correct.... I will be grandmother...this year. In Finnish: Olen isoaeiti....in June.*

Sieht mich Juha verwundert an. Ich nicke noch mal. Erst kommt nur so ein kleines Lächeln, mit den Augen, dann verzieht sich der Mund, am Schluss so ein Grinsen übers ganze Gesicht, hahaha:

- *Uttiha-mummi (wer ist Mummi?)! Phantastic! Really? I cannot believe it!*

Ja, nicke ich. Wann ich das erfahren habe? Gestern. Als du weg warst. Das bisschen Schatten im Gesicht verfliegt gleich wieder. Deine Tochter? Ja, wer sonst? Dein Sohn. Chhhh, das wäre wirklich unbelievably! Und, im Juni? Ja. Wenn alles überstanden ist.

Die Pizza erhält Gelegenheit zu erkalten, jetzt wird der Kühlschrank noch mal durchsucht, tatsächlich, noch eine eiserne Reserve Wodka! Kippis! Prooost Uttiha-mummi!

Wir essen, Herr Nieminen auch mit Besteck, aber schweigend geht das nicht ab. Er erklärt mir, dass man hier sagt, wenn man den ersten Sonnenstrahl fängt, hat man Glück im nächsten Jahr! Das werden wir haben, Uttiha-kultaseni! Kaikki tulee olemaan hyvin!! Glaube ich jetzt langsam auch. Wir reden fast gleichzeitig, mit und ohne Telefonhilfe. Wenn alles gut geht, muss er ja nicht das ganze halbe Jahr im Krankenhaus zubringen, vielleicht dauert es auch gar nicht so lange. Wollten wir nicht zusammen nach Deutschland? Im Januar wird es wohl nichts, im Februar sicher auch nicht, aber vielleicht im März? Ja, wäre schön. Wir reden nicht von morgen, nicht vom Krankenhaus. Gibt Wichtigeres. Irgendwann ist die Pizza verspeist, die Flasche Rotwein geleert.

Marja bellt leise. Ob ich mitkommen will? Nein, ich kann ja abwaschen. Nochmal in die Kälte will ich nicht. Uttiha, musst du nicht! Ich nehme mir noch Glas Rotwein ein, abgewaschen habe ich trotzdem, ich höre weg, als Juhas Telefon Feueralarm klingelt. Werde ich mal auf mein Telefon gucken und allen anderen schreiben, Terhi und Leena auch. Hilft bisschen, muss ich nicht an Krankenhaus, Flüge, alle möglichen Szenarien denken. War eben so schön und gemütlich, könnte so weitergehen.

Da klappt die Tür, ein kalter Zug durchs ganze Haus. Marja saust in die Küche, hüpft an mir hoch, der Schwanz pendelt gefährlich, schlecker, schlecker. Bis ihr Futternapf gefüllt ist. Dann interessiert Frauchen nicht mehr so richtig. Fresschen, bisschen streicheln und Marja legt sich ins Körbchen.

Mister Polarkreis hat schon die nächste Flasche Rotwein am Wickel. Wie viele waren denn da noch? Wollen Sie mich betrunken machen, Herr Nieminen? Ist nicht leicht, wissen Sie, ich habe schon mal einen Kampfschwimmer! Hahaha!!! Und das grüne Leuchten.

- *Do not worry... Nothing such a competition. Only to have it "nice"... hukkelii, in Danish?*
- *Yes* **hyggelig***.*
- *Do you know what it means:* **Kalsarikännit***?*
- *No, not yet, I can search it on my telef...*
- *The Finnish word for to be relaxed. To became drunken, only in underpants... No candle lights, no livestyle, no photos on social media... drinking in homewear... should we do?*

Ich bin ja noch immer im feinen Kleid, hat ein paar Abwaschflecken bekommen, aber für nur Unterwäsche ist es bisschen kalt, jedenfalls hier. Du meinst vielleicht auch was anderes? Wir gehen bloß die Treppe hoch, da können wir soviel Kalsari...und so weiter machen, wie wir wollen, nicht nur in der Unterhose betrinken. Soweit sind wir noch nicht, erst kommt der Aschenbecher auf den Tisch. Das Fenster bleibt zu, kann ja morgen den ganzen Tag offen stehen.

Und Kippis Uttiha-mummi! Daß das auch Oma heißt, kann ich mir schon denken, obwohl in meinem Telefon Isoäiti (hört sich chemisch an...) steht. Ja, das ist so mehr die offizielle Bezeichnung.

Dann folgt „Lesson four in Finnish for beginners":

Perhe – family – familje – Familie,
vanhemmat – parents – forældre-Eltern,
äiti – mom – mor- Mama,
isä – dad – far – Papa,
lapsi – child – barn – Kind,
tytär- daughter-datter-Tochter,
poika – son – søn – Sohn,
veli – brother – bror – Bruder,
sisko – sister – søster – Schwester,
Isoäiti – grandmother – mormor/farmor – Grossmutter,

Mummo – granny - bedste – Oma,
lapsenlapsi (hahaha!) – grandchild – barnebarn – Enkelkind.

Die Stühle werden immer weiter zusammengerückt, die Familienverhältnisse durchdekliniert, ein paar Glaeser getrunken, jeder eine Zigarette, was nun? Wenn wir sitzenbleiben, fliegt vielleicht noch ein Glas Rotwein um.

Marja wacht kurz auf und fiept ein bisschen, als die beiden Menschen die Treppe hochpoltern, sind ja nicht so viele Stufen, aber wir bleiben andauernd stehen. Irgendwann sind wir doch im Schlafzimmer, ich hoffe, meine drei Begleiterinnen haben vorher was gehört und den Raum verlassen. Wehe, wenn ich was sehe oder höre. Ja, es wurde wieder TV geguckt, das Gerät ist noch warm. Sonst keine Anzeichen von grauen Gespensterchen im Raum.

Wir segeln bei Windstärke 10 durch Riesenwellen, wir senden SOS, der Kahn kippt, und noch eine Welle, noch eine, noch eine, wir werden doch an Land gespült, nichts ist kaputt, nur ein bisschen außer Puste, aber es reicht noch für ein paar geflüsterte Worte. So dicht ins Ohr, dass ich kichern muss, da lacht der schönste Mann von vor und hinterm Polarkreis mit und zum Schluss verkriechen wir uns beide unter die Decke, halb auf dem Bauch, die Beine miteinander verknotet. Und niemand erzählt was von Brot.

Fällt mir ein Lied ein. Schade, kann ich weder übersetzen, da fehlen mir jetzt die Worte. Vorsingen geht auch nicht, ich kann nur laut und falsch. Singe ich im Kopf mit:

Augen, Hände, feuchter Hauch und dann

Ohne Anfang, ohne Ende

Wo fängt der Himmel an?

Bin wie berauscht von dir

Ooh, hab mich wieder mal an dir betrunken

Hochprozentig Liebesrausch

Den schlaf ich mit dir aus

Bin schon ganz und gar in uns versunken

Heisse Haut als Himmelbett

Nie mehr von einander weg

Zwei Stunden später: Wir sitzen, zwar nicht in Unterhosen, aber in Räuberzivil in der Küche, essen paar Brote und betreiben die finnische Version von Hygge weiter: Kippis! Zwischendurch wird auch mal Kaffee gekocht. Ein Feueralarm-Anruf wird beantwortet, diesmal nicht unter Ausschluss der Öffentlichkeit – es wird nicht in den Hörer gebrüllt. Am Ende sogar ein Lächeln. War wohl nicht deine Schwester? Nein, Tiina, hat sich gefreut, dass er, naja. Und das mit der Hochzeit. Ob ich nicht doch mitkommen will? Nicht so gerne. Was willst du da mit einer Oma? Dass jetzt wieder gelächelt wird, sollte ja so sein.

Manchmal bin ich Frau Hase und probiere mir, alle Katastrophen auszumalen, damit ich auf alles vorbereitet bin. Solltest du nicht bis Juni dortbleiben, wegen Behandlung? Nur so ein Zug um den Mund, bevor noch ein kleiner Wodka hinter gekippt wird. Jaha, gut möglich, dass alles schon im März überstanden ist, wir haben ja ein glückliches Jahr vor uns, Uttiha! Ob da der Schöpfer allen Lebens ein Zeichen gesendet hat, in der Kirche? Leider waren meine Gedanken an ihn gar nicht nett, hoffentlich hat er sich das nicht gemerkt. Aber jetzt, immer die paar Stunden vor Augen sollte man alles positiv sehen. Geht nicht ganz auf Knopfdruck, muss ich noch mal ein Glas. Kippis! Ich sag jetzt nicht „budjet" (es wird schon…po russki), auch wenn es mir auf der Zunge liegt. Chhhh. Um zehn braucht man noch nicht ins Bett. Für alle Krankenhaus-Helsinki Fragen ist auch morgen noch Zeit. Ob Lapsenlapsi mal herkommen könnte, mit den Eltern? Platz genug ist dann ja, wenn der Annex fertig ist. Mit Wintergarten!, sollte ich ja bestimmen.

Die nächste Flasche Rotwein ist halb geleert, schaffe ich noch ganz. Im Keller wären auch noch zwei. Ist so „hyggelig". Wirst du nie schaffen, richtig auszusprechen, mein Bester, nicht mal mit acht großen Gläsern Wodka. Sag Bescheid, wenn ich anfange finnisch zu reden und wieder durch den Sturm marschiere. Dann lege mich ins Bett und du kommst andauernd mit literweise Wasser! Chhhhh. Die Promillchen tanzen.

Aber, jetzt muss ich mal ganz wichtige Fragen stellen, hör zu Mister Nieminen!

- *Ask your questions, please!*

Hihi, du wirst dich wundern:

- *Erste: Hast du gewusst, dass dein Freund mich zum Tangoball eingeladen hat?*
- *Yes, Pekka should do it, because I wanted to see you again.*

Stimmte also! Chhhh, so sah das aber nicht aus, eher, als ob du mein Auto kaputt machen wolltest..Dachte ich immer, sowas gibt's nur im Film.

- *Me too, haha.*

Wenn ich nicht gekommen wäre?

- *I would come to the hotel, next morning.*

Chhhh, ich schlafe manchmal sehr lange.

- *I had waited..it was so unbelievable...*

Zweite Frage: Ireen!

- *Ohh, haha...Ireen. (*Bisschen gezuckt hast du aber*!) Kindly, brave girl. She is the boss of the group there.*

Sie mag dich...

- *I know it..haha (*und grinst mich frech an*!) But she could be my daughter. What do you think, Uttiha?*

Gibt es oft...

- *Haha, sure. Not here. I cannot image this, do you? What did you think?*

Ja, nichts...Chhhh.

Hör mal jetzt auf, murmelt da jemand neben mir. Schon wieder was auf dem Kessel, und den letzten Abend, den allerletzten vielleicht, verderben. Das Frühere Ich nimmt mir das Glas aus der Hand und trinkt selbst den Rest. Unverschämtheit! Kann ich aber nicht laut sagen. Aber du stoppst mich jetzt nicht!

Gut, allerletzte Frage: War da mal was, mit Leena?

Volltreffer!!! Jetzt guckt der schönste Mann, als ob ich ihn in flagranti erwischt hätte, Chhhh.

Bitte, mach alles kaputt! Das Frühere Ich schmeißt einfach das Glas um, damit es ordentlich peinlich wird. Na, soviel war da nicht mehr drin. Hoppla, gut, dass ich das noch aufgefangen habe. Sollte ich vielleicht doch die Klappe halten.

- *I have told to you...yes, there was something. Long time ago, two years. But we had an agreement, Leena and me...nobody should know it.*

Mister Nieminen...ich kriege alles raus!

Nee, nun ist wirklich gut, was rede ich bloß, vielleicht sollte ich doch ins Bett. Tut mir leid, wirklich. Es war dumm! Sorry! Vergiss es! War bisschen viel gestern, irgendwie muss man ja reagieren, ich eben so. Und, Leena hat nichts gesagt. Nur weil sie sich hier in der Küche so auskannte und Hafergrütze gekocht hat. Deswegen. Ich war eifersüchtig, aber jetzt, weiß ich nicht...und alles. Ich sollte ganz dringend ins Bett!!

Nein, Uttiha. Es tut mir leid. Komm her. Juha fasst mich um die Schultern, zieht mich ran, zieht mich auf seinen Schoss. Wir sagen nichts. Dann wieder Wodka, Kaffee, Zigarette in meinem Mund. Wenn du willst, bleiben wir hier sitzen, vielleicht wird es ja wie durch ein Wunder hell, morgen früh. Da guckt dann die Sonne auf zwei müde verkaterte Menschen.

-   *It is not easy...everything, but do not be afraid, we will be together, also next year...will we not?*

Flüstert es in mein Ohr. Kann ich nur nicken.

-   *But now, let us go to sleep...*

Das Fenster wird doch aufgemacht, noch mal Rauchkringel in die Dunkelheit.

Wir halten uns ganz fest, murmeln miteinander. Alles wird gut...kaikki tulee olemaan hyvin ...rakastan sinua...me too. Wegdämmern, einschlafen, kurz aufwachen, weil es doch bisschen unbequem ist, so dicht an dicht und wieder weg in die dunkle Nacht. Irgendwann schlafen wir auch mal wieder unter grünem Himmel zusammen ein.

Dann ist der 3. Januar. Dunkel, bisschen Schneefall, keine Sterne. Kaffee, Brote und eine kleine Schüssel mit Hafergrütze.

Ob ich in 14 Tagen nach Helsinki komme. Er bekommt dort eine Wohnung, recht klein zwar, aber grösser als ein Hotelzimmer. Spätestens im Juni ist alles vorbei, manchmal passiert sowas eben. Irgendwann, in drei Jahren ist das auch nur noch Erinnerung.

Der Koffer ist gepackt, alle Damen auch gut eingemummelt, Marja durfte solange wie gewünscht gestreichelt werden. Dann geht es raus, erst die Dackeldame zum Labrador. Der wird auch noch mal, vorsichtig, getätschelt und hält stille.

Losfahren. Hellweißer Schnee, dunkelweiße Bäume, schwarz der Rest. Auf der Brücke sieht man gar nichts. Sattanen, Sodankylä, dann Hauptstraße. Weiße Bäume, irgendwo in der Landschaft paar Lichter. Yle Lappi aus dem Radio, ab und zu Nachrichten und Verkehr. Nein, meint der schönste Mann von hinterm Polarkreis…nichts Aufregendes passiert in der Welt, kein Attentat, kein Vulkanausbruch, keine Kursabstürze an der Börse. Ach, in China ist eine neue Art Grippevirus aufgetaucht…aha.

50 Kilometer bis Rovaniemi, 25, 10, der Flughafen. Zwei Stunden bis zum Abflug. Wir können nicht draußen stehen, also gibt es den ersten Kuss, von einhundert, noch im Auto. Nicht sehr viele Menschen hier, morgen wird es voller, da fliegen viele zurück. Wir trinken Kaffee, bisschen schwierig, wenn man kaum eine Hand frei hat. Was soll man sagen?

Die nächsten sechs Monate werden wir einfach hinter uns bringen. Wenn ich das nächste Mal komme, wird es ganz hell sein, sogar, wenn es regnet. Wir könnten von der Sauna in den See hüpfen, wenn es warm ist. Vielleicht angeln wir mal. Wir können wieder durchs Gelände laufen. Oder später, wenn Lapsenlapsi da ist.

Ei pelkoa!! Rakastan sinua!

Fängt vielleicht nicht einfach an, denke ich, als ich schon über den Wolken bin. Kann aber nur besser werden. Die Liebe des Jahrhunderts wartet ja.

5. Das magische Jahr 2020

Selbst Frau Hase, auf du und du mit Katastrophen, wurde schwer überrascht.

Der Januar verlief wie geplant.
Zweimal Besuch in Helsinki, das erste Mal ohne Krankenhaus, da wurden nur alle möglichen Untersuchungen gemacht. Juha, ich, eine kleine Wohnung. Draußen Schnee und Kälte, drinnen Wärme und mein Geburtstag.
Das zweite Mal dann ein Patient auf der Intensivstation. Nur ein bisschen von einer Niere weggeschnitten, soll erst mal ausheilen, dann weitere Tests, eventuell nur Bestrahlung. Juha, grau und weit weg vom schönsten Mann und Polarkreis, aber zuversichtlich.

Im Februar wieder zwei Besuche.
Mittlerweile fühle ich mich im Ein-Raum-Appartement schon halbwegs heimisch, aber so ganz allein? Bei Bestrahlung muss der Patient im Krankenhaus bleiben, Besuche sind aber möglich.
Ich habe so eine Chipkarte bekommen. Und kann jetzt sogar mehr als Guten Tag und Danke auf Finnisch. Die Bestrahlung ist nicht ganz ohne, aber Juha bleibt zuversichtlich. Wir planen schon einen Besuch in Deutschland, so in drei Wochen.

Im März machen alle Länder dicht.
Das „Grippevirus aus China" heißt jetzt „das neuartige Virus" und verbreitet sich rasant über ganz Europa. Kein Kino, kein Theater, alle Restaurants und Cafés geschlossen. Keine Flüge, nirgendwohin!
Ich in Hellerup, Juha eingesperrt im Krankenhaus, raus geht nicht, Behandlung wird erstmal verschoben, wegen der möglichen tausend Infizierten, die Vorrang haben.
Wir senden Nachrichten, Bildnachrichten. In einer Woche, vielleicht in zwei. Will ich was Schönes sagen, zu seinem Geburtstag. Mir fällt nix ein. Keine Bange, alles wird gut.
Juha immer noch zuversichtlich. Aber manchmal Sätze, die anders klingen.

Im April, zu Ostern marschiere ich in der Gegend herum, allein.

In Hellerup, in Gentofte, am Öresund. Immer noch kein Gedanke ans Fliegen, egal wohin.

In Helsinki sitzt jemand im Ein-Raum-Appartement. Bleich, er darf nicht rausgehen. Irgendwie dünner geworden. Das Essen schmeckt nicht mehr. Vor einem Schreibtisch. Irgendwas muss ich ja machen, also schreibe ich über die Rentier-Bakterien.

Sendet Bilder von den Hunden (???), wer weiß, ob die mich noch kennen. Er braucht eine neue Brille, sein Rücken tut weh. Zu Ostern wollte er sich mit Tiina treffen, am Bahnhof, musste er absagen, ihm wurde schwindelig. Weil er laufen wollte, waren nur 3 Kilometer!

Er soll noch mal Bestrahlung bekommen, irgendwann, wenn die „Krise" vorbei ist.

Wir telefonieren mit Bild, aber es ist merkwürdig. Wir sitzen vor dem Schirm. Ich arbeite jetzt auch zu Hause. Von welcher Abteilung ist denn dieser Herr nun? Spricht Englisch, wer ist das denn? Ach so, Juha.

Im Mai hat er einen Termin Mitte des Monats da soll er wieder ins Krankenhaus.

Ich würde gerne, aber ich darf nicht kommen!! Einreiseverbot, weil dein blödes Land keine Ansteckung von außerhalb will. Ja, kannst du hier sehen, mein Enkelkind wächst und gedeiht im Kürbisbauch. Sieht phantastisch aus!

Aber was ist mit dir, Uttiha? Warst du krank? Du siehst nicht gut aus, wann gehst du ins Bett?

Frage ich nicht: Was ist mit dir? Wer ist der Alte da vorm Schirm, der am Schluss immer wütend wird? Weil nichts passiert, weil niemand sagen kann, wann es weitergeht…Sattanas!

Im Juni, als man endlich wieder nach Deutschland, wenn auch nur mit dem Zug, fahren kann.

Vielleicht könnte ich mal gucken, ob das auch für Helsinki möglich wäre? Mit dem Zug? Geht wohl nicht. Mit der Fähre müsste ich über Schweden, aber da geht im Moment auch nichts, von Dänemark. Man kann, mit einer vier Tage Tour, mit der Fähre von Dänemark nach Norwegen, dann mit dem Zug, dann mit dem Bus. Und immer mit

Mundschutz. Den musst du hier auch tragen. Nein, ist zu viel für mich.

Ich glaube, Uttiha, für mich auch. Die Hochzeit von Tiina, verschoben auf das nächste Jahr. Juhannus in Sodankylä findet nicht statt, weder mit noch ohne Utta und Juha.

Man hat paar Zellen gefunden, die der Vernichtung durch Radioaktivität widerstanden haben. Da kommt jetzt noch Chemotherapie. Dann bin ich wieder im Krankenhaus, ich gebe dir die Telefonnummer.

Hat nicht mal hingehört, als ich ihn frage, ob er ein Bild vom schönsten Neugeborenen sehen möchte.

Im Juli höre ich jemand im Krankenhaus-Telefon sprechen, den ich nicht kenne. Was ist denn das für alter Mann mit so dünner Stimme? Ja, wer wohl? Was sagt der? Jetzt geht überhaupt nichts mehr, alles schrecklich. Hätte er nicht geglaubt, dass das so schlimm ist. Er darf keinen Besuch bekommen. Höchstens, dass ich mal kurz unter dem Fenster vorbeiwinken darf.

Wird aber ein sehr teures Winken. Nein, mach ich nicht. Wollte ich noch gerade ein ein Bild vom niedlichsten Baby der Welt senden, aber es wird ja nichts gefragt. Also, dann melde dich mal wieder, wenn es dir besser geht. Aber ich denke immer an dich, Uttiha…rakastan sinua. Da bin ich mir nicht mehr sicher.

Im August sehe ich das Enkelchen, da gibt es dann nichts anderes mehr, erstmal.

Nix aus Finnland. Kein Mail, keine SMS, kein Videofilmchen. Auch nix aus Gentofte, ich fange nicht wieder an.

Manchmal denke ich schon, was machst du, wie geht es dir? Wo bist du jetzt, noch in Helsinki oder schon in Moskuvaara? Lange her. Seit dem Tangoball, mehr als ein Jahr, seit Silvester fast acht Monate. Wir hatten so schöne Pläne. Wer hat die kaputtgemacht? Du wolltest doch, dass ich in wenigstens drei Jahren hinter den Polarkreis ziehen sollte. Keine Rede mehr davon, nichts.

Wie Männer so sind, können sich nichts vorstellen, muss alles immer gleich passieren, wenn nicht, aus den Augen, aus dem Sinn, ach, das ist wieder Frau Hase. Und, was hast du gelernt? Nix.

Vielleicht solltest du dich auch mal melden. Ja, hast du immer gemacht, Früheres Ich, und was hat das genützt? Eben, nix.

Hast du nicht mal so eine Idee gehabt, alles aufzuschreiben, für den Herbst des Lebens? Dann mach das doch jetzt! Das ist die imaginäre Tochter. Hat die nichts anderes zu tun, jetzt? Ich bin bloß imaginär...haha. Aber, schreib doch alles auf.

Vom Tangoball im Juni...bis Silvester? War das nicht aufregend? Ja, das war es. Das Abenteuer meines Lebens. Weiß keiner so richtig, ob ausgedacht oder nicht. Ich auch bald selbst nicht mehr.

Den schönsten Mann vom Polarkreis gabs ja nur auf Bildern. Niemand hat den in Wirklichkeit gesehen, na, bis auf Kollegin Anne. Ja, imaginäre Tochter, vielleicht mach ich das. Irgendwann, im Winter. Jetzt wäre es zu schwer.

Im September, als ich gerade mit einem halb gefüllten Korb Pilzen vom Kattegat zurückgekommen bin und überlege, wie ich die jetzt zum Menü verarbeite. Mit Eierkuchen? Mit Fleisch? Mit Nudeln? Klingelt es im Telefon, eine Nachricht:

My dear Uttiha. Long time ago. I should be healthy now, they said it in Helsinki. Now I am back at home in Moskuvaara. It was a long time...too long. Now, all is fine here, the dogs are happy to see me, all my colleagues do the same. But someone is missing: Uttiha! I regret deeply all from July, but it was the worst time, I have experienced, ever...Now I have it so much better...hope it will stay the next 20 years...Kultaseni-Uttiha....I will come to Copenhagen, next week, I have booked a fly...is it possible? If you want to see me again? Rakastan sinua...for ever...Juha.

Muss ich nicht überlegen: Komm her! Wir fangen noch mal an. Mit Katastrophen kennen wir uns jetzt aus.

Fremde Woerter, Liedtexte

Finnisch (von Google Translate)

Ahma	Vielfraß
Alkoholi	Alkohol
Alkoholisti	Alkoholiker
Eiii	Nein
Ei pelkoa	Keine Angst
Etiketti	Etikett
En osaa puhua ja ymmärtää suomea	Ich kann kein Finnisch sprechen und verstehen
Fuck, fuck, fuck, tällainen paska	Fuck, verdammte Scheiße
Herkullinen ruoka	Leckeres Essen!
Hummalla, kummalla, pärvi, Järvi	„Lautmalerei"
Huomenna	Morgen
Hyvä	Gut
Hyvä huomenta	Guten Morgen
Hyvä uutta vuotta	Frohes Neues Jahr
Hyvää uutta vuotta, puhutaan myöhemmin	Frohes Neues Jahr. Wir sprechen uns noch.
Hyvä yötä	Gute Nacht
Ilmasto	Klima
Joki	Fluss
Jonkin aikaa	Irgendwann
Järvi	See
Juha ja Uttika	Juha und Uttika
Jumala	Gott
Kaamos	Polarnacht
Kaikki tulee olemaan hyvin!	Alles wird gut!
Kallion paha	Der Böse von Kallio
Kalsarikännit	Sich in der Unterhose betrinken
Karpalot	Preiselbeeren
Kemoterapiaa	Chemotherapie
Kippis!	Prost
Kippis, Kippis rakkaudesta, Utta ja Juha	Prost, auf die Liebe, Utta und Juha

Kissat	Katzen
Kiitos	Danke
Kiitos kutsusta…Utta ja Juha!	Danke für die Einladung, Utta und Juha. Prost!
Kippis!	
Kiitos, että tulit	Danke, dass Ihr gekommen seid
Kiitos teille	Danke dir
Koirat	Hunde
Kultaseni	Schatz
Kyllä, kyllä	Ja, ja
Kymmenen, yhdeksän, kahdeksan, seitsemän, kuusi, viisi, neljä, kolme, kaksi, yksi…nolla	10, 9, 8, 7, 6, 5, 4, 3, 2, 1, 0
Kärppä	Hermelin
Lumi	Schnee
Lounas	Mittag
Lusikka	Löffel
Makea..Makea	So süß
Maistte	Prost (Sami)
mine koriin…ei niin villi	Geh in den Korb, nicht so wild!
minun rakas	Meine Liebste
Moottorikelkka	Schneemobil
mökki	Sommerhaus
Neuvostoliitto	Sowjetunion
Nähdään, Kaata	Wir sehen uns, Kaata
Näkimiin!!	Auf Wiedersehen
Olen Erkki	Ich bin Erkki
Olen isoäiti kesäkuussa	Im Juni werde ich Großmutter
Olut	Bier
Onnea	Viel Glück
Onnea uudelle vuodelle! Lihkku	Frohes Neues Jahr!(Finnisch) Viel Glück (Sami)
Palot	Feuer
Poro	Rentier
Puhutko suomea	Sprichst du Finnisch
Pullo punaviiniä	Flasche Rotwein
Punaviiniä	Rotwein
Punainen…se on Utta	Punainen (Roter, heißt der Kater), das ist Utta
Puu	Holz
Rakkaani-Uttiha	meine liebste Uttiha
Rakastan sinua kulta	Mein Schatz, ich liebe dich

Rauhallinen	Ruhig
Revontulet	Nordlicht(er)
Rovaniemen lentokenttä	Flughafen Rovaniemi
Saksa	Deutschland
Satanas perkele	Zum Teufel noch mal
Se on Nieminen johon soitat	Sie sprechen mit Nieminen
Sieni	Pilz
Suutele teitä molempia!!	Küsst euch beide
Tar	Teer
Tervetuloa kotiini	Willkommen in meinem Haus
Tervetuloa Kaata, hyvää yhteistyötä	Willkommen Kaata. Auf gute Zusammenarbeit
Tulipalo	Feuer
Täällä on hyvin kylmä	Hier ist es sehr kalt
Unikonsiemenkakku	Mohnkuchen
Utta on juuri tullut	Utta ist gerade gekommen
Veitsis, haarukkas	Messer, Gabel(n)
Viimeinen pullo	die letzte Flasche
Älä tupakoi	Nicht rauchen

Russisch

Djeshurnaja	Diensthabende

Dänisch

Sikke en overraskelse, at se dig her!	Na, so eine Überraschung, dich hier zu treffen!
Bor du her, i nærheden?	Wohnst du in der Nähe?
I hygger jer godt her, hva'?	Ihr macht es Euch wohl gemütlich, nicht?
Jeg er Anne, arbejder sammen med Uta	Ich bin Anne und arbeite zusammen mit Uta
to kopper kaffe, sort	Zwei Tassen Kaffe, schwarz
hyggelig	gemütlich

Paar Liedchen

Ja, Schmidtchen Schleicher mit den elaschtischen Beinen	Nico Haak, 1976

wie der gefährlich mit den Knien
fedren kann...
Die Frauen fürchten sich und
fangen an zu weinen..

Ich bau auf deine Trostpflastersteine.
Wenn mein Mut auf Halbmast
hängt.

Pe Werner, 1992

Milch macht müde Männer munter,
Milch macht Männern Mut,
und kipp ich noch nen kleinen
Klaren drunter,
dann schmeckt das Zeug noch
mal so gut .

Paul Kuhn, 1965

...Augen, Hände, feuchter
Hauch und dann
Ohne Anfang, ohne Ende
Wo fängt der Himmel an?
Bin wie berauscht von dir
Ooh, hab mich wieder mal an dir
betrunken
Hochprozentig Liebesrausch
Den schlaf ich mit dir aus
Bin schon ganz und gar in uns
versunken
Heisse Haut als Himmelbett
Nie mehr von einander weg!...

PUR, 1987